Angela Hunt

Töchter der Wüste

Roman

Angela Hunt

TÖCHTER DER WÜSTE

Roman

Gerth Medien

FSC
Mix
Produktgruppe aus vorbildlich bewirtschafteten Wäldern und anderen kontrollierten Herkünften
www.fsc.org Zert.-Nr. SGS-COC-001940
© 1996 Forest Stewardship Council

Verlagsgruppe Random House FSC-DEU-0100
Das FSC-zertifizierte Papier *Holmen Book Cream* für dieses Buch liefert Holmen Paper, Hallstavik, Schweden.

Die amerikanische Originalausgabe
erschien im Verlag Bethany House Publishers
unter dem Titel „The Shadow Women".

Aus dem Englischen übersetzt von Eva Weyandt.

1. Taschenbuchsonderauflage 2010
Bestell-Nr. 816 527
ISBN 978-3-86591-527-6

Umschlaggestaltung: Immanuel Grapentin
Umschlagfoto: Shutterstock
Satz: Typostudio Rücker
Druck und Verarbeitung: GGP Media GmbH, Pößneck
Printed in Germany

Männer stehen auf der Hauptbühne
Vom Licht angestrahlt, beobachtet, verdammt oder beklatscht
Doch Frauen bewegen sich in den Schatten
hinter den Vorhängen
Bewegend, motivierend, formend
Mit Worten und Flüstern
Ohne die Schattenfrauen gäbe es kein Schauspiel

Darien Haynes

Buch I

DAS SCHWARZE LAND

Da kam in Ägypten ein neuer König an die Macht, der von Josef nichts mehr wusste. Er sagte zu seinen Leuten: „Die Israeliten sind so zahlreich und stark, dass sie uns gefährlich werden. Wir müssen etwas unternehmen, damit sie nicht noch stärker werden. Sie könnten sich sonst im Kriegsfall auf die Seite unserer Feinde schlagen, gegen uns kämpfen und dann aus dem Land fortziehen."

Die Ägypter setzten deshalb Aufseher ein, um die Israeliten mit Zwangsarbeit unter Druck zu halten. Die Männer mussten für den Pharao die Vorratsstädte Pitom und Ramses bauen.

Ein Mann aus der Nachkommenschaft von Levi heiratete eine Frau, die ebenfalls zu den Nachkommen Levis gehörte. Sie wurde schwanger und brachte einen Sohn zur Welt. Als sie sah, dass es ein gesundes, schönes Kind war, hielt sie es drei Monate lang versteckt.

2. Mose 1,8-11; 2,1-2

MIRYAM

In meinem 7. Jahr, als die Wasser der Überschwemmung unsere Felder fluteten, bemerkte ich eine Veränderung bei meiner Mutter. Yokheved, die normalerweise voller Konzentration von einer Aufgabe zur nächsten hastete, wurde ruhiger und verträumter. Sie summte alte Lieder, während sie Teig knetete und Binsen schnitt, und abends entzündete sie die Lampe in unserer kleinen Hütte und sprach ihre Gebete mit erneuerter Inbrunst.

Weder mein Vater noch meine Mutter sagten etwas, und mein kleiner Bruder Aharon interessierte sich ohnehin nur für seine jeweils nächste Mahlzeit. Meine Tante Adah hingegen zog mich eines Tages auf ihren Schoß und erklärte mir Mutters Geheimnis.

„Deine Mama bekommt ein Baby", flüsterte sie, und ihre Augenwinkel legten sich in tausend Fältchen. „Und wenn der Gott unserer Väter treu ist, wird es zu einem Mann heranwachsen, der stark genug ist, um uns aus der Gefangenschaft zu befreien."

Ich wusste nichts von Gefangenschaft, denn wir Kinder waren frei wie die Vögel in der Marsch. Doch ich wusste, dass Babys gefährlich waren. Zweimal waren im letzten Monat die Soldaten des Pharaos in unser Dorf gekommen und hatten den weinenden Müttern ihre Kinder weggenommen. Ich war ihnen zum Fluss gefolgt, wo ihr Boot wartete. Sie legten ab, und dann ließ einer von ihnen die Babys über Bord fallen, als wären sie nichts weiter als Abfall. Man hörte nur ein leises Klatschen, dann Stille.

Warum dachte meine Mutter, dass die Ägypter ihr Kind nicht holen würden?

Mein Blick fiel auf meinen Bruder Aharon, dessen Überleben eine Art Wunder war. Die Hebammen, die meiner Mutter bei der Geburt geholfen hatten, hätten ihn eigentlich auf Befehl des Pharaos sofort töten müssen, aber sie hatten es nicht getan. Auch schienen sie sich mehr über die Geburt eines Jungen zu freuen als über die eines Mädchens. Warum, das blieb mir unklar. Mädchen taten schließlich die ganze Arbeit im Dorf. Mädchen wuchsen zu Frauen heran, die Kinder bekamen und Mahlzeiten zubereiteten. Frauen erzählten die alten Geschichten und sprachen die Gebete. Jungen wuchsen zu Männern heran, die morgens das Dorf verließen und abends zurückkamen, etwas aßen und ins Bett gingen.

Warum wurden sie so hoch geschätzt?

Aharon war ganz sicher nichts Besonderes. Er erinnerte mich an die Hunde, die überall im Dorf herumstreunten: Er lief einem überall hin nach, steckte seine Nase in meine Angelegenheiten und bettelte um Leckerbissen. Doch meine Mutter betete ihn geradezu an.

„Dieses Kind“, fuhr Tante Adah fort und tätschelte mein Bein, „könnte der starke Anführer sein, um den wir so lange gebetet haben.“

Diese Bemerkung erregte meine Aufmerksamkeit. Nicht viele Frauen im Dorf beteten überhaupt noch; ein paar brachten sogar den kunstvollen Götterstatuen der Ägypter Opfer dar. Doch meine Mutter flehte zu einem unsichtbaren Gott, dessen Namen sie noch nicht einmal nennen konnte.

„Du musst deiner Mutter helfen“, sagte Adah, „und du musst das Geheimnis bewahren, solange es geht. Die Ägypter dürfen nie, nie, nie erfahren, dass in Amrams Haus ein Kind geboren wird.“

Ich nickte, obwohl ich mich fragte, warum sich die Dinge so verändern mussten. Ich wollte keinen weiteren Bruder, und ich wollte meiner Mutter nicht dabei helfen, ein Geheimnis zu bewahren. Vor allem wollte ich nicht, dass die Ägypter in unser Dorf kamen.

Aber ich war nur ein kleines Mädchen, und niemanden schien zu interessieren, was ich wollte.

MERYTAMON

Am ersten Tag des dritten Monats von Akhet, der Jahreszeit der Fluten, im fünften Jahr der Regierung von König Ramses II., teilte meine Mutter mir mit, dass ich bald den Gott heiraten würde.

Der Gedanke ließ einen Schauder in mir aufsteigen. Die Heirat an sich schreckte mich nicht – ich hatte mein ganzes Leben unter den Ehefrauen des Gottes verbracht. Und da sie es nicht als besonders schrecklich zu empfinden schienen, in seinen Armen zu liegen, fürchtete ich mich auch nicht davor.

Auch erschreckte mich die göttliche Natur des Pharaos nicht allzu sehr. Ich kannte ihn zwar nicht so gut wie in späteren Jahren, doch ich hatte ihn schon lachen sehen. Einmal, als er von einem Jagdausflug zurückkam, hatte er am Arm geblutet. Obwohl er als Inkarnation des Gottes Horus unter uns lebte, verhüllte ein menschlicher Körper den göttlichen Funken in ihm.

Das Schaudern hatte auch nichts mit der Tatsache zu tun, dass ich meinen eigenen Vater heiraten würde. Tatsächlich erhoffte ich mir sogar, ihm auf diese Weise näherzukommen. Als König hatte er zahllose Ehefrauen und Konkubinen, und seit Menschengedenken heirateten die Pharaonen ihre Töchter und Schwestern. Seit den Zeiten von Narmer, dem großen Pharao, der Ober- und Unterägypten geeint hatte, hatte derjenige das Recht auf den Thron der zwei Königreiche, der die Große Königliche Gemahlin heiratete. Meine Mutter war Nefertari, die Mutter des erstgeborenen Sohnes des Königs, Große Königliche Gemahlin und Herrin der zwei Königreiche. Sie war Isis, die Ehefrau und Mutter des Gottes, liebevoll und wunderschön.

Meine Ängste kamen aus einer anderen Quelle – der Befürchtung, dass etwas mit mir nicht stimmte, sodass das, was geschehen musste, niemals eintreten würde. Wenn meine Befürchtungen sich als wahr erwiesen, wie sollte ich dann für Ägypten die neue Isis sein? Wie konnte ich den

Gott, meinen Vater, zufriedenstellen, wenn ich keine Kinder bekommen konnte? Denn obwohl ich täglich den Göttern meine Opfer darbrachte, hatte ich mit 14 Jahren noch immer nicht begonnen zu bluten, wie es Frauen tun sollten.

„Herrin, halte still! Ich kann den Khol nicht auftragen, wenn du so zappelst."

Obwohl Nema, meine Zofe, nur eine kuschitische Sklavin und außerdem zwei Jahre jünger war als ich, hielt ich gehorsam still und sah ergeben zur Decke meiner Kammer. Nema tauchte eine glatt gefeilte Alabasterspitze in den Kholtopf und trug die Farbe mit sanftem Schwung auf meine bebenden Augenlider auf. Die Priester sagen, dass das Böse durch die Öffnungen des Kopfes in den Menschen hineinkommt und dass die Augen am leichtesten überwunden werden können. Und da der gemahlene Malachitstaub, aus dem der Khol bestand, dem Bösen auf magische Weise den Zugang verweigerte, hatte ich diesen Teil meiner Toilette nie vernachlässigt. Niemals würde ich vor dem Pharao mit ungeschützten Augen auftreten.

Als Nema fertig war, hob ich den bronzenen Handspiegel und sah mich an. Mit dem schwarzen Rand sahen meine Augen noch größer und unergründlicher aus. Auf meinen Lippen lag eine Schicht mit Öl gemischtem rotem Ocker und verlieh ihnen einen verführerischen Glanz.

„Sehr gut", sagte ich und stand auf. Ohne ein Wort ging Nema zu einer Holzkiste und holte ein weißes Leinengewand heraus. Normalerweise hätte ich ein langes, schlichtes Gewand mit Schulterträgern getragen, doch das Fest der schönen Opet verlangte etwas Aufwendigeres.

Zuerst hüllte mich Nema in eine hauchdünne Lage Stoff, der mich von der Brust bis zu den Knöcheln umschloss. Dann zog sie mir eine durchsichtige, mit Pailletten besetzte Robe über, die sich vor der Brust öffnete und dann bis zum Boden floss. Sie glich den Roben der Priester, nur dass die Version für die Frauen die linke Brust bedeckte und die rechte bloßlegte. Die kurzen Ärmel ließen meine Arme bloß, sodass man meine schweren Gold- und Silberarmbänder sehen konnte. Als weiteres Zeichen meines hohen Standes schnallte Nema mir dann noch einen goldenen Gürtel um die Taille.

Jetzt war ich beinahe fertig. Ich setzte mich und umklammerte die Stuhllehnen, während Nema mein Haar bürstete und mit Öl bändigte. Dann hob sie die schwere Perücke von ihrer Halterung.

Ich mochte dieses bleischwere Ding nicht. Ich hatte Bilder von früheren Königinnen und ihrem Hofstaat gesehen und beneidete sie um ihre einfachen Perücken. Doch Ramses war mächtiger, reicher und größer als jeder andere König in der Geschichte, und seine Frauen mussten seine Pracht widerspiegeln. Und deshalb bestand meine Perücke ebenso wie die meiner Mutter aus vielen Metern Wolle, verwoben mit Goldfäden, und sie war lang und schwer. Eine hübsche Tiara aus Türkisen, Lapislazuli und Gold funkelte oben auf der Fontäne aus schwarzen Zöpfen.

„Na also", sagte Nema und trat bewundernd ein paar Schritte zurück. „Nun siehst du aus wie eine königliche Dame."

Mein Magen hob sich wieder. Bald würde ich aus der Obhut meiner Mutter entlassen und in den königlichen Harem umgesiedelt werden. Ich erhob mich auf zittrigen Beinen und strich den Stoff meines Gewandes glatt. „Versammeln sich die anderen draußen?"

„Warte, ich sehe nach."

Heute war ein Feiertag für den Hof und das gesamte Königreich Ägypten. Vor 24 Tagen hatte das Fest der Opet im Tempel von Karnak in Theben begonnen. Mit meiner Mutter, meinen Brüdern, mir und mehr Priestern, als ich zählen konnte, hatte Pharao Amun-Re, Mut, der göttlichen Gattin des Amun, und Khonsu, dem Gott der Liebe und Fruchtbarkeit, seine Opfer dargebracht. Mit den Statuen, die die drei Götter darstellten, hatten wir die festlich geschmückten Barken, die den Fluss hinaufsegelten, ausgestattet.

Als wir Opet erreichten, kamen die Einwohner der Stadt, um dem Pharao ihre Ehrerbietung zu erweisen. Während die Priester die drei Statuen zu ihren Schreinen im Tempel trugen, folgten wir dem Pharao vorbei an Opferaltären, Musikern und fröhlichen Tänzern. Erst am Abend, nach weiteren Opfern, zogen wir uns in die königliche Residenz in der Stadt zurück.

Heute würden wir weitere Opfer darbringen, und mein Vater würde ins Allerheiligste des Tempels gehen, um sich von Amun-Re stärken zu lassen. Dann würde das Fest zum Ende kommen. Ich war froh darüber. Opet war schön und der Tempel, den Amenhotep III. erbaut hatte, war prachtvoll, aber mein Zuhause war Theben.

Die Tür öffnete sich und Nema verbeugte sich wieder. „Deine Mutter und deine Geschwister versammeln sich in der Halle."

„Ich bin bereit." Obwohl der Gedanke, meinem Vater und zukünftigen Ehemann gegenüberzutreten, mich erschauern ließ, stand ich auf, hob mein Kinn und ging hinaus in den Flur.

Die Atmosphäre vibrierte geradezu vor Erwartung und den aufgeregten Stimmen von Frauen und Kindern. Natürlich war nicht die gesamte Familie des Pharaos mit auf die Reise gegangen, sondern nur seine Lieblingsfrauen und die Kinder, die älter als 10 Jahre waren. Pharaos Frau Isnofret und ihre Tochter Bint-Anath begrüßten mich lächelnd. Bint-Anath war ein Jahr jünger als ich und etwas untersetzt. Obwohl sie manchmal ziemlich oberflächlich war, mochte ich sie gern, und auch ihre Mutter war eine angenehme Gesellschaft. Doch Isnofret war eine geringere Ehefrau als meine Mutter, und deshalb drückte ich ihr nur kurz die Hand und suchte dann in der Menge nach dem Mittelpunkt meines Universums – meiner Mutter Nefertari.

Sie stand am Ende des Flures, etwas entfernt von den anderen. Ihr Gesichtsausdruck wirkte etwas leidend; um ihren Mund erkannte ich feine Linien, und ihre stark geschminkten Augen waren halb geschlossen. Als ich näher kam, sah ich eine Träne an ihrer Wange hinabrinnen. Sie hatte also wieder Schmerzen!

Immer wieder litt sie an schrecklichen Kopfschmerzen, und bisher war es keinem der königlichen Heiler gelungen, etwas daran zu ändern. Wenn die Schmerzen kamen, konnte sie weder Lärm noch Licht ertragen. Oft zog sie sich dann in ihre Räume zurück und legte sich blass und zittrig ins Bett. Doch wenn der König rief, musste sie kommen. Es wäre undenkbar gewesen, seinem Ruf nicht zu folgen.

„Mutter", sagte ich und legte einen Arm um ihre Taille. „Kann man nichts für dich tun?"

Schweigend neigte sie den Kopf mit der schweren Perücke und legte ihre Stirn an meine. Dann straffte sie sich wieder, als die Tür neben ihr sich knarrend öffnete und einer der weiß gewandeten Priester des Amun uns heranwinkte. Ich ließ meine Mutter los und folgte ihr durch die Tür. Meine Mutter würde den Ehrenplatz an der Spitze der Prozession einnehmen, denn Nefertari, die Lieblingsfrau des Pharaos, war ein unvergleichliches Wunder an Schönheit. Manchmal konnte ich nicht fassen, dass die Götter mir die Ehre gewährt hatten, in ihrem Leib heranzuwachsen. Nema sagte oft, dass ich ihr ähnlich sehen würde, aber ich konnte wohl kaum hoffen, ebenso schön zu werden wie sie. Dem Pharao musste ich wie ein knochiges Abbild seiner geliebten Frau vorkommen.

Wie ich war Nefertari stark geschminkt und hatte ein kostbares Gewand an. Wir waren beinahe gleich groß, doch da endete auch die Ähnlichkeit. Mein Körper war noch jung und wenig ausgeformt; die Mutterschaft hatte ihrem Kurven verliehen. Mein Bauch war flach, ihrer sanft gerundet. Meine Brüste erinnerten an die Knospen des Palmenbaums; ihre hatten die runde Reife von Honigmelonen. Der größte Unterschied in unserem Erscheinungsbild lag aber in unserem Kopfschmuck. Ich trug eine einfache Tiara auf meiner Perücke, während auf dem Kopf meiner Mutter die goldene Kobra Ägyptens lastete – das Symbol der Göttin Wadjet.

Hinter uns kamen die anderen Kinder Nefertaris – meine Brüder Amun-Hirwonmef und Prehirwonmef und meine Schwester Mertatum. Ihnen folgten Isnofret und ihre Tochter, und hinter diesen kamen die niedrigeren Frauen und ihre Kinder.

Die Trommeln und Instrumente der Priester, die unseren Marsch durch die frisch geschrubbten Palastflure begleiteten, mussten dem schmerzenden Kopf meiner Mutter noch weitere Qualen hinzufügen ...

Ich kannte den Tempel der Opet seit Jahren, doch ich hatte ihn noch nie als ein Gebäude betrachtet, das dem Gott zu Ehren errichtet worden war, den ich bald heiraten würde. Als Sohn des Horus war Pharao ein Bindeglied zwischen Mensch und Gott, derjenige, der Opfer darbringen und die Gebete sprechen durfte, die die sichere Reise der Sonne durch die Nacht gewährleisteten. Er allein stellte sicher, dass der Fluss, den wir Hap-Ur nannten, anschwellen und uns mit seinem Reichtum beschenken würde. Er sorgte dafür, dass die Früchte wuchsen und das Vieh gedieh. Die Priester, die überall im Land die Opfer vornahmen, vertraten ihn nur; jeder wusste, dass unser Leben vom Pharao abhing.

Und dieser Gott-Mensch würde nun bald mein Ehemann sein. Doch wenn ich keine Kinder bekommen konnte, wo das Land doch Fruchtbarkeit verlangte ...

In früheren Dynastien hatte der König sein Leben als Opfer für sein Volk hingegeben, wenn eine Dürre es bedrohte. In der Schakalmaske des Anubis kam ein Priester mit einer Kobra zu ihm. Der König hielt der Giftschlange den Arm hin und erlitt einen schnellen, schmerzhaften Tod. Die Priester begruben dann das Herz und die Lunge des Königs, um die ausgetrocknete Erde mit dem göttlichen Leben des Königs zu befruchten.

Seit Generationen hatte Ägypten keine Selbstopferung

eines Königs mehr erlebt, aber der Brauch machte mir trotzdem Sorgen. Ich hatte zwar noch nie davon gehört, dass eine unfruchtbare Königin geopfert wurde ... aber trotzdem ... welchen Nutzen hatte eine Pharaonengattin, die keine Kinder bekommen konnte? Wie sollten die Götter Ägypten segnen, wenn die Frau, die Isis verkörperte, die Große Mutter, nicht gebären konnte?

Ich ging mit gerunzelter Stirn in den Morgen hinaus. Die Luft war warm und das Sonnenlicht glitzerte auf dem Nil. Eine Gruppe Schaulustiger quittierte unser Kommen mit Applaus, und die Musiker und Tänzer legten sich noch mehr ins Zeug.

Der Tempel schien neben den sechs kolossalen Statuen und den beiden Obelisken zu schrumpfen, die Amenhotep III. hatte errichten lassen. Hinter mir murmelten die undiszipliniierteren kleinen Kinder beim Anblick der Statuen, die zur Feier des Tages in Blumengirlanden und goldene Gewänder gehüllt waren.

Wir betraten das Innere des Tempels, in dem Reliefs von Amenhoteps Geburt und königlicher Erbfolge berichteten. Die Priester kamen in Doppelreihen und geleiteten uns zu dem heiligen Schrein, in dem die drei Gottheiten des Tempels ruhten – Amun-Re, Mut und Khonsu. Die aufgehende Sonne schien in den Tempel und verlieh den Statuen einen Glorienschein. Wieder erhob sich ein Murmeln unter den jüngeren Kindern, das deren Mütter zischend unterbanden.

Ein Signal von den Priestern, und die kleineren Kinder ließen sich still auf den Boden nieder. Ich als erwachsene Frau stand mit den Ehefrauen des Pharaos in respektvollem Abstand, denn nur der Pharao selbst durfte sich dem Schrein nähern. Ich beobachtete atemlos, wie mein Vater den Raum betrat und uns betrachtete.

Ich hatte meinen Vater schon immer als sehr gut aussehend empfunden, und an diesem Morgen war er einfach staunenswert. Er trug den *Hemhemet*, das Widdergehörn, die Kobra und die beiden Federn, die nur Götter tragen durften.

Seine dunklen Augen waren stark geschminkt, und sein Mund wirkte ernst und entschlossen. Er trug eine lange, weiße Robe aus makellosem Leinen, und als er näher trat, sah ich den Schimmer von goldenen Sandalen an seinen Füßen.

Der allmächtige Sonnengott Re war die einzige Gottheit, der der Pharao Gefolgschaft schuldete, doch um die anderen Götter nicht zu erzürnen, brachte er auch ihnen Opfer dar. Re war aber der wichtigste für uns – Khepri am Morgen, Re am Mittag, Atum in der Nacht. Er war auch Horus, der Hüter des Horizonts, der jeden Tag in seinem tausendjährigen Boot über den Himmel fuhr. Re hatte Geb, die Erde, befruchtet und Nut, den Himmel. Und mein Vater war Re. Als seine Tochter trug auch ich den Funken der Göttlichkeit in mir.

Wir beobachteten die Opferzeremonie. Während die Priester sangen und der Pharao den Weihrauch verbrannte, wanderten meine Gedanken ab. Viele meiner Geschwister und Verwandten hatten sich eine Gottheit ausgesucht, die ihnen Schutz und Hilfe gewähren sollte. Doch ich war unsicher, wer mein Schutzgott sein sollte. Meine Mutter opferte Taweret, der Beschützerin von gebärenden Frauen. Aber ich fühlte mich nicht besonders hingezogen zu der Göttin, die einen Nilpferdkopf, einen Krokodilschwanz, Löwenklauen und weibliche Brüste aufwies. Außerdem – warum sollte ich Taweret folgen, die doch meinen Leib noch nicht gesegnet hatte?

Mein Favorit unter den Göttern war Khnum, der göttliche Töpfer, dessen Name in Form einer Vase geschrieben wurde. Seine physische Erscheinung war nicht viel ansprechender als die von Taweret, aber er hatte zumindest einen menschlichen Körper. Dazu den Kopf eines Widders, dessen ernsthafte Ausstrahlung mir gefiel.

Khnum, sagten die Priester, hatte auf seiner Töpferscheibe die anderen Götter erschaffen, ebenso wie die Göttlichen Könige und alle Sterblichen. Göttliche Wesen waren aus Gold gemacht worden, während sterbliche Menschen aus dem rotbraunen Ton des Hap-Ur bestanden. Irgendwie schien es mir logisch, dass der Schöpfer aller anderen Götter auch über diesen verehrt werden sollte. Vielleicht gefiel mir auch nur der Gedanke, dass ich als Tochter des Pharaos auch aus Gold erschaffen worden sein musste.

Jetzt trat der Pharao zur Seite, während einer der Obersten Priester vor uns, die königliche Familie, trat. Ich versuchte, die kerzengerade Haltung meiner Mutter zu imitieren. Der Priester würde nun die Geschichte von Isis und Osiris rezitieren, die ich schon ungefähr hundert Mal gehört hatte.

„Isis und Osiris waren Schwester und Bruder, Ehefrau und Ehemann", begann der Priester. Obwohl ich ihn scheinbar interessiert ansah, hatte ich in Wirklichkeit nur Augen für meinen Vater, der im Sonnenlicht hinter dem Priester stand. Dieser fuhr fort: „Osiris brachte die Zivilisation nach Ägypten. Er errichtete Städte und Höfe aus dem großen Chaos der Überflutungen. Er befreite uns aus dem Elend, und dann brach er auf, um dem Rest der Welt ebenfalls zu helfen. Isis ließ er zurück, damit sie auf Seth, ihren bösen Bruder, achtgab."

Mein Vater sah jemanden an und verzog den Mund ganz leicht zu einem Lächeln. Ich musste meine ganze Selbstbeherrschung aufbieten, um nicht den Kopf zu wenden und zu schauen, wem das Lächeln galt – Isnofret oder meiner Mutter.

„Als Osiris zurückkehrte", sagte der Priester, „hatte sein Bruder Seth einen hölzernen Schrein nach den exakten Maßen von Osiris bauen lassen. Während eines Banketts bot er demjenigen den Schrein als Geschenk an, der genau hineinpasste. Natürlich traf das nur auf Osiris zu. Als er sich hineinlegte, versiegelte der böse Seth schnell den Deckel, goss geschmolzenes Blei darüber und ließ ihn in den Hap-Ur werfen, wo Osiris starb. Ein Sturm trieb den Schrein bis zum Libanon, wo er auf die Krone eines großen Baums gespült wurde. Später ließ der König diesen Baum fällen und fand den Schrein mit Osiris' Überresten."

Ganz vorsichtig ließ ich meinen Blick zu meinem Vater wandern. Er sah meine Mutter an. Sein Lächeln war verschwunden, und eine vertikale Falte war zwischen seinen Augen aufgetaucht. Ich fühlte einen vertrauten Knoten in meiner Magengegend. War dies ein besorgter oder zorniger Blick?

„Als Isis erfuhr, was mit Osiris geschehen war, ließ sie den Leichnam zurück nach Ägypten holen. Doch bevor sie ihrem Ehemann ein ordentliches Begräbnis ausrichten konnte, stahl Seth die Leiche, zerteilte sie in 14 Stücke und verteilte diese über ganz Ägypten. Doch Isis gelang es, alle Teile wiederzufinden und den Körper wieder zusammenzusetzen. Dann verwandelte sie sich in einen Vogel und brachte ihn zurück ins Leben, indem sie magische Worte rezitierte. Wenig später wurde ihr Sohn Horus geboren, und dieser sollte dann eine gewaltige Schlacht anführen, um den Tod seines Vaters zu rächen und den bösen Seth zu bestrafen."

Erleichtert lächelten die jüngeren Kinder. Ich fing Bint-Anaths Blick auf und nickte ihr zu. Wir wussten beide, dass dies die gekürzte Form der Geschichte war, um die kleineren Kinder zu schonen. Unsere Lehrer hatten uns die längere, viel kompliziertere und unschönere Version erzählt.

Als die Legende zu Ende war, trat Pharao vor und ließ seinen Blick über seine Frauen und Kinder schweifen. „Als Nachkommen eines Gottes", begann er, „müsst ihr eine sehr wichtige Sache begreifen: Das Leben ist ewig. Die, die vor uns kamen, wandeln jetzt im nächsten Leben, und die, deren Herzen nicht von bösen Taten verschmutzt worden sind, erfreuen sich an der nächsten Welt. Doch diejenigen, die im Herzen böse waren, sind dem Verschlinger vorgeworfen worden, einem Monster mit dem Körper eines Krokodils und dem Kopf eines Nilpferds."

Ich musste ein Grinsen unterdrücken, als ich sah, wie einer der jüngeren Prinzen das Gesicht verzog.

„Ich kann mir nicht vorstellen, dass eins meiner Kinder ein solches Schicksal erleiden wird", sagte mein Vater. „Daher gebe ich euch dieses Gebot mit: Haltet eure Herzen rein wie eine Feder von Ma'at und ehrt die Gottheit, euren Vater. Dann wird es euch gut gehen und Ägypten wird gesegnet sein."

Damit war die Stunde anscheinend beendet. Zwei Priester öffneten die Flügeltüren, und die jüngeren Kinder gingen zuerst hinaus. Meine Mutter und ich wandten uns ebenfalls zum Gehen, doch dann drehte ich mich, einem Impuls folgend, noch einmal um, um einen Blick auf meinen Vater zu erhaschen, den ich so selten zu sehen bekam. Er stand noch immer da, die Arme hinter dem Rücken verschränkt. Er schien meine Mutter voller Mitgefühl anzusehen, doch ich war mir nicht sicher. Ich hoffte jedenfalls, dass er bemerkt hatte, dass sie Schmerzen hatte und trotzdem erschienen war, um ihm die Ehre zu geben.

Dann stockte mir der Atem, als der Blick des Königs meinen traf und festhielt. Sein Ausdruck veränderte sich nicht, und ich wandte mich mit brennenden Wangen ab. Wusste er, wer ich war? War ihm klar, dass wir bald verheiratet würden? Interessierte ihn das überhaupt?

Ungeduldig wartete ich darauf, dass meine jüngeren Geschwister endlich Platz machten. Ich wollte fliehen, mir die Perücke vom Kopf reißen und meine Mutter zu einem kühlen, dunklen Ort begleiten. Der König hatte Dutzende von Ehefrauen und noch viel mehr Konkubinen. Warum sollten ihn die Gefühle eines einzelnen Mädchens interessieren?

Zwei Tage später waren die Feierlichkeiten offiziell beendet und wir erwarteten ungeduldig unsere Rückkehr. Bint-Anath, die neben mir stand, schien von all den Zeremonien so beeindruckt zu sein, dass sie nichts sagte. Das war mir sehr recht, denn ich hatte keine Lust auf ihr Geplapper und ihre Fragen. Meiner Mutter ging es noch immer nicht besser und meine Fragen hinsichtlich der Heirat mit dem Pharao waren eher noch mehr geworden.

Die Barke des Pharaos wartete am Dock, ebenso wie die weniger prunkvollen Gefährte für uns. Als Tochter von Nefertari, der Großen Königlichen Gemahlin, stand ich auf dem Deck unserer Barke, als wir ablegten, und sah zu, wie sie das dunkle Winterwasser des Hap-Ur durchschnitt. Am Ufer verneigten sich die Leute vor dem Pharao, der vor uns fuhr, und eine Menge Boote in allen Formen und Größen begleiteten uns. Händler warfen Blumen und Obst in unser Boot und riefen uns Witze zu. Meine Geschwister und ich nahmen die Eindrücke, Gerüche und Farben in uns auf. Doch immer wieder nahmen uns die Soldaten des Pharaos, die auf dem Erdstreifen am Flussufer entlangritten, die Sicht auf all die interessanten Dinge. Die Menschen hatten einen Monat voller Feiern, Essen und Trinken genossen. Den Göttern war geopfert worden, der Pharao war stark, und sie fühlten sich reich und sicher. In Ägypten war alles zum Besten bestellt, und das Land würde für ein weiteres Jahr gedeihen und blühen.

Während meine Geschwister um einen Platz an der Reling rangelten, versuchte ich mich erwachsen zu verhalten. Das Wasser des Hap-Ur war dunkel und schwer von Sedimenten, die bald unsere Felder überfluten und düngen würden. Seufzend wandte ich mich ab und machte mich auf den Weg zu meiner Mutter, die unter Deck in einer Kammer weilte.

Ihre Sklavin, eine Nubierin namens Huda, öffnete auf mein Klopfen.

„Kann ich deine Herrin sehen?“, fragte ich höflich, obwohl ich bereits halb in der Kammer war.

„Bist du das, Merytamon?“

Ich eilte an ihre Seite. „Geht es dir gut, Mutter?“

Die Kammer hatte keine Fenster, aber durch die Ritzen im Holz drangen trotzdem hier und da Res Strahlen hinein. Meine Mutter sah mich aus feuchten Augen an. „Es ist mein Kopf ... das Licht und die Stimmen der Kinder ...“

„Soll ich hinaufgehen und ihnen befehlen, still zu sein?“

„Ach, das wäre zu viel verlangt. Sie erfreuen sich doch an der Reise.“

Huda kam mit einem nassen Lappen. „Hier, Herrin, eine kühle Kompresse.“ Meine Mutter stöhnte leise bei ihrer Berührung.

„Kann ich denn nichts für dich tun?“, wollte ich wissen.

„Der Arzt im Palast wird mir helfen“, sagte sie schwach.

Ich blieb bei ihr, bis wir Theben erreichten. Beim Klang der Trompeten zu unserer Begrüßung zog sie eine Grimasse, und wir eilten so schnell wie möglich in den Palast.

Als königliche Ehefrau hatte meine Mutter ihre eigenen, weitläufigen Räume im Haus des Pharaos, und ich hörte sie vor Erleichterung seufzen, als wir über die Schwelle traten. Sie ließ sich sofort aufs Bett sinken.

„Bitte, Merytamon, schick Huda, Tanut-Amun zu holen. Er wird wissen, was zu tun ist.“

Tanut-Amun kam bald. Ich hatte ihn schon oft gesehen, da meine Mutter seine Hilfe häufig benötigte. Bisher hatte ich mich aber nie getraut, ihn in meiner Angelegenheit zu befragen. Tanut-Amun war vielleicht 45 Jahre alt, ein kahlköpfiger kleiner Priester, der einen runden Bauch in seiner kurzen, weißen Tunika mit sich herumtrug. Er nickte mir kurz zu und begann dann sofort, eine Tinktur aus verschiedenen Pflanzen und anderen Zutaten für meine Mutter zuzubereiten. Dann wandte er sich mir zu: „Tochter des Pharaos, streiche dies auf die schmerzhaften Stellen, und lasse es dort, bis der Schmerz nachlässt.“

„Und wenn es nicht hilft?“, fragte ich misstrauisch.

„Dann müssen wir über andere Möglichkeiten nachdenken.“

„Welche Möglichkeiten sind das?“

„Eine Operation“, sagte er gepresst. „Deine Mutter ist in einer schwierigen Situation. Die Schmerzen werden immer schlimmer und halten immer länger an. Ich fürchte, wir müssen die bösen Geister aus ihrem Kopf befreien, aber das kann ich nur mit der Einwilligung des Pharaos tun."

Mit einem mulmigen Gefühl im Bauch tauchte ich den Spatel in die Salbe und strich sie vorsichtig auf die Schläfen meiner Mutter. Die kühle Salbe schien ihr zu helfen, und der Arzt nickte zufrieden.

Huda war hinausgegangen, um die Sachen meiner Mutter auszupacken, und so waren wir allein – das war meine Gelegenheit.

„Ich weiß, dass Amun dich mit heilenden Kräften beschenkt hat", begann ich. „Und ich frage mich, ob du mir auch helfen kannst. Ich habe eine sehr ... persönliche Frage, und ich würde sie niemandem stellen, der nicht absolut vertrauenswürdig ist."

Eine Falte bildete sich dort, wo seine Augenbrauen vor dem Rasieren gewesen waren. „Bist du krank?"

„Nicht krank, nur ... verunsichert."

Tanut-Amun legte die Hände zusammen und verneigte sich vor mir. „Frag nur, und ich werde alles tun, um dir zu helfen."

Ich warf einen Blick auf meine Mutter, die zu schlafen schien. „Was ich dir sagen werde, muss unter uns bleiben", sagte ich zögerlich und leise.

„Niemand außer dem Pharao wird es erfahren. Vor ihm dürfen wir keine Geheimnisse haben."

Ich strich nervös über ein Kissen. Natürlich kam es der Blasphemie nahe, ein Geheimnis vor dem Pharao zu haben, aber gerade er durfte auf keinen Fall von meinem Problem erfahren. Ich sah den kleinen Priester direkt an. „Hast du dem Pharao auch gesagt, was du heute zum Frühstück gegessen hast?"

Er lachte. „Warum sollte ich so etwas Triviales tun?"

Ich nickte. „Genau. Und warum solltest du ihn mit unserem Gespräch langweilen? Wenn er dich direkt fragen sollte, ob ich krank bin, kannst du ihm natürlich antworten – aber wenn er nicht fragt, warum ihn belästigen? Außerdem – da er ein Gott ist, weiß er doch zweifellos sowieso alle Dinge, die wichtig sind."

Seine Augen funkelten anerkennend. „Du bist klug, Tochter des Pharaos. Ich sehe deinen Großvater Seti in dir."

Ich lächelte vorsichtig. Klatsch war die gefährlichste Waffe im Haus des Pharaos, doch ich musste mich endlich jemandem anvertrauen. „Ich brauche deinen Rat ...", murmelte ich und wich seinem durchdringenden Blick aus. „Denn obwohl ich bereits vierzehn Jahre alt bin, habe ich noch nicht angefangen zu bluten, wie es die Frauen normalerweise tun. Und meine Mutter sagt, ich soll bald mit dem König verheiratet werden."

Die Kiefer des Priesters mahlten aufeinander, dann sagte er knapp: „Erhebe dich, Tochter!"

Ich gehorchte.

„Dreh dich um, bitte. Langsam."

Auch das tat ich, obwohl ich mich unter seinen Blicken auf meinem Körper unwohl fühlte. Mein durchscheinendes Gewand verbarg wenig, und nach einem Moment grunzte er leise und deutete auf den Stuhl neben dem Bett.

„Setz dich. Es ist nicht ungewöhnlich, dass manche Mädchen später heranreifen als andere."

Ich seufzte frustriert und setzte mich hin. „Das weiß ich. Ich bin in einem Haushalt voller Frauen aufgewachsen und habe alle medizinischen Papyri gelesen." Er sah mich überrascht an. Ich hob das Kinn. „Ich lese gern. Alles, was ich aus dem Haus des Lesens bekommen kann."

Er lachte leise. „Deine Mutter erwähnte schon, dass du eine richtige kleine Gelehrte bist. Nun, dann lass mich erklären, was ich in dir sehe. Im Herzen bist du bereits eine erwachsene Frau. Du bist im heiratsfähigen Alter, doch dein Körper ist noch der eines Kindes. Anscheinend ist der Same des Frauseins in dir nicht aufgegangen. Vielleicht haben die Götter dir keine Gebärmutter geschenkt."

Ich starrte ihn ungläubig an. Konnte das sein? Khnum, mein Lieblingsgott, hatte alle Menschen auf seiner Töpferscheibe erschaffen. War es wirklich möglich, dass er einer Tochter der Isis etwas so Wichtiges verweigert hatte? Ich verschränkte meine zitternden Hände. „Unmöglich."

Tanut-Amun zuckte die Achseln. „Ich kann mich natürlich täuschen. Das kann man nur sicher wissen, wenn man deinen Bauch aufschneidet und nachsieht."

„Nein!", unterbrach ich ihn scharf. „Man wird es wissen, wenn ich dem Pharao einen Sohn gebäre!"

Bei der Erwähnung des Titels meines Vaters neigte der Priester ergeben den Kopf. „Möge es so sein. Rufe mich, wann immer du Hilfe brauchst, Herrin. Ich lebe, um dir zu dienen."

Er erhob sich und verschwand mit einer Verneigung. Als sich die Tür hinter ihm schloss, öffnete meine Mutter die Augen.

„Du darfst niemandem erzählen, was Tanut-Amun gesagt hat", flüsterte sie. „Eine Ehefrau, die dem Pharao keine Kinder gebären kann, ist nichts wert. Du bist seine Tochter, es ist deine Pflicht, ihm einen Sohn zu schenken!"

Ich senkte den Kopf. „Wie kann ich das, Mutter, wenn Khnum mich wirklich ..."

„Ich überlege mir etwas", sagte sie und der Hauch eines Lächelns erschien in ihren Mundwinkeln. „Ich werde einen Weg finden, um dich zu schützen, meine Erstgeborene und mein Liebling!"

Angesichts meiner herannahenden Hochzeit wurden mir innerhalb von einer Woche eigene Gemächer im Palast zugewiesen. Auch bekam ich zusätzliche Dienerinnen zur Verfügung gestellt. Diese Räume würden ein vorübergehendes Domizil sein, erklärte mir der Hüter des Großen Hauses, da der Pharao vorhatte, seinen Haushalt von Theben in eine neue Hauptstadt zu verlegen, die an der Stelle errichtet wurde, wo das alte Avaris gestanden hatte. Jahre zuvor hatte er mit dem Bau begonnen, doch für solche Dinge interessierte ich mich nicht besonders, da mein Vater Gebäude noch mehr liebte als Frauen. Ein endloser Strom von Architekten und Planern, von Baumeistern und Arbeitern zog durch den Palast, doch ich konnte mir die Einzelheiten zu den Baustellen nie merken.

Ich freute mich über die neuen Räume und das damit einhergehende höhere Ansehen, aber noch viel mehr beschäftigte mich die Sorge um die Gesundheit meiner Mutter. Die Kopfschmerzen, die sie in Opet geplagt hatten, waren verschwunden, und die Ärzte des Pharaos schienen fest entschlossen zu sein, sie vor ihrem nächsten Anfall zu heilen.

In der Woche meines Umzugs in meine neuen Räume rief sie mich nicht zu sich, doch die Diener teilten mir mit, der Pharao selbst hätte ihr seine Zeit gewidmet. Obwohl seine Tage größtenteils mit Besprechungen über den Fortschritt der neuen Stadt im Norden, die Pi-Ramses heißen sollte, ausgefüllt waren, blieben die Nächte Nefertari vorbehalten.

Tanut-Amun und die anderen Ärzte-Priester suchten sie täglich auf und wachten mit Opfern und Gebeten über ihre Gesundheit. Und ich erfuhr auch den Grund dafür: Sie hatten einen operativen Eingriff geplant, um die bösen Stimmungen zu vertreiben, die sich gelegentlich in ihrem Kopf bildeten.

Ich fand Tanut-Amun in den Gemächern meiner Mutter vor, als ich, nachdem ich davon erfahren hatte, hineinstürmte. „Keine Sorge, Tochter des Pharaos." Er zog mich zur Seite. Meine Mutter lag auf ihrer Couch. „Wir haben diese Trepanation schon oft durchgeführt. Und häufig wurden unsere Patienten dadurch gänzlich geheilt."

„Häufig?" Ein plötzlicher Schauer lief mir über den Rücken. „Was werdet ihr mit ihr machen?"

Der Priester lächelte mich an. „Zuerst wird ihr Kopf geschoren. Dann werden wir ein kleines Loch in ihren Schädel bohren. Sie wird dabei ruhig und entspannt auf ihrem Sofa liegen. Wenn der Schädel offen ist, können die schlechten Stimmungen entfliehen, und sie wird keine Schmerzen mehr haben. Manchmal, wenn der Schmerz sehr stark und beharrlich ist, führen wir ein kleines Glasrohr ein und bewegen es hin und her und vertreiben damit die schlechten Stimmungen."

Der Vorgang schien einfach zu sein – trotzdem lag mir der bittere Geschmack der Angst im Mund. „Wenn es so einfach ist", fragte ich, „warum lassen dann nicht alle Untertanen des Pharaos mit Kopfschmerzen diesen Eingriff vornehmen?"

Das Lächeln des alten Mannes verwandelte sich in ein Stirnrunzeln. „Natürlich gibt es auch ein gewisses Risiko. Der Eingriff verläuft nicht immer erfolgreich. Eine Öffnung des Körpers birgt immer eine Gefahr, weil das Böse ebenso in den Körper hineingelangen wie entfliehen kann. Aber wir werden deine Mutter mit Kräutern und Beschwörungen beschützen und unser Bestes tun, um sie gesund zu machen."

Seine Worte beruhigten mich nicht, aber seine Zuversicht konnte meine Ängste ein wenig zerstreuen. Ich dankte ihm für seine Ehrlichkeit, dann ging ich zur Liege meiner Mutter. Sie spürte meine Anwesenheit durch eine Intuition, der zu vertrauen ich gelernt hatte, und öffnete die Augen. Lächelnd schaute sie zu mir auf. „Merytamon."

„Königliche Mutter." Ich kniete an ihrer Seite nieder. „Geht es dir gut?"

„Ja, und ich bin froh, dass du gekommen bist. Ich wollte noch vor morgen mit dir sprechen."

Ich hob meinen Kopf und sah sie an. „Ich wünschte, du würdest das nicht tun. Du hast doch keine Schmerzen, oder?"

„Ich möchte nie mehr Schmerzen haben. Der Pharao wünscht, dass ich von diesem Leiden befreit werde." Ihr Lächeln verschwand. „Und dein Vater hat Wichtigeres zu tun, als sich um eine kranke Frau zu sorgen. Doch in diesen vergangenen Tagen habe ich an dich gedacht."

„An mich?"

„Ja." Sie senkte die Stimme. „Weißt du von den Sklaven in Gosen, Tochter? Sie sind ein niedriges Volk, Hebräer genannt."

Eigentlich kümmerte ich mich wenig um das Schicksal der Sklaven. Wenn Khnum die Sterblichen aus Ton erschaffen hatte, dann waren die Sklaven bestimmt aus Dung geformt worden, aber meine Mutter fragte mich sicher nicht ohne Grund danach. Stirnrunzelnd durchforstete ich mein Gedächtnis. Gosen lag in der Nähe der neuen Stadt meines Vaters, aber es schien eine Weltreise von Theben entfernt zu sein. Und in Ägypten gab es alle möglichen Sklaven – Kuschiter, Nubier, Hetiter, Midianiter ...

Ich legte meinen Arm auf die Kante ihres Lagers und stützte mein Kinn in die Hand. „Ich glaube nicht, dass ich je einen Hebräer zu Gesicht bekommen habe."

Meine Mutter richtete sich auf. „Dein Vater fürchtet die, die er die ‚Staubigen' nennt, denn sie sind mächtig und zahlreich in Gosen geworden."

„Warum sollte er die Sklaven fürchten?"

„Vor einigen Jahren hatte der Pharao einen Traum", flüsterte meine Mutter. „Er wachte mitten in der Nacht in Schweiß gebadet auf und rief die Weisen und Magier zusammen."

„Was war das für ein Traum?"

Selbst jetzt noch strahlte das blasse Gesicht meiner Mutter Besorgnis aus. „Pharao stand in der Gerichtshalle und sah die Waagschalen der Gerechtigkeit, aber es war nicht sein Herz, das gegen die Feder von Ma'at aufgewogen wurde. Vielmehr sah er, wie die Ältesten und Vornehmen Ägyptens gegen ein noch säugendes Lamm gewogen wurden, und das zarte Lamm war schwerer als sie. Zuerst konnte keiner seiner Ratgeber den Traum deuten, dann trat einer der Priester vor und verkündete, das Lamm sei ein Säugling, der nicht zu unserem Volk gehöre. Eines Tages, erklärte der Ratgeber, würde dieses Kind das Königreich ins Chaos stürzen und Ägypten besiegen. Da die Hebräer als Hirten in unser

Land kamen, wuchs in deinem Vater die Überzeugung, der Säugling müsse ein männlicher Hebräer sein. Um dieser Drohung entgegenzuwirken, befahl er, alle männlichen hebräischen Neugeborenen zu töten."

Schweigend nahm ich diese Information in mir auf. In gewisser Weise machte das Sinn. Wenn man verhindern wollte, dass ein Volk sich fortpflanzte, tötete man alle Frauen, aber wenn man hinter einem bestimmten Kind her war, das dazu bestimmt war, eine Rebellion anzufachen ...

Mutter starrte an mir vorbei ins Nichts; dann richtete sie ihren Blick wieder auf mich und lächelte mich traurig an. „Vor zwei Jahren hat er befohlen, die hebräischen Hebammen sollten alle neugeborenen Jungen töten, unmittelbar nachdem sie aus dem Schoß gekommen sind. Aber die Hebammen behaupteten, hebräische Frauen würden zu schnell gebären. Das Volk hat sich weiterhin vermehrt und jetzt sind sie noch immer so zahlreich wie die Frösche."

Ich runzelte die Stirn, weil ich noch immer nicht verstand, warum sie mir diese Geschichte erzählte. „Sie leben in Gosen, Königliche Mutter. Eine Welt von uns entfernt."

Sie schüttelte den Kopf und die Perlen in ihrem zierlich geflochtenen Kopfschmuck schlugen gegeneinander. „Hör zu, Merytamon. Als die Hebammen den Befehl deines Vaters missachteten, rief er die Magier und Weisen zusammen. Sie sahen in die Zukunft und sagten ihm, Wasser würde eine wichtige Rolle beim Tod des Kindes spielen. So erging der zweite Erlass des Pharaos: Alle männlichen hebräischen Babys sollen im Fluss ertränkt werden. Dein Vater ist nun zuversichtlich, dass sein Traum sich nicht erfüllen wird."

Ich nickte und wandte den Blick ab. Meine Mutter sollte nicht merken, wie wenig mich all dies interessierte. Sklaven waren Sklaven – ohne sie konnte Ägypten nicht existieren; und falls die weisen Männer recht hatten, hatte mein Vater ganz richtig gehandelt. Mir fiel es schwer zu glauben, dass ein einziger Sklave Ägypten zu Fall bringen könnte, aber wenn unser göttlicher Pharao die entsprechenden Schritte unternahm, konnte die Prophezeiung nicht in Erfüllung gehen.

„Pharao beabsichtigt, dich zur Frau zu nehmen“, sagte meine Mutter. Der Themenwechsel kam ziemlich abrupt. „Du wirst bald verheiratet werden.“

Ich war fest entschlossen, sie meine Furcht nicht merken zu lassen, und lächelte. „Am nächsten günstigen Tag.“

Sie beugte sich vor und senkte die Stimme. „Frauen, die Söhne gebären, sind geachtet; Frauen, die dies nicht tun, werden in den Harem geschickt und vergessen. Falls du einen Sohn brauchen solltest, musst du nur nach Gosen gehen, wo du unter den Hebräern einen finden wirst. Wegen des Erlasses des Pharaos wirst du jedes Kind nehmen können, das du möchtest, aber der König darf nichts davon erfahren. So kannst du ihm einen Sohn schenken. Und so bleibt auch deine Ehre erhalten.“

Verblüfft von ihrem Vorschlag sank ich auf den Boden. Ich hätte ihre Worte vielleicht der Wirkung des Weins zuschreiben können, aber sie hatte nichts getrunken. Reine Liebe glühte in ihren Augen, hell und konzentriert, und irgendetwas in mir sagte mir, dass sie fürchtete, mir in der Zukunft vielleicht nicht mehr raten zu können ... darum hatte sie es riskiert, mir an diesem Tag einen so ungeheuerlichen Vorschlag zu machen.

Ich erhob mich wieder auf die Knie und legte meine Hände über ihre. „Alles wird gut werden, Mutter. Die Priester wissen, was sie tun.“

„Wegen des Eingriffs mache ich mir keine Gedanken. Ich sorge mich um dich, Merytamon. Ich liebe dich ... und ich weiß, was dein Vater von seiner Königlichen Gemahlin erwartet.“

Unter ihrem eindringlichen Blick senkte ich die Augen. „Zum gegebenen Zeitpunkt werde ich mich an das erinnern, was du gesagt hast.“

Eine männliche Stimme mischte sich in unsere Unterhaltung ein: „Ihr tätet gut daran, den Rat Eurer Mutter zu beherzigen." Verwirrt fuhr ich herum. Tanut-Amun stand in der Tür. Offensichtlich hatte der schmächtige Priester jedes Wort mitbekommen.

Meine Mutter drückte meine Hände. „Hab keine Angst vor Tanut-Amun. Seit Jahren vertraue ich ihm meine Geheimnisse an."

Ich nahm diese Zusicherung mit einem Kopfnicken entgegen, doch als ich mich erhob und an dem kleinen Priester vorbeiging, fragte ich mich unwillkürlich, welche Geheimnisse meiner Mutter er kannte.

𓂀

Am folgenden Tag schlich ich, getrieben von Neugier und einer dunklen Vorahnung, durch die Flure des Palastes und betrat die Gemächer meiner Mutter. In einem einfachen Leinengewand saß sie auf einem Lager in der Empfangshalle. Ein großes Gefolge Priester in weißen Gewändern bewegte sich um sie herum. Sie lächelte und trank Wein aus einem Becher. Als sie mich entdeckte, weiteten sich ihre Augen für einen Augenblick, dann lächelte sie mir schließlich beruhigend zu.

Ich lächelte zurück und nahm auf einer kleinen vergoldeten Bank an der Wand Platz. Sie hatte mich nicht fortgeschickt, aber sie hatte mich auch nicht aufgefordert, näher zu kommen. Jedoch stellte ich fest, dass ich das einzige ihrer Kinder im Raum war.

Während ich versuchte, mich zu entspannen, bemerkte ich, dass Tanut-Amun mehrere Priester von Sekhmet mitgebracht hatte. Bei diesem Eingriff brauchten wir die Fürsprache der löwenköpfigen Göttin der Heilung. In einer der hinteren Ecken knieten Huda und die anderen Dienerinnen meiner Mutter vor einer Statue der Göttin. Sie opferten Weihrauch und Früchte. In einer anderen Ecke spielte ein blinder Harfner leise Melodien, die wie die steigenden Wasser des Hap-Ur durch die Luft flossen.

Meine Mutter legte sich jetzt vor den Ärzten auf ihr Lager. Sie faltete die Hände auf der Brust und lächelte Tanut-Amun flüchtig an. Der Oberpriester reichte ihr einen weiteren goldenen Becher. Sie hob den Kopf so weit, dass sie ihn leeren konnte. Bevor sie sich wieder niederlegte, sah sie mich jedoch an.

„Merytamon", rief sie, „du solltest jetzt gehen."

Ich hätte gern protestiert, aber Tanut-Amun drehte sich zu mir um und deutete mit unmissverständlichem Gesichtsausdruck zur Tür. Ich zögerte, wollte meine Mutter nicht allein lassen, doch der Priester kam zu mir und packte mich am Ellbogen.

„Du wirst sie in wenigen Stunden sehen." Er deutete auf die halb leere Wasseruhr auf dem Tisch in der Nähe der Tür. „Komm wieder, wenn die Uhr leer ist, Tochter des Pharaos, und erkundige dich, wie es deiner Mutter geht."

Ein anderer Priester schob mich zur Tür. Ich blickte zurück und sah, dass sie begonnen hatten, den Kopf meiner Mutter aufzubohren.

Als die Wasseruhr leer war, kehrte ich zu den Gemächern meiner Mutter zurück. Sie schlief. Ich betrat ihre Räume, ging zu ihrem Bett und sah auf sie hinab. Die Kopfhaut meiner Mutter war unmittelbar über ihrer rechten Schläfe aufgeschnitten worden und durch die mundgroße Öffnung konnte ich das Loch in dem weißen Schädelknochen sehen.

Mir wurde übel und ich wandte mich ab. Dann richtete ich meinen Blick auf Tanut-Amun. „Warum schläft sie? Als ich ging, war sie wach."

Der Priester hob ergeben die Hände. „Vielleicht ist sie müde. Komm morgen wieder, Tochter des Pharaos, und lass dich von deiner Mutter mit einem Lächeln begrüßen."

Ich kehrte am folgenden Tag wieder und am Tag danach. Am dritten Tag war meine Mutter aufgewacht, doch während ich beobachtete, wie Huda ihr Rinderbrühe einflößte, machte sich eine erschreckende Erkenntnis in mir breit – meine Mutter hatte sich verändert. Vielleicht auf Dauer.

Und wieder suchte ich den Priester und fand ihn im Vorraum. „Sie spricht nicht." Ich deutete mit einer hilflosen Geste zum Schlafzimmer, in dem meine Mutter ruhte. „Sie scheint mich nicht zu kennen."

Ein Muskel im Kiefer des Mannes zitterte. „Auch mich und ihre Magd kennt sie nicht. Ich fürchte, ihr Schädel war zu lange offen – es ist, als sei ihr *Ba* davongeflogen."

Erneut betrachtete ich die Frau mit dem leeren Blick, die da auf einem Stuhl saß. Die Priester hatten mich gelehrt, dass Sterbliche aus sechs Teilen bestanden. Dazu gehörten das Herz, der Sitz des Intellekts und des Gefühls, das *Ba* oder die ewige Seele und das *Ka*, die Macht, die unseren Körper antreibt. Das Ka meiner Mutter war offensichtlich noch intakt, denn sie aß, atmete und konnte auf Aufforderung hin gehen. Aber irgendein wichtiger Teil ihrer Persönlichkeit war entschwunden.

Wie konnten die Götter so etwas zulassen? Stumm stand ich da und hatte das Gefühl, als lägen Dutzende göttlicher Hände auf meinem Herzen und würden das Leben herauspressen.

„Wer kann die Geheimnisse der Götter verstehen?" Tanut-Amuns Augen schimmerten vor Tränen, während er meine Mutter betrachtete. „Das Ba fliegt jede Nacht aus und kehrt zum Grab zurück, in dem der Körper begraben liegt. Es könnte darum sein, dass auch Nefertaris Ba wieder zu uns zurückkehrt. Bis dahin werden wir gut für sie sorgen."

Wie eine mächtige Strömung, die mich herunterzuziehen drohte, stiegen Kindheitsängste vor dem Verlassenwerden in meinem Herzen auf. Meine Mutter hatte mich niemals vernachlässigt, aber der Platz, den ich so gern mit der Liebe eines Vaters gefüllt hätte, war leer geblieben. Würde ich jetzt auch den einzigen Elternteil verlieren, den ich richtig gekannt hatte?

Ich öffnete den Mund und wollte höfliche Worte des Trostes äußern, doch der Kloß der Trauer in meiner Kehle war so dick, dass ich keinen Ton herausbrachte.

Tanut-Amun verstand mich offensichtlich, denn er schnalzte nur in stillem Mitgefühl mit der Zunge. Ich hoffte beinahe, er würde mich tröstend in die Arme nehmen, aber ich wusste, wenn er das täte, riskierte er sein Leben.

Ich presste die Hände vor das Gesicht und weinte mehrere Minuten lang, dann wischte ich mir die Tränen ab. Als ich den Priester erneut ansah, war sein Blick vor Traurigkeit verschleiert.

Ich legte ihm die Hand auf die Schulter, denn der Priester schien genauso zu leiden wie ich. Wir würden gemeinsam um Nefertari trauern, aber keiner von uns konnte es sich leisten, jetzt viele Tränen zu vergießen.

Am morgigen Tag, so hatte ich erfahren, würde ich meinen Vater heiraten.

Am zehnten Tag des dritten Monats Akhet, als das Flutwasser des Hap-Ur seinen höchsten Punkt erreichte, bereitete ich mich darauf vor, eine Gemahlin des Pharaos zu werden, des Sohnes von Osiris und des Herrschers der Zwei Länder. Als eine Tochter der Großen Königlichen Gemahlin war es meine Pflicht, den König zu heiraten, aber ich konnte die Furcht nicht leugnen, die mit ihren dunklen Fingern nach meinem Herzen griff.

Am Morgen meines Hochzeitstages verkündete mein Vater, seine untergeordnete Frau Isnofret sei von nun an ebenfalls Große Königliche Gemahlin. Darum, erklärte er seinen Höflingen, würde er an diesem Tag nicht nur seine Tochter Merytamon, sondern außerdem auch Isnofrets Tochter Bint-Anath heiraten.

Mit gemischten Gefühlen nahm ich diese Neuigkeit zur Kenntnis. Bint-Anaths Anwesenheit bei der Zeremonie würde meine Nervosität dämpfen, aber dass der Pharao Isnofret als Große Königliche Gemahlin anerkannt hatte, erschien mir meiner Mutter gegenüber illoyal, die die Gemahlin seiner Jugend und die Mutter seines erstgeborenen Sohnes war. Aber ohne ihr Ba konnte sie nicht mehr Königliche Gemahlin sein, und ich wagte nicht zu hoffen, dass es noch vor der Zeremonie zurückkehren würde. Ich war noch so sehr Kind, dass ich sie mir in meiner Nähe wünschte und ihr Lächeln sehen wollte, während ich durch den Thronsaal auf meinen Ehemann und König zuschritt.

Ich zitterte, als Nema mich für die Zeremonie ankleidete. Vielleicht war meine Mutter nicht die einzige unvollständige Frau im Haushalt des Pharaos. Wie konnte eine Frau ohne Schoß eine angemessene Gemahlin für einen König sein?

Die wildesten Gedanken bildeten sich in meinem Herzen, während Nema mein Gesicht schminkte. Vielleicht hatte sich das Ba meiner Mutter auf die Suche nach meinem Schoß gemacht. Vielleicht waren beide von einem Krokodil aus dem Hap-Ur gefressen worden oder von einem Lamm der Hebräer. Vielleicht hatte das Kind aus dem Traum des Pharaos, das später, wenn es groß war, Ägypten bedrohen würde, Teile von mir und meiner Mutter gestohlen als Rache für seinen nassen Tod im Hap-Ur ...

„Du musst stillhalten, Herrin!“

So von Nema ermahnt, die ungewöhnlich verdrießlich wirkte, beschloss ich, meine Gedanken und Gefühle im Zaum zu halten. Ich sah zu meiner Kommode hinüber, auf der hoch aufgetürmt meine Hochzeitsgeschenke lagen. Nema versuchte so zu tun, als sei es ein gewöhnlicher Tag, aber ich wusste, sie spürte meine Ängste.

„Ich höre, Herrin“, murmelte sie, während sie mir meine schwere Perücke aufsetzte, „dass Pharao vorhat, bald zu einem weiteren Feldzug aufzubrechen.“

Ich nickte, denn ich hatte dasselbe gehört. Wenn Ägypten in Syrien und den anderen nördlichen tributpflichtigen Staaten keine militärische Präsenz zeigte, würden die Hetiter die

Menschen in diesen Regionen bald überreden, die Seiten zu wechseln. Pharao kämpfte nun schon seit mehr als einem Jahr gegen das angreifende hetitische Weltreich.

Nema richtete den Kopfschmuck auf meiner Perücke, eine goldene Kobra. Sie war ein weiteres Geschenk des Königs. „Dein Vater könnte also lange fort sein. Und während ein König fort ist, kann in diesem Haus vieles geschehen."

Ich drehte mich zu ihr um. Trotz ihrer erst 12 Jahre war Nema sehr schlau. Wenn ich ihrer Dienste nicht bedurfte, verbrachte sie ihre Zeit bei den anderen Dienstboten im Haushalt des Pharaos, und Diener, so hatte ich gelernt, hatten Zugang zu einem unendlichen Schatz an nützlichen Informationen. Sie wusste auch alles über mich, abgesehen von meinem unfruchtbaren Inneren.

Ich legte die Hand auf meinen Bauch. „In der Tat, selbst ein unreifer Schoß könnte reif werden. Aber was, wenn nicht?"

Nemas dunkle Lippen teilten sich und entblößten ihre strahlend weißen Zähne. „Bist du nicht die erstgeborene Tochter von Nefertari, reich an Lob und die bezaubernde Gemahlin des Pharaos? Ist der Priester Tanut-Amun nicht dein Freund? Bin ich nicht die ergebenste Dienerin im Schwarzen Land? Du bist nicht allein, meine Herrin. Auch wenn ihr Ba davongeflogen ist, hat deine Mutter dich nicht ohne Freunde im Haus des Pharaos zurückgelassen."

Getröstet durch die ermutigenden Worte meiner Sklavin wurde ich auf einen vergoldeten Tragestuhl gesetzt, auf dem die hieroglyphischen Bilder für „Mutter des Königs von Ober- und Unterägypten, Anhänger des Horus, Führer des Herrschers, Lieblingsfrau" eingeritzt waren. Hoch auf den Schultern von vier Höflingen und gefolgt von einer Gruppe erlesen gekleideter Dienerinnen traf ich zur sechsten Stunde, gerade als die Sonne ihren Zenit erreichte, im Thronsaal ein. Bint-Anaths Gefolge zog hinter mir her, aber ich sah nicht zu ihr zurück, um sie zu trösten. Ihre Mutter würde anwesend sein – meine nicht.

In einem durchsichtigen Gewand aus feinstem, in unzählige Falten gelegtem Leinen und geschmückt mit meinen silbernen Fußketten und meinem goldenen Brustschmuck, trat ich in den Thronsaal des Pharaos ein und stellte mich den Vornehmen Thebens, die gekommen waren, um das Ereignis mitzuerleben. Hinter mir kicherte Bint-Anath nervös, als sie von ihrem Stuhl herabstieg, aber ich wollte mir meine Angst nicht anmerken lassen. Ich war Nefertaris älteste Tochter, ich hatte ihren Schoß geöffnet, und darum war ich ein wichtiges Bindeglied im Anspruch meines Vaters auf den Thron von Ägypten. Ich konnte nicht versagen in dem, wozu ich geboren war.

Hohe Lichtgaden erhellten den rechteckigen Raum und fingen die Brise vom Fluss ein. Stille legte sich auf die Menge, als ich mich zum Thron am hinteren Ende des Raums in Bewegung setzte. Ich schritt langsam, in königlicher Haltung, wie ich hoffte. Illustrationen der Raubzüge des Königs in Nubien und Syrien an den Wänden zeigten ihn als siegreichen Krieger. Während andere Pharaonen sich damit zufriedengegeben hatten, sich bei der Anbetung der Götter oder entspannt in der Gesellschaft von Familienmitgliedern darstellen zu lassen, war mein Vater auf zwei Dinge stolz – auf seine Kriege und seine Denkmäler. Auch wenn ich nicht behaupten konnte, den Mann zu kennen, so kannte ich doch wie alle Einwohner Thebens den König.

Langsam einen Fuß vor den anderen setzend, schritt ich mit so viel Zuversicht, wie ich aufbringen konnte, nach vorn. Die Medjay-Krieger des Pharaos – Nubier, die als Leibwache des Königs dienten – hatten sich an der Seite des Raumes zwischen mir und den Zuschauern aufgestellt. Sie trugen lediglich Lendenschurze und ihre muskulösen Körper glänzten wie poliertes Ebenholz. In ihren Händen hielten die Wachen selbst hier Schilder und Speere.

Mein Blick richtete sich auf das Podest am hinteren Ende des Raums, wo mein Vater auf seinem vergoldeten Thron saß. Zu seiner Rechten stand sein ältester Sohn, mein Bruder Amun-Hirwonmef, und zu seiner Linken räkelte sich ein junger Löwe, ein Andenken an eine seiner jüngsten Expeditionen. Die wichtigsten Ratgeber meines Vaters – die Wesire von Ober- und Unterägypten sowie Rudjek, der Hauptpriester des Amun – hatten sich hinter dem Thron aufgestellt. Hinter ihnen schwangen zwei männliche Sklaven in perfekter Übereinstimmung ihre Federfächer.

Ramses – Vater, König und bald mein Gemahl – trug ein langes weißes Gewand mit großzügigem Faltenwurf. Eine breite goldene Platte bedeckte seine Brust, und seine rotweiße Krone, das Symbol für Ober- und Unterägypten, saß auf seinem Kopf. Vorne an seinem Kopfschmuck angesteckt waren Abbildungen der Schlangengöttin Wadjet und der Geiergöttin Nekhebet, die die Macht der Götter über jeden symbolisierten, der es wagte, sich gegen Ägypten oder seinen König zu wenden. In den Händen hielt er Stab und Wedel, Symbole der Rolle des Königs als göttlicher Hirte seines Volkes.

Vor dem Baldachin kniete ich auf dem Marmorfußboden nieder, legte mich flach auf den Boden, die Hände vor dem Thron des Pharaos ausgebreitet.

„Erhebe dich, Merytamon, du Ausgezeichnete, Anmutige Königliche Tochter, Königliche Schwester, Göttliche Gemahlin und Königliche Gattin." Die Stimme meines Vaters schien von weither zu kommen, doch als ich den Kopf hob, um seinem Blick zu begegnen, lächelten seine dunklen Augen mich an.

„Bist du mit dieser Eheschließung einverstanden?"

Wer hätte diese Frage verneint? „Ja, mein Herr."

Ptophotep, einer der Ratgeber des Königs, trat aus der Menge hervor und sprach die traditionellen Worte: „Wenn du ein bedeutender Mann bist, schaffe dir einen Haushalt und liebe deine Frau, wie es dir geziemt. Fülle ihren Bauch, kleide ihren Rücken, Salbe ist das Heilmittel für ihre Glieder. Erfreue ihr Herz, solange sie lebt; sie ist ein gottesfürchtiges

Feld für ihren Herrn. Hindere sie daran, herrschsüchtig zu werden."

Einige der Frauen des Hofes begannen leise zu kichern, denn niemand konnte sich vorstellen, dass eine Frau versuchen würde, den Pharao zu beherrschen.

Mit symbolträchtiger Geste erhob sich der Pharao von seinem Thron, streckte die Hand aus und zog mich aus meiner Bittstellerposition hoch. Während wir nebeneinander auf dem Podest standen, wusch der Hohepriester des Osiris unsere Hände und Füße mit frisch aus dem Hap-Ur geschöpftem Wasser, um die Reinheit unserer Verbindung zu symbolisieren. Dann nahm der König ein Brot von dem Priester entgegen, brach ein Stück ab und reichte es mir. Ich nahm es und würgte das trockene Brot hinunter.

Während dieser Rituale sangen die Frauen des Hofes ein Brautlied, das mir nie passender erschienen war:

„Lieblich ist die Tochter des Königs!
Schwarz sind ihre Flechten, wie die Schwärze der Nacht,
schwarz wie die Weintrauben ist ihr Haar.
Die Herzen der Frauen wenden sich ihr mit Freuden zu
und betrachten ihre unvergleichliche Schönheit.

Lieblich ist die Tochter des Königs!
Rosig sind ihre Wangen, wie die rötliche Farbe des Jaspis,
rosig wie das Henna, das ihre schlanken Hände bedeckt!
Das Herz des Königs wird mit Liebe erfüllt,
wenn sie in all ihrer Schönheit vor seinem Thron steht."

Trotz meiner dunklen Vorahnungen füllten sich meine Augen beim Klang der süßen Stimmen mit Tränen. Ich wusste nicht genau, warum ich weinte ... aber ich war überwältigt von dem unbegründeten, doch sehr ausgeprägten Gefühl, dass ich für diesen Augenblick geboren worden war.

Eines blieb noch zu tun – das Zerschlagen des Kruges mit dem Hochzeitswein durch das Schwert, und als der Tonkrug unter dem Schlag zersplitterte, blickte ich lächelnd nach hinten, wo meine Halbschwester darauf wartete, unseren Vater und König ebenfalls zu heiraten.

Ihr zu Ehren sangen die Frauen ein anderes Lied; schließlich wurden wir gemeinsam in die Banketthalle des Königs geleitet. Das Essen war so üppig, wie ich es noch nie erlebt hatte. Musiker spielten zu unserer Unterhaltung auf und die Tänzer führten ihre Künste vor. Ramses, mein Vater und jetzt mein Ehemann, saß allein mit abwesenden Augen und besorgtem Gesichtsausdruck vor einem kleinen Tisch. Rechts von mir aß Bint-Anath gleichzeitig von mehreren Tellern. Gelegentlich warf sie dem kleinen Affen, den sie als Haustier hielt, ein paar Bissen zu. Ich aß schweigend, lächelte, wenn mein Blick den der Ratgeber meines Königs kreuzte, und gab mir die größte Mühe, wie eine glückliche und gesegnete Braut auszusehen.

Es war die prächtigste Hochzeit, die Theben je erlebt hatte, da war ich sicher. Und während ich meinen Vater durch gesenkte Augenlider betrachtete, wuchs in mir die Überzeugung, dass er der desinteressierteste Bräutigam war, den die Stadt je gesehen hatte.

Stunden später, nach der Feier und den Abendopfern, kam ein Diener mit einer Nachricht in meine Gemächer: Mein Gemahl, der König, erwartete mich in seinen Gemächern.

Ich betrachtete die schwere Perücke und das fließende Gewand, das ich gerade abgelegt hatte, und fing Nemas Blick auf. „Soll ich dir helfen, alles wieder anzulegen?“, fragte sie mit zitternder Stimme.

Ich schüttelte den Kopf. „Etwas Einfaches genügt, denke ich. Ein schlichtes Gewand und eine kurze Perücke.“

Wir konzentrierten uns auf meine Toilette, dann drehte ich mich vor ihr, damit sie mich inspizieren konnte.

„Du siehst wundervoll aus.“ Sie legte die Hände an die Wangen. „Wenn nur deine Mutter hier wäre –“

„Sprich ein Gebet für mich zu deinen Göttern.“ Ich nahm einen Spiegel zur Hand, um den Khol um meine Augen noch einmal zu überprüfen. „Bete, dass der Pharao nicht merkt, dass er eine unfruchtbare Frau geheiratet hat.“

Die königlichen Gemächer des Pharaos lagen im hinteren Teil des Palastkomplexes, in der Nähe des Flusses, wo die Abendbrise die größte Abkühlung brachte. Ich ging zwischen zwei Wächtern und meine Sandalen klapperten über den Steinfußboden, als wir durch die Vorhalle, den Gartenhof, die nördliche Loggia und den Empfangsraum schritten. Von dort aus durchquerten wir die große Halle. Ein Diener führte uns zur geschnitzten Tür des Schlafzimmers des Pharaos.

Die Wachposten versteiften sich und machten deutlich, dass ich die Tür selbst würde öffnen müssen. Das tat ich auch. Ich trat in einen Raum ein, der von Fackeln an der Wand erleuchtet wurde. Zuerst sah ich den Pharao gar nicht, darum schloss ich die Tür und trat weiter in den Raum ein. Fröstelnd fuhr ich mit den Händen über meine bloßen Arme. Ein Schauer überlief mich.

Als ich den König auf seinem Ruhebett entdeckte, ließ ich mich zu Boden sinken.

„Mein Herr“, flüsterte ich und drückte meine Handflächen auf den gefliesten Boden. „Du hast nach mir geschickt.“

„Das habe ich allerdings.“ Seine Stimme war schwerer als am Mittag und seine Worte waren undeutlich. „Erhebe dich, Merytamon, Ehefrau des Königs!“

Ich gehorchte. Und zum ersten Mal in meinem Leben sah ich den Pharao ohne Krone oder eines der anderen Symbole seiner Macht. Der Mann, der ausgestreckt vor mir lag, trug ein schlichtes weißes Leinengewand, einen Gürtel aus Pantherfell und einen kleinen goldenen Kragen. Sein Kopf war, abgesehen von seinem dichten rotbraunen Haar, unbedeckt. Er sah mich mit zusammengezogenen Augen an.

„Du bist Nefertaris Tochter?“

Die Frage war idiotisch, aber wer war ich, dass ich ihm so etwas sagen konnte? Ich neigte den Kopf. „Ja, mein Herr.“

„Du kannst aufhören, dich in meiner Gegenwart zu verneigen. Lass uns wie Mann und Frau miteinander reden.“

Ich blinzelte verwirrt. Er war ein Gott, der König und mein Vater. Wie konnte ich ihn jemals als gewöhnlichen Ehemann betrachten? Er reichte mir einen Becher und deutete auf einen Stuhl neben seinem Bett. Ich zögerte einen Augenblick, doch dann durchquerte ich den Raum und nahm Platz.

„Erzähle mir, Tochter von Nefertari.“ Seine Augenlider senkten sich. „Hast du deine Mutter gut gekannt?“

„Ja, mein Herr. Ich bin ihre älteste Tochter.“

„Vermisst du sie, nun, da sie davongeflogen ist?“

Meine Kehle wurde mir eng. Ich musste schlucken, bevor ich antworten konnte. „Sehr, mein Herr.“

„Gut. Eine Tochter sollte ihre Mutter lieben, wie sie ihren Vater liebt.“ Er sah mich an. „Liebst du deinen Vater?“

Verwirrt nickte ich.

„Auch gut. Dann wirst du mir gehorchen?“

„Immer, mein Herr.“

„Ich möchte, dass du Nefertari nach Mi-Wer bringst.“

Ich war zu überrascht, um mehr zu tun, als erneut zu nicken. Mi-Wer war der Palast für den königlichen Harem. Da mein Vater mehr Frauen und Konkubinen hatte, als Räume zur Verfügung standen, war er auf die Idee gekommen, einen Haushalt für die Frauen fern von seinem Palast zu unterhalten. Die höher stehenden Frauen und ihre Kinder residierten in der Regel bei ihm in Theben, während die anderen Frauen des Königs in Mi-Wer lebten und darauf warteten, ihm Vergnügen zu bereiten.

„Mi-Wer wird ihr guttun.“ Der Pharao stützte den Kopf in die Hände. „Hier ist es zu still.“

Im Stillen stimmte ich ihm zu. Meine Mutter war oft mit ihren Kindern dorthin gefahren, wenn der Pharao auf Reisen war, und ich hatte diese Besuche immer genossen. Mi-Wer lag in der Region, die als *Faiyum* oder das „Land der Seen" bekannt war. Dort gab es eine üppige Vegetation, eine Vielfalt von Tieren und außerdem zahllose königliche Frauen. Angesichts meiner Hochzeit und meines noch immer unwilligen Körpers gefiel mir der Gedanke, freien Zugang zu den Ratschlägen anderer Frauen zu haben.

Doch ein neuer Gedanke erschreckte mich – versuchte mein Vater etwa, meine Mutter loszuwerden? Seine nächsten Worte vertrieben diese Sorge jedoch.

„Ich werde bald nach Syrien aufbrechen", murmelte er, während er auf den Boden starrte. „Und hier wird Nefertari, die Liebliche, keine Gesellschaft haben. Darum musst du sie nach Mi-Wer bringen, wo Mehy sich um ihre Bedürfnisse kümmern wird."

Ich kannte den Namen – Mehy war der Eunuch, der den Harem beaufsichtigte. Er war ein fähiger Mann und besaß offensichtlich das uneingeschränkte Vertrauen des Pharaos.

„Ich werde es tun." Ich lächelte, dankbar darüber, dass Sorge, nicht Bequemlichkeit der Grund für seine Bitte war. „Ich werde liebevoll für sie sorgen und gemeinsam werden wir deine Rückkehr erwarten."

Im Stillen pries ich die Götter, dass sie mir diesen Ausweg geboten hatten. Jeder Tag fern von meinem Ehemann war ein Tag, an dem mein schlafender Schoß erwachen konnte.

Der König sah mir direkt in die Augen. „Du siehst ihr sehr ähnlich", sagte er, dann rollte er sich auf den Rücken und ließ den goldenen Becher zu Boden sinken. Über das Klappern hinweg rief er: „Hat sie für dich gesungen? Mir hat sie immer vorgesungen – Lieder von Hap-Ur, von den Göttern. Mit ihrem süßen Gesang hat sie mich in den Schlaf gewiegt."

Und in diesem Augenblick erkannte ich, was ich in meiner Naivität vorher nicht gemerkt hatte – mein Herr, der König, war betrunken. Ich hatte wenig Erfahrung mit Männern im Allgemeinen und gar keine mit betrunkenen Männern im Besonderen, aber die ruhige Stimme der Vernunft übernahm von diesem Augenblick an die Führung.

„Ja, sie hat mir vorgesungen.“ Mit einem Mut, von dem ich gar nicht wusste, dass ich ihn besaß, erhob ich mich und trat an das Bett des Pharaos. Ich atmete tief durch und sang das Lieblingslied meiner Mutter: *„Komm durch den Garten, Geliebter, zu mir.“*

Obwohl seine Augen geschlossen waren, streckte sich die mächtige Hand des Pharaos nach mir aus. Noch immer singend legte ich meine Hand in seine, dann ließ ich mich von ihm an seine Seite ziehen. Ich hielt inne, als er seinen Arm um meine Taille schlang und seinen Kopf in meinen Schoß bettete.

„Sing weiter“, forderte er mit heiserer Stimme.

„Meine Liebe ist wie die Blume, die wächst“, sang ich leise. Ich wollte ihn nicht aufregen. *„Hoch und gerade wie eine junge Palme und auf jeder Wange eine süße erblühte Rose.“*

Ich sang fast eine Stunde lang, jedes Lied, das ich kannte, und bevor die Nacht ihren dunklen Umhang über Theben gelegt hatte, schlief der Pharao, der König von Ägypten, in meinen Armen ein wie ein neugeborenes Baby.

Ptahmose, der ranghöchste Diener des Königs, fand uns am folgenden Morgen. Ich schlüpfte aus dem Bett meines noch immer schlafenden Ehemannes und eilte davon, als eine Parade von Dienern – Friseure, Nagelpfleger, Fußpfleger und ein halbes Dutzend Priester – das Schlafzimmer des Königs betraten, um ihn für den Tag bereit zu machen.

Ich wartete nicht auf eine offizielle Eskorte, sondern lief allein durch die Flure des Palastes. Beinahe hätte ich mich in den verzweigten Gängen, die zu meinen neuen Räumen führten, verlaufen.

Nema ließ beinahe die Schale fallen, die sie gerade in der Hand hielt, als ich meine Gemächer betrat und mich keuchend gegen die Tür lehnte.

Ihre Augen weiteten sich. „Und?"

„Er hat geschlafen." Ich spürte, wie sich ein breites Grinsen auf meinem Gesicht breitmachte. „Wie ein Welpe, der sich an warmer Milch satt getrunken hat, hat der König in meinen Armen geschlafen. Ich sollte ihm nur etwas vorsingen."

Nema seufzte erleichtert auf. „Das sollte dich freuen."

„Das tut es auch – aber aus anderen Gründen. Auf Wunsch des Königs werde ich meine Mutter nach Mi-Wer bringen; wir werden also sofort anfangen zu packen. Rufe Abi, den Kämmerer des Großen Hauses. Er soll alles für unsere Reise vorbereiten."

Nema eilte davon. Als Abi in meinen Gemächern erschien und meine Neuigkeiten erfuhr, erwiderte er, er würde drei Tage benötigen, um angemessene Transportmittel für uns alle bereitzustellen. Ich stellte mich also darauf ein, geduldig abzuwarten. Die Nachricht von meiner Abreise verbreitete sich jedoch in Windeseile im Palast und am Tag vor dem Aufbruch suchte der Priester Tanut-Amun mich in meinen Gemächern auf.

Ich freute mich aufrichtig, ihn zu sehen. „Willkommen, Tanut-Amun", rief ich. Ich erhob mich und ging ihm entgegen.

„Ich grüße dich, Tochter der Isis." Er verneigte sich vor mir. „Ein langes Leben, Kraft und Gesundheit für dich!"

Ich gestattete ihm, vor mir zu knien, und beugte mich nieder, um ihn anzusehen. „Mein Freund – ich bin froh, dass du gekommen bist. Ich hoffe, dir geht es gut?"

„So ist es, Liebliche Königliche Gemahlin. Aber ich bin traurig, von deiner bevorstehenden Abreise zu erfahren."

Ich schnitt eine Grimasse. „Mein Problem ist noch immer nicht gelöst, darum denke ich, es wird gut sein wegzukommen. Pharao erlaubt mir, Nefertari nach Mi-Wer zu bringen, während er nach Syrien marschiert. Wir werden also viele Monate dortbleiben. Ich hoffe, dass mein Schoß während seiner Abwesenheit erwachen wird."

Tanut-Amun nickte. „Die Götter könnten dir gnädig sein. Aber falls das nicht so ist ... ich habe nachgedacht, und ich denke, du solltest die weisen Worte deiner Mutter in Betracht ziehen."

Meine Gedanken kamen zum Stillstand. „Welche –"

„Die hebräischen Kinder." Tanut-Amun senkte die Stimme, als könnten die Wände lauschen. „Ich habe noch einen anderen Gedanken gehabt, Sanftmütige Königliche Gemahlin, und ich hoffe, du wirst zuhören. Ich denke, es ist des Überlegens wert."

Verwirrt nickte ich und gab ihm die Erlaubnis weiterzusprechen.

„Du hast die ägyptische Geschichte studiert." Er verschränkte die Arme. „Zweifellos hast du von den glorreichen Königen früherer Dynastien gehört."

„Natürlich." Ich hatte schon immer gern gelesen und als Tochter des Königs standen mir alle Papyrushäuser offen. Seit der Zeit Narmers hatte mein Volk sorgfältig über alle großen Könige Aufzeichnungen geführt.

„Fast jeder Pharao", fuhr Tanut-Amun in neutralem Tonfall fort, „hat traditionsgemäß seine Schwester oder Tochter geheiratet, aber allmählich sind diese Familien schwächer geworden. Doch wann immer jemand außerhalb der königlichen Blutlinie in die göttliche Abstammung hineinkam, wurde Ägyptens Größe wiederhergestellt."

Ich sank verwirrt auf meinem Stuhl zusammen. „Ägypten ist immer groß gewesen."

Er verzog den Mund und sagte: „Bitte beachte dieses Beispiel – Amenhotep II., ein großer König, zeugte Tuthmosis, einen großen König, der jung gestorben ist, der Amenhotep III. zeugte, der Akhenaton zeugte –"

Ich schnitt eine Grimasse. Jeder Thebaner wusste, dass Akhenaton alle Götter außer Aten verachtet und den königlichen Hof nach El-Amarna verlegt hatte, einer Stadt im Süden. Dieser König hatte die Bedürfnisse seines Volkes ignoriert und nichts getan, um Ägyptens Vormachtstellung über die benachbarten Völker zu erhalten. Er war nur dem einen Gott ergeben gewesen und hatte sich geweigert zu begreifen, dass das Volk viele Götter brauchte, die seine Bedürfnisse erfüllten. Glücklicherweise hatte sein Sohn Tutankhamen den Weitblick besessen, den Hof wieder nach Theben zurückzuverlegen und die Anbetung der alten Götter wieder einzuführen, aber dieser König war jung gestorben und hatte das Volk ohne einen königlichen Erben zurückgelassen. Seine verwitwete königliche Gemahlin Ankhesenamen hatte den König der Hetiter um einen königlichen Prinzen gebeten, der ihr Ehemann und König von Ägypten werden sollte, aber ein gerissener alter Wesir heiratete sie und stahl den Thron, nachdem geheimnisvolle Räuber den versprochenen hetitischen Prinzen auf der Reise nach Ägypten ermordet hatten. Doch Aye lebte nicht lange und ihm folgte Horemhab, ein Militärgeneral. Horemhab, ein Bürgerlicher, begründete die 19. Dynastie, die meinen Vater hervorgebracht hatte ... und mich.

„Verstehst du nicht?“ Tanut-Amun breitete die Hände aus. „Ägypten ist eine Zeit lang mächtig, dann scheint der königliche Samen schwächer zu werden, und wir müssen Könige ertragen wie Akhenaton, die uns von innen heraus schwächen. Aber Ägypten lebt auf, wenn frischer Samen auf den Thron kommt –“

Ich hielt mir die Ohren zu. „Blasphemie! Und das von dir, einem Priester!“

„Das ist keine Blasphemie.“ Tanut-Amun beugte sich zu mir hinüber. „Es ist die Wahrheit. Und dies ist der Grund, warum du keine Angst haben solltest, ein hebräisches Kind zu nehmen, falls dein Schoß noch nicht erwacht. Die Hebräer sind ein starkes Volk und sie vermehren sich wie die Kaninchen. Du hast bestimmt keine Mühe, ein vollkommenes Kind zu finden.“

Hin und her gerissen von widerstreitenden Gefühlen ließ ich die Hände sinken. „Pharao fürchtet die Hebräer wegen seines Traumes. Wenn ich ihm einen hebräischen Sohn schenken würde, würde er an diesen Traum denken –"

„Die Prophezeiung von Pharaos Traum ist getilgt; er fürchtet das säugende Lamm nicht mehr."

„Aber er würde das Kind ansehen und es wissen."

„Das würde er nicht. Zwischen unserem Volk und den Hebräern gibt es keinen physischen Unterschied. Sie sind vielleicht ein wenig größer, aber Pharao wäre erfreut zu denken, er hätte einen großen Sohn gezeugt."

„Er würde es merken." Dieses Mal sprach ich leiser und spürte, wie ich errötete. „Pharao hat nicht ... nun, als wir zusammen waren, ist er eingeschlafen. Er würde also wissen, dass er mit mir keinen Sohn gezeugt hat."

Der Priester schnaubte leise. „Deine Hochzeitsnacht? Ich habe den Pharao gesehen, bevor er sich in seine Gemächer zurückgezogen hat. Er war vollkommen betrunken. Er wird sich an diese Nacht nicht erinnern."

„Bist du sicher? Er konnte noch richtig denken, denn er hat mich gebeten, Nefertari nach Mi-Wer zu bringen."

Tanut-Amun legte seine Fingerspitzen an die Lippen und zeigte dann mit dem Finger auf mich. „Denk an die Geschichte von Hatshepsut, Königliche Gemahlin."

Ich runzelte die Stirn und versuchte mich an meine Geschichtsstunde zu erinnern. Hatshepsut war die Tochter von Tuthmosis I. Nach seinem Tod heiratete sie traditionsgemäß Tuthmosis II. Aber als Tuthmosis II. starb, setzte sich Hatshepsut selbst auf den Thron.

Ich hob den Blick und stellte fest, dass der Priester mich beobachtete. „Hatshepsut war ... ungewöhnlich. Aber was hat sie mit mir zu tun?"

Tanut-Amuns Lächeln ging in Lachen über. „Verstehst du denn nicht? Um ihren Anspruch auf den Thron zu untermauern, erzählte Hatshepsut ihrem Volk, der Gott Amun, ihr eigentlicher Vater, hätte die Gestalt von Tuthmosis angenommen, um eine Frau zu empfangen, die Königin sein würde."

Ich starrte den vor mir auf und ab laufenden Priester an. „Ich will nicht Königin sein. Und man erzählt sich, Hatshepsut sei von ihrem Sohn ermordet worden. Ich will ganz bestimmt nicht diese Art von –"

„Du sollst doch gar nicht Königin werden, meine Liebe. Ich meine doch ihre Empfängnis. Sie hat behauptet, Gott hätte sie gezeugt. Und nach ihrer Herrschaft behauptete Tuthmosis III., er sei von Amun gezeugt worden."

Meine Gedanken wirbelten durcheinander. „Ich soll also sagen, ich sei –"

„Nicht du, das *Kind*. Wenn jemand seine Herkunft infrage stellt, sagst du ihm, Amun hätte auf göttliche Weise einen Sohn für Pharao gezeugt. Niemand wird es wagen, deine Aussage anzuzweifeln."

Ich presste die Hand auf mein Herz; ich spürte es unter meiner Haut schlagen. Diese Idee war undenkbar, doch brillant im Konzept. Pharao musste an die Götter und alle ihre Legenden glauben, denn er erhob den Anspruch, einer von ihnen zu sein. Mein Wort anzuzweifeln wäre gleichbedeutend damit, seine eigene Geschichte anzuzweifeln. Außerdem, selbst wenn der Pharao im tiefsten Winkel seines Herzens meine Treue anzweifeln sollte, hätte ich einen zusätzlichen Beweis – ich hatte in einer Gemeinschaft von Frauen gelebt, Tag und Nacht umgeben von Wächtern, Priestern und Dienern, die eher sterben würden, als eine Frau des Pharaos anzurühren.

Ich spürte, wie sich ein Lächeln auf meinem Gesicht breitmachte. „Trotzdem", sagte ich, während ich gleichzeitig die Einzelheiten durchdachte, „ein paar Leute würden die Wahrheit kennen. Ich würde eine Amme für das Kind brauchen und meine Dienerin weiß um meinen Zustand –"

„Deine Dienerin ist loyal und Silber kann Schweigen erkaufen." Die Mundwinkel des Priesters hoben sich zu einem zufriedenen Lächeln. „Es ist ein guter Plan, Kluge Königliche

Gemahlin. Jedoch erfordert er, dass ich dich und Nefertari nach Mi-Wer begleite."

Ich lachte. „Du willst im Harem leben?"

„Mehr als das. Ich werde dir dort dienen, wo immer du meiner Dienste bedarfst, und ich werde auch die Pflege deiner Mutter weiterhin beaufsichtigen."

Ich nickte, denn Mutter würde einen Arzt brauchen. Und wer könnte besser für sie sorgen als dieser Priester? Außerdem kannte er uns und Mutter vertraute ihm. Ich brauchte keine andere Empfehlung.

Ich starrte ihn noch eine Weile an „Warum willst du das für mich tun?"

Er kniete vor mir nieder. In der Stille meines Zimmers hörte ich seine Knie knacken. „Weil ich deine Mutter geliebt habe", sagte er einfach und lächelte mich an. „Mit dem reinsten Herzen und den edelsten Absichten liebe ich sie noch immer. Darum, Merytamon, denke ich, dass ich auch dich lieben muss."

Damit verneigte er sich, küsste die Fliesen zu meinen Füßen, dann erhob er sich und wich mit gesenktem Kopf zur Tür zurück. Ich empfand süße Trauer bei seinem Rückzug, denn wahre Freunde lässt man nicht gerne gehen, auch nicht für einen kurzen Augenblick. Aber er hatte mir ein Geschenk gemacht. Zum ersten Mal seit Wochen hatte ich das Gefühl, dass Hoffnung – und Freundschaft – mit mir zusammen im Haus der Frauen des Pharaos leben könnte.

Der königliche Harem, oder *Per-Khenret*, war beinahe so prunkvoll wie das Haus des Pharaos selbst. Der Haushalt der niedrigeren Frauen existierte aus mehreren Gründen. Dazu gehörte natürlich auch die Bequemlichkeit des Pharaos, aber die wichtigste Funktion war die Zeugung und Erziehung der königlichen Söhne und Töchter. Wenn die erste Frau keinen Sohn zur Welt brachte, musste der männliche Erbe unter den

Haremsfrauen gesucht werden. Auch die Töchter des Königs waren geschätzt und mussten häufig militärische Bünde oder Handelsabkommen mit ausländischen Mächten versüßen. Ich als Tochter der Großen Königlichen Gemahlin hatte keine Angst, nach Syrien, Mittani oder in irgendein anderes Land geschickt zu werden, aber meine Halbschwestern im Harem lebten in dem Wissen, dass sie zwar aus Gold erschaffen worden waren, aber trotzdem ein Pfand in den Händen des Königs waren.

Jeder gebildete Prinz und jede Prinzessin kannte auch die Gefahren des Harems. Bei mindestens zwei Gelegenheiten hatte es innerhalb des Harems eine Verschwörung zur Ermordung des Königs gegeben, und allgemein wurde angenommen, dass die Verschwörer erfolgreich gewesen waren.

Vielleicht hatte mein Vater aus diesen Gründen Mi-Wer in einiger Entfernung von seiner Hauptstadt eingerichtet. Der Harem von Amenhotep III. hatte sich in Malakata, unmittelbar auf der anderen Seite des Flusses, befunden, doch mein Vater war vorsichtiger.

Während meiner Kindheit war ich schon in Mi-Wer gewesen. Ich hatte meine Mutter begleitet, die dorthin gereist war, als sie meine Schwester erwartete. Meine Brüder und ich waren im Palast in Theben geboren worden, aber aus irgendeinem Grund war es der Wunsch meiner Mutter, ihr letztes Kind nur in Gesellschaft von Frauen auf die Welt zu bringen. Und so hatte sie erst vor drei Jahren auf den Ziegeln in einem Raum im Per-Khenret meine Schwester zur Welt gebracht. Mir war gestattet worden, die Geburt mitzuerleben – aus Bildungszwecken, nahm ich an. Während dieser wenigen Stunden sah ich viele Hebammen, atmete viel Weihrauch ein und hörte Gesänge für Gesundheit und Fruchtbarkeit. Schließlich kniete sich ein königlicher Priester-Arzt neben den Hocker und fing meine Schwester auf, als sie aus dem Schoß meiner Mutter glitt. Sie hatte nur wenige Monate gelebt, aber die Erinnerung an ihre Geburt würde mich immer begleiten.

Ich starrte mein blutiges Geschwisterchen an, das den Mund öffnete und prompt zu schreien begann, und ich empfand eine kindliche Abneigung der Unbekannten gegenüber ... und während die königliche Barke über den Fluss trieb und uns nach Unterägypten brachte, fragte ich mich, ob die Götter meine fehlende Bereitschaft, meinen Körper für dieselbe Erfahrung zu öffnen, bemerkt hatten. Hatten sie mir an diesem Tag meinen Schoß gestohlen? Hatte Thoth, der Gott des Zaubers, mich irgendwie verschlossen?

Ich verwarf den Gedanken und konzentrierte mich auf das leise Plätschern der Ruder im ruhigen Wasser. Da der Pharao abwesend war, beschloss ich, mir um meinen Schoß keine Gedanken zu machen. Stattdessen würde ich meine Mutter pflegen, die mit ausdruckslosem Gesicht in ihrem Sessel saß. Ihre Augen waren wie leere Fenster. Sie aß, wenn wir ihr Nahrung an die Lippen hielten, sie trank, wenn wir ihr einen Becher boten, sie schlurfte vorwärts, wenn wir sie an der Hand nahmen. Aber sie sprach nicht und ihr Ba kehrte auch nicht zurück.

Wir waren drei Tage unterwegs, und schließlich tauchten die Lehmziegelmauern von Mi-Wer vor uns auf. Die Sklaven an Bord unseres Schiffes hatten Mühe, das Boot in der Fahrrinne zu halten, denn die Felder waren noch immer unter dem schweren grauen Flutwasser versunken, das das Land schon bald in ein grünes Paradies verwandeln würde. Hinter den Mauern von Mi-Wer wateten einige Bäuerinnen barfuß durch das seichte Wasser und erneuerten und korrigierten die Grenzmarkierungen.

Ich wandte mich vom Anblick dieser armen Leute ab. Jeder Mann und jede Frau in Ägypten konnte lesen und schreiben lernen und somit seine Stellung verbessern, darum empfand ich wenig Sympathie für diejenigen, die dabeiblieben, den Boden zu bestellen. Bei allem, was Ägypten seinen Töchtern zu bieten hatte, verstand ich nicht, warum eine intelligente Frau im Schlamm wühlte – es sei denn, die Götter hätten sie zu keiner wichtigeren Arbeit bestimmt als dem Bestellen der Felder.

Ich fing Tanut-Amuns Blick auf und winkte ihn zu mir herüber. Sofort verließ er seinen Platz und verbeugte sich vor mir.

„Ist es möglich“, fragte ich und blickte hinüber in den Westen, wo die untergehende Sonne das Wasser rot gefärbt hatte, „dass die Götter noch vor unserer Geburt unser Schicksal bestimmen?“

Tanut-Amun neigte den Kopf und sah zum Himmel. „Bestimmt wissen sie, was aus uns wird. Aber kann ein Mensch sein Schicksal verändern? Ich denke schon. Manchmal mit nur einer Tat.“

Er deutete auf die überfluteten Felder. „Kann ein Sklave sich von diesen Feldern erheben und Pharao werden? Das ist unwahrscheinlich. Aber könnte er ein Schreiber, ein vertrauenswürdiges Mitglied des Hofes des Pharaos werden? Ja. Einiges ist möglich, anderes nicht. Unsere Pflicht ist es, den Unterschied zu erkennen.“

„Könnte ein Schreiber“ – ich deutete zu den Feldern hinüber – „einen Mord begehen und dazu verurteilt werden, im Schlamm zu arbeiten? Ja. Angesichts dieser Tatsache – könnte eine Königliche Ehefrau das Missfallen ihres Königs erregen und für dasselbe Vergehen hingerichtet werden?“

Ein Lächeln stahl sich durch die Maske der Unsicherheit auf das Gesicht des Priesters. „Beunruhigt dich diese Aussicht? Verbanne den Gedanken, Herrin der Zwei Länder. Niemand kann verändern, wer du bist – Gemahlin und Tochter – Höchste Geliebte des Pharao.“

Boten hatten unsere Ankunft angekündigt. Ein ganzes Gefolge von Dienstboten wartete auf uns, als unsere Feluke am Landesteg anlegte. Eine Gruppe Musiker und Tänzer empfingen uns. Und wieder wurde ich an meinen neuen erhabenen Status erinnert. Ich war nicht mehr länger Merytamon, die Tochter des Königs, sondern eine hochrangige Königliche Gemahlin.

„Heil dir, Überaus Gnädige Königliche Gemahlin!" Ein stämmiger Mann in einem weißen Gewand trat vor und fiel vor mir auf die Knie. „Willkommen, Schönheit im Palast, Geliebte des Herrn der Zwei Länder."

Ich hatte nur einen kurzen Blick auf sein Gesicht erhascht, aber Mehy, den Mann, der meine Besuche bei vielen Gelegenheiten überwacht hatte, konnte man nicht vergessen. Doch er kannte mich nur als Tochter des Königs und jetzt kehrte ich mit einem neuen Titel zurück.

An Nemas Hand trat ich auf den Landesteg und ein Dutzend anderer Diener warf sich vor mir auf dem hölzernen Bootssteg zu Boden. „Danke, Mehy, für dein freundliches Willkommen. Willst du meine Mutter ebenfalls willkommen heißen? Und auch unser Ratgeber hat uns aus Theben begleitet – Tanut-Amun, Priester des Amun-Re. Er wird ein angemessenes Quartier benötigen."

„Gewiss, Königliche Gemahlin." Mehy erhob sich und nickte schnell, seine kurze Perücke schwang im ruckartigen Rhythmus seiner Bewegungen mit. „Es ist mir eine große Ehre, dich im Per-Khenret willkommen zu heißen."

Das unterwürfige Verhalten des Eunuchen ekelte mich an, aber ich gab sein Lächeln zurück. „Ich danke dir, Mehy. Ich weiß deine Gastfreundschaft und dein Willkommen zu schätzen, aber meine Dienerinnen und ich würden uns jetzt gern in unsere Gemächer zurückziehen. Wir sind müde von der Reise."

Mehy blickte mich durch die Strähnen seiner Perücke hindurch an. „Ich habe die schönsten Räume im Haus für dich vorbereitet. Pharaos Wesir hat mich angewiesen, kleinere Gemächer für die Herrin Nefertari und ihre Dienerinnen zu reservieren."

Unerwartet wurde mir die Kehle eng. Die schönsten Gemächer in diesem Haus waren früher immer meiner Mutter vorbehalten gewesen ... aber sie würde sie nicht mehr brauchen. Nefertari starrte neuerdings nur noch ins Leere.

„Danke, Mehy." Ich hob den Saum meines Gewandes und

setzte mich zum Eingang des Palastkomplexes in Bewegung. „Wenn ich noch etwas brauche, werde ich nicht zögern, nach dir zu rufen."

Und so begann mein Leben als Frau des Pharaos. In Mi-Wer lebte ich unter der Menge der königlichen Frauen und versuchte, alle die Dinge zu tun, die von der Ehefrau eines Königs erwartet wurden – ich opferte täglich den Göttern des Pharaos, knüpfte freundschaftliche Beziehungen zu den anderen Frauen im Harem und sprach unzählige Gebete zu Khonsu, der die Erde mit Fruchtbarkeit segnete, zu Isis, die die Ehe im Schönen Land eingeführt hatte, und zu Bastet, der Göttin mit dem Katzenkopf, die schwangere Frauen beschützte. Irgendwie hoffte ich, ich könnte bereits schwanger sein – hatte ich denn nicht eine Nacht in der Gegenwart des Göttlichen Königs verbracht, für den ein Wunder keine allzu große Aufgabe war? Und war nicht das Zeichen einer Schwangerschaft ein blutloser Schoß?

Doch Wochen vergingen und mein Bauch blieb flach. Jeden Morgen badete ich in mit Natron versetztem Wasser. Dann wurde ich mit Duftstoffen aus Myrrhe, Weihrauch, Ginster und ausländischen Pflanzen eingerieben. Nach dem Bad und der Körperpflege wurde ich in die schönsten Gewänder gehüllt, die einer Königin würdig waren; danach servierte man mir eine Mahlzeit, bestehend aus Datteln, Feigen, Brot und Honig. Nach dem Essen brachte ich das Morgenopfer an einem Khnum gewidmeten Schrein dar und bat ihn, auf seiner Töpferscheibe ein Kind für mich zu formen. Nach dem Opfer und den Gebeten zog ich mich in meine Gemächer zurück ... um auf ein Wunder zu warten.

Nach dem hektischen Leben in Theben hatte ich mich auf den Frieden in Mi-Wer gefreut, doch schon bald musste ich feststellen, dass mein hoher Rang mir eine engere Beziehung zu den anderen Frauen des Pharaos verwehrte. Der Zustand meiner Mutter machte vielen von ihnen Angst. Gerüchte kamen in Umlauf, sie sei verflucht worden. Auch hinderte mein Rang viele daran, mich ins Vertrauen zu ziehen.

Der Klatsch in Mi-Wer war jedoch interessant. Obwohl Isnofret im Augenblick den Titel Große Königliche Gemahlin trug, rechneten nur wenige im Harem damit, dass sie in des Königs Gunst blieb. „Sie ist nur deshalb die Königliche Gemahlin, weil du noch keinen Sohn geboren hast", sagte eine der mutigeren Konkubinen zu mir. „Wenn du oder Bint-Anath dem Pharao einen Erben schenkt, wird Isnofret ihren Platz unter uns alten Weibern einnehmen."

Daraufhin lachte die Frau gackernd – und ich zog mich aus ihrer Nähe zurück. Ihre Offenheit entsetzte mich und ihre Vorhersage erschreckte mich. Denn was würde aus mir werden, wenn ich dem Pharao keinen Sohn präsentieren könnte? Würde ich auf Dauer aus der Gegenwart meines Vaters verbannt werden? Ich hatte gehofft, ihn nun, da sich unsere Situation verändert hatte, besser kennenlernen zu können.

Eigentlich gefiel es mir in Mi-Wer. Der Haremspalast war wunderschön und die in der Nähe liegende Siedlung ein Zentrum des Wissens, denn die Söhne und Töchter des Pharaos sollten eine gute Ausbildung bekommen. Dutzende Sklaven und Diener kümmerten sich um den Palast und die Werkstätten und führten viele der Töchter des Pharaos in die Kunst des Spinnens und Webens ein. Der Aufseher über den immer größer werdenden Harem betrieb auch Landwirtschaft und hielt Vieh, um den Haushalt mit Korn, Milch und Fleisch zu versorgen.

Neben den unzähligen Dienern, die die Frauen des Königs umsorgten, bot Mi-Wer auch den altgedienten Beamten und aus dem Dienst ausgeschiedenen Offizieren Unterkunft. Sie unterrichteten die Kinder des Pharaos im Lesen und Schreiben, in Ethik, Etikette und Staatswesen und gaben ihnen eine militärische Ausbildung. Obwohl jede der Frauen des Pharaos von diesen hoch geschätzten Lehrern hätte lernen können, setzte sich ihre Schülerschaft in erster Linie aus den Söhnen von Ramses und den Kindern hochrangiger ägyptischer Beamter zusammen. Die Haremsschule wurde sogar von ausländischen Prinzen besucht, deren königliche Eltern sie nach Ägypten geschickt hatten, damit sie von den besten Lehrern der zivilisierten Welt lernten.

Meine Gemächer im Haremspalast waren genauso elegant wie meine königlichen Gemächer im Palast des Pharaos in Theben. Farbenprächtige Fliesen und Friese zierten die Wände und verschönten meine Gemächer mit Bildern von Fischen, Wassergetier, Lotusblüten, Mohnblumen und Weinranken. Ich genoss die Schönheit des Hauses, fühlte mich aber oft ein wenig einsam. Meine einzigen Freunde waren Nema, Tanut-Amun und meine Mutter, die mich gar nicht mehr kannte.

Nach meinen Gebeten und Opfern verbrachte ich den größten Teil des Tages damit, Papyrusrollen aus dem *Per-Ankh* oder dem Haus des Lebens zu lesen. Wenn ich mich in dem herrlichen Rhythmus der Dichtung meines Volkes verlor, konnte ich vorübergehend meine kranke Mutter, meinen distanzierten Vater und die alles bestimmende Einsamkeit vergessen. Wenigstens eine Zeit lang konnte ich auch Khnum vergessen, der mir gegenüber eine Ungerechtigkeit begangen und mich als nur halb geformte Frau auf die Erde gestellt hatte.

Aber ich konnte mich nie vollständig in der Literatur verlieren. Wenn Re mit seiner Sonnenbarke in den Westen fuhr, musste ich meine Papyrusrolle weglegen und nach Nema rufen, damit sie die Lampe anzündete. Dann musste ich entscheiden, ob ich allein speisen oder mich zu den anderen Frauen hinauswagen wollte.

Jeden Abend konnte ich zusammen mit den Frauen des Königs im Bankettsaal speisen, wenn ich wollte, wo sich die Tische unter der Last der Früchte und anderer Köstlichkeiten bogen. Doch meistens schickte ich alle Dienstboten außer Nema fort und aß mit ihr zusammen in meinem Vorzimmer.

Gemeinsam genossen wir Ibshet-Kekse, Tjet-Brot, Kuchen, getrocknetes Fleisch, Johannisbrot, Granatäpfel, Feigen und Weintrauben. Jeden Tag bekamen wir frischen Fisch oder, wenn die Fischer keinen Fang präsentieren konnten, der Mehys Ansprüchen genügte, gebratene Ente oder Gans, gewürzt mit Lauch, Kräutern und Honig.

Als eine der verwöhntesten Frauen des Harems hätte ich zugleich auch die glücklichste sein sollen, doch mit jedem Tag wurde ich elender und angespannter. Kurz nach unserer Ankunft kehrte Tanut-Amun nach Theben zurück, um seine Angelegenheiten dort in Ordnung zu bringen. Mir fehlte seine beruhigende Gegenwart. Das Ba meiner Mutter kehrte nicht zurück, und bei meinen gelegentlichen Besuchen in ihren Räumen musste ich feststellen, dass die Dienstboten ihre Pflege vernachlässigten. Huda war ihr natürlich nach wie vor treu ergeben, aber sie konnte nicht Tag und Nacht um meine Mutter sein. Wann immer ich meine Mutter in einem verschmutzten Gewand oder mit vom Essen verschmiertem Gesicht vorfand, ließ ich Mehy rufen und tadelte ihn wegen des mangelnden Respekts Nefertari gegenüber, der Königlichen Gemahlin und Gefährtin, der Schönen in den Zwei Ländern. Der Aufseher entschuldigte sich jedes Mal mit Tränen in den Augen und versprach, die gedankenlosen Dienstboten zu schlagen, die sie in einem solchen Zustand gelassen hatten, doch seine Worte waren mir keine Genugtuung.

Ich musste jemandem die Schuld an dem Zustand meiner Mutter geben, doch wer hatte meinen Zorn verdient? Tanut-Amun hatte zu diesem Eingriff geraten, aber er liebte meine Mutter und hätte ihr niemals mit Absicht geschadet. Der Pharao hatte der Operation zugestimmt, aber auch er liebte meine Mutter. Jeder der unzähligen Götter hätte nach dem Ba meiner Mutter trachten und es stehlen können, aber welcher Gott wäre so grausam? Thoth? Seth? Ich wusste es einfach nicht, aber vielleicht konnte Tanut-Amun die Wahrheit für mich herausfinden.

Jeden Nachmittag, wenn ich die kleinen Räume meiner Mutter verließ und durch die Flure schlenderte, unterstrich das fröhliche Geschnatter der anderen Frauen die Distanz zwischen uns. Alle lächelten und verbeugten sich vor mir, als sei ich eine überaus gesegnete Frau; durch Nema erfuhr ich sogar von dem Gerücht, ich würde bereits ein Kind erwarten. Eines meiner anderen Mädchen hatte herumerzählt, ich hätte schon eine Nacht mit dem Pharao verbracht, darum wurde ich mit größter Umsicht behandelt und bekam alles, was ich wünschte.

Nur Nema, Tanut-Amun und ich kannten die Wahrheit. Ich würde dem Pharao im folgenden Jahr keinen Sohn präsentieren können; vielleicht würde ich ihm niemals ein Kind schenken. Und irgendwann würde mein Vater und Mann erkennen, dass es ein Fehler gewesen war, mich zu ehren.

Im ersten Monat von Shemu, der Erntezeit, und unserem fünften Monat in Mi-Wer bat Tanut-Amun um die Erlaubnis, mich zu sprechen. Als Nema ihn in mein Audienzzimmer führte, tat mein Herz beim Anblick des vertrauten Gesichtes des Priesters einen Sprung. Obwohl ich wichtige Angelegenheiten mit ihm zu besprechen hatte, fragte ich ihn zuerst nach dem Wohlergehen meiner Brüder und meiner beiden jüngeren Schwestern in Theben.

„Deinen kleinen Schwestern geht es gut", erwiderte der Priester, „und deine Brüder sind mit dem Pharao nach Syrien geritten."

„Meine Brüder? Sie sollen kämpfen?"

Tanut-Amun lachte leise. „Du vergisst, Königliche Gemahlin, dass der Pharao bereits mit gerade vierzehn Jahren mit seinem Vater nach Libyen geritten ist. Deine Brüder brauchen militärische Erfahrung, wenn einer von ihnen den Platz deines Vaters als König einnehmen soll."

Bei dieser Bemerkung zog ich die Augenbraue in die Höhe, denn vom Tod des Pharaos zu sprechen, war beinahe Ketzerei. Aber Tanut-Amun war sehr praktisch veranlagt und ich schätzte seinen gesunden Menschenverstand. Obwohl mein Priester die öffentlichen Ämter Ägyptens respektierte, hatte er keine Angst, offen seine Meinung zu sagen ... und zum Glück hatte er keine Angst vor einer vierzehnjährigen Frau des Königs.

„Bitte." Ich deutete auf einen vergoldeten Stuhl neben meinem. „Setz dich, damit wir uns unterhalten können."

Er setzte sich auf den angebotenen Stuhl und beugte sich vor. „Und was ist mit dir, Merytamon? Wie ist es dir in meiner Abwesenheit ergangen?"

Nur mit Mühe hielt ich meine Tränen zurück. „Mir geht es gut." Ich senkte den Blick, als ich wegen der Lüge errötete. „Aber um offen zu sein, Tanut-Amun, ich bin nicht glücklich. Meiner Mutter geht es keineswegs besser und die Götter erhören meine Gebete nicht. Ich habe mich gefragt ... ist es möglich, dass einer der Götter das Ba meiner Mutter gestohlen hat? Könnte meine Traurigkeit göttlichen Ursprungs sein?"

Ein melancholischer Ausdruck legte sich auf sein Gesicht. „Das könnte möglich sein."

„Ich weiß, dass Pharao keine Schuld daran trägt, und du auch nicht", beeilte ich mich hinzuzufügen. „Auch könnte das Ba meiner Mutter nicht aus eigener Entscheidung fortbleiben."

Nachdenklich schob der Priester die Unterlippe vor. „Das stimmt. Nie hätte deine Mutter dich freiwillig verlassen."

„Ich habe über diese Angelegenheit nachgedacht, und ich denke, dass Seth vielleicht eifersüchtig war auf die Liebe zwischen meinem Vater und Nefertari. Und darum hat er, der schon immer gern Verwirrung gestiftet hat, das Ba meiner Mutter entführt. Aber wenn wir viele Opfer in seinem Tempel bringen würden, um Seth zu versichern, dass er geliebt und verehrt wird, können wir ihn doch sicher überreden, es zurückzugeben."

Tanut-Amun schwieg eine Weile. „Ich denke", murmelte er schließlich, „die Antwort kann dir eher Nephthys geben."

Bisher hatte ich den Bösewicht für männlich gehalten. Konnte denn ein weibliches Wesen genauso eifersüchtig und neidisch sein? Nephthys, die Frau von Seth, war als die „Dame des Palastes“ bekannt und geschätzt wegen ihrer magischen Fähigkeiten. Außerdem hatte sie Anubis geboren, der den Toten den Weg bereitete. Dieser Gott mit dem Schakalskopf konnte durchaus das Ba meiner Mutter in der Gerichtshalle gefangen halten als Opfer an die Göttin, die ihn geboren hatte.

Ich beugte mich vor und packte Tanut-Amun am Handgelenk. „Es muss Nephthys sein! Also, was können wir tun, um die Seele meiner Mutter zu befreien?“

Der Priester sah mich mit seinen dunklen Augen liebevoll an. „Nephthys ist sehr eifersüchtig, meine Liebe, und sehr stark. Ich glaube nicht, dass sie das Ba deiner Mutter freigeben wird. Und“ – er hob hilflos die Hand – „ich fürchte, sie hat auch deinen Schoß gestohlen. Offensichtlich möchte sie dich nicht glücklich sehen. Wenn du ihre böswilligen Absichten durchkreuzen willst, musst du vorsichtig zu Werke gehen.“

Vor lauter Schreck brachte ich keinen Ton heraus. Ich hatte zwar bereits vermutet, dass die Götter vielleicht in mein Leben eingegriffen hatten, aber die Situation aus dem Mund eines Priesters beschrieben zu bekommen ... Mein Herz pochte laut und tausend Gedanken schossen mir durch den Sinn. Ich konnte doch nicht gegen Götter Krieg führen ... und genauso wenig durfte ich mich dem göttlichen Pharao widersetzen. Doch ich konnte mich auch nicht der Verpflichtung entziehen, einen Sohn zu gebären.

„Ich bin geschlagen“, flüsterte ich mit brechender Stimme. „Ich glaubte, den Gedanken an meinen leeren Schoß entkommen zu können, indem ich das Haus des Pharaos verließ, doch hier bin ich umgeben von Frauen, die über nichts anderes als Kinder und Geburten reden. Und wie kann ich gegen die Götter kämpfen? Wenn sich meine Mutter, die stark ist, nicht befreien kann –“

„Du bist nicht geschlagen, Liebliche Königliche Gemahlin. Du bist eine Tochter des Pharaos, darum belebt ein Funke der Göttlichkeit auch deine Seele." Der alte Mann lächelte mich an und seine Augenwinkel legten sich in kleine Fältchen. „Deine Mutter war stark und sie besaß große Weisheit. Hast du über ihren Vorschlag nachgedacht?"

Ich spürte, wie ich errötete, als die Erinnerung an den Rat meiner Mutter wieder zurückkam. „Ich habe den Mut nicht aufgebracht."

„Aber du musst ihn aufbringen, und zwar bald. Denn Pharao ist nun seit fünf Monaten fort, und wenn du ihm ein Kind präsentieren willst, kannst du nicht mehr sehr viel länger warten." Er streckte seine knochige Hand aus und drehte sie sanft hin und her. „Ein paar Wochen machen nichts aus, aber der Zeitpunkt muss glaubhaft sein."

Trotz der niederschmetternden Offenbarung der vergangenen Stunde machte sich eine unerwartete Welle der Erleichterung in mir breit. In der vergangenen Zeit hatte ich mich so einsam gefühlt, aber hier war jemand, der mir helfen konnte, mein Leben in die Hand zu nehmen. Meine Mutter konnte mir jetzt keine Ratschläge mehr geben, aber ihr Lieblingspriester könnte in der Lage sein, meine Ehre zu retten.

Ich nahm seine Hand und drückte sie gegen meine Wange. „Danke, weiser Tanut-Amun." Ich schloss die Augen. „Wenn du hier bist, fühle ich mich nicht so einsam."

„Dir zu dienen ist mir eine Freude." Als ich seine Hand losließ und seinen Blick suchte, hatten sich seine dunklen Augen verengt. „Hast du irgendwelche Vorbereitungen getroffen, um dem Pharao einen Sohn zu schenken?"

Ich schüttelte den Kopf. „Nein."

„Dann werden wir sofort damit beginnen. Während meines Aufenthalts in Theben habe ich diskret Erkundigungen eingezogen und auf meiner Reise hierher nach Mi-Wer habe ich mir einen Plan überlegt. Wir werden ein Gefährt von dem Aufseher benötigen – wie ist sein Name noch mal?"

„Mehy. Er ist ein freundlicher Mensch, aber sehr nervös."

Tanut-Amun lachte leise. „Ich wäre auch nervös, wenn ich die Verantwortung für die Frauen des Pharaos trüge. Aber zurück zu unserer Aufgabe – ich werde Mehy sagen, dass du nach Pi-Ramses, der Heimat der Vorfahren deines Vaters, zu reisen wünschst. Unterwegs werden wir natürlich anhalten, um in den Nebenflüssen des Flusses zu jagen und zu fischen. In diesem Gebiet gibt es überall hebräische Siedlungen, und da sie sich wie die Ratten in einer Kornscheune vermehren, zweifle ich nicht daran, dass wir innerhalb weniger Tage ein Neugeborenes finden werden. Wenn wir einen Schrei hören, holen wir uns das Kind."

Verwirrende Gefühle ergriffen Besitz von mir. Vorfreude und Furcht kämpften um die Vorherrschaft in mir. Um ein Kind zu beten war eine Sache; aktiv zu werden, um dieses Ziel zu erreichen, eine ganz andere. Doch Tanut-Amun hatte recht, die Zeit lief mir davon; ich würde einen Sohn brauchen ... bald.

Ich sah den Priester an. „Und wenn wir ein Kind finden?"

Tanut-Amun zuckte die Achseln. „Wenn es ein Mädchen ist, geben wir es seiner Mutter zurück. Ist es ein Junge, der dir nicht gefällt, so ist es deine Pflicht, ihn Hap-Ur zu opfern. Aber wenn es ein schönes Kind ist, wirst du es als dein eigenes annehmen."

„Und was ist mit der Mutter?"

„Die Mutter wird dankbar sein, dass ihr Sohn nicht im Fluss ertränkt wird. Du darfst mir glauben, Königliche Gefährtin, ich kenne die Menschen ... und selbst die Hebräer, so schmutzig wie sie sind, sind Menschen."

Ich legte die Finger an die Lippen. „Aber wie werde ich diese Hebräer erkennen, wenn ich sie sehe? Du hast gesagt, sie würden uns sehr ähnlich sehen."

Tanut-Amun lächelte. „Du wirst sie an ihrer Kleidung erkennen. Die Frauen bedecken ihre Köpfe mit einem Schleier und die Männer scheren ihre Bärte nicht. Die neugeborenen

Jungen sind leicht zu erkennen, weil sie wenige Tage nach der Geburt beschnitten werden – ein Ritual, das von ihrer alten Gottheit gefordert wird. Sie sind in der Regel stämmiger als unser Volk, obwohl ihre körperliche Erscheinung natürlich davon bestimmt wird, ob sie genügend Nahrung bekommen." Er runzelte die Stirn. „Wenn sie beim Ziegelmachen nicht schnell genug sind, bekommen sie nichts zu essen. Viele Männer sind so dünn, dass man ihre Knochen zählen kann."

Ein Schauer überlief mich. „Wenn ich also ein solches Kind annehme, erspare ich ihm ein Leben schwerster Arbeit."

Seine gespannten Gesichtszüge entspannten sich. Er lächelte. „Du wärst für ihn wie eine Gottheit, Gnädige Königliche Gemahlin."

Erneut empfand ich überwältigende Dankbarkeit. Zufrieden lächelnd nahm ich erneut seine Hand und atmete den schwachen Weihrauchduft ein, den seine Haut verströmte. „Danke, Tanut-Amun, dass du mein Freund bist. Ich weiß, ich werde dich in den kommenden Tagen brauchen."

Er strahlte mich an und die Grübchen in seinen Wangen wurden sichtbar. „Geliebte Tochter Nefertaris, mein einziger Wunsch ist, dir zu dienen."

Innerhalb von zwei Tagen war Tanut-Amuns Bitte gewährt worden. Mehy kam höchstpersönlich in meine Gemächer und versprach mir ein Schiff, Seeleute, Dienstboten, Wächter und alles, was die Herrin der Zwei Länder brauche.

Ich versicherte ihm, er sei überaus freundlich, und überließ die Vorbereitung unserer Reise Tanut-Amun. Während meiner Abwesenheit würde ich Mehy die Pflege meiner Mutter anvertrauen müssen. Er sollte jede Stunde auf der Wasseruhr nach ihr sehen.

„Alle zwölf Stunden des Tages", versprach er, „werde ich

sie besuchen. Sie wird mit äußerster Sorgfalt umhegt werden, als wäre sie Isis selbst."

„Sie ist *mehr* als Isis", erinnerte ich ihn. „Sie ist die Mutter des Thronerben und Pharaos Lieblingsfrau." Ich lächelte. „Ich danke dir, Mehy, für dein freundliches Mitgefühl."

Eine Woche nach Tanut-Amuns Rückkehr ritt ich auf den Wellen des grünen Nil; die Nachmittagsbrise kühlte mein Gesicht. Im Schemu, der Erntezeit, schimmerte Hap-Ur wie der smaragdgrüne Malachit, mit dem Nema meine Augen schminkte. Wir waren umgeben von Grün – auf dem Fluss und am Ufer, wo die Männer auf den Weizen-, Gersten- und Flachsfeldern arbeiteten. Männer und Esel stapften durch die schwarzen Furchen zwischen den smaragdgrünen Rechtecken und gossen kostbares Wasser auf die wachsenden Pflanzen. Die Arbeiter hielten häufig inne, schirmten ihre Augen ab und betrachteten unser Schiff ... und ich fragte mich, ob sie wohl eine Ahnung hatten, wer da an ihnen vorbeifuhr.

Möwen zogen über uns hinweg und tauchten auf der Suche nach Beute ins Wasser ein. Wir strichen die Segel und ließen unsere Feluke von der Strömung nach Memphis treiben, dem Heim vergangener Könige und des gegenwärtigen Wesirs von Unterägypten. Von dort reisten wir nach Heliopolis weiter, wo viele Söhne des Pharaos in den religiösen Riten unterwiesen wurden.

In Heliopolis schickte Tanut-Amun die Diener zum Markt, um Essen zu kaufen. Später, als wir gebratene Ente, Zwiebeln und Weintrauben aßen, deutete er zum Norden und erklärte mir, unmittelbar hinter dem Horizont würde sich Hap-Ur in viele Nebenflüsse aufteilen. „Wir werden auf dem östlichsten Wasser weiterfahren." Er deutete mit der Hand zum Nordosten. „Dort liegt die Heimat der Vorfahren deines Vaters. Dort leben auch die meisten Hebräer. Sie bauen Pi-Ramses."

Ich blinzelte in die Ferne. „Wird die Reise denn sicher sein?"

„Du, meine Herrin, bist überall in Ägypten sicher. Nicht einmal die Hebräer würden es wagen, der Frau eines Gottes Leid zuzufügen."

Unsere Fahrt verlangsamte sich, als der Fluss enger wurde, aber die ruhige Reise war zu unserem Vorteil. Jeden Abend warfen wir in einer stillen Bucht Anker. Die Dienstboten gingen von Bord und zündeten ein Feuer an. Während sie die Abendmahlzeit zubereiteten, saß ich an Deck und betrachtete den Nachthimmel. Die Sterne funkelten wie kostbare Steine, waren aber weit heller als jeder Edelstein, den ich je auf der Brust des Pharaos gesehen hatte. Durch irgendeinen Zauber der Natur begannen diese stillen Nächte den Frieden in mir zu erneuern, den ich als selbstverständlich hingenommen hatte, als ich noch im Schatten der Liebe meiner Mutter lebte. Ich vertraute Tanut-Amuns Plan und schob meine Ängste in Bezug auf den Pharao beiseite.

Wenn Re-as-Khepri bei Anbruch der Dämmerung jeden Morgen über den Himmel zog, befahl Tanut-Amun den männlichen Dienstboten, das Schiff bereit zu machen und ein Huhn zu braten, während meine Mädchen und ich hinunter zum Wasser gingen.

Das Land Gosen war mit Theben nicht zu vergleichen – es gab hier weniger Felder und weit weniger Bewässerungskanäle. Tanut-Amun erklärte mir, dass Hap-Ur, wenn er sich jedes Jahr wieder in sein Bett zurückzog, große Teiche zurückließ, die erst zum Ende des Monats Shemu austrockneten. Wasserlilien gediehen in diesen sumpfigen Gebieten, außerdem Binsen, Papyrus und Schilfrohr. Die hohen Papyrusbinsen wuchsen häufig in solcher Fülle, dass die Enten sich sicher fühlten, dort zu nisten. Diese kleinen Seen waren also ein ausgezeichnetes Jagdgebiet.

Meine Mädchen und ich beobachteten gern die Vögel in den Marschen. Nema trug meinen Köcher und die Pfeile, ich nahm meinen Bogen, und so machten wir kurze Ausflüge in die Umgebung in der Hoffnung, ein paar Vögel zurückzubringen. Wir genossen unsere Streifzüge durch die Seenlandschaft so sehr, dass ich den Zweck meiner Reise nach Gosen beinahe vergaß.

Die Erinnerung daran stürzte jedoch jäh wieder auf mich ein, als wir eines Morgens auf eine Gruppe Frauen beim Papyrusschneiden stießen. Meine Zofen und ich jagten gerade einer dicken Ente hinterher, die sich ins Schilf rettete. Ich wollte meinen Bogen ziehen, als Nema abrupt im knöcheltiefen Wasser anhielt und ihre Hand hob. Ich blieb stehen und wir lauschten auf die erregten Frauenstimmen. Vor uns raschelte es im Schilf.

So leise wie die Katzen schlichen wir weiter. Die Ente war längst vergessen. Abgeschnittene Papyrusstängel trieben auf dem Wasser in unserer Nähe, auch ein Bündel, das jemand in seiner Hast fallen gelassen hatte.

Nema teilte das Schilf. In der Ferne, unmittelbar am Schilf bestandenen Ufer der Marsch, stand ein Dutzend aus Lehmziegeln errichteter Hütten um eine große Feuergrube. Mehrere Papyrusbündel lagen auf dem Boden; andere waren aufgebunden und die Stängel zum Trocknen ausgelegt worden. Die primitiven Hütten waren mit Schilf gedeckt. Wir konnten zwar keine Spur von den Papyrussammlerinnen entdecken, doch drei kleine Kinder spielten vor den Hütten im Sand.

Neugierig trat ich näher. Im Gegensatz zu ägyptischen Kindern hatten diese Kleinen eine dichte Haarpracht und trugen einfache Lendenschurze aus dunklem Stoff. Sie plapperten in einer Sprache miteinander, die ich nicht kannte, aber Tanut-Amun hatte recht – wären nicht ihre seltsame Haartracht und ihre grobe Kleidung gewesen, hätte man sie für kleine Ägypter halten können.

In diesem Augenblick trat ein älteres Mädchen von acht oder neun Jahren aus einem Haus. Sie trug einen Korb auf ihren Hüften. Nema und ich zogen uns in die Binsen zurück, damit sie uns nicht entdeckte, aber sie schien mit anderen Sorgen beschäftigt zu sein. „Aharon“, rief sie und funkelte einen der kleinen Jungen an. Was sie sonst noch sagte, konnten wir nicht verstehen, aber offensichtlich sollte er in die Hütte gehen. Als er nicht gehorchte, zog sie den kleinen Jungen am Ohr, sodass er zu jammern begann; dann drehte ihn das Mädchen zur Hütte um und gab ihm einen Klaps auf sein Hinterteil.

Nema lächelte. „Bestimmt seine Schwester."

Ich wollte gerade antworten, als ein neues Geräusch mir den Atem stocken ließ. Der Aufschrei des kleinen Jungen hatte anscheinend noch jemand anderen aus der Ruhe gerissen, denn der Schrei eines Neugeborenen durchschnitt das Summen der Insekten in der schwülen Morgenluft. Bei diesem Geräusch stockte mir der Atem und einen Augenblick lang bekam ich keine Luft. Das Kind, das ich gehört hatte ... es würde mir gehören, wenn ich es wollte. Ich konnte aus meinem Versteck kommen und in das Haus gehen, das Kind zu mir nehmen oder es opfern, was immer ich wollte. Ich war die Frau des Herrschers und diese Menschen waren nur Sklaven.

Aber ich konnte mich nicht rühren. Wie gebannt stand ich im Schilf, bis eine Frau etwa im Alter meiner Mutter erschien. Doch diese Frau hatte nicht den leeren Blick meiner Mutter. Sie durchsuchte das Schilf und entdeckte mich augenblicklich. Der Ausdruck in ihren aufgerissenen Augen verriet mir, dass sie wusste, dass ich das Baby gehört hatte. Ein Schrei entfuhr ihr, dann wirbelte sie herum und eilte zurück ins Haus.

„Herrin?" Nemas Hand legte sich um mein Handgelenk. „Soll ich die Wachen holen?"

Ich schüttelte den Kopf. Zu viele Gefühle wühlten mich auf; zu viele Gedanken überschlugen sich in meinem Kopf. Ich umklammerte ihre Hand und wich zurück in das Schilf. „Wir kehren zum Schiff zurück", sagte ich, als ich meine Stimme wiederfand. „Ich muss mit Tanut-Amun sprechen."

MIRYAM

Zum ersten Mal, seit ich mich erinnern konnte, konnte ich meine Mutter nicht trösten. Trotz meiner Versuche, sie zu beruhigen, drückte sie den Säugling an die Brust und wiegte sich hin und her. Sie weinte, weil ihr Sohn verloren war, ihr Baby zum Tode verurteilt.

„Sie hat mich gesehen“, schluchzte sie und Tränen liefen ihr über die Wangen. „Und das Kind hat geweint. Sie wird Soldaten schicken; sie werden ihn töten. Und mir wird das Herz brechen.“

Das Baby weinte mit ihr zusammen, so laut, dass ich fürchtete, die anderen Frauen im Dorf würden bald vor unserer Tür erscheinen und sich beschweren. Doch meine Mutter erhob auch weiterhin ihre Stimme zu dem schrecklichen Trauergeschrei, das den Kindern Israels nur allzu vertraut war.

Insgeheim hatte ich Sorge, Mutter hätte vielleicht den Verstand verloren. Einige Bewohner unseres Dorfes tuschelten, sie sei verrückt, weil sie ihr Neugeborenes verstecke. Seit der Geburt des Babys, ein Ereignis, das mir die Türen zur Welt der Frauen um mich herum geöffnet hatte, hatte ich erfahren, dass einige Mütter, die vor dem Erlass des Pharaos Angst hatten, ihre männlichen Kinder erstickten, sobald sie aus ihrem Schoß herauskamen. Andere setzten ihre Söhne auf dem Marktplatz aus, in der Hoffnung, eine ägyptische Frau würde das Kind als Sklaven in ihrem Heim großziehen. Aber meine Mutter liebte ihren neugeborenen Sohn von dem Augenblick seiner Geburt an und weigerte sich, ihn sogar der Obhut der Hebammen zu überlassen, die bereitstanden, um ihn in Windeln zu wickeln.

„Es ist ein hübsches Baby“, hatte meine Mutter ihnen gesagt. „Und ich werde den Gott unserer Väter bitten, es zu beschützen.“

Schifra und Pua, die Hebammen, die meiner Mutter bei

der Geburt geholfen hatten, widersprachen nicht, die anderen Frauen im Dorf schon.

„Du vertraust auf einen Gott, dessen Namen du nicht kennst?“, riefen einige von ihnen am ersten Tag, an dem meine Mutter wieder zur Arbeit auf den zu unserem Dorf gehörenden Feldern kam. „Vergiss ihn! Du könntest genauso gut zu Nut beten, der Himmelsgöttin, dass sie dein Kind nicht backt, wenn du schließlich gezwungen sein wirst, es in der heißen Sonne liegen zu lassen! Vielleicht solltest du auch zum Großen Hapi, dem Flussgott, beten, damit er deinen Sohn nicht ertränkt und den Krokodilen zur Nahrung gibt!“ Einige der Frauen waren so bösartig in ihren Angriffen, dass ich Angst hatte, sie könnten das Baby in den Fluss werfen, um uns den Ärger mit den Ägyptern zu ersparen.

Meine Mutter blieb jedoch trotz der verletzenden Worte fest in ihrem Entschluss, aber ich konnte es nicht ertragen, dass sie so angegriffen wurde. Ich versprach, ihre Arbeit auf den Feldern zu übernehmen, bis das Baby entwöhnt sei.

An diesem Tag entschuldigte meine sanfte Mutter die anderen Frauen und sagte, ihre harten Worte kämen aus den niedergeschlagenen Herzen. „Es gibt nicht eine Frau unter ihnen, die nicht einen Sohn oder einen Mann durch die Ägypter verloren hat“, erklärte sie mir. „Sie glauben, der Gott unserer Väter hätte uns vergessen.“

Manchmal, wenn ich auf einen Baum stieg und über die Sümpfe hinweg zur riesigen Stadt des Pharaos am Horizont blickte, fragte ich mich, ob die anderen Frauen recht hatten. Mein Volk lebte nun schon seit Generationen in Gosen, doch nur wenige von ihnen konnten sich an den Namen unseres Gottes erinnern. Die Ägypter hatten für jede nur vorstellbare Gottheit einen Namen. Sie begriffen, welche Macht die Kenntnis des Namens eines Gottes beinhaltete, denn dadurch konnte man die Aufmerksamkeit dieser Gottheit auf sich ziehen und sein Wesen verstehen.

Als ich den Blick zum sternenübersäten Nachthimmel hob, wusste ich nicht, wie ich den Gott meiner Vorväter ansprechen sollte. Darum sagte ich: „Gott Avrahams, Yitzhaks, Yaakovs und meines Vaters Amrams, höre mein Gebet ..."

Obwohl oder gerade weil meine Mutter Verständnis für die Frauen in unserem Dorf hatte, traute sie ihnen nicht. In den drei Monaten seit der Geburt des Babys war sie ständig nervös gewesen, und heute dachte ich, sie würde aus der Haut fahren. Ich war im Haus gewesen und hatte versucht, das Baby und Aharon zu beruhigen, als sie in die Hütte gerannt kam und die Tür hinter sich zuknallte.

„Ägypter!", zischte sie. Ihr Gesicht war so blass wie die von der Sonne gebleichten Palmwedel auf unserem Dach. „Königliche Ägypter!"

Bevor ich sie aufhalten konnte, riss sie mir das Baby aus den Armen und sank auf dem Boden nieder, drückte sich in die Ecke, als könnte die Dunkelheit des Raumes sie vor neugierigen Blicken schützen.

„Mutter, draußen ist niemand."

„Ich habe sie gesehen! Eine Ägypterin und ihre Zofen, und sie haben auch mich gesehen! Ich bin sicher, sie haben das Baby weinen gehört!"

Ich kniete neben ihr nieder. „Mutter, ich war kurz vor dir draußen. Und ich habe niemanden gesehen, nur Aharon und Saris kleine Mädchen –"

„Sie hatte sich im Schilf versteckt!"

„Wer?"

„Ein ägyptisches Mädchen. Sie trug Juwelen und einen goldenen Kragen! Sie wird kommen und das Baby holen, ich weiß es!"

Um das schreiende Kind zu beruhigen, teilte meine Mutter ihr Gewand und legte den Kleinen an die Brust. Ich ließ sie in der Ecke sitzen, trat hinaus und wandte mich langsam zum Schilf. Die schlanken Papyrusstauden wiegten sich sanft im Wind, aber am Ufer war kein Mädchen zu sehen.

MERYTAMON

Als ich zur Feluke zurückkehrte, zitterte ich. Tanut-Amun warf nur einen Blick auf mich, dann befahl er einem Sklaven, mir einen Stuhl zu bringen. Ich ließ mich darauf niedersinken, und einer der Diener holte einen Fächer und begann mir Luft zuzufächeln.

Die dunklen Augen des Priesters erforschten mein Gesicht, als er mir einen Becher kühlen Wassers reichte. „Gnädige Herrin, bist du krank?"

Ich schüttelte den Kopf und hob den Becher an die Lippen. Nema platzte mit dem Grund für mein Unbehagen heraus. „Sie hörte ein Baby schreien, in dem hebräischen Dorf auf der anderen Seite dieses Sumpfes."

Tanut-Amun blickte meine Zofe an und richtete sich auf. „Nun gut." Eine Falte erschien auf seiner Stirn. „Die Götter haben deine Gebete erhört."

Ich ließ den Becher sinken, als sich plötzlich Zweifel in mir breit machten. Ich wollte ein Kind, ich *brauchte* ein Kind, aber konnte ich einfach hingehen und der Frau, die ich in dem Dorf gesehen hatte, ihr Kind wegnehmen? Sie war nur eine Sklavin, sicher. Vermutlich aus Dung geformt – aber wenn das so war, was würde dies für ihr Kind bedeuten? Und wenn das Kind für Pharao nicht passend war? Konnte ich es, nachdem ich es ihr aus den Armen gerissen hatte, einfach in den Fluss werfen, als wäre es so bedeutungslos wie ein Fisch?

Gestern wäre ich dazu vielleicht noch in der Lage gewesen. Selbst an diesem Morgen noch. Aber in den Augen dieser hebräischen Frau hatte ich einen Blick gesehen, den ich kannte. Meine Mutter hatte denselben Blick gehabt, wenn ich krank war oder wenn eines der anderen königlichen Kinder mich beleidigt hatte.

„Diese Frau", flüsterte ich mühsam, „wird das Kind nicht so einfach hergeben. Sie hat den Blick einer Tigerin."

„Aha." Die Muskeln zuckten in Tanut-Amuns Wange. „Ich

habe diesen Blick bei Tieren schon gesehen. Der Trieb, die Nachkommen zu beschützen, ist stark."

Ich wischte mir über die Stirn, denn ich hatte angefangen, unter meiner Perücke zu schwitzen. „Ich weiß nicht, ob ich das tun kann, mein Freund. Vielleicht sollten wir einen anderen Weg finden."

„Jetzt überraschst du mich." Tanut-Amun äußerte diese Worte mit leiser Stimme, ohne Regung oder Zuneigung, und sein Tonfall verblüffte mich. Nicht einmal meine jüngeren Schwestern wagten es, in einem solchen Ton mit mir zu reden. Die Augen des Priesters waren schwarz wie ein Obsidian. „Wenn du eine wahre Tochter des Gottes Ramses bist, wenn du die Tochter der tapferen Nefertari bist, wirst du tun, was getan werden muss. Eine Königliche Ehefrau, die keine Kinder gebiert, ist ohne Wert. Also, wenn du jetzt nicht handelst, wirst du dein ganzes Leben in Mi-Wer verbringen, allein und kinderlos. Du wirst deine Tage mit hohlköpfigen Weibern zubringen, die sich für nichts interessieren als für Gewänder, Essen und Juwelen. Wenn du stirbst, wirst du in einem einfachen Grab bestattet werden, ohne die Diener und Annehmlichkeiten, die du brauchen wirst, um in dem Leben danach zu bestehen. Bedenke die ewigen Konsequenzen, Tochter des Pharaos, bevor du dir diese Gelegenheit entgehen lässt. Ein weiser Herrscher plant voraus."

Scham, Schmerz und Verachtung kämpften in mir. Wie konnte er es wagen, so mit mir zu reden! Doch er sagte die Wahrheit, und da meine Mutter mir nicht mehr raten konnte, war es sehr mutig von ihm, so offen zu mir zu sein. Vielleicht war ich bis zu diesem Augenblick ein verwöhntes und behütetes Kind gewesen, aber ich war auch eine Tochter des Pharaos, die Frau des mächtigsten Königs der Welt. Ich könnte neben ihm als Große Königliche Gemahlin sitzen und den Lauf der ägyptischen Geschichte beeinflussen.

War dies nicht genau das, wonach ich mich gesehnt hatte, als ich die alten Geschichten anderer Königlicher Ehefrauen gelesen hatte? Hatte ich mich nicht danach gesehnt, etwas

Bedeutendes in meinem Leben zu erreichen und Taten zu vollbringen, die die Schreiber für die zukünftigen Generationen aufschreiben würden? Und ich wünschte mir so verzweifelt, meinem Vater zu gefallen, als Tochter, als Frau, als Gefährtin.

Ich atmete tief durch, um meine Gefühle unter Kontrolle zu bekommen. „Morgen, Tanut-Amun, wirst du mit den Wachen dort hinüber in das hebräische Dorf gehen. Durchsucht jedes Haus, bis ihr das Kind findet. Untersucht es persönlich – wenn es ein Gutes ist, makellos und gesund, bringt es mir. Wenn es schwach, hässlich oder verkrüppelt ist, bringt es nach dem Erlass des Pharaos Hap-Ur als Opfer dar."

Ein kleines, bewunderndes Lächeln stahl sich auf die Lippen des alten Mannes. Er verneigte sich. „Es wird geschehen, wie du befohlen hast."

Als er sich zum Gehen wandte, blickte ich Nema an und las den unausgesprochenen Gedanken in ihren Augen.

„Ich weiß." Meine Worte waren allein für ihre Ohren bestimmt. „Er hätte es lieber gesehen, wenn ich persönlich in das Dorf gegangen wäre. Als Tochter des Pharaos ist das vielleicht sogar meine Pflicht."

Ich schüttelte den Kopf. Tanut-Amun würde sich mit dem zufriedengeben müssen, was ich ihm geben konnte. Unter meiner schweren Perücke und dem goldenen Reif war ich noch immer ein Mädchen von erst vierzehn Sommern.

MIRYAM

Wieder einmal wurde mein Vater von dem Aufseher aufgehalten und kam an diesem Abend nicht nach Hause. Und so hörte meine Mutter endlich auf zu weinen und gebrauchte ihren Verstand. Beim Schein des trüben Lichts unserer einzigen Öllampe nahm sie getrocknetes Schilf aus einem Behälter vor dem Haus und begann, es zu einem Korb zu flechten. Schweigend beobachtete ich sie. Das traurige Lächeln auf ihrem Gesicht machte mir Angst.

„Ich werde vielleicht nicht mehr erleben, wie er unter einem Hochzeitsbaldachin steht", murmelte Mutter, während ihre Finger geschickt die langen Stränge verflochten, „aber ich werde ihn jetzt mit einem Baldachin beschirmen."

Sie würde es nicht erleben? Ich kauerte mich gegen die Wand, mein Herz klopfte zum Zerspringen in meiner Brust. Was hatte meine Mutter vor?

Ich erschauerte, als eine Vision vor meinen müden Augen auftauchte – meine Mutter, die ihr Baby in diesem Korb in den Händen hielt und in den Fluss marschierte, bis das Wasser ihre Knie umspielte, ihre Oberschenkel, ihre Taille. Doch sie würde weitergehen, bis der Fluss sie und das Baby verschlungen hatte. Sie würde ihre und die Seele des Babys Gott geben, bevor sie zuließ, dass die Ägypter es ihr wegnahmen.

„Miryam!" Mutters Stimme riss mich aus meinen Tagträumen. „Nimm den Krug mit Pech und zünde draußen das Feuer an. Sofort."

Ich starrte sie einen Augenblick lang verständnislos an, aber ihrer Entschlossenheit konnte ich mich nicht widersetzen. Gehorsam nahm ich den Krug mit Pech und brachte ihn nach draußen zur Feuergrube. Holz war ein Luxus, den Sklaven sich nicht leisten konnten, darum hatten wir gelernt, mit Holzkohle und Wermut zu kochen.

Im Innern des Hauses flocht meine Mutter weiter, aber jetzt summte sie ein Lied, das sie von ihrer Mutter gelernt hatte, ein Lied von der Macht und dem Schutz Gottes. Wie konnte sie ein solches Lied singen? Seit Jahren hatten wir nichts mehr vom Schutz Gottes gemerkt. Unsere Männer starben von der Hand der Zuchtmeister des Pharaos, unsere Söhne ertranken im Nil. Unsere jungen Männer arbeiteten, bis ihre Knochen unter den schweren Lasten brachen, die ihre Herren ihnen auferlegten.

„Pass auf, Miryam! Das Pech müsste mittlerweile rauchen."

Und so war es auch. Mit einer Astgabel nahm ich den Krug aus der Kohle, dann trug ich ihn zu meiner Mutter hinein. Mit einer Entschlossenheit, die ich nur selten bei ihr erlebt hatte, tauchte sie ein flaches Holzstück in das Pech und begann es auf die Außenseite des geflochtenen Korbes zu streichen.

In diesem Augenblick verstand ich. Sie machte –

„Eine *Teba.*" Sie erriet meine Gedanken. „Wie die von Noah. Wie Gott Noah und seine Familie in der Teba rettete, wird Gott auch meinen Sohn retten."

Geräuschlos ließ ich mich auf den festgetretenen Lehmboden sinken. Ich wusste, meine Mutter liebte mich, aber wenn ich unter einem Todeserlass geboren worden wäre, hätte sie auch meinetwegen zu so extremen Mitteln gegriffen? Jetzt glaube ich das schon, aber als achtjähriges Kind konnte ich die Tiefen des Herzens einer Mutter nicht begreifen.

Die ganze Nacht über sann ich über diese Geheimnisse nach, während ich aus dem Dunkeln heraus zusah, wie meine Mutter eine Arche für das Kind fertigte, das sie nicht mehr länger verstecken konnte.

MERYTAMON

Tanut-Amun und drei Wachen brachen kurz nach Sonnenaufgang am folgenden Morgen zu der hebräischen Siedlung auf. Mein Magen krampfte sich zusammen, als ich ihnen nachsah.

„Komm, Herrin", sagte Nema. Sie spürte meine Erregung. „Wir wollen das Schiff verlassen und zum Wasser gehen. Während ich dein Haar wasche, wird der Fluss deine Sorgen forttragen."

Und wenn wir zum Schiff zurückkehrten, würde ich entweder eine Antwort von Tanut-Amun haben ... oder ein Kind, das ich dem Pharao vorzeigen konnte.

Ich ging auf Nemas Vorschlag ein, legte meinen Umhang um und gesellte mich zu meinen Zofen an Land. Gemeinsam liefen wir barfuß über den kühlen Sand, der von der Sonne noch nicht erwärmt war. Winzige Schildkröten mit grüngelb gestreiften Panzern hoben neugierig die Köpfe und ein Schwarm kleiner silbriger Fische stob davon, als unser Schatten auf den Fluss fiel.

„Herrin, sieh nur!" Eine meiner Zofen ließ ihr Gewand fallen und rannte ins Wasser und landete mit einem lauten Platschen auf dem Bauch. Sie wollte mich aufheitern, und das gelang ihr auch, denn schon bald lachte ich zusammen mit Nema, als sie mir meinen Umhang abnahm und einen Krug mit süß duftendem Öl auf mein Haar goss. Mehrere der anderen Mädchen planschten in unserer Nähe, und als ich ins seichte Wasser stieg, sprach ich ein stummes Dankgebet zu Hap, dass er mir Ablenkung von meinen trüben Gedanken schenkte.

Meine Worte erstarben, als ich eines ungewöhnlichen Anblicks gewahr wurde. Ein winziges Boot trieb ganz in der Nähe im Fluss. Das abgedeckte Gefährt hatte im Schilf gehangen und schaukelte nun im Wasser.

Ich erstarrte, während mich meine Erinnerungen überfielen – Geschichten von Horus, der von Isis im Schilf versteckt worden war, um ihn vor dem Zorn seines bösen Onkels Seth zu schützen. Hatte jemand in dem Schilf am Flussufer ein Kind verborgen?

Ich deutete auf den Gegenstand. „Mädchen! Seht ihr das da? Bringt es mir!"

Nema verfolgte mit offenem Mund, wie zwei der Mädchen durch das seichte Wasser rannten. Eines von ihnen teilte das Schilf, während das andere den im Wasser treibenden Korb hochhob.

Ich trat aus dem Wasser. Erregung machte sich in mir

breit und verursachte mir eine Gänsehaut. Nema eilte mir nach und hielt mir meinen Umhang hin. Ich schlüpfte hinein, während die Mädchen vor mir niederknieten. Eines von ihnen wollte den geflochtenen Deckel hochheben.

„Nicht." Ich trat vor. „Das werde ich machen."

„Aber, Herrin, das könnte alles Mögliche sein!"

Sie hatte natürlich recht. Ein Hebräer mit bösen Absichten hätte eine Kobra hineinlegen können, eine Natter oder ein Skorpionnest. Aber mein Herz wusste, was dieses kleine Boot enthielt.

Mit zitternden Fingern griff ich nach dem Deckel. Ein leises Jammern durchbrach die angespannte Stille, und als ich den Deckel hochhob, begann das Wesen in seinem Innern ernsthaft zu schreien.

„Mutter Isis, hilf uns!" Nemas Hand fuhr an die Kehle. „Ist das Horus?"

„Es ist ein Baby ... von den Hebräern." Ein perfekt geformter, starker und hübscher Junge, so nackt wie an dem Tag, an dem er aus dem Schoß seiner Mutter gekommen war, aber zweifellos um einiges dicker und größer. Und bereits beschnitten, was an seiner Herkunft keinen Zweifel ließ.

Ein entzückter Aufschrei kam von meinen Dienerinnen. „Er ist entzückend!"

„Wie süß!"

„Beim Leben der Isis, er ist reizend!"

Mit einer Sicherheit, die mich selbst überraschte, nahm ich den Säugling aus dem Korb und in meinen Arm. Er drückte sich an mich und schien erleichtert, im Arm einer Frau zu liegen, doch nachdem er eine Weile an seinen Fingern gesaugt hatte, verzog sich sein Gesicht.

Nema zog die Augenbrauen hoch. „Er hat Hunger. Und keine von uns hat Milch für ihn."

Ich sah mich im Kreis meiner Dienerinnen um. Die meisten von ihnen waren noch jünger als ich. Keine von uns hatte ein Kind geboren und keine aus unserer Gruppe konnte

Milch für dieses hungrige Baby beschaffen. Wir hatten nicht einmal eine Ziege dabei.

Aus dem Schilf tauchte ein dürres Mädchen auf. „Große Herrin", sagte sie in gestelztem Ägyptisch. Sie fiel auf die Knie. „Soll ich unter den hebräischen Frauen eine Amme für dich suchen?"

Ich lächelte sie erleichtert an. Wieder einmal hatte mir der Flussgott eine Antwort gegeben. „Ja, geh!" Ich winkte ab und das dürre Mädchen eilte davon.

Während wir warteten, vergnügten meine Dienerinnen und ich uns mit dem Baby. Nema versuchte, ihm ein Stück Brot zu geben, das sie vorgekaut hatte, aber das Kind spuckte den Bissen nur aus und jammerte umso lauter. Nach einiger Zeit kam zu meiner großen Erleichterung eine hebräische Frau heran. Ich erkannte sie. Das erstaunte mich nicht.

Unsere Blicke trafen sich. Einen Augenblick lang sahen wir uns an, dann fiel sie auf die Knie, wie ihre Tochter es getan hatte. Das dürre Kind hatte seine Mutter begleitet. Sie blieb am Flussufer stehen, genauso hoch und dünn wie die Schilfrohre, die dort wuchsen.

„Dieses Kind" – ich blickte die Frau an – „braucht eine Amme. Bist du in der Lage, einen Säugling zu nähren?"

Ich kannte die Antwort, und sie wusste, dass ich sie kannte. Aber sie spielte das Spiel mit und nickte stumm.

„Dein Name?"

„Jochebed aus dem Stamm Levi."

„Jochebed, nimm meinen Sohn." Widerstrebend reichte ich ihr das Kind; sie erhob sich eifrig, um mein Geschenk entgegenzunehmen. „Nimm dieses Kind mit und stille es für mich. Ich werde dir einen Lohn dafür zahlen."

Sie hielt ihn sanft an sich gedrückt, und falls ich irgendwelche Zweifel gehabt hätte, dass sie das Kind geboren hatte, wären sie zerstreut worden, als das Baby sein Gesicht in die Falten ihres Gewandes drückte und die lebensspendende Brust suchte.

„Wenn er entwöhnt ist, bringe ihn zu mir." Widerstrebend riss ich meinen Blick von dem Baby los. „Ich werde dir Nachricht schicken, damit du weißt, wo ich zu finden bin."

„Und nach wem", fragte sie mit zittriger Stimme, „soll ich fragen, wenn ich ihn bringe?"

„Frage nach der Tochter des Pharaos", erwiderte ich mehr aus Gewohnheit. „Merytamon, die auch die Frau des Pharaos ist."

Ich wusste, fast drei Jahre lang würde ich meinen Sohn und die hebräische Frau nicht wieder sehen, denn die meisten Kinder wurden erst in diesem Alter entwöhnt. In dem Wissen, dass eine Schwangerschaft, selbst eine göttliche Schwangerschaft, eine Zeit der Abgeschiedenheit erforderte, fuhren wir drei Monate lang über den Fluss, dann kehrte ich nach Mi-Wer zurück und ging in die Abgeschiedenheit. Weitere drei Monate lang hielt ich mich von den anderen Frauen des Harems fern und sah nur meine Dienerinnen, meine Mutter und Tanut-Amun.

Ein Jahr nach meiner Ankunft in Mi-Wer kehrte ich langsam wieder in das Leben der Gemeinschaft zurück. Ich erzählte allen, die mich fragten, ich hätte einen Sohn, der bei seiner Amme sei, und ich würde mich auf den Tag freuen, an dem ich ihn dem Pharao zeigen könnte. Ich sprach aufrichtig und mit großer Freude von meinem Kind und niemand schien an meinen Worten zu zweifeln.

Während der Zeit im Harem beobachtete ich andere Mütter mit ihren Kindern, beobachtete, wie sie sie lehrten, ermutigten und trösteten. Schon bald würde ich dasselbe für meinen Sohn tun.

Jeden Morgen sprach ich meine Gebete, pries die Götter Pharaos dafür, dass sie mich in die Lage versetzt hatten, einen vorsichtigen Sieg über die Machenschaften Nephthys' zu erringen, der Göttin, die meinen Schoß und das Ba meiner

Mutter gestohlen hatte. Der Zustand meiner Mutter veränderte sich nicht, doch ich hoffte, der Anblick ihres ersten Enkelkindes würde das fehlende Teil ihrer Seele aus dem Verlies in der Unterwelt zurückrufen, wo Anubis es eingesperrt hatte.

Bei meinen Morgengebeten brachte ich auch Bitten vor. Ich bat die Götter, mein Kind unter den Hebräern und meine Brüder in Syrien vor Schaden zu bewahren. Auch wenn alle Söhne des Pharaos von klein auf in den Kampfkünsten ausgebildet wurden, so gefror mir doch das Blut in den Adern bei den Geschichten, die Tanut-Amun mir von den hetitischen Kriegern erzählte.

Schon bald bat ich Tanut-Amun, mir keine Kriegsgeschichten mehr zu erzählen. „Ich werde einen Sohn großziehen", erinnerte ich ihn. „Zwar muss er sich in Kriegstechniken üben, aber ich glaube nicht, dass ich den Gedanken ertragen kann, ihn auf einem Schlachtfeld leiden zu sehen."

Klugerweise wechselte Tanut-Amun seine Gesprächsthemen. Als das dritte Jahr meines Aufenthalts in Mi-Wer anbrach, fing er an, Neuigkeiten vom Bau Pi-Ramses' zu bringen, die bald die prächtigste Stadt der Welt sein würde. „Sie haben einen Schmelzofen für Bronze gebaut", prahlte er, „so lang wie zehn Männer hintereinandergelegt. Mehr als dreihundert Metallarbeiter stellen dort täglich Tonnen von Bronze her."

„Sind diese Arbeiter Hebräer?"

Falls Tanut-Amun die Sorge hinter meiner Frage spürte, so ließ er es sich nicht anmerken. „Nicht viele." Er zuckte die Achseln. „Die meisten Hebräer haben die Aufgabe, Ziegel herzustellen. Pharao beschäftigt talentierte Künstler für die Herstellung der Statuen und in den Steinbrüchen; nur wenige Hebräer haben diese Fähigkeiten. Mehr als alles andere braucht die Stadt des Königs Ziegel."

Ich wies Tanut-Amuns Faszination für das Ziegelmachen beiseite, denn was hatte Pi-Ramses mit mir zu tun? Meine

Gedanken drehten sich um den kleinen Jungen in einem hebräischen Dorf und den bevorstehenden Tag, da ich ihn in die Arme nehmen und als Sohn des Pharaos großziehen würde. Wenn wir meinen Vater das nächste Mal sahen, würde er uns wohlwollend anlächeln. Er würde mich auffordern, an seiner Seite zu sitzen und seine göttliche Gegenwart zu genießen.

Ich füllte meine Tage mit Lesen und mit Träumen von meiner Mutterschaft.

Im dritten Monat von *Proyet*, der Jahreszeit der Entstehung, erschien Tanut-Amun mit aufregenden Neuigkeiten in meinen Gemächern: „Dein Sohn, Merytamon, wartet am Haremstor auf dich."

„Bring ihn zu mir!"

Ich rannte in mein Schlafzimmer, um meine Erscheinung im Spiegel zu überprüfen, dann eilte ich in die Empfangshalle meiner Gemächer. Während ich ängstlich besorgt auf einem Stuhl saß und Nemas Hand drückte, kehrte Tanut-Amun zurück, eine seltsame kleine Familie im Schlepptau.

Ich vergaß, dass sie tagelang unterwegs gewesen sein mussten; ich vergaß, ihnen eine Erfrischung anzubieten und die Gelegenheit, sich den Sand von ihren Füßen zu waschen. Als sie sich lang vor mich auf den Boden warfen, blieb mein Blick an dem runden Bündel auf dem Rücken der Frau hängen.

„Erhebt euch bitte." Meine Stimme klang selbst in meinen Ohren schwach.

Sie erhoben sich – ein hagerer bärtiger Mann, die Frau, die ich am Flussufer getroffen hatte, das dürre Mädchen, jetzt eine junge Frau von vielleicht zwölf Jahren, und ein kleinerer Junge, etwa sechs Jahre alt. Die Familienähnlichkeit, die ich bei unserer früheren Begegnung kaum wahrgenommen hatte, war nun nicht mehr zu übersehen. Die Kinder dieser Familie waren hager wie ihr Vater, hatten die leicht gekrümmte Nase ihrer Mutter und goldbraune Augen, die im hereinströmenden Sonnenlicht funkelten.

Bittend sah ich die Frau an. Langsam öffnete sie den Knoten unter ihrer Brust, dann löste sie die winzigen Hände, die ihre Schultern umfassten. Sie bückte sich leicht und drehte sich, damit ein Paar stämmige Beinchen den gefliesten Boden berühren konnten. Weiche nackte Schultern spannten sich, als das Kind ihr die Arme entgegenstreckte, doch sie drehte es entschlossen zu mir um.

Tränen verschleierten meinen Blick, als ich meinen lang erwarteten Sohn ansah.

Wie kann ich das Gefühl beschreiben, das in diesem Augenblick in mir hochstieg? Nur weniges lässt sich mit der Ekstase der Mutterschaft vergleichen und wenige Worte können das Gefühl angemessen wiedergeben. Wärme durchströmte mich, als ich die kräftigen Arme, sein rundes Gesicht und den Kopf voller zerzauster brauner Locken betrachtete. Seine Augen waren weich, seine Lippen so rosa wie die Blütenblätter der Akazie und seine Wangen so prall wie reife Melonen.

Ich vergaß jegliches Protokoll und sank auf die Knie. „Komm", rief ich und streckte ihm die Arme entgegen. Der Junge sah zu seiner Amme auf, als würde er um Erlaubnis bitten; einen Augenblick lang befürchtete ich, die Frau würde unsere Vereinbarung vergessen und bitten, ihn behalten zu dürfen. Aber sie nickte ernst und drückte ihre Hand an seinen Rücken. Der Junge trat vor. Sein Blick hing nun an meinem Gesicht.

Ein Schauer durchlief mich, als seine kleinen Finger meine berührten. Lachend zog ich ihn in meine Arme und wandte mein Gesicht himmelwärts. Ich weiß nicht, was die Hebräer dachten – um ehrlich zu sein, es interessierte mich auch nicht besonders. In den vergangenen drei Jahren hatte Tanut-Amun auf meine Anweisung hin Jochebed einen Lohn bezahlt. Vermutlich verdankte die Familie die Kleidung an ihren Leibern und die Nahrung in ihren Bäuchen meiner Großzügigkeit. Sie hatten mir ein kostbares Geschenk gemacht, aber schließlich hatte ich auch für sie gesorgt.

Ich wandte mich der Frau zu. „Welchen Namen hast du ihm gegeben?"

Sie warf ihrem Mann einen Blick zu, bevor sie antwortete. „Ich habe ihn Jekuthiel genannt, doch sein Vater nennt ihn Heber. In unserer Sprache bedeutet der Name ‚wieder vereint'."

Entzückt betrachtete ich meinen Sohn. Ich würde ihm einen ägyptischen Namen geben, einen Namen, der zu einem Sohn des Pharaos passte. *Mose* war der Name, den ein Kind bekam, das am Geburtstag eines Gottes geboren worden war, aber ich hatte keine Ahnung, wann das Kind geboren worden war. Egal, mein Sohn konnte sich selbst einen Schutzherrn aussuchen. Zu gegebener Zeit konnte er sich Amun-Mose oder Thut-Mose nennen, doch für den Augenblick war der Name eng genug mit *Mos* verwandt, unserem Wort für Wasser, sodass es mich zum Lächeln bringen würde, wann immer ich ihn rufen würde.

„Ich werde ihn Mose nennen." Ich fing Tanut-Amuns Blick auf. „Weil ich ihn aus dem Wasser gezogen habe."

Tanut-Amun trat näher und sprach mit leiser Stimme zu mir. „Willst du ihm nicht auch den Namen eines Gottes geben? Wenn du ihn Seth-Mose nennst, könntest du Nephthys vielleicht besänftigen –"

„Warum sollte ich eine Göttin besänftigen wollen, die mir nichts als Böses getan hat?" Ich blickte den Priester nicht an; das Kind hielt meinen Blick gefangen und es hatte auch mein Herz in seinen Bann gezogen. „Wenn er älter ist, kann er den Namen eines Gottes annehmen, wenn er das möchte. Bis dahin wird er einfach Mose heißen."

Ich nahm das Kind in die Arme und wirbelte mit ihm durch den Raum. Verwirrt klammerte sich der Junge an mich, dann begann er zu lachen. Gemeinsam erhoben wir unsere glücklichen Stimmen zu den Göttern, dann schlüpften mein Sohn und ich durch eine Seitentür und überließen es Tanut-Amun, mich zu verabschieden und der hebräischen Familie einen Beutel Silber zu geben.

Der Priester und ich hatten bereits über die Bedingungen unserer Vereinbarung gesprochen. Um Jochebeds Schweigen zu erkaufen, würde Tanut-Amun versprechen, sie auch weiterhin zu bezahlen. Ihr Mann würde natürlich trotzdem in der Ziegelbrennerei arbeiten müssen, doch Jochebeds Lohn würde es der Familie ermöglichen, für die zwei übrigen Kinder zu sorgen.

Ich trug den Jungen in meine Gemächer und erfreute mich an seinem staubigen, erdigen Geruch. Jetzt brauchte ich nicht mehr sehnsüchtig die anderen Frauen anzustarren, wenn sie mit ihren Kindern spielten. Endlich hatte ich einen eigenen Sohn.

„Von jetzt an bist du Mose", sagte ich und beobachtete, wie die Augen des Jungen groß und rund wurden. Ich wusste, unsere Sprache klang fremd in seinen Ohren, doch bestimmt hörte er die Wärme der Liebe in meiner Stimme. „Heute", sagte ich und hauchte einen Kuss in die weichen Falten seines Halses, „bist du mein Sohn geworden."

Ich glaube nicht, dass ich je die Liebe kennengelernt habe, denn eine Tochter des Pharaos war nicht frei, von anderen Männern zu träumen, doch in den folgenden Wochen schlug mich die Liebe mit jedem Schlag meines Herzens besinnungslos.

Ich liebte meinen hübschen Sohn, töricht und verzweifelt. Nachdem ich gebetet, mich gesorgt und auf ihn gewartet hatte, drehte sich jeder Tag nach seiner Ankunft um ihn und seine Bedürfnisse. Innerhalb von einer Woche hatte er angefangen, beim Klang meiner Stimme zu lächeln; nach einem Monat konnte er Ägyptisch sprechen, als sei er damit aufgewachsen. Er lernte vor Freude in die Hände zu klatschen, wann immer Tanut-Amun in unseren Gemächern erschien. Der Priester war hocherfreut und brachte dem Jungen oft einen kleinen Kuchen oder einen anderen Leckerbissen mit.

In der Hoffnung auf ein Wunder nahm ich ihn eines Morgens zu einem Besuch bei meiner Mutter mit. Ich stand vor der Großen Königlichen Gemahlin, der wunderhübschen Nefertari, und betete, seine Gegenwart möge einen Funken des Lebens in diesen toten Augen entzünden. Aber meine Mutter und mein Sohn betrachteten sich schweigend, und nach einer Weile nahm ich Mose an der Hand und führte ihn fort.

Zwei Monate vergingen wie zwei Tage; dann hörten wir, dass Pharao von seinem Feldzug zurückkehrte. Tanut-Amun las alle offiziellen Berichte und half mir, die Wahrheit zu erkennen.

Obwohl Pharao einen Sieg verkündete, war der Feldzug ganz und gar nicht entscheidend gewesen. Bei einer Schlacht in der Nähe von Kadesch hatte eine Gruppe hetitischer Wagenlenker ihn bei einem Überraschungsangriff beinahe geschlagen, doch mein Vater war in seinen Wagen gesprungen und hatte seine persönlichen Wachen zusammengerufen. Dann war er beinahe im Alleingang gegen den Feind gefahren. Erstaunt darüber, dass ein in die Enge getriebener König mit solchem Heldenmut reagierte, hatten sich die meisten der angreifenden Hetiter angstvoll auf die andere Seite des Flusses zurückgezogen.

Beeindruckt von der Tapferkeit des Pharaos hatten die Hetiter am folgenden Tag einen Boten geschickt, der um Frieden bitten sollte. Jetzt, unter dem Banner des Waffenstillstands, kehrten Ramses und seine Armee in das Schöne Land zurück. Neben seinen königlichen Anfragen zu jedem Thema von Steuern bis hin zu seinem riesigen Tempelprojekt in Abu Simbel hatte er auch eine Botschaft geschickt, in der er die Königliche Gemahlin Merytamon bat, ihn in Pi-Ramses zu treffen.

Er wollte mich sehen. Mein Vater und König wollte mich sehen, und sein Wunsch würde mir die Gelegenheit bieten, ihm einen Sohn zu präsentieren. Tanut-Amun und ich machten sofort Pläne für unsere Abreise nach Pi-Ramses.

Die Reise zum Delta würde mindestens zwei Wochen dauern, und ich musste sicher sein, dass ich ganz besonders gut aussah. Pharao sollte mich mit Wohlgefallen ansehen; dann würde ich ihm Mose vorstellen und hoffen, dass er das Kind als seinen rechtmäßigen Sohn anerkennen würde. Falls er Mose nicht annahm, würde ich wie irgendeine Konkubine verworfen werden. Und wenn er mich der Untreue verdächtigte, wäre mein Leben in Gefahr.

Zwei Tage nach Erhalt der Aufforderung des Pharaos gingen Tanut-Amun, Mose und ich an Bord einer königlichen Feluke und fuhren flussabwärts nach Pi-Ramses. Bei unseren Zwischenstopps beobachtete ich meinen kleinen Sohn beim Spielen. Während der ersten Zeit in meinem Haushalt war er sehr still gewesen. Er hatte viel beobachtet und wenig gesprochen, aber jetzt deutete er fröhlich auf Gegenstände und Menschen und benannte sie in der ägyptischen Sprache.

Jetzt deutete er auf Tanut-Amun. „Kahl!"

Ich lachte leise. „Ja, Mose, Tanut-Amun ist kahl. Aber er ist ein Priester und hat Respekt verdient. Du solltest ihn nicht verspotten."

Die Lippen meines alten Freundes verzogen sich. „Dieser Junge hat wirklich Nerven. Er ist sehr offen."

„Er ist doch noch klein, Tanut-Amun. Kleinkinder wissen nicht, was sie tun."

„Auch Kleinkinder sollten Grenzen kennen. Pharao duldet keine Rücksichtslosigkeit, nicht einmal von Kindern."

Ich nahm Mose auf den Schoß und strich dem Kind über seine stämmigen Beinchen. „Pharao hat *dieses* Kind noch nicht kennengelernt. Mose ist nicht wie diese anderen heulenden kleinen Bälger."

„Da fällt mir noch etwas ein." Der Priester sah mich eindringlich an. „Ich weiß, du betest dieses Kind an, aber du musst darauf achten, dass es im Palast möglichst unsichtbar ist."

Ich sah auf. „Unsichtbar? Warum um alles in der Welt?"

„Je weniger Aufmerksamkeit er erregt, desto besser für uns." Der Priester deutete mit dem Kinn auf die goldbraunen Locken meines geliebten Mose. „Du musst ihm sofort die Haare abschneiden. Er sollte aussehen wie die anderen Söhne des Königs."

Bei diesen Worten verdrehte ich die Augen, aber ich wusste, er hatte recht. Alle kleinen Prinzen trugen die Köpfe geschoren, abgesehen von einer Locke über dem rechten Ohr – die Horus-Locke, in der Regel geflochten, war das Zeichen für ihren königlichen Stand. Ohne sie wäre Mose nicht als Königssohn zu erkennen.

Widerstrebend stimmte ich zu. „Ich werde Nema bitten, seinen Kopf heute Nachmittag zu scheren. Sie hat ihm bereits einen Lendenschurz genäht, den er im Audienzsaal des Königs tragen wird."

„Einen Lendenschurz? Für ein so kleines Kind?"

„Ich weiß, es ist ungewöhnlich, aber so merkt niemand, dass Mose beschnitten ist."

Tanut-Amun nickte. „Du bist klug, Tochter des Pharao. Ich hätte selbst daran denken sollen." Er zögerte einen Augenblick, dann brachte er seinen Gedanken zu Ende. „Ich weiß zwar, dass du stolz auf die Schönheit und Tapferkeit des Jungen bist, doch du solltest dafür sorgen, dass er möglichst wenig Aufmerksamkeit auf sich zieht. Alle Blicke werden auf dich gerichtet sein, wenn du dem König in Pi-Ramses entgegentrittst, doch manchmal ist es besser, außerhalb der Aufmerksamkeit des Gottes zu bleiben."

Stille senkte sich auf uns, während das Boot gemächlich flussabwärts trieb. Das Wasser war flach und grün, da nun die Dürrezeit war, und rechts und links säumten die Erntehelfer und ihre Esel das Ufer. Ein Musikant spielte auf einer Flöte und die Sicheln der Erntehelfer blitzten im Rhythmus zu seinem Lied. Sie schnitten das Korn, die Frauen sammelten es auf.

Ich lehnte mich auf meinem Stuhl zurück und genoss die Wärme der Sonne auf meinem Gesicht, während meine Gedanken auf Wanderschaft gingen. Wie hätte Moses Leben wohl ausgesehen, wenn ich ihn nicht gerettet hätte? Wenn ein anderer Ägypter ihn entdeckt hätte, wäre er wohl bereits tot; wenn er wie durch ein Wunder gerettet worden wäre, wäre er nun dünn und hungrig, genauso zart wie die Schwester mit den knochigen Ellbogen und großen Augen. Ihn aufzunehmen war das Richtige gewesen, und Mose dem Pharao als seinen Sohn vorzustellen war ebenfalls richtig. Ich würde nicht lügen, zumindest nicht offenkundig, denn Mose *war* mein Sohn, rechtlich und emotional gesehen, und darum war er auch der Sohn des Pharaos.

Ich würde nicht lügen ... oder doch?

Worte aus dem Buch der Toten klangen in meinem Herzen wieder, wurden mit zunehmender Intensität wiederholt. Wenn ich nach meinem Tod in der Gerichtshalle stand, würde ich mein Herz in die Waagschalen der Gerechtigkeit legen müssen, um es gegen die Feder des Ma'at aufzuwiegen. Ich würde sagen müssen: „Es ist keine Sünde in mir, ich habe nicht bewusst gelogen; auch habe ich nie irgendetwas mit einem falschen Herzen getan. Gewähre mir, dass ich sein möge wie die Bevorzugten, die um dich sind ..."

Konnte ich dieses Gebet reinen Gewissens sprechen? Oder würde ich als falsch befunden werden wegen der Geschichte, die ich dem Pharao erzählen wollte, wenn ich ihn das nächste Mal sah? Wenn ich Pharao die reine Wahrheit sagte – dass ich, dem Erlass des Königs zum Trotz, ein hebräisches Kind aus dem Fluss gefischt hatte, weil ich unfruchtbar war ... sein Zorn wäre vermutlich so groß, dass ich und Mose sterben würden. Wenn ich ihm eine Lüge erzählte – dass er mit mir geschlafen und ich seinen Sohn empfangen und geboren hatte –, würden die Götter mich nach dem Tod sicherlich hart aburteilen und meine Seele dem Vernichter übergeben.

Aber bei einer Halbwahrheit würde das Gute vielleicht siegen. Immerhin stammte die Idee von meiner geliebten Mutter und meinem Priester, denen ich vertraute. Und sie kannten den Pharao besser als ich. Und würde nicht sogar

Jochebed es lieber sehen, dass ich Moses eigentliche Identität geheim hielt? Sie hatte ihn mir stillschweigend in die Hände gespielt an dem Tag, an dem ich Mose am Fluss gefunden hatte. Falls die Hebräer irgendwelche Götter anbeteten, so hatte sie sie vermutlich gebeten, ihren Sohn zu beschützen.

Ich wandte mich an Tanut-Amun, der abwesend zum Horizont starrte. „Welche Götter beten die Hebräer an? Gehört der Große Hapi dazu?"

Der Priester kräuselte seine Lippen. „Obwohl einige von ihnen die Götter Ägyptens angenommen haben, beten nur wenige den Fluss an. Nach dem, was ich gehört habe, beten die meisten von ihnen überhaupt keinen Gott an. Ein paar halten sich an den Gott ihrer Väter."

„Also ein älterer Gott. Wie Khnum, der große Töpfer?"

Tanut-Amun nahm eine Weinrebe von einem goldenen Tablett neben sich, pflückte eine Traube ab und steckte sie in den Mund. „Soweit ich gehört habe, ja. Sie behaupten, ihr Gott habe die Welt erschaffen. Sie glauben an die Große Flut, genau wie wir. Aber sie haben keine Bilder von ihrem Gott. Die meisten kennen nicht einmal seinen Namen."

Schweigend dachte ich über diese Information nach. Ein Gott ohne Bild. Also ein Geist. Wir wussten, dass die Götter Geister waren; die Statuen in unseren Tempeln stellten die Attribute der Gottheiten dar, denen wir dienten. Aber unsere Götter hatten alle einen Namen, manche Götter sogar drei oder vier, denn sie waren in den unterschiedlichen Gegenden unter unterschiedlichen Namen bekannt. Alle Städte hatten mindestens einen Schutzgott und die meisten Menschen hatten sich einen oder zwei persönliche Lieblingsgötter erkoren.

Welchen Gott, überlegte ich, während ich meinen Sohn beobachtete, *wird Mose zu seinem persönlichen Gott wählen? Wird er später mir zu Ehren Khnum-Mose oder Tanut-Amun zu Ehren Amun-Mose heißen? Und welchen Gott hat seine Mutter angefleht, ihn zu bewahren, als sie ihn im Korb aufs Wasser gesetzt hatte?* Zu welchem Gott sie auch gebetet hatte, er hatte ihr Gebet erhört, denn Mose war nicht nur gerettet worden, er hatte ihn ihr auch noch weitere drei Jahre erhalten.

„Wenn ich seinen Namen kennen würde", flüsterte ich, „würde ich ihn bitten, uns zu bewahren, wenn wir vor dem Pharao niederknien."

Tanut-Amun hielt mit dem Traubenessen inne. „Wen?"

Ich schüttelte den Kopf. „Nichts."

Wenn ich auch seine Bereitschaft, sich für Mose einzusetzen, zu schätzen wusste, so würde ich mir um den namenlosen hebräischen Gott keine Gedanken machen. Mose war jetzt ein Ägypter. Er würde lernen, unseren Göttern zu dienen, und wenn er Pharao wurde, würden die Götter ihm dienen.

Ich hob den Blick zum Horizont im Norden, wo die goldenen Mauern von Pi-Ramses in Sicht gekommen waren. Wenn Mose überhaupt eine Zukunft haben sollte, wusste ich, was ich zu tun hatte.

Die Willkommenszeremonie begann in dem Augenblick, in dem unser Schiff außerhalb von Pi-Ramses am Anlegesteg anlegte. Auf einer großen Wand am Kai wurden für alle Ankömmlinge die Wunder der Stadt verkündet: „Seine Majestät hat sich eine Residenz geschaffen, deren Name ‚Große Siege' bedeutet. Sie liegt zwischen Syrien und Ägypten, bietet Nahrung und Vorräte im Überfluss. Die Sonne geht an ihrem Horizont auf und unter. Alle haben ihre eigene Stadt verlassen und siedeln in ihrer Nähe."

Da ich Pi-Ramses seit Jahren nicht mehr gesehen hatte, staunte ich über den Anblick. Zwar befand sich die Stadt noch immer im Bau, doch die Arbeiter des Pharaos hatten sie mit hohen, strahlenden Mauern umgeben, die sich in beide Richtungen so weit erstreckten, wie ich sehen konnte.

Eine Gruppe von Höflingen kam unserer Reisegruppe entgegen – junge Männer in Festgewändern, mit frisch gerichteten Perücken und Kegeln mit parfümiertem Öl auf dem Kopf. Sie standen am Anlegesteg, die Arme beladen mit Blumen und grünen Pflanzen, und verneigten sich, als ich das Boot verließ.

„Willkommen, Königliche Gemahlin!" Ein stämmiger, in Weiß gekleideter Mann trat vor und verneigte sich bis zum Boden. „Geliebte des Königs, Schönste in den Zwei Ländern! Willkommen in Pi-Ramses mit den schönen Balkonen und den funkelnden Gängen aus Lapislazuli und Türkis. Ich bin Hori, Hüter des Großen Hauses in Pi-Ramses, und dem Pharao treu ergeben."

Ich wandte mich kurz zu Tanut-Amun und Nema um, die Mose auf dem Arm hielt, dann schob ich mein Kinn vor und folgte meiner Eskorte durch die eindrucksvollen Tore.

Hori hatte mit der Schönheit der Stadt nicht übertrieben. Trotz der staubigen Luft und des ohrenbetäubenden Lärmes der Meißel hatte die Stadt, die vor Ramses' Thronbesteigung mehr funktional als schön gewesen war, beträchtliche Fortschritte gemacht. Der Hafen von Avaris, in dem zur Zeit der Vorväter meines Vaters hektische Betriebsamkeit geherrscht hatte, würde, wenn die Pläne des Pharao ausgeführt waren, nicht nur ein Handelszentrum sein, sondern auch eine wahre Sehenswürdigkeit.

Mein geschwätziger Gastgeber plapperte unermüdlich und zeigte mir leere Plätze, an denen eines Tages wichtige Gebäude stehen würden. „Seine Majestät hat vor, Tempel für Re, Seth, Amun und Ptah zu bauen", erklärte er und lächelte mich gewinnend an. „Alle wichtigen Götter werden vertreten sein. Und alle hohen Beamten werden innerhalb der Stadtmauern wohnen – Zolleinnehmer, Statthalter und militärische Hauptleute. Aber das Haus des Pharaos wird besonders spektakulär sein."

Bei diesen Worten blieb er neben einer hohen Mauer stehen, in die zwei vergoldete Türen eingelassen waren. „Dies ist mein bescheidenes Heim, das Pharao erwählt hat, um darin zu wohnen, bis sein Palast fertiggestellt ist. Trete ein, Geliebte Herrin, und beehre meinen Haushalt mit deiner Lieblichkeit!"

Ich dankte ihm mit einem Lächeln und wandte mich an mein Gefolge. „Nema und Tanut-Amun werden mich begleiten", erklärte ich ihnen. „Alle anderen werden draußen warten."

Geführt von Hori traten meine Leute und ich durch die hohen Tore in den Hof des Aufsehers ein. In der Halle hielten wir unsere Hände und Füße über Porzellanschüsseln und eine Dienerin goss Wasser darüber. Eine andere Dienerin reichte mir ein Handtuch. Nachdem ich Moses rundes Gesicht mit dem feuchten Tuch abgewischt hatte, fühlte ich mich besser. Heute würde kein Anzeichen von einem staubigen Hebräer an ihm zu finden sein.

Hori führte uns daraufhin zur nördlichen Veranda. Ich pflückte eine einzelne Lotusblüte aus einem Strauß, den mir einer von Horis Dienstboten überreicht hatte, und atmete tief den süßen Duft ein. Die nächsten Augenblicke würden über mein restliches Leben entscheiden.

Als die großen Türen zur Haupthalle aufschwangen, deutete Hori an den großen roten Säulen in der Mitte des Saales vorbei. „Pharao hält Hof im Empfangsbereich. Tritt näher, wie es dir beliebt, Göttliche Herrin!"

Ein Knäuel von Menschen stand im Raum – Höflinge, Adelige, Steuereinnehmer, Priester –, aber sie wichen auseinander, als ich in den großen, rechteckigen Saal eintrat. Rechts von mir begann eine Posaune zu blasen; dann kündigte ein Wächter mein Erscheinen an: „Oh Pharao, lebe ewig! Die Herrin der Zwei Länder, Mutter von Horus, Geliebte des Pharaos, Merytamon nähert sich dir!"

Mein Blick flog über die Männer hinweg, die vorne im Raum standen. Zwei leere Stühle waren auf einem niedrigen Podest aus Ziegeln aufgestellt. Mehrere Männer hatten sich um eine Tafel auf einem Holzständer versammelt. Die meisten trugen den Faltenrock und die leichte Rüstung der Krieger. Einer der Männer sah auf und ich erkannte meinen Vater, meinen Mann, den Gott meiner Welt und ganz Ägyptens – Usi-Ma-Re, „Stark in Recht ist Re“ ... Ramses.

Meine Knie wurden weich, aber ich wappnete mich innerlich und ging unbeirrt weiter. Mein Herr, der König, trug den Kriegshelm, nicht die doppelte Krone, und er hatte einen Rock mit Faltenwurf statt des formelleren Gewandes gewählt, das er in Theben bevorzugt hatte. Ein Ledergürtel zierte seine Taille und ein schlichter goldener Kragen schmückte seinen Hals. Offensichtlich trug sich der Pharao noch immer mit Kriegsgedanken.

Ein paar Schritte vor den leeren Stühlen blieb ich stehen und sank auf die Knie. Als meine Hände und mein Gesicht den Boden berührten, rief ich: „Mein Herr und König, mein Leben, meine Kraft und Gesundheit für immer! Merytamon, gesegnet vom König, sucht dir Ehre zu bringen!“

„Willkommen, Gemahlin des Gottes.“

Ich lächelte in mich hinein. Die Stimme, die auf meinen Gruß geantwortet hatte, hatte freundlich geklungen. Ich hob den Kopf und sah, dass der Pharao auf mich zukam. Er trug nicht den zeremoniellen Würdestab und den Wedel, sondern seine rechte Hand war ausgestreckt, um mir aufzuhelfen.

Ich hätte vergehen können vor Erleichterung. „Mein Herr und König.“ Ich lächelte ihn an. „Ich habe in den Tempeln von Amun-Re und Mut Opfer für dich gebracht. Ich habe dich in den Tempeln von Ptah und Bastet angebetet, und ich habe Hapi Opfer gebracht, um zu gewährleisten, dass der Fluss dich sicher nach Hause ins Schöne Land bringt.“

Der Pharao drückte meine Hand – die höchste Geste der Zuneigung, die er an einem so öffentlichen Ort zeigen würde –, dann deutete er auf die leeren Stühle. „Komm, Geliebte Ägyptens, und lächle auf mich herab, während ich mich mit meinen Hauptleuten berate. Wir senden neue Truppen zu den Wüstengarnisonen, damit sie die ruhelosen Stämme Syriens im Auge behalten.“

Er ließ meine Hand los und sein Blick glitt über meine Dienstboten hinweg. „Ist dies Tanut-Amun, der hoch geschätzte Diener von Nefertari?"

„Ja, mein Herr."

Tanut-Amun verbeugte sich tief und berührte mit den Handflächen und seiner faltigen Stirn den Boden.

„Du darfst dich erheben, Priester des Amun." Pharao hob die Hand und seine funkelnden schwarzen Augen wurden noch kleiner und funkelnder. Mit eindringlichem Blick betrachtete er den Priester. „Und wie geht es Nefertari, der Geliebten der Zwei Länder?"

Tanut-Amun neigte leicht den Kopf. „Sie ist ... es geht ihr unverändert, mein König. Ihr Ba ist nicht zu uns zurückgekehrt."

Pharao blinzelte und seine Lippen zitterten leicht. In diesem Augenblick wurde mir klar, wie sehr mein Vater meine Mutter liebte. Aber er würde nicht von ihr sprechen. Vielmehr glitt sein Blick über meine Dienerin hinweg und blieb an dem Kind auf ihrer Hüfte hängen.

„Und wer ist dies?"

Ich wusste, er meinte nicht Nema; kuschitische Sklaven waren praktisch unsichtbar am königlichen Hof. Sein Blick hing an Mose, dessen geschorenen Kopf jetzt die Horus-Locke der Prinzen von Ägypten zierte.

Nur mit Mühe konnte ich meine Furcht verbergen. Ich zitterte so, dass meine Zähne klapperten, doch irgendwie trat ich vor.

„Mein Herr, ich habe ein Geschenk für dich." Ich weiß nicht, wie ich die Worte herausbrachte, denn meine Zunge fühlte sich dick und schwer in meinem Mund an. „Königlicher Vater! Vor deinem versammelten Hof habe ich die Ehre, dir einen Sohn zu präsentieren."

Zu deutlich spürte ich den Blick von einem Dutzend Augenpaaren auf mich gerichtet. Ich kniete nieder und streckte die Arme aus. Mose, selbstbewusst wie immer, löste sich bereitwillig aus Nemas Armen und rannte auf mich zu, dann stieg er auf meinen Schoß und legte seine knubbeligen Arme um meinen Hals.

Pharao beobachtete die Szene mit hochgezogenen Augenbrauen, und ich sah, wie sich seine Gedanken überschlugen. Er versuchte sich zu erinnern, ob er mit mir geschlafen hatte.

„Königlicher Vater." Ich wiederholte die Worte, die Tanut-Amun mir vorgesprochen hatte. „Durch die Güte des Großen Hapi, des Flussgottes, habe ich diesen Jungen als kostbares Geschenk bekommen. Wie Hapi der Sohn des Horus ist, so präsentiere ich dir diesen Jungen, Mose, als deinen Nachkommen durch das Geschenk der Götter. Ich habe ihn als deinen Sohn eingeführt, damit er eines Tages würdig ist, deinen Thron und dein Königreich zu erben. Ich bete, dass er wachsen möge in Weisheit, Geschicklichkeit und Macht, wie es einem Sohn des Pharaos gebührt."

Ich sah weg, hatte Angst, was ich in diesen mächtigen Augen lesen würde, aber nach einer langen Weile ergriff mein Vater und Mann das Wort: „Ein hübscher Junge, wirklich."

„Ja, mein Herr. Er ist auch klug."

Der König verschränkte seine muskulösen Arme und hob eine Hand an sein Kinn. Er starrte das Kind an, dann öffnete er den Mund, wie um zu sprechen, und lächelte. „Wird er zu mir kommen?"

Ein erstauntes Raunen ging durch die Gruppe der Zuschauer, als der Pharao, der fleischgewordene Gott, in die Hocke ging und meinem Sohn die Hand entgegenstreckte.

Ich stellte Mose auf den Steinboden. „Geh", flüsterte ich und legte meine Hand auf seinen kleinen Rücken. „Geh zu deinem königlichen Vater!"

Ich hielt den Atem an – und wusste, dass Tanut-Amun hinter mir flehende Gebete sprach. Würde das hebräische Kind auf den König zugehen, der Hunderte von seinem Volk ermordet hatte?

Und dann, Wunder aller Wunder, lief Mose los, ein breites Lächeln auf seinem runden Gesicht. Er marschierte direkt in

Pharaos Arme, dann hob er die Hand zu dem Geier in der Mitte der glitzernden Krone des Königs.

„Halt!", lachte der König und fing Moses Hand ab. „Noch bist du nicht König, Kleiner!"

Während die Zuschauer hinter mir kicherten, erhob sich Pharao und nahm den Jungen auf den Arm. Mose klatschte in die Hände und lächelte seinen königlichen Vater an, denn die glitzernde Krone hatte es ihm angetan. Erneut griff er nach dem Geier, und dieses Mal schaffte er es, die Krone anzustoßen, bevor der Pharao seine Hand abfing.

Mein Lächeln gefror. Dies bedeutete gar nichts. Kleine Kinder griffen nach Dingen; jede Mutter hätte dies als ganz normal abgetan. Aber dieser Mann war kein gewöhnlicher Vater. Er war Pharao, der niemals barhäuptig in der Öffentlichkeit erschien. Und gewöhnliche Väter hatten kein Gefolge von finster blickenden Priestern, die in jeder Geste und jedem unbedachten Wort nach Zeichen und einem bösen Omen suchten.

Jetzt trat einer der Priester, ein Mann mit einem langen Gesicht und einer Knollennase, vor. „Mächtiger Pharao", sagte er mit düsterer Stimme, „dies ist ein böses Zeichen. Ein Kind, das so fixiert ist auf deine Krone, könnte versuchen, sie gegen deinen Willen zu ergreifen. Wie können wir die bösen Söhne der Vergangenheit vergessen, die versucht haben, den rechtmäßigen König zu ermorden?"

Ich rührte mich nicht, aber hinter mir hörte ich, wie Tanut-Amun nach Luft schnappte. Die unausgesprochene Anklage des Priesters hing im Raum: *Und hier ist eine weitere Frau aus dem Harem, die vielleicht wieder ein Mordkomplott ausheckt!*

Meine Gedanken überschlugen sich. Pharao glaubte an Zeichen und böse Omen; das taten wir alle. Und er hatte andere Söhne, ältere Söhne, die vor dem Thron Schlange standen. Ich selbst hatte zwei Brüder, die Nachkommen der Großen Königlichen Gemahlin waren, und zweifellos würde er wollen, dass sie vor diesem Kind zu Größe aufstiegen.

Wenn ich ihn überzeugen könnte, dass Mose kein wahrscheinlicher Anwärter auf den Thron war ...

Glücklicherweise reagierte der Pharao in diesem Augenblick vernünftiger als ich. „Ich möchte deine Warnung nicht abweisen, Rudjek." Er stellte Mose auf den Boden. „Aber ich möchte auch diesem Sohn sein Recht auf kommende Größe nicht verwehren. Immerhin habe ich in den vergangenen Monaten zwei Söhne verloren. Wer kann sagen, ob dieses Kind bestimmt ist, Ägypten zu regieren, wenn ich mit Osiris vereint bin?"

Ich spürte, wie sich mein Magen zusammenkrampfte. Er hatte zwei Söhne verloren? Er konnte nur Amun-Hirwonmef und Prehirwonmef meinen, die ihn nach Syrien begleitet hatten. Ich schluckte, legte die Arme um mich und versuchte, nicht an meine Brüder zu denken. Später, wenn ich die Freiheit hatte zu trauern, würde ich um sie weinen.

Der Priester starrte mit seinen bemalten Augen Mose an; dann sah er mich an. In diesen Augen sah ich nacktes Misstrauen. Vermutlich überlegte er, wie bald der Pharao abgereist war, nachdem er mich zu seiner Frau gemacht hatte, und wie lange ich in Mi-Wer im Exil gelebt hatte. Bald würde er die Monate zählen und das Alter dieses Kindes schätzen und sich fragen, ob Pharao diesen Jungen wirklich gezeugt haben konnte.

War dies ein weiterer böswilliger Trick von Nephthys? Hatte sich die Göttin, frustriert von meinem Erfolg und meinem Glück, wieder gegen mich verschworen?

„Lass dieses Kind zu Tode bringen." Rudjek warf mir einen vernichtenden Blick zu. „Der Pharao hat viele Frauen und Söhne. Deine fruchtbaren Lenden werden Ägypten mit einer Armee von Prinzen beschenken und keiner von ihnen wird so vorwitzig sein, dir die Krone vom Kopf zu reißen."

„Oh König, lebe ewig!" Tanut-Amun trat an meine Seite und ergriff das Wort. „Höre nicht, mächtiger Pharao, auf diesen Rat, das Kind zu töten. Es wird unschuldiges Blut sein, das du vergießen wirst, denn dieses Kind ist noch klein und weiß nicht, was es tut.“

Pharao blickte von Rudjek, seinem Priester, zu Tanut-Amun, der meiner Mutter gedient hatte. Ich senkte den Blick und hatte Angst vor der Entscheidung.

„Ich habe eine Idee.“ Mein Vater sprach langsam. „Ein Test. Lass zwei Schalen vor mich bringen – eine Schale mit goldenen Ringen und funkelnden Juwelen und eine Schale mit glühender Kohle. Sie sollen vor das Kind gestellt werden, um zu sehen, welche seine Aufmerksamkeit fesselt.“

Rudjek klatschte zustimmend in die Hände. „Ein kluger Test, o König. Wir werden dann entscheiden, ob das Kind klüger ist, als es seinem Alter angemessen ist. Wenn er seine Hand ausstreckt und das Gold und die kostbaren Steine nimmt, dann ist er sicherlich beschenkt mit Weisheit und Verständnis über sein Alter hinaus – sein Greifen nach deiner Krone geschah mit Absicht und darum verdient er den Tod. Aber wenn er nach der glühenden Kohle greift, dann war sein Handeln die Folge seiner kindlichen Ideen, und er muss unschuldig sein.“

Ich schnappte nach Luft und wollte protestieren, doch ein scharfer Blick von Tanut-Amun ließ mich innehalten. Eine Frau hatte nicht das Recht, bei solchen Angelegenheiten mitzureden. Wer war ich, dass ich die Entscheidung eines Gottes infrage stellte?

Mose saß zu meinen Füßen und fuhr mit dem Finger fröhlich über die Rillen zwischen den bunt bemalten Fliesen. Die Diener eilten davon, um die vom König angeforderten Dinge zu holen. Während wir warteten, wandte sich Tanut-Amun zu mir um. Mit leiser Stimme, nur für meine Ohren bestimmt, flüsterte er: „Es ist an der Zeit, von Herzen kommende Gebete zu sprechen, Königliche Herrin. Denn in dem Dorf seiner Amme wurde dieses Kind zweifellos gelehrt, das Feuer zu meiden. Er wird sich nicht in die Nähe der Kohlen wagen. Aber da er noch nie Ringe und Edelsteine gesehen hat, wird er vermutlich nach den Schätzen des Königs greifen und sein Schicksal besiegeln."

Ein Schauer überlief mich. Ich sah nach rechts und links und hoffte auf eine Unterbrechung von Hori oder einem der anderen Beamten, aber niemand im Saal wagte sich zu rühren. Kurz darauf kamen zwei Sklaven herein. Der erste trug eine Bronzeschale mit goldenen Ringen, Halsbändern und mit Edelstein besetzten Brustschildern. Zwischen zwei Tüchern hielt der andere Sklave eine Messingschale mit glühenden Kohlen. Ein dünner Rauchfaden stieg von der zweiten Schale auf.

Instinktiv bückte ich mich und nahm meinen Sohn auf den Arm.

„Stellt die Schalen auf den Boden!", befahl der Pharao.

Die Diener gehorchten, dann wandte sich der König an mich. „Lass das Kind herunter, Merytamon!"

Dieses Mal gebrauchte er keine höflichen Floskeln, kein überschwängliches Lob oder königliche Titel. Er sprach in unverblümtem Tonfall, und ich fürchtete, dass nicht nur Moses Schicksal, sondern auch meines in den kommenden Augenblicken entschieden werden könnte. Falls ich mich als eine Bedrohung erwies, auch wenn dies ungewollt geschah, würde ich für immer nach Mi-Wer verbannt werden.

Steif trat ich vor und stellte Mose gleich weit entfernt von der Schale mit den Juwelen und der mit den Kohlen auf den Boden. Tanut-Amuns Worte bewahrheiteten sich – Mose schenkte der Kohleschale keinen einzigen Blick, sondern marschierte zielstrebig auf die funkelnden Steine zu.

Ich schloss die Augen und begann zu einem Gott zu beten, dessen Namen ich nicht kannte. *Gott der Hebräer, wenn du dein Volk liebst, wenn du dieses Kind liebst, dann leite seine Hände. Errette ihn aus dieser Prüfung von Feuer und Gold, wie du ihn aus dem Wasser errettet hast –*

Meine Augen flogen auf, als ein schriller Schrei durch die Empfangshalle gellte. Mose saß vor mir auf dem Boden, seine kleinen Finger schwarz vor Ruß, an der Hand bildeten sich bereits Brandblasen. Obwohl noch immer glühende Asche an seinen Fingern hing, wollte er sie in den Mund stecken.

„Nein, Mose!“ Ich eilte an seine Seite, strich die glühende Asche fort und drückte sein verbranntes Fleisch an meine kühle Wange. Ich warf Rudjek, der enttäuscht wirkte, einen zornigen Blick zu. Dann sah ich Pharao an. Er beobachtete mich mit einem Ausdruck liebevollen Stolzes in den Augen.

„Nimm deinen Sohn, Herrin der Zwei Länder.“ Er hob seine Hand in einer Segensgeste. „Lebe mit mir in Frieden und habe acht auf den Sohn des Pharaos.“

Da ich nicht in der Lage war, die Spannung noch einen Augenblick länger zu ertragen, nahm ich mein schreiendes Kind und rannte aus dem Raum.

Dank liebevoller Pflege und großzügiger Verwendung von Aloe heilten die Verbrennungen an Moses Hand und gleichzeitig schwanden auch meine Ängste. Obwohl wir zusammen mit dem Pharao nach Theben zurückkehrten, sah der König meinen Sohn nur selten. Ich bedauerte den Mangel an königlichem Interesse nicht – wie Tanut-Amun gesagt hatte: Manchmal war es besser, sich in sicherer Entfernung von der Aufmerksamkeit eines Gottes zu halten.

Obwohl mein Vater Dutzende Frauen für sein Vergnügen hatte, glaubte ich wirklich, dass er meine Mutter am meisten liebte. Nach unserer Rückkehr nach Theben brachte er sie in den schönsten Gemächern seines Palastes unter. Er besuchte sie oft, und man erzählte mir, er würde dann ihr regloses Gesicht streicheln, während sie in die Ferne starrte. Nachdem er erkannt hatte, dass sie die heilende Berührung von Amun-Re brauchte, befahl er, die Ärzte sollten sie täglich in den sonnenüberfluteten Gärten spazieren führen.

Ich besuchte Nefertari auch weiterhin, aber mein lebendiges Kind forderte mehr Zeit als meine innerlich tote Mutter.

Nachdem ich Mose ein Jahr lang nach Herzenslust verwöhnt hatte, verkündete Tanut-Amun, Mose sollte nun mit seiner Ausbildung beginnen. Und so bekam mein Sohn mit vier Jahren den Gürtel und den Rock eines Jungen und ließ seine frühe Kindheit hinter sich. Tanut-Amun kam jeden Morgen in meine Gemächer, um Mose in Musik und im Schreiben zu unterrichten, und als Mose sein fünftes Jahr begann, erklärte der Priester, mein Sohn sei bereit für die Tagesschule.

Jeden Morgen bekam mein Sohn nun von Nema einen kleinen Korb mit einem Stück Brot und einem Krug Bier gepackt, dann verließ er den Palast, um die Schreibschule im Tempel von Amun-Re zu besuchen. Wenn die Sonne am westlichen Himmel unterging, kehrte er in meine Gemächer zurück und zeigte mir die groben Stücke Sandstein, auf die er hieroglyphische Zeichen gemalt hatte. Als er älter wurde, wurden die Abschnitte, die er schrieb, länger, bis er die ganze lange Hymne an Hap-Ur auswendig niederschreiben konnte.

Als Mose eines Tages nach Hause kam, platzte er beinahe vor Stolz. Er hatte ein Lied gelernt, erzählte er mir, denn die Priester ermutigten die Jungen häufig, die Lektionen zu singen. Mose sang mir ein kleines Lied mit folgendem Inhalt vor: „Sei immer liebevoll und freundlich zur Mutter; Gott wird zornig, wenn du ihr keine Liebe erweist."

An einem anderen Tag war Moses Heimkehr nicht so angenehm. Eines Nachmittags kam er mit einem blauen Auge zurück. Als ich den Grund für seine Verletzung erfahren wollte, erklärte er mir widerstrebend, seine Mitschüler hätten ihn geärgert, nachdem der Lehrer seine Arbeit gelobt hatte. „Sie kreisten mich ein und fragten: ‚Wessen Sohn bist du? Hast du keinen Vater zu Hause?' Ich wusste nicht, was ich ihnen antworten sollte, darum habe ich den ersten Jungen, den ich erreichen konnte, geschlagen. Er hat zurückgeschlagen."

Sein jähzorniges Temperament betrübte mich, aber ich verstand den Grund für den Zorn meines Sohnes. Traurigkeit machte sich in meinem Herzen breit, eine schwere und vertraute Verzweiflung. Bei vielen Gelegenheiten hätte ich in meiner Kindheit mit Freuden einen Gott auf dem Thron gegen einen Vater im Haus getauscht.

„Ach, Mose!“ Ich nahm ihn in die Arme. „Du solltest die nicht schlagen, die schwach und unwissend sind. Du weißt doch, dass Pharao selbst dein Vater ist.“

Eigensinnig löste er sich von mir und sah mich an. „Der Priester sagt, Pharao sei der Vater von ganz Ägypten. Wer ist denn nun mein Vater?“

Die widerstreitendsten Emotionen kämpften in mir. Was konnte ich ihm sagen?

Ich packte ihn an den Schultern. „Dein Vater ist der Pharao und du darfst niemals daran zweifeln. Wenn du im richtigen Alter bist, wird er dich in seinen Dienst rufen, und du wirst die gesegneten Strahlen seiner Gunst spüren. Keiner deiner kleinen Mitschüler wird eine solche Ehre erfahren, Mose. Nur du. Denn du bist der Sohn eines Gottes.“

Früher hätte sich bei solchen Worten ein nagendes Schuldgefühl in mir breitgemacht, aber seit ich Mose vor den Pharao gebracht hatte, war ich zu der Überzeugung gekommen, dass Mose ungewöhnlich gesegnet worden war von dem Gott, dessen Namen ich nicht kannte. Wie sonst hätten wir der bösen Hinterlist Nephthys’ widerstehen können?

Mit acht Jahren schloss mein kleiner Sonnenschein die Jungenschule ab und begann bei den priesterlichen Lehrern zu studieren, die die Söhne des Pharaos unterrichteten. Er schrieb seine Aufgaben nicht mehr auf Sandsteinstücke, sondern mit sorgfältig zubereiteter roter und schwarzer Tinte auf kostbare Papyrusrollen. Zu meiner großen Freude entpuppte sich Mose als ausgezeichneter Schreiber. Seine hieroglyphischen Zeichen waren nicht nur ordentlich und lesbar, sondern auch sehr kunstvoll. Er lernte auch lesen, schreiben und Akkadisch sprechen, die internationale Sprache, die am Hof gesprochen wurde, wenn ausländische Gäste zu Besuch waren. Einmal sagte ich, die geschriebene Version dieser Sprache würde mir vorkommen wie die Fußspuren von Vögeln, aber Mose lachte nur und sagte, es mache ihm Spaß, ausländische Sprachen zu lernen.

Im Laufe der Jahre wurde mein sportlicher Sohn immer besser im Turnen und Schwimmen und lernte mehr über die Feinheiten der ägyptischen Religion. Unter Tanut-Amuns geschickter Anleitung lernte er, in den Tempeln der Götter anzubeten, Opfer zu bringen und die alte Literatur mit Einfühlungsvermögen und Verständnis zu lesen. Jeden Morgen begleitete er mich zum Tempel von Amun-Re und gemeinsam brachten wir Opfer dar vor den Statuen des Hauptgottes von Theben. Während wir durch den Wald von Säulen wanderten, die einem Papyrusdickicht gleichen sollten (was mich an den Ort erinnerte, an dem ich meinen Sohn gefunden hatte), las Mose die hieroglyphischen Bilder oben an den Wänden, weit höher, als meine armen Augen sehen konnten.

Eines Morgens, als wir gemeinsam durch den Tempel von Amun-Re liefen, unterbrach Mose seinen Vortrag und flüsterte mir ins Ohr: „Königliche Mutter, du solltest Hathor um mehr Kinder anflehen. Bestimmt würde die Muttergöttin aller Könige dir einen weiteren Sohn schenken, wenn du sie darum bitten würdest.“

„Früher habe ich Hathor geopfert“, erwiderte ich. Ich gab mir die größte Mühe, meine Stimme unbeschwert zu halten. „Ich habe auch Thoeris und Min geopfert, den Göttern der Geburt und der Fruchtbarkeit. Auch habe ich Shed Opfer gebracht, dem Erlöser und Helfer der Menschheit.“

Mose zog seine buschigen Augenbrauen hoch.

„Als die Götter dich mir geschenkt hatten“, sagte ich und lächelte meinen großen und gut aussehenden Sohn an, „habe ich aufgehört, mir andere Kinder zu wünschen. Du bist der Sohn meines Herzens.“

Im Alter von zwölf Jahren, wenn andere königliche Söhne als Zeichen des Erwachsenwerdens beschnitten wurden, erklärte ich Mose, ich hätte ihn bereits als Baby beschneiden lassen, um ihm den Schmerz als Jugendlicher zu ersparen. Dankbar nahm er diese Neuigkeit entgegen und meinte, ich sei die klügste Mutter in Ägypten, denn er hatte nichts als Stöhnen von den anderen Prinzen nach ihren Begegnungen mit dem Messer des Chirurgen gehört.

Nun, da er an der Schwelle zum Mannesalter stand, wurde Mose zusammen mit anderen Prinzen unterwiesen. Nach unserer Abendmahlzeit blieb ich häufig vor seinem Schlafzimmer stehen und hörte, wie Nema oder Tanut-Amun seine Aufgaben abhörten.

„Welches sind die Rationen für Soldaten auf einem Feldzug?“, wurde er gefragt oder: „Wie viele Männer werden für den Transport eines Obelisken gebraucht?“ Zu Moses Studien gehörte alles von Geschichte bis zur Geografie, und er musste militärische Taktik genauso verstehen wie logistische Abläufe.

Aber niemals verlor er sein Ziel aus den Augen. Ich hörte, wie andere Frauen sich über die Faulheit und Halsstarrigkeit ihrer Söhne beklagten, doch in seiner Jugendzeit machte mir Mose nur selten Kummer. Ich war stolz auf seine Leistungen.

Sein einziger auffälliger Charakterfehler war seine mangelnde Selbstbeherrschung. Sein Temperament schwelte nicht unter der Oberfläche, wie das bei einigen der Fall ist, sondern äußerte sich explosiv in unbedachtem Handeln und harten Worten. Wenn sein Zorn verraucht war, entschuldigte er sich immer sehr schnell, aber das Funkeln in seinen dunklen Augen machte mir Angst. Ich klammerte mich an die Hoffnung, dass sein zorniges Wesen sich beruhigen würde, wenn er die schweren Jahre des Erwachsenwerdens hinter sich gelassen hatte und zu einem Mann herangereift war.

Allmählich verlagerten sich die Interessen des Pharaos von der Kriegsführung zum Bauen. Im Winter des fünfzehnten Jahres meines Sohnes schlossen Ramses und Hattusilis von den Hetitern einen Friedensvertrag. Tanut-Amun wies mich auf gewisse ungeschriebene Bedingungen in dem Dokument hin, und ich erkannte, dass Pharao seine Ansprüche auf Kadesch und Amurru aufgegeben hatte. Im Gegenzug erklärte sich Hattusilis bereit, Ägypten die Kontrolle über die östlichen Küsten der Großen See zu überlassen und ihm Zugang zu den Häfen bis nach Ugarit zu gewähren, wohin die Ägypter seit mehr als 100 Jahren keinen Fuß mehr gesetzt hatten. Des Weiteren erklärten sich die Könige von Ägypten und dem hetitischen Weltreich in diesem bemerkenswerten Vertrag bereit, sich gegenseitig zu Hilfe zu kommen, wenn eines der Länder von einem Dritten angegriffen wurde. Natürlich sprach Tanut-Amun mit keinem anderen als mir über solche Dinge.

Um diesen Friedensvertrag wurde viel Aufhebens gemacht. Königliche Botschafter von Hattusilis brachten eine endgültige Ausgabe des Vertrages auf einer Silbertafel. Papyruskopien wurden in den ägyptischen Staatsarchiven des Hauses des Lebens aufbewahrt und Pharao ließ die Bedingungen des Vertrages auf die Wände der Tempel in Karnak und seines eigenen Begräbnistempels in Theben malen.

Der Frieden wurde in Pi-Ramses mit großen Feierlichkeiten begangen. Gesandte mit Botschaften und Juwelen und feinen Kleidern reisten zwischen den königlichen Höfen von Ägypten und Hatti hin und her. Bei all den Feierlichkeiten empfand ich Erleichterung und Stolz auf meinen Vater. In der Schlacht hatte er sich als mutiger Krieger erwiesen. Und jetzt hatte er sich als Diplomat gezeigt. Sein Volk würde von dem Frieden profitieren.

Die Zeit sei gekommen, verkündete mein Vater seinen Beamten, ernsthaft mit dem Bau zu beginnen. Die Sitte erforderte es, dass jeder König auf den Leistungen seiner Vorgänger aufbaue und ihre sowie seine eigene Unsterblichkeit sicherstelle. Nach dem Tode wurde jeder Pharao als Osiris wiedergeboren und in den Tempeln angebetet, solange

Ägypten bestand. Und so war es Aufgabe der Priester, unablässig Opfer in Pharaos Namen zu bringen, und es oblag dem Volk, seinen Namen und sein Bild in Erinnerung zu behalten. Die Lebensdauer eines Königs war so lange, wie die Erinnerung an ihn lebte, und Ramses war entschlossen, unsterblich zu werden.

Er würde also nicht nur Pi-Ramses weiterbauen, sondern auch den Begräbnistempel seines Vaters fertigstellen und seinen eigenen in Theben. Der Tempel in Karnak, den sein Vater mit einer riesigen Halle aus mehr als 130 verzierten Säulen begonnen hatte, war ein Meisterwerk. Für die äußeren Mauern hatte Ramses Reliefs mit Darstellungen von Szenen seiner militärischen Feldzüge in Kanaan und Syrien in Auftrag gegeben sowie eine Kopie des Friedensvertrages mit den Hetitern. Und in Oberägypten, in dem südlichsten Zipfel des Weltreichs, würde er einen Tempel aus einem lebendigen Stein in Abu Simbel hauen lassen. Dort würde er die Götter und sich selbst ehren.

Ich machte mir wenig aus Gebäuden, Palästen oder Tempeln. Mir reichte es, in den Palastschreinen anzubeten, und ich war zufrieden mit meinem einfachen Leben mit Nema, Tanut-Amun und Mose. Jeden Tag verliebte ich mich ein wenig mehr in meinen Sohn. Ich war mit Pharao verheiratet, und, ja, ich liebte ihn, aber wie konnte man einen Mann lieben, der eher eine Repräsentationsfigur war als ein Ehemann? Ich wusste, er hatte andere Frauen und viele von ihnen hatten ihm königliche Söhne geboren. Er mochte mich – ich sah Zuneigung in seinen Augen, wann immer er den königlichen Hof besuchte –, und doch ist Zuneigung keine Leidenschaft, auch entzündet sie keine eheliche Liebe.

Obwohl mein Schoß niemals reif wurde, war ich trotzdem eine Frau geworden mit der Leidenschaft einer Frau. Und als ich in die Jahre der Reife eintrat, stellte ich fest, dass ich lieben *konnte*, und ich liebte sehr. Ich betete den Jungen an, den ich aus dem Hap-Ur gezogen hatte, das Kind, das zweimal von dem unsichtbaren und namenlosen Gott der

Hebräer gerettet worden war. Nie konnte ich dies Tanut-Amun gegenüber eingestehen, aber tief in meinem Inneren wusste ich, dass keiner meiner ägyptischen Götter Nephthys hätte besiegen können. Mose hätte nach den Juwelen gegriffen, er hätte nach dem Gold gegriffen, wenn nicht dieser Gott seine Hand im letzten Augenblick umgeleitet hätte. Khnum, der Schöpfer und Töpfer, ließ seine Kreaturen im Stich, nachdem er sie geschaffen hatte. Amun-Re tat wenig anderes, als jeden Tag auf uns herabzuscheinen. Aber der unsichtbare Gott, zu dem ich gebetet hatte, hatte offensichtlich eine viel greifbarere Macht.

Ich sehnte mich danach, mehr über den Gott der Hebräer zu erfahren, aber das war nicht möglich. Auch weiterhin schickte ich der Familie von Jochebed kleine Beutel mit Silber, doch sie antworteten nie auf meine Briefe – aber vielleicht konnten sie gar nicht lesen und schreiben. Damals dachte ich, dass sie vielleicht zu stolz waren, um Kontakt zu mir aufzunehmen, aber jetzt denke ich, sie waren zu verletzt. Welche Frau, die einen Sohn aufgegeben hat, möchte daran erinnert werden, dass er in der Obhut einer anderen Frau zum Mann heranwächst? Das Geld, das ich weiterhin schickte, war Gewissheit genug, dass es ihm gut ging.

Mose war mein Leben. Mit 15 war er größer als alle anderen Söhne Pharaos, eine Tatsache, die häufig Kommentare von Mitgliedern des Königshofes provozierte, obwohl natürlich keiner von ihnen wagte, mir unangemessenes Verhalten vorzuwerfen. Tanut-Amun und ich behielten Rudjek genau im Auge, der sich damals gegen meinen Sohn gestellt hatte, aber der gerissene Priester hatte wenig zu Mose zu sagen ... auch wenn ich häufig das Gefühl hatte, dass er uns aus der Ferne beobachtete.

Alle ehrlichen Eltern von Jugendlichen werden zugeben, dass diese nicht immer eine Freude sind. Im Sommer seines

16. Jahres zog sich Mose aus Gründen, die sich mir noch immer entziehen, vor mir zurück und rebellierte gegen meine Umarmungen. Seine Lehrer erzählten mir, er würde tagträumen und sei zerstreut. Ein Lehrer, ein Priester mit Namen Amenmose, suchte mich persönlich auf, um sich mit mir über das Benehmen meines Sohnes zu unterhalten. „Er vernachlässigt seine Studien und verbringt seine Zeit mit Tanzen. Er zieht von einer Taverne zur anderen und riecht ständig nach Bier."

„Amenmose", protestierte ich nach Luft schnappend, „bestimmt hast du meinen Sohn mit jemand anderem verwechselt!"

„Ich glaube nicht." Der Priester blickte mich an. „Er ist wie ein Schrein ohne seinen Gott und ein Haus, in dem es kein Brot gibt. Wenn er nur seine Weinkrüge vergessen würde! Aber er vernachlässigt seine eigene Würde. Mehr als einmal habe ich ihn aus grässlichen Spelunken vom Wein fortgezerrt, wo die leichten Frauen sogar die Söhne des Pharaos verführen –"

Ich hob meine Hand und unterbrach ihn. „Genug. Ich werde mit ihm reden."

„Verzeiht mir, Sanftmütige Herrin, aber er braucht mehr als die Ermahnungen einer Mutter. Er braucht den Stock eines Vaters, denn das Ohr eines jungen Mannes ist auf seinem Rücken; er hört nur auf den Mann, der ihn schlägt. Pferde müssen eingeritten werden; Esel müssen beigebracht bekommen, wie man Lasten trägt, bevor sie von Nutzen sind –"

„Ich werde mit ihm reden", wiederholte ich müde. „Mach dir keine Sorgen."

Als Amenmose ging, barg ich den Kopf in den Händen und weinte. Was konnte ich tun? Ich wagte nicht, den Pharao mit dieser Angelegenheit zu belästigen; er kannte Mose kaum mit Namen und wusste nichts über ihn. Tanut-Amun war vielleicht eine Vaterfigur im Leben meines Sohnes, aber der alte Priester reichte Mose kaum bis an die Schulter. Ein junger Mann, der vor Kraft strotzte, würde einen kahlköpfigen Priester, der sich mehr um seinen Dienst kümmerte als um die Vergnügungen der Welt, kaum respektieren.

Mir fiel nur eine Antwort ein. In Friedenszeiten traten die meisten Prinzen mit königlichem Blut in ihrem 18. Jahr in die Armee des Pharaos ein, aber vielleicht war Mose schon jetzt für die militärische Ausbildung geeignet. Er hatte seine Studien abgeschlossen und zweifellos war Langeweile der Hauptgrund für sein Benehmen.

Ich hob den Kopf und wischte mir die Tränen aus den Augen. Wenn Tanut-Amun mich das nächste Mal aufsuchte, würde ich ihn bitten, sich mit dem Hauptmann der Armee des Pharaos in Theben in Verbindung zu setzen. Mose hatte zu viel Energie, und obwohl dies bedeutete, dass er fern von mir leben würde, war die Zeit gekommen, mich vorübergehend von ihm zu verabschieden.

Im 24. Jahr von Ramses' Herrschaft, drei Jahre nachdem Mose mit seiner militärischen Ausbildung begonnen hatte, befahl mein Vater, meine Mutter und ich sollten ihn nach Abu Simbel begleiten, um den Schrein zu bestaunen, den er zu Ehren der Götter Ägyptens hatte bauen lassen.

Mit großer zeremonieller Feierlichkeit segelten wir den Hap-Ur hinauf, begleitet von Hekanakht, dem Vizekönig von Nubien, und einem Gefolge von Höflingen und Dienern. Mose, Nema und Tanut-Amun fuhren in meinem Boot, und ein Geschwader von Ärzten und Dienerinnen begleiteten meine Mutter. Die Reise war lang, und wir schwitzten in der Hitze trotz der erfrischenden Brise, die unser Schiff nach Süden trieb. Um die Angelegenheit noch weiter zu verkomplizieren, lag Abu Simbel am zweiten Katarakt, einer Stromschnelle mit vielen Felsen und schnellen Strömungen. Als wir den ersten Katarakt erreichten, mussten wir aussteigen und wurden in Sänften getragen, während Sklaven unsere Boote aus dem Wasser hoben und über Land weiterzogen, um die Felsen zu umgehen.

Das Gebiet zwischen dem ersten und dem zweiten Katarakt war übersät mit Handelsposten und von unzivilisierten Menschen bewohnt. Ich fand sie uninteressant, aber der 19-jährige Mose stand stundenlang an der Reling und nahm ihren Anblick und den Klang der fremden Sprachen in sich auf.

„Bring ihn hinein", beschwerte ich mich bei Tanut-Amun, „sonst werden wir ihn an diese Geschöpfe verlieren!" Aber der Priester lachte nur und erwiderte, junge Männer würden auf die eine oder andere Weise mehr über die Welt lernen.

„Außerdem hat dein Sohn dir in letzter Zeit nur Ehre gemacht", fügte der Priester hinzu. „Ich höre, sein Arm sei so stark, dass keiner der anderen Soldaten oder der Hauptleute seinen Bogen beugen kann."

Ich unterdrückte meinen Stolz auf diese Leistung. „Mose ist schon immer sehr entschlossen gewesen. Alles, was er tut, gelingt ihm" – ein trockenes Lächeln umspielte meine Lippen –, „sobald er sich einmal entschlossen hat, es zu tun."

„Ich höre, in der ganzen Armee gibt es keinen ernst zu nehmenden Gegner für ihn – kein Mann kann so schnell laufen, auch kann keiner so gut den Wagen lenken. Mit einem einzigen Sprung kann er jedes Pferd besteigen."

Ich versteifte mich. „Und was sollen diese Fertigkeiten ihm in Friedenszeiten nützen?" Tanut-Amun wirkte verletzt und ich lächelte ihn bedauernd an. „Friede soll in Ägypten herrschen, mein Freund. Ich möchte nicht, dass mein Sohn in den Krieg zieht. Auch wenn er sehr geschickt ist, mache ich mir doch Sorgen um ihn."

Auch machte ich mir Sorgen um meine Mutter. Ich fürchtete, diese Reise könnte ihr schaden, aber das konnte ich natürlich dem Pharao gegenüber nicht äußern.

Endlich erreichten wir Abu Simbel. Ich stand an Deck, als das Boot an der Fassade des Tempels vorbeiglitt, und was ich sah, ließ mir den Atem stocken.

Auf die Vorderseite des Tempels fielen die Strahlen der aufgehenden Sonne, aber das Gebäude selbst wirkte klein im Vergleich zu der Pracht der vier riesigen Statuen, die den Pharao auf dem Thron sitzend darstellten. Der Fels hinter den Statuen war in der Form einer Tempelpylone behauen worden mit einem darüberliegenden Gesims aus Pavianen mit Hundeköpfen, die die aufgehende Sonne anbeteten.

Der Tempelarchitekt hatte die Statuen meines Vaters aus einem helleren Granitstein gefertigt als die hinteren Steine, sodass das Abbild des Pharaos sich klar von den Hintergrundsteinen abhob.

Hinter diesem riesigen Tempel lag noch ein anderer und auf der Fassade des zweiten Schreins stand ebenfalls eine Reihe überdimensionaler Statuen, vier Bilder von Ramses und zwei von ... Nefertari! Und plötzlich verstand ich, warum mein Vater meine Mutter hatte mitnehmen wollen. Ihre Augen würden diesen Beweis seiner Zuneigung erblicken, und vielleicht würde dieser Anblick die Götter veranlassen, ihr Ba aufzuwecken und es wieder in ihren Körper zu schicken.

Doch leider veränderte sich ihr Zustand nicht. Wir beteten in den beiden Schreinen an, Ramses, Nefertari und ich, doch meine Mutter ahmte uns bei den Opferritualen nur nach. Um dieses glorreiche Ereignis für alle Zeiten festhalten zu lassen, hatte der Vizekönig von Nubien eine Stele in Auftrag gegeben, die vor dem Tempel aufgestellt werden sollte; später sah ich, dass darauf Pharao und ich dargestellt waren, wie wir die erforderlichen Rituale für die Tempelweihungen vornahmen, während Hekanakht der sitzenden Nefertari Huldigungen darbrachte.

Auf der Heimfahrt stand ich an der Reling des Bootes und dachte darüber nach, dass diese Reise uns alle verändert hatte. Pharao hatte endlich erkannt, dass seine geliebte Nefertari nie mehr aus ihrem Zustand erwachen würde; ich begriff die tiefe Liebe meines Vaters zu meiner Mutter, und

Mose erhaschte einen Blick auf die Welt hinter den Palastmauern von Theben.

Ob diese Erkenntnisse zum Guten oder Bösen wirken würden ... das konnte ich nicht sagen.

Drei Monate später, während des dritten Monats der Überflutung, brachte mir Huda weinend die Nachricht, vor der ich mich gefürchtet hatte. Trauer stieg in mir auf, schwarz und kalt, als ich in die Gemächer meiner Mutter hinübereilte. Nefertari hatte Pharao sechs Kinder geboren, von denen vier bis ins Erwachsenenalter überlebt hatten, aber ich hatte ihren Schoß eröffnet und war die Tochter ihres Herzens gewesen. Obwohl sie in ihren letzten Jahren nur ein Schatten ihrer selbst gewesen war, trauerte ich um die Frau, die wir verloren hatten.

Ich fand sie in ihrem Schlafzimmer liegend vor, ihr schlaffer Körper umgeben von Tanut-Amun, zwei anderen Priestern und zwei ihrer Mädchen. Die Frauen weinten leise, während die Priester sangen.

Ich fiel neben ihrem Bett auf den Boden. Die Trauer zerriss mich innerlich förmlich. „Wie viel Zeit", weinte ich, „ist vergangen, seit sie zum westlichen Ufer hinübergegangen ist?"

Tanut-Amun legte sanft seine Hand auf meinen Kopf. „Verzweifle nicht, Tochter des Pharaos. Ihr Ka wohnt noch in ihrem Körper und wird in ihrem Grab bleiben, nachdem wir sie hineingelegt haben. Aber schon bald wird sie wieder vollständig sein, denn ihr Ba wird zurückkehren und nachts bei ihrem Ka wohnen. Du und dein Vater, ihr werdet für alles sorgen, was sie braucht, um in der Nachwelt zu gedeihen."

Beim Anblick des leblosen Körpers meiner Mutter schloss ich die Augen. Tanut-Amun sprach wie immer die Wahrheit. Jahrelang hatte mein Vater Arbeiter beschäftigt, die seine Grabstätte bauen sollten, und ich wusste, dass er ähnliche

Vorbereitungen für meine Mutter getroffen hatte. Sie würde im Tal der Königinnen beigesetzt werden, der Totenstadt am Westufer von Theben. Mein Großvater Seti lag in einem prächtigen Grab im Tal der Könige und früher hatten meine Mutter und ich häufig Opfergaben an seine Schwelle gelegt.

„Du solltest jetzt gehen, Tochter des Pharaos", sagte Tanut-Amun mitfühlend. „Deine Mutter war auf den Tod vorbereitet, in dieser Hinsicht brauchst du dir keine Sorgen zu machen. Und du bist ihr immer eine liebevolle Tochter gewesen."

Ich erhob mich steif und verließ die Gemächer meiner Mutter. Die Priester würden ihren Leichnam in das Einbalsamierungshaus bringen. Dort würde der 70 Tage andauernde Prozess der vollständigen Mumifizierung beginnen. Das Haus des Pharaos würde bis zum Ende der 70 Tage trauern; dann würden wir Nefertari zu ihrem Grab geleiten, das reich mit allem ausgestattet war, was sie im Nachleben brauchen würde.

Ich zweifelte nicht daran, dass meine Mutter unbelästigt durch die Gerichtshalle hindurchgehen würde. Zwar war es ihre Idee gewesen, ein hebräisches Kind anzunehmen, doch ihre Worte waren der selbstlosen Liebe entsprungen. Die Motive für mein Handeln dagegen waren Ehrgeiz und Selbsterhaltungstrieb gewesen. Ich war nicht so tugendhaft wie sie, aber mit Hilfe meines Verstandes und eines namenlosen Gottes hatte ich es gewagt, eine Göttin zu bekämpfen ... und hatte gewonnen.

Nema wartete auf mich, als ich über die Schwelle meiner Gemächer trat. Ich öffnete den Mund und deutete zum Flur, brachte jedoch keinen Ton heraus. Nema schien zu verstehen, denn sie nahm mich wortlos in ihre Arme und drückte mich an sich, während ich weinte.

Der Titel *Pharao* bedeutet „großes Haus", und nur diejenigen, die innerhalb seiner weitläufigen Mauern wohnten, konnten seine Größe richtig ermessen. In den 34 Jahren, die ich nun schon dort lebte, hatte ich nicht jeden Raum im Haus des Königs in Theben besucht, auch nicht alle Leute kennengelernt, die darin lebten.

Aber am Morgen der Beerdigung meiner Mutter, einem strahlenden Frühlingstag voller Sonnenschein, schloss sich jeder Bewohner der Häuser des Pharao in Theben, Mi-Wer, Pi-Ramses und Memphis einem Gefolge von Priestern an und zog durch die breiten Straßen Thebens. Die Stadt der Lebenden lag am Ostufer des überfluteten Nil, die Toten bewohnten das Westufer und die hoch aufragenden Klippen. Ich war eine von vielen zwischen den Schreibern, Ratgebern, Adeligen, Statthaltern, Kriegern, Wachen, Ehefrauen, Konkubinen und Kindern, die durch die staubigen Straßen zogen.

Erhobenen Hauptes schritt ich neben Tanut-Amun und Mose her. Die Einwohner Thebens säumten die Straßen und beobachteten uns von den Eingängen ihrer Häuser aus, und ich wollte ihnen zeigen, dass wir von der Tugend meiner Mutter überzeugt waren. Wir würden nicht mehr um sie trauern; wir gaben ihr die Freiheit, in der Nachwelt zu leben.

Auf mit Blumen geschmückten Barken setzten wir über den Fluss zum Westufer und zogen vorbei an Bewässerungsgräben, die wie funkelnde Silbervenen in der dunklen Erde schimmerten.

Meine Mutter würde nicht in einem der kleinen Gräber für die aus Lehm geformten gewöhnlichen Sterblichen ruhen. Sie würde in einer Kammer bleiben, die einer göttlichen Gemahlin des Pharaos angemessen war.

Während wir über die schwarze Erde hinwegmarschierten, fiel mein Blick auf die Leute, die die Felder bestellten. Arme Menschen konnten sich nach ihrem Tod nicht einmal einer kleinen Begräbniskammer erfreuen – ohne Vorräte und für das Nachleben unvorbereitet wurden sie häufig in der Wüste bestattet, wo der trockene Sand ihre Leichname zersetzte. Wenn sie tugendhaft gewesen waren, sodass sie Anubis' Prüfung in der Gerichtshalle standhielten, würden sie in die Nachwelt eintreten, aber dort würden sie genauso elend dran sein wie in diesem Leben.

Ich verschloss meine Ohren vor dem Jammern der Trauernden und versuchte mir das Westufer bei Nacht vorzustellen. Nach dem, was die Priester erzählten, kamen die Toten bei Sonnenuntergang aus ihren Begräbnisstätten, stellten sich ans Ufer und blickten über das Wasser zur Stadt der Lebenden hinüber. Hier spürten sie den Wind auf dem Fluss, wie ich ihn fühlte, und sie atmeten denselben süßen Duft der fruchtbaren Erde. Vielleicht würde meine Mutter mich sehen, wie ich mich mit Mose unterhielt, der Liebe meines Lebens. Ohne sie und ihre Weitsicht wäre ich nun allein gewesen.

Schließlich erreichten wir die Grenze des bestellten Landes und kamen ins Vorgebirge. Der Weg wurde steil und der Marsch schwieriger. Nach mehr als einer Stunde hielten wir vor dem behauenen Steinportal des gerade fertiggestellten Grabes meiner Mutter. Der Ochsenkarren mit ihrem Leichnam blieb mit seiner Last wenige Schritte vor dem Eingang stehen. Zum ersten Mal konnte ich mir Nefertaris Begräbnisschlitten genauer ansehen.

Der Anblick löste eine Welle des Widerwillens in mir aus. Der Sarg meiner Mutter war unter einem auf einem Boot stehenden Katafalk verborgen und flankiert von Statuen von Isis und Nephthys, der Unruhe stiftenden Ehefrau des Gottes Seth und meiner persönlichen Feindin. Ich hätte Nephthys nicht auf diese Weise Ehre erwiesen, auch wenn sie die Lieblingsgöttin meiner Mutter gewesen war. Diese Entscheidung hatte der Pharao getroffen.

Unfähig, die Gründe für meinen Hass auf diese bestimmte Göttin nennen zu können, biss ich mir auf die Lippe und wandte mich an Tanut-Amun, der meinen angewiderten Gesichtsausdruck mit einem gepressten Lächeln und einem kaum wahrnehmbaren Nicken zur Kenntnis nahm.

Ich verschränkte die Arme und rückte näher an Mose heran, während ich auf den Beginn der Zeremonie wartete. Die Priester spannten die Ochsen aus, damit der Katafalk zum Grab gezogen werden konnte. Dahinter reihten sich andere Ochsenkarren, beladen mit Möbeln, Tonkrügen und Vorräten für das Nachleben. Zwei Wagen vervollständigten die Prozession – auf dem einen stand die Kiste mit den vier Krügen mit den wichtigen inneren Organen meiner Mutter, auf dem anderen eine ganze Reihe von *Ushabti*-Figuren. Die Ushabti waren kleine Statuen von Dienern, Schreibern, Zofen, Köchen und Wächtern. Diese Figuren würden sie in das Grab begleiten, und in der Nachwelt würden die Götter ihnen auf magische Weise Leben einhauchen, sodass sie meine Mutter versorgen konnten.

Zwei vermummte Gestalten mit Binsenkronen vollführten einen Begräbnistanz für die Zuschauer, während eine Gruppe von Priestern den Sarg meiner Mutter vom Katafalk hob. Ich ignorierte die Vermummten und behielt den vergoldeten Sarg im Auge. Geschickte Künstler hatten ihr Bild auf den schlanken Kasten gemalt, aber diese Darstellung wurde ihr nicht gerecht. In einem Bild war die lebendige, liebevolle Frau nicht zu erkennen.

Als der Sarg aufrecht neben der Tür zum Grab stand, trat ein maskierter Priester, der den hundeköpfigen Anubis verkörperte, vor, um ihn zu stützen. Hinter ihm begleitete der *Sem,* oder der Hauptbestattungspriester, den Pharao bei der Zeremonie der Mundöffnung.

Mose drückte meinen Arm. „Was tun sie jetzt?“

Ich schloss die Augen, und mir wurde klar, dass er noch nie die Bestattung eines nahen Verwandten miterlebt hatte. Im Laufe der Jahre hatten wir zwar an mehreren Bestattungen teilgenommen, aber wir hatten immer hinten in der Gruppe der Trauernden gestanden und aus der Ferne zugesehen.

„Ihr Mund war während der Mumifizierung geschlossen", erklärte ich mit leiser Stimme. „Sie geben ihr die Sprachfähigkeit zurück, damit sie in der Nachwelt reden kann. Sie muss auch atmen und die Zaubersprüche aus dem Buch der Toten in der Gerichtshalle sagen können."

Mose gab sich mit meiner Erklärung zufrieden und verschränkte die Hände hinter seinem Rücken. Mein Blick verweilte auf ihm – selbst in seiner Trauer war er der schönste der Königssöhne. Und dann erinnerte ich mich daran, den Kopf respektvoll zu senken, als die hohe, heisere Stimme des Priesters zu uns drang: „Dein Mund war geschlossen, aber nun soll er wieder aufgetan werden. Ich öffne deinen Mund, ich öffne deine beiden Augen. Ich habe deinen Mund mit dem Instrument von Anubis geöffnet, dem eisernen Werkzeug, mit dem die Münder der Götter geöffnet wurden. Horus, öffne den Mund!"

In ein prächtiges Leopardenfell gekleidet, berührte der Hauptpriester die Lippen des Sarges mit einer Breitaxt, einem zeremoniellen Werkzeug, das eine gebogene Klinge hat. Er berührte damit Nefertaris bemalte Lippen und sprach den vorgeschriebenen Spruch: „Du bist wieder jung, du lebst wieder, du bist wieder jung, du lebst wieder, für immer!"

Nach diesem letzten Ritual begann das Trauern. Pharao saß ernst und schweigsam auf einem vergoldeten Stuhl rechts von dem Sarg. Eine große Gruppe von weiblichen Trauernden, von denen viele dies professionell taten, trat vor, um zu weinen und zu jammern. Sie zerrissen ihre Kleider, warfen sich Sand auf den Kopf und brachten die Luft mit ihrem Wehklagen zum Vibrieren.

Ich konnte mich ihnen nicht anschließen. In den vergangenen 70 Tagen hatte ich alle meine Tränen aufgebraucht. Jetzt hatte ich das Gefühl, als wäre mein eigenes Herz in dem bemalten Sarg eingesperrt.

Während die Frauen mit ihrem Wehklagen fortfuhren, hoben die Sargträger den Sarg meiner Mutter auf und trugen ihn die behauenen Stufen hinunter. Pharao, Mose, meine Schwestern und ich folgten wie betäubt. Über dem Eingang zur Grabkammer breitete Ma'at, die Göttin der Wahrheit und der Ordnung, ihre strahlend blaugrünen Flügel, eine Geste des Schutzes für die Eine, die Pharao die „Schönste von Them“ genannt hatte.

Nachdem wir 13 Stufen hinuntergestiegen waren, durchschritten wir einen langen Korridor, in dem das Leben meiner Mutter von Künstlern an die Wände gemalt worden war – Nefertari, die das Symbol der königlichen Macht für den Schöpfergott Atum über einen Berg Essen hielt, die Große Königliche Gemahlin, die ein Bankett mit dem König feierte. Hinter diesem Raum lag eine weitere Kammer, die jetzt gefüllt war mit Einrichtungsgegenständen und Krügen voller Mehl, Öl und getrocknetem Fisch.

Wortlos traten wir in die Grabkammer ein, die von einem Sarkophag aus rosa Granit beherrscht wurde, der in seiner glatten Schönheit einfach atemberaubend war. An den Ecken des Steines, der bald das letzte Bett meiner Mutter werden würde, würden zwei mit Gold überzogene Flusspferdeköpfe für die Ewigkeit Wache halten.

Im Innern des Sarkophags lagen drei Kästen. Mose und ich standen an der hinteren Wand, als Pharao vortrat, um die Arbeit zu begutachten. Erst nachdem er zustimmend genickt hatte, durften die Sargträger den vergoldeten Sarg meiner Mutter langsam in das kleinste der drei Behältnisse hinablassen.

Die Priester sangen die vorgeschriebenen Gebete für die Toten und versiegelten jeden Kasten mit einem passenden Deckel. Daraufhin hob eine Gruppe von Dienern den rosa Granitdeckel des Sarkophags hoch. Pharao trat mit einem Blumenkranz vor. Während er den Blütenkranz um das Bild des Gesichts meiner Mutter legte, rezitierte ein Priester: „Dein Vater Atum bindet für dich diesen Kranz der Rechtfertigung auf deine Stirn. Geliebte der Götter, mögest du ewig leben.“

Mit dieser letzten Erklärung schoben die Diener den schweren Granitdeckel des Sarkophags wieder zurück. Mose und ich folgten meinem Vater durch die Gänge hinaus in die Hitze des Tages. Während wir in das helle Sonnenlicht blinzelten, trugen die Diener weitere Vorräte in die Grabkammer – noch mehr Einrichtungsgegenstände, Kisten mit Leinen und die Krüge mit den wichtigen Organen meiner Mutter. Alles, was meine Mutter brauchte, musste ins Grab gebracht werden, bevor die Grabkammer versiegelt wurde.

Während die Diener die Karren abräumten und die Trauernden wehklagten, bereitete sich die königliche Familie vor, ein letztes rituelles Mahl meiner Mutter zu Ehren einzunehmen. Vor dem Eingang des Grabes legten wir uns bunte Blütenkränze um den Hals. Einige der jüngeren Kinder meiner Schwestern sprangen vor dem Grabeingang herum, als würden wir ein Fest feiern. Ich berührte den Kragen aus Blumen und Perlen und empfand nichts als Traurigkeit.

Ein Harfner begann seinen Vortrag, indem er verkündete, der Herrin Nefertari würde es im Nachleben wegen der Großzügigkeit des Pharaos sehr gut gehen. Nachdem er sein Loblied auf den Pharao und die Große Königliche Gemahlin beendet hatte, stimmte ein anderer Harfner ein weiteres melancholisches Lied an.

Wir lauschten im Schatten des Grabes meiner Mutter den Vorträgen und die Diener servierten uns ein Festessen – Lamm, vier verschiedene Entenarten, drei unterschiedliche Gänsebraten, Früchte, Gemüse und wohlschmeckenden Wein. Nach dem Essen reichten wir den Dienern unsere Teller, die sie zerschmetterten. Die Tonscherben sowie die Knochen der Schafe und des Geflügels wurden in einem großen Krug gesammelt und zu einer nahe gelegenen Grube getragen.

Während die Diener die Krüge vergruben, stellte sich ein Priester in die Mitte der Versammlung und rief: „Solange Re jeden Morgen aufgeht und Atum sich nachts zur Ruhe legt, so lange werden Männer zeugen und Frauen empfangen.

Durch ihre Nasen werden sie atmen; aber eines Tages muss jeder, der geboren ist, zu diesem Ort gehen. Seid glücklich, alle, die ihr hört. Verbannt das Unglück aus eurem Herzen und denkt an das Vergnügen, bis jener Tag anbricht, an dem ihr in das Land von Mertseger reisen müsst, der die Stille liebt. Behaltet dies im Gedächtnis und trinkt und vergnügt euch; denn wenn ihr tot seid, werdet ihr so sein."

Damit war Nefertaris Bestattung beendet.

Meine Familie und ich kehrten an der Spitze des Trauerzuges nach Theben zurück. Um mich herum unterhielten sich die Menschen über die Bestattung und die kostbaren Schätze, die sie im Grab meiner Mutter gesehen hatten, doch ich beschloss, die Gedanken an Nefertari beiseitezuschieben. Ihre Seele hatte uns Jahre zuvor verlassen, wir hatten nur ihren Körper bestattet. Ich hatte ihr gedient, so gut ich konnte, aber von diesem Tag an würde ich leben, um meinem Sohn zu dienen.

MIRYAM

Obwohl er absolut lächerlich war, brachte Yitzhaks Vorschlag mich zum Erröten. Der Gedanke, ich könnte noch einmal als Braut in der Mitte des Dorfes stehen - aber nein, meine jungfräulichen Tage waren lange vorbei. Ich war 27, eine Witwe, und ich hatte mich an die Einsamkeit gewöhnt.

„Danke, dass du mir diese Ehre erweist, Yitzhak, aber ich werde dich nicht heiraten. Du hättest erst mit mir reden sollen, bevor du mit meinem Vater gesprochen hast."

Yitzhak richtete sich auf. „Du würdest dich den Wünschen deines Vaters widersetzen?"

„Mein Vater spricht nicht für mich. Ich bin eine erwachsene Frau mit Eigentum."

„Ich will dich nicht wegen deiner Ziegen heiraten, Miryam."

„Und ich will dich überhaupt nicht heiraten, Yitzhak." Die Worte waren härter herausgekommen, als ich beabsichtigt hatte, aber Yitzhak war etwas schwer von Begriff. Höfliche Andeutungen verstand er einfach nicht.

Er hob die Hände. „Was stimmt nicht mit mir?"

„Nichts. Du bist ein guter Mann. Aber du hast sechs Kinder, und ich habe nicht vor, sie für dich großzuziehen. Meine Eltern sind nicht gesund; ich muss ihr Feld bestellen. Mein Bruder und seine Frau haben vier Söhne, ich werde ihnen bei der Erziehung helfen." Ich verschränkte die Arme und lächelte ihn an. „Danke, Yitzhak, aber mit einer jüngeren Frau wärst du besser dran."

„Pah!" Yitzhak verzog das Gesicht. „Was brauche ich eine junge Frau? Sie würde mir nur noch mehr Kinder schenken!"

Ich winkte ab und wandte mich der Ackerreihe zu, die ich bestellte. Während sich meine Hacke in die dunkle Erde schlug, fragte ich mich, ob ich tatsächlich die Wahrheit gesagt hatte.

Ich wollte Yitzhak nicht heiraten – das war sicher. Ich wollte die sechs Kinder seiner toten Frau nicht lieben, auch wollte ich ihn nicht lieben. Sein Antrag entsprang der Verzweiflung und ich wollte nicht aus Verzweiflung geheiratet werden.

Aber es wäre schön, wieder geliebt zu werden ... umworben zu werden. Nathan hatte mich im Sommer meines 15. Jahres sanft umworben, und mit großer Freude hatte ich erfahren, dass mein Vater einverstanden war, mich ihm zur Frau zu geben.

Diese Freude war jedoch von kurzer Dauer gewesen ... und das Leben unseres Kindes noch kürzer. Ich hatte alle meine Hoffnungen in dieses Kind gesetzt, und als es starb, hatte es mein Herz mitgenommen. In diesem Augenblick begriff ich zum ersten Mal, was meine Mutter empfunden hatte, als wir meinen Bruder der Tochter des Pharaos überbracht hatten.

MERYTAMON

Nach dem Tod meiner Mutter dachte ich, der Pharao würde vielleicht eine andere Frau zur Großen Königlichen Gemahlin machen; sehr zu meinem Erstaunen verlieh er gleich drei Frauen diesen Titel. Isnofret, die immer wieder seine Gunst gewann und verlor, bekam ihn, doch er wurde auch mir und meiner Halbschwester Bint-Anath gegeben.

Ich unterdrückte einen Schauer der Erregung, als ich die Neuigkeit hörte. Nach außen bedeutete dieser Titel, dass wir die Gunst unseres Mannes errungen hatten; doch in Wirklichkeit hieß das, dass unsere Söhne mögliche Nachfolger des Pharaos werden konnten. Wir alle hatten dem Pharao königliche Prinzen geschenkt, und die Zeit allein würde entscheiden, welcher von ihnen den Thron Ägyptens besteigen würde.

Noch immer erweiterte Ramses den königlichen Harem durch Ehefrauen und Konkubinen und er zeugte weiterhin Söhne und Töchter, doch nur selten rief er mich in sein Schlafzimmer. Ich hatte Sorge, ich könnte irgendwie sein Missfallen erregt haben, bis mir Tanut-Amun den einfachen Grund nannte. „Wenn Nema dich das nächste Mal ankleidet, sieh in deinen Handspiegel“, bemerkte er mit trockener Stimme. „Du bist das Ebenbild deiner Mutter.“

Ich blickte ihn ungläubig an.

„Es stimmt. Du bist vielleicht dünner, aber du hast ihr Gesicht und ihre Anmut.“

„Wenn das so ist, warum verabscheut mich der Pharao dann? Meine Mutter hat er angebetet.“

„Er betet sie noch immer an und das ist auch die Antwort auf deine Frage. Dich zu sehen, erinnert ihn an den Schatz, den er verloren hat. Ich bin sicher, dass er dich liebt – wäre das nicht so, hätte er dich und Mose längst nach Mi-Wer geschickt. Und ich bin sicher, dass er leidet, wann immer er dich lächeln sieht, während seine geliebte Nefertari stumm und reglos in ihrem Grab liegt.“

Die Antwort des Priesters machte Sinn, und ich nahm dies als Grund dafür, dass Pharao mich nur so selten zu sich rief. Ich wollte ihm gefallen, aber da er kaum etwas von mir als Frau erwartete, beschloss ich, mich darauf zu konzentrieren, eine gute Mutter zu sein. Die Götter hatten vielleicht verhindert, dass ich dem Pharao viele Söhne schenkte, aber ich würde mir die größte Mühe geben, ihm wenigstens einen vorbildlichen Sohn zu erziehen.

Leider starben viele Söhne des Pharaos vor ihm. Nachdem meine zwei Brüder von dem syrischen Schlachtfeld in die Nachwelt übergegangen waren, starben zwei Söhne von Isnofret an einer Krankheit. Ein Sohn von Bint-Anath verstarb an seinem 14. Geburtstag, danach kam ein anderer ihrer Söhne bei einer Rauferei in einem Trinkhaus ums Leben. Drei königliche Prinzen starben bei unterschiedlichen Jagdunfällen, und ein weiterer Prinz ertrank in den Fluten des Hap-Ur, als seine Feluke bei einem plötzlich aufkommenden Sturm kenterte.

Mit jedem Todesfall rückte Mose näher an den Thron heran und meine sorgenvolle Hoffnung verstärkte sich. Pharao hätte zu jeder Zeit einen Erben benennen können – mit 50 trat er nun in den Winter seines Lebens ein. Sein Vater Seti hatte den mutigen Schritt getan, Ramses zu seinem Mitregenten zu ernennen, um das Recht seines Sohnes auf die Herrschaft zu bestätigen. Aber die Jahre vergingen und noch immer hatte mein Vater keinen Erben benannt.

Als Mose reifer wurde, zeigte sich, was für ein König er werden würde. Seine dreijährige Dienstzeit in der Armee des Pharaos hatte nicht nur seine Impulsivität gedämpft, sie hatte ihn zu einem wirklichen Führer gemacht ... und zum Leiter unseres Haushalts. Ich fing an zu bemerken, wie schnell er die Persönlichkeit der Menschen erkannte und wie leicht er meine Stimmungen deuten konnte. Er entwickelte ein sehr ausgeprägtes Harmoniebedürfnis, und er konnte es nicht ertragen, wenn einer der Dienstboten ärgerlich war oder Tanut-Amun unter irgendeiner Unstimmigkeit am Hof litt. Obwohl Mose schnell eine beißende Bemerkung auf den Lippen hatte – noch immer hatte er ein sehr aufbrausendes Temperament –, entschuldigte er sich auch schnell und leistete Wiedergutmachung. Ich wusste nicht, was der Pharao dachte, aber er konnte keinen Fehler machen, wenn er Mose zu seinem Erben bestimmte.

Eines Nachmittags im Sommer des 20. Jahres meines Sohnes saß ich zusammen mit Nema auf einem Balkon. Wir spielten ein Brettspiel, und während ich meine Figuren über das polierte Brett schob, schaute ich gelegentlich zu Mose und den anderen jungen Männern in Pharaos Garten hinunter. Mentu-Amun, einer der Hauptleute des Königs, schulte die königlichen Prinzen in der Kriegskunst. Die Männer hatten den halben Morgen mit Kämpfen verbracht. Jetzt hielt jeder von ihnen eine Streitaxt in der Hand. Unter Mentu-Amuns Anleitung schlugen sie abwechselnd auf eine Holzattrappe ein. Ihre Schläge waren so fest, dass sie sich auf einen Menschen sicherlich tödlich ausgewirkt hätten.

Eine Katze schlich um meine Knöchel. Ich wandte mich wieder dem Spiel zu. „Mose scheint mit der Axt genauso gut umgehen zu können wie mit dem Speer", bemerkte ich beiläufig und hoffte, Nema würde die Sorge in meiner Stimme nicht wahrnehmen. Wie jede Mutter hegte ich die Hoffnung, mein Sohn würde nie in den Krieg ziehen müssen. Der Friedensvertrag mit den Hetitern hatte nach wie vor Bestand und Ramses kontrollierte die Ufer des Hap-Ur bis zum vierten Katarakt im Süden. Angehörige der Armee mussten in den Grenzgarnisonen dienen. Dort kam es häufig zu Scharmützeln mit herumziehenden Banden von Räubern, aber nur wenige davon waren für die hervorragend ausgebildeten Krieger des Pharaos ein angemessener Gegner.

„Mose ist der stärkste Prinz auf dem Feld", erwiderte Nema loyal. „Sieh nur, wie Mentu-Amun ihn bevorzugt. Wenn der Hauptmann eine Technik vorgeführt haben möchte, fordert er immer Mose dazu auf."

Ich betrachtete die Position der Figuren auf dem Spielfeld. „Ich weiß nicht, ob das gut ist. Manchmal denke ich, Mose gibt gern an.“

„Pah! Mose ist stärker als die anderen, das ist alles. Sieh nur, er ist einen Kopf größer als Kha'emweset!“

Ich konnte den Blick nicht von den jungen Männern abwenden. Obwohl wir es nie zugegeben hätten, existierte eine Rivalität zwischen den Kindern von Nefertari und denen von Isnofret, und Kha'emweset war einer von Isnofrets Söhnen. Er war gut aussehend und einige Monate älter als Mose, aber ich fand ihn nicht annähernd so gewandt.

Mein Blick kehrte zurück zu dem Spielbrett und eine Erinnerung stieg in mir auf ...

Meine Lehrer hatten früher immer behauptet, die Sterblichen seien wie diese Spielfiguren aus Marmor und würden nach den Launen der unterschiedlichen Gottheiten herumgeschoben. Aber Tanut-Amun und meine Mutter hatten mich ermutigt, aus der göttlichen Kraft in meiner Seele zu schöpfen und mich gegen die Götter zu stellen. Vielleicht sollte ich mich für meinen Sohn einsetzen und nicht passiv abwarten, bis Pharao einen Erben bestimmte.

Ein Sklave trat auf den Balkon und verneigte sich vor mir.

„Was ist?“, murmelte ich und riss meinen Blick von dem Spiel los.

„Oh Herrin, lebe ewig! Der Priester Tanut-Amun bittet um eine Audienz bei dir.“

„Schick ihn herein.“ Ich blickte Nema an. „Tut mir leid, aber ich habe seit Wochen nicht mehr mit Tanut-Amun gesprochen.“

„Natürlich, Herrin.“ Nema erhob sich und nahm das Spielbrett von seinem geschnitzten Holztisch. „Soll ich Speise und Trank bringen lassen?“

„Bitte. Wenn Tanut-Amun vom Tempel hergelaufen ist, wird er durstig sein.“

Nema war kaum gegangen, als mein alter Freund zu mir auf den Balkon trat. Er verneigte sich. Ich legte ihm die

Hand auf die Schulter. „Tanut-Amun, wie schön, dich zu sehen."

„Mutter der Zwei Länder, lebe ewig in Schönheit. Ich kam, sobald ich die Neuigkeit vernommen hatte."

Ich zog eine Augenbraue in die Höhe. „Welche Neuigkeit?"

„Pharao plant eine Reise nach Nubien. Und er wünscht, dass Mose und Kha'emweset ihn begleiten."

Ich blieb reglos sitzen, während ich versuchte, meinen Schock zu bewältigen. Mose und Kha'emweset waren seit Jahren miteinander verglichen worden. Was dachte sich Ramses? Sollte dies eine Art Wettkampf sein, um zu entscheiden, welcher seiner beiden Söhne für die Krone besser geeignet war?

„Das ist nicht gut", flüsterte ich leise, damit nur Tanut-Amun mich hörte. „Mose hat Feinde am Hof. Ich fürchte, viele der königlichen Prinzen sind neidisch auf ihn. Dazu gehört auch Kha'emweset."

Tanut-Amun lächelte grimmig und ging zu dem Stuhl, auf dem Nema gerade noch gesessen hatte. „Die Reise wird sicherlich eine Prüfung seines Charakters sein, Herrin. Aber ist er denn nicht bereit für diesen Test? Er ist selbstbewusst und stark."

Ich blickte hinunter in den Garten, wo Mose mit einer Gewalt auf die Holzattrappe einschlug, die mir beinahe Übelkeit bereitete. „Selbstbewusstsein und Stärke sind gut, aber Mose ist alles andere als reif. Sein Temperament ist noch nicht gezügelt, seine Gedanken häufig verwirrt –"

„Wie die Gedanken der meisten jungen Männer." Tanut-Amun stützte einen Ellbogen auf den Tisch und zeichnete seine nicht vorhandene Augenbraue mit der Fingerspitze nach. „Ich mache mir keine Sorgen um ihn, meine Herrin. Ich mache mir mehr Gedanken um Kha'emweset. Wenn er einen Streit mit Mose anfängt, könnte es sein, dass seine Brust von der scharfen Spitze des Speeres deines Sohnes durchbohrt wird."

„Denkst du, Mose würde ihm wirklich etwas antun?“ Ich presste die Hand auf meine Stirn, während mir ein beängstigendes Bild vor Augen trat. Nach dem, was ich gehört hatte, war mein junger Halbbruder sehr streitlustig.

„Lass Mose gehen und behalte deine Bedenken für dich.“ Tanut-Amun beugte sich vor und flüsterte mir ins Ohr. „Vertrau den Göttern und alles wird gut werden.“

Seine Bemerkung war so absurd, dass ich tatsächlich lachte, obwohl mir eigentlich gar nicht nach Lachen zumute war. Den Göttern vertrauen? Wie konnte ich das, wo Nephthys mir meine Mutter und meinen Schoß gestohlen und sich die größte Mühe gegeben hatte, mein Glück zu zerstören? Einige der Götter waren vielleicht verlässlich, aber in Nephthys hatte ich eine Erzfeindin.

„Ich werde zu meinen Göttern beten.“ Ich lehnte mich zurück und sah dem Priester direkt in die Augen. „Und ich werde auch zu dem unsichtbaren Gott beten, der in der Vergangenheit seine Hand über Mose gehalten hat. Er hat meinen Sohn schon zweimal bewahrt; vielleicht gefällt es ihm ja, ihn noch einmal zu retten.“

Während der sechs Monate der Reise nach Nubien lebte ich in einem Zustand der Anspannung, wie ich ihn noch nicht erlebt hatte. Wir bekamen nur wenige Berichte aus Nubien, aber gelegentlich hörten wir, dass es dem Pharao und seinem Gefolge gut ging. Ramses hatte sich mit den Statthaltern von Ober- und Unternubien getroffen und angeboten, Dedun, dem Schutzgott von Nubien, ein Opfer zu bringen. Die Beamten, Schreiber und Regierungsbeamten waren überglücklich, die göttliche Gegenwart des Pharaos zu erleben, und offensichtlich hocherfreut, die beiden königlichen Prinzen kennenzulernen.

Nach der Erledigung der diplomatischen Aufgaben, so berichtete der Bote uns, hatte der Pharao vor, in den Savannen

Löwen und Elefanten zu jagen. Jetzt hatte ich Angst vor anderen Gefahren, denen mein geliebter Sohn ausgesetzt sein könnte. Eine Woche verging, dann zwei. Schließlich hörten wir, der Pharao und seine Begleiter seien auf dem Fluss gesichtet worden.

Nema und ich eilten zur Anlegestelle, wo der Palastaufseher uns nach Rang und Stellung unsere Plätze zuwies. Ich wartete in der ersten Reihe und weinte vor Freude, als Pharaos geschmückte Barke näher kam. Begleitet von Trompetentönen donnerte eine Truppe von Medjay-Kriegern über die Planke vom Schiff, dann erschien der Pharao, mein Gemahl und Vater, höchstpersönlich auf der Plattform.

Ich lächelte ihn an und verneigte mich, verstand aber, dass er nicht stehen blieb, um mit mir zu reden. Ein Dutzend seiner Frauen und Beamten bejubelten seine Ankunft und der König ging schnell an mir vorbei durch die Tore des Palastes. Ich hob den Kopf, rührte mich aber nicht von meinem Vorzugsplatz, denn ich war nicht gekommen, um meinen Mann zu sehen, sondern meinen Sohn. Kha'emweset verließ die Barke als Nächster und mein Halbbruder warf nur einen flüchtigen Blick in meine Richtung – auch ließ er sich nicht herab, sich vor seiner Mutter zu verneigen. Doch als Mose erschien, riss er mich in seine Arme und wirbelte mich herum. Die Arme, die mich umfingen, waren jetzt dicker, wie ich bemerkte, und muskulöser.

„Mose!" Lachend löste ich mich aus seiner Umarmung, um meinen Sohn ansehen zu können. „Lass mich sehen, wie sehr du dich verändert hast!"

Wir waren umgeben von Höflingen, Wächtern und Sklaven. Mose lachte, und das Geräusch erwärmte die Luft an der Stelle, an der wir standen. Ich sah ihn an und konnte kein einziges Restchen Jungenhaftigkeit mehr an ihm erkennen. Seine Haut war dunkler geworden in der heißen nubischen Sonne, und dunkle Stoppeln sprossen an seinem Kinn und den Wangen.

In gespieltem Entsetzen wich ich zurück. „Du hast dich nicht rasiert?"

„Doch, heute Morgen." Er grinste. „Aber mein Bart wächst schnell."

Bevor ich noch ein weiteres Wort der Kritik äußern konnte, legte mein Sohn, der selbstbewusste Krieger, seinen starken Arm um meine Taille und schob mich in Richtung der Stadttore. Ich überließ mich bereitwillig seiner Führung. Mose hatte Theben als Jugendlicher verlassen und war als Mann zurückgekehrt.

Vielleicht, überlegte ich, war das Pharaos Absicht gewesen.

Im ersten Monat der Zeit der Überflutung, im 30. Jahr von Ramses' Herrschaft, veranstaltete mein Vater das *Sed*-Fest, ein heiliges Ritual, das nur von wenigen Pharaonen in der Geschichte Ägyptens gefeiert worden war. Dieses Fest hatte seinen Ursprung in der alten Sitte, nach der der König verpflichtet war, seine körperlichen Fähigkeiten alle 30 Jahre in einer Zeremonie zu beweisen, die *Heb Sed* genannt wurde. Mein Vater nahm diese Gelegenheit nur zu gern wahr.

Zusammen mit einigen anderen königlichen Ehefrauen beobachtete ich, wie er vor dem Tempel von Amun-Re gegen seine Söhne, darunter auch Mose, antrat. Natürlich siegte er, denn keiner seiner Söhne wagte es, ihn zu schlagen; dann betrat Pharao den Tempel für die Zeremonien. Dabei wurde die *Dd*-Säule aufgestellt, ein Marmor-Obelisk als Symbol für die Stabilität seiner Herrschaft. Während er die Säule aufstellte, boten professionelle Tänzer und Musiker eine Vorführung dar, die aus gespieltem Kampf, dem Vortrag von Liedern und dem Schlagen von rhythmischen Instrumenten bestand.

Nach dem Aufstellen der Säule verließen Pharao und Isnofret den Tempel, begleitet von Priestern und einer Menge von königlichen Nachkommen. Angesichts der Tatsache, dass er Isnofret als Begleitung gewählt hatte, hätte ich eigentlich ahnen können, was Pharao als Nächstes tun würde, aber meine Bewunderung für Mose hatte mich blind gemacht. Oben auf den Tempelstufen blieb der König stehen, blickte über sein Volk und seine Nachkommen hinweg und verkündete, er hätte Kha'emweset als Erben erwählt.

Ich stand wie vom Donner gerührt und die Enttäuschung traf mich wie ein Schlag in den Magen. Mose sagte nichts zu der Ankündigung des Königs, aber seine Stimme war belegt, als er fragte, ob ich aus der heißen Sonne herausgehen wolle.

„Bei der stinkenden Kruste zwischen Seths Zehen, ja."

Zwei Monate später, als der Pharao verkündete, der königliche Haushalt würde nach der Fertigstellung des Palastes in Pi-Ramses nun umziehen, waren wir noch immer dabei, uns mit der Vorstellung abzufinden, dass Kha'emweset jetzt Kronprinz war. Obwohl ein großer Teil der Regierungsarbeit auch weiterhin von Theben aus erledigt werden würde, löste die Ankündigung des Königs hektische Aktivität aus. Alle Angehörigen der unmittelbaren königlichen Familie waren von dem Umzug betroffen sowie Ramses' persönliche Priester, seine Wächter und unzählige Schreiber, Ratgeber und Angehörige seiner Armee.

Mose und ich wollten natürlich auch mitgehen, doch eine unbestimmte Unruhe hatte sich wie ein Mantel auf mich gelegt, während ich die Sklaven anwies, unseren Haushalt zusammenzupacken. Theben lag eine beträchtliche Strecke von Gosen entfernt, wo ich Mose gefunden hatte. Hier waren sein Aussehen und seine ungewöhnliche Größe als ein Zeichen für den Segen der Götter betrachtet worden.

Aber was würden die Ägypter des Deltas von ihm denken? Sie lebten ganz in der Nähe von Gosen und sahen fast jeden Tag Hebräer. Man brauchte kein Genie zu sein, um beim Anblick meines Sohnes auf den Gedanken zu kommen, dass er ein Hebräer war.

Ich hätte gern mit Tanut-Amun über diese Angelegenheit gesprochen, aber Tage vergingen und mein alter Freund ließ sich nicht blicken. Schließlich erreichte mich jedoch eine Nachricht. Ich überflog den Papyrus sofort und erfuhr, dass der Priester dem Tode nahe in seinem Quartier im Tempel des Amun-Re lag. Wenn ich ihn sehen wollte, bevor er in die andere Welt überging, würde ich mich beeilen müssen.

Ich hüllte mich in einen Umhang, rief zwei meiner Sklavenmädchen und eilte aus dem Palast. Unerkannt lief ich durch die staubigen Straßen zum Tempel. Der Wächter dort hätte mir beinahe den Eintritt verwehrt, aber ich öffnete meinen Umhang und zeigte meine königliche Halskette.

Ich fand meinen alten Freund auf einem schmalen Bett in einem kleinen, mit einem Vorhang abgetrennten Alkoven. Ein Teller mit Fleisch, Käse und Obst stand unberührt auf einem Tablett neben seinem Lager. Seine Augen waren geöffnet, als ich eintrat, aber er blinzelte nicht.

Ich war wie von Furcht gelähmt, brachte jedoch irgendwie die Kraft auf, mit zitternder Stimme zu sagen: „Tanut-Amun, lebe ewig."

Ein Auge blinzelte, sah jedoch nicht in meine Richtung. „Merytamon?" Die Hand auf seiner Brust bewegte sich. „Ich kann dich nicht sehen, Gnädige Königliche Gemahlin, aber ich erkenne deine süße Stimme. Komm bitte näher."

Seine Worte waren undeutlich, aber ich wusste, dass er nicht getrunken hatte. Ich ließ meine Sklaven an der Tür stehen, damit wir nicht gestört wurden, und fiel vor dem Lager des alten Mannes auf die Knie.

Seine Mundwinkel hoben sich in einem verzerrten Lächeln. Seine Atmung war schnell und schwer und rasselte bei jedem Atemzug. „Höchst ungewöhnlich, dich hier vorzufinden."

„Höchst ungewöhnlich, dich in diesem Zustand vorzufinden." Ich legte ein Lächeln in meine Stimme, wenn auch mein Herz weinte. „Ich wusste nicht, dass du krank bist. Ich wäre früher gekommen –"

Er schnalzte leise mit der Zunge. „Diese Krankheit hat ohne Vorwarnung zugeschlagen. Und da ich fürchtete, dass ich genauso plötzlich sterben könnte, habe ich nach dir geschickt. Es gibt Dinge, die du wissen musst, bevor ich in den Westen aufbreche." Meine Kehle war wie zugeschnürt und ließ keine Worte durch, aber Tanut-Amun schien mein Schweigen gar nicht zu bemerken. „Die Silberzahlungen an die Familie Amrams in Gosen werden weitergehen. Ich habe einen Schreiber, Baken-Khonsu, angewiesen, jeden Monat dafür zu sorgen. Sie werden aus meinem eigenen Vermögen gezahlt, es wird also keine Verbindung zu dir geben."

Ich nickte wortlos, dann fiel mir ein, dass er mich nicht sehen konnte. „Danke." Es fiel mir schwer, dieses eine Wort herauszubringen.

„Du musst dich vor bestimmten Priestern im Haushalt des Königs in Acht nehmen, Kind – Rudjek hat den Tag, an dem Mose ihn am Hof des Pharaos lächerlich gemacht hat, nie vergessen. Er wird dem Prinzen in der vor uns liegenden Zeit kein Freund sein."

Ich lächelte. Es erwärmte mich, dass er mich „Kind" nannte und dass er sich so viele Sorgen um Mose machte. Ich war eine reife Frau und unter meiner Perücke zeigten meine Haare bereits graue Strähnen, aber für ihn würde ich immer Nefertaris geliebte Tochter sein. Tränen sprangen mir in die Augen. „Ich werde daran denken, Freund."

„Denke auch an Folgendes – Kha'emweset ist noch nicht Pharao. Mose könnte noch immer auf den Thron steigen. Er wird immer ein Prinz von Ägypten sein, ein Sohn der Großen Königlichen Gemahlin."

Der alte Mann hob zitternd seine Hand und streckte sie nach mir aus. Ich umfasste die knochigen Finger und legte meine Hand um sie.

Und wieder umspielte dieses halbe Lächeln seine Lippen. Seine Stimme wurde weich. „Weine nicht, Tochter des Pharaos. Die Götter lächeln auf dich und deinen Sohn herab. Mögen sie auch über Ägypten scheinen. Möge der

Pharao Wahrheit und Mitgefühl suchen, solange er lebt. Und mögest du im Geist deiner Mutter leben, Hochgelobte, Liebliche, Schönste von allen, die mir Leben und Sonnenlicht war."

Der alte Priester stieß einen langen Seufzer aus. Ich wartete, dass er wieder Luft holte, aber sein Ba verließ ihn, ohne dass er auch nur einen Muskel rührte.

„Tanut-Amun?" Mit meiner freien Hand berührte ich seine Schulter, aber er reagierte nicht.

Mein Freund und Vertrauter war tot.

Ich legte seine Hand auf seine Brust und mit weichen Knien erhob ich mich. Mit zitternder Stimme rief ich meine Mädchen und trug ihnen auf, einen anderen Priester zu rufen.

Dann taumelte ich aus der Zelle, presste die Hände vor mein Gesicht und weinte.

Auch andere Pharaonen hatten ihre Hauptstadt verlegt – Akhenaton hatte seinen Haushalt von Theben nach El-Amarna verlegt und die alten Herrscher hatten ihre Regierungsgeschäfte von Memphis aus geführt. Aber keiner dieser Herrscher war so reich wie mein Vater gewesen und keiner hatte so viele Leute beschäftigt. Auf dem Anlegesteg in Theben herrschte ein unglaubliches Chaos. Jeder, der irgendwie von Bedeutung war, bereitete sich darauf vor, seine Diener und seinen Besitz nach Pi-Ramses zu schaffen.

Pharaos Wesir verkündete, wir sollten die gesamte Jahreszeit Proyet dem Umzug widmen. Das gefiel mir gut. Ich wollte an Tanut-Amuns Bestattung teilnehmen und der Mumifizierungsprozess dauerte mindestens 70 Tage. Mein Sohn und ich waren dann vermutlich unter den Letzten, die nach Pi-Ramses umzogen, aber das war mir egal.

Die Nachricht von Tanut-Amuns Tod traf Mose tief. Der Priester war für meinen Sohn mehr als nur ein Priester gewesen; in vieler Hinsicht war er ihm wie ein Vater. An stillen Abenden saßen Mose und ich nach dem Abendessen oft in meinem Audienzraum und sprachen von dem kleinen Mann, der unser Leben so tief greifend beeinflusst hatte.

„Er hat mich über Frauen aufgeklärt", vertraute Mose mir eines Abends an. „Wusstest du das?"

Ich verbarg mein Erstaunen. „Was wusste Tanut-Amun denn über Frauen? Er war doch nie verheiratet."

Mose fuhr sich mit der Hand über die Wange und ich hörte das Kratzen seines Bartes. „Er wusste über vieles Bescheid ... über Frauen, über Pferde, über das Leben. Er hat mir beigebracht, jeden Tag zu leben mit Blick auf den Tod. Ich sollte jeden Tag das Glück suchen, denn eines Tages müsste ich zu dem Land gehen, wo alle Menschen gleich sind, sagte er."

„Das stimmt, aber Tanut-Amun wollte bestimmt nicht, dass du dich ständig mit dem Tod beschäftigst." Ich strich Mose über den Arm. „Ich denke, er wollte dir klarmachen, dass du, solange du lebst, dem Wunsch deines Herzens folgen solltest. Besprenge deinen Kopf mit Weihrauch, hülle dich in feines Leinen, salbe dich mit dem seltensten aller Wohlgerüche, denn du bist ein Prinz von Ägypten. Folge deinem Herzen und suche dein Glück, solange du auf Erden lebst. Ja, wir müssen alle einmal vor die Götter treten, aber dein letzter Tag ist noch nicht gekommen, Mose."

„Wie kann ich denn dem Wunsch meines Herzens folgen?" Sein Blick flog mir zu. „Und wenn der Wunsch meines Herzens etwas ist, das ein Sohn des Pharaos sich nicht wünschen sollte?"

Ich blickte ihn verwirrt und gleichzeitig amüsiert an. „Und was wünschst du dir? Wenn es etwas ist, das es in Theben gibt, brauchst du nur zu fragen, und einer der Diener wird es dir holen."

Er wandte den Blick ab, als Tränen in seine schönen Augen traten. „Diener können das nicht holen."

„Und was ist es?"

Er zögerte, dann legte er die Hand an die Wange. „Ich dachte, es ist vielleicht an der Zeit, dass ich mir eine Frau nehme. Im Haushalt von Bint-Anath gibt es eine Dienerin mit Namen Makare, und sie ist so schön ..."

Ich schnitt ihm das Wort ab. „Ein Prinz von Ägypten kann keine Dienerin heiraten. Eine solche Verbindung ist einfach nicht erlaubt. Pharao wird wollen, dass du eine Dame von Stand heiratest, vielleicht eine der Töchter einer der Großen Königlichen Gemahlinnen –"

„Aber ich liebe sie!" Er beugte sich mit flehendem Blick vor. „Ihr Haar ist schwärzer als die Nacht, ihre Lippen roter als reife Datteln. Mein Herz schwillt an vor Worten und Gefühlen, wenn ich sie sehe –"

„Dein Herz muss ruhig bleiben, mein Sohn, es sei denn, du kannst Bint-Anath überreden, dir dieses Mädchen als Konkubine zu geben. Aber du kannst eine Dienerin genauso wenig heiraten, wie du aus Gold und Lehm einen Krug formen kannst." Ich hob die Hände. „Diese beiden Stoffe sind zu unterschiedlich und werden sich nicht miteinander verbinden."

Er blickte mich an. „Weil Khnum uns aus Gold und die Diener aus Lehm geschaffen hat?"

„Sterbliche sind aus Lehm erschaffen; Diener und Sklaven müssen aus Staub oder einem noch wertloseren Stoff erschaffen sein. Ich weiß, das ist schwer zu begreifen, mein Sohn, aber sie wurden auf die Erde gestellt, um uns zu dienen, nicht um uns zu heiraten."

„Aber sie müssen doch auch jemanden heiraten!"

„Sollen sie untereinander heiraten. Du weißt doch, dass ich für Nema eine Verbindung mit einem Kuschiter arrangiert habe, der Pharao dient. Sie hat ein Kind von ihm bekommen, das jetzt im Tempel des Amun-Re dient. Und alle sind zufrieden. Doch wenn du darauf bestehst, dieses Mädchen zu nehmen, werde ich mit Bint-Anath sprechen, und wir werden vereinbaren, dass du sie als Konkubine bekommst –"

„Wenn ich eine Frau auf diese Art haben möchte, werde ich sie in der Taverne finden.“ Seine Lippen zogen sich zusammen. „Mir erscheint es nicht richtig, dass ein so schönes Mädchen dem Sohn eines Gottes vorenthalten werden sollte.“

„Nur weniges in dieser Welt erscheint uns aus unserer Perspektive richtig“, erwiderte ich kühl. Mein Pulsschlag beschleunigte sich, als ich seinen Unmut spürte. Wenn ich nicht vorsichtig war, würde er in Zorn geraten, und ein zorniger Mose konnte einem Angst machen. Seine plötzlichen Wutausbrüche waren seine größte Schwäche und weder meine noch Tanut-Amuns Ermahnungen hatten daran etwas ändern können.

Ich atmete tief durch und lächelte ihn an in der Hoffnung, die Flamme seiner Entrüstung abzukühlen. „Wenn du älter bist, Mose, wirst du es verstehen. Bis dein Schicksal jedoch klar ist, musst du deine Leidenschaften unter Kontrolle halten. Beuge sie deinem Willen.“

Er erhob sich und marschierte mit großen, wilden Schritten davon. Ich zweifelte nicht daran, dass er diesen Abend in einer Taverne verbringen würde. Er würde sich entweder bis zur Bewusstlosigkeit betrinken oder seine Frustration an einem unglücklichen Streitsuchenden auslassen, der die Kraft seines Armes nicht kannte.

„Ach, Mose.“ Ich schloss erschöpft die Augen. „Wenn nur dein Vater dich unter seine Fittiche nehmen und dich selbst lehren würde.“

Nach Tanut-Amuns Bestattung ließen Mose und ich uns ohne großes Aufhebens in der prächtigen Stadt Pi-Ramses nieder. Als Vater der Stadt, deren Name „Herrschaftsgebiet von Ramses, Groß an Siegen“ bedeutete, wurde Pharao bei jedem Schritt Huldigung dargebracht, und Mose und ich wurden häufig in diese Ehrerbietung mit eingeschlossen.

Trotz der unsteten Leidenschaften meines Sohnes machte es uns Freude, unsere Gemächer auszustatten und die Umgebung dieser prächtigen neuen Stadt zu erforschen.

Ramses hatte ein riesiges Papyrushaus in Pi-Ramses eingerichtet und die Geschichte unseres Volkes faszinierte Mose und mich. In unserem Interesse für die Geschichte fanden wir in Kha'emweset einen Verbündeten. Moses langjähriger Rivale auf dem Ausbildungsfeld liebte die Literatur ebenso wie wir. Er verbrachte viel Zeit im Haus des Lebens und zeichnete die Vorgänge am Hof seines Vaters mit großer Sorgfalt auf. Mose machte sich nicht viel aus dem Leben am Hof, aber oft saß er abends in seinen Räumen und las bis tief in die Nacht hinein.

Eines Abends, als ich nicht schlafen konnte, hörte ich leises Singen aus seinem Zimmer:

„Diese Armee kehrte sicher zurück,
sie zerschlug das Land der Wüstenbewohner.
Diese Armee kehrte sicher zurück,
sie zerstörte das Land der Wüstenbewohner."

Ich lächelte, denn ich erkannte den Refrain eines königlichen Triumphliedes aus der sechsten Dynastie. Wenige Augenblicke später jedoch verschwand mein Lächeln, als Mose abrupt ein ganz anderes Lied anstimmte:

„Wenn ich den ganzen Tag im Haus liege,
in Schmerzen, die nicht vergehen,
die Nachbarn kommen und gehen.
Ach, wenn mein Schatz zu mir käme,
würde sie die Ärzte beschämen,
sie versteht mein Weh."

Tief seufzend verschränkte ich die Arme auf der Brust. Mein Sohn litt vielleicht gelegentlich unter Liebeskummer, aber wenigstens waren seine Gefühle leicht zu erkennen.

Doch wie kann eine Mutter ihrem Sohn den Lebensweg ebnen? Wenn sie die Torhüter zwingt, den Weg frei zu räumen, wird ihr Sohn sich über ihre Einmischung ärgern, und die Torhüter werden verächtlich denken, dass der Sohn die Hilfe seiner Mutter braucht. Wenn sie jedoch nichts tut, lässt sie die Möglichkeit zu, dass ihr Sohn unter seinen Fehlern leidet. Das Leben war der beste Lehrmeister eines jungen Mannes, das stimmte, aber niemand hatte mich darauf vorbereitet, welchen Schmerz es mit sich bringt, zusehen zu müssen, wie mein geliebter Junge an den Folgen seiner törichten Handlungsweise litt.

Zum Glück jedoch wurden die meisten von Moses Fehlern vor mir geheim gehalten. Er selbst sprach niemals in meiner Gegenwart davon, und die Diener berichteten mir nur von den weniger ernsten Vergehen, wenn er sich zum Beispiel betrank oder als Sieger aus einem Kampf hervorging. In meiner Gegenwart war Mose ganz der pflichtbewusste Sohn, der vollkommene Prinz.

Wenn er nicht las, ausritt oder sich im Kampf übte, erforschte Mose gern das Sumpfland des Deltas. In Theben war Hap-Ur von einem schmalen Streifen fruchtbaren Landes umgeben; dahinter erstreckten sich die leere Wüste im Osten und zerklüftete Gebirge im Westen. Aber im gut bewässerten Delta gedieh eine Fülle von Pflanzen und Tiere tummelten sich dort in unglaublicher Vielfalt.

Hier lagen auch die Lieblingsweinberge des Pharaos. Im Gegensatz zu jedem anderen König vor ihm legte Ramses großen Wert auf den Weinbau und Weinhandel. Aus seinen ausländischen Gefangenen bestimmte er viele für seine Weinberge und ließ sie Bewässerungsgräben anlegen. Als Mose Interesse für den Weinanbau zeigte, bewies Pharao seine Großzügigkeit – und seine Gunst –, indem er Mose den Weinberg Sebahorkhentipet schenkte.

Ich besuchte ihn oft dort, denn auch mir bereitete die Weinherstellung Freude. Wenn die Früchte reif waren, zogen die Leser zwischen den duftenden Reben hindurch, pflückten vorsichtig die dicken schwarzen Trauben und brachten sie zu den Steinbottichen, die mir bis zur Taille reichten. Sobald die Bottiche voll waren, stieg ein Pflücker barfuß in den Bottich und zertrat die Trauben, wobei er sich an Seilen festhielt. Nachdem die Pflücker den Saft aus den Trauben getreten hatten, füllten Sklaven den Brei in einen Sack, und vier Mann wrangen ihn aus, damit kein Tropfen des kostbaren Saftes vergeudet wurde. Der Saft wurde in großen Behältern gesammelt, dann zum Gären in Gefäße mit breitem Boden gegossen. Später würde der gegorene Wein in hohe Krüge gefüllt und versiegelt werden.

Als Besitzer gehörte es zu Moses Aufgaben, die Pflücker bei der Lese und den Schreiber, der die Körbe und Krüge mit Wein zählte sowie die Einzelheiten der jährlichen Ernte festhielt, zu beaufsichtigen.

Mose vernachlässigte auch seine religiösen Pflichten nicht, denn er gab einem Sklaven den Auftrag, täglich neue Opfer auf den Altar des Rentoutet zu bringen, der Schlangengottheit und Göttin der Ernte.

In der Jahreszeit Akhet, nach dem Abschluss der Ernte, wenn der Nil erneut unser Land überflutete, fuhr Mose mit mir in einem kleinen Papyrusboot hinaus in die Sümpfe. Ich saß hinten im Boot und beklatschte seine Versuche, Barben oder den fetten Nilbarsch mit dem Speer zu erlegen. Häufig schoss er mit Pfeil und Bogen auf die Wassertiere. Dies alles erinnerte mich an meine eigenen jugendlichen Ausflüge in die Sümpfe. Ich hing diesen Erinnerungen gern nach, denn hätte ich mich nicht nach Gosen gewagt, hätte ich meinen Sohn nie gefunden. Meine Sorge, in der Nähe des Gebiets zu leben, in dem die Hebräer wohnten, schwand dahin, denn in seiner Perücke, dem in Falten gelegten Rock, dem goldenen Kragen und seinen mit Khol bemalten Augen sah mein Sohn so ägyptisch aus, wie es nur möglich war.

Mose schien die Arbeit im Weinberg Freude zu machen und darüber freute ich mich. Ein Mann mit fleißigen Händen und vielen Dienern hatte keine Zeit, über Leidenschaft und

Dienstmädchen nachzudenken. Im Stillen segnete ich die wohlwollenden Götter, wer immer sie gewesen sein mochten, die uns diese große Gunst erwiesen hatten, und ich zählte den Weinberg als weiteren Beweis dafür, dass ich Nephthys' böse Absichten mit Erfolg durchkreuzt hatte.

Zwei Jahre lang verbrachten wir viele glückliche Stunden in Pi-Ramses. Vermutlich hätten wir den Rest unseres Lebens mit solchen angenehmen Tätigkeiten zugebracht, wenn die bösartige Göttin nicht einen neuen Feind geschickt hätte.

Eines Nachmittags wartete ein Gast auf uns, als Mose und ich zu unseren Gemächern zurückkehrten. Durch den Vorhang, der die nördliche Veranda von dem Wartebereich abteilte, erhaschte ich einen Blick auf den Besucher, aber ich kannte den Mann nicht. Der stämmige Mann trug eine kurze Perücke und die einfache Tunika eines Arbeiters oder Schreibers.

„Sein Name", teilte Nema mir mit, als sie mir meinen Umhang abnahm, „ist Baken-Khonsu und er ist aus Theben hergekommen."

Zuerst sagte mir der Name nichts, doch dann erinnerte ich mich an Tanut-Amuns Abschiedsworte. Baken-Khonsu war der Mann, der das Vermögen des Priesters verwaltete.

„Ich werde ihn im Garten empfangen." Ich winkte Mose fort, dann schlenderte ich betont unbeteiligt zu dem abgeschiedenen Gartenstück. Ich konnte mir nicht vorstellen, warum dieser Mann mich aufsuchte. Tanut-Amun hatte gesagt, aus seinen monatlichen Zahlungen an Amrams Familie ließe sich keine Verbindung zu mir ableiten. Er hätte mich nie belogen. Vielleicht hatte der Mann eine Frage zu Tanut-Amuns Wünschen. Als seine königliche Schutzherrin würde ich natürlich um Rat gefragt werden.

Ich hatte mich gerade auf einer Bank neben dem schimmernden Teich niedergelassen, als Nema den Fremden zu mir führte. Er legte sich flach auf den Steinweg und begrüßte mich mit dem üblichen Spruch: „Möge die Gnade Amuns in deinem Herzen sein, Königliche Herrin. Möge er dir ein glückliches Alter bescheren und dich dein Leben in Freude verbringen lassen! Möge –"

Ich unterbrach ihn und fragte ihn ruhig nach seinem Anliegen.

Mit entschlossenen Bewegungen erhob sich der stämmige Mann. „Mein Anliegen, Große Königliche Gemahlin, betrifft die Angelegenheiten des Priesters Tanut-Amun, der seit vielen Monaten in der Totenwelt lebt."

Ich hob die Hand und drängte ihn, endlich zur Sache zu kommen.

Daraufhin warf er mir einen Seitenblick zu, den ich nicht einordnen konnte ... und der mir überhaupt nicht gefiel. „Weißt du, Königliche Gemahlin, von einer regelmäßigen Silberzahlung an eine hebräische Familie in der Region von Gosen? Tanut-Amun hat diese monatliche Zahlung überaus gewissenhaft über zwanzig Jahre hinweg geleistet."

Ich ließ meinen Blick zu den Wasserlilien und den blauen Lotusblüten am Rande des Teichs gleiten. „Tanut-Amun hatte mit vielen Menschen zu tun. Wir standen uns zwar nahe, doch er sprach mit mir nicht über alle seine Geschäfte."

Der beleibte Mann lächelte, dann hockte er sich vor mich. „Mir erscheint es logisch, Königliche Herrin, anzunehmen, du könntest von dieser Vereinbarung wissen. Tanut-Amun begann mit diesen Zahlungen, als er dir in Mi-Wer diente. Und nachdem ich seine Aufzeichnungen überprüft hatte, stellte ich fest, dass die Zahlungen zu der Zeit der Geburt deines königlichen Sohnes begannen." Er blickte mich fragend an. „Kannst du dir diesen Zufall erklären?"

Ich sah ihn mit einem Blick an, der genauso unverschämt war wie sein Verhalten. „Aber ja, ich denke, das kann ich. Nach der Geburt meines Sohnes beschäftigte ich eine hebräische Amme. Das ist ja so üblich, wie du weißt."

„Du warst also …" – sein unverschämter Gesichtsausdruck wich einem lüsternen Blick – „unfähig, das Kind selbst zu nähren?"

Mein Schock wich dem Zorn. „Du vergisst dich!"

„Und warum", beharrte er, „hast du eine hebräische Amme genommen, wo du doch im Harem des Königs gelebt hast? Es gab doch bestimmt ein Dutzend ägyptische Frauen, die dein Kind hätten stillen können."

Ich erhob mich und nutzte den vorübergehenden Größenunterschied, um auf ihn herabzusehen. „Ich werde dem Pharao von diesem Gespräch erzählen! Für diese Beleidigung wirst du bezahlen!"

„Das glaube ich nicht." Er erhob sich und blickte mich listig an. „Siehst du, Königliche Herrin, in den vergangenen Tagen habe ich mir deinen Sohn genau angesehen. Und je mehr ich ihn betrachte, desto mehr bin ich überzeugt, dass dein Mose kein Sohn des Pharaos ist. Er ist ein Hebräer, den du vermutlich einer armen Frau abgekauft hast."

Ich war völlig verblüfft und unfähig zu reagieren.

Mit gespielter Unterwürfigkeit drückte Baken-Khonsu seine fleischige Hand an die Brust. „Wie schwer muss es für dich gewesen sein, ein solches Geheimnis zu wahren! Und wie schwer muss es für Pharao sein zu erfahren, dass sein großartiger Sohn Mose gar kein göttlicher Prinz ist, sondern ein Abkömmling elender Sklaven!"

Unter den Falten meines Gewandes ballte ich die Fäuste. „Du lügst! Und ich werde Pharao sagen, dass du lügst!"

„Du wirst nicht gegen mich vorgehen müssen." Ruhig faltete der Schreiber die Hände hinter seinem Rücken. „Immerhin bist du eine Frau von Stand und Reichtum. Es gibt keinen Grund, warum wir in dieser Angelegenheit nicht zusammenarbeiten sollten."

Wir starrten einander in dröhnendem Schweigen an, und ich wusste, meine nächsten Worte würden entweder seine Version der Wahrheit bestätigen oder meine. Ich wünschte mir, Tanut-Amun wäre da, um diese Angelegenheiten zu regeln, wie er alle meine anderen Probleme geregelt hatte.

Durch zusammengebissene Zähne presste ich meine Worte hervor. „Wenn Tanut-Amun so großzügig war, für eine arme Sklavenfamilie im Delta zu sorgen, dann wäre es gewiss nicht schön, diese Zahlungen jetzt einzustellen. Die Seele von Tanut-Amun wäre betrübt."

Baken-Khonsu lächelte. „Denkst du nicht, der Geist Tanut-Amuns würde sich freuen zu erfahren, dass ich eine Belohnung bekomme, die der monatlichen Silberzahlung vergleichbar ist? Immerhin habe ich mir große Mühe gegeben, seine Privatsphäre zu schützen – und deine. Und ich bin den weiten Weg gekommen, um dich zu sehen. Zwei Wochen auf dem Fluss sind keine leichte Reise."

Ich schloss die Augen und dachte über die Frage nach. Ich könnte mir die regelmäßigen Zahlungen an diesen Halunken durchaus leisten, aber welchen Grund könnte ich meinem Buchhalter für eine monatliche Zahlung an Baken-Khonsu angeben?

Der Mann schien meine Gedanken lesen zu können. „Ich wäre glücklich, dein persönlicher Schreiber zu werden", sagte er und breitete die Hände aus. „Ich habe schon immer in einem geräumigen Gemach in Pi-Ramses leben wollen, der neuen Stadt des großen Königs. Wenn ich zu den Beschäftigten deines Haushalts gehören würde, würde niemand die Vereinbarung infrage stellen. Und meine Arbeit für Tanut-Amun würde nicht darunter leiden. Immerhin produziert ein Toter nicht so viel Papierarbeit wie ein Lebender."

Ich wand mich innerlich bei der Vorstellung, diesen Menschen ständig in der Nähe zu haben. „Unmöglich."

„Dann werde ich meine Dienste wohl dem Priester Rudjek anbieten." Der böse kleine Mann zeigte seine gelben Zähne. Sein Lächeln war eher eine Grimasse. „Ich habe gehört, dass er besonderes Interesse an deinem Sohn gezeigt hat. Er wird mich gern nehmen, da bin ich sicher. Vor allem wenn ich ihm sage, was ich bei der Durchsicht von Tanut-Amuns Büchern herausgefunden habe."

Gab es denn nichts, was dieser Mann nicht ausspioniert hatte? Ohne zu antworten, stand ich auf und ging zu dem funkelnden Teich. Ich brauchte Zeit zum Nachdenken; und mehr noch, ich brauchte einen Freund und Ratgeber. Aber wen hatte ich außer Nema? Meine Mutter war die Beschützerin meiner Jugend, Tanut-Amun die Quelle meiner Weisheit im Erwachsenenalter gewesen. Nun, da beide tot waren und da mein Name keine große Leidenschaft im Herz des Pharaos entfachte, würde er mich wie ein Insekt zerquetschen, sollte er die Wahrheit erfahren.

Wenn ich ihm nur vor Jahren alles gesagt hätte! Ramses mochte mich damals mehr; wenn ich zu ihm gegangen wäre, hätte er mir vielleicht gestattet, Mose als einen Diener im Palast großzuziehen. Aber nein. Da ich an seiner Liebe zweifelte, hatte ich mir eine fantastische Täuschung ausgedacht und sie auf die Götter gegründet, denen mein Vater diente.

Ein Schauer überlief mich, als ich an die Rede dachte, die ich im Audienzraum des Pharaos gehalten hatte: *Durch die Güte des Großen Hapi, des Flussgottes, habe ich diesen Jungen als kostbares Geschenk erhalten. Wie Hapi der Sohn des Horus ist, so präsentiere ich dir diesen Jungen, Mose, als deinen Nachkommen durch das Geschenk der Götter.*

Mein Vater hatte diese Worte akzeptiert; er hatte Mose anerkannt und ein göttlicher König durfte nicht in die Irre geführt werden. Falls meine Täuschung aufgedeckt werden würde, falls Mose als Sohn von hebräischen Sklaven entlarvt würde ... Unmöglich! Einen solchen Betrug konnte der Thron Ägyptens nicht hinnehmen. Darum würde ich und die Erinnerung an mich so vollständig ausgelöscht werden wie die Skizzen des ketzerischen Akhenaton von den Statuen, die ihm zu Ehren errichtet worden waren. Und was mit Mose geschehen würde, wagte ich mir erst gar nicht auszumalen!

So nahm ich all meinen Mut zusammen und stellte mich Baken-Khonsu. „Ich werde nicht dulden, dass du näher als hundert Schritte in meine und die Nähe meines Sohnes kommst", verkündete ich leichthin. „Wenn ich dein Gesicht noch einmal sehe, werde ich dich töten lassen, zweifle nicht daran."

„Keine kluge Entscheidung, Große Herrin. Ich könnte alles, was ich weiß, aufschreiben und für Rudjek hinterlassen."

„Und ich könnte alles, was du in diesem Gespräch gesagt hast, aufschreiben – und es würde ausreichen, um deinen Tod herbeizuführen. Ich könnte es noch erweitern und behaupten, du hättest versucht, mich zu belästigen –"

„Eine Lüge!"

„Eine für einen Verräter passende Lüge!" Der Zorn brachte meine Kraft zurück. „Du würdest deinen König und dein Land bedrohen in dem Versuch, dich selbst zu bereichern. Nun, Baken-Khonsu, ich werde veranlassen, dass du für deine Dienste als Schreiber bezahlt wirst, aber keinen Splitter mehr, als du wert bist. Und nie wieder werde ich dir eine Audienz gewähren. Und falls meinem Sohn Mose etwas geschieht, falls irgendjemand die Hand gegen ihn erhebt oder ein Gerücht verbreitet, werde ich mitten in der Nacht Mörder in dein Haus schicken. Sie werden dich im Schlaf töten und deinen Körper im Wüstensand verscharren, damit kein Rest von dir in diesem Leben oder dem nächsten übrig bleibt! Hast du mich verstanden?"

Der Mann hatte einen beleidigten und angewiderten Gesichtsausdruck aufgesetzt. „Verstanden." Er klang, als würde er eine Reihe Flüche unterdrücken. „Aber ich werde in Pi-Ramses leben."

„Die Stadt ist überfüllt", antwortete ich ihm. „Also pass auf, wohin du gehst, und komm mir nicht in die Quere. Schicke deine Korrespondenz zu meinen Angelegenheiten an Hori, den Hüter des Haushalts des Pharaos, und wage es nicht, deinen Fuß noch einmal auf meine Schwelle zu setzen."

Baken-Khonsu nickte. Ein verschlagenes Lächeln zeigte sich auf seinen wulstigen Lippen. „So sei es, Königliche Herrin. Ich freue mich darauf, dir zu dienen.“

Sofort wies ich Hori, den Verwalter des Pharaos, an, Baken-Khonsu eine regelmäßige Zahlung für einen persönlichen Dienst zu geben, den er mir erwiesen hatte. Aber während der folgenden Tage schlug mein Herz immer Purzelbäume, wann immer ich einen in Leinen gekleideten Schreiber in den Hallen des Palastes entdeckte. Allmählich ließ meine Furcht nach.

Monate vergingen ohne ein weiteres Wort von dem Schurken, und mir wurde klar, dass unsere Vereinbarung den gierigen Schreiber zufriedengestellt hatte. Schließlich hörte ich, er hätte seine Arbeit ausgeweitet und mehrere adelige Kunden: Neben meinem Vermögen und dem von Tanut-Amun verwaltete die schändliche kleine Kröte auch das Vermögen mehrerer Hohepriester, der Herrin Isnofret und das der neuesten Großen Königlichen Gemahlin, Maat-Hor-Neferure.

War ich eifersüchtig, weil eine andere den Titel bekommen hatte, der rechtmäßig mir allein gehörte? Mehrere Frauen des Hofes deuteten an, ich sollte zumindest einen Funken der Eifersucht ihr gegenüber empfinden; viele hätten sich gefreut, wenn ich mich mit der neusten Frau des Pharaos angelegt hätte. In Wahrheit fühlte ich mich erleichtert, dass er Zuneigung zu einer anderen Frau empfand. Sein gebrochenes Herz heilte wohl langsam; der Schmerz über Nefertaris Verlust hatte sich gelegt. Der Anblick meines Gesichts würde ihn nicht mehr verletzen, doch irgendwie glaubte ich, je weniger Ramses mich und meinen atemberaubenden Sohn beachtete, desto geringer sei das Risiko, ihn zu beleidigen.

Ich bedauerte auch meinen Sohn. Mit 28 war Mose ein erwachsener Mann, doch noch immer in Wartestellung. Wie die anderen Söhne des Pharaos leistete er einen großen Teil des Jahres Dienst in der Armee des Königs und er schien das Soldatenleben zu mögen. Wenn wir allein waren, sprach er gelegentlich davon, wie er regieren würde, falls er König werden würde, aber weder Kha'emweset noch Ramses zeigten irgendein Anzeichen von Schwäche. Einige der Priester hatten angefangen zu tuscheln, der Pharao sei nicht nur göttlich, sondern unsterblich, und wenn ich bedachte, dass nur wenige Männer in Ägypten älter wurden als 40 oder 50, dann konnte das sogar stimmen.

𓂀

Mit jedem vergehenden Jahr stieg und sank Hap-Ur, segnete uns mit Fruchtbarkeit und lebensspendenden Ernten aus der schwarzen Erde. Bei jedem Sed-Fest, das der Pharao nun alle drei Jahre feierte, bewies der König seine Männlichkeit, indem er sich neue ausländische Frauen nahm. Sobald ihr Reiz nachließ, schickte er sie und ihre Nachkommen nach Mi-Wer.

Die riesige Zahl der königlichen Verwandten beunruhigte mich nicht. Von seinen Söhnen waren nur eine Handvoll von Großen Königlichen Gemahlinnen geboren worden, und unter diesen war nur ich ein Kind von Nefertari, die bei Ramses' Thronbesteigung die Große Königliche Gemahlin gewesen war. Darum wäre mein Sohn der Erste, den Pharao in Betracht ziehen würde, sollte er beschließen, einen anderen Erben zu bestimmen ... denn im 44. Jahr von Ramses' Herrschaft wurde Prinz Kha'emweset von einem aufgebrachten Nilpferd in den Sümpfen getötet.

Zwar versäumte ich es nicht, meine Trauer über den Verlust eines so großartigen Prinzen auszudrücken, doch insgeheim war ich erfreut über diese Entwicklung. Mose war ein sehr gut aussehender Mann geworden, stark, intelligent und ein Liebling der Frauen am königlichen Hof. Er war einen Kopf größer als alle seine Brüder und ließ sie wie unreife Jungen aussehen. Im Vergleich zu Mose hatte Kha'emweset wie ein Schwächling und Merneptah, ein jüngerer Sohn von Isnofret, wie ein kleiner Junge gewirkt.

Mose hatte seinen Weinberg so gut geführt, dass Pharao ihm noch drei andere geschenkt hatte. Alle lagen im Delta. Jeder Weinberg wurde nun von einem ägyptischen Aufseher beaufsichtigt, denn der König hatte Mose auch zum Divisionskommandeur bestimmt. Pharaos Armee setzte sich aus vier Divisionen von jeweils 5.000 Mann zusammen, die jeweils von einem begünstigten Sohn kommandiert wurden: Merneptah führte die Truppen von Re, Pekherenptah die Division von Sutekh, Amenemes die Männer von Ptah und Mose die Truppen von Amun. Zu Friedenszeiten war dies in erster Linie ein Ehrentitel, denn Pharaos Söhne hatten auch noch andere Aufgaben, trotzdem musste Mose viele Wochen bei seinen Männern verbringen und sie trainieren.

In den Monaten, die er fern von mir war, vermisste ich ihn schrecklich, obwohl ich versuchte, mir meine Traurigkeit nicht anmerken zu lassen. Ich tröstete mich mit einer süßen Erkenntnis: Solange Mose Dienst bei der Armee tat, blieb er dem Haushalt des Königs und den Dutzenden Frauen fern, die ihn anhimmelten.

Mit 31 hatte Mose noch keine Frau genommen – aber nicht, weil er nicht heiraten wollte. Er war nicht unerfahren im Umgang mit Frauen. Bei mindestens vier unterschiedlichen Gelegenheiten hatte er mich bestürmt, Pharao um die Genehmigung einer Heirat mit einem Mädchen zu bitten, das seine Aufmerksamkeit auf sich gezogen hatte; doch jedes Mal gelang es mir, ihn davon zu überzeugen, dass es besser sei zu warten.

Wenn ich Mose ermutigt hätte, sich unter den Damen am Hof nach einer Frau umzusehen, wäre die Gefahr groß gewesen, dass er sich eine Frau in den Kopf gesetzt hätte, die Ramses für sich selbst wollte. Solange der alte Löwe noch selbst auf der Pirsch war, sollte Mose mit einer Heirat warten, riet ich ihm.

Widerstrebend akzeptierte Mose meinen Rat, aber mir tat das Herz weh, wann immer ich ihn ansah. Ein Mann, der so stark und gut aussehend war wie er, hatte eine eigene Familie verdient, aber er konnte nicht mehr tun als warten.

In einem Bereich jedoch drängte ich ihn zum Handeln, und Mose weigerte sich eigensinnig, meinen Rat zu befolgen. Er hatte schon viel zu lange gezögert, den Namen eines Gottes seinem eigenen hinzuzufügen, und als Prinz von Ägypten hätte er dies längst tun müssen. Die Priester fanden sein Zögern befremdlich. In jüngeren Jahren hatte er angedeutet, er würde vielleicht Re wählen, um seinen Vater zu ehren, aber in letzter Zeit hatte ich alle Vorsicht aufgegeben und ihm vorgeschlagen, er solle einen beliebigen Gott wählen.

„Du kannst dem Pharao nicht missfallen", erklärte ich ihm, „wenn du einen der offiziellen Götter Thebens wählst. Werde Ptah-Mose oder Min-Mose oder Hap-Mose. Aber zögere nicht mehr – die Priester warten darauf zu sehen, welchen Gott du als deinen Schutzpatron wählen wirst."

Grinsend ignorierte Mose mein Drängen. „Die Priester kreisen wie hungrige Geier und warten darauf, dass Opfergaben in ihre Säckel fallen. Lass sie ruhig warten. Welcher Gott hat mir bisher geholfen?"

Ich öffnete den Mund, um zu sagen, Hapi habe ihn auf dem Fluss bewahrt, doch dann erinnerte ich mich daran, dass ich von dieser Begebenheit nicht sprechen durfte.

Mose bemerkte mein Zögern nicht. „Der Gott, der mein Schicksal entscheidet", sprach er weiter und warf den Kopf zurück, „wird mein Schutzgott werden. Bis dahin werden die Priester Geduld mit mir haben müssen."

Ich hatte keine Ahnung, dass die Götter schon dabei waren zu handeln. Eines Morgens, nicht lange nach unserem Gespräch, wartete ich auf Moses Besuch, als Nema in meinen Audienzraum platzte. Sie ließ den Einkaufskorb fallen, verneigte sich und begann aufgeregt von einer Frau zu erzählen, die sie vor den Stadtmauern getroffen hatte.

„Sie war eine Hebräerin." Nema rang mit den Händen, als wüsste sie, dass allein die Erwähnung des Wortes mir Schmerz bereiten würde. „Sie hat sich auf deinen Namen berufen und bat mich, dir eine Nachricht zu überbringen. Die Leute aus ihrem Dorf haben versucht, ein Bittgesuch an Pharao zu richten, aber niemand hört auf ihre Beschwerden –"

„Langsam, Nema." Ich ließ den Papyrus sinken, den ich gelesen hatte, und betrachtete meine Zofe mit ruhigem Blick. „Wieso wusste diese Hebräerin, dass sie nach mir fragen musste?"

Nema deutete mit dem Kopf zu dem Flur, der zu Moses Gemächern führte, und ich verstand sofort. Die Frau gehörte zu *ihnen*.

Meine Hand fuhr an meine Kehle. „Die Mutter?"

„Nein, Herrin. Die Schwester, glaube ich."

Ich runzelte die Stirn, dachte über diese Neuigkeit nach, dann nickte ich. „Weiter. Wo liegt das Problem?"

Nema rang erneut die Hände. „Offensichtlich hat ein Aufseher eine Ungerechtigkeit gegen einen hebräischen Sklaven in seinem Dienst begangen. Der Hebräer hat eine junge Frau, und der Aufseher befahl seinen Männern, vor Sonnenaufgang aufzustehen und zu den Steinbrüchen vor der Stadt zu marschieren. Nachdem die hebräischen Männer das Dorf verlassen hatten, ging der Aufseher in das Haus des hebräischen Mannes und vergnügte sich mit der hübschen Frau. Und die vertraute sich der Frau an, die ich auf dem Marktplatz getroffen habe. Die Hebräer wollen Rache. Oder zumindest Gerechtigkeit. Ich habe ihr gesagt, dass du nichts tun kannst, aber sie bestand darauf, dass ich mit dir spreche."

Ich schüttelte den Kopf. „Du hattest recht, ich kann nichts tun."

„Warum kannst du nicht helfen, Liebliche Mutter?"

Ich zuckte zusammen, als Mose in den Raum geeilt kam, seine breite Brust nass vom Schweiß.

„Mose! Ich habe dich gar nicht hereinkommen hören."

„Entschuldige mein Aussehen", sagte er und ging zu der Schüssel und dem Krug auf einem Ständer in der Ecke. „Ich komme gerade aus den Ställen, wo zwei neue Hengste aus dem Osten angekommen sind." Er goss Wasser in die Schale, wusch seine Hände und sah mich mit konzentriert zusammengezogenen Augen an. „Eine Ungerechtigkeit, wie Nema sie beschrieben hat, sollten wir nicht dulden, nicht einmal bei den Sklaven. Warum sagst du also, du könntest nichts tun?"

„Weil ..." Ich stammelte, suchte nach einer Antwort, ohne die Wahrheit sagen zu müssen. „Weil ich wenig Einfluss beim Pharao habe", beendete ich den Satz lahm. „Was kümmert es ihn, wenn ich ihm den Fall darlege?"

„Pharao braucht mit so etwas nicht belästigt zu werden. Ich kann diese Angelegenheit selbst regeln." Mose spritzte sich Wasser auf die Arme und Schultern, dann nahm er ein Leinentuch von einem goldenen Ständer. „Sag mir, Nema, wo kann ich diese hebräische Frau finden? Ich werde Nachforschungen anstellen und dafür sorgen, dass Gerechtigkeit geübt wird."

Unzählige Einwände gingen mir durch den Sinn, aber mein Mund war trocken wie die Wüste und ich konnte ihn nur anstarren. Tanut-Amun und ich hatten Mose beigebracht, sein Leben auf Gerechtigkeit, Ordnung und Frieden zu gründen, die Ideale von Ma'at, und diese Grundsätze konnten nicht außer Acht gelassen werden, weil sich eine Situation als schwierig für mich erwies – oder sogar als riskant.

Ich konnte die Gefahr nicht einmal erklären.

So presste ich die Lippen aufeinander, senkte den Blick, während Mose mein Schweigen als Zustimmung wertete. „Nema, wirst du diese hebräische Frau für mich suchen?"

Die Stimme meiner Zofe klang gepresst. „Wann, mein Herr?"

„Sofort. Ein solches Unrecht darf nicht ungesühnt bleiben."

Nema sah mich an, aber ich weigerte mich, ihrem Blick zu begegnen. „Herrin?"

Ich winkte ab. „Tu, was du tun musst, aber tue es schnell."

Ich wusste, ich würde nicht eher ruhen können, bis Mose sicher zurückgekehrt war.

MIRYAM

Was empfand ich, als ich meinen Bruder, den Ägypter, auf mich zukommen sah? Man sollte meinen, ich hätte den Drang gehabt, zu weinen oder auf mein Gesicht zu fallen und dem Gott des Himmels zu danken, dass ein abgeirrter Sohn Levis zu uns zurückgekehrt war.

Doch eigentlich verspürte ich nur Abscheu und das Bedürfnis auszuspucken.

Der Prinz mit Namen Mose marschierte mit einer schwarzen Sklavin an seiner Seite wie ein Eroberer in unser Dorf. Angemalt, mit Perücke und mit Gold überladen, stand er auf dem staubigen Platz unserer Siedlung, legte die Hände auf die Hüften und rief nach der Frau, die mit der Dienerin der Königlichen Gemahlin auf dem Marktplatz gesprochen hatte.

Seine Ankunft zog unsere Leute an wie verfaultes Fleisch die Fliegen. Sie lungerten in den Eingängen herum und spähten durch die Fensteröffnungen. Ich gesellte mich zu einigen Frauen, die an der Feuergrube standen und meinen Bruder durch gesenkte Augenwimpern eingehend betrachteten. Er trug eine kurze Perücke wie die ägyptischen Krieger und seine Arme waren unter seiner goldbraunen Haut sehr muskulös – aber ich wusste, diese Arme hatten nie einen Pflug niedergedrückt oder an den Seilen eines voll beladenen Schlittens gezogen. Breite Goldarmbänder zierten seine

Handgelenke; ein prachtvoller Goldkragen lag um seinen Hals und bedeckte einen großen Teil seiner Schultern. Durch die Perücke zog sich ein weiterer Goldreif – und es war dieses Zeichen königlicher Herkunft, das meinem Volk die Sprache verschlug. Wir waren an ägyptische Zuchtmeister in unserem Dorf gewöhnt, aber wir konnten uns an keinen Besuch eines ägyptischen Prinzen erinnern.

„Wo", fragte er, dieses Mal auf Akkadisch, der Sprache, die von den meisten Sklaven im Schwarzen Land gesprochen wurde, „ist die Frau, die mit der Dienerin der Königlichen Gemahlin gesprochen hat?"

Er sprach zögernd, die Augenbrauen zusammengezogen, und ich vermutete, dass unsere Zurückhaltung ihn verblüffte. Die schlanke kuschitische Sklavin neben ihm erzitterte, als eine Brise vom Schilf herwehte und die Schleier auf unseren Rücken ergriff. Dann begegneten sich unsere Blicke.

Da ich wusste, sie würde gleich auf mich zeigen, trat ich vor und hob den Blick zu dem Mann. Und dann blickte Mose, Sohn meiner Eltern, mich stirnrunzelnd an und fragte nach meinem Namen.

„Man nennt mich Miryam." Ich hielt seinem Blick stand. „Tochter von Amram und Yokheved, aus dem Stamme Levi. Schwester von Aharon, der in diesem Dorf wohnt."

„Ich habe dich nicht nach deiner ganzen Ahnenreihe gefragt, sondern nur nach deinem Namen." Seine Mundwinkel zogen sich nach oben, als amüsiere er sich über seine Antwort, aber ich konnte in seiner Erwiderung nichts Lustiges entdecken. Ich verschränkte die Arme vor meiner Brust und funkelte den Thronräuber wütend an.

Er öffnete den Mund, um eine weitere ironische Bemerkung zu machen, doch dann überlegte er es sich offensichtlich anders. Er sah sich in dem Kreis der Lauscher um und deutete zum Flussufer hinüber. „Können wir dorthin gehen und allein miteinander sprechen?"

Ungewollt traten mir Tränen in die Augen. Warum hatte er zum Fluss gedeutet? Vermutlich, weil er nicht wusste, welches Haus meines war. Vielleicht wollte er sich sein Gewand auch nicht schmutzig machen, indem er sich in einer der Lehmhütten auf den Boden setzte. Aber warum der Fluss? War es möglich, dass er sich irgendwie an die Zeit erinnerte, als ich in diesem Schilf gestanden und auf ihn aufgepasst hatte?

Mit schnellen Schritten, damit er meine Tränen nicht bemerkte, ging ich zum Fluss. Ich sah ihn nicht an, doch sein Schatten auf dem Sand zeigte mir, dass er einen Augenblick zögerte, mir dann aber eilig nachkam. Die kuschitische Sklavin folgte in angemessenem Abstand. Am Flussufer blieb ich stehen, dann drehte ich mich steif und mit verschränkten Armen zu ihm um.

„Warum die Eile?“, keuchte er, obwohl er mich mit seinen langen Beinen leicht eingeholt hatte.

Ich gab sein Stirnrunzeln zurück. „Warum willst du dich einmischen?“

„Gut gefragt.“ Er stellte sich breitbeinig hin und stemmte die Hände in die Hüften. „Erzähle mir von der Frau, die von dem Ägypter belästigt wurde. Gib mir Namen, und ich werde mich um diese Angelegenheit kümmern.“

Das war der Augenblick, als ich zu seinen Füßen ausspuckte. Ich weiß nicht, warum ich das getan habe; vielleicht hatte ich gehofft, er würde etwas anbieten, das mehr war als große Gesten und nutzlose Versprechen. Immerhin war er einer von uns. Und obwohl ich dies im Augenblick nicht glauben konnte, hörte ich noch immer, wie meine Mutter mir versicherte, der Gott Avrahams, Yitzhaks und Yaakovs hätte diesen Mose, ihren Sohn, auf wundersame Weise zu unserer Rettung bewahrt.

Mit dieser Versicherung auf den Lippen war sie gestorben.

Aber der Mann, der da vor mir stand, war so ägyptisch wie der Obelisk, der die Grenze unseres Dorfes markierte. Er war kein Erlöser. Er trug kein Schwert bei sich, um uns zu befreien, keinen Schild, um uns zu verteidigen. Zwar steckte ein Dolch in seinem Gürtel, doch er hatte ihn nicht geschärft, um für unsere Sache einzutreten. Er würde sich wie alle anderen Ägypter verhalten, wie die Aufseher, die so taten, als würden sie unsere Bittgesuche vor den Pharao bringen – und dann sofort vergaßen, dass wir Menschen waren, keine Tiere.

Die Spucke war kaum über meine Lippen gekommen, als sein Gesicht rot anlief. Ich wappnete mich für den Schlag, der bestimmt folgen würde, aber er erhob nicht die Hand gegen mich. Während ich dastand und meinen Willen seinem entgegenhielt, sprach er mich an, und seine Stimme klang verletzt. „Warum hasst du mich?“

Ich traute meinen Ohren nicht. Hin- und hergerissen zwischen Lachen und Tränen, verschluckte ich mich buchstäblich an meinen Gefühlen. Und während ich am Flussufer stand, vorgebeugt und hustend, trat der ägyptische Prinz vor und klopfte mir auf den Rücken. Ich wirbelte herum. „Fass mich nicht an!“

Er hob ergeben die Hände. „Du hast dich verschluckt.“

„Ich brauche deine Hilfe nicht.“

„Und doch bin ich hier, um sie zu gewähren.“

Diese ruhige Antwort und die Tatsache, dass er mich nicht wegen meines unverschämten Verhaltens geschlagen hatte, ließen meinen Zorn verpuffen. Und in diesem Augenblick beschloss ich, seine Aufrichtigkeit auf die Probe zu stellen.

Ich sah ihn an und bemerkte, wie sich sein Blick verengte, während er mich abschätzend ansah. Dann senkte ich in einem abrupten Nicken das Kinn. „Komm, ich will dich mit der Frau und dem Mann bekannt machen, denen Unrecht geschah.“ Ich drehte mich um und führte ihn zurück ins Dorf.

Schweigen senkte sich auf die Menge, als wir näher kamen, aber ich zögerte nicht. Ich marschierte geradewegs zu dem Haus, in dem das Unrecht geschehen war, und riss die Tür auf. Dathan, der Mann, trat vor und seine Frau, Rivka, stand in der Ecke am Fenster. Ihre Wangen waren sichtbar gerötet.

In stummer Erwartung blieben wir stehen, während Mose seine Hand der kuschitischen Sklavin entgegenstreckte. Sie nahm eine Papyrusrolle aus dem Beutel an ihrer Seite und reichte sie ihm. Dann trat sie schnell einen halben Schritt zurück.

„Ich weiß, du kannst dies nicht lesen", sagte Mose, als er Dathan die Rolle reichte, „aber morgen früh musst du es dem Aufseher geben, der dir und deiner Frau Unrecht getan hat. Dies ist der Befehl an ihn, sich vor dem Kommandeur der Amun-Armee des Pharaos zu verantworten. Wenn er sich meldet, wird der Gerechtigkeit Genüge getan werden."

Mose hatte vielleicht erwartet, dass der Mann in Tränen der Dankbarkeit ausbrechen würde, aber die Reaktion meines Cousins war genauso unhöflich wie meine.

„Pah!" Dathan schob den Papyrus weg und stieß einen Schwall ägyptischer Flüche aus. „Was kannst du uns schon nützen, du Betrüger? Weißt du denn nicht, dass nur ein Wunder dich über deine hebräischen Verwandten erhoben hat? Falls es Gerechtigkeit auf dieser Welt gäbe, würdest du mit uns im Lehm schwitzen oder tot sein, gebrochen unter der grausamen Peitsche von Pharaos Zuchtmeistern!"

Nicht einmal ich hatte den Mut gehabt, ihm die Wahrheit so brutal entgegenzuschleudern. Erschrocken blinzelte ich hinauf zu meinem Bruder und bemerkte, wie Erstaunen, Zorn und Unverständnis über seine Züge huschten. Einen Augenblick lang dachte ich, er würde Dathan für seinen unbeherrschten Ausbruch schlagen ... dann wandte Mose den Blick ab, in seine Augen trat ein Schmerz, so groß, dass etwas in mir verkümmerte. Er sah mich erneut an, dann packte er meine Schultern so fest, dass es wehtat. In diesem Augenblick weiteten sich seine Augen, als hätte er zum ersten Mal bemerkt, dass er ebenso gut in einen Spiegel hätte blicken können wie in mein Gesicht.

Er schrie laut auf und ließ mich so plötzlich los, dass ich hinfiel. Daraufhin rannte Mose, der Ägypter, aus unserem Dorf. Die kuschitische Zofe eilte hinter ihm her und rief schwach seinen Namen, während ich überlegte, wie man sich wohl fühlen musste, wenn die eigene Welt in einem Augenblick auf den Kopf gestellt wurde.

Ich hatte beinahe Mitleid mit ihm.

MERYTAMON

Ohne dass man mir etwas erzählte, wusste ich Bescheid. Nema kehrte ohne Mose in meine Gemächer zurück, und ein Blick in ihr Gesicht offenbarte mir, dass genau das Ereignis eingetreten war, das ich 40 Jahre lang gefürchtet hatte – Mose hatte die Wahrheit über seine Herkunft erfahren. Und leider nicht von mir.

Ich umklammerte die geschnitzten Pfosten meines Bettes, ließ mich auf die Kante sinken und wusste, dass Mose mich nun bestimmt hassen würde. Er würde denken, ich hätte ihn getäuscht, und stimmte das nicht auch? Ich hatte meinen Sohn und meinen Mann belogen. Ich hatte meinen Vater und meine einzige Liebe verspottet. Meine Entscheidung würde mein Kind zerstören ... und das, was von meinem Leben noch übrig war.

Re war bereits hinter den Bergen im Westen verschwunden, als Mose zurückkehrte. Ich hörte das Schlagen der schweren Tür zum Eingang zu unseren Gemächern, aber er kam nicht zu mir. Ich wartete in bedrückter Stille, und schließlich erhob ich mich und fand ihn im Audienzraum. Sein Gesicht war ausdruckslos und starr.

Er sah nicht auf, so setzte ich mich wortlos auf einen Stuhl. Keiner von uns sprach. Obwohl ich voll angekleidet war, fühlte ich mich nackt und ausgeliefert ... und beschämt.

„Hättest du es mir wohl jemals erzählt?" Seine Stimme war höflich, aber ich hörte den Zorn darin. „Oder hättest du zugelassen, dass ich mich auch weiterhin für den Sohn eines

Gottes halte, ja selbst für einen Gott? Ich bin kein goldener Sohn der Isis. Ich bin ein Sohn des Staubes!“

Obgleich mein Herz weinte, brachte ich eine Zeit lang keinen Ton heraus. In stummem Flehen streckte ich ihm die Hand entgegen. „Du bist kein Staub, Mose.“ Meine Stimme klang dünn. „Du bist Gold, so wie die ersten Strahlen Res. Wenn du Staub bist, dann bin ich es auch, denn du bist der Sohn meines Herzens, ein Prinz, genauso edel wie jeder Prinz, der je gelebt und geatmet hat im Schönen Land –“

„Ich bin nicht der Sohn des Pharaos.“ Mose hob die Hände und betrachtete sie, als hätte er sie noch nie gesehen. „Ich bin mit ihm auf die Jagd gegangen, habe mit ihm angebetet, bin in seinem Wagen gefahren. Wir haben zusammen gelacht, geblutet, gegessen, und jetzt sagst du mir, dass er mir nichts ist – oder vielmehr, dass ich für ihn nichts weiter bin als ein Sklave.“

„Er ist dein Vater, Mose.“ Die Worte schmeckten wie Galle, trotzdem zwang ich sie heraus. „Vielleicht nicht dein leiblicher Vater, nicht nach Fleisch und Blut, aber trotzdem ein Vater. Er hat dich anerkannt. Er liebt dich. Er steht kurz davor, dich zu seinem Erben zu machen –“

„Nur, weil er einer Lüge Glauben schenkt.“ Er sah mich leicht verwirrt an, dann fand er den Mut, die Frage zu stellen, die ihm auf der Seele brannte. „Warum hast du es getan?“

Ich senkte den Blick; die Frage erforderte eine durchdachte Antwort. Wie konnte ich das selbst nach 40 Jahren erklären? Die Ängste, die mich in meiner Jugend gequält hatten, erschienen mir jetzt töricht. Meine Kinderlosigkeit, meine Schüchternheit vor dem Pharao, meine Furcht davor, das Bett des Pharaos zu teilen, um ihm einen Sohn zu schenken – was zählten diese Dinge nun, da Pharao mehr als 90 Söhne, 60 Töchter und 200 Frauen hatte? Und wie erklärt man mütterliche Liebe einem Mann, der nie geheiratet oder ein Kind geliebt hat?

Mein Blick hing an seinen Augen. Verzweifelt bemühte ich mich, seine Reaktion zu entschlüsseln. „Ich wollte mein Leben teilen. Ich wollte deines teilen. Geboren durch die Liebe der Frau, die dich auf die Welt gebracht hat, und des unsichtbaren Gottes, der dich in ihrer Obhut beschützt hat, hat der Fluss dich in meine Arme geführt."

Mit möglichst ruhiger Stimme erzählte ich ihm von seiner Mutter Jochebed, seinem Vater Amram und seiner Schwester Miriam, die vor Jahren über ihn gewacht und Nema heute auf dem Marktplatz angesprochen hatte. Ich erzählte ihm, was ich von seinem Volk wusste – dass in den alten Texten von ihrer Ankunft während einer vorhergehenden Dynastie berichtet wurde und dass einer von ihnen einem der mächtigsten Pharaonen Ägyptens als Wesir gedient hatte. Doch dann wurde dieses Volk so zahlreich, und die Könige Ägyptens befürchteten, sie könnten sich mit den Feinden Ägyptens verbünden und die Einheimischen von dem fruchtbaren Land vertreiben. Und da war noch die Sache mit Ramses' Traum ...

„Mein Vater hat also versucht, den Geist deines Volkes durch harte Arbeit zu brechen. Als das misslang, versuchte er, alle neugeborenen Jungen unmittelbar nach der Geburt zu töten. Als auch dies misslang, versuchte er dafür zu sorgen, dass alle männlichen Kinder der Hebräer in den Hap-Ur geworfen wurden –"

„Und das ist der Grund, warum du dem Pharao nie die Wahrheit gesagt hast." Moses Augen funkelten berechnend, als er mich im flackernden Lampenlicht betrachtete. „Denn er hätte niemals den Sohn eines Hebräers akzeptiert."

„Ich weiß nicht, was Pharao getan hätte, wenn ich ihm die ganze Geschichte erzählt hätte", erwiderte ich aufrichtig. „Wer kann in das Herz des Königs sehen? Aber ich wusste, ich konnte es nicht riskieren, so wie auch du es jetzt nicht riskieren kannst, die Wahrheit zu sagen. Was immer du tust, erzähle dem Pharao nicht, was du heute erfahren hast. Die

Hebräer werden Stillschweigen bewahren; sie schweigen seit Jahren. Halte dich von ihnen fern und vergiss die Probleme dieser Menschen. Du bist ein Prinz, Mose; du bist ein Kommandeur der Armee des Pharaos. Du wirst hoch geschätzt und Pharao selbst betrachtet dich als seinen begünstigten Sohn."

„Aber ich bin nicht göttlicher Herkunft." Er sprach das Wort aus, als käme es aus einer fremden Sprache mit ungewohnten Lauten.

Ich zwang ein Lachen über meine Lippen. „Natürlich bist du das. Alle Kinder des Pharaos sind göttlicher Abstammung. Wir sind alle goldene Schöpfungen von Khnum, dem Töpfer, auf die Erde gesetzt, um seine Absichten zu erfüllen, um die Prinzipien von Ma'at zu bewahren."

Er sah mich nicht an. Verzweifelt streckte ich die Hand aus und ergriff seine, hielt sie zärtlich fest. „Vergib mir, Mose, dass ich dir die Wahrheit nicht früher erzählt habe. Ich habe den Pharao belogen, aber ich habe dein Leben erhalten und die böse Göttin besiegt, die mich seit Jahren verfolgt. Nephthys war eifersüchtig, weißt du, auf die große Liebe zwischen meiner Mutter und meinem Vater, darum hat sie mir meinen Schoß gestohlen, sie hat mir meine Mutter gestohlen, und sie hätte auch dich gestohlen, wenn ich sie nicht besiegt hätte. Vielleicht verstehst du das nicht, aber ich weiß, ich habe das Richtige getan, denn als Nephthys versuchte, uns erneut anzugreifen, habe ich zu dem unsichtbaren Gott der Hebräer gebetet, der dich im Fluss bewahrt hat. Und du wurdest gerettet."

Moses Augen, die immer so strahlend und lebendig wirkten, sahen mich traurig an, dann senkte er den Blick. „Ist es richtig, Unrecht zu tun, um ... Recht zu tun?"

Ich schwankte in der Stille, dann verließ mich die Macht der Sprache, als er mir entschlossen seine Hand entzog, sich erhob und den Raum verließ. Ich hatte keine Antworten und keine weiteren Entschuldigungen. Vor Jahren hatte ich die Entscheidung zum Betrug getroffen, und an diesem

Abend hatte ich begonnen, den Preis für mein Unrecht zu bezahlen.

Nephthys war aus ihrer Lethargie erwacht und schlug an der Stelle zu, an der ich besonders verletzlich war. Doch dieses Mal stand mir kein Priester zur Seite, hatte ich keine Mutter, die mich beraten konnte. Und es war so lange her, dass ich das letzte Mal über den namenlosen Gott der Hebräer auch nur nachgedacht hatte, dass er meine schwache Stimme vermutlich nicht erkennen würde.

Vermutlich würde ich meine Rebellion gegen die Götter mit der Liebe meines Sohnes bezahlen ... aber ich würde beten müssen, dass meine Dummheit uns beide nicht das Leben kostete.

MIRYAM

Mose kam wieder. Als er das erste Mal am Rand unseres Dorfes erschien, stockte mir vor Verblüffung der Atem. Ich hatte mir eingeredet, der hochmütige ägyptische Prinz würde zu dem Schluss kommen, seine Begegnung mit uns sei ein Fehler gewesen, ein unheilvolles Omen, und darum würde er nie wieder in Reichweite unseres Dorfes auftauchen. Bei seinem zweiten Besuch sprach er kein Wort, sondern lungerte am Rande unseres Dorfes herum wie ein schüchterner Jugendlicher, der sich nicht traut, ein hübsches Mädchen anzusprechen; dann zog er sich in die Sümpfe zurück.

Doch am folgenden Tag kam er wieder. Dieses Mal marschierte er mutig in die Mitte unserer Siedlung und blieb neben der Feuerstelle stehen. Die Frauen, die sich normalerweise dort trafen, stoben auseinander. Er kam zur Mittagszeit, als die Männer bei der Arbeit waren, und nach einer Weile unbehaglichen Schweigens wurde dem Prinzen klar, dass er uns zum falschen Zeitpunkt aufgesucht hatte.

Anständige Frauen sprachen nicht mit fremden Männern, wenn ihre Männer und Brüder nicht dabei waren.

Doch ich benehme mich nicht immer wie eine anständige Frau.

Er wandte sich um und wollte gehen. Ich ging mit einem Wasserkrug auf der Schulter zu ihm hin. Zu seinen Füßen ließ ich ihn zu Boden, blickte ihn herausfordernd an und sagte auf Akkadisch: „Möchtest du einen Schluck Wasser, Mose, der Ägypter?"

Er sah mich an und seine Augen nahmen hungrig alle Details meines Gesichtes in sich auf. „Du bist Miryam."

„Das stimmt."

„Du bist meine Schwester."

„Darüber lässt sich streiten."

Ich füllte die kleineren Behälter, die neben dem Feuer standen, aus meinem Wasserkrug. Sehr zu meinem Erstaunen hob Mose den schweren Krug hoch und erleichterte mir meine Arbeit.

„Deine Eltern leben noch?"

„Beide sind tot. Aber ich habe einen Bruder, Aharon."

Seine Augenbrauen schossen bis zum Rand seiner Perücke hoch. „Ich habe einen Bruder, der noch am Leben ist?"

„Mein Bruder gehört zu dem Bautrupp, der am südlichen Ende der Stadt arbeitet. Jeden Tag muss er zweitausend Ziegel machen, sonst wird er bestraft."

Ich fürchtete, Mose würde den Krug fallen lassen, doch nach einem Augenblick des Zögerns stellte er ihn auf dem Boden ab.

„Kannst du mich zur Baustelle bringen? Ich würde gern unseren Bruder kennenlernen ... aber ich bin nicht sicher, ob er mit mir sprechen wird, wenn ich allein gehe."

Ich hob den leeren Krug auf meine Hüfte und betrachtete Mose eingehend. Dieser von der Sonne gebräunte Mann von 40 Jahren war kein Jugendlicher mehr, aber ganz bestimmt zeigte sich jugendliche Begeisterung in seinen Augen. Ich konnte keine Spur von Verschlagenheit erkennen, nur einen verzweifelten Eifer.

„Warum willst du das tun? Du bist ein Prinz von Ägypten; du solltest in deinem Palast bleiben."

Mose biss die Zähne zusammen und starrte eine Weile zum Horizont, dann ergriff er das Wort. „Vielleicht habe ich viel zu lange im Palast gelebt. Hast du dir niemals die Frage gestellt, warum die Götter dir das Leben gegeben haben? Jahrelang habe ich mich gefragt, warum ich hier bin. Und jetzt würde ich gern wissen, ob ich deinem Volk helfen soll oder nicht."

„Mein Volk", erwiderte ich kalt, „braucht dich nicht. Wir brauchen Ägypten nicht, wir brauchen keine Prinzen, wir brauchen den Pharao und seine Götter nicht ..."

Meine Worte verklangen, während mein Zorn verrauchte. In Wahrheit brauchten wir nichts so sehr wie einen Befreier, und wer war ich zu wissen, ob dieser Mose uns befreien würde? Er verfügte über Reichtum und Einfluss beim König, und ich selbst war Zeuge gewesen, wie er auf wundersame Weise als Kind gerettet worden war.

Unser Gott, sagte mein Vater früher immer, *wirkt auf geheimnisvolle Weise.*

„Komm." Ich deutete mit dem Kinn zu dem ausgetretenen Pfad, der uns nach Pi-Ramses führte. „Ich kann dir nicht versprechen, dass Aharon mit dir spricht, aber ich bringe dich zur Baustelle."

Wir machten uns gemeinsam auf den Weg und die Stille wurde nur durch das leise Knarren seiner Sandalen unterbrochen. Er sah sich um, und ich vermute, dass der mächtige Prinz noch nie zu Fuß über die unebenen Pfade gegangen war, die in die königliche Stadt führten. Es waren die Seitenwege durch sumpfiges Weideland und stehende Teiche, die selbst in der erdrückenden Hitze dieser Jahreszeit der Dürre Wasser führten.

Eine Verwandte erregte meine Aufmerksamkeit. Sie mühte sich damit ab, ein schweres Joch über den Kopf eines

Ochsen zu legen, aber das eigensinnige Tier versteifte den Nacken und hielt seinen Kopf hoch erhoben, sodass sie es nicht schaffte.

Mose deutete mit der Hand zum Dorf hinüber. „Kommt denn keiner der Männer, um ihr zu helfen?"

Ich hielt meinen Schleier fest, den der heiße Wind mir vom Kopf zu reißen drohte. „Unsere Männer arbeiten von früh bis spät für den Pharao. Die Frauen arbeiten, wo immer sie können. Pharao gibt unseren Männern eine kleine Portion Reis als Lohn für ihre Arbeit, für alles andere müssen die Frauen sorgen."

Ich hatte angenommen, dass Mose über Pharaos Sklavenheer Bescheid wusste, aber offensichtlich war dies nicht der Fall. „Unsere Männer arbeiten nicht für Lohn, sondern um ihr Leben. Wenn sie ihre tägliche Quote an Ziegeln nicht erreichen, werden sie geschlagen." Auf einmal krampfte sich mein Herz so fest zusammen, dass ich kaum noch Luft bekam. Doch ich zwang die Worte heraus. „Viele unserer Männer sind unter ihren Schlägen gestorben."

Dazu gehörte auch *mein* Mann ... aber von meinem Schmerz brauchte Mose nichts zu erfahren.

„Bestimmt irrst du dich." Er sah zu mir hinüber, als suche er nach Anzeichen von Übertreibung in meinem Gesicht. „Die Diener des Pharaos werden immer gut behandelt. Unsere Aufseher achten darauf, dass die Prinzipien der Gerechtigkeit und Güte im ganzen Land eingehalten werden –"

Ich stieß ein bitteres Lachen aus. „Diese Prinzipien sind, wenn sie die Ebene der Sklaven erreichen, reichlich verwässert. Du müsstest in unserem Gebiet leben, dann würdest du es verstehen."

„Ich kenne den König. Er ist gut; seine Gesetze sind gerecht."

„Der Pharao ist böse; seine Gesetze sind korrupt."

Mose blieb abrupt stehen, wandte sich um und blickte mich mit anklagendem Blick an. „Pharaos Name bedeutet

‚Stark im Recht ist Re'. Wie kann ein Mann seinem eigenen Namen nicht gerecht werden?"

„Sprichst du Hebräisch? Nein, natürlich nicht, denn wer würde sich schon die Mühe machen, die Sprache eines geknechteten Volkes zu lernen?"

Der Wind blies mir Sand in die Haare und Augen. „In unserer Sprache", fuhr ich fort, „bedeutet *Ra'a* böse, und *mses* klingt wie das Wort, das ‚hervorbringen' bedeutet. In unseren Ohren ist der König also der, ‚der Böses hervorbringt'." Seine Augen weiteten sich schockiert, darum sprach ich weiter, denn ich wollte meinen Vorteil nicht einbüßen. „Weißt du irgendetwas über die Kinder Israels? Weißt du, wie wir leben oder wie wir organisiert sind?"

Ein dünnes Lächeln trat auf seine Lippen. „Es tut mir leid, dass du mich so unwissend vorfindest."

„Dann lerne, damit du deine Unwissenheit überwindest! Du solltest wissen, dass auf jeden israelitischen Aufseher zehn Sklaven kommen und zehn israelitische Aufseher auf jeden ägyptischen Hauptmann. Dathan, der Mann, dessen Frau angegriffen wurde, ist ein Aufseher und ein Mann von größter Integrität."

Mose nickte. Er nahm meine Worte in sich auf, und als wir uns wieder in Bewegung setzten, versuchte ich ihm die Organisation unserer Dörfer und Stämme zu erklären. Später, als wir an einer Gruppe Arbeiter im Steinbruch vorbeikamen, betrachtete er sie, als hätte er nie gesehen, wie Ziegel geformt werden. Als Israelitin in Ägypten hatte ich kaum etwas anderes gesehen.

Ich deutete auf eine lehmverschmierte Gruppe mit ledernen Lendenschurzen. „Lehm wird mit klein gehacktem Haferstroh vermischt, bis eine dicke Paste entsteht, dann wird die Mischung in die Formen gegossen, die du hier siehst. Die Formen werden umgedreht und weggenommen. Dann bleiben die Ziegel zum Trocknen in der Sonne liegen."

Mose bestätigte meine Vermutungen. „Ich habe noch nie gesehen, wie Ziegel gemacht werden. Der König interessiert sich viel mehr für seine Steinbrüche. Nur gehauene Steine werden für die Monumente und Tempel verwendet."

„Für alles andere werden Ziegel genommen, Prinz von Ägypten", meinte ich trocken und erneut empfand ich Mitleid für diesen Mann.

„Ich weiß, wofür Ziegel verwendet werden. Ich bin ja nicht dumm." Er warf mir einen frustrierten Blick zu, und ich spürte, wie sich ein schiefes Lächeln auf meine Lippen stahl. Sieh an ... der mächtige Prinz von Mizraim hatte auch eine menschliche Seite.

An einer natürlichen Lichtung deutete Mose zum Wasser hinüber. „Bist du durstig?"

Ich schüttelte den Kopf.

„Ich schon."

Ich blieb stehen und er marschierte zum Fluss, kniete nieder und schöpfte mit der Hand Wasser. Nachdem er getrunken hatte, zog er seine Perücke ab und spritzte sich Wasser ins Gesicht und an den Hals. Ich wandte den Blick ab, empfand eine plötzliche Verlegenheit durch diese intimen Momente. Der Mann, der vor mir kniete, war mein Bruder – wenn Gott es anders gewollt hätte, hätte ich hundert Mal gesehen, wie er sich wusch. Noch seltsamer war die Erkenntnis, dass Mose, wie er mit gebeugtem Kopf und ausgestrecktem Arm am Flussufer kniete, mich sehr an Aharon erinnerte.

Die Töne eines Liedes rissen mich aus meinen Gedanken. „Da kommt jemand!"

Mose sah mich an. Das Wasser tropfte ihm noch von der Nase. „Was?"

Ich wartete nicht ab, um meine Worte zu wiederholen, sondern eilte ins hohe Schilf hinter der Lichtung. Sich zu verstecken war ein Reflex, denn keine israelische Frau fühlte sich auf der Straße sicher, und ich rechnete nicht damit, dass Mose mein Leben oder meine Ehre verteidigen würde.

Ich trat in das kühle Wasser und zog mich noch weiter ins Schilf zurück, während ein Wagen über den glatten Sand rollte. Das Pferd wurde langsamer und an der Lichtung hörte der ägyptische Fahrer auf zu singen und brachte das Pferd zum Stehen. Nachdem er abgestiegen war, riss er an einem Lederstück, das an einem Ring hinten an seinem Wagen festgebunden war.

Ich spähte durch das Schilf und sah, dass der Fahrer nicht etwa ein anderes Pferd an der Leine führte, sondern einen israelitischen Sklaven, dessen lange Haare sein Gesicht verdeckten. Der Ägypter band die Lederriemen los, dann zerrte er den taumelnden Sklaven zum Wasser. Als er Mose entdeckte, griff er mit einer Hand in das dunkle Haar des Mannes und zwang den Sklaven in die Knie.

„Heil dir, Prinz von Ägypten“, rief er, doch bevor Mose sich erheben konnte, zog der Mann einen glatten Stock aus seinem Gürtel und fing an, den Israeliten mit einem Zorn zu schlagen, der mich zusammenzucken ließ. Ich legte die Hände auf die Ohren, um die Geräusche und Gerüche männlichen Zornes und Schweißes auszuschalten.

Vielleicht wollte er Mose beeindrucken. Ich bin sicher, er hatte keine Ahnung, auf welchen von Ramses' vielen Söhnen er da gestoßen war, aber von meinem Aussichtspunkt aus war klar, dass er so viele Schläge wie möglich loswerden wollte, bevor der Prinz ihn bat, an diesem Vergnügen teilzuhaben.

Mose überraschte nicht nur den Ägypter, sondern auch mich. Das Schilf versperrte mir den Blick auf die erste Reaktion meines Bruders, aber sein anschließendes Gebrüll verursachte mir eine Gänsehaut. Ich beugte mich vor und vergaß vorübergehend meine eigene Sicherheit. Mir bot sich eine Reihe von Bildern dar, die für immer in meine Erinnerung eingebrannt sein werden – Mose, der mit der Anmut einer Raubkatze aufsprang, um den Ägypter zu schlagen; sein Dolch, der in der blendenden Sonne blitzte; Blut, das auf die glatte Brust meines Bruders spritzte und von dem goldenen Kragen um seinen Hals heruntertropfte.

Mit einem dumpfen Schlag kam der Ägypter auf dem Boden auf. Nach Luft schnappend zog ich mich weiter ins Schilf zurück. Plötzlich hatte ich Angst um mein Leben, meine Sippe und mein Volk. Was für eine Art von Mörder hatten wir hervorgebracht? Wir waren Bauern und Schafhirten, keine blutrünstigen Krieger. Und doch flossen in diesem Mose Gewalt und Mordlust dicht an der Oberfläche, dicht unter dieser glatten Haut, auf die die Ägypter so stolz waren.

Ich presste die Hand auf den Mund und spürte das Brennen von Tränen in meinen Augen. Das Wasser durchweichte mein Gewand; das dünne Kleidungsstück klebte wie ein Blutegel an meinen Beinen, aber ich wagte nicht, mich zu bewegen. Mein Herz schien in dem Augenblick ausgesetzt zu haben, in dem Mose zuschlug; jetzt pochte es schneller als normal, um die ausgesetzten Schläge aufzuholen.

Und mein Bruder? Ich hörte ihn irgendetwas sagen, und einen Augenblick später beobachtete ich, wie der verblüffte Sklave auf dem Weg taumelte, mit losgebundenen Händen und blutigem Rücken. Sein Gesicht verzog sich bei jedem schmerzvollen Schritt, aber ich glaubte nicht, dass er sterben würde.

Der Ägypter jedoch ...

Stille, dick wie Wolle, legte sich um mich. Dann sah ich Mose auf dem Weg. Er suchte etwas. Mich.

Wie ein Kind presste ich die Hände auf die Augen und duckte mich noch tiefer ins Schilf, dankbar, dass mich mein brauner Schleier und mein Gewand tarnen würden. Insekten surrten in den hohen Gräsern, als Mose zu dem Pferd ging und mit der flachen Hand fest auf sein Hinterteil schlug. Das Tier sprang vor und begann den Pfad entlangzulaufen.

Nachdem er sich ein weiteres Mal vorsichtig umgesehen hatte, kniete Mose im weichen Ufersand neben dem Schilf nieder und begann zu graben. Schnell hatte er den Ägypter verscharrt. Mose kehrte zum Wasser zurück, wusch das Blut, den Sand und Schweiß von seinen Händen und seiner Brust, dann rückte er seine Perücke wieder gerade, strich sich über seinen nassen Rock und schob das Kinn vor. Die Sonne ging langsam im Westen unter und die Silhouetten der Palmen hoben sich dunkel vom blutroten Himmel ab. Mose starrte lange auf den karmesinroten Horizont, dann setzte er sich in Bewegung – nicht zu unserem Dorf, er ging nach Pi-Ramses.

Als ich sicher war, dass er fort war, kroch ich aus meinem Versteck und eilte nach Hause.

MERYTAMON

Ein trockener Ostwind ging über die Stadt hinweg. Ich legte mir einen dünnen Schal um die Schultern und machte mich zu Fuß auf die Suche nach meinem Sohn. Mose hatte die Mittagsmahlzeit nicht mit uns zusammen eingenommen, auch war er nicht zum Abendessen in meine Gemächer gekommen. Ich sah ihn nicht jeden Tag, aber an diesem Tag sehnte sich meine Seele nach ihm. Ich wollte wissen, wie groß die Wunden waren, die ich ihm so viele Jahre zuvor zugefügt hatte.

Die Schatten der Stadt hatten sich um die Säulen der Tempel verdichtet, als ich das Tor erreichte. Der Wächter ließ seinen Blick gleichmütig über meine Gestalt gleiten, doch als er das königliche Halsband entdeckte, versteifte er sich.

„Heil dir, Königliche Herrin!"

„Sei gegrüßt." Ich spähte an ihm vorbei, ob ich meinen Sohn entdeckte. „Hauptmann, ich frage mich, ob du unseren geliebten Mose gesehen hast?"

Der Mann versteifte sich noch mehr, falls das überhaupt möglich war. Sein Gesicht wurde rot. „Mose?"

„So ist sein Name." Ich betrachtete ihn eingehend. „Du brauchst mich nicht zu fürchten, Freund. Ich bin seine Mutter und wünsche ihm nichts Böses."

Seine Schultern entspannten sich, als er ausatmete. „Ich sah Mose vor einer kurzen Weile, im Tempel von Amun-Re."

Natürlich. Tanut-Amun, Priester von Amun-Re, war meinem Sohn eher ein Vater gewesen als jeder andere Mann, den Mose kannte.

„Danke, Hauptmann." Ich wandte mich um und ging durch die dunklen Straßen zum Tempel. Ich stieg die Stufen hoch, durchquerte den geräumigen Festhof, der von Säulen gesäumt war. Darüber funkelten die Sterne am Himmel. Der Mond verbarg sein Gesicht hinter einer Wolke, wie ein neugieriger Diener, der durch einen durchsichtigen Vorhang späht.

Ich erschreckte zwei Priester, die Früchte zum Eingang des Säulenganges trugen. Nach einem Blick auf meine königliche Kleidung verzogen sie sich wie gescholtene Hunde. Ich ging stetig weiter ins Herz des Tempels, und der strenge Geruch von Weihrauch drang mir in die Nase, als ich an den stummen Statuen von Ramses vorbeispähte.

Schließlich kam ich in den innersten Hof und dort fand ich meinen Sohn. Er kniete nicht vor dem Götterbild, sondern an der Seite, vor einem leeren Altar, den die Priester bald mit Essen für die Abendmahlzeit der Götter füllen würden. Die Priester im äußeren Hof wurden angesichts der späten Stunde vermutlich zunehmend unruhig, aber sie würden den Sohn des Pharaos nicht bei seinen Gebeten stören.

Ich trat vor und wollte Mose ansprechen, hielt jedoch inne, als ich ihn reden hörte.

„Du bist machtlos, Amun-Re." Seine Stimme war leise, beinahe spöttisch. „Mir wurde beigebracht, dich zu verehren, dich als den Vater des Lebens zu betrachten, doch meine Kraft, so böse sie auch sein mag, ist größer als deine."

Ich erstarrte mitten in der Bewegung. Plötzlicher Schrecken verursachte mir eine Gänsehaut. Was hatte Mose getan?

Wie ein gebrochener Mann beugte er sich vor, seine Hände umklammerten den Rand des leeren Altars. „Bin ich ein Sohn der Götter, Amun-Re? Oder bin ich ein Sohn des Lehms und nur mit dem Sand im Delta verwandt? Werde ich das größte Königreich auf der Erde regieren oder als gemeiner Sklave dienen?"

Ich legte die Finger auf die Lippen. Meine Kehle war wie zugeschnürt.

„Falls es irgendeine Gerechtigkeit auf der Erde gibt", Mose wandte der reglosen Statue das Gesicht zu, „würde ich auf der Stelle tot umfallen! Wenn du Macht hättest, würdest du mir das Leben nehmen! Denn ich bin nicht würdig zu leben oder ein Sohn Ägyptens genannt zu werden!"

Ich konnte nicht mehr länger schweigen. „Mose!" Ich eilte vor, kniete wie ein Bittsteller vor ihm nieder und legte meine zitternden Hände auf seine Schultern. „Mein Sohn, du solltest solche Dinge nicht sagen. Komm nach Hause. Ich werde dir ein gutes Abendessen bereiten und dann werden wir über die Zukunft sprechen. Die Vergangenheit ist vorbei; du musst nicht dabei verweilen. Vergiss die Dinge, die hinter dir liegen, und konzentriere dich auf das Morgen."

In seinen Augen las ich nicht entzifferbare Emotionen. „Tanut-Amun hat mir einmal gesagt, ich solle jeden Tag im Gedenken an den Tod leben."

Ich legte meine Hand an seine Wange. „Ja, mein Liebling, aber er hat das nicht wörtlich gemeint. Komm nach Hause, Mose. Dein Platz ist im Palast –"

„Nicht mehr." Er riss sich von mir los und erhob sich. Ich las Erschöpfung und Schmerz in seinen Gesichtszügen. Im Fackellicht sah man ihm seine 40 Jahre an. In diesem Augenblick fühlte ich mich zum ersten Mal alt.

Wortlos wandte er sich um und ging davon. Ich blieb auf den Knien vor dem Altar liegen.

„Mose!", rief ich. Mir war egal, was die Priester über mich dachten.

Ich bekam keine Antwort, da war nur das geisterhafte Echo meiner Stimme inmitten der Statuen.

In dieser Nacht fand ich keinen Schlaf. Auch am nächsten Morgen an der Feuerstelle war ich noch ziemlich durcheinander. Eines der Kinder zupfte mich an meinem Gewand und deutete zu dem Pfad vom Fluss herauf.

„Er ist wieder da!"

Ich hob den Blick und entdeckte Mose, aufrecht wie immer. Dieses Mal war er früh gekommen, bevor die Männer zu den Ziegelbrennereien aufbrachen. Nur wenige meiner Verwandten grüßten ihn, als sie an ihm vorbeigingen; die meisten betrachteten ihn mit größtem Misstrauen.

Dathan und Elesar jedoch hatten den ägyptischen Prinzen noch nicht bemerkt. Sie standen vor Dathans Haus. Elesar schalt Dathan gerade wegen irgendetwas. Er boxte Dathan in den Arm, und Mose mischte sich in den häuslichen Streit ein, als hätte er jedes Recht, in dieser Angelegenheit zu vermitteln.

„Was tust du da, dass du deinen Nachbarn so schlägst?", fragte Mose Elesar. „Kommt schon, ihr seid Brüder. Warum wollt ihr euch gegenseitig verletzen?"

Verblüfft starrte Elesar Mose an, doch Dathan wandte sich in höchstem Zorn meinem prinzlichen Bruder zu. „Für wen hältst du dich eigentlich? Wer hat dich zu unserem Richter ernannt? Hast du vor, mich zu töten, wie du gestern den Ägypter getötet hast?"

Alles Blut wich aus Moses Gesicht. Er wandte sich langsam um, sein Blick suchte die neugierige Menge ab und hielt inne, als er mich erblickte.

Ich presste die Hand an die Brust. *Nein*, wollte ich ihm sagen, *ich habe keinen Ton gesagt*, aber bevor ich die Worte finden konnte, wirbelte Mose herum und verschwand so plötzlich, wie er gekommen war.

Die Frauen am Feuer begannen zu schnattern wie ein Schwarm Enten. Die Geschichte war natürlich von Zuriel herumerzählt worden, dem Sklaven, den Mose vor dem aufgebrachten Aufseher gerettet hatte. Er hatte die mörderische Tat meines Bruders beobachtet, und obwohl er dankbar war für seine Rettung, wusste er, dass die Aufseher in der Ziegelbrennerei ihn als letzte Person befragen würden, die den ägyptischen Hauptmann lebend gesehen hatte.

„Er hat eine bessere Chance, den Zorn des Pharaos zu überleben, als ich", wiederholte Zuriel vor seinen Vettern. „Es ist besser, er stellt sich dem Pharao, als ein armer Sklave."

„Er ist selbst schuld." Ein verschlagenes Lächeln trat auf Dathans Lippen. „Und er ist zweifellos der Mörder. Beruhige dich, Zuriel, niemand gibt dir die Schuld ... und niemand traut ihm."

Niemand in meinem Dorf schien geneigt zu sein, dem Mann zu vertrauen, der aussah wie ein Hebräer, sich aber wie ein Ägypter kleidete, wie ein Ägypter sprach und ... mordete.

Ich hielt mich aus dem Gespräch heraus und trug meine Gedanken zu dem stillen Haus, das ich einst mit meinen Eltern geteilt hatte. Zum ersten Mal seit Monaten war ich froh, dass sie nicht mehr im Land der Lebenden wohnten.

MERYTAMON

Zwei Wochen vergingen ohne eine Nachricht von Mose. An dem Morgen nach meiner Begegnung im Tempel schickte ich meine Dienerinnen aus, um nach ihm zu suchen, und obwohl sie seine Weinberge und jede Garnison, jeden Stall und jedes Wasserloch, bei dem ein Soldat vielleicht anhielt, um zu essen und zu trinken, absuchten, fanden sie von meinem Sohn keine Spur. Ich schickte Nema sogar noch einmal in das hebräische Dorf, aber die Frauen bewarfen sie mit Steinen und trieben sie davon.

Wir Ägypter waren in der hebräischen Welt nicht willkommen. Hebräer waren im Palast des Pharaos nicht akzeptiert. Was musste mein Sohn empfinden?

Ich konnte nichts essen. Nema versuchte, meinen Appetit mit meinen Lieblingsspeisen und süßen Früchten zu wecken, aber ich fand keinen Gefallen mehr an Nahrung. Mose, das Licht meines Lebens, hatte von meinem Betrug erfahren. Ich hatte den einzigen Menschen, den ich auf dieser Welt liebte, verletzt, und ich wusste nicht, ob ich unsere Beziehung jemals wieder in Ordnung bringen konnte.

In der Stille des Morgens lag ich auf meinem Bett, als Nema hereinkam und mich an der Schulter berührte. „Meine Herrin", flüsterte sie mit zitternder Stimme.

Sofort war ich hellwach. „Gibt es Neuigkeiten von Mose?"

„Nein, Liebliche Herrin. Aber ein Kurier ist hier, um dich in Pharaos Audienzsaal zu führen."

Ich hatte das Gefühl, keine Luft mehr zu bekommen. Pharao hatte mich seit Jahren nicht mehr zu sich gerufen. Manchmal fragte ich mich, ob er überhaupt wusste, dass ich noch am Leben war. Hatte er von Moses Verschwinden gehört? Oder hatte er vor, Mose endlich zum Erben zu bestimmen?

Ich erhob mich von meinem Bett und ging hinaus in das Vorzimmer, wo ein königlicher Wächter und ein Höfling warteten. Nachdem ich ihre Ehrerbietung entgegengenommen hatte, faltete ich die Hände und setzte ein Lächeln auf. „Hat mein Herr und König seinen königlichen Sohn Mose erwähnt? Soll er mich begleiten?"

Der Höfling hob den Kopf. „Tatsächlich, meine Herrin, wünscht der König deinen Sohn zu sehen. Aber wir hatten den Eindruck, dass er nicht hier ist."

„Ihr habt recht; er ist nicht da." Ich zwang mich zu einem Lächeln, dann deutete ich auf eine vergoldete Bank an der Wand. „Bitte nehmt Platz, während ich mich ankleide. Ich werde mich beeilen."

Nema wartete in meinem Ankleidezimmer. Ich saß auf meinem Hocker vor dem Kosmetiktablett und senkte die Augenlider, während sie meine Augen mit breiten schwarzen Strichen bemalte, eine gute Tarnung der Falten meiner 54 Jahre. Als ich die Augen öffnete, sah ich, dass ihre Hände zitterten.

„Suche mir etwas zum Anziehen heraus." Ich nahm ihr den Alabasterstab aus der Hand. „Ich werde mein Gesicht selbst fertig schminken."

Ich verteilte den Malachitstaub auf meinen Augenlidern, während sie meine Zederntruhe durchsuchte; schließlich holte sie das bemalte Leinengewand hervor, das ich vor Kurzem zurückgewiesen hatte. „Das hier?"

Ich sah es an. Die gemalten Muster machten den zarten Stoff undurchsichtig und das war gut. Eine Frau in meinem Alter konnte in der Gegenwart eines Königs kein durchsichtiges Gewand mehr tragen.

„Das wird gehen." Ich wandte mich dem Schrank zu, auf dem sechs meiner Perücken auf Ständern hingen, und deutete auf eine, bei der Menschenhaar in einem Zopf um ein königliches Diadem geflochten war. „Und diese Perücke. Was immer der Pharao vorhat, ich muss jeden Zoll wie eine Königin aussehen."

Dieser Tag würde gute Neuigkeiten bringen, redete ich mir ein. Immerhin war die Enthüllung über Moses Herkunft persönlicher Natur, und ganz bestimmt würde er diese Geschichte nicht verbreiten. Auch die Hebräer würden mein Geheimnis nicht verraten, denn Miriams ganzes Dorf profitierte vermutlich von meinen monatlichen Zahlungen.

Warum fürchtete ich diese Begegnung? Der Tag würde bestimmt gute Neuigkeiten bringen. Immerhin hatte sich Mose in Pharaos Dienst verdient gemacht. Er war 40 Jahre alt und mehr als bereit für die Aufgabe, ein Königreich zu führen.

Nema schien meinen Gedankengängen gefolgt zu sein. „Pharao kann von der Begegnung mit den Hebräern nichts erfahren haben." Sie zog mir das Gewand über den Kopf. „Der König beschäftigt sich nicht mit solchen unwichtigen Angelegenheiten."

„Nein, das tut er nicht."

„Und die Hebräer – wer hört schon auf sie? Selbst wenn diese Miriam und ihr Bruder die Geschichte von den Klippen verkünden würden, niemand würde ihnen zuhören. Die Ergüsse der Hebräer sind genauso unsinnig wie ihre Gebete an einen Gott, den sie nicht beim Namen nennen können."

„Natürlich hast du recht. Pharao möchte Mose bestimmt ehren. Ich hoffe nur, dass die Männer des Königs ihn bald finden."

Nema kleidete mich so geschmackvoll wie möglich an, dann erhob ich mich und blieb in der Tür stehen, um noch einmal tief durchzuatmen. Mein Blick fiel auf den Schrein in der Ecke meines Ankleidezimmers, wo duftende Blumenketten die Statuen von Amun und Khnum schmückten. Meine Opfer für sie waren vergeblich gewesen, denn Mose war noch nicht zurückgekehrt. Nephthys hatte sich erneut gegen mich gestellt, aber ich würde mich ihr mit aller Macht widersetzen und sie erneut besiegen. Ich war die goldene Tochter des göttlichen Pharaos und auch ich verfügte über Macht.

Meine Gedanken wanderten zu dem namenlosen Gott, den ich nicht um Nachricht von dem verschollenen Mose angefleht hatte. Ihm hatte ich nie ein Opfer gebracht, nie ein einziges Lied zu seinem Lob gesungen. Vielleicht wäre es klug, ein Gebet zu sprechen, nur für den Fall ...

Ich schüttelte den Gedanken ab. Ich würde ihn nicht brauchen, denn dieser Tag würde gute Neuigkeiten bringen, keine schlechten. Mose würde sich bald von seinem Schock erholen und sein Schicksal als Herr eines mächtigen Königreiches erfüllen. Die Götter hatten ihn zur Größe bestimmt; er konnte sich nicht mit weniger zufrieden geben.

Ich gürtete mich mit Mut und trat hinaus zu den Männern, die mich zum Pharao geleiten würden, meinem Mann, Vater und König.

Mein Herz klopfte wie der unerbittliche Schlag der Trommel, als ich in den Audienzsaal des Königs in Pi-Ramses eintrat. Ich hatte den Raum seit Jahren nicht mehr betreten, doch es hatte sich nur wenig verändert. Wie üblich belagerten Mengen von Schmeichlern die Tür; wie üblich säumten nubische Wächter ernst und wachsam den Weg zum König und unterstrichen die vorherrschenden Farben von Weiß und Gold mit ihren ebenholzfarbenen Körpern und dunklen Speeren. Eine verwirrende Fülle von Düften drang mir in die Nase – der Geruch von schwerem Parfüm, das in Schmelzkegeln aus Fett auf den Perücken der Frauen getragen wurde, süßer Weihrauch, der in den vier Ecken des Raumes brannte, und der würzige Duft von Kränzen aus Lotusblüten um die Hälse der Adeligen, die auf die Gunst des Königs warteten.

Offensichtlich wurde ich erwartet, denn die Menge in der Tür teilte sich und ließ mich durch. Obwohl ich versuchte, nicht in die Gesichter zu sehen, die sich mir zuwandten, bemerkte ich doch die Neugier in vielen Blicken.

Meine Zuversicht schwand in dem Augenblick, als ich zu Pharao aufsah und seine Begleiter erkannte. Der Priester Rudjek stand zur Rechten des Pharaos und neben dem Priester gewahrte ich Baken-Khonsu.

Das war kein Willkommenskomitee. Das war ein Hinterhalt.

„Mächtiger Pharao." Ich kniete auf dem Boden nieder. „Leben, Kraft und Gesundheit für dich!"

Pharao, der Besucher gewöhnlich mit einstudierter Kühle begrüßte, erhob sich halb von seinem Stuhl und missachtete die traditionellen Begrüßungssätze. „Merytamon, wusstest du, dass dein Sohn einen Aufseher über die hebräischen Sklaven ermordet hat?"

Mein Herz stockte und meine Gedanken wirbelten durcheinander. Mose im Tempel – er war da gewesen, um ein Verbrechen zu gestehen, und ich war zu blind gewesen, um es zu verstehen.

Mein rechter Arm begann zu zittern; ich suchte instinktiv eine Stütze, aber weder Nema noch Mose standen an meiner Seite. Ich kniete nieder, ein zitterndes Bündel aus Perücke, Fleisch und Leinen, und starrte den Mann an, der immer der Mittelpunkt meines Universums gewesen war.

„Bestimmt ist der König falsch informiert worden", flüsterte ich, als ich wieder Luft bekam. „Mose ist kein Mörder."

Ramses, auf dessen Gesicht die Spuren der vergangenen 70 Jahre deutlich zu sehen waren, deutete auf den bösartigen kleinen Schreiber. „Dieser Schreiber, Baken-Khonsu, beschäftigt einen Spion in einem hebräischen Dorf. An diesem Morgen hat er erfahren, was die Hebräer schon seit Tagen wissen – dein Sohn Mose hat einen Aufseher des Königs getötet und die Leiche des Mannes im Sand verscharrt. Er hat ein doppeltes Verbrechen begangen und einen Mann in diesem und dem nächsten Leben ermordet, aber sein Vergehen ist ans Licht gekommen! Dafür muss er sterben."

Die Kraft verließ meinen Körper, und nur die schnelle Reaktion eines nubischen Wächters verhinderte, dass ich auf dem Boden zusammensank wie ein Wesen ohne Knochen. Das Böse, das ich erwartet hatte, war durch etwas weit Schlimmeres ersetzt worden.

Die Welt verschwamm mir vor Augen, während ich mich auf die Wache stützte. Ich erhaschte einen Blick auf Baken-Khonsus mürrisches Gesicht. Nephthys triumphierte bestimmt.

„Ich habe auch erfahren", fuhr der König mit vor Zorn erstarrtem Gesicht fort, „dass du, eine Tochter des Pharao, hinsichtlich der Geburt des Kindes gelogen hast! Du hast behauptet, er sei der Sohn eines Gottes, aber er ist nichts weiter als ein Sklave! Du hast eine Schlange ins Große Haus gebracht; du hast einem Mörder gestattet, unter den königlichen Kindern des Gottes zu wohnen, sich mit ihnen zusammen im Umgang mit todbringenden Waffen zu üben –"

„Solange der Pharao lebt!", rief ich und wählte damit den ernstesten Schwur, den ein Ägypter äußern konnte. „Ich wollte nichts Böses!"

Meine Worte fielen wie Steine ins Wasser, verschwanden und hinterließen nichts weiter als kleine Wellen. Pharaos Mund wurde nicht weicher, in seinen Augen las ich keine Zuneigung oder Erinnerung. Stattdessen klammerte sich seine Hand um den Würdestab und Wedel, die Symbole seiner Autorität; dann reckte er den rechten Arm gegen mich aus.

„Du, Merytamon, wirst hiermit in den Frauenpalast in Mi-Wer verbannt und sollst dortbleiben bis an dein Lebensende, fern von dem großen Gott Ägyptens. Und wenn dieser Betrüger, dieser falsche Prinz, gefangen wird, soll er ohne Verzögerung hingerichtet werden. Ich, Ramses, erlasse diesen Befehl, und solange ich lebe, soll dieser Erlass Bestand haben!"

Rudjek gab den Trompetern ein Zeichen. Ihre Fanfare erschütterte die Stille des Thronsaals und sandte einen Angstschauer durch meine Knochen.

„Lasst bekannt werden", rief Pharao mit einer Stimme, die durch den ganzen Saal hallte, „dass Mose, einst bekannt als Prinz von Ägypten, von unserem Anblick, unserem Haus und aus unserem Königreich verbannt ist! Tod ihm, sollte er unsere Schwelle noch einmal übertreten! Sein Besitz soll einem anderen gegeben werden und sein Name soll von den Wänden unserer Tempel, unserer Paläste und unserer Stele hier und im ganzen Land ausgelöscht werden!"

Während die Trompeten erneut bliesen, nahmen die Schreiber schnell ihre Pinsel zur Hand, um diesen Erlass niederzuschreiben. Auf ein Zeichen des zufrieden grinsenden Rudjek hin traten zwei der nubischen Wächter neben mich.

Niemand brauchte mir zu sagen, was zu tun war. Ich erhob mich mit zitternden Beinen und zog mich aus der Gegenwart des göttlichen Königs zurück.

Ich wusste, das war das letzte Mal, dass ich Ramses je zu Gesicht bekommen würde.

Obwohl meines Wissens bisher niemals professionelle Klageweiber beauftragt worden waren, bei einer Verbannung zu trauern, weinten meine Dienerinnen an diesem Abend ebenso eindrucksvoll angesichts unserer bevorstehenden Verbannung nach Mi-Wer. Ich wusste nicht, wie lange man mir gestatten würde, Vorbereitungen für die Reise zu treffen, und, um ehrlich zu sein, das war mir auch egal. Ohne Mose wäre mein Leben in Mi-Wer genauso leer wie in Pi-Ramses; es spielte keine Rolle, wo ich mich aufhielt.

Mein einziges Bestreben war, Mose zu retten. Ich wollte ihn in Sicherheit wissen, doch fürchtete ich, dass er bereits in die Wüste geflohen war. Selbstsüchtig wie ich war, wünschte ich mir, er bliebe so lange in Ägypten, dass ich noch einmal sein Gesicht küssen und mich von ihm verabschieden könnte.

Nachdem ich die anderen Dienerinnen angewiesen hatte, unseren Haushalt zusammenzupacken, fand Nema mich in meinem Schlafzimmer sitzend vor, gequält von Gedanken an meinen Sohn.

Sie sank zu Boden und faltete die Hände in ihrem Schoß. „Vor der Tür zu deinen Gemächern stehen Wächter, aber es gibt einen Dienstbotengang, der in die Haupthalle führt, und ein Fenster an der Westmauer. Wenn du möchtest, könnten wir uns heute Abend davonschleichen. In der Dunkelheit könnten wir zum Dorf der Hebräer gehen und sehen, ob sie Neuigkeiten von Mose haben."

Ich starrte sie ungläubig an. „Wie sollen wir dorthin kommen? Wir bekommen keinen Wagen –"

„Wir könnten ein Pferd nehmen.“ Ihre dunkle Augenbraue zog sich hoch. „Es sei denn, du kannst nicht mehr reiten.“

Ich brachte ein gequältes Lachen zustande. Seit meiner Jugend hatte ich nicht mehr auf einem Pferd gesessen, und die meisten Tiere des Pharaos waren dazu ausgebildet, Wagen zu ziehen, nicht Reiter zu tragen.

„Du kannst es, Liebliche Herrin. Und ich fürchte, es ist der einzige Weg.“

Erstaunt über ihre Fürsorge nahm ich ihre Hand. „Ich kann dich nicht bitten, mich zu begleiten. In der Dunkelheit könnte ein Wächter alles angreifen, was sich bewegt, und ich darf nicht von dir verlangen, dein Leben in Gefahr zu bringen.“

„Mein Leben, Liebliche Herrin, gehört auf immer dir.“

Wir warteten bis zur 12. Stunde, als Re hinter den westlichen Bergen verschwand; dann half Nema mir, eine einfache Perücke und ein unauffälliges Gewand anzulegen. Gemeinsam schlüpften wir durch den Dienstbotengang aus meinen Gemächern. Nema führte mich zu einer Treppe. Wir stiegen sie hoch und fanden uns auf einem Balkon wieder, der um das Innere der Palastmauern herum führte. Wir folgten der Mauer in der Dunkelheit und kamen schließlich zu einem Fenster.

Bei Tageslicht hätte mich die Höhe des Fensters vielleicht erschreckt, aber im trüben Licht der Mondsichel war der Boden unten nicht zu sehen. Aus dem Korb, den Nema bei sich hatte, holte sie ein Seil und band es an der Balkonbrüstung fest. „Dies wird uns beide halten, denke ich.“

Da ich wusste, dass jeder Augenblick zählte, wartete ich, bis sie den Knoten fertig geknüpft hatte, dann packte ich das Seil. Getrieben von reiner Entschlossenheit, stieg ich auf das breite Fenstersims, zog die Knie an die Brust und wandte mich der Nacht zu. Nema warf den Rest Seil aus dem Fenster. Ich sah, wie es in der Dunkelheit verschwand.

Ich legte das Seil zwischen meine Beine, schloss die Augen und konzentrierte mich auf die rauen Fasern in meinen feuchten Händen. „Wir treffen uns unten“, flüsterte ich und lehnte mich hinaus in die Dunkelheit. Meine Arme hatten schon längst die Kraft der Jugend verloren und so glitt ich schmerzlich langsam hinunter. Das Seil brannte in meinen Händen und an der Innenseite meiner Oberschenkel. Meine Beine gaben nach, als ich auf dem Sand aufkam. Lange Zeit bekam ich keine Luft, dann rollte ich mich zur Seite und schob mich aus dem Weg. Innerhalb weniger Augenblicke kauerte Nema, vor Aufregung zitternd, neben mir.

Trotz ihrer Ängste nahm sie meine Hand. „Hier entlang.“ Im Schatten rannten wir zu den königlichen Ställen. Schließlich lehnte Nema mich gegen eine dunkle Wand. „Warte hier!“

So selbstbewusst wie Mose schlüpfte sie durch den Zaun und schlich in eine Box. Von meinem Versteck aus hörte ich das Knarren von Leder und ein metallisches Klirren; schließlich kam Nema mit einem Pferd zurück. Doch um den Hof zu verlassen, musste sie mit dem Tier an drei Wachen vorbei, die beim Schein einer brennenden Fackel ein Spiel spielten.

Einer der Wachen sah auf, als sie in den Schein des Feuers trat. „Halt!“, rief er und schüttelte seine Würfel, „was machst du da?“

Nema warf den Kopf zurück. „Meine Herrin wünscht ihr neues Wagenpferd zu sehen.“

Einer der Wachen erhob sich, die Hand an den Dolch gelegt. „Und welches ist deine Herrin, Sklavin?“

Nema lächelte ihn strahlend an. „Die Königliche Gemahlin Isnofret“, rief sie, während sie unbeirrt weiter auf mich zuging. „Die Mutter von Merneptah.“

Bei ihrer Lüge zuckte ich zusammen, aber der amüsierte Wächter schien das zu akzeptieren. Der größere von ihnen jedoch blieb reglos stehen, den Blick auf Nema gerichtet. „Ich habe noch nie erlebt, dass eine Königliche Gemahlin zu so später Stunde einen solchen Wunsch geäußert hat. Und warum sollte sie ihre Dienerin zum Stall schicken?"

Nema grinste, als wolle sie antworten, aber ein Blick auf ihren zitternden Arm sagte mir, dass ihr die Antworten ausgegangen waren. Ich rannte zum Tor und erreichte es in dem Augenblick, als der große Mann begann, auf Nema zuzugehen.

Sie sah mich an und hielt mir die Zügel hin. „Geh!", rief sie und drehte das Tier zu mir hin.

Ich nahm die Zügel. Während Nema mutig auf den Wachmann zuging, kletterte ich auf einen Aufsteigeblock und sprang auf den Rücken des verwirrten Tieres. Das Wagenpferd scheute unter meinem ungewohnten Gewicht, aber ich grub meine Hand in seine Mähne und trat ihm mit den Fersen in die Flanken, und es rannte los.

Ich hörte einen Schlag, dann den Schrei einer Frau, aber umzudrehen wäre sinnlos gewesen, denn Nema hatte für diese Stunde alles riskiert. Während die anderen Wächter aufgeregt durcheinander schrien, drängte ich das ungebärdige Pferd weiter durch den Hof und vorbei an zwei müden Wächtern, die nicht damit gerechnet hatten, dass ein einsamer Reiter nach Einbruch der Dunkelheit durch die Palasttore preschen würde.

Bevor sie reagieren konnten, spornte ich das Pferd zum Galopp an. Im Licht der Mondsichel ritt ich zur hebräischen Siedlung am Delta und betete, der namenlose Gott der Hebräer möge mich an den richtigen Ort führen.

Als ich das Dorf fand, war der Mond mit dem heller werdenden Himmel verschmolzen. Ich war die ganze Nacht durch die Sümpfe geritten und hatte immer wieder umkehren müssen, wenn ich merkte, dass ich auf dem falschen Weg war. Ich erinnerte mich, dass Miriams Dorf südlich von Pi-Ramses lag, an einem Nebenfluss des Hap-Ur. Ich kam an drei anderen Siedlungen vorbei, erkannte die Anordnung der Hütten jedoch nicht. Schließlich glaubte ich, es wie durch ein Wunder gefunden zu haben.

Ich blieb außerhalb des Kreises der Lehmhütten stehen, führte das Pferd zum Fluss und rutschte von seinem Rücken herunter. Während das Pferd seinen Durst stillte, blieb ich barfuß im seichten Wasser stehen und lehnte mich gegen seine Flanke. Was würde ich meinem Sohn sagen, falls ich ihn hier fand? Würde er noch immer zornig auf mich sein? Würde es ihm etwas ausmachen, dass Pharao uns verbannt hatte?

Wichtiger noch, würde er sich dem Erlass des Königs widersetzen oder würde er genügend Verstand haben zu fliehen?

Doch wo sollte er hin? Falls Mose versuchte, Pi-Ramses oder auch nur Theben zu betreten, würden die Krieger des Königs den Befehl des Königs ausführen, ob sie Mose bei der Garnison, an den Toren oder beim Palast antrafen. Wer immer meinen Sohn tötete, würde Moses Kopf und seine Hände als Beweis für Gehorsam und Loyalität dem König zu Füßen legen.

Aber auch an Ägyptens Grenzen wartete der Tod. Im Westen lag karge Wüste und Wildnis im Osten. Mose würde dort kaum überleben können. Könige hatten ganze Armeen bei Sandstürmen in der Wüste verloren.

Ich blickte nach Osten, wo die Barke Res gerade am rosafarbenen Himmel auftauchte. Ich ließ das Pferd zum Grasen am Flussufer, ging zu einer Lichtung und sank zu Boden. Zitternd vor Kälte und Erschöpfung nahm ich die Perücke von meinem Kopf und fuhr mit den Fingern durch meine ergrauten Haare.

Ich war am Ende meiner Träume angekommen. Anfangs hatte ich Pharao einen Sohn schenken wollen. Später hatte ich mir gewünscht, dass dieser Sohn Ägypten regiere. Jetzt wäre ich zufrieden gewesen zu wissen, dass mein Sohn am Leben bleiben würde.

Aber welcher Gott könnte dieses Gebet erhören? Khnum, Amun und Hapi hatten mich enttäuscht. Jahrelang hatte ich darauf vertraut, dass meine Götter und mein eigenes halbgöttliches Wesen meine kleine Familie beschützen würden, aber in den langen Stunden der vergangenen Nacht hatte ich erkannt, dass schlechte Entscheidungen und blinde Eigensucht meine Seele korrumpiert hatten. Ich hatte meinen Sohn, den Hof und Pharao belogen und die Lüge noch schlimmer gemacht, indem ich mich selbst belogen hatte.

Ich hatte keine Macht. Ich war kein Gott. Ich hatte keine Verbündeten außer einer tapferen kuschitischen Sklavin ... und einer namenlosen Gottheit, die vermutlich zornig auf mich war, weil ich ihre Rolle in Moses Leben ignoriert hatte.

Ich umschlang meine Knie und legte den Kopf auf die Arme. Ich hatte keine Ahnung, wie ich mich einem hebräischen Gott nähern sollte, auch hatte ich kein Opfer, das ich bringen konnte, um ihn milde zu stimmen. Ich hatte nichts weiter anzubieten als ein verwundetes Herz und eine aufrichtige Beichte.

„Zu dir, unsichtbarer Gott der Hebräer, spreche ich dieses Gebet. Vergib mir meine Unaufmerksamkeit und höre diese Bitte von deiner gebrochenen und reuevollen Dienerin."

Ich hielt inne, lauschte auf irgendein Zeichen, aber ich vernahm nichts als den fernen Schrei eines erwachenden Reihers und das Flattern einer Ente, die auf dem Wasser landete.

„Sei bei meinem Sohn Mose", flüsterte ich. „Bewahre ihn, ich bitte dich, und beschütze sein Leben. Denn ich weiß, du hast für ihn größere Dinge im Sinn als den Tod in der Wüste."

Mein Magen krampfte sich zusammen, als ich eine Antwort hörte – nicht die dröhnende Stimme eines Gottes, sondern ein leises, melodisches Summen. Ich hob den Kopf und sah, wie eine verschleierte hebräische Frau zum Fluss kam, einen Korb auf der Hüfte. Ich duckte mich tiefer ins Uferschilf, doch dann stockte mir der Atem, als die Frau im Schilf zu verschwinden schien. So leise es ging, erhob ich mich und bewegte mich auf die Stimmen zu. Dann teilte ich das Schilf und entdeckte die Frau ... mit Mose!

Ich dachte, ich müsste platzen vor Glück.

Mein Sohn starrte mich mit offenem Mund an. „Mutter?"

Plötzlich schlaff vor Erschöpfung sank ich auf den feuchten Boden und flüsterte die Worte, die mir auf der Seele lagen. „Mein Sohn! Du darfst nicht hierbleiben!"

Mose trat vor, nahm mich bei den Schultern und half mir auf. Seine dunklen Augen sahen mich forschend an. „Du bist allein hier?"

Ich nickte. „Ich bin die ganze Nacht hindurch geritten, um diesen Ort zu finden. Pharao schickt mich nach Mi-Wer."

„Warum? Was ist passiert?"

Ich hob die Hand, um sein bärtiges Kinn zu berühren. „Hast du einen Mann getötet?"

Mose blickte die Frau an und in diesem Augenblick erkannte ich sie. Sie war kein dürres Kind mehr, aber die strahlenden Augen und ihr mutiges Auftreten waren noch immer dieselben. Dies war die Schwester, die Mose im Schilf verborgen hatte. Sie hatte ihn erneut versteckt.

Leichter Zorn zeigte sich auf dem Gesicht meines Sohnes. „Ich habe einen anderen Mann verteidigt, denn in Ägypten sollte es keine Ungerechtigkeit geben. Hat nicht der alte Ptahhetep geschrieben: ‚Du sollst weder Mann noch Frau Angst machen, denn dem Gott gefällt das nicht'?"

Ich legte die Hand an die Stirn. „Warum hast du diese Angelegenheit nicht vor den König gebracht? Er weiß nur, dass du einen Mann getötet und die Leiche verscharrt hast."

Miriam nahm einen Laib Brot aus ihrem Korb und reichte ihn Mose, dann sah sie mich an. „In Ägypten gibt es keine Gerechtigkeit. Dein Sohn hat einen bösen Menschen getötet und ein böser Mensch trachtet ihm nach dem Leben. Darum muss Mose fliehen."

„Aber wohin soll er gehen?"

„Ich werde in die Wildnis gehen." Mose wickelte das Brot in seinen Umhang und deutete mit dem Kinn nach Osten. „Ich kenne das Gebiet; wir haben es häufig durchquert, als ich bei den Grenzgarnisonen diente."

„Aber du darfst den Männern des Königs nicht begegnen! Sie werden dich töten!"

Ein schwaches Lächeln flog über das Gesicht meines Sohnes. „Pharao regiert nicht die ganze Welt, Mutter. Ich werde dorthin gehen, wo sich die Menschen nicht vor Ramses neigen."

Er wandte sich an seine Schwester und lächelte sie vorsichtig an. „Danke für deine Freundlichkeit, Miriam."

„Ich werde in meinen Gebeten an dich denken." Ein Hauch von Zärtlichkeit lag in ihrer belegten Stimme. „Möge Gott mit dir sein, Moshe."

Seine Lippen verzogen sich zu einem Lächeln. „Du gibst mir einen neuen Namen?"

Das Gesicht seiner Schwester begann zu strahlen. „Das ist Hebräisch. Es ist wie dein ägyptischer Name, aber anders. Für uns bedeutet er –"

„‚Hervorbringen'", führte Mose ihren Gedanken zu Ende. „Es ist dasselbe Wort, mit dem du Ramses' Namen erklärt hast."

Sie wandte den Blick ab, dann lächelte sie. „Nun, Moshe, möge Gott dich aus allen Schwierigkeiten herausführen." Die Herzlichkeit ihres Lächelns drang bis in ihre Stimme. „Ich hatte schon angefangen zu hoffen, du seist unser Befreier."

„Er kann niemanden befreien, er muss fliehen." Angetrieben von einer Angst, die immer stärker wurde, je höher Re am Morgenhimmel aufstieg, griff ich nach seiner Hand. „Nimm mein Pferd, Mose! Lauf dem Erlass des Königs davon, indem du dich nach Süden wendest; dann flieh über die Grenze. Aber du musst dich beeilen!" Er zog mich in seine Arme und drückte seine Wange an meine. „Bedeutet dies", fragte ich, während ich mich an ihn klammerte, „dass du mir vergeben hast?"

„Du hast mir kein Unrecht getan, Königliche Herrin." Die Stimme versagte ihm, und ich drückte ihn noch einmal, bevor ich ihn losließ. Ich trat zurück und versuchte ihn anzulächeln, aber meine Mundwinkel zitterten bei dem Versuch.

Miriam umarmte er nicht, sondern nickte ihr ernst zu und sah ihr direkt in die Augen. „Ich werde dich nicht vergessen, Schwester."

Unter der ausdruckslosen Oberfläche ihres Gesichts war die Andeutung einer Regung zu erkennen, als versuche eine verborgene Quelle durchzubrechen. Schließlich streckte sie die Hand aus und berührte seinen Arm. „Möge der Gott unserer Väter über uns wachen, solange wir getrennt sind."

Mose schnaubte leise, während er auf das Pferd zuging. „Ich habe keine Verwendung mehr für Götter – ich war selbst einer, weißt du nicht mehr?"

Er nahm die Zügel, sprang aufs Pferd und winkte uns ein letztes Mal zu, bevor er das Pferd nach Süden wendete.

Während er davonritt, stand ich reglos da und hörte, wie mein Herz brach.

MIRYAM

Während Moshe davonritt, sahen die Ägypterin und ich ihm wortlos nach. Wir standen da, zwei Gegnerinnen, verbunden durch einen einzigen Mann, bis der winzige Fleck seiner Gestalt am Horizont verschwand. Dann trat ich einen Schritt zurück und sah die Tochter des Pharaos an. In meinem gestelzten Ägyptisch fragte ich: „Was soll ich für dich tun, Herrin?"

Sie erwiderte meinen fragenden Blick mit Kälte. „Du schuldest mir nichts. Doch ich schulde dir ... Dankbarkeit."

Ihre Antwort verschlug mir für den Augenblick die Sprache, denn ich hatte erwartet, dass sie eine Sänfte fordern würde, eine Mahlzeit und saubere Kleider. Ich wäre nicht erstaunt gewesen, wenn sie von mir die Rückgabe des Silbers verlangt hätte, das sie meiner Familie im Laufe der Jahre geschickt hatte.

Aber mit mehr Würde, als ich in derselben Situation gezeigt hätte, nahm sie ihre Perücke, hob den Saum ihres Gewandes und machte sich in der glühenden Sonne zu Fuß auf den Weg zurück nach Pi-Ramses.

Ich konnte ein leises Lachen nicht unterdrücken. Die hohe und mächtige Königin von Ägypten, Tochter des größten Königs auf Erden, sah aus wie eine von uns ... schmutzverschmiert, dreckig und vollkommen geschlagen. Sie hatte ihre Hoffnungen und Träume auf Moshe gesetzt und verloren.

Aber hatte ich nicht dasselbe getan? Ich hatte meiner Mutter geholfen, Moshe am Leben zu erhalten, weil wir ihn für etwas Besonderes hielten. Und obwohl ich ihn dafür hasste, dass er dem Volk angehörte, das ihn von uns gestohlen hatte, hatte sich in den vergangenen paar Tagen in mir die Hoffnung geregt, er könnte tatsächlich der Schlüssel zu unserer Befreiung sein. Sein Temperament musste gezügelt werden, sein Wissen erweitert, aber durch die Ermordung des Ägypters hatte er zumindest auch eine gewisse Loyalität gezeigt.

Auch ich hatte meine Hoffnungen auf Moshe gesetzt. Und auch ich hatte verloren.

Während ich der davongehenden Merytamon nachsah, erinnerte ich mich an unsere letzte Begegnung. Sie war damals eine junge Frau von 17 Jahren gewesen. Obwohl wir an entgegengesetzten Enden der ägyptischen Gesellschaft lebten, war die Kluft zwischen uns vielleicht gar nicht so breit, wie es schien.

Buch II

MIDIAN

Der Priester des Landes hatte sieben Töchter; die kamen zu dem Brunnen, um die Schafe und Ziegen ihres Vaters zu tränken. Als sie gerade die Tränkrinnen voll Wasser geschöpft hatten, kamen Hirten und drängten sie weg. Mose stand auf und nahm die Mädchen in Schutz. Er legte selbst Hand an beim Tränken der Tiere.

Als die Mädchen nach Hause zu ihrem Vater Reguel kamen, fragte er: „Warum seid ihr heute schon so früh wieder da?“

Sie antworteten: „Ein Ägypter hat uns vor den Hirten in Schutz genommen. Er hat uns beim Tränken geholfen und sogar selbst Wasser geschöpft.“

„Wo ist er?“, fragte Reguel seine Töchter. „Warum habt ihr ihn nicht mitgebracht? Holt ihn! Er soll mit uns essen.“

2. Mose 2,16-20

ZIPPORA

Mein Leben veränderte sich für immer an dem Tag, an dem bei meiner Mutter die Wehen zur Geburt ihres neunten Kindes einsetzten. Als das Baby nicht kommen wollte, ritt mein Bruder los, um die Hebamme zu holen, während mein Vater Opfer darbrachte. Wir Mädchen stellten Bilder der Götter der Geburt um meine Mutter herum, die auf den Ziegeln kauerte; wir verbrannten Weihrauch und sangen jedes Lied nach, das die Hebamme anstimmte, aber umsonst.

Nach zwei Tagen des Leidens legte sich meine Mutter hin und streckte die Hand nach mir aus. Ich nahm ihre Hand, und ich konnte sehen, wie der flackernde Funke des Lebens aus ihren Augen wich. In aller Eile schnitt die Hebamme ihren Bauch auf, um zu sehen, ob das Kind noch am Leben war, aber das kleine Mädchen hatte die weiß-blaue Farbe des Wüstenhimmels am Mittag. Mein Vater hatte versagt, die Hebamme hatte versagt, meine Schwestern und ich hatten versagt.

Ich denke, auch die Götter hatten versagt. Und ich, die ich so fest an sie geglaubt hatte wie an die Liebe meiner Mutter, begann mich zu fragen, ob sie überhaupt irgendwelche Macht besaßen.

Sie, die wie eine warme Brise auf den roten Felsen des Sinai gewesen war, hinterließ einen Mann, Reguel, einen Sohn, Hobab, und sieben Töchter, von denen ich als sechste auf die Welt gekommen war. Meine Mutter war eine schöne, tüchtige Frau gewesen und mein Vater vergoss viele Tränen über ihren Tod. Er begrub sie im Vorgebirge des Sinai und opferte ein Dutzend Ziegen, eine für jeden seiner Hauptgötter, um ihren Übergang in die nächste Welt sicherzustellen.

Mein Vater war Priester im Lande Midian und darum ein

Mann von einiger Bedeutung. Da er wusste, wie man die Götter Kanaans, Ägyptens und Edoms milde stimmte, kamen Wüstenbewohner aus allen Richtungen zu ihm, um seinen Rat zu suchen und ihm Opfergaben zu bringen, die er für sie darbringen sollte. Wegen der Stellung meines Vaters und da Gastfreundschaft Fremden gegenüber ein notwendiger Teil des Lebens in der ungastlichen Wildnis war, ähnelte das Leben bei uns sehr stark dem regen Treiben in einer kleinen Stadt. Ich habe nie in einer Stadt gelebt und schon gar nicht in einem Königreich, aber Kaufleute, die aus dem Schwarzen Land zu uns reisten, versicherten mir, dass mein Vater kein schlechterer Gastgeber sei als jeder Adelige in Ägypten.

Vor dem Tod meiner Mutter hatten meine Schwestern und ich die Aufgabe gehabt, die Herden zu hüten. Aber alles änderte sich, als meine Mutter uns verließ. Plötzlich fielen die Aufgaben des Haushalts meiner ältesten Schwester Noura zu, die nun nicht nur auf meine Schwestern und die Herden aufpassen musste, sondern auch auf die Diener. Sie machte ihre Sache, so gut man es eben von einem 16-jährigen Mädchen erwarten konnte.

Innerhalb weniger Tage hatte Noura meinen Bruder Hobab davon überzeugt, dass es nun zu seinen Aufgaben gehören würde, in der Nähe unseres Lagers zu bleiben, um Besucher zu begrüßen, die zu meinem Vater wollten. Das gefiel Hobab, der beinahe schon den Respekt wittern konnte, der ihm eines Tages entgegengebracht werden würde, falls er die priesterliche Berufung meines Vaters übernahm. Mit 18 fand Hobab, dass er bereit war für eine Ehe und eine eigene Familie, aber ich wusste, er würde unseren Vater nicht verlassen. Wenn er ein zweiter Sohn gewesen wäre, wäre er weggegangen, aber als ältestes Kind und einziger Sohn unter so vielen Mädchen blieb er in unserem Lager und bemühte sich nach Kräften, unserem Vater Freude zu machen.

Obwohl Noura, Taliba und Rima im heiratsfähigen Alter waren, hatte unser Vater die Absicht, sie so lange wie möglich zu Hause zu behalten, glaube ich. Wir besaßen viele Tiere und zwei Sklaven. Er brauchte kein Brautgeld und hegte nicht den Wunsch, sich zu bereichern. Nach Ansicht meines Vaters war Reichtum nicht an Gold oder Ziegen zu messen, sondern an einem guten Ruf. Er erfreute sich an den Menschen, die kamen, um ihn um Rat zu bitten; er schwelgte darin, den Menschen die Wege der Götter zu offenbaren. Obwohl er das niemals zugegeben hätte, denke ich, dass er seine hübschen Töchter als Ergebnis seines Sachverstandes betrachtete. Solange wir in seinem Lager lebten, waren wir der sichtbare Beweis dafür, dass Reguel, der „Freund der Götter", wusste, wie er den Segen der Gottheiten erflehen konnte.

Mein Vater erfreute sich aufrichtig an uns, davon bin ich fest überzeugt. In einer Zeit, wo so viele Männer fern von ihren Frauen aßen, tranken und schliefen, war mein Vater froh, uns am Ende des Tages zu sich rufen zu können. Während er und Hobab auf Teppichen im Innern des Ziegenlederzeltes saßen, tanzten wir Mädchen zur Musik, die uns der blinde Harfner spielte, den mein Vater von einem ägyptischen Händler gekauft hatte. Raja und ich schlossen uns den Zwillingen Hala und Almira an und wirbelten den Staub auf, wenn wir in die Hände klatschend herumsprangen. Taliba, Rima und Noura tanzten häufig mit uns, aber seit die Last der Arbeit auf ihre Schultern gefallen war, gestatteten sie uns jüngeren in der Regel, ihnen die Gunst unseres Vaters zu stehlen.

Raja, deren Name „Hoffnung" bedeutet, war die jüngste. Mit ihren 6 Jahren wusste sie genau, wie sie unseren Vater dazu bringen konnte, jeder ihrer Launen nachzugeben, und das tat sie in der Regel auch.

Ich war 9 und vermutlich die Vorwitzigste von uns. Mein Name bedeutet „kleiner Vogel", aber Taliba sagte immer, ich würde eher einem Geier ähneln, immer kreisend auf Beute aus. Noura schimpfte oft mit mir, weil ich zu vorlaut war, vor allem Männern gegenüber. Aber das war mir egal. Vater schimpfte nie mit mir; er lachte sogar häufig über meine Schlagfertigkeit.

Almira und Hala, die Zwillinge, waren so unzertrennlich, dass ich ernsthaft hoffte, mein Vater würde sie mit demselben Mann verheiraten. Almira, unsere Prinzessin, hatte die anmutige Schönheit unserer Mutter geerbt, während Hala ihrem Namen gerecht wurde, der „flink“ bedeutet. Sie war bei Weitem die beste Tänzerin in unserer Familie und die schnellste Läuferin. Ich habe gesehen, wie sie eine flüchtende Ziege überholte, was nicht einfach ist, vor allem, wenn man ein langes Gewand und einen Schleier trägt.

Rima war 13 und ziemlich blass und mit einer seltsamen Augenfarbe – mehr golden als braun. Die 15-jährige Taliba hätte zu gern lesen gelernt, aber es fehlte an einem Lehrer.

Mein Bruder war ... nun ja, ein Mann – ganz anders als wir und mir ein Rätsel. Ich glaube nicht, dass ihm der Tod unserer Mutter Hobab so viel ausgemacht hat wie uns Mädchen, aber er hatte ihr auch nicht die Haare gebürstet, auf ihre Lieder gehört oder ihr beim Nähen der Gewänder geholfen. Wir waren durch unser Frausein aneinandergebunden, und kein Mann kann die Dinge verstehen, die im Frauenzelt geteilt werden.

Jetzt bin ich der Schatten meiner Mutter. Ich gehe, wo sie gegangen ist, ich trage ihren Schleier und atme ihren Duft ein, ich serviere meinem Vater und meinem Bruder die Abendmahlzeit und geselle mich dann zu meinen Schwestern in unserem Zelt.

Mein Vater lächelt mich an und sagt, er freue sich, dass ich so hart arbeite, aber ich denke auch, dass er traurig ist. Und ich fürchte, keiner von uns wird jemals wieder derselbe sein.

Ich kann nicht den genauen Monat nennen, in dem mein Leben eine andere Richtung einschlug, aber ich erinnere mich sehr gut an den Tag. Nachdem ich Noura den Gefallen getan hatte, Hobab aufzuwecken, kehrte ich ins Frauenzelt zurück, um mein Haar aufzustecken und einen leichten

Wollschal über meinen Kopf zu legen. Noch war es windstill, doch man wusste nie, wann ein plötzlicher Sandsturm die Haut von unseren Gesichtern zu reißen drohte.

Als ich mich meinen Schwestern anschloss, hatten Taliba und Rima die Ziegen bereits aus dem Pferch getrieben. Hala, Almira und Noura versuchten, die Schafe aufzubringen, aber die stinkenden Tiere widerstanden dem Drängen ihrer angespitzten Ruten.

Ich stieß einem eigensinnigen alten Mutterschaf ins Hinterteil. Das Tier blökte protestierend, dann sprang es vor. Das Lamm folgte ihm, und schon bald zog die Herde nach Westen, wo das harte Gras noch immer im Überfluss wuchs. Wir würden an dieser Stelle bleiben, bis das Gras abgefressen war; dann würde mein Vater mit uns zu einer anderen Stelle ziehen.

Wir lebten in einem sich verändernden Land mit riesigen Ebenen, schmalen Tälern, ausgetrockneten Flussbetten und Felsen – vielen Felsen. Die Kalkstein- und Granitfelsen waren so unterschiedlich wie die Gesichter meiner Schwestern, zusammengesetzt aus wundervollen Farben und in den verschiedensten Formen. Mein Vater sagte, Wind und Wasser würden die Steine formen, aber ich stellte mir gern vor, dass einer der Götter heruntergegriffen und sie zwischen seinen Fingern geformt hatte, solange das Land noch jung und nachgiebig war.

Vater sagte, die Ägypter würden unser Land *Mafkat* oder „Land des Kupfers" nennen, aber „Land des Sandes" wäre passender gewesen. Bei uns gab es mehr Sand als alles andere, er durchdrang einfach alles – unsere Kleidung, unsere Körper, unsere Zelte. Ich konnte nicht niesen oder husten, ohne Sand auszustoßen, und als Kind glaubte ich, dass sowohl das Innere wie auch das Äußere meines Körpers von Sand bedeckt sei.

Das Land des Sandes läge vielleicht unter einer Staubschicht verborgen, wäre da nicht der Tau. Regen fiel nur selten, doch wir erlebten im Winter gelegentliche Überflutungen durch heftige Gewitter. Vater versicherte mir, dass die Götter mit Hilfe der Fluten unser Land im Gleichgewicht hielten. Das Flutwasser nährte die duftenden Kräuter und Gräser, die unsere Herden abgrasten, und die Regenfälle füllten die Tümpel der Oasen wieder auf, in denen wir unser Lager aufschlugen.

Raja hüpfte singend hinter uns her, als wir die Herden durch ein trockenes *Wadi*, ein flaches Flussbett, trieben. Ihre helle Stimme schreckte die Vögel auf, die sich über Nacht auf einem seltsam verdrehten Akazienbaum niedergelassen hatten. Wie bei uns anderen auch hing ihr Lederbeutel mit ihrer Mittagsmahlzeit an einem Lederriemen über ihrer Brust und Schulter. Aber im Gegensatz zu uns hatte Raja keine Schleuder und keinen Stab dabei. Da sie noch zu jung war, um den Tieren gegenüber Autorität zu zeigen, fiel ihr die Aufgabe zu, Bienenstöcke und Wasserstellen zu suchen.

An diesem Morgen hatte keine von uns zusätzliches Wasser mitgenommen, denn wir hatten vor, die Herden in der Nähe des Brunnens neben unserem Lager zu weiden. Wasser war ein Luxus in der Wüste, egal woher es kam, aber dieser Brunnen hatte zweifellos auch Nachteile, da die jungen Männer eines edomitischen Stammes, der ganz in der Nähe sein Lager aufgeschlagen hatte, oft ihren Mutwillen mit uns trieben. Zwei Wochen zuvor hatten wir versucht, am Ende des Tages die Herden zu tränken, als eine Gruppe ungebärdiger Jungen gekommen war, um uns zu verspotten. Einer ging sogar so weit, dass er Taliba gegen einen Felsen drückte. Bevor er jedoch ihre Ehre verletzen konnte, warf ich einen großen Stein gegen seinen Turban. Er war so verblüfft, dass Taliba unter seinen Armen hindurchschlüpfen und entkommen konnte. Seit diesem Tag wagten wir nicht, uns dem Brunnen zu nähern, wenn wir irgendwelche Fremden in diesem Gebiet entdeckten.

An diesem Morgen schienen uns die Götter jedoch gewogen zu sein. Wir konnten die Herde nicht nur in Ruhe grasen lassen, sondern Raja hatte auch noch in einem Baumstumpf einen Bienenstock gefunden. Während Hala ein Feuer anzündete, um die Bienen mit dem Rauch zu betäuben, holte Rima die Wabe heraus und steckte sie in einen Lederbeutel.

Im Schatten eines dicken Steines aßen wir Brot und Käse, dann tranken wir unsere Wasserbeutel aus Ziegenleder leer. Raja arbeitete an einem neuen Lied über Bienen, die in einem Baum surrten, während Almira vor einem Bronzespiegel Grimassen schnitt.

Ich legte mich in den Schatten der Steine und sah hinauf in den Himmel. Die Sonne brannte weiß über unseren Köpfen. Die heiße Luft saugte die Feuchtigkeit förmlich aus meinem Körper. Wenn ich zu lange hier liegen blieb, würde die Sonne meine Haut und meine Lippen platzen lassen, so wie sie die Leiber der Schafe aufblähte, die in der Wildnis starben.

„Noura“, jammerte Rima. Sie hielt ihren Ziegenlederbeutel hoch, um zu zeigen, dass er leer war. „Ich habe Durst. Ist es denn noch nicht Zeit, zum Brunnen zu gehen?“

Ich blickte meine ältere Schwester an, die mit abgeschirmten Augen zum Himmel sah, um den Stand der Sonne zu überprüfen. Niemand bewegte sich freiwillig zur heißesten Zeit des Tages, dies könnte also ein guter Zeitpunkt für den Besuch am Brunnen sein. Allerdings wären wir, wenn wir den Brunnen erreichten, vermutlich schrecklich müde und nass geschwitzt. Und dann würden wir noch endlos die Tröge für die Tiere füllen müssen.

Die Aussicht, den edomitischen Jungen über den Weg zu laufen, war jedoch noch weniger verlockend. Noura zog sich an ihrem Stab hoch. „Wir können zum Brunnen gehen und uns umsehen. Taliba und Rima, ihr bringt die Herden mit, aber bleibt erst noch verborgen. Wenn der Brunnen verlassen ist, werde ich pfeifen. Falls Leute da sind, werden wir hinter den Felsen warten müssen.“

Ich konnte mir nicht vorstellen, zurückbleiben zu müssen, darum erhob ich mich und trat vor meine ältere Schwester. „Kann ich denn nicht mit dir kommen, Noura? Ich bin auch durstig.“

Seufzend sah Noura auf mich herab. Sie hatte einfach nicht die Energie, sich mit mir auseinanderzusetzen. „Du kannst mitkommen, Zippora, aber sei ganz leise, vor allem, wenn Leute in der Nähe sind.“

Gehorsam lief ich neben ihr her, als sie sich auf den Weg machte. Noura ging mit schnellem Schritt, eifrig darauf bedacht, unsere Aufgabe zu erledigen und wieder zu verschwinden, bevor die Raufbolde aus ihrem Versteck kamen.

Sobald wir aus dem Schatten traten, griff die Sonne uns mit aller Macht an. Ich blinzelte in die blendende Helligkeit und lief einige Schritte mit geschlossenen Augen, einfach dem Knarren von Nouras Sandalen folgend. Ein dünner Schweißfaden lief mir über den Rücken, während meine Füße sich ihren Weg über den steinigen Untergrund suchten.

Schließlich erreichten wir den Pfad, der zum Brunnen führte. Noura wandte sich an meine Schwestern und bedeutete Taliba, stehen zu bleiben. Sie selbst schlich weiter und ich folgte in ihrem Schatten. Wir spähten um einen Felsen am Rand der Schlucht herum, und mein Mut sank, als ich sah, dass der Brunnen nicht verlassen war.

Ein Mann saß allein auf der niedrigen Steinmauer. Ein Bein schwang in gedankenverlorenem Rhythmus hin und her, während er aus einer Kelle trank, die jemand im Sand liegen gelassen hatte. Er hatte auch sein Tier nicht vergessen; ein großes schwarzes Pferd trank aus einem der Tröge.

Das Pferd fesselte meine Aufmerksamkeit. Das war kein klappriges Wüstenpferdchen, sondern ein großes, schlankes, muskulöses Tier mit einem geschwungenen Hals, einer eingeflochtenen Mähne und einem langen, glänzenden Schweif. Die Brust des Pferdes war breit, ein sicheres Zeichen, dass es gezüchtet worden war, um Wagen zu ziehen, und seine Hufe waren mit Wachs poliert, eine Vorliebe, die die reichen Ägypter hegten. Hobab hatte mich gelehrt, Pferde beurteilen zu können, und einige der benachbarten Nomadenstämme züchteten prächtige Tiere. Dies war eindeutig ein Wagenpferd, und da die Wüstenbewohner nur selten in Wagen fuhren, musste das Pferd aus dem Schwarzen Land kommen.

Ich stieß einen leisen, bewundernden Pfiff aus.

Erschrocken rannte Noura in den Schatten der Steine zurück, ich blieb jedoch stehen und ließ meinen Blick zu dem Fremden wandern. Er trug eine kurze Tunika, ein Kleidungsstück, das auf einen ägyptischen Einfluss schließen ließ, und Spuren von Khol waren noch an seinen Augen zu erkennen. Aber er war ohne Perücke. Sein ergrauendes Haar war kurz geschnitten, und ein kurzer Bart spross an seinen Wangen und seinem Kinn. Falls dieser Mann ein Ägypter war, dann hatte er sich seit Wochen nicht mehr rasiert.

Noura zupfte mich am Saum meines Gewandes. „Zippora, komm zurück! Er wird dich sehen."

Ich winkte ab. „Was interessiert ihn ein kleines Mädchen?"

Nouras Stimme wurde eindringlicher. „Komm da weg! Sofort!"

„Ich glaube nicht, dass er uns etwas tun wird. Er ist allein ... und ich sehe keine Waffen."

Überzeugt entweder von meiner Beobachtungsgabe oder von ihrem zunehmenden Durst trat Noura vor und betrachtete den Mann. Wenn sich Wetten für Mädchen geschickt hätten, hätte ich meinen einzigen Goldring gewettet, dass der Fremde aus dem Schwarzen Land kam, aber ich hatte noch nie einen Ägypter gesehen, der allein reiste. Kaufleute aus diesem Königreich zogen immer in großen Karawanen durch das Land. Esel oder Kamele trugen ihre Waren und bewacht wurden sie von Kampfwagen und Bogenschützen. Falls dieser Mann ein Ägypter war, dann hatte er sich entweder verirrt oder er war ein Abtrünniger.

Ich wich zurück. Erregung ergriff mich. Und wenn dieser Mann nun gefährlich war? Wo war Hobab, wenn wir ihn brauchten? Und wo war unser Vater?

Ich fuhr zusammen, als der Mann meine Gedankengänge unterbrach. „Hab keine Angst, Kind." Die Stimme des Fremden hallte von den Steinen wider, die den Brunnen umgaben, und erzeugte ein geisterhaftes Echo. „Ich werde dir nichts tun."

Ich schluckte und eine Gänsehaut zeigte sich auf meinen Armen. Er hatte uns gesehen. Wenn wir uns jetzt versteckten, dann würde das nur unsere Feigheit verraten. Ich blickte Noura an. Ihre Augen waren rund vor Sorge, aber die unruhige Herde hinter ihr wirbelte Staub auf. Wir konnten sie nicht mehr länger zurückhalten. Wir würden uns entweder zurückziehen oder vorwärtsgehen müssen, aber wenn wir flohen, würden wir später wiederkommen müssen.

Ich ignorierte meine Schwester, die wie gelähmt dastand, und beschloss, mich dem ruhigen, geheimnisvollen Fremden zu stellen – lieber ihm als den ungebärdigen Jugendlichen. Der Mann hatte Akkadisch mit einem ägyptischen Akzent gesprochen und ägyptische Händler verhielten sich in der Regel respektvoll. Diejenigen, die viel Ware mit sich führten, waren immer freundlich, denn niemand wollte mit einem Feind Handel treiben.

Ich sah mir den Mann erneut an. Sein Pferd trug zwei kleine Taschen; er hatte also nicht viele Waren dabei, falls überhaupt welche. Aber vielleicht kamen seine Diener und die Packtiere ja später nach.

„Ich gehe hinunter."

„Das tust du nicht!"

„Dann pass mal auf."

Ich ließ Noura schimpfend bei den Felsen zurück und schob mich langsam aus unserem Versteck. Zehn Schritte vor dem Fremden blieb ich stehen. Er war größer, als ich zuerst angenommen hatte, und seine Arme schimmerten wie Bronze. Sein Gesicht wurde von seiner langen Nase, seinen hohen Wangenknochen und den dunklen Augen beherrscht, die sich wachsam umsahen, aber nicht geneigt zu sein schienen, irgendjemand in sein Inneres hineinblicken zu lassen.

Aus meiner mädchenhaften Perspektive wirkte er kraftvoll und aufregend fremdartig.

Als ich näher kam, erhob er sich und verbeugte sich mit einer Anmut, die man nur selten in der Wüste antrifft. „Sei gegrüßt, junge Dame."

Ich brach jede Anstandsregel und starrte ihn an, denn noch nie hatte sich ein Mann vor mir verneigt. Ich legte die Hand auf meinen Mund und unterdrückte ein Kichern, dann fiel mir ein, dass ich eigentlich antworten sollte.

In dem Versuch, Würde auszustrahlen, ließ ich meine Hand sinken. „Sei gegrüßt, Reisender." Mit vorgetäuschter Lässigkeit schob ich mich an ihm vorbei, stieg die Stufen zu dem Brunnen hinunter und nahm einen Krug auf.

Mein Herz klopfte zum Zerspringen, als ich den Schritt des Fremden auf den Stufen hörte. Verwirrt drehte ich mich zu ihm herum, aber er deutete auf den Krug in meinen Händen. „Darf ich für dich Wasser holen?"

Seine Lippen verzogen sich zu einem höflichen Lächeln, das aber seine Augen nicht erreichte. Ich war zu verblüfft, um zu antworten, und starrte ihn wortlos an, während er den Krug nahm, niederkniete, ihn ins Wasser tauchte und dann die Stufen hochtrug.

Hocherfreut von dieser unerwarteten Wende der Ereignisse, rannte ich ihm nach. Oben angekommen, steckte ich die Finger in den Mund und pfiff. Ich hörte ihn leise lachen, als meine Schwestern mit den Tieren um die Ecke kamen.

Der Ärger folgte meinen Schwestern jedoch auf den Fersen. Als Hala und Taliba das letzte blökende Schaf herbeitrieben, preschten vier der Unruhe stiftenden edomitischen Jugendlichen auf ihren kleinen Kleppern heran. Einer schlug Taliba im Vorbeireiten auf den Rücken und die Obszönität, die er ihr zurief, brachte den Fremden zum Erröten.

Ohne den Ägypter zu beachten, ritten die Jungen mitten durch unsere Herde hindurch und wirbelten Staub auf. Mein Zorn flammte auf. Ich hätte mich vielleicht damit zufriedengegeben, ihnen mit der Faust zu drohen, aber einer der Jungen schnappte sich die kleine Raja und hielt sie mit einem Arm fest, während er seine schmutzigen Lippen an ihre

Wange drückte. Beim Anblick der Hilflosigkeit meiner kleinen Schwester war es um meine Fassung geschehen. Ich hob den Saum meines Gewandes und rannte mitten in das Handgemenge hinein.

Der Ägypter war schneller. Mit einer Geschwindigkeit, die mich verblüffte, drängte er sich zwischen den aufgebrachten Tieren hindurch zu dem ältesten der Jugendlichen. Er packte den jungen Mann bei den Haaren, zerrte ihn von seinem Pferdchen und versetzte ihm einen Schlag gegen die Schläfe. Als der Jugendliche schlaff wurde, ließ der Ägypter ihn in den Staub fallen und wirbelte zu dem Jungen herum, der Raja festhielt. Er bückte sich, hob einen Stein auf und warf ihn. Der Stein traf den Angreifer meiner Schwester so fest zwischen die Schulterblätter, dass er nach Luft schnappte. Während Raja sich seinem Griff entwand und zu Boden sprang, erspähte der dritte Jugendliche unseren Verteidiger. Mit einem durchdringenden Kriegsschrei, der von den Felsen zurückgeworfen wurde, trat er seinem Pferd in die Flanken, um eine Attacke zu reiten, aber der Ägypter ergriff einfach die Zügel, als das verwirrte Tier vorbeitrabte. Pferd, Mann und Jugendlicher verschwanden in einer Staubwolke; dann tauchte der Ägypter wieder auf. Er zerrte den Jungen am Kragen seines Gewandes hinter sich her. Als der sich windende Jugendliche eine Beleidigung ausstieß, versetzte der Ägypter ihm eine Ohrfeige und ließ ihn dann in den Sand fallen. Nachdem der vierte edomitische Jugendliche nun allein dastand, wendete er sein Pferd und ritt davon.

Ich blickte in das Chaos und zählte Köpfe. Alle meine Schwestern waren da, unverletzt, genau wie die Tiere. Als ich fertig war mit Zählen, war der Ägypter zum Brunnen zurückgekehrt. Er goss sich Wasser über seinen Kopf und die Arme. Raja stand vor ihm und sah bewundernd zu ihm auf.

Ich eilte die Stufen hinunter, um meine Schwester zu holen. „Danke." Ich legte meine Hände auf Rajas Schultern und sah dem Fremden ins Gesicht. „Wir danken dir für deine Freundlichkeit und deine Hilfe bei diesen Unruhestiftern.

Aber du hättest dich nicht bemühen müssen. Wir sind an diese schrecklichen Jungen gewöhnt –"

„Tatsächlich." Er lächelte und ich war fasziniert von dem tadellosen Zustand seiner Zähne. Nur wenige erwachsene Männer aus meinem Bekanntenkreis hatten so viele und so weiße Zähne. „Ich habe bemerkt, wie tapfer du warst, Kleine. Ich bin nicht sicher, ob ich mich ins Gewühl gestürzt hätte, wenn du nicht mit gutem Beispiel vorangegangen wärst."

Diese Worte waren bestimmt als Kompliment gedacht, aber mich störte die Anrede. Ich zog meine Augenbrauen zusammen. „So klein bin ich gar nicht, Herr. Ich weiß nicht, woher du gekommen bist, aber in diesem Land werden wir sehr schnell erwachsen. Ich kenne seine Gefahren."

„Daran zweifle ich nicht, junge Dame." Erneut zeigte sich ein Lächeln auf seinem Gesicht. „Und bitte vergib mit, ich wollte dich nicht beleidigen."

Da ich nicht wusste, was ich sonst noch sagen sollte, entschuldigte ich mich mit einem abrupten Nicken und machte mich daran, unsere Tiere zu tränken. Der Ägypter half uns dabei, und wann immer er die Stufen heraufkam, warf er einen besorgten Blick zu den drei Edomitern hinüber, die noch immer benommen zwischen unseren Tieren lagen. Schließlich nickte er zufrieden, als sie sich endlich aufrappelten, ihre Pferde nahmen und kleinlaut davonritten.

Mit mehr Eifer als sonst half ich meinen Schwestern. Nachdem alle Tiere getrunken hatten, füllten wir unsere Wasserbeutel neu und machten uns dann auf den Heimweg. Der Blick des Ägypters folgte uns.

Raja rannte vor, als wir uns unserem Lager näherten, und kündigte mit aufgeregtem Rufen unsere Ankunft an. Vater trat Noura in der Öffnung seines Zeltes entgegen. Besorgnis lag auf seinem Gesicht. „Wie habt ihr es geschafft, die Herden heute so schnell zu tränken?"

„Ein Ägypter hat uns vor den anderen Hirten gerettet", erwiderte Taliba, während sie die Zicken zum Melken in den Pferch trieb.

„Ein sehr gut aussehender Ägypter“, meldete sich Rima zu Wort.

Raja zupfte ihren Vater am Ärmel. Beim Lächeln war ihre Zahnlücke zu sehen. „Dann hat er Wasser für uns geschöpft und unsere Herden getränkt.“

Vater sah Noura an. „Nun.“ In seinem Tonfall schwang leiser Vorwurf mit. „Und wo ist er? Habt ihr ihn einfach am Brunnen zurückgelassen? Geht und ladet ihn zu einer Mahlzeit ein!“

Noura hob in müder Verzweiflung die Hände. „Ich kann nicht mehr zurückgehen, Vater. Ich muss das Abendessen vorbereiten.“

Hala grinste mich an. „Zippora wird gehen. Sie ist seine besondere Freundin.“

Vater wandte sich mir mit hochgezogenen Augenbrauen zu. „Eine besondere Freundin, kleiner Vogel?“

„Sie hat zuerst mit ihm gesprochen“, erklärte Almira und wischte sich den Sand von den Zehen. „Sie sollte ihn suchen gehen.“

Vater blickte mich augenzwinkernd an. „Meine mutige Zippora. Also gut, nimm den Esel und suche diesen Mann. Er wird hungrig sein.“

Ich schnitt eine Grimasse und tat so, als würde ich mich über den Befehl meines Vaters ärgern, aber mein Herz tat einen Sprung bei der Aussicht, den Ägypter wieder zu sehen.

Mein Vater sagte immer, es gäbe nicht so etwas wie Glück, denn die Götter würden jeden Aspekt unseres Lebens bestimmen. Zwar war ich den Göttern nicht so ergeben wie er (oft dachte ich, dass er die Rolle des Priesters mit größerer Begeisterung spielte, als nötig war), doch weder das Glück noch die Götter waren mit mir, als ich zum Brunnen zurückkehrte. Die Unruhe stiftenden Edomiter waren verschwunden, aber auch der Ägypter war nirgends zu sehen. Außerdem wusste mein Esel, dass es eigentlich Zeit für die Abendmahlzeit war, und wollte nach Hause. Ich hielt das unwillige Tier am Halfter und zögerte hin- und hergerissen. Ich könnte allein nach Hause zurückkehren, aber ich könnte mir auch Mühe geben, meinem Vater zu gefallen. Die Schatten unter den überhängenden Felsen waren bereits kalt und blau, der Himmel im Westen loderte in Kupfer und Lila.

Seufzend sah ich zu Boden. Die Spur des Ägypters war deutlich genug. Ich hätte schon so oberflächlich wie Almira sein müssen, um sie nicht zu erkennen. So beschloss ich, der Spur zu folgen, bis die Sonne halbwegs hinter den Bergen am Horizont verschwunden war. Dann würde ich umkehren und meinem Vater wahrheitsgemäß berichten, dass der Ägypter auf seinem Pferd davongeritten war, das viel schneller war als mein bescheidenes Eselchen.

Zum Rhythmus des Liedes passend, das ich leise vor mich hin summte, trieb ich den Esel an. Hoffentlich würde Noura ein großzügiges Abendessen vorbereiten. Unsere libysche Sklavin Rakia war eine gute Köchin, aber man musste gut auf sie aufpassen, damit sie nicht am Feuer einschlief und das Essen anbrennen ließ. Doch wenn wir Glück hatten, würde es Brot, Käse und vielleicht einen schönen Lammeintopf geben.

Bei dem Gedanken lächelte ich, und auf einmal wurde mir klar, dass es viel schöner war, draußen unter dem sich abkühlenden Himmel zu sein, als mit Rakia und meinen Schwestern am Feuer zu schwitzen. Ein paar Sterne funkelten bereits am Himmel im Osten, und während ich der Spur des Ägypters folgte, fragte ich mich, warum er in unser Land gekommen war. Warum sollte ein Ägypter allein durch das Land Midian reisen? Ich hatte ihn für einen Kaufmann gehalten, der seinen Dienern und Packtieren vorausritt, aber niemand war zu sehen gewesen. Er wirkte auch nicht krank, also war er wohl kein Ausgestoßener. Er war kein Dieb, denn sonst hätte er sich unserer Tiere bemächtigt. Außerdem schien er Frauen zu respektieren – eine Eigenschaft, die unter Wüstenbewohnern nur selten zu finden ist. Die Frauen in meiner Welt akzeptierten die Autorität der Männer. Ich gehorchte meinem Vater fraglos und war darauf vorbereitet, mit einem Mann verheiratet zu werden, der genauso über mich bestimmen würde.

Aber dieser Mann hatte nicht bestimmt, er hatte mir *gedient.* Mich beschützt. Natürlich auch meinen Schwestern, aber mit mir hatte er zuerst geredet.

Als die Hufe meines Esels auf harten Stein trafen, brachte ich ihn zum Stehen. Die Spuren des Ägypters hatten auf eine Felsplatte geführt, aber hier verschwanden sie. Von hier aus hätte er sich zu den Sanddünen der nördlichen Wüste oder zu den Bergen und Schluchten des Ostens wenden können. Er hätte sogar nach Süden zu den Bergen reiten können, aber da die Nacht anbrach, würde er bald anhalten und ein Feuer machen müssen.

Irgendwie wusste ich, dass er nicht zurück nach Ägypten reiten würde.

Ich setzte mich aufrechter hin und suchte den Horizont nach einem Rauchfaden oder aufgewirbeltem Staub ab, doch ich konnte nichts entdecken. Und ich konnte auch keiner Spur mehr folgen, die ich nicht sehen konnte.

Als ich den Esel wendete, empfand ich einen scharfen Stich der Enttäuschung. Das erstaunte mich. „Dumm", schalt ich mich, „warum interessiert es dich, ob ein Ägypter heute Nacht in unserem Lager schläft? Dein Vater zieht die Fremden an wie rohes Fleisch die Schakale, also warum willst du noch einen Mund zum Füttern haben?"

Der Abend wurde kühler und ich verkroch mich noch tiefer in mein Gewand. Mir stockte der Atem, als ein langer Schatten in meinen Weg fiel.

„Hast du dich verirrt, junge Freundin?"

Meine Panik verwandelte sich in Freude, als ich die kultivierte und präzise Ausdrucksweise des Ägypters erkannte.

Ein Felsbrocken zu meiner Rechten hatte den Mann und sein Pferd verborgen. Jetzt kamen Mann und Pferd in mein Blickfeld und mit einem überraschten Lächeln sah er auf mich herab.

„Ich habe mich nicht verirrt. Mein Vater lädt dich zum Abendessen ein. Reguel, der Priester von Midian, möchte dir seine Dankbarkeit erweisen."

Der Ägypter antwortete nicht, sondern sah zum westlichen Horizont.

Ich folgte seinem Blick, dann wandte ich mich ihm wieder zu. „Also? Wirst du kommen?"

„Du bist mir gefolgt?" Er lächelte. „Du bist gut."

„Jeder könnte einem Pferd folgen, das so deutliche Spuren hinterlässt wie deines." Ich wartete noch eine Weile, dann zuckte ich die Achseln und trieb den Esel an. „Komm mit oder nicht, das ist deine Entscheidung. Ich werde Vater sagen, dass ich dich eingeladen habe."

„Ich werde kommen. Eine Ablehnung wäre eine unverzeihliche Unhöflichkeit." Er schnalzte mit der Zunge, dann wendete er sein Pferd. „Führe mich, kleine Dame, ich werde dir folgen."

Mein Vater begrüßte den Fremden mit einer Umarmung, einem Kuss auf beide Wangen und dem traditionellen Stammesgruß: „Hätte ich gewusst, dass du mich ehren würdest, indem du diesen Weg kommst, hätte ich den Pfad zwischen deinem Haus und meinem mit Minze und Rosenblättern bestreut!"

Der Ägypter gab die Umarmung zurück und nahm den Gruß elegant entgegen. „Du bist zu freundlich, Reguel. Ich fühle mich geehrt durch deine Gastfreundschaft."

Das Gesicht meines Vaters begann zu strahlen. „Darf ich den Namen des freundlichen Mannes erfahren, der meine Töchter gerettet hat?"

Der Fremde lächelte. „Man nennt mich Mose."

„Sohn des Wassers?" Mein Vater zog die Augenbraue in die Höhe. „Verzeih mir, wenn ich deinen Namen falsch gedeutet habe. Die meisten Ägypter hohen Standes – und du bist offensichtlich von hohem Stand, mein Freund – haben den Namen eines Gottes angefügt."

„Ich habe mich an keinen Gott gebunden. Ich habe keine Verwendung für die Götter."

Ich ließ beinahe den Weinkrug fallen, den ich in der Hand hielt. Was war das für ein Mann, der behauptete, sich an keine Gottheit gebunden zu fühlen? Alle, die ich kannte, beteten die Götter an, damit sie ihnen bei allem halfen, vom Aufstehen morgens bis hin zur Wahl eines Ehepartners. Mein Vater hatte die Götter zu seinem Lebensunterhalt gemacht und selbst die bösartigsten Menschen, die wir in der Wildnis trafen, beteten irgendetwas oder irgendjemanden an. Ich starrte den Ägypter an. Bewunderung machte sich in mir breit.

„Keine Verwendung für die Götter?", flüsterte mein Vater ungläubig. Dann hob er die Hände und neigte den Kopf in einer tiefen Verbeugung. „Dann bist du ein Suchender. Vielleicht kann ich dir helfen, einen Gott zu finden, der deinen Bedürfnissen entspricht."

„Ich weiß deine freundlichen Absichten zu schätzen, Reguel, aber eigentlich ziehe ich es vor, über andere Dinge zu sprechen."

Bei diesen Worten zog mein Vater beide Augenbrauen in die Höhe, dann suchte er nach einem anderen Gesprächsthema. Mit einem erleichterten Lächeln blieb sein Blick an Hobab hängen. Er stellte meinen Bruder vor. Hobab hieß den Ägypter ebenfalls mit einer Umarmung willkommen; dann begaben sich die drei Männer zum Abendessen ins Zelt meines Vaters.

Noura und Taliba servierten das Essen, während Rima, Hala, Almira, Raja und ich auf der anderen Seite der Zeltwand hockten und versuchten, etwas von dem Gespräch mitzubekommen. Mein Vater hatte die Gabe, Menschen ihre Geheimnisse zu entlocken, und wir waren sicher, dass wir alles über unseren geheimnisvollen Retter hören würden, wenn wir uns nur still verhielten.

Während die Männer sich unterhielten und aßen, liefen Noura und Taliba mit den Schüsseln hin und her, und einmal glaubte ich gesehen zu haben, wie Noura errötete. Diese Beobachtung lenkte meine Gedanken in eine neue Richtung – der Mann in Vaters Zelt war zwar vermutlich doppelt so alt wie Noura, aber sie war ganz gewiss alt genug, um verheiratet zu werden. Man brauchte kein Wahrsager zu sein, um zu wissen, dass mein Vater dabei war herauszufinden, ob der Fremde ein geeigneter Ehemann für sie war.

„Wohin bist du unterwegs?" Die Stimme meines Vaters übertönte das Klirren des Messinggeschirrs. „Wir begegnen nicht vielen Ägyptern, die allein in diesem Gebiet unterwegs sind."

„Ich ... bin einfach unterwegs." Die Antwort war ausweichend, aber ich konnte keine Verärgerung in der Stimme des Fremden wahrnehmen.

„Ein Mann, der keine Verwendung für die Götter hat, wandert ziellos durch die Wüste." Mein Vater lachte leise. „Dann bist du besser vorsichtig. Die Wildnis des Sinai ist gefährlich, selbst für Männer, die allen Göttern Opfer bringen."

„Die Wüste ist mir nicht fremd." Und wieder gab seine Antwort keinerlei Informationen preis.

„Tatsächlich? Dann würde es dir vielleicht gefallen, eine Weile bei uns zu bleiben. Hier im Lager können wir immer einen erfahrenen Mann brauchen. Mein Sohn würde sich über deine Gesellschaft freuen und meine Töchter schulden dir viel."

Almira kicherte und Hala schlug ihrer Zwillingsschwester mit der Hand auf den Mund. Wir alle wussten, was Vater vorhatte – ein kultivierter, intelligenter Ägypter als möglicher Bräutigam.

Noura kam mit einem Krug Wein erneut an uns vorbei. Mein Blick folgte ihr, und ich fragte mich, ob es ihr wohl gefallen würde, mit dem Ägypter verheiratet zu werden. Dieser Mose schien sehr freundlich zu sein, aber wer wusste schon, welche Geheimnisse das Herz eines Fremden verbarg. Offensichtlich verheimlichte er seine Vergangenheit, aber wenigstens log er nicht. Er hätte uns auch irgendeine Geschichte erzählen können und wir hätten den Unterschied zwischen Wahrheit und Täuschung nicht erkannt.

Mein Vater hatte anscheinend großes Zutrauen in seine Fähigkeiten, selbst einen Stein zum Reden zu bringen, denn er stellte unserem geduldigen Gast weitere Fragen. „Man sagt, die großen Tempel des Amun-Re in Memphis seien spektakulär."

„Das sind sie."

„Und ich hörte, der Begräbnistempel von Ramses in Theben sei ein Wunderwerk."

„In der Tat."

„Und doch weckt die Schönheit dieser Tempel nicht den Wunsch nach Anbetung in deiner Seele?"

Eine Weile herrschte Schweigen in dem Zelt, dann antwortete Mose ruhig: „Die Gebäude, von denen du sprichst, sind außerordentliche, von Menschenhand geschaffene Bauwerke, und in meiner Jugend habe ich regelmäßig darin angebetet. Aber im Laufe der Zeit habe ich gesehen – *erfahren* –, dass Tempel nur Menschenwerk sind, und Menschen sind keine Götter. Falls sie doch Götter sind, dann sind Götter nicht allmächtig. Und ganz gewiss sind sie nicht gut oder gerecht."

Bei diesen Worten weiteten sich meine Augen. Ich fieberte der Antwort meines Vaters auf Moses ketzerische Worte entgegen. Aber mein Vater schwieg, genau wie Hobab, der während dieser ganzen Unterhaltung die Sprache verloren zu haben schien.

Schließlich sagte mein Vater resigniert: „Bleib eine Weile bei uns, Mose von Ägypten, und ich werde die Götter des

Himmels und der Erde bitten, sich dir zu offenbaren. In dieser weiten Leere unter der Kuppel des Himmels muss man unwillkürlich über Ewigkeit und Sterblichkeit nachdenken. Man kann der Erkenntnis nicht entfliehen, dass der Mensch nicht Gott ist, darum muss es jemand anders sein."

„Danke", erwiderte Mose bewusst höflich. „Vielleicht zeigt die Zeit ja, dass du recht hast."

Nach den Regeln der nomadischen Gastfreundschaft blieben Gäste mindestens drei Tage. Der erste Tag war dem *Salaam*, der Begrüßung, gewidmet; der zweite dem *Ta'am*, dem Essen, und der dritte dem *Kelaam*, dem Reden. An Moses zweitem Tag im Lager brauchte ich die Herde nicht zu weiden, weil ich Noura bei der Vorbereitung des Festessens helfen musste.

Während die Sonne über die goldenen Berge stieg, trug Noura mir auf, Brot zu backen, eine Aufgabe, die selbst Harkhuf, unser blinder Harfner, mit Leichtigkeit hätte übernehmen können. Nachdem ich den Teig mit Hefe versetzt und ihn in faustgroße Bälle geformt hatte, grub ich kleine Löcher in den Sand unter Nouras Feuerstelle. Ich legte die Teigbälle in die Löcher und bedeckte sie mit Sand. Gebacken würde das Brot ganz von selbst, wenn Noura ein Lamm briet. So hatte ich mehr als genug Zeit, mich mit unserem Gast zu beschäftigen. Mose war noch nicht aus seinem Zelt gekommen. Ich schlich mich zu dem Pferch, wo sein Pferd bei unseren Eseln stand.

Das Tier stampfte, als ich näher kam, und peitschte mit dem Schweif. „Tut mir leid, Schöner", flüsterte ich und fuhr mit der Hand über sein samtweiches Maul. „Ich habe jetzt nichts für dich. Aber vielleicht später."

Mose schien ohne Sattel geritten zu sein. Auf dem Rücken des Pferdes fand sich kein Schweißabdruck in Sattelform, sondern nur zwei kleinere geschwitzte Stellen dort, wo die Oberschenkel des Reiters gelegen hatten. Zwei Taschen hingen über einem Pfosten – grobe Leinensäcke, in denen vermutlich alle Besitztümer steckten, die er aus dem Schwarzen Land mitgebracht hatte. Meine Hand legte sich auf den ersten Beutel. Er fühlte sich weich an. Verstohlen schaute ich zu Moses Schlafplatz hinüber und sah, dass die Zeltklappe noch zu war. Ermutigt durch mein Glück griff ich in die Mähne des Pferdes und drehte es so, dass es zwischen mir und dem Zelt stand, dann stellte ich mich auf Zehenspitzen, um den zugebundenen Beutel zu öffnen.

Im Innern spürte ich Stoff – einen gewebten Schal, nicht besonders wertvoll, wie ich annahm –, dann berührten meine Finger kühles Metall. Ich holte zwei filigran gearbeitete Ohrringe aus echtem Silber heraus und steckte meine Hand erneut hinein. Dieses Mal zog ich einen breiten Kragen und schwere Armbänder aus gehämmertem Gold hervor.

Wellen der Aufregung breiteten sich von meinem Magen in meinem ganzen Körper aus. Ich hielt den Kragen in der Hand, die goldenen Befestigungsketten fielen über meine Finger, und ich erkannte, dass man mit dem Gold dieses Kragens allein jedes Tier unserer Herde vermutlich fünfmal kaufen könnte.

Wer war dieser Mann? Ein Mörder? Ein Dieb? Dieser Mose war vielleicht auf eine Karawane gestoßen und hatte für diese Juwelen und das Pferd einen Menschen getötet. Er musste eine bedeutende Persönlichkeit ermordet haben, denn nur hohe Beamte trugen solche Halsketten und einen Kragen wie diesen hatte ich nur auf Gemälden von Angehörigen des ägyptischen Königshauses gesehen.

Mein Herz schmolz vor Entsetzen zusammen. Hatte Mose einen Prinzen von Ägypten ermordet? Ein solches Verbrechen könnte seine Anwesenheit hier erklären, seine ausweichenden Antworten und sein Widerstreben, sich auf die Götter zu berufen, die ihn ganz bestimmt für sein Verbrechen strafen wollten –

„Sind alle kleinen Mädchen so neugierig wie du, Zippora?“

Ich zuckte zusammen und entdeckte Mose, der auf der anderen Seite des Pferdes stand. Sein Blick fiel auf das Gold in meinen Händen und meinen entsetzten Gesichtsausdruck, aber er hob den Arm nur, um das Pferd zu streicheln.

„Es – es tut mir leid." Ich errötete und steckte den Schmuck wieder in den Beutel. „Ich habe etwas gesucht –"

„Lüge mich nicht an, Kleine. Lügen gehört zu den schlimmsten Dingen, die eine Frau tun kann."

Alarmiert trat ich zurück. Ich wollte schreien, zu meinem Vater rennen, aber was konnte ich sagen? Der Besitz von Schmuck war kein Verbrechen, auch wenn es nicht die Art von Schmuck war, der je in einem midianitischen Lager auftauchen sollte.

Ich blieb stocksteif stehen, vor Scham wie erstarrt; dann ertönte Nouras schriller Schrei im Lager. „Zippora! Wo steckst du, faules Kind?"

Ich sah den Ägypter an. „Ich muss gehen."

Moses Blick blieb sanft und freundlich. „Dann geh."

Ich rannte davon, so schnell mich meine Füße trugen, und konnte nicht den Mut finden zurückzusehen.

Den ganzen Tag über trug ich meine Zweifel und Fragen mit mir herum und führte mehrere stumme Zwiegespräche mit mir selbst. Falls Mose ein Mörder war, dann würde er mich bestimmt töten, denn ich hatte sein Geheimnis aufgedeckt. Aber als er mich beim Spionieren entdeckte, hatte er nichts gegen mich unternommen, obwohl es ihm ein Leichtes gewesen wäre. Ich hatte miterlebt, wie er die edomitischen Jugendlichen gekonnt ausgeschaltet hatte, und ich zweifelte nicht daran, dass diese starken Hände ein Kind mit einem Schlag töten könnten. Er hätte mich umbringen und meinen leblosen Körper zu meinem Vater tragen und sagen können, ich hätte das Tier erschreckt und sei getreten worden.

Auf der anderen Seite empfand er ein kleines Mädchen vielleicht nicht als Bedrohung. Doch bestimmt wusste er, dass ich mit meinem Vater reden könnte, und inzwischen kannte er meinen Vater so gut, dass ihm klar war, Reguel würde nicht zögern, diese Angelegenheit anzusprechen. Die Zunge meines Vaters respektierte kaum eine Grenze, und er würde Mose keine Ruhe lassen, bis wir eine Antwort auf die Frage nach der Herkunft der goldenen Halsketten und des ungewöhnlichen Kragens hatten.

Doch er hatte mich gewarnt, nicht zu lügen ... und die Lüge war die Sprache der Diebe und Mörder. Nachdenklich kehrte ich zur Feuerstelle zurück. Mit einem Stock hob ich das über dem Feuer bratende Lamm hoch, während ich mit einem anderen nach meinen vergrabenen Broten stocherte. Ich war noch nicht zufrieden mit der nachgiebigen Konsistenz des Teiges unter dem Sand. Darum ließ ich das Lamm wieder herunter und setzte mich in den Sand, um zu warten.

Warum sollte ich nicht einfach abwarten? Solange er uns nicht bedrohte, könnte ich doch warten, bis er uns von selbst von seiner Vergangenheit erzählte. Ich konnte seine Tapferkeit und seine Freundlichkeit nicht vergessen, und es schien mir lieblos, in seiner Vergangenheit zu bohren, wo ich doch diejenige gewesen war, die herumgeschnüffelt hatte.

Eine Weile später fischte ich die gebackenen Brote aus dem Sand, dann nahm ich einen kleineren Stock und drosch auf jeden Laib ein wie auf einen staubigen Teppich. Mit jedem Schlag wurde der Sand aufgewirbelt, aber schon bald hatte ich die ganze braune Kruste abgeschlagen. Ich bohrte meine Finger in die Mitte eines Brotes, zog ein Stück weichen, dampfenden Teig heraus und stopfte es mir in den Mund.

Köstlich!

Wie ich da im Sand hockte, beschloss ich, zu beobachten und abzuwarten, bevor ich meinem Vater von meiner Entdeckung erzählte.

Wir Mädchen hatten gerade begonnen, den Männern das Abendessen zu servieren, als ein wild gewordener Stier aus der Wüste in unser Lager eindrang. Ich eilte gerade mit der Brotschüssel auf der Hüfte zur Feuerstelle. Das riesige Tier trabte langsam im Kreis und betrachtete unsere Zelte, als könnte es sich nicht entscheiden, welches seinem Zorn am ehesten gerecht wurde. Schließlich ging der Stier auf das größte Zelt los. Er richtete nur wenig Schaden an, denn mein Vater, Hobab und Mose saßen tief im Innern des Zeltes, hinter dem Eingang, aber nachdem die Vorderwand eingestürzt war, schüttelte der Stier seine Hörner, um die Seile und das Ziegenfell loszuwerden, und sah sich nach einem anderen Ziel um.

Raja war zu mir an die Feuerstelle getreten und vielleicht drang dem Stier der Duft von gebratenem Lammfleisch in die Nase. Auf jeden Fall schüttelte das Tier den Kopf, schnaubte und wirbelte mit jedem Ausatmen dichte Staubwolken auf. Bei dem unerwarteten Anblick blieb ich wie festgenagelt stehen, aber Rajas ängstliches Wimmern brachte mich zum Handeln. Langsam trat ich hinter sie und legte meine Hände auf ihre Schultern. Den Blick hielt ich fest auf den Stier gerichtet.

„Vorsichtig jetzt", flüsterte ich. „Wenn ich es sage, rennst du wie der Wirbelwind zum Schafpferch. Bleib vor mir und sieh nicht zurück, was immer du tust."

Zu ängstlich, um auch nur ein Wort herauszubringen, nickte Raja. Ihr Hinterkopf rieb sich an meinem Bauch.

Der Stier blinzelte, dann schüttelte er seinen mächtigen Kopf und setzte sich in Bewegung.

„Lauf, Raja!"

Sie rannte los, und ich folgte ihr, doch ich hielt den Blick auf den Bullen gerichtet. Das Tier hatte keine sechs Schritte gemacht, als ein Speer sich in seinen Nacken bohrte. Der Stier stolperte über den herunterhängenden Griff und stürzte. Ein heftiges Zittern überlief ihn und er brüllte wild. Blut spritzte aus der Wunde und nach einer Weile kamen die Bewegungen des Tieres zum Stillstand.

Mein Vater und Hobab spähten unter dem eingestürzten Zelt hervor. Rakia, unsere Köchin, stand jammernd neben der Feuerstelle. Ihr Gewand war mit Fettspritzern von dem Gericht verschmiert, das sie in der Hand gehalten hatte. Und wie ein rachsüchtiger Kriegsgott stand Mose allein auf der Lichtung, den Wurfarm noch gespannt, die Augen konzentriert zusammengezogen.

Mein Vater befreite sich von der Zeltbahn und starrte das riesige Tier mit unverhohlenem Staunen an. „Preis sei den Göttern! Sie haben uns ein Festmahl geschickt!“

„Heute nicht.“ Mose atmete tief durch, dann ließ er die Arme sinken und ging zu dem noch immer zuckenden Tier hin. „Dieses Tier war krank. Der Kadaver muss verbrannt und das Fleisch verscharrt werden. Gebt es nicht einmal den Hunden.“

Enttäuschung zeigte sich auf Hobabs Gesicht, aber mein Vater hatte nicht vor, ein Geschenk der Götter ungenutzt zu lassen. „So sei es. Wir werden das Tier verbrennen, aber als ein Opfer. Heute Abend werden die Götter das süße und großzügige Geschenk riechen, das wir vor sie legen, und morgen werden sie uns vielleicht erneut beschenken!“ Mein Vater schlug Mose mit der Hand auf die Schultern. „Komm, Freund, wir werden im Schatten jener Terebinthe essen, während Hobab unser Zelt wieder aufbaut.“

Meine Schwestern sammelten aufgeregt schnatternd die Schalen und Teller ein. Taliba erklärte Mose zum klügsten Mann auf der Welt, weil er wusste, wo genau er den Bullen treffen musste, während Hala ihn zum stärksten Mann erklärte, weil er Hobabs Speer mit so viel Kraft werfen konnte, dass das Tier sofort tot zu Boden sank. Noura schwieg, doch wann immer sein Name erwähnt wurde, errötete sie. Almira strich ihr Haar glatt und nahm eine Schüssel mit getrockneten Datteln.

„Ich finde, er ist ein sehr gut aussehender Mann", sagte sie zu mir. „Meinst du nicht, Zippora?"

Mir war sein Aussehen egal. Ich überlegte noch immer, ob sich der starke Arm, der den Bullen erlegt hatte, gegen einen von uns wenden könnte.

Am folgenden Tag gab es kein Geschenk der Götter, sondern Hobab brachte schlechte Nachrichten mit, als er von einem kurzen Ausflug zurückkehrte. Ein Gewürzhändler hatte ihm erzählt, dass eine Gruppe Edomiter einem unserer Verwandten ein Schaf gestohlen hatte. Das bedeutete, dass auch unsere Tiere gefährdet waren.

Mein Vater nahm Hobabs Neuigkeiten schweigend entgegen, genau wie Mose, der seine Sandalen angezogen hatte. Nachdem er drei Tage in unserem Lager verbracht hatte, bereitete er sich auf seinen Aufbruch vor.

„Komm, Mose", rief Hobab und schnürte sich sein Schwert um. „Wir werden die Diebe finden und ihnen die Kehlen durchschneiden! Es waren nur drei. Wir beide werden sie mit Leichtigkeit überwältigen. Du brauchst nur deinen Speer zu werfen, dann haben wir sie!"

Ich glaube, wir alle waren ziemlich überrascht, als Mose den Kopf schüttelte. „Du tätest besser daran, dich zu beruhigen." Er streichelte die weiche Flanke seines Pferdes. „Dein Verwandter ist nicht verletzt und er hat nicht mehr als ein Schaf verloren. Ist ein Schaf einen Stammeskrieg wert? Vergiss dieses Vergehen und heb dir deinen Zorn für etwas Wichtigeres auf."

Hobab starrte Mose an wie ein Mann einen unleserlichen Papyrus. „Es vergessen? Sie haben die Ehre unserer Sippe verletzt; sie haben gestohlen, was rechtmäßig uns gehört! Wir haben das Recht, Rache an ihnen zu üben!"

„Sie haben nur deinen Stolz verletzt." Mose hatte die Stimme gesenkt, trotzdem hörte ich die Kritik in seinem Tonfall. „Und denkst du, du bist der Einzige, der Unrecht erleiden müsste? Die Welt ist voller Ungerechtigkeit und andere haben weit schlimmer gelitten als du. Darum, ja, mein

Freund, vergiss diesen Zwischenfall, und rate deinem Verwandten, besser auf seine Herde aufzupassen."

Hobab blickte ihn frustriert an. „Ich kann nicht glauben, dass du so etwas sagst! Du, ein Krieger! Du hast die Edomiter angegriffen, die meine Schwestern belästigt haben –"

„Ich hatte aber nicht vor, diese Jungen zu töten." Mose blickte auf und fing meinen Blick ein, dann richtete er seinen Blick wieder auf Hobab. „Es gab eine Zeit, wo mein Temperament heißer war und schwerer zu zügeln, aber mit der Zeit ist es ein wenig abgekühlt. Es gibt eine Zeit zum Töten, aber Männer sollten niemals ihre Waffen heben, ohne zuerst alle Konsequenzen abzuwägen."

Ich blickte Noura an, die schon wieder errötete, dann sah ich zu Taliba hinüber. Ihre Augen hatten sich bei Hobabs Worten geweitet, aber jetzt hatte sich ihr Mund zu einem dünnen Strich zusammengezogen. Offensichtlich wünschte sie sich, dass Mose für unsere Sippe Blut vergoss.

Ich wandte mich an meinen Vater und rechnete damit, Talibas Ausdruck auch auf seinem Gesicht zu finden, aber ein kleines Lächeln umspielte seine Mundwinkel.

„Mose." Er packte den Ägypter an den Schultern. „Geh heute noch nicht von uns fort. Komm in mein Zelt, und höre den Vorschlag an, den ich dir machen möchte."

Falls Vater vorhatte, eine Heirat zwischen Mose und Noura vorzuschlagen ... sollte ich ihm erzählen, was ich in Moses Beuteln gefunden hatte? Sollte ich einen Schatten des Zweifels auf den Mann werfen, der sich in unserem Lager so ehrenhaft verhalten hatte?

Hala stieß mich mit dem Ellbogen in die Seite, als sie an mir vorbeikam. „Komm, Zippora, träume nicht!"

Durch den spitzen Ellbogen meiner Schwester aus meiner gedanklichen Zwickmühle befreit, beschloss ich, die Angelegenheit meinem Vater zu überlassen. Ich zog meinen Stab aus dem Sand und eilte meinen Schwestern hinterher.

Ich habe nie erfahren, ob mein Vater an jenem Morgen von einer Heirat gesprochen hatte; ich wusste nur, dass Mose nicht fortging. Überzeugt von Reguels flinker Zunge und unserem Bedarf nach einem weiteren Mann, der uns half, unser Lager zu beschützen, wurde der geheimnisvolle Ägypter Teil unseres Haushalts.

Seine Entscheidung zu bleiben machte mir große Hoffnung. Mehrere Wochen lang hatte ich mich gefragt, ob ein Mädchen, das mit den Göttern nichts zu tun haben wollte, im Haushalt eines Priesters bleiben sollte. Ich erwärmte mich langsam für den Gedanken, mich einer durchziehenden Karawane anzuschließen oder zu einem weniger religiösen Verwandten davonzulaufen, aber wenn ein skeptischer Ägypter bei Reguel leben konnte, warum dann nicht auch eine skeptische Tochter? Tatsächlich betete Mose keine Götter an, sondern duldete gleichmütig die religiösen Rituale meines Vaters. Bestimmt konnte ich das auch.

Schon bald entdeckten wir, dass Mose Fähigkeiten hatte, die die Bedeutung meines Vaters steigerten – der Ägypter konnte Hieroglyphen lesen und schreiben, konnte priesterliche Schriften lesen und beherrschte Akkadisch, die Sprache der Wüstenstämme. Als die Nachricht von Reguels neuem Schreiber in die Wildnis drang, suchten sogar Männer von weit her unser Lager auf, um Verträge für gültig erklären, Dokumente lesen und Bündnisse aufzeichnen zu lassen. Beziehungen zu den Göttern wurden immer vertraglich festgehalten, und die Nomaden freuten sich, dass sie nun niedergeschrieben werden konnten. Oft kam ich abends mit den Herden nach Hause und traf Mose dabei an, wie er einen Bund niederschrieb, den mein Vater ihm für einen Gast diktierte. „Ich, Tewfik, verspreche, El anzubeten, den Vater der Götter, wenn er mich überreich mit Leben, Gesundheit, Kraft, Frauen und Kindern segnet, die so zahlreich sind wie der Sand der Wüste ...“

Moses Fähigkeit erfreute meinen Vater auch noch aus einem anderen, viel persönlicheren Grund. In seinem Herzen trug er Geschichten der Schöpfung, der Sintflut, des Turmbaus zu Babel und Abrahams, des Vorfahren, der Ur verlassen und viele Völker begründet hatte. Von Rechts wegen sollte Hobab der Erbe dieser Geschichten werden, aber mein Bruder hatte weder die Geduld, lange still zu sitzen, noch das Talent zum Geschichtenerzählen.

Und so saßen wir Mädchen jeden Abend nach dem Abendessen im Zelt meines Vaters und hörten zu, wie er die Geschichten von Elo-him, dem einen Gott, erzählte, der die Erde geschaffen und die große Flut geschickt hatte. El Shaddai, Gott der Berge, hatte Abraham aus Ur gerufen. Der Priester Melchisedek hatte Abraham im Namen El-Elyons, des Erhöhten, gesegnet. Hagar hatte El Roi, den Gott, der sieht, angerufen, und später hatte Abraham eine Tamariske in Beersheba gepflanzt und El Olam, oder Gott, den Ewigen, angerufen.

Nur selten kommentierte Mose die Geschichten, die mein Vater erzählte. Er saß im Schneidersitz auf einem Teppich, tauchte einen Binsenstift in eine Mischung aus roter und schwarzer Farbe und malte Symbole auf Rollen von gehärtetem Leder.

Zuerst verstand ich nicht, was Mose auf seine Rollen malte, aber als ich Interesse dafür zeigte, bat er Vater um die Erlaubnis, mir das Schreiben beizubringen. Taliba, die sich in jüngeren Jahren danach gesehnt hatte, lesen und schreiben zu lernen, beschwerte sich, ich würde mich vor meinen Pflichten drücken, aber Vater sagte ihr, sie solle mich in Ruhe lassen. Ich denke, er hätte sich mehr gefreut, wenn Hobab Moses Schüler geworden wäre, aber mein Bruder war zu sehr damit beschäftigt, die Wildnis auf der Suche nach Abenteuern zu durchstreifen, um sich Pinsel und Tinte zu widmen.

Jeden Morgen saß ich Mose gegenüber und lernte, Bilder auf Steine oder was immer wir zur Verfügung hatten, zu malen. Wenn Mose mit meinem Vater zusammen die Gäste unterhielt, machte ich mich an die Arbeit, Material für unsere Schreibübungen zu beschaffen – ich zerrieb rote Blüten und Steinstaub und mischte die Paste mit Wasser, bis eine Tinte entstand. Da Papyrus, den wir von den Handelskarawanen kaufen konnten, teuer war, sammelte ich Schilf bei den Oasen und kaute die Enden, um die steifen Pflanzenfasern voneinander zu trennen. Nachdem ich die Fasern gelockert hatte, strich ich die Streifen mit dem Mark glatt und legte sie in zwei Schichten, eine rechtwinklig zur anderen, auf einen flachen Stein. Dann befeuchtete ich das geflochtene Stück, schlug mit einem Stein darauf ein und ließ es in der Sonne trocknen.

Da wir keine Holzständer hatten, lehrte mich Mose zu sitzen wie die Schreiber in Ägypten – im Schneidersitz, sodass der gespannte Stoff meines Gewandes als Schreibunterlage diente. Die steife Oberfläche des Papyrus war mehr als widerstandsfähig und konnte dem Druck meines Binsenstiftes standhalten.

Mose brachte mir viele Dinge bei, auch eine Holzpalette zu schnitzen für kleine Stücke Paste und Binsenpinsel. Mit seiner Hilfe machte ich mir mein eigenes Schreibset mit einem Dutzend Pinsel, drei Tintenfarben und einem Stein, der den Papyrus beschwerte, wenn ich schrieb.

Normalerweise, erklärte Mose mir, rezitierte ein Schreiber Gebete, bevor er mit seiner Arbeit begann, aber er behauptete, mein Vater würde routinemäßig genügend Gebete für uns alle zusammen sprechen. Im Stillen erfreut, eine Seele zu entdecken, die genauso zweifelte wie meine eigene, lernte ich, unsere Sprache in Symbole zu übertragen und mehr als 700 Hieroglyphenzeichen zu malen.

Mose lachte immer, wenn ich über meinem Papyrus hockte, die Zunge konzentriert zwischen die Zähne gesteckt, aber er hörte auf zu lachen, wenn ich ihm meine Arbeit zeigte. Ich sei, so versicherte er mir, ein genauso guter Schreiber wie jeder Jugendliche in Ägypten.

Ich glaube, er versuchte, nett zu mir zu sein ... aber ich denke auch, dass er die Wahrheit sagte. Im Laufe der Jahre wurde mein Stift schneller, meine Striche flüssiger und anmutiger, bis mein Vater keinen Unterschied mehr erkennen konnte zwischen meiner Schrift und Moses.

Nachdem Mose ein Jahr bei uns verbracht hatte, gab Vater Noura einem Cousin von einem benachbarten Stamm zur Frau. Ich denke, mein Vater war mehr als nur ein wenig enttäuscht, dass ihn Mose nie gebeten hatte, sie mit ihm zu verheiraten. Vater hätte ihm sofort seine älteste Tochter gegeben, aber ein Schleier des Schweigens umgab Mose in jenen Tagen, eine Barriere, der sich meine weniger kecken Schwestern nicht zu nähern trauten.

Taliba heiratete im folgenden Jahr und auch Rima folgte ihr bald. Als Mose im vierten Jahr bei uns lebte, tanzte er auf der Hochzeit von Hala und Almira, die beide mit einem wohlhabenden Krieger des kenitischen Stammes verheiratet wurden.

Eine Zeit lang waren nur noch Raja und ich zu Hause, aber die Götter nahmen meine jüngere Schwester, bevor ein Mann dies tun konnte. Eines Abends, als sie die Herde nach Hause brachte, sprang ein Leopard sie von den Felsen aus an, tötete sie und zerstreute die Schafe.

Wir trauerten um Raja, unsere Hoffnung. Meine Schwestern und ihre Männer zogen mit ihren Zelten in unsere Nähe und 30 Tage lang lagerten wir in trauerndem Schweigen. Dann umarmten mich meine Schwestern, ermahnten mich, vorsichtig zu sein, und verabschiedeten sich von uns.

Noura drückte mich an sich, bevor sie ging. „Du bist alles, was Vater noch hat“, flüsterte sie mir ins Ohr. „Verlasse ihn nicht so schnell, Zippora. Er braucht eine Frau im Lager, denn wie sollte er allein überleben?“

Ich wollte den Haushalt meines Vaters nicht verlassen, denn mein Herz hatte sich für Mose entschieden. Er war mir so vieles geworden – Beschützer, Lehrer und Führer –, ich konnte mir absolut nicht vorstellen, irgendeinen anderen Mann zu heiraten. Solange er sich damit zufriedengab, bei Reguels Leuten zu leben, war ich es auch.

Eines Abends, kurz nach Rajas Tod, half ich Rakia, das Abendessen im Zelt meines Vaters zu servieren. In der Ecke spielte Harkhuf Harfe und Rakia beugte sich über eine Schüssel mit Lammeintopf. Ich stand hinter ihr mit einem Krug Wein in den Händen.

„Nun, da Raja tot ist", sagte Mose langsam zu meinem Vater, als würde er seine Worte sorgfältig abwägen, „schicke Zippora nicht mehr mit den Tieren auf die Weide. In der Wüste gibt es noch andere Leoparden und auch Wölfe. Sie ist eine ausgezeichnete Schreiberin, darum lass sie dir im Lager dienen."

Vater hob die Hände und blickte Mose erstaunt an. „Aber wen soll ich dann mit den Tieren losschicken? Ich habe nur noch Zippora und Hobab, und Hobab muss im Lager bleiben. Hier ist als mein Sohn sein Platz."

„Schicke mich."

Mein Vater lachte. „Dich? Du bist ein gebildeter Mann und ein fähigerer Krieger als Hobab. Ich brauche dich hier."

Ich versteifte mich und war traurig darüber, dass ich in dieses Gespräch über mich nicht mit einbezogen wurde. Aber im Beisein von Männern sprachen Frauen nicht und weder Mose noch mein Vater hatten auch nur in meine Richtung gesehen.

Mose strich sich den Bart glatt. „Du brauchst mich hier nicht. Zippora kann alle Bitten um Bündnisse oder Papyri erledigen, auch kann sie den Haushalt überwachen. Du bist ein reicher Mann. Du könntest dir gut und gern eine weitere Sklavin kaufen, die Rakia beim Kochen hilft. Und ich werde deine Herde hüten."

Eine Falte erschien zwischen den ergrauenden Augenbrauen meines Vaters, und ich wusste, dass er über den Grund für Moses Bitte nachdachte. Überlegte er, uns zu verlassen?

Vater griff nach seinem Becher. „Dein Vorschlag hat etwas für sich, Mose, aber – wenn du die Frage entschuldigst – verstehst du denn etwas vom Schafehüten?"

Mose lachte und er sah mich an. „Zippora kann es mir beibringen. Sie schuldet mir ein paar Lektionen."

Ich wandte mich an Vater, der aufblickte, als hätte er mich noch nie zuvor gesehen. „Zippora wird lehren", murmelte er, „und *Mose* wird die Schafe hüten?"

Ich senkte den Blick und nahm den schweren Krug in die andere Hand. Diese Vorstellung war wirklich ungewöhnlich. Doch ich musste Moses Klugheit bewundern. Er war freundlich gewesen, hatte meinem Vater nach besten Kräften gedient, doch bei vielen Gelegenheiten hatte ich einen trotzigen Ausdruck in seinen Augen bemerkt, wenn er neben den Gästen meines Vaters vor den Steinaltären stand. Von allen Männern, die den Steinkreis der Anbetung betraten, sang nur Mose nicht mit, er brachte keine Opfer und verneigte sich nicht vor den Schreinen. Vater entschuldigte Moses offensichtlichen Mangel an Ehrerbietung damit, dass er sagte, er würde in der Einsamkeit anbeten, aber wenn Mose tagsüber die Schafe hütete, dann brauchten sich diejenigen, die die religiöse Führung meines Vaters suchten, nicht mehr über den Ungläubigen in ihrer Mitte zu wundern.

Da ich meinen Vater nicht direkt ansprechen konnte, wandte ich mich an Rakia. „Moses Plan macht Sinn", sagte ich, und mir war es egal, dass die alte Frau mich kaum hörte, selbst wenn ich ihr ins Ohr brüllen würde. „Ich würde gern die Bündnisse der Menschen aufzeichnen, die uns besuchen."

Ohne meine Bemerkung zu beachten, löffelte Rakia Lammeintopf in Moses Schüssel.

„Eine Frau? Offen zu sehen?" Die Stirn meines Vaters zog sich in Falten. „Das ist ... undenkbar."

„Es ist sehr praktisch." Mose riss sich ein Stück Brot ab und blinzelte mir zu. „Zippora ist jetzt eine Frau. Übertrage ihr die Pflichten einer Frau."

Mein Vater warf ihm einen scharfen Blick zu, doch ich bezweifelte, dass Mose ihn bemerkte. Er lächelte mich an, und aus den Augenwinkeln heraus sah ich, dass mein Vater ihn nachdenklich beobachtete.

Ich drehte mich um und verließ das Zelt meines Vaters. Ich wusste nur zu gut, welche Gedanken ihn beschäftigten. Ich war 14 Jahre alt und somit im heiratsfähigen Alter. Zum ersten Mal in den fünf Jahren, die er nun bei uns lebte, hatte Mose einer Tochter Reguels ein Kompliment gemacht ... eine Bemerkung, die nicht leichtgenommen werden würde.

Und das wollte ich auch gar nicht. Obwohl ich seit dem ersten Tag unserer Begegnung in Ehrfurcht erstarrt war vor diesem Mann, hatte Mose endlich bemerkt, dass ich eine Frau geworden war.

Als der Kuss des Sonnenaufgangs einen rosigen Hauch auf die Berge im Süden legte, schien die Angelegenheit geregelt zu sein. Mose würde mich ein paar Wochen lang begleiten; dann würde er die Herde übernehmen, sodass ich im Lager bleiben konnte. Und da ich meinem Vater bei seinen Gästen helfen würde, wollte er von der nächsten durchziehenden Karawane eine weitere Sklavin kaufen, die Rakia beim Kochen helfen sollte.

Mit zufriedenem Gesicht erschien Mose beim Pferch. Ich bemerkte es, sagte aber nichts, als wir die Zweige zurückzogen, die als Tor dienten. Mose stand da, einen kleinen Zweig in der Hand, aber die Tiere rührten sich nicht.

„Von allein werden sie nicht kommen." Ich unterdrückte ein Kichern und nahm meinen Stock. „Du musst sie treiben. Nachts drängen sie sich zusammen, um sich gegenseitig zu wärmen. Sie würden den ganzen Tag so liegen bleiben, wenn wir sie nicht auseinandertreiben würden."

Mose lachte. „Ich fürchte, du findest in mir einen Neuling beim Schafehüten." Er zog einen anderen Stab, Rajas, aus dem Sand, dann schlug er ein schläfriges Mutterschaf auf das Hinterteil. „Ich habe noch nie Tiere gehütet."

„Das erstaunt mich nicht."

Während die Schafe sich langsam in Bewegung setzten, rüstete ich Mose mit einer Schlinge aus (die er bestimmt sehr geschickt würde anwenden können), einer kurzen Rute, die er in seinen Gürtel stecken sollte, einer kleinen Tasche und einem Beutel aus Ziegenleder. Ähnlich ausgestattet setzte ich mich in Bewegung und führte die Schaf- und Ziegenherde zu einem Pass in den Bergen, hinter dem es eine Stelle mit Buschwerk und Gras gab. Die Sonne war erst seit einer Stunde aufgegangen, aber unter meinem wollenen Gewand war ich bereits vollkommen durchgeschwitzt. Ich musste an das Leinengewand denken, das Mose getragen hatte, als er zu uns kam – wie kühl es gewirkt hatte und wie leicht! Aber hier gab es kein Leinen und wir hatten für ein so wenig haltbares Material auch keine Verwendung.

Wir marschierten durch ein trockenes Flussbett zu dem lebensspendenden Gras. Nachdem wir die Herde dorthin gebracht hatten, suchten Mose und ich uns eine schattige Stelle unter einer verwachsenen Terebinthe und setzten uns in den Sand. Das Schweigen wurde mir unbehaglich. Ich zog eine Schilfrohrflöte aus der Tasche und begann eine einfache Melodie zu spielen.

Mose beugte sich überrascht vor. „Du machst Musik, Zippora?"

Ich nahm die Flöte von den Lippen. „Wenn nichts anderes zu tun ist. Raja und ich haben immer zusammen gespielt." Eine Welle von Trauer über meine verstorbene Schwester stieg in mir auf. Ich steckte die Flöte weg.

Mose wechselte geschickt das Thema. „Erzähle mir von den Tieren. Was muss ein Hirte tun?"

Ich räusperte mich und deutete auf die hohen Felsen. „Du passt auf, achtest auf Gefahren. Obwohl es hier keine Löwen mehr gibt, sehen wir gelegentlich Wölfe. Einmal haben Noura und ich eine große Hyäne vertrieben, die versuchte, ein Lamm zu reißen."

„Und wie vertreibt man ohne Pfeil und Bogen eine Hyäne?"

Ich zuckte die Achseln. „Noura hat geschrien, aber ich bin auf das Biest zugegangen, mit ausgestrecktem Arm, um ihre Aufmerksamkeit zu erregen. Ich hielt meinen Stab wie einen Speer und starrte dem Tier in die Augen und habe den Blick nicht abgewandt, bis es sich umgedreht hat und davongerannt ist."

Mose warf den Kopf zurück und lachte. Das unerwartete Geräusch erschreckte ein paar Ziegen. Sie fingen an zu meckern und liefen ein paar Schritte zur Seite, bevor sie wieder anfingen zu grasen.

„Du musst auch auf Sandschlangen aufpassen." Es war mir unangenehm, einen Mann zu belehren, der beinahe so alt war wie mein Vater, aber immerhin hatte er gefragt. „In unbekannten Gebieten muss man mit dem Stab im Sand stochern, um sicher zu sein, dass darin keine Gefahren lauern. In der Wüste leben alle möglichen seltsamen Kreaturen – Leute haben mir von Greifvögeln mit Menschenköpfen erzählt, von Panthern mit Flügeln und Geparden mit Hälsen, die länger sind als die von den Giraffen. Einige sagen, in der Wüste gäbe es Hunde mit rechteckigen Ohren."

Ein nachdenkliches Lächeln umspielte den Mund meines Begleiters. „Aber du glaubst doch bestimmt nicht an solche Geschichten?"

Ich zuckte erneut die Achseln. „Wer bin ich zu sagen, ob sie wahr sind oder nicht? Ich habe noch nicht jedes Tier auf der Welt gesehen, woher soll ich also wissen, ob solche Kreaturen existieren oder nicht? Nur eine Frau, die *alles* weiß, kann eine Lüge erkennen."

Mose starrte mich einen Augenblick nachdenklich an, dann lächelte er. „Zippora, du bist ein Wunder. Ich mag die Art, wie du denkst."

Wenn er dies im Lager gesagt hätte, hätte ich ihm keine Antwort gegeben. Aber wir waren allein, umgeben von der malerischen Weite der Wüste und überdeckt von einer großen Himmelsschüssel. In einer solchen Umgebung fällt alle auferlegte Zurückhaltung von einem ab.

„Du stimmst mir zu?“ Ich wandte mich zu ihm um. „Wie kannst du dann keine Götter anbeten? Du sagst, du weißt, dass sie nicht real sind, doch du weißt nicht alles. Ein Mann kann nicht sagen, alle Götter seien falsch, es sei denn, er hätte *jeden* Gott geprüft und festgestellt, dass er seiner Anbetung unwürdig ist. Und es gibt so viele Götter; ich kann nicht glauben, dass du sie alle auf die Probe gestellt hast.“

„Ich habe mehr ausprobiert, als du denkst.“ Er wandte den Blick ab und ließ ihn über die Landschaft gleiten. „Ich habe an mehr Schreinen angebetet, als du zählen kannst.“

„Aber du hast nur die Götter der Ägypter angebetet. Es gibt noch andere Götter, weißt du. Der Stamm meines Vaters betet Baal-peor an –“

„Ein anderer Name für den Sonnengott. Die Ägypter kennen ihn gut. Außerdem“, ein Lächeln trat auf seine Lippen, „habe ich nicht gesehen, dass du an den Altären deines Vaters angebetet hättest.“

Ermutigt durch seine Ehrlichkeit lachte ich leise auf. „Ich habe noch keinen Gott gefunden, der der Anbetung wert ist. Wir haben sie alle angerufen, als meine Mutter krank war, aber keiner von ihnen hatte die Macht, sie zu retten.“

„Aha.“ Moses Blick wanderte zu der Herde hinüber. „Dann wartest du also auf einen Gott, der sich dir zeigt?“

„Ich weiß nicht. Vielleicht. Aber ich weiß, dass ich nicht mutig genug bin zu behaupten, es gäbe gar keine Götter, denn vielleicht gibt es einen wahrhaft mächtigen Gott über den anderen. Denke an Abraham von Ur; er hat El Shaddai, den Gott der Berge, angebetet und El-Elyon, den allerhöchsten Gott –“

„*Wen* hat er angebetet?“

Ich blinzelte und fragte mich, ob Mose auf einmal taub geworden war. „Das habe ich doch gerade gesagt. El Shaddai, El-Elyon ...“

„Das sind doch nur beschreibende Begriffe, Zippora. Attribute, die mit *el* zusammengestellt sind. Ich könnte dich Kluge Schreiberin, Hübsches Mädchen, Tochter Reguels und

Tapfere Hirtin nennen – diese Worte beschreiben dich, aber sie sagen mir nicht deinen Namen."

Ich brachte einen Augenblick lang kein Wort heraus. Ich fragte mich, ob er mich ansehen würde, um die Wirkung seiner Worte zu überprüfen, aber sein Gesicht war unverändert den Herden zugewandt. Ich atmete tief durch und bemühte mich, mit fester Stimme zu sprechen. „Diese Namen sind Attribute, ja, aber ich denke, Abrahams Gott hatte einen persönlichen Namen. Ich kenne ihn nicht. Ich weiß nicht einmal, ob mein Vater ihn kennt –"

Mose umklammerte mein Handgelenk. „Wie war der Name vom Stamm dieses Abraham?"

Ich starrte ihn an, verblüfft von seinem plötzlichen Interesse. „Ich weiß es nicht, aber mein Vater weiß es. Bestimmt hast du ihn schon von Abraham erzählen hören – Midian, der Vater unseres Stammes, war Abrahams Sohn von seiner Frau Ketura."

„Abraham." Mose sprach den Namen nachdenklich flüsternd aus. „Wurde er auch Israel genannt?"

„Nein. Abraham zeugte Isaak, der Jakob zeugte, der später Isra-el genannt wurde, ‚einer, der von Gott regiert wird'. Die Nomaden sagen, die Kinder von Isra-el leben in Ägypten unter einem harten Joch, denn sie haben den Gott ihrer Väter vergessen –"

„Nicht alle." Sein Griff um mein Handgelenk wurde fester. Moses Blick wanderte in die Ferne. „Einige von ihnen erinnern sich an ihn. Und einige von ihnen haben um einen Befreier gebetet."

Irgendetwas an seinem Verhalten beunruhigte mich. In diesem Augenblick waren wir nicht mehr Lehrer und Schüler, sondern Fremde. „Was weißt du von den Kindern von Isra-el?"

Lange Zeit antwortete er nicht, dann verengten sich seine Augen. „Ich bin einer von ihnen."

Ich muss ihn entgeistert angestarrt haben. Mose, ein Nachfahre Abrahams? Unmöglich zu glauben, denn er war so ägyptisch wie eine Hieroglyphe. Obwohl ich niemandem gegenüber den Goldschmuck in seinem Besitz erwähnt hatte, war ich seit Langem davon überzeugt, dass er ein ägyptischer Adeliger auf der Flucht war, ein bedeutender Beamter, der ungerecht behandelt worden war oder die Schuld für ein Verbrechen auf sich nehmen sollte, das er nicht begangen hatte.

Mose, ein Cousin? Mein Herz konnte diese Vorstellung nicht akzeptieren.

Schließlich fand ich die Sprache wieder. „Warum hast du es uns nicht erzählt?"

„Ich hielt es nicht für wichtig. Immerhin sind die Hebräer ein geschlagenes Volk."

„Die Kinder von Isra-el?"

„Die Ägypter nennen sie Hebräer, Lehm-Volk. Sie töten die hebräischen Kinder und zwingen die Männer, Ziegel für den Pharao zu brennen, eine Aufgabe für die niedrigsten und dümmsten Sklaven. Ihre Frauen sind durch harte Arbeit gebeugt, ihre Männer dürr und zerschlagen. Es ist ein armseliger Anblick."

Er blickte mich an und in seinem Blick entdeckte ich den Funken eines lang begrabenen Feuers. „Wenn sie so armselig sind, kannst du nicht zu ihnen gehören. Du bist alles andere als –"

„Ich wuchs als Ägypter auf. Die Tochter des Pharaos wollte einen Sohn und sie fand mich am Flussufer. Ich habe die Wahrheit über meine Geburt erst erfahren ... nun, kurz bevor ich dir begegnet bin."

Vielleicht war es das Wort *dir* oder die plötzliche Wärme in seiner Stimme, aber in diesem Augenblick fühlte ich mich Mose näher als je zuvor. Seine Finger lagen noch immer um mein Handgelenk, und so legte ich meine zitternde Hand mit so viel Zärtlichkeit auf seine, wie ich aufbringen konnte.

„Deine Geschichte erklärt ein Geheimnis", sagte ich und fragte mich, ob er wohl bereit war, meinem Vater dieselbe Geschichte zu erzählen. „Auch den Schmuck, den ich vor so langer Zeit in dem Beutel bei deinem Pferd gefunden habe."

Er ließ leise die Luft entweichen. „Du hast dieses Geheimnis bewahrt. Nicht viele Frauen halten ihre Zunge so gut im Zaum."

Ich zuckte die Achseln. „Ich habe mich immer gefragt, wie es kam, dass du bei uns geblieben bist. Ich dachte, du seist ein Dieb, ein Mörder, vielleicht ein entlaufener Sklave. Jetzt glaube ich, es zu verstehen. Du hast erfahren, dass du ein Hebräer bist, darum hast du Ägypten verlassen, um deinen Weg in der Welt zu finden?"

Ein Muskel zuckte in seiner Wange; mit einer schnellen Bewegung entzog er mir seine Hand. „Deine Fantasien gehen weit am Ziel vorbei, kleiner Vogel. Ich habe Ägypten verlassen, weil ich einen Mann getötet habe. Der Pharao hatte verfügt, ich sollte mit meinem Leben für das Verbrechen bezahlen, darum bin ich davongelaufen und hierhergekommen."

Mir stockte der Atem. Dieser Mann, ein Mörder? Der Gedanke war unvorstellbar, aber ein Blick auf sein Gesicht sagte mir, dass er nicht log. Und ich hatte gesehen, wie geschickt er im Umgang mit den Waffen war, der Macht in seinen Händen.

Ungeachtet meines Schweigens redete Mose weiter. Das Bekenntnis musste irgendetwas in ihm gelöst haben. „Ich habe mich von allem verabschiedet, was ich geliebt habe – meinem Heim, meiner Mutter, meiner Stellung im Haus des Pharaos. Mir wurde beigebracht, mich als Gott zu betrachten, und tatsächlich glaubte ich es, denn was immer ich berührte, war gesegnet mit Gunst und Glück. Ich diente als Hauptmann in der Armee des Pharaos; ich hatte das Kommando über zwanzigtausend Mann. Ich trug Gold und feines Leinen, ich bewohnte königliche Gemächer. Alles in Ägypten hätte mir gehören können, auch der Thron des Pharaos, doch dann erfuhr ich, dass meine Mutter mich in Bezug auf meine Identität belogen hatte. Ich war nicht der Sohn eines Gottes; ich war nicht mal der Sohn von Ramses. Ich war der

Sohn hebräischer Sklaven, ein Kind, das sie im Schlamm des Nils gefunden hatte. Alle meine königlichen Brüder, alle Krieger, die ich bei Wettkämpfen besiegt hatte, hatten mich als ihnen überlegen betrachtet, aber ich wusste, sie würden bald die Wahrheit erfahren. Ich war nichts, ein Klumpen Lehm."

Sein Gesicht verfinsterte sich und ich fühlte mich auf einmal schwach und klein. Ich hatte gehofft, Mose besser kennenzulernen, aber vielleicht sollten einige Geheimnisse besser begraben bleiben.

„Dann begann ich zu überlegen", fuhr er fort. „Welche Bedeutung hatte meine Herkunft? Und wenn die Götter mich bewusst in Pharaos Palast gestellt hatten? Und wenn ich meine Macht und meine Stellung nutzen sollte, um den Hebräern zu helfen, der Sklaverei zu entkommen und das Ma'at in ihrem armseligen Leben wiederherzustellen? Ich war eine perfekte Mischung aus hebräischem Blut und ägyptischer Bildung. Ich lief herum im Körper eines Hebräers, groß und stark, aber ich besaß eine ägyptische Seele. Ich verfügte über Kenntnisse in Mathematik, Schrift und Literatur. Ich konnte die Sterne benennen und Träume deuten. Ich war vertraut mit Geometrie, Kunst, Chemie und Metallkunde. Ich beschloss, den Hebräern zu helfen, ihnen zu zeigen, dass ich kein Feind war. Und so ging ich nach Gosen mit dem Vorsatz, sie kennenzulernen."

Mose hob die Hände und starrte auf seine glatten Handflächen. Ich nutzte die Gelegenheit und ergriff das Wort. „Bestimmt wurdest du dort willkommen geheißen. Bestimmt waren sie erstaunt zu erfahren, dass einer ihrer Verwandten im Palast des Pharaos gelebt hatte –"

„Sie haben mich gehasst." Seine Nasenflügel bebten. „Meine eigene Schwester hat mich angespuckt. Und als ich versuchte, einen von ihnen vor einer Prügelstrafe zu retten, überwältigte mich der Zorn und mischte sich mit einem stolzen Gerechtigkeitsgefühl. Ich verteidigte den Mann, ja, aber dabei habe ich einen ägyptischen Hauptmann getötet. Vollkommen erschüttert ging ich am folgenden Tag in das Dorf, in dem ich geboren worden war. Ich hoffte, sie würden erkennen, dass es mein Anliegen war, sie zu verteidigen, aber sie haben sich im Zorn gegen mich gewandt."

In seinen Augen lag unendliche Traurigkeit. „Wie hilft man Menschen, die keine Hilfe wollen?" Er deutete auf die Weiden, wo unsere Herden das spärliche Gras fraßen. „Sie sind wie die Schafe im Pferch heute Morgen – sie werden sich nicht in Bewegung setzen, wenn man sie nicht mit einem scharfen Stock antreibt, aber ich hatte keinen Stock ... zumindest keinen, den sie respektierten."

Er griff nach seinem Hirtenstab und stieß das spitze Ende in den Sand. „Schafe reagieren auf Schmerz, aber die Hebräer haben sich an ihr Leid gewöhnt. Ziegen reagieren auf Rufe, aber die Kinder Israels haben ihre Ohren verstopft. Ich habe versucht, ihnen zu helfen, und dafür wurde ich aus meiner Heimat und meinem Volk verbannt. Und das Schlimmste überhaupt ist, ich stellte fest, die Familie, die ich geliebt hatte – meine Mutter und, ja, sogar der Pharao –, war gar nicht meine Familie, sondern nur eine Fassade."

Er schwieg und lange Zeit saßen wir wortlos nebeneinander. Mose mied meinen Blick, und so starrte ich in die Ferne und versuchte, mir Szenen aus dem Leben auszumalen, das er mir gerade geschildert hatte. Ohne Mühe konnte ich ihn mir als Königssohn vorstellen – der Wind der Wüste hatte seine königliche Haltung, die jede Faser seines Wesens durchdrang, nicht forttragen können. Seit fünf Jahren lebte er in unserem Haushalt, er hatte unsere Sitten, Sprache und Kleidung angenommen, aber er hatte uns nicht von Herzen akzeptiert. Ein Mann, der seinen Gefährten vertraut, braucht keine Geheimnisse zu haben, doch Mose hatte viele.

In vieler Hinsicht war er noch genauso ein Außenseiter wie an dem Tag, an dem wir ihn am Brunnen getroffen hatten. Aber nicht für mich. Er hatte den Schleier angehoben und mir sein wahres Gesicht gezeigt, und in dieser Stunde wusste ich, dass ich eines Tages seine Frau werden würde.

Drei Jahre vergingen. Gegen jede Tradition unseres Volkes weidete Mose unsere Herden und unter seiner Aufsicht vermehrten sich unsere Tiere wie nie zuvor. Mein Vater pries die Götter für diese glückliche Fügung und erzählte jedem, der es hören wollte, die Tradition dürfe dem gesunden Menschenverstand niemals im Wege stehen.

Ich führte den Haushalt meines Vaters und diente als Schreiberin, wann immer ich gebraucht wurde. Hobab verhandelte mit den herumreisenden Händlern und verkaufte unsere Lederwaren, unser Terebinthenharz und unseren Käse und half mir, Obst, Gemüse und Gewürze einzukaufen. Die Sklaven arbeiteten zusammen, meine Schwestern besuchten uns gelegentlich mit ihren Kindern und ein Tag ging nahtlos in den nächsten über. Wir erlebten eine lange Phase der Ruhe und des Wohlstands.

Diese Jahre verbrachte ich in glücklicher Frustration. Meine Gefühle der Zuneigung für Mose verwandelten sich in tiefe Liebe, und obwohl er mich auch weiterhin als besondere Vertraute behandelte, brannte in seinen Augen niemals diese besondere Leidenschaft, die ich in den Augen der Männer entdeckt hatte, die gekommen waren, um meine Schwestern als Frauen zu holen. Mose mochte mich, er schätzte es, dass ich seine Geheimnisse bewahrte, aber unser Altersunterschied stand wie eine Mauer zwischen uns. Ich fürchtete, dass ich in seinen Augen immer das kleine Mädchen am Brunnen bleiben würde.

Auch die Frustration meines Vaters wuchs. An einem Sommermorgen rief mich mein Vater in sein Zelt und blickte mich ernst an. „Du, Zippora, hast das Alter der Reife längst überschritten. Würdest du gern Mose, den Ägypter, heiraten?"

Ob ich ihn gern heiraten wollte? Meine erste Reaktion war nicht Sorge um mich, sondern um Mose. Er schien hier irgendwie fehl am Platze, willkommen, aber nicht zugehörig. Konnte er glücklich werden, wenn er an eine midianitische Frau gebunden war?

Mein Vater vergeudete mit solchen Bedenken keine Zeit. Nachdem er von mir die Zusicherung erhalten hatte, ich hätte keine Einwände gegen eine Heirat (dass er mich um meine Meinung fragte, war eine seltene Ehre, denn die meisten Väter interessierten sich nicht für das, was ihre Töchter dachten), sagte er Mose beim Abendessen, er wolle ihn um eine Gunst bitten und ihm eine Gunst gewähren.

Ich versteckte mich hinter der Zeltwand und scheuchte leise die Dienstboten fort.

„Die Gunst, um die ich dich bitten will", fuhr mein Vater fort, „betrifft meine Tochter Zippora, mit der du gut bekannt bist."

Mose antwortete nicht, aber ich war sicher, dass er nickte.

„Sie ist siebzehn und ich muss unbedingt einen Mann für sie finden. Wenn du nichts dagegen hast, möchte ich deine Meinung hören. Was hältst du von Gal, dem Edomiter, der mit seinem Vater häufig zu Besuch kommt? Ist er für Zippora geeignet?"

„Gal?" Verachtung schwang in Moses Stimme mit. „Gal ist viel zu herrisch für Zippora. Sie würde bis aufs Blut mit ihm streiten. Ich respektiere deine Wünsche, Reguel, aber ich glaube nicht, dass Gal ein guter Mann für unseren kleinen Vogel wäre."

„Hmm."

Ich legte die Hand auf meinen Mund und unterdrückte ein Lächeln. Obwohl ich nicht ins Zelt hineinsehen konnte, sah ich meinen Vater vor mir, wie er seine graue Augenbraue hochgezogen hatte, während er der Beute den Köder vorhielt.

„Dann vielleicht Elan. Er ist ein feiner Junge und außerdem intelligent. Er hat auch ein sanftes Wesen –"

„Elan, ich bitte um Entschuldigung, würde wie ein Schilfrohr unter Zipporas Willensstärke brechen. Sie ist kein wiederspenstiges Mädchen, aber ganz bestimmt weiß sie, was sie will, während Elan wie eine Feder im Wind ist. Nein, Reguel – da du mich um meine Meinung fragst, mir würde es nicht gefallen, Zippora mit Elan verheiratet zu sehen."

„Dann Aksel. Erst letzte Woche hat er von Zipporas Schönheit geschwärmt. Er hat sie mit einer zarten Lotusblüte am Nil verglichen –"

„Aksel ist älter als du! Es tut mir leid, Reguel, aber du willst doch Zippora bestimmt nicht mit einem Mann verheiraten, der alt genug ist, um ihr Vater zu sein?"

„Vielleicht doch." Vaters Stimme wurde seltsam weich. „Am meisten wünsche ich mir, sie mit einem Mann zu verheiraten, der sie liebt, Mose. Sein Alter ist mir egal, solange er stark genug ist, sie zu lieben, und sanft genug, ihre seltsamen Verhaltensweisen zu ertragen."

Ich schloss frustriert die Augen, denn ich konnte mir Moses Gesichtsausdruck nicht vorstellen.

Vater sprach weiter. „Nur ungern würde ich meine Zippora fortschicken. Sie ist meine Freude und spielt in meinem Haushalt eine wichtige Rolle. Darum würde es mich freuen, wenn die Götter ihr gestatten würden, mit ihrem Mann in meiner Nähe zu bleiben."

Als Mose antwortete, hörte ich einen Hauch von Lachen in seiner Stimme. „Du hast mich nach meiner Meinung gefragt; ich habe sie dir gesagt. Und welches ist die Gunst, die du mir gern gewähren würdest?"

„Ich möchte dir die Gunst gewähren, meine Tochter zu heiraten. Du bist ein würdiger Mann. Ich würde mich geehrt fühlen, dich meinen Sohn zu nennen."

„Da gibt es etwas, das ich dir sagen muss."

Ich hörte zu, wie Mose die Geschichte seines Lebens in Ägypten schilderte. Er verschwieg auch nicht den Grund für sein Fortgehen. Er sprach ruhig, ohne eine Spur des Zornes, den ich miterlebt hatte, als er die Geschichte mir erzählt hatte. Mit jedem Wort klopfte mein Herz stärker vor Vorfreude.

Als er fertig war, hielt ich die Luft an und lauschte vergebens auf die Reaktion meines Vaters. Ich hörte nichts, *einfach gar nichts*. Dann ertönte die Stimme meines Vaters: „Zippora! Komm und bringe Wein!"

Mit überströmendem Herzen schnappte ich mir den Weinkrug und betrat das Zelt. Mein Vater strahlte mich an. „Ich gratuliere dir, Tochter." Er hob seinen Becher. „Dieser Mose hier, ein Verwandter, wird dich beim nächsten Vollmond heiraten. Bereite dich auf einen großartigen Mann vor!"

Verlegen sah ich Mose an, und in seinen Augen bemerkte ich einen Ausdruck, der mir wie Nervosität erschien. Konnte es sein, dass er trotz all seiner Erfahrung, seines Alters und seiner Fähigkeiten in Bezug auf die Ehe genauso unsicher war wie ich? Ich lächelte ihn flüchtig an, dann zog ich den Kopf ein und schlüpfte aus dem Zelt. Ich war glücklich.

In dieser Nacht, als ich unter einer wollenen Decke zitternd im Frauenzelt lag, wünschte ich mir beinahe, ich könnte die Hingabe meines Vaters an die Götter teilen. Aber Gottheiten, falls sie überhaupt existierten, trieben ganz bestimmt auf einer hohen Wolke über unserer sterblichen Existenz. Die Götter, die meine Mutter nicht gerettet hatten, konnten mein Glück nicht vorausbestimmt haben ... aber dennoch hätte ich gern jemandem gedankt für den Segen, einen Mann wie Mose kennen und lieben zu dürfen.

Mein Vater bestand auf einer Fülle von religiösen Ritualen, und so wurden Mose und ich bei Vollmond verheiratet, denn bei Vollmond hatten die Götter die meiste Kraft, gegen böse Geister anzukämpfen. Mein Bruder, mehrere Verwandte und unsere Sklaven nahmen an der Zeremonie teil. Ich legte mein schönstes Gewand und den schönsten Schleier an, dann trat ich aus dem Zelt zu meinem Mann. Vater legte ein gebundenes Lamm auf den Steinaltar, schnitt dem Tier die Kehle durch und ließ das Blut in einen Messingbecher laufen. Dann hob er als symbolische Opferung zur Feier unserer Hochzeit uns den Becher entgegen und goss das Trankopfer über die Steine.

Insgeheim war ich erleichtert, dass dies das einzige Blutvergießen bei unserer Hochzeit sein würde. Unter den vielen Wüstenstämmen war es Sitte, dass der Priester den Bräutigam in einem Ritual, dem sogenannten *Hattan,* beschnitt. Der Augenblick, als die Männer meiner Schwestern dieses Ritual bei Vollmond hatten über sich ergehen lassen müssen, war schrecklich gewesen, und ich war nicht erpicht darauf, dasselbe bei meiner eigenen Hochzeit zu erleben. Mein Vater hätte dieses Ritual gern vollzogen, aber Mose versicherte ihm, es sei nicht nötig.

„Die Ägypter beschneiden die Jungen, wenn sie das Mannesalter erreichen, aber Mose sagte, er sei als Kind beschnitten worden“, hatte mein Vater mir vor der Zeremonie anvertraut. „Anscheinend hat jemand das Ritual vollzogen, als er noch unter den Kindern Isra-els lebte.“

Ich verzog das Gesicht. „Sie beschneiden *Babys*?“

„Ja, am achten Tag nach der Geburt. So hat El Shaddai es Abraham aufgetragen und auf diese Weise tragen die Männer Isra-els das Zeichen des Bundes ihres Gottes an ihrem Körper.“

Als ich vor Mose stand und meine Hand in seine legte, drehten sich meine Gedanken nicht um Blut oder Beschneidungen. Ich lächelte den Mann an, den ich zu lieben, zu bewundern und zu respektieren gelernt hatte. Obwohl ich vermutete, dass er noch immer seine Geheimnisse vor uns hatte, war ich bereit zu warten, bis er sie alle offenbarte.

Während mein Vater und seine Freunde feierten, zogen Mose und ich uns in unser Brautzelt zurück. Eine kleine Öllampe brannte als einzige Lichtquelle auf einem umgestülpten Topf in der Nähe des Eingangs. Mose kam zu mir und nahm mir langsam den durchsichtigen Schleier vom Kopf. Ein Zittern durchlief mich, aber ich war entschlossen, ihn meine Unsicherheit nicht spüren zu lassen.

„Zippora", sagte er einfach und seine Augen liebkosten mein Gesicht. Er legte die Hand an meine Wange und streichelte sie; dann löste er das Lederband aus meinen Haaren. Langsam breitete er mit beiden Händen meine langen Haare über meine Schultern, dann trat er zurück und schaute mich an. „Komm." Er nahm meine Hände und führte mich zu den Fellen und Häuten, die unser Brautbett waren, und zog mich an seine Seite.

Wir küssten uns Nase an Nase, wie es bei den Ägyptern Sitte ist. Von draußen drang Musik und das Gemurmel von Stimmen zu uns herein. „Ich hoffe", sagte er mit heiserer Stimme, „dass du nie enttäuscht von mir sein wirst."

„Enttäuscht?" Ich vergaß meine Nervosität, stützte meinen Kopf auf meine Hand und betrachtete sein Gesicht. „Wie könntest du mich enttäuschen? Du bist ein Prinz."

„Ich bin gar nichts. Ein Mann ohne ein Land."

„Du bist alles. Und du wirst deine Heimat bei mir finden, beim Stamme Midian, und nie wieder wirst du dich verloren fühlen."

MERYTAMON

Da ich am vielversprechenden vierten Tag des ersten Monats von Proyet geboren worden war, hatten die Priester meiner Mutter gesagt, ich sei dazu bestimmt, den Rest meiner Familie zu überleben. Als ich jedoch in mein 61. Jahr eintrat, wusste ich, dass die Priester gelogen hatten.

Ich wurde immer schwächer und die Priester hatten kein Heilmittel dafür. Inzwischen konnte ich kaum noch durch mein Zimmer gehen, ohne nach Luft zu schnappen, und mich aufrecht hinzusetzen war ein Kampf.

Zu Beginn des vierten Jahres meines Exils in Mi-Wer wusste ich, dass es an der Zeit war, mich von Mose zu verabschieden. Natürlich würde ich ihn nicht wieder sehen. Vier

Jahre waren nicht lange genug, um Ramses' Zorn abkühlen zu lassen. Darum schickte ich meine Dienerin nach einem Stift und Papyrus und sammelte alle meine Kräfte, um die Worte niederzuschreiben, die mir auf dem Herzen lagen.

Lange Zeit saß ich einfach da und starrte auf das Pergament. Früher waren mein Sohn und ich durch Briefe verbunden gewesen. Wir hatten gern zusammen gelesen, hatten Geschichten, Dichtung und Gebete miteinander geteilt. Mose war genauso gebildet und literaturkundig wie jeder Prinz Ägyptens in der Geschichte.

Wandte er sein Wissen jetzt an? Oder hatte er sein früheres Leben hinter sich gelassen? Dachte er an mich voller Zuneigung ... oder voller Bitterkeit?

Ich wischte eine Träne von meiner Wange. Ich wusste es nicht, aber ich vertraute darauf, dass ich es in der anderen Welt erfahren würde. Eines Tages würden Mose und ich wieder vereint sein.

Mühsam atmete ich tief durch und begann zu schreiben.

ZIPPORA

Die Jahre vergingen wie die Blütenblätter einer Wüstenrose, eines nach dem anderen, nicht zu unterscheiden. Ich lebte als Tochter, Frau und Schreiberin. Doch das, wonach ich mich am meisten sehnte, bekam ich nicht. In meiner Verzweiflung suchte ich den priesterlichen Rat meines Vaters, und endlich, nach einer endlosen Folge von Opferungen für Baal und Isis, konnte ich meinem Mann sagen, dass ich Mutter werden würde.

Unser Sohn wurde an einem kalten Winterabend in meinem 27. Jahr geboren. Als die Hebamme Mose unseren Erstgeborenen in die wartenden Hände legte, brachte er das Kind nach draußen und hob es dem aufgehenden Mond entgegen. Ich beobachtete ihn durch die geöffnete Zeltklappe und fragte mich, ob diese Geste der Tradition, der Hoffnung oder dem reinen Instinkt entsprang.

Mose brachte das Baby wieder herein und legte es mir vorsichtig in die Arme. „Wir werden ihn Gerschom nennen“, sagte er mit belegter Stimme, „denn ich bin ein Fremder in einem fremden Land.“

Diese Bemerkung drang mir wie ein Pfeil durchs Herz, aber ich senkte den Blick, damit Mose den Schmerz in meinen Augen nicht bemerkte. Nachdem er schon so lange bei uns war, wie konnte er sich noch immer als Fremder fühlen? Meine Familie und ich hatten ihn aufgenommen, so gut wir es vermochten, doch er blieb distanziert.

Ich drückte einen Kuss auf die Stirn meines Kindes und schwieg. Wenigstens hatte ich Mose einen Sohn geschenkt. Unsere Welt war vielleicht trocken und öde im Vergleich zu dem grünen Paradies Ägypten, aber es besaß eine eigene Schönheit. Unser Volk konnte sich keines Goldes, keiner großen Vielfalt an Nahrung oder Tempel und Marmorhäuser rühmen, aber wir besaßen Mut, Loyalität und Liebe im Überfluss. Doch Mose würde selbst lernen müssen, diese Dinge zu schätzen.

Acht Tage nach Gerschoms Geburt kam Mose in mein Zelt. Er blieb einen Augenblick stehen und sah zu, wie das Baby an meiner Brust nuckelte. Schließlich hockte er sich vor mich hin und berührte mein Knie. „Es ist an der Zeit, dass Gerschom beschnitten wird.“

Ich weiß nicht, wie ich das Gefühl beschreiben soll, das in mir aufstieg. Die Leute sprechen bei Muttergefühlen oft vom Zorn einer Löwin, die ihre Jungen beschützt, aber mein Gefühl war mehr als der Drang zu verteidigen. Ich dachte an meinen Mann, der die Traditionen der Hebräer noch rigoroser verlassen hatte als die der Ägypter. Ich erinnerte mich an den Schmerz in Moses Augen, als er erzählt hatte, wie die Kinder Isra-els ihn verspottet und an Ramses verraten hatten. Ich dachte daran, wie wir ihn aufgenommen und geliebt hatten, doch er hielt sich von uns fern und gewährte uns nur dann Einblick in sein Herz und seine tiefsten Gedanken, wenn ihm danach zumute war – und es war lange her, seit er mir das letzte Mal sein Herz geöffnet hatte.

Irgendetwas in mir rastete aus. Zorniger, als ich es je für möglich gehalten hätte, drückte ich das Baby an meine Brust und blickte meinen Mann entschlossen an. „Wenn du mit einem Messer in die Nähe dieses Kindes kommst“, sagte ich mit eiskalter Stimme, „werde ich dich damit erstechen. Ich werde nicht zulassen, dass mein Sohn mit dem Bund eines Gottes gekennzeichnet wird, den du nicht einmal beim Namen nennen kannst.“

Unfähig, auf meinen Einwand zu antworten, erhob sich Mose und verließ das Zelt. Das Thema wurde nie wieder angeschnitten.

Aus Zorn, Gleichgültigkeit oder Verachtung suchte Mose mein Bett nach Gerschoms Geburt nicht mehr auf. Er führte die Herden häufig zu weit entfernten Weiden und schlief unter den Sternen. Wenn er im Lager war, schlief er in der Ecke unseres Zeltes oder neben der Feuerstelle. Obwohl er mir gegenüber höflich blieb, behandelte er mich mit derselben Distanziertheit, die er den Dienstboten gegenüber an den Tag legte. Mein Vater bemerkte die Veränderung, denn ich ertappte ihn häufig dabei, wie er mich nachdenklich beobachtete.

Eines Tages zupfte mich mein Vater am Ärmel, als ich an ihm vorbeiging. „Du musst mit ihm reden.“ In seinen Augen lag Sorge. „Mit jedem Tag wird es schwieriger.“

„Mose und ich sind erwachsene Menschen.“ Ich setzte das Baby auf meine andere Hüfte. „Wenn er etwas zu sagen hat, wird er es schon sagen.“

„Nur wenn er denkt, du hörst ihm zu.“

Ich senkte den Kopf und ging kopfschüttelnd davon. Mein Vater war schon viel zu lange allein. Er hatte vergessen, dass es in der Liebe wechselnde Jahreszeiten gibt, genau wie in der Natur. Mose und ich hatten einen schwierigen Frühling durchgemacht, als die Kinder ausblieben, aber wir waren erfolgreich in den Sommer übergegangen. Wir brauchten keine ständige Versicherung, ständige Berührungen oder leidenschaftliche Worte der Zuneigung. Wir waren ein reifes Ehepaar; mein Mann war mehr als 60 Jahre alt.

Doch ich konnte nicht leugnen, dass ich sein Schnarchen, den Geruch von männlichem Schweiß in den Fellen und den Anblick seiner starken Gestalt vermisste. Als junge Frau hatte ich gehofft, mein Mann und ich würden uns immer nahestehen, aber seit Gerschoms Geburt schien sich der Panzer um Moses Herz mit jedem Tag ein wenig mehr zu verdichten.

Das einsame Leben eines Hirten beeinflusst die Menschen auf zweierlei Weise – entweder ihr Wunsch nach Gesellschaft wird größer oder sie werden immer schweigsamer. Das Hüten der Schafe schien Moses Mund zu verschließen, aber bis zur Geburt des Kindes hatte ich Mose helfen können, sich zu entspannen, wenn er ins Lager zurückkehrte. Nun, da er so oft fortblieb, fürchtete ich, die Einsamkeit der Wüste könnte sein Herz ganz verschließen.

Mein Mann war nicht der Einzige, auf den Gerschoms Geburt Einfluss hatte – seine Ankunft löste in meinem Herzen etwas aus und zum ersten Mal seit Jahren gab ich dem Drängen meines Vaters nach und widmete den Göttern mehr Aufmerksamkeit. Im Bewusstsein, dass ich jetzt die Verantwortung nicht nur für mein Leben trug, baute ich in meinem Zelt einen kleinen Schrein für die Göttin Athirat auf. Noch immer hegte ich den Göttern gegenüber tiefe Skepsis, aber man konnte nicht ein lebendiges, atmendes Kind im Arm halten ohne das Wissen, dass es stärkere Kräfte gab als die Dinge, die sterbliche Menschen sehen und fühlen konnten. Und darum wählte ich Athirat als meine persönliche Gottheit aus, denn sie war die Gefährtin von El, dem Vater der Götter, und ihren 70 Kindern eine beschützende Mutter. Sie war weder eine Zerstörerin noch eine Thronräuberin, sondern gütig wie ein Windhauch.

Mose sagte nichts zu meinem kleinen Schrein. Als er ihn das erste Mal erblickte, entrang sich ihm lediglich ein erstickter Laut, doch dann zog er sich einfach wortlos in seine Ecke zurück, wickelte sich in ein großes Fell und legte sich schlafen. Ich sagte ebenfalls nichts.

Gerschom war gerade drei geworden, als wir erfuhren, dass Ramses von Ägypten gestorben war. Die Handelskarawane aus Ägypten brachte viele Nachrichten, denn nur wenige Könige konnten es mit Ramses' Herrschaftszeit von 67 Jahren aufnehmen. Zu seinen Lebzeiten hatte dieser große König 96 Söhne und 60 Töchter gezeugt und 12 Prinzen überlebt. Sein 13. Sohn, Merneptah, war ihm auf den Thron von Ägypten gefolgt.

„Merneptah prahlt mit seinen Eroberungen", erzählte uns ein Minenarbeiter aus dem Schwarzen Land. „In seinem Bestattungstempel in Theben hat er eine Stele errichtet, auf der steht:

„Die Prinzen liegen flach auf dem Boden und sagen: ‚Frieden!'
Keiner erhebt den Kopf zwischen den Neun Bögen.
Nun, da Libyen darniederliegt,
ist Hatti zufriedengestellt.
Kanaan wurde geplündert und klagt;
Aschkelon wurde überwältigt;
Gezer ist gefangen genommen worden;
Yanoam wurde ausgelöscht;
Israel ist gebrandschatzt und sein Same ist nicht mehr;
Hurru ist Witwe geworden wegen Ägypten."

Mit steinernem Gesichtsausdruck hörte sich Mose diese Neuigkeiten an, aber ich spürte, dass seine Gefühle in Aufruhr waren. Ramses war sein Vater gewesen, zumindest gefühlsmäßig, wenn auch nicht tatsächlich, und mein Mann war als Merneptahs Bruder aufgewachsen. Ich hatte Sorge, diese Nachricht könnte in ihm den Wunsch wecken, nach Ägypten zurückzukehren.

Doch er sagte nichts. Er unterdrückte alle Gefühle, die durch diese Nachricht geweckt worden sein mochten, und erhob sich am folgenden Morgen, um die Herde auf die Weide zu führen. Bei Sonnenuntergang kehrte er zurück. Wettergegerbt und braun gebrannt verzehrte er schweigend seine Mahlzeit, während mein geschwätziger Vater über den Besuch von irgendwelchen Stammesältesten redete und sich darüber beklagte, wie selten er anständiges Vieh für die Opferungen bekäme.

An diesem Abend kam Mose in mein Bett. Er sprach nicht, als er mich in seine Arme zog, aber ich legte meine Hände gegen seine Brust und schob ihn etwas von mir, damit ich ihm in die Augen sehen konnte.

„Liebst du mich, Mose?"

Er legte seine Hand auf mein Haar und kleine Fältchen zeigten sich in seinen Augenwinkeln, als er lächelte. „Hätte ich damit aufhören sollen?"

„Du bist so still gewesen ... so distanziert. Ich habe angefangen zu glauben, du würdest dich nach Ägypten zurückwünschen."

„Zippora." Er nahm meine Hand und führte sie an seine Lippen. Jeder Nerv in meinem Körper war geweckt. „Mein Leben ist hier, bei dir."

„Und warum hast du dich dann von uns zurückgezogen? Du bist wie ein Fremder mir und Gerschom gegenüber gewesen."

Er zuckte leicht zusammen, als ich den Namen unseres Sohnes aussprach, und im flackernden Licht der Lampe sah ich, wie sich Verzweiflung auf seinem Gesicht ausbreitete. „Verzeih mir, Zippora."

„Was denn, Mose? Ich muss doch wissen, was du denkst."

Er schloss die Augen und drückte seine Hände an meinen Kopf. Einen Augenblick lang fürchtete ich, er könnte ihn zerquetschen wie eine Melone; dann ließ der Druck nach.

„Ich weiß nicht, wie ich das erklären soll, aber du hast eine Antwort verdient. Anfangs war ich zornig, weil du nicht zugelassen hast, dass ich unseren Sohn beschneide."

Ich presste meine Lippen zusammen und nickte; das war offensichtlich gewesen ... und ganz zweifellos mein Fehler.

„Dann ... ich habe angefangen mich zu fragen, was für ein Vater ich sein kann. Der einzige Vater, den ich je gekannt habe, war Ramses, der gar kein Vater war, sondern ein Gott."

Ich schnitt eine Grimasse. „In der Nähe dieses Lagers gibt es genügend Götter. Wir brauchen keinen weiteren."

„Nein." Sein Mund verzog sich zu einem Lächeln. „Aber ich habe es nicht anders kennengelernt und ich konnte Ramses nicht vergessen. Wusstest du, dass einige der Priester behaupteten, er sei unsterblich? Ich hatte das nicht geglaubt, aber er blieb stark und lebte immer weiter ..."

Und auf einmal erkannte ich die Wahrheit. Mose hatte Ägypten zwar vor Jahren verlassen, aber Ägypten – und Ramses – hatten *ihn* niemals verlassen. Der Junge, der in der Ehrfurcht vor einem göttlichen Vater aufgewachsen war, hatte sich nie aus seinem Schatten befreien können ... bis jetzt.

Ich schnappte nach Luft, als sich mir eine Reihe von Erkenntnissen auftat. Trotz seines immer wieder betonten Unglaubens hatte sich Mose wohl im tiefsten Innern gefragt, ob er für immer von einem Gott verflucht war. „Du hast nicht geglaubt, dass du es verdient hast, glücklich zu sein", flüsterte ich.

Er antwortete nicht, sondern schloss die Augen. Von Zärtlichkeit erfüllt zog ich seinen Kopf an meine Schulter und strich ihm über das Haar. Ich tröstete den Jungen, der es noch immer nicht verwunden hatte, den einzigen Vater verloren zu haben, den er je gekannt hatte.

Fast ein Jahr später, in der Jahreszeit des Winters, legte sich mitten am Nachmittag auf einmal eine feuchte Hitze über das Lager. Ein Wind erhob sich und wirbelte über den Sand. Mein Vater wandte sein faltiges Gesicht dem wolkenverhangenen Himmel zu, dann hob er die Hand. „Zippora, Hobab!", rief er über den heulenden Wind hinweg. „Nehmt alles, was ihr tragen könnt, und lauft zu den Bergen!"

Sein Tonfall ließ mein Herz schneller schlagen. Obwohl ich hochschwanger war, schnappte ich mir Gerschom mit einem Arm, setzte ihn mir auf die Hüfte und versuchte, mit der anderen Hand einen Krug Mehl zu nehmen. Hobab rannte zu dem Pferch, in dem unsere Esel und Pferde warteten, und riss das Tor auf. Sand wurde durch unser Lager gepeitscht, schlängelte sich in langen, dünnen Linien und sammelte sich vor unseren Zelten.

Vater half Rakia, die so gebückt ging, dass sie kaum noch laufen konnte, während unsere dritte Sklavin, Efra, den blinden Harkhuf aus dem Zelt führte, in dem er Korn gemahlen hatte.

Ich hatte schon von Sturzregen gehört, aber selbst noch keinen miterlebt. Gerschom weinte in meinen Armen, als ein Blitz durch die dunklen Wolken zuckte. Und plötzlich, ohne Vorwarnung, öffnete der Himmel seine Pforten. Ein paar warnende Tropfen fielen wie Steine auf den Sand zu meinen Füßen; dann steigerte sich der Regen zu einem großen, brüllenden Strom, einem so heftigen Sturzbach, dass wir unsere Köpfe gesenkt halten mussten, um atmen zu können. Gerschoms Schrei verebbte zu einem verängstigten Jammern, aber ich hörte ihn kaum, so laut war das Brüllen des Regens in meinen Ohren.

Nur mit Mühe erklomm ich den Felsen, auf den ich sonst mit der Leichtigkeit einer Ziege geklettert war; doch plötzlich spürte ich einen starken Arm um meine Taille und Mose erschien an meiner Seite. Er nahm mir Gerschom ab und stützte mich mit dem anderen Arm, bis wir eine schützende Stelle in den Bergen oberhalb des Lagers meines Vaters erreicht hatten.

Durchnässt bis auf die Haut, saßen wir schweigend da und lauschten auf den Sturm, der unsere Zelte, die Bäume und unsere Herde davonschwemmte. Wir wussten, ein großer Teil des Weidelandes würde kahl sein, wenn der Sturm vorbeigezogen war, denn solche Fluten rissen selbst den Boden mit.

„Die Götter sind manchmal grausam“, sagte mein Vater. „Aber im Frühling wird neues Leben aufsprießen. Die Wüste wird blühen wie nie zuvor.“

Nachdem es einen Tag und eine Nacht lang unaufhörlich geregnet hatte, zog der Sturm vorbei. Am nächsten Morgen traten wir aus der Höhle in eine rein gewaschene Welt. Unter uns auf der Ebene, auf der wir gelagert hatten, lag der Sand wie eine glatte Decke. Kaum eine Falte verunzierte seine Oberfläche. Kein Zelt war uns geblieben, keine Ziege, kein Tontopf.

„Die Götter seien gepriesen.“ Mein Vater hob die Hände. „Wir haben alles verloren, aber wir sind am Leben.“

Die Sonne ging hell wie immer auf; der Himmel erstreckte sich in alle Richtungen, ein unendlicher Baldachin aus Blau. Rakia, Efra und ich blieben in der schützenden Höhle, die uns als Heim dienen würde, bis die Männer einige unserer Besitztümer wiedergefunden hatten.

In der kleinen Höhle kam mein zweiter Sohn zur Welt. Efra entband mich von ihm, und als sie Mose das Kind in die Hände legte, brachte er es erneut nach draußen und hob es dem Himmel entgegen. Ich beobachtete ihn und wusste, dass ein Mann, der so etwas tat, an einen Gott glauben musste. Irgendwo im tiefsten Inneren seiner Seele glaubte Mose ... aber er schien der Gottheit, die er suchte, keinen Namen geben zu können.

Ich bedauerte ihn beinahe. Als er mit dem Baby zu mir

zurückkehrte, verkündete er, der Name des Kindes sei Elieser.

Verwundert starrte ich meinen Mann an. Der Name war leicht zu erklären, denn *El* bedeutete „Gott“ und *Ezer* hatte etwas mit „Hilfe“ zu tun, aber ich wollte die Erklärung aus dem Mund meines Mannes hören.

„Warum, Mose?“

Er senkte den Blick und zögerte einen Augenblick. „Weil der Gott meiner Väter mein Helfer war; er hat mich vom Pharao befreit.“

Erst vor Kurzem.

Wir wussten beide Bescheid. Ich beugte mich vor und drückte meinem neugeborenen Sohn einen Kuss ins Gesicht, dann nahm ich die Hand meines Mannes. „Hast du seinen Namen erfahren, den Namen dieses Gottes deiner Väter?“

Der Ausdruck von unsäglicher Einsamkeit trat in seine Augen, als er mich ansah. „Ich weiß es nicht. Aber nur er konnte mich retten, und jetzt weiß ich, dass er existiert.“

Die Männer unseres Haushalts fanden mehrere noch lebende Tiere, vorwiegend Ziegen, denen es gelungen war, auf die Felsen zu klettern. Aber sie entdeckten auch viele tote Schafe und Pferde, auch von anderen Stämmen. Die Fluten hatten die Kadaver kilometerweit mitgerissen, bevor sie an irgendwelchen Felsvorsprüngen hängen geblieben waren.

In dieser Nacht lag Mose neben mir und erzählte mir alles, was er auf der Suche nach unseren vermissten Tieren gedacht hatte.

„Immer wieder musste ich an den Mann denken, den ich getötet habe.“ Seine Stimme schien von weither zu kommen. „Die Ägypter glauben, dass die Existenz endet, wenn der Leichnam nicht mumifiziert und für das Nachleben vorbereitet wird, ich habe also nicht nur das sterbliche Wesen des Mannes ausgelöscht, sondern auch sein unsterbliches. Und plötzlich verstand ich, warum ich Hobab oder deine Verwandten nie begleiten wollte, wenn sie losritten, um das Weideland zu verteidigen. Ich habe mir eingeredet, diese Dinge würden mich nichts angehen, aber das ist nicht der eigentliche Grund. Ich glaube, ich fühlte mich auch ... irgendwie unwürdig. Ich war doch kein Mensch. Ich war eher so etwas wie ein Tier."

Ich legte meine rechte Hand auf seine Brust. „Du bist ein Mensch, Mose."

Er schüttelte den Kopf. „Manchmal fällt es mir schwer, das zu glauben. Ein Mensch würde keinem gedankenlosen Impuls nachgeben und einen Mord begehen. Doch ich weiß, ich muss ein Mensch sein, der geschaffen ist für höhere Dinge, aber warum? Und was für ein Gott würde mich erschaffen, um mich auf diesem verrückten Weg zu führen? Die Götter Ägyptens wohl kaum. Falls Pharao ein Gott war, hätte er in der Lage sein müssen, mir das Leben zu nehmen. Aber er hatte nicht die Macht, mich zu töten. Mit Leichtigkeit bin ich seinen Soldaten entkommen. Also ist Pharao kein Gott, auch sind seine Götter nicht real.

Dann kam ich ins Lager deines Vaters und sah seine Palette an Gottheiten. Viele von ihnen sind den Göttern Ägyptens ähnlich; sie schreien immer nach Blut, Opfern, Nahrung und Vergnügen, aber welcher Gott braucht denn solche Dinge von uns? Falls ein Gott höher steht als ein menschliches Wesen, warum kümmert er sich überhaupt um uns? Warum wünscht er sich unsere Anbetung?"

Ich antwortete nicht. Diese schweren Gedanken belasteten meinen Mann seit Jahren, und ich wusste, ein paar mitfühlende Worte seiner Frau konnten sie nicht vertreiben.

„Gibt es einen Gott, der es verachtet, wie Pharao Menschen einkerkert und sie unfähig macht, Mitgefühl zu empfinden? Wenn ja, wie ist sein Name und wie kann ich ihn anrufen? Die Ägypter bereiten sich ihr gesamtes Leben lang auf das Sterben vor, darum nimmt sich der wahre Gott vielleicht des *Lebens* an, der Geburt von Kindern und des Wohlergehens seines Volkes. Und falls dieser Gott das Leben ehrt, dann habe ich eine große Sünde gegen ihn begangen, als ich den Ägypter erschlug; darum kann ich ihn nicht suchen, bis ich dieses Verbrechen gesühnt habe. Aber wie kann ich diesem Gott opfern, wenn ich nicht weiß, was er möchte? Wie kann ich seine Aufmerksamkeit erregen, wenn ich seinen Namen nicht kenne?"

Ich erinnerte mich an etwas, das ich kurz vor dem Sturm gelesen hatte. „Mose, vor Kurzem habe ich den Papyrus eines ägyptischen Händlers gelesen. Einige der Kinder Abrahams haben sich in Edom niedergelassen, weißt du, und der Papyrus bezog sich auf Edom als ein Land des ... nun, ich weiß nicht, wie ich das Wort aussprechen soll. Aber es sah aus wie die Symbole für das hier."

Im trüben Licht des Mondes sah ich, wie Mose den Kopf hob, um die Symbole zu lesen, die ich in den Sand schrieb.

„Wie hat der Händler den Namen ausgesprochen?"

„Das hat er nicht. Er sagte, sie seien Beduinen des Herrn."

Wir sammelten ein, was wir an Besitztümern noch finden konnten, und machten uns auf die Suche nach Weideland für die uns noch verbleibenden Tiere. In der Nähe einer Oase am Fuß des Berges Sinai schlugen wir unser Lager auf, und im kommenden Frühling blühte die Wüste, wie Vater vorausgesagt hatte. Tamariskenbäume, die auf sandbedeckte Felsen gespült worden waren, trieben neue Wurzeln und breiteten frische Blätter aus. Das Gras spross, und Palmen, Eukalyptus und Terebinthen gediehen an der lebensspendenden Quelle in der Nähe unseres Lagers. Bäume und Büsche wuchsen in komischen Winkeln aus den Felsen empor. Diejenigen, die stark genug waren, ihre Wurzeln voranzutreiben, gediehen; andere, die im ungünstigen Winkel wuchsen, verdorrten in der Hitze.

Ich befürchtete, dass mein Mann es noch immer nicht geschafft hatte, in unserem Land Wurzeln zu schlagen. Obwohl er sich seit der Nachricht von Ramses' Tod sichtlich entspannt hatte, hatte er in Ägypten eine tiefe Wunde zugefügt bekommen – von seiner Mutter, seinem Volk wie auch von seinem König –, und sie blutete weiter.

17 Jahre lang lebte ich mit Moses Unsicherheiten. Seine Fragen veränderten sich mit dem Lauf der Jahreszeiten, und er legte sie häufig den Stammesältesten und Händlern vor, die nach wie vor kamen und den Rat meines Vaters suchten. Von anderen Stammesangehörigen, die von Abrahams Frau Ketura abstammten, erfuhren wir, dass der unsichtbare Gott Abrahams *Adonai* genannt wurde, was „Herr" bedeutete. Ein anderer Wüstenwanderer erzählte uns, Abraham hätte seinen Gott *El Shaddai* genannt angesichts seines Versprechens, Jakobs Nachfahren zu einem mächtigen Volk zu machen. Aber dies, so beharrte Mose, seien Titel, kein persönlicher Name, und wenn man einen Gott nicht mit seinem Namen ansprechen könnte, wie sollten seine Anhänger seine Macht anrufen?

Der ägyptische Papyrus, den ich gelesen hatte, enthielt den einzigen Hinweis auf den eigentlichen Namen von Abrahams Gott. Uns lockte die Möglichkeit, dass dieser Hinweis sich auf den Gott der Hebräer beziehen könnte, aber keiner der Stämme, denen wir begegneten, konnte den Namen Jahwe aussprechen und schon gar nicht seine Bedeutung erklären.

„Ich bin sicher, jemand kannte diesen Namen vor langer Zeit", versicherte mein Vater Mose. „Aber sein Volk ist verloren. Und warum brauchen wir diesen Jahwe? Es gibt heute so viele Götter; man kann sich einen auswählen, der einem gefällt."

Doch Vater konnte keine Gelegenheit zur Anbetung ungenutzt lassen. Im Innern des Steinkreises in der Mitte unseres Lagers baute er einen besonderen Altar für Jahwe, obwohl er keine klare Vorstellung davon hatte, was er damit tun sollte.

Jeden Tag zerteilte er beim Morgenopfer eine Ziege in ein Dutzend Teile, spritzte Blut auf die Altäre und legte die Fleischstücke vor die Steingötzen. Jahwe hatte kein Götzenbild, nur den Altar, aber wenigstens hatte Reguel getan, was er konnte, um auch den Gott der Vorfahren Moses zu ehren.

Während Mose unser Vieh in der Wüste hütete, war ich mit der Erziehung unserer Söhne beschäftigt. Sobald die Jungen alt genug waren, einen Stab zu halten, begleiteten sie ihren Vater in die Wüste.

In stillem Stolz hörte ich zu, wenn meine Jungen abends ins Lager gerannt kamen und die Lektionen wiederholten, die ich einst Mose beigebracht hatte. „Wusstest du, Mama", plapperte Gerschom zum Beispiel, „dass Hasen und Füchse einen ans Wasser führen, während Schakale und Hyänen einen immer an höher gelegene Stellen führen?"

„Tatsächlich?", fragte ich in gespieltem Erstaunen. „Was für ein kluger Junge du doch bist!"

Ich beobachtete, wie sich meine süßen Jungen zu Männern der Wüste entwickelten – gebräunt und wachsam. Zusammen mit ihrem Vater trotzten sie Sandstürmen, Durst, sengender Hitze und all den Gefahren, die mit dem Weiden des Viehs verbunden sind. Wie Mose wurden sie stark und wachsam, ihre Ohren hörten auf jedes Geräusch, ihre Augen bemerkten sofort alles Ungewöhnliche.

Mit dem Beginn meines 50. Sommers freute ich mich darauf, von meiner Familie umgeben alt zu werden. Mein Vater war mit 91 noch immer kräftig und er diente nach wie vor jedem Gott unter der Sonne und den Sternen. Gerschom war zu einem reifen Mann von 21 herangewachsen. Ein hübsches Mädchen, das bei einem nahe gelegenen Stamm wohnte, erregte seine Aufmerksamkeit und er fragte nach der Ehe. Mose bat ihn zu warten. Elieser war 17 und hatte noch kein Interesse an einer Ehe gezeigt. Dafür war ich dankbar. Ich muss zugeben, ich hatte mich daran gewöhnt, die einzige Frau in unserem Lager zu sein. Obwohl ich wusste, dass ich meinen Platz eines Tages an die Frauen meiner Söhne würde abtreten müssen, hatte ich keine Eile damit. Zu lange Zeit war ich die Schreiberin meines Vaters gewesen, die Vertraute meines Mannes und die Stütze meiner Söhne.

Obwohl er jeden Tag unter einer Wüstensonne verbrachte, die einen Menschen zum Schmelzen bringen konnte, war Mose mit 80 noch so stark wie eh und je. Er konnte noch immer ein Kaninchen auf große Entfernung entdecken und einen Geier mit einem Stein aus seiner Schleuder vom Himmel holen. Sein Körper war aufrecht und schlank, sein Gehör auf die Geräusche des Wüstenwindes eingestimmt. Nachdem ich Berichte über Ramses' Langlebigkeit gehört hatte, war ich beinahe versucht zu glauben, dass Mose doch der Sohn des Pharaos war, denn es schien, als hätte er die Veranlagung seines Vaters zu einem langen Leben geerbt.

Aber was nützte ihm ein langes Leben, fragte ich mich, wenn er nicht glücklich war?

MIRYAM

In der Dämmerung kurz vor Sonnenaufgang weckte Aharon mich auf, indem er laut an meine Tür pochte. Ich erhob mich, und meine Knochen knirschten hörbar. Mühsam humpelte ich zur Tür, dann blickte ich meinen jüngeren Bruder verärgert an.

„Ich habe einen Traum gehabt.“ Die Worte kamen in einem abgehackten Flüstern über seine Lippen und seine Augen waren weit aufgerissen. „Der Gott unserer Väter hat zu mir gesprochen.“ Aharon packte mich am Arm und die Heftigkeit seines Griffes verursachte meinen müden Knochen neuen Schmerz. „Hast du verstanden, Miryam? Nach so langem Schweigen hat Gott zu mir gesprochen!“

Mühsam löste ich Aharons Hand von meinem Arm. „Wenn der Gott unserer Väter wirklich zu dir gesprochen hat, dann schnell – was hat er gesagt?“

Aharon legte den Finger an die Lippen. „Drinnen. Ich werde es dir im Haus erzählen.“

Da ich wusste, dass es in unserem Dorf nur wenige Geheimnisse gab, trat ich zur Seite, damit Aharon in mein kleines Haus eintreten konnte. Aharon schloss die Tür und ich zündete die Lampe an. Seine Augen leuchteten.

Ich ließ mich auf meine mit Stroh ausgestopfte Matratze sinken. „Was hat Gott in diesem Traum gesagt?“

Ich stellte die Frage, die er erwartete, obwohl ich darauf vorbereitet war, abzutun, was immer Aharon mir sagte. Falls Gott gesagt hatte: „Haltet durch bis zum Ende“, oder: „Ein besserer Tag wird kommen“, hätte ich meinem Bruder geraten, einfach weiter seiner Arbeit nachzugehen. Obwohl viele der zwölf Stämme den Gott Avrahams, Yitzhaks und Yaakovs vergessen hatten, erinnerten wir Leviten uns noch immer an ihn. Wir beschnitten unsere neugeborenen Jungen, und die meisten von uns beteten. Aber solange ich mich erinnern konnte, hatte niemand mehr Gottes Namen ausgesprochen, und er hatte zu niemandem gesprochen.

Einmal, kurz nachdem Moshe in den Palast des Pharaos gekommen war, hatte ein Mann mit Namen Beniel aus dem Stamme Juda behauptet, Gott hätte in der Nacht zu ihm gesprochen. Der Allmächtige, hatte der Bursche beharrt, hätte gesagt, er würde die Kinder Israels befreien, falls eine gewisse junge Frau versprechen würde, Beniel in der Nacht zu besuchen. Auf der verzweifelten Suche nach Hoffnung hatte die junge Frau nachgegeben, die Bedingungen des Traumes waren erfüllt worden und der dumme Beniel hatte am folgenden Tag seinen ägyptischen Aufseher angegriffen. Nachdem er den Ägypter ermordet hatte, rannte der Dummkopf zum Fluss, aber der Pfeil eines Soldaten traf ihn zwischen die Schulterblätter, und das war das Ende von Beniel.

Erschauernd zog ich meinen Schal enger um die Schultern. Ich fürchtete mich vor dem, was mein Bruder sagen würde. Aharon war 83, und es war unwahrscheinlich, dass er behaupten würde, der Gott Avrahams hätte ihm aufgetragen, eine Jungfrau in sein Bett zu holen oder einen Ägypter zu ermorden.

Ich seufzte. „Also, was hat Gott gesagt?"

Das Licht der Lampe fiel auf das Gesicht meines jüngeren Bruders. „Geh und triff Moshe in der Wüste!"

Ich starrte ihn sprachlos an.

„Das hat er mir gesagt – ich soll Moshe in der Wüste treffen!"

Ich wandte den Blick ab, um meine Verblüffung zu verbergen. Dieser Traum könnte alles Mögliche zur Ursache haben – Verdauungsprobleme, Furcht, sogar Sehnsucht nach dem Bruder, den wir verloren hatten. Als ich sicher war, dass ich Aharon ansehen konnte, ohne loszulachen oder zu schreien, hob ich den Kopf. „Wie sollst du Moshe treffen?"

Das war eine vernünftige Frage, aber Aharon versteifte sich, als hätte ich ihn damit durchstoßen. Ich blieb beharrlich. „Wie sollst du Gosen verlassen und Moshe finden? Du weißt nicht einmal, wo er ist. Du weißt nicht, ob er überhaupt noch am Leben ist! Du bist ein Sklave, Aharon. Sei nicht auch ein Narr!"

Sorge und Verwirrung spiegelten sich in seinen Augen; dann presste er die Lippen aufeinander. „Ich weiß, dass Moshe am Leben ist, denn Gott würde mir niemals auftragen, einen Toten zu treffen. Moshe wird unser Befreier sein, Miryam. Und darum werde ich darauf vertrauen, dass Gott meine Schritte führt. Ich muss mich nur in Bewegung setzen."

Ich fuhr mir mit der Hand durch mein offenes Haar und überlegte, wie ich eine weitere Tragödie abwenden könnte. Aharon war noch immer stark, aber er war ein alter Mann. Vielleicht fingen seine Gedanken an sich zu verwirren.

„Ich bin alt", fuhr Aharon fort und er erschreckte mich mit seiner Intuition, „und meine Quote in der Ziegelbrennerei ist nicht mehr so hoch wie die der anderen. Ich glaube nicht, dass die Aufseher merken, wenn ich einen Tag nicht zur Arbeit erscheine. Vermutlich werden sie denken, ich sei gestorben, und sich keine weiteren Gedanken machen."

„Aber die Reise, Aharon! Wie willst du das schaffen?"

„Ich werde einen Esel aus dem Dorfpferch nehmen. Wenn ich es den anderen erkläre, werden sie es verstehen."

„Du willst es den anderen erzählen?" Mein Herz begann zu rasen – falls die Nachricht von Aharons Reise bekannt würde, würde es irgendjemand den Ägyptern verraten. Sie würden Aharon öffentlich auspeitschen, weil er auch nur an Flucht *gedacht* hatte, damit andere nicht auf dieselbe Idee kamen.

„Du kannst es den anderen nicht erzählen."

„Aber ich muss es!" Seine dunklen Augen funkelten vor Entschlossenheit. „Sie sollen beten, dass Gott meine Schritte lenken möge, dass er Moshe zu uns zurückbringt und unser Volk von unserer Sklaverei befreit –"

„Still, Aharon, lass mich nachdenken!"

Ich presste meine Hände an die Ohren, um sein beharrliches Drängen auszuschalten. Er würde es tun. Aharon äußerte nur selten seine Meinung, aber wenn er sich einmal etwas in den Kopf gesetzt hatte, dann blieb er dabei, bis die Sache erledigt war. Es hatte also wenig Zweck, ihn davon abbringen zu wollen. Doch den anderen davon zu erzählen, wäre, als würde er eine Wespe in einer Pferdeherde loslassen. Aharon konnte es nicht dem ganzen Dorf erzählen, auch durfte er nicht viele Männer mitnehmen. Die Aufseher würden es merken, wenn mehr als ein paar alte und schwache Arbeiter aus den Ziegelbrennereien verschwanden.

Ich stützte mein Kinn in die Hand und betrachtete meinen jüngeren Bruder, der seine Augen unter der Eindringlichkeit meines Blickes senkte. Mehrere Männer konnten nicht gehen, aber ein altes Ehepaar könnte unbemerkt an den Grenzgarnisonen vorbeischlüpfen. Wir könnten ein paar Leuten von unserer Absicht erzählen – Aharons Frau und Söhnen natürlich und vielleicht zweien der Ältesten –, damit wir, sollten wir nicht zurückkehren, wenigstens als Kinder Israels in Erinnerung blieben, deren Glaube an Gott so stark war, dass sie auf der Suche nach ihm in die Wüste gegangen waren.

„Wir machen Folgendes." Ich ließ meine Hand sinken. „Du wirst mit niemandem über diese Sache reden, hörst du, nur mit deiner Frau, deinen Söhnen und zwei Ältesten. Lass sie versprechen, nichts zu verraten, bis wir weit genug weg sind. Wir werden zwei Esel nehmen."

Aharon starrte mich mit offenem Mund an. „Wir?"

„Niemanden wird es kümmern, wenn ein alter Mann und eine alte Frau beschließen, in die Wüste zu gehen. Und so werden wir beide gehen, du und ich, um Moshe zu treffen. Wenn Gott wirklich gesprochen hat, werden wir ihn finden und uns freuen. Wenn der Traum eine Erfindung deines eigenen Herzens war, werden wir gemeinsam in der Wüste sterben."

Aharon lächelte. „Das ist ein guter Plan, Miryam."

„Es ist ein törichter Plan, aber ich möchte lieber an Hunger und Durst sterben als von der Hand der Ägypter. Also" – ich zog die Augenbrauen in die Höhe – „wann brechen wir auf?"

„Noch heute." Aharon erhob sich. „Wir dürfen keine Zeit verlieren."

Ich hörte, wie sich die Tür hinter ihm schloss, dann blieb ich schweigend sitzen, während die aufgehende Sonne die ersten Morgenstrahlen in mein kleines Haus schickte. Dann eben sofort. Wie ein eigensinniger Esel konnte Aharon zwar geführt werden, aber er ließ sich nicht zwingen.

Ich bückte mich, um die Lampe auszublasen, dann breitete ich meinen Schal aus und begann, meine spärlichen Besitztümer hineinzusammeln.

ZIPPORA

Der Morgen war trübe und grau heraufgezogen, und die aufgehende Sonne hatte Mühe, die dunklen, wogenden Wolken zu durchdringen, die sich am Horizont im Westen sammelten. Seit der Springflut, die Jahre zuvor unsere Zelte mitgerissen hatte, hatte ich so etwas nicht mehr gesehen.

Die anderen Frauen waren ruhelos, und Schweiß stand Efra auf der Stirn, als wir im Vorratszelt Korn mahlten. Die Luft war schwer von den Vorboten des Unwetters und der beunruhigende Anblick des Himmels machte mich ganz nervös.

In aller Eile zählte ich meine Lieben durch. Alle drei Sklavinnen waren da, auch mein Vater. Der zunehmende Wind hatte Hobab, Gerschom und Elieser sicher nach Hause geweht und sie aßen gerade einen Laib Brot und tranken Wein im Zelt meines Vaters. Mose war allein draußen in der Wüste, aber er hatte schon vielen Sandstürmen getrotzt.

Ich hatte mir beinahe eingeredet, dass meine Ängste grundlos seien, als Mose barfuß ins Lager taumelte, zerzaust und ohne die Tiere. Als Elieser ihn fragte, was passiert sei, deutete Mose in die Wüste und keuchte: „Holt die Tiere."

„Wurdest du angegriffen?"

Mose schüttelte langsam den Kopf. Das Band hatte sich in seinen langen grauen Haaren gelockert und einzelne Strähnen fielen ihm ins Gesicht.

Trotz Moses Versicherung nahmen Hobab und unsere Söhne ihre Waffen und ritten auf ihren Pferden davon. Mose blieb am Eingang unseres Zeltes zurück. Alarmiert durch sein blasses Gesicht und seine zitternden Glieder verwandelte sich meine Unruhe in eine tiefere und unmittelbarere Angst.

Hatte er einen Hitzschlag bekommen? Ich verstand zwar nicht, wie dies an einem so wolkigen Tag geschehen könnte, aber die gnadenlose Sonne war schon oft unterschätzt worden. Ich führte meinen Mann in den Schatten und in die relative Kühle unseres Zeltes, dann überprüfte ich seine Haut – Opfer eines Sonnenstichs schwitzten nicht, aber Moses Gewand war nass vom Schweiß.

„Kannst du sprechen?" Ich kniete neben ihm nieder und blickte ihm in die Augen. „Sag mir, was passiert ist."

Auf seine nächsten Worte war ich überhaupt nicht vorbereitet.

„Ich habe Jahwe getroffen."

Er sprach den Namen mit einer seltsamen Sicherheit aus. Ich sank auf einen Stapel Tierfelle und war zu verblüfft, um zu antworten.

Mose hob die Hand, starrte auf seine zitternden Finger, als hätte er sie noch nie zuvor gesehen. Dann schloss er die Augen. „Ich hütete die Herde in der Nähe des Berges Sinai und behielt die Wolken im Westen im Blick." Seine Stimme klang rau. „Ich hatte mich gerade hingesetzt, um etwas zu trinken, als ich in der Mitte eines Dornenbuschs auf dem Felsen eine Flamme entdeckte. ‚Wie kann das sein?', wunderte ich mich. ‚Wie kann der Busch brennen und doch nicht verbrennen?'"

Ich nickte stumm und drängte ihn fortzufahren. Ich kannte den blutfarbenen Berg, den unser Volk den Berg Gottes nannte. Sinai war kein einzelner Gipfel, sondern bestand aus mehreren Spitzen, und in seinem roten Stein gab es eine Reihe von geschützten Höhlen und abgelegenen Schlupfwinkeln. Wenn die Gewitterwolken einen Blitz in die Berge geschickt hatten, dann war es durchaus möglich, dass Mose einen in Flammen stehenden Busch gesehen hatte.

Er zupfte sich am Bart. „Ich ging hin, um den Busch besser sehen zu können. Und als Jahwe sah, dass ich näher kam, rief er mich aus dem Busch an. Er sagte: ‚Mose! Mose!'"

Ich versteifte mich bei dem Unterton, den ich in der Stimme meines Mannes bemerkte – unerbittliche Überzeugung. Bis zu diesem Augenblick hatte ich seine Geschichte geglaubt, denn ein Busch hoch auf den Felsen könnte leicht so aussehen, als würde er brennen, ohne zu verbrennen, aber es musste ein Trick des Berges sein, eine Frage der Perspektive. Die Götter wohnten *nicht* in brennenden Büschen, auch sprachen sie nicht aus ihnen.

Mose fuhr fort. „‚Ich höre', antwortete ich. Dann sagte Jahwe: ‚Komm nicht näher; zieh deine Schuhe aus, denn du stehst auf heiligem Boden!' Ich zog meine Sandalen aus und Jahwe sagte: ‚Ich bin der Gott, den dein Vater verehrt hat, der Gott Abrahams, Isaaks und Jakobs.' Daraufhin verbarg ich mein Gesicht, denn ich hatte Angst, Gott im Busch anzusehen."

Ich hob die Hand, um Moses Stirn nach Anzeichen von Fieber zu überprüfen, dann legte ich sie wieder an meine Brust. Seine Augen glühten vor Feuer, aber ich war geneigt, es für einen Vorboten einer Krankheit zu halten statt einer Nachwirkung dessen, was er in der Wüste erlebt hatte.

„Dann sagte Jahwe: ‚Ich habe gesehen, wie mein Volk in Ägypten misshandelt wird. Ich habe gehört, wie es um Hilfe schreit gegen seine Unterdrücker. Ich weiß, was es auszustehen hat, und bin gekommen, um es von seinen Unterdrückern zu befreien. Ich will es aus Ägypten herausführen und in ein fruchtbares und großes Land bringen, ein Land, in dem Milch und Honig fließen. Ich bringe es in das Land der Kanaaniter, Hetiter, Amoriter, Perisiter, Hiwiter und Jebusiter. Ich habe den Hilfeschrei der Israeliten gehört, ich habe gesehen, wie grausam die Ägypter sie unterdrücken. Deshalb schicke ich dich zum Pharao. Du sollst mein Volk, die Israeliten, aus Ägypten herausführen!'"

Mose blickte mich an. In seinem Gesicht las ich eine Qual, die meiner eigenen gleichkam. Was war mit meinem Mann in der Wüste geschehen? Sein gequältes Herz, das schon seit Jahren von den Erinnerungen an Ägypten gepeinigt wurde, hatte seinen Ohren und Augen zweifellos etwas vorgemacht. Denn wie konnte er, der falsche Prinz, zu dem Volk zurückkehren, das ihn verachtet und ausgestoßen hatte? Beide Völker hatten ihn zurückgewiesen und er war unter Todesdrohungen verbannt worden!

Als er erneut zu sprechen ansetzte, war seine Stimme leise und von Entsetzen verzerrt: „Ich starrte auf Jahwes Boten, ein Menschenwesen, von einer Flamme erleuchtet, und fragte mich, ob ich den Verstand verloren hätte. Ich sagte zu ihm: ‚Ich? Wer bin ich denn! Wie kann ich zum Pharao gehen und die Israeliten aus Ägypten führen?' Er erwiderte: ‚Ich werde dir beistehen. Daran wirst du erkennen, dass ich dich gesandt habe: Du wirst das Volk aus Ägypten herausführen, und ihr werdet mir an diesem Berg Opfer darbringen und mich anbeten.'"

Mose fuhr sich mit der Hand durch sein zerzaustes Haar. „Ich habe mich bei den Felsen umgesehen, den roten Steinen, dem endlosen Sand. Ich könnte mir keine Landschaft vorstellen, die weiter von dem grünen Sumpfland Gosens entfernt wäre, auch könnte ich mir kein Volk vorstellen, das weniger in der Wildnis des Sinai zu Hause ist als die Kinder Israels. Ich wandte mich wieder an den Botschafter und sagte: ‚Wenn ich nun zu den Israeliten komme und zu ihnen sage: ‚Der Gott eurer Vorfahren hat mich zu euch geschickt', und sie mich dann fragen: ‚Welchen Namen hat er?' – was soll ich ihnen sagen?'"

Ich spürte, wie mir ein eisiger Schauer über den Rücken lief. Wir hatten so lange nach diesem Namen gesucht ... War es möglich, dass der unsichtbare Gott unsere Fragen gehört hatte?

Mose blickte mich direkt an. „Daraufhin sagte Gott zu mir: ‚Ich bin der Ich-bin-da. Sage zu den Israeliten: Der Ich-bin-da hat mich zu euch geschickt.'"

Ich starrte meinen Mann an, der irgendeine Erscheinung gehabt hatte, die ich nicht auch nur erahnen konnte.

„‚Ich-bin-da'?"

Mose erschauerte. „Ich kann nicht beschreiben, was ich gehört habe. Der Name hallte in vielen Sprachen wider, vermutlich in jeder von Menschen gesprochenen Sprache. Ich hörte es auf Ägyptisch, Kanaanitisch, Akkadisch und anderen Sprachen, die ich nicht spreche. Ich hörte es als ICH BIN

DA, ICH BIN, DER ICH BIN und ICH BIN, DER DIE DINGE ERSCHAFFEN HAT und ICH WERDE MIT DIR SEIN. Im Rauschen des Windes und dem Dröhnen des Berges hörte ich alle diese Dinge, und ich wusste, ich hatte den Gott gefunden, nach dem wir gesucht haben."

Mose sah mich an und seine Wangen brannten unter seiner gebräunten Haut. „In diesem Augenblick wusste ich, dass er nicht nur ein Gott ist, der durch die Nennung seines Namens angerufen wird. Er ist überall, er ist alles, was existiert, er ist alles, was je sein wird. Und er hat gewartet."

„Warum?" Die Frage kam mir ungewollt über die Lippen. „Warum ist er heute zu dir gekommen und nicht schon früher?"

Moses Mund verzog sich zu einem schwachen Lächeln. „Wer bin ich, dass ich fragen könnte? Ich weiß nur, dass ich heute bereit war zu hören, dass er bereit war zu sprechen, und vielleicht sind die Kinder Israels endlich bereit, die Sklaverei zu verlassen, die sie so lange erduldet haben. Gott hat mir gesagt: ‚Ich bin der Herr, der Gott eurer Vorfahren Abraham, Isaak und Jakob. Jahwe ist mein Name für alle Zeiten. So sollen mich auch die kommenden Generationen nennen.'"

In einer von der Sonne verursachten Halluzination könnte Mose die Geschichten meines Vaters mit dem vermischt haben, was wir über die Beduinen gelesen und gehört hatten. Die sengende Hitze der Wüste rief häufig Trugbilder hervor und die Wüste hallte wider von unerklärlichen Geräuschen. In der Wüste war es niemals still.

Mose sah auf. In seinen Augen lag noch immer Erstaunen. „Dann sagte er zu mir: ‚Geh nun und rufe die Ältesten Israels zusammen! Sage zu ihnen: »Jahwe, der Gott eurer Vorfahren, ist mir erschienen, der Gott Abrahams, Isaaks und Jakobs. Er hat mir gesagt: Ich habe gesehen, was man euch in Ägypten antut. Darum habe ich beschlossen, euch aus diesem Land herauszuführen, in dem ihr so misshandelt werdet. Ich bringe euch in ein Land, in dem Milch und Honig fließen.« Wenn du so zu ihnen sprichst, werden die Israeliten auf dich hören. Dann musst du mit ihren Ältesten zum König von Ägypten gehen, und ihr sollt zu ihm sagen: »Jahwe, der Gott der Hebräer, hat sich uns offenbart. Deshalb wollen wir drei Tagereisen weit in die Wüste gehen und ihm dort Opfer darbringen!« Ich weiß, dass der König von Ägypten euch nicht gehen lässt, er wird sich durch keine Macht der Welt dazu zwingen lassen. Aber dann wird er *meine* Macht zu spüren bekommen. Ich werde sein Land durch die schreckenerregenden Wunder bestrafen, die ich dort vollbringen werde, und er wird euch ziehen lassen. Ich werde auch dafür sorgen, dass die Ägypter euch wohlgesinnt sein werden und ihr nicht mit leeren Händen wegziehen müsst. Alle israelitischen Frauen sollen sich vor dem Aufbruch von ihren ägyptischen Nachbarinnen Geräte und Schmuckstücke aus Silber und Gold erbitten und festliche Kleider. Das sollt ihr euren Söhnen und Töchtern geben. Auf diese Weise werdet ihr die Schätze der Ägypter an euch bringen.'"

Unfähig, meinen Ohren zu glauben, starrte ich ihn wie gelähmt an. Jahwe in der Wüste zu begegnen war eine Sache, nach Ägypten zurückzukehren, um zu plündern, eine ganz andere.

Mose warf mir einen funkelnden Blick zu, ehe er die Augen senkte. „Ich sah den Botschafter an und sagte: ‚Und was ist, wenn die Israeliten mir nun nicht glauben und nicht auf mich hören, sondern behaupten: »Jahwe ist dir nicht erschienen!«? Was soll ich dann tun?'"

Kalter Schweiß brach mir aus, als Moses Stimme zu zittern begann. „Dann sagte Jahwe zu mir: ‚Was hast du da in deiner Hand?'

‚Einen Stab', erwiderte ich.

‚Wirf ihn auf die Erde.'

Das tat ich. Ich warf ihn auf die Erde und er wurde zu einer Schlange und ich floh vor ihrem Biss. Dann rief Jahwe mir zu: ‚Strecke deine Hand aus und packe sie beim Schwanz!'

Das tat ich. Ich streckte meine zitternde Hand aus, packte sie beim Schwanz und sie wurde wieder zu einem Stab in meiner Hand. Dann sagte Gott: ‚Tu das vor ihren Augen, damit sie glauben, dass ich dir erschienen bin – ich, Jahwe, der Gott ihrer Vorfahren. Steck die Hand in dein Gewand!‘

Ich steckte meine Hand in mein Gewand, legte sie auf die Haut meiner Brust, und als ich sie herauszog, war sie weiß mit Tzaraat, wie Schnee!“

Trotz meines Vorsatzes, ihm ruhig zuzuhören, schnappte ich nach Luft. Tzaraat war eine Hautkrankheit, die von den Priestern normalerweise als göttliches Zeichen für ein Vergehen aufseiten des Opfers betrachtet wurde. Nur nach vielen Opfern und Gebeten wurden die Menschen manchmal von Tzaraat geheilt.

Ich griff nach Moses Hand. Die Haut erschien mir zum Glück normal, gebräunt und gesund.

Gefangen in seiner Geschichte schien Mose meine skeptische Untersuchung kaum zu bemerken. „Gott sagte zu mir: ‚Steck deine Hand noch einmal in dein Gewand!‘ Ich tat es, und als ich sie erneut herauszog, war sie wieder gesund. Dann sagte Gott: ‚Wenn sie sich durch das Wunder mit dem Stock nicht überzeugen lassen, dann wird dieses zweite Wunder sie überzeugen. Wenn sie dir aber immer noch nicht glauben und nicht auf dich hören wollen, dann nimm Wasser aus dem Nil und schütte es auf den Boden, und es wird zu Blut werden.‘“

Ich ließ seine Hand sinken und atmete tief durch, um mein rasendes Herz zu beruhigen.

„Ich weiß, was du denkst.“ Seine Mundwinkel verzogen sich, als er meinen Blick bemerkte. „Ich weiß, dass die Geschichte schwer zu glauben ist. Ich wollte sie ja selbst nicht glauben und ich wollte nicht gehorchen. Ich sagte zu Jahwe: ‚Herr, nimm es mir nicht übel, aber ich habe noch nie gut reden können, und auch seit du mit mir sprichst, ist das nicht besser geworden. Ich bin im Reden viel zu schwerfällig und unbeholfen.‘“ Mose fuhr sich mit der Hand über das Gesicht.

„Ich spreche nicht einmal Hebräisch, wie soll ich also das Volk davon überzeugen, dass Gott mich geschickt hat, um sie zu befreien? Wie soll ich vor ihren Ältesten stehen und ihre Herzen gewinnen, wo ich nicht einmal ihre Sprache spreche?"

Ich biss mir auf die Lippe. Ich brachte kein Wort heraus, aber Mose brauchte auch keine Antwort von mir.

„Während ich so dastand und nach Ausreden suchte, sagte Jahwe: ‚Wer hat dem Menschen den Mund gegeben? Wer macht den Menschen stumm oder taub? Wer macht ihn sehend oder blind? Ich bin es, Jahwe! Genug jetzt, geh! Ich werde dir helfen und dir sagen, was du reden sollst.'"

Er versuchte zu lächeln. „Ich habe versucht, ihm das auszureden, Zippora. Ich sei zu alt, zu langsam und ganz bestimmt würde ein allmächtiger Gott doch meine Schwächen verstehen. Ich sagte: ‚Bitte, mein Herr, schick doch einen anderen!'

In diesem Augenblick wusste ich, dass ich Jahwe verärgert hatte. Aber er ließ keinen Donner kommen oder schlug mich mit einer Flamme. Er sagte: ‚Du hast doch noch einen Bruder, den Leviten Aaron! Ich weiß, dass er gut reden kann. Er ist auf dem Weg zu dir und wird sich freuen, wenn er dich wiedersieht. Du sagst ihm alles, was er reden soll. Ich helfe dir dabei, und ich helfe auch ihm zu sprechen. Ich sage euch, was ihr tun und reden sollt. Wenn Aaron für dich zum Volk spricht, wird das so sein, wie wenn ein Prophet die Botschaften seines Gottes weitergibt. Den Stock hier nimm in die Hand, mit ihm wirst du die Wunder tun, die dich ausweisen.'"

Mein Blick glitt zu Moses Stab, den er schon seit Jahren mit sich führte. Im Laufe der Zeit hatten die Felsen seine Oberfläche eingeritzt und der Schweiß von Moses Händen hatte ihn dunkel gefärbt. Ich konnte mir nicht vorstellen, dass Mose unser Lager ohne ihn verließ, aber ich hätte auch nie gedacht, dass er einmal Gottes Werkzeug sein würde.

Die Verzweiflung zwang mir die Worte über die Lippen: „Mose, wie kannst du nach Ägypten zurückkehren? Pharao hat doch deinen Tod verhängt! Vor seinen Sohn zu treten, würde den sicheren Tod für dich bedeuten! Du musst vergessen, was du heute gehört zu haben glaubst. Morgen wirst du dich wieder besser fühlen und alle diese Dinge werden verblassen."

„Nein." Er blickte mich in geduldigem Mitgefühl an, als würde ich an einer Sinnestäuschung leiden. „Jahwe hat gesagt, alle Männer, die mir nach dem Leben getrachtet hätten, lebten nicht mehr. Ramses und Merneptah sind tot."

Bei diesen Worten blinzelte ich. Diese Neuigkeit war noch nicht zu uns gedrungen.

Wir schwiegen eine Weile und die einzigen Geräusche drangen von außen in unser Zelt. Efra schalt Harkhuf, weil er Sand ins Mehl getreten hatte, während Gerschom und Elieser die Herden hereinbrachten. Ihr Gelächter drang zusammen mit dem Geblöke der Tiere zu uns herein.

Aber nicht einmal die Stimmen unserer Söhne konnten meinen Mann aus seinen Träumen reißen. Verzweifelt suchte ich nach etwas, das ihn wieder in die Realität zurückholen würde; ich schloss die Augen und versuchte krampfhaft, mich an seine Geschichten aus Ägypten zu erinnern.

„Dein hebräischer Bruder." Ich öffnete die Augen. „Ich kenne seinen Namen gar nicht."

„Aaron. Ich habe ihn nie kennengelernt; nicht richtig." Moses Mund wurde weich und ein Ausdruck der Hoffnung trat in sein Gesicht. „Aber Jahwe sagte, er sei bereits auf dem Weg, mir entgegenzukommen."

„Er ist doch bestimmt schon ein alter Mann. Und ein Sklave. Wie soll er dir entgegenziehen?"

Mose runzelte die Stirn. „Ich weiß nicht, wie er kommen wird. Aber ich weiß, er wird kommen."

„Das glaubst du wirklich?"

„Darum müssen wir uns beeilen. Wir werden morgen bei Sonnenaufgang das Lager verlassen."

Mein Schock wich der Verärgerung. „Morgen? Mose, wir können nicht einfach unsere Sachen zusammenpacken und gehen. Wir müssen an die Herden denken. Unsere Tiere müssen von denen meines Vaters aussortiert werden. Wenn du darauf bestehst zu gehen, dann könnten wir in etwa einem Monat oder so aufbrechen …“ *Vielleicht hast du bis dahin den Pharao, deinen Bruder und die Schlangen am Fuß des Sinai vergessen.*

„Lass die Tiere, wir werden bei Sonnenaufgang aufbrechen.“

Im Gesicht meines Mannes las ich eine entschlossene Ruhe, und ich wusste, es hatte keinen Sinn, weiter mit ihm zu reden. Mose zwang mir nicht oft seine Meinung auf, aber in diesem Punkt würde er nicht nachgeben. Der Mann, der Gott 40 Jahre lang gesucht hatte, hatte ihn endlich gefunden … oder er glaubte es zumindest.

Über alle Maßen frustriert erhob ich mich und eilte zum Zelt meines Vaters. Reguel, der Freund aller Götter, würde erkennen, dass Mose an Sinnestäuschungen litt.

Ich war gerade dabei, meinem Vater Moses Geschichte zu erzählen, als mein Mann das Zelt betrat. Seine Anwesenheit beunruhigte mich und zwang mich, bestimmte Fragen auszulassen, die ich in Bezug auf die Glaubwürdigkeit von Moses Geschichte hatte. Er unterbrach mich nicht.

Ich beendete meinen Bericht mit den Worten: „Und nun, Vater, möchte Mose bei Sonnenaufgang aufbrechen. Aber ich denke, das ist nicht möglich, denn unser Besitz wie auch unsere Herzen sind eng verwoben mit deinem.“

Meinen Vater schien diese Wende der Ereignisse nicht zu überraschen. Als ich fertig erzählt hatte, blickte er Mose an. „Du bist entschlossen, diese Reise zu machen?“

„Bei meinem Leben, das bin ich.“ Mose verneigte sich respektvoll. „Bitte lass mich gehen und zu meinen Geschwistern in Ägypten zurückkehren, damit ich sehe, ob sie noch am Leben sind. Ich werde nicht mehr mitnehmen als Vorräte für die Reise. Jahwe hat versprochen, dass ich zu dir zurückkehren werde, ich und mein ganzes Volk. Wir werden den Herrn hier am Berg Gottes anbeten."

Mein Vater strich sich über den Bart. „Du wirst Zippora und deine Söhne mitnehmen?"

„Natürlich. Sie sollen miterleben, wie Jahwe seine Hand ausstreckt und sein Volk rettet."

„Und die Ägypter zerschmettert." Reguel zog die Augenbraue in die Höhe. „Bist du sicher, Mose, dass es nicht die Stimme des Stolzes war, die in der Wüstenhitze zu dir gesprochen hat? Die Sonne kann den Augen eines Mannes etwas vorspiegeln – das ist keine Schande, mir ist so etwas bei vielen Gelegenheiten passiert. Und ich weiß, dass du für das Haus des Pharaos keine Liebe hegst, weil er dich vertrieben hat."

„Es war nicht die Stimme des Stolzes, die ich gehört habe." Mose sprach heiser. „Mir ist wenig Stolz geblieben, Reguel. Der Wüste, der Sonne und schließlich dem Gott des Berges habe ich bekannt, dass ich, als ich mich für einen mächtigen Befreier hielt, einen Ägypter ebenso gedankenlos getötet habe, wie die Ägypter die Kinder Israels töten. Ich habe Jahre gebraucht, um die Wahrheit zu begreifen. In Ägypten habe ich mich für einen Gott gehalten; als ich geflohen bin, habe ich mich von allen Göttern abgewandt. Aber derselbe Stolz, der mich zu einem Mord getrieben hat, führte mich dazu, mich als einen Fremden im Schoß einer Familie zu betrachten, die mir ein Obdach gegeben und mich beschützt hat, die mir alles gegeben hat, was ich brauchte, um Heilung zu finden."

Im Schatten des Zeltes meines Vaters ließ mein Mann den Kopf hängen. „Ich verdiene es nicht, dein Sohn genannt zu werden, Reguel, noch Zipporas Mann zu sein. Diese prächtigen Jungen da draußen haben mit einem falschen Vater gelebt. Aber in den vergangenen Monaten habe ich gelernt, mich zu sehen, wie *der* Gott mich sieht: als einen stolzen, arroganten Menschen, der kein Werkzeug der Befreiung sein konnte, bis er sich selbst leer machte. Als ich leer wurde, hat Jahwe mich gefüllt."

Mein Vater fuhr sich noch immer über den Bart und nickte langsam. „Ich werde den Sklaven auftragen, genügend Vorräte für die Reise auf die Esel zu packen. Nimm Geschenke für deine Familie mit, falls noch welche von ihnen im Schwarzen Land wohnen, und geh mit meinem Segen, Mose. Ich bitte dich nur um eines." Sein Blick wanderte zu mir. „Wenn meine Kinder in Gefahr sind, schick sie zu mir zurück. Ich weiß nicht, ob dieser Jahwe mächtig genug ist, sie vor den Göttern Ägyptens zu schützen, und ich würde sie gern in Sicherheit wissen."

Mose neigte den Kopf. „Das werde ich, Reguel. Ich schulde dir zu viel, um deine Wünsche zu missachten."

„Geh in Frieden, Mose. Wir werden auf deine Rückkehr warten."

Da er ein Mann war – und damit meine ich, dass er tat, was erwartet wurde, und nichts weiter –, ging Mose nach seinem Gespräch mit Reguel in unser Zelt und fiel prompt in einen tiefen Schlaf. Ich jedoch lief in der untergehenden Sonne durch unser Lager und traf Vorbereitungen für die Reise. Ich musste die widerstandsfähigsten Esel auswählen, die Wasserschläuche auf Löcher überprüfen und mir überlegen, welche Vorräte wir brauchen würden. Wir würden einige Ziegen mitnehmen, die wir unterwegs schlachten könnten, mehrere Scheffel gemahlenes Korn und zwei Gefäße mit Öl. Da wir schnell und unauffällig reisen wollten, würden wir Felle, Seil und Pfähle für nur ein Zelt mitnehmen. Die Esel würden die Last tragen, während Mose, Gerschom, Elieser und ich auf Pferden reiten würden.

Noch immer verblüfft über die Verrücktheit des Planes meines Mannes schüttelte ich den Kopf, während ich meine

Hand über das Vorderbein eines Esels gleiten ließ und die Unterseite seines Hufs überprüfte. Gerschom und Elieser hatten auf die Nachricht mit unverhohlener Begeisterung reagiert; für sie war Ägypten ein Paradies, das es zu erforschen galt. Die Reise war ein Abenteuer. Und hatte Mose nicht versprochen, dass wir zurückkehren würden?

„Zippora?"

Efra erschien mit einem schweren Tonkrug. Ich hob den Deckel und begutachtete den Inhalt im schwindenden Licht der Sonne. Ich nickte. „Das ist gutes Mehl. Stell es zu den anderen Dingen, ja?"

Ich listete die Vorräte an den Fingern auf, während sie davonschlurfte. Wir würden den direkten Weg zum Schwarzen Land nehmen, aber wer konnte schon wissen, ob wir unterwegs einem Händler begegnen würden? Wir könnten uns glücklich schätzen, wenn wir nicht einer Räuberbande in die Hände fielen.

Die Sonne war am Horizont verschwunden, als ich den Tierpferch verließ. Seufzend überprüfte ich den letzten Esel, dann hielt ich am Tor an, um mich noch einmal in dem einzigen Zuhause umzusehen, das ich je gekannt habe. Ich atmete den Geruch der Tiere und der Wüstenluft ein. Der Himmel über mir war tiefschwarz, die Sterne kaum mehr als ferne Punkte. Die Schafe blökten leise, während der Wind in den Palmen an der Oase raschelte.

War ich feige? Bestimmt nicht, denn ich vertraute darauf, dass Mose für uns sorgte. Selbst mit 80 hatten seine Fähigkeiten als Krieger noch nicht nachgelassen. Falls dieser „göttliche Ruf" die Folge eines Sonnenstichs war, dann wären wir unterwegs nicht in Gefahr, nicht einmal in Ägypten, denn die midianitischen Händler reisten häufig dorthin. Ich vertraute meinem Mann uneingeschränkt ... allerdings traute ich dieser Vision nicht so ganz.

„Warum nicht?", fragte ich die Luft. Entsprang mein Misstrauen dieser göttlichen Offenbarung gegenüber einem geheimen Widerstreben, von meinem Vater Abschied zu nehmen ... oder war es Moses Gott, dem ich mich widersetzte?

Meine Gedanken wanderten zurück zu der Zeit nach Gerschoms Geburt. Mose hatte unseren Sohn beschneiden wollen, wie er selbst beschnitten worden war, doch was für ein Gott forderte das Blut Unschuldiger? Baal tat dies, aber weder mein Vater noch ich hatten das Blut eines Kindes auf seinem Altar geopfert.

Offensichtlich hatte meine rigorose Weigerung, Gerschoms Beschneidung zuzulassen, Eindruck auf meinen Mann gemacht, denn er hatte unser zweites Kind dem Gott seiner Väter entgegengestreckt, jedoch bei Eliesers Geburt kein Wort über dieses blutige Ritual verloren.

Erschöpft von den Gedanken an Blut und Götter kroch ich in unser Zelt und streckte mich auf dem Lammfell aus. Zitternd vor Unruhe griff ich nach meiner wollenen Decke. Mose legte seine Hand auf meine.

„Wirst du mit offenem Herzen mitkommen, Zippora?“, fragte er flüsternd.

Ich war froh, dass er in der Dunkelheit mein Gesicht nicht sehen konnte. „Ich bin deine Frau, Mose. Ich werde mit dir gehen. Aber ich verstehe diesen deinen Gott nicht, und ich bin vielleicht nicht allem gegenüber offen, das wir nach deinem Willen für ihn tun sollen. Ich möchte, dass unsere Söhne in Sicherheit sind.“

Mose lockerte seinen Griff, und als er weitersprach, war seine Stimme ehrfürchtig. „Jahwe ist der Allmächtige, und ich glaube, dass er gut ist. Aber er ist kein Gott, dem du halbherzig dienen kannst.“ Mit stockender Stimme fügte er hinzu: „Ich hoffe nur, dass er mich für würdig erachtet.“

Wir lagen da und hielten uns an den Händen, und eine neue Erkenntnis begann, mein Herz zu überschatten. Ganz bestimmt wollte ich keinen feurigen Gott anbeten, der Zeichen mit Blut, Schlangen und Krankheit wirkte. Ich bevorzugte meine sanfte Göttin, die still in ihrer Ecke saß und auf meine Gebete hörte, ohne etwas von mir zu fordern.

Kurz darauf wurde Moses Atmung gleichmäßig und tief. Er war eingeschlafen. Ich folgte ihm in die schattigen Kammern, in denen die Träume wohnen, aber seine Warnung trieb auf den Strömen und hallte in meinen Ohren wider.

Anscheinend war Hobab ausgeritten, kurz nachdem Mose meinem Vater die Neuigkeit mitgeteilt hatte, denn als ich fertig war mit dem Beladen der Packtiere, trafen meine Schwestern mit ihren Familien aus ihren Lagern ein, um sich von uns zu verabschieden. Noura umarmte mich und legte einen Blumenkranz um meinen Hals, Taliba gab mir einen Krug mit duftender Salbe und mir zu Ehren hatte Rima Speiseopfer und Weihrauch auf dem der Athirat geweihten Altar dargebracht. Hala und Almira ließen ihre Kinder ein Lied für mich singen, und bevor sie fertig waren, flossen mir die Tränen über die Wangen.

Dann rief mein Vater Mose, Gerschom, Elieser und mich in den Steinkreis um seine Altäre. Mit belegter Stimme, die seine Gefühle verriet, segnete er uns im Namen aller Götter, die er repräsentierte, und auch „im Namen Jahwes, dem ihr dient“. Er schloss mit den Worten: „Möget ihr sicher und bei guter Gesundheit zu uns zurückkehren.“

Die Sonne war schon zur Mitte des Himmels gestiegen, als wir unsere Tiere bestiegen und sie nach Westen wendeten. Mein Bruder und die Männer meiner Schwestern begleiteten uns noch eine gute Stunde, dann umarmte Hobab Mose, wünschte uns eine sichere Reise und kehrte nach Hause zurück. Die Reiter von den Stämmen meiner Schwestern kehrten ebenfalls um. Inmitten einer riesigen Wüste, die sich bis zum blutroten Horizont erstreckte, waren wir allein.

Wir ritten bis zum Einbruch der Dunkelheit und fanden schließlich eine kleine, von Bäumen gesäumte Quelle hinter einem Felsvorsprung. Nach den verkohlten Überresten einer

Feuerstelle zu urteilen, wurde diese geschützte Stelle häufig von Reisenden aufgesucht.

Ich glitt von meinem Pferd, todmüde und mit wehen Knochen. Gerschom führte die Ziegen zum Wasser. Elieser band den Pferden die Vorderhufe zusammen, während Mose begann, unseren Eseln die Lasten abzunehmen.

Aus Mehl und Öl bereitete ich flache Gerstenkuchen und blickte mit unverhohlener Erleichterung zu unserem Zelt hinüber. Schon bald würde ich mich hinlegen können und der Tag wäre zu Ende. Während unsere Söhne über das sprachen, was sie in Ägypten zu sehen hofften, blieben Mose und ich während unserer einfachen Mahlzeit sehr schweigsam.

Ich blickte meinen Mann an, der immer wieder zum Horizont sah, als rechnete er damit, jemanden herannahen zu sehen. *Hältst du nach Aaron Ausschau?*, wollte ich fragen. *Wenn er dir so weit entgegenkommen kann, warum kann er dann nicht dein Volk aus dem Schwarzen Land herausführen?*

Der weiße Mond, rund und voll, hatte die Sonne abgelöst, als wir die Tiere für die Nacht fertig gemacht hatten. Ich ging ins Zelt und lockerte meinen Gürtel, dann streckte ich mich auf dem Schaffell aus, das der Zeltwand am nächsten lag. Mose folgte mir. Er überließ es den Jungen, das Feuer zu löschen. Wie das bei jungen Leuten so üblich ist, blieben sie noch lange wach, und ihre Stimmen lullten mich in einen tiefen und traumlosen Schlaf.

Irgendwann in der Nacht erwachte ich. Ich war nicht sicher, was mich geweckt hatte, aber als ich mich aufsetzte, hatte ich eine Gänsehaut auf meinen Armen. Ich bin schon durch Sandstürme und Tiere aufgeweckt worden, aber noch nie zuvor habe ich das Gefühl gehabt, dass die Luft um mich vibrierte, dass die Stille mit Furcht erfüllt war.

Vor dem Zelt hörte ich klagendes Meckern der Ziegen, begleitet von dem Schnauben und Wiehern der Pferde. Irgendetwas war da nicht in Ordnung. Ich legte mir meine wollene Decke um die Schultern, stand auf und schlug die Zeltklappe zurück.

In unserem Lager schien alles ruhig zu sein – zumindest konnte ich nichts Ungewöhnliches erkennen. Die Pferde wieherten nervös, aber auf der weiten Wüstenebene, gut beleuchtet von dem runden Mond, rührte sich nichts. Ich hob meinen Blick zum Himmel, und mein Herz stockte, als ein leuchtend heller Stern über den schwarzen Himmel flog und auf mich zuraste, als würden Himmel und Erde nur eine Handbreit auseinanderliegen.

Meine Lippen teilten sich in stummem Erschrecken. Bestimmt träumte ich. Doch als ich den funkelnden Gegenstand betrachtete, sah ich, dass dies überhaupt kein Stern war, sondern ein Lichtball, so hell, dass ich ihn nur blinzelnd anschauen konnte. Er hing in der reglosen Luft über meinem Kopf, drehte sich und funkelte wie die Spiegelung der Sonne auf dem Wasser; dann bewegte er sich langsam an mir vorbei und drang in unser Zelt ein.

Sprachlos vor Furcht drehte ich mich um. Der glitzernde Kreis hing in der Mitte unseres Zeltes, über meinen schlafenden Männern. Er drehte sich heller und schneller als zuvor; dann begannen Formen aus der runden Masse sichtbar zu werden. Ich sah eine Hand, so flüssig wie Wasser, dann einen Arm, funkelnd und hell, gefolgt von Beinen. Der seltsame Anblick verursachte mir eine Gänsehaut, aber mein Herzschlag setzte beinahe aus, als das wirbelnde Licht sich in eine strahlende Gestalt verwandelte, anders als jeder Mensch, den ich je gesehen hatte. Vor meinen Augen kroch dieses Wesen zu Mose hinüber, streckte seine schimmernde Hand nach meinem Mann aus ... und auf einmal war ich überwältigt von der schrecklichen Gewissheit, dass wir uns in tödlicher Gefahr befanden.

Mose erwachte erst, als dieser mitternächtliche Feind seinen Hals berührte; er begann, um sich zu schlagen und nach Luft zu schnappen. Ich suchte nach einer Waffe, nach den Dolchen meiner Söhne, aber der einzige brauchbare Gegenstand in Reichweite war der Feuerstein, mit dem ich normalerweise das Feuer anzündete.

Keuchen erfüllte das Zelt jetzt, und ich wusste, Mose würde sterben, wenn ich nichts unternahm. Aber wie konnte ich gegen ein himmlisches Wesen bestehen? Frustriert über meine Hilflosigkeit schlug ich den Feuerstein auf die Öllampe aus Ton, aber der daraus entstehende Funke erreichte nicht den Docht.

Ich schob die Lampe beiseite. Was tat ich da? Im überirdischen Licht, das der Besucher ausstrahlte, konnte ich meine schlafenden Söhne erkennen, meinen sich abmühenden Mann und die Lücke, wo ich gelegen hatte. Allerdings konnte ich keinen Grund für diesen entsetzlichen Angriff erkennen.

Mit einer Hand hielt unser Feind Mose am Hals fest; die andere streckte er zum Himmel aus, als erwarte er irgendein Zeichen, eine Erlaubnis. Ich wollte schreien, unterdrückte meinen Schrei jedoch. Auch konnte ich diesen Angreifer nicht mit körperlicher Kraft bekämpfen, denn dieses Wesen war von einem Gott gekommen, den ich weder kannte noch verstand.

In diesem Augenblick kam mir die Erleuchtung. Moses Worte fielen mir wieder ein – *Ich hoffe nur, ich werde für würdig befunden werden* – und meine eigenen Worte, die ich so sorglos und vor so langer Zeit gesprochen hatte: *Ich werde nicht zulassen, dass mein Sohn mit dem Bund eines Gottes gezeichnet wird, den du nicht einmal beim Namen nennen kannst.*

Moses Gott wollte, dass die Söhne beschnitten wurden. Mose hatte Gerschom beschneiden wollen, aber ich hatte es nicht zugelassen. Jetzt war Mose unterwegs, um die Kinder Israels zu befreien, die Erstgeborenen des Herrn, aber er hatte dem Bundesgebot, das Gott seinem Volk vor langer Zeit gegeben hatte, nicht gehorcht. *Ich hatte ihn daran gehindert.* Aber noch konnte ich meinen Fehler korrigieren.

Ohne weiter nachzudenken, nahm ich den Feuerstein zwischen Daumen und Zeigefinger, stieg über Elieser hinweg und hob Gerschoms Gewand. In einer schnellen Bewegung beschnitt ich meinen erstgeborenen Sohn, und als Gerschom aufheulte, nahm ich die blutige Haut zwischen meine Finger.

„Sieh!" Ich taumelte zu dem Angreifer hinüber, berührte mit dem abgetrennten Hautfetzen Moses Bein. Da ich das angemessene Ritual für die Beschneidung der Hebräer nicht kannte, sagte ich den Satz auf, den ich bei den Hochzeiten meiner Schwestern immer wieder gehört hatte: „Ein Blutbräutigam bist du mir!"

Sofort ließ der Fremde Mose los und trat zurück. Ich starrte sein beinahe durchsichtiges Gesicht an und glaubte den Anflug eines Lächelns zu erkennen, doch ich hatte keine Zeit, über diese Angelegenheit nachzudenken. Mose packte sich an den Hals und richtete sich auf. Der nächtliche Besucher zog sich in seine funkelnde Sphäre zurück und verschwand so plötzlich, wie er gekommen war.

„Ein Blutbräutigam", flüsterte ich. Meine Stimme brach, als ich in der Dunkelheit unseres Zeltes zu Boden sank. Alle meine Kraft war verbraucht und ich blieb weich wie Wachs zurück. Gerschoms Schrei hatte Elieser aufgeweckt, und beide suchten nach ihren Waffen in der Annahme, dass wir angegriffen würden.

Aber nachdem Mose zu sich gekommen war, verstand er. Er zündete die Lampe an und sah nach Gerschom. Dann fing er Eliesers Blick auf. „Morgen, mein Sohn", keuchte er mühsam, „wirst auch du den Bund Jahwes auf deinem Fleisch tragen."

Elieser nickte feierlich; daraufhin wandte sich Mose mir zu. „Gesegnet seist du, Zippora."

Am folgenden Morgen nach dem Frühstück rief Mose Gerschom und Elieser zu einem Altar aus Steinen vor dem Berg Gottes, den wir Sinai nannten.

„Im Land Gosen, am achten Tag nach meiner Geburt", sagte er mit einer Gewissheit, die ich nur selten in seiner Stimme wahrgenommen hatte, „folgte mein Vater dem Gebot Jahwes, der unter allen Völkern verkündet hatte, dass Israel sein Erstgeborener sei. Und so beschneide ich dich, mein Sohn Elieser, im Gehorsam diesem Gebot gegenüber als Erben des Bundes Gottes, den er den Kindern Israels verheißen hat."

Ich zuckte zusammen, als die Klinge ihr Werk tat, dann umarmte ich meine Söhne und kehrte zu unserem Lager zurück, um das Abendessen vorzubereiten.

Wir blieben drei Tage bei der Oase, damit meine Söhne sich von der Beschneidung erholen konnten. Diese Tage waren eine Zeit ungewöhnlicher Trägheit, doch während unseres kurzen Aufenthalts dort lernte ich etwas: Der Gott Israels war eine zornige Gottheit, der der Gehorsam ihres Volkes wichtig war. Wichtiger als jeder anderen Gottheit in den Ruhmeshallen meines Vaters. Wie Mose gesagt hatte, konnte Jahwe richtig zornig werden.

Und ich war noch nicht bereit, ihn *gut* zu nennen.

Am vierten Tag, als wir die Esel beluden und unsere Reise ins Schwarze Land wieder aufnahmen, entdeckte ich zwei Reisende am Horizont. Es waren keine Ägypter, denn Ägypter würden niemals neben einem langsamen Esel herlaufen. Es konnten Wüstenbewohner sein, denn der Mann trug einen langen Bart und die Frau hatte ihre Haare mit einem dunklen Schleier verhüllt.

Gerschom blieb an meiner Seite stehen und deutete auf die beiden. „Sind sie gefährlich? Was meinst du?"

„Eher nicht“, erwiderte ich. Ich packte einen Krug mit Mehl in einen Beutel. „Vielleicht sind es Edomiter.“

Als sie näher kamen, sah ich, wie die Frau uns anstarrte. Ihr Blick suchte unseren mit der Intensität der Mittagssonne. Der Mann, groß und alt, kam mit ausgestreckter Hand auf Mose zu. Mein Mann umklammerte seinen Stab. Trotz des harmlosen Aussehens des alten Mannes suchten meine Söhne nach ihren Schwertern und Speeren, denn man konnte nie wissen, was einen in der felsigen Wildnis erwartete.

In stummem Staunen beobachtete ich, wie mein Mann auf den Mann zuging und sich respektvoll vor ihm verneigte.

„Verneige dich nicht vor mir.“ Der alte Mann sprach mit zitternder Stimme. „Ich suche den Berg, den die Wüstenbewohner Sinai nennen.“

Mose wandte sich um und deutete auf den Berg hinter uns. „Das ist der Sinai, der Berg Gottes.“

„Gut.“ Der Mann faltete die Hände und seufzte zufrieden. „Ich bin von weither gekommen.“

Mose lachte. „Um einen Berg zu sehen?“

„Um einen Mann zu treffen. Jahwe hat mich hierhergeschickt, um einen Mann mit Namen Moshe zu treffen. Wie ich gehört er zu den Kindern Israels.“

Erschrecken machte sich auf dem Gesicht meines Mannes breit. „Ich bin Mose.“

Der Fremde schrie auf und fiel meinem Mann weinend um den Hals. Ich sah zu meinen Söhnen, die die Wiedervereinigung mit unverhohlener Verwirrung beobachteten, und in dem ganzen Tumult erkannte ich einen Namen, den ich erst kürzlich gehört hatte.

Wie versprochen hatte Jahwe uns Aaron entgegengeschickt.

MIRYAM

Bis zu dem Augenblick, in dem ich meinen Bruder erblickte, war ich nicht wirklich davon überzeugt gewesen, dass der Herr unsere Hilfeschreie tatsächlich erhört hatte. Meine Entscheidung, Aharon zu begleiten, beruhte mehr auf liebevoller Toleranz den eigensinnigen Launen meines Bruders gegenüber als auf der Überzeugung, dass der Gott, der sieht, unser Elend bemerkt haben könnte.

Und dann tauchte Moshe vor uns auf, ernst und lebendig, und er sah jeden Zoll wie ein Prinz von Israel aus, nicht von Ägypten. Er ritt auf einem schönen Pferd und war begleitet von einer Frau, zwei jungen Männern und einem kleinen Tross von Eseln, doch im ersten Augenblick hatte ich nur Augen für meinen Bruder.

Das Kind, das ich im Schilf bewacht hatte, war groß geworden ... und nach dem, was Jahwe Aharon gesagt hatte, würde er unser Befreier sein.

Während sich die Männer umarmten, rutschte ich von meinem Esel, hob meine Hände und begann einen langsamen Freudentanz. In diesem Augenblick war mir ganz egal, was die anderen dachten.

ZIPPORA

Nach der Begrüßung und Vorstellung, die ich wie eine Schlafwandlerin miterlebte, fühlte ich mich zunehmend bedrängt von der Last der Offenbarung meines Mannes und meinen eigenen nagenden Zweifeln.

Aaron war zum Sinai gekommen. Irgendwie hatte es der alte Mann geschafft, aus Ägypten zu fliehen, und war zum Berg Gottes und zu unserem kleinen Lager gekommen.

Also ... Mose war Jahwe auf dem Berg tatsächlich begegnet. Mein Mann hatte die Stimme eines Gottes gehört und dieser Gott besaß offensichtlich große Macht. Aber auch mein Vater hatte häufig im Namen der Götter geweissagt und manchmal waren auch seine Vorhersagen eingetroffen.

Der nächtliche Besucher hatte überirdische Kräfte besessen, aber dieser Zwischenfall verwirrte mich noch immer. Wäre nicht das Stück verschrumpelter Haut in unserem Zelt gewesen und das Stöhnen meines Sohnes am folgenden Morgen, hätte ich mir vielleicht einreden können, das Ganze sei ein schrecklicher Traum gewesen.

Mose hegte keinerlei Zweifel. Er hatte mit Aarons Auftauchen gerechnet und jetzt führte er ihn, den Arm um die Schultern seines Bruders gelegt, in den Schatten unseres Zeltes. Er konnte die Sprache der Hebräer nicht richtig verstehen, aber Aaron und Miriam beherrschten eine einfache Form des Akkadisch, sodass sie miteinander sprechen konnten.

Im Schatten unseres Zeltes brachen wir Brot miteinander. Ich hatte gedacht, Miriam würde mir helfen, die Mahlzeit zu servieren, aber sie saß neben Aaron im Schatten, so forsch wie ein Mann. Ich zog missbilligend die Augenbrauen hoch, aber da keine anderen Frauen zugegen waren, mit denen ich über meine Verwunderung hätte sprechen können, bemerkte niemand meine Missbilligung.

So machte ich Brot und backte es unter dem Sand, ich schlachtete eine Ziege und briet das Fleisch, danach holte ich das Brot aus dem Sand und schlug darauf ein, bis der Sand abgefallen war. Und während ich die Mahlzeit servierte, spürte ich Miriams prüfenden Blick auf mir.

Warum mochte die alte Frau mich nicht? Ich hatte Mose zwei prächtige Söhne geboren und war kein ungebildetes Mädchen. Ich war eine reife Frau, obwohl Miriam ihrem Aussehen nach gut 40 Jahre älter war als ich. Wie ein Spinnennetz zogen sich kleine rote Äderchen über ihre Wangen und ihr Mund war eine trockene, lippenlose Linie, wie ein Schnitt in totes Fleisch. Ihre Brüste hingen so tief wie der

Gürtel um ihre Taille, und die Hände, in denen sie ihren Becher hielt, waren von Altersflecken übersät und von der harten Arbeit ganz rau.

Während des Essens erkundigte sich Mose nach der Welt, in der er früher gelebt hatte. „Wo lebt Pharao jetzt? In Theben?"

Sein Bruder, dessen bärtiges Gesicht so kantig war wie die felsige Landschaft, lächelte grimmig – es war wie ein Echo von Moses Lächeln. „Der König lebt seit mehreren Monaten in Pi-Ramses und hat vor, dortzubleiben. Seti ist nicht der Krieger, der sein Vater gewesen war."

Mose zog die Stirn in Falten. „Seti? Der zweite König dieses Namens?"

„Ja, er ist der Sohn von Merneptah und Isetnofret. Dies ist das fünfte Jahr seiner Herrschaft."

Mose blickte mich bedeutungsvoll an. Jahwe hatte die Wahrheit gesagt, denn Mose kannte den neuen König nicht. Wichtiger noch, der neue König kannte Mose nicht. Ich nickte und gestand Jahwe im Stillen einen weiteren Sieg zu.

Mein Mann hob die Hand, als er und Aaron sich satt gegessen hatten. Ich gehorchte der stillen Aufforderung, die Männer allein zu lassen. Miriam dagegen blieb da. Verärgert räumte ich meine Krüge und Becher weg. Moses Schwester schien eine sehr eigensinnige Person zu sein. Nur die erlösende Gnade der nochmaligen Überlegung bewahrte mich davor, sie auf der Stelle zu hassen. Vielleicht, redete ich mir ein, hätte auch ich Hobab nur ungern verlassen wollen, wenn wir ein Leben lang getrennt gewesen wären.

Ich beendete meine Arbeit und setzte mich dann vor das Zelt und ließ meine Gedanken wandern. Ich war gerade dabei einzunicken, als Mose mich rief. Schnell eilte ich ins Zelt. Aaron und Miriam saßen bei ihm. Ich starrte Miriam an, die auf einem gefalteten Schaffell saß und sich weigerte, meinem Blick zu begegnen.

„Zippora", sagte Mose mit sanfter Stimme. „Aaron und ich haben über den Kampf gesprochen, der vor uns liegt. Wir wissen nicht, wie lange Jahwe brauchen wird, um die Kinder Israels zu befreien, auch wissen wir nicht, was Pharao tun wird als Vergeltung für die Taten der Macht, die Gott demonstrieren wird." Sein Blick wanderte zu seiner Schwester. „Und darum habe ich beschlossen, mein Versprechen an deinen Vater zu halten und dich zurück in Reguels Zelt zu schicken – dich und unsere Söhne. Dort wirst du in Sicherheit sein und es auch bequemer haben."

Bei dieser Erklärung waren alle meine Sinne in Alarmbereitschaft. „Du willst uns fortschicken?"

„Es wird nur für eine kurze Zeit sein, so Jahwe will. Wenn wir das Schwarze Land verlassen, werde ich nach dir schicken. Dann wirst du mit mir in das Land gehen, das Gott unserem Volk versprochen hat."

Ich kochte vor Enttäuschung und Demütigung und ballte die Fäuste. Am liebsten hätte ich gegen Moses Brust getrommelt, aber das ging natürlich nicht, wo sein Bruder und seine Schwester in unserem Zelt saßen. Obwohl ich keinen Beweis dafür hatte, war ich sicher, dass Miriam irgendetwas damit zu tun hatte.

„Warum ist dir das nicht früher eingefallen?" Nur mit Mühe konnte ich meine Stimme leise halten. „Du hättest uns die Mühsal der Reise ersparen können. Du hättest uns diese schreckliche nächtliche Begegnung ersparen können – nein, vielleicht ging das nicht. Denn wenn ich nicht bei dir gewesen wäre, Mose, dann wärst du jetzt vermutlich tot. Wenn ich nicht dein Leben gerettet hätte –"

„Wenn Gott gewollt hätte, dass ich sterbe", erwiderte Mose und ein warnender Blick trat in seine Augen, „dann hätte er mich in einem Augenblick getötet. Nein, Zippora, in jener Nacht hatte er *dir* seine Macht zeigen wollen. Und jetzt will er sie ganz Ägypten zeigen. Jahwe will seine Macht über die Schöpfung beweisen, über alle Götter und über das Leben selbst."

„Falls Jahwe wirklich so mächtig ist", beharrte ich. Mein Zorn machte mich mutig. „Warum vertraust du dann nicht darauf, dass er deine Familie beschützt? Wenn er Israel beschützen wird, wird er dann nicht auch deine Frau und deine Söhne beschützen? Wenn du Glauben hast, Mose, warum kannst du dann nicht darauf vertrauen, dass uns nichts geschieht?"

Meine Worte sollten wehtun, aber Mose zuckte nicht einmal zusammen. Ohne seinen Bruder und seine Schwester anzusehen, faltete er die Hände in seinem Schoß. „Sag Elieser und Gerschom, sie sollen einen einzigen Packesel für mich aussuchen. Morgen früh werden sie dich zum Lager deines Vaters zurückbringen."

Eine midianitische Frau verabschiedete sich normalerweise respektvoll von ihrem Mann, indem sie mit gesenktem Kopf aus seiner Gegenwart weicht, doch mein Zorn ließ eine solche Unterwürfigkeit nicht zu. Ich wirbelte herum und rauschte aus dem Zelt. Mein Mann blieb mit seinem Bruder und seiner hartherzigen Schwester zurück.

Wir verabschiedeten uns am folgenden Morgen von Mose. Da sie nicht wussten, wann sie ihn wieder sehen würden, umarmten Gerschom und Elieser ihren Vater. Ich saß auf meinem Pferd und hielt den Blick auf den Horizont im Osten gerichtet. Eine öffentliche Zurschaustellung von Gefühlen passte nicht zu uns und Mose war auch in der Nacht nicht zu mir gekommen. Er und Aaron waren lange aufgeblieben und hatten sich am Feuer unterhalten.

Schließlich hörte ich das weiche Geräusch von Sandalen auf dem Sand. Mose stand neben meinem Pferd. „Du hast nichts Verkehrtes getan." Er senkte die Stimme. „Aber es ist besser, dass du gehst. Ich werde mich freier meiner Aufgabe widmen können, wenn ich mir um meine Familie keine Sorgen machen muss."

Wortlos dachte ich über diese Bemerkung nach. Gestern hatte er davon gesprochen, uns beschützen zu wollen; heute sprach er davon, sich selbst zu schützen. Die heutige Bemerkung war vielleicht nicht vollkommen wahrheitsgetreu, aber sie klang viel ehrlicher.

„Lebe wohl, Mann." Ich nahm die Zügel. „Ich hoffe, dein Gott beschützt dich genauso grimmig, wie er dich korrigiert."

Ich wollte das Pferd gerade antreiben, hielt aber inne, als ich einen sanften Druck an meinem Fuß verspürte. Mose hatte seine Hand um meinen Knöchel gelegt. Das war eine spontane Geste, wie er sie noch nie gezeigt hatte. Einen Augenblick lang war ich zu verwirrt, um zu reagieren; meine Kehle war wie zugeschnürt von Emotionen, die ich nicht in Worte fassen konnte.

Ich lächelte ihn flüchtig an, als er aufsah, dann drängte ich das Pferd voran. Mose war mit einem verwundeten Herzen aus Ägypten gekommen, weil die Menschen, die er liebte, ihn fortgeschickt hatten. Konnte er nicht sehen, dass er nun dasselbe mit uns tat?

Buch III

DIE WÜSTE

So verging eine lange Zeit. Inzwischen war der König von Ägypten gestorben. Aber die Lage der Israeliten hatte sich nicht gebessert. Sie stöhnten unter der Zwangsarbeit und schrien um Hilfe. Ihr Schreien drang zu Gott, und er erinnerte sich an den Bund, den er mit Abraham, Isaak und Jakob geschlossen hatte. Er wandte sich den Israeliten zu und kümmerte sich um sie.

Dann gingen Mose und Aaron nach Ägypten und versammelten alle Ältesten des Volkes Israel. Aaron berichtete ihnen alles, was der Herr zu Mose gesagt hatte, und Mose vollbrachte vor den Augen des ganzen Volkes die Wunder, zu denen Gott ihn bevollmächtigt hatte.

Da glaubten ihm die Israeliten. Sie begriffen, dass der Herr ihre Unterdrückung gesehen hatte und ihnen helfen wollte. Und sie warfen sich anbetend vor dem Herrn nieder.

2. Mose 2,23-25; 4,29-31

MIRYAM

Ich spürte den verschwitzten Esel unter mir kaum und schwebte auf einer Wolke der Zuversicht dahin, als wir nach Mizraim kamen. Aharon hatte nicht geträumt; er hatte die Stimme Gottes tatsächlich gehört. Obwohl ich vermutete, dass Moshes prächtiges Pferd bei unserer Rückkehr auf mehr Beachtung stoßen würde als unsere mickrigen Esel beim Losreiten, fühlte ich mich sicher wie ein Pharao.

Ich hatte mein ganzes Leben lang in Gosen gelebt, aber ich war überrascht von dem Anblick, der sich mir bot, als wir einen Hügel am Ostufer des Nils erklommen hatten. Bei unserem Aufbruch aus Ägypten hatten wir kaum einen Blick zurückgeworfen, darum hatte ich das Schwarze Land aus dieser Perspektive nie gesehen. Nachdem wir durch die Wüste geritten waren, in der Beige und Rot die einzigen Farben zu sein schienen, lag Ägypten wie eine Vision des Gartens Eden blühend vor uns. Der Fluss war während unserer Abwesenheit über die Ufer getreten (die Ägypter würden sagen, Isis hatte ihr Reich mit ihren Tränen bedeckt), und das Wasser lag wie ausgegossenes Silber im Tal. Die Palmen wiegten sich im Wind, während die Strahlen der Sonne schillernd vom Fluss zurückgeworfen wurden.

Jetzt verstand ich, warum Mizraim das „Schöne Land" genannt wurde. Hinter den Feldern lagen Pharaos Städte, mit ihren hohen Ziegelmauern, den funkelnden Granitstatuen und bunten Wimpeln auf den Türmen.

Ich war nicht als Einzige von diesem Anblick fasziniert. Ich blickte zu Moshe hinüber und bemerkte einen weichen Ausdruck auf seinem Gesicht ... Erinnerung? Zuneigung?

„Hat es sich verändert?", fragte ich.

Eine Zeit lang antwortete er nicht, dann nickte er. „Es hat

sich ein wenig verändert, aber es ist noch immer wunderschön."

Aharon jedoch empfand nicht solche Zuneigung für die Stadt des Pharaos. „Mag sein. Aber es ist das Land der Sklaverei und sollte niemals unser Heim sein."

Ich funkelte ihn an – dachte er, er müsste mich an die Bedrängnis unseres Volkes erinnern? Dann schluckte ich meine Verärgerung herunter und trieb meinen Esel an. Nachdem ich mehrere Tage auf dem Tier gesessen hatte, konnte ich verstehen, warum Ägypter niemals auf Eseln ritten. Die störrischen Tiere taten keinen Schritt von allein und ihr knochiger Rücken war alles andere als bequem.

Moshe führte uns zu einem Grenzposten, wo ein ägyptischer Offizier mit einer in Zöpfen geflochtenen Perücke unsere kleine Reisegruppe betrachtete.

„Woher kommt ihr?", fragte er auf Akkadisch.

Aharon und ich senkten die Köpfe und schwiegen, aber Moshe zögerte nicht. „Ich komme aus Midian", antwortete er in derselben Sprache. „Wir sind auf dem Weg nach Gosen."

Der Wachposten lachte. „Warum wollt ihr das Land der Sklaven besuchen? Dort gibt es keine Märkte, keine Tempel –" Er hielt inne, betrachtete Aharon und mich auf unseren Eseln, dann lächelte er breit. „Ach, jetzt verstehe ich. Du willst Sklaven kaufen, um diese Alten da zu ersetzen. Sehr gut, dann wünsche ich dir alles Gute."

„Danke."

Während ich gegen meine Verärgerung ankämpfte, dass Moshe nicht nur jünger, sondern auch reicher aussah als seine Geschwister, trat der Wachposten zurück und winkte uns weiter. Wir ritten über eine weiche Straße aus schlammiger schwarzer Erde und kamen an eine Fähre, die auf Reisende wartete. Moshe lehnte sich auf seinem Pferd zurück und verschränkte die Arme, während er seinen Blick über die Schiffe auf dem Fluss gleiten ließ.

„Ich hatte beinahe vergessen", sagte er mit heiserer Stimme, „wie viel Betrieb auf dem Fluss herrscht."

Nach der Einsamkeit der Wüste konnte ich verstehen, warum die vielen Menschen auf dem Nil ihn beeindruckten, doch ich hatte das Gefühl, dass Moshes Worte nur einen Bruchteil seiner Gefühle widerspiegelten. Wie würde ich empfinden, wenn ich als enterbter Sohn in das größte Königreich der Welt zurückkehren würde?

Moshe sagte nichts mehr, aber sein Blick machte mir klar, dass er eine Reihe neuer und unerwarteter Gefühle zu verarbeiten hatte. Gott hatte ihn gerufen und Aharon hatte den Ruf bestätigt. Aber Moshe hatte nicht damit gerechnet, von Heimweh erfasst zu werden, als er Mizraim wieder sah. Würde er die Aufgabe erfüllen können, zu der Gott ihn berufen hatte? Hatte das Volk von Mizraim noch immer einen Platz in seinem Herzen?

„Seht euch das an." Moshe deutete auf ein *Shaduf* am anderen Ufer. Das Fundament der Schöpfvorrichtung lag unter Wasser, aber in ein paar Monaten würde es auf dem Ufer stehen und Wasser für die Bewässerungsgräben aus dem Fluss holen. „Als ich ging, gab es noch nicht so viele Shaduf am Fluss. Ich habe sie nur in den Städten gesehen."

„In unseren Dörfern gibt es keine", erwiderte ich mit trockener Stimme. „Wir tragen das Wasser wie immer an einer Stange auf unseren Schultern."

Sein Mund verzog sich amüsiert. „Wenigstens habt ihr Wasser. Die Midianiter müssen oft meilenweit reiten, um welches zu finden."

Bestimmt hatte er mich mit dieser Bemerkung nicht verletzen wollen, aber sie tat mir trotzdem weh. Ich wandte den Blick ab, damit ich in meiner Verärgerung nicht etwas sagte, das ich später bedauern würde.

Warum hatte Gott nicht Aharon berufen, die Kinder Israels zu befreien ... oder sogar mich? Waren nicht auch wir Kinder Levis? Aharon war älter als Moshe und beherrschte unsere Sprache, aber ich wusste mehr über unser Volk, als Aharon je wissen würde. Aharon hatte sein Leben damit verbracht, über Lehmformen in der Ziegelbrennerei zu schwitzen, während ich bei der Feuerstelle unseres Dorfes gestanden hatte und die Gedanken, Träume und die Verzweiflung unserer Stammesbrüder miterlebt hatte.

Vielleicht erforderte diese bevorstehende Befreiung, dass wir alle zusammenarbeiteten. Moshe konnte diese Aufgabe nicht allein erfüllen, darum hatte Gott Aharon und mich geschickt, um ihm zu helfen. Ich lächelte, als ein unerklärliches Gefühl der *Richtigkeit* in mir aufstieg.

Moshe wandte sich um. „Wir müssen zu der Anlegestelle reiten, dann absteigen und die Tiere auf die Fähre führen."

„Ich hatte nicht vor hinüberzuschwimmen", sagte ich spitz und trieb meinen Esel zum Kai. Kurz darauf kam Moshe grinsend neben mich geritten.

„Für eine Frau hast du eine scharfe Zunge, Miriam."

„Mir*yam*", korrigierte ich. „Wenn du für die Kinder Israels reden willst, Moshe, dann solltest du lernen, unsere Namen richtig auszusprechen."

Noch immer grinsend neigte er den Kopf in stiller Anerkennung. Dann deutete er auf Aharon, der hinter uns ritt. „Ich habe noch nie Hebräisch gesprochen, und es ist Jahre her, dass ich Ägyptisch gesprochen habe." Er hielt inne und fügte schließlich hinzu: „Ich habe Jahwe gesagt, dass ich Probleme mit der Sprache habe."

Bei seiner letzten Bemerkung verdrehte ich die Augen, denn wie konnte jemand mit Gott so beiläufig reden, wie man mit einem Nachbarn plauderte? Immerhin hatte Jahwe zu Aharon in einem Traum gesprochen. Auch zu Avraham und Yaakov hatte er in Träumen und Visionen gesprochen. Der große Yosef legte Träume aus, die der Allmächtige geschickt hatte, aber selbst er hat nie ein solches Gespräch mit Gott geführt.

Ich beschloss, Moshes unpassende Bemerkung zu ignorieren. „Ägyptisch ist keine so schwierige Sprache", sagte ich. „Ich habe oft genug die Marktplätze außerhalb von Pi-Ramses besucht, um die Grundbegriffe zu verstehen. Die meisten unserer Männer sprechen ein paar Brocken Ägyptisch; einige sogar recht gut." Ich warf ihm einen scharfen Blick zu. „Sind denn keine ägyptischen Händler in euer Lager gekommen?"

Er zuckte die Achseln. „Durch unser Lager kamen viele Händler, aber ich habe nicht oft mit den Gästen meines Schwiegervaters gesprochen. Ich habe die Stille der Wüste dem Gesang vor Reguels Altären vorgezogen."

Ich hielt meinen Blick auf den Horizont gerichtet, als wir die Anlegestelle erreichten und abstiegen. Mit jedem Wort, das Moshe von sich gab, fürchtete ich mehr, dass Jahwe – ich scheute mich noch immer ein wenig davor, seinen Namen zu gebrauchen – den falschen Mann geschickt hatte. Wie konnte ein Einsiedler aus der Wüste den Bedürfnissen eines großen Volkes gerecht werden? Wie konnte ein Mann, dessen Urteilsvermögen so schlecht war, dass er die Tochter eines heidnischen Priesters heiratete, das Volk des Alten Bundes führen?

Von solchen Fragen gequält, sagte ich nichts mehr, als ich meinem Esel die Zügel über den Kopf zog und Moshe auf die Barke folgte, die uns zurück nach Gosen bringen würde.

In unserem Dorf brach großer Jubel aus, als wir zurückkehrten. Die wenigen Verwandten, die uns in der sicheren Annahme verabschiedet hatten, uns nie wieder zu sehen, feierten uns mit Rufen und Umarmungen. Die Neuigkeit von unserer Mission hatte sich während unserer Abwesenheit verbreitet und unsere Rückkehr bestätigte Aharons Traum, Jahwes Versprechen und Moshes Rolle als unser Befreier.

Während sich Moshe in meinem kleinen Haus einrichtete, schickte Aharon seine vier Söhne zu den anderen Dörfern, um die Ältesten aller Stämme zusammenzurufen. Während die untergehende Sonne ihre glühenden Finger über den Himmel ausstreckte, trafen die Vertreter der 12 Stämme aus ganz Gosen zu Fuß, auf Eseln und im Falle eines sehr alten

Mannes sogar auf einer Bahre ein. Unser Volk war bereit, die Einzelheiten seiner Befreiung zu hören.

Als sich eine ansehnliche Menge versammelt hatte, traten Moshe und Aharon vor, um zu ihnen zu sprechen. Ich stand bei den Frauen und konnte es kaum erwarten zu erleben, wie Moshe mit einem Volk umging, das er kaum kannte und verstand. Zumindest sah er jetzt ganz wie ein Israelit aus. Er trug ein langes Gewand statt des kurzen Rocks der Ägypter und einen Vollbart am Kinn. Sein Haar war lang und im Nacken zusammengebunden, und jeder, der Augen im Kopf hatte, konnte die Familienähnlichkeit zwischen ihm und Aharon erkennen. Trotzdem machte ich mir Sorgen. Mein jüngster Bruder hatte die letzten 40 Jahre bei einem heidnischen Priester gelebt, der vermutlich noch mehr Götter anbetete als die Ägypter. Würde Moshe bei uns heidnische Praktiken einführen wollen? Würde er uns mit anderen Göttern als Jahwe bekannt machen?

Meine Ängste schwanden, als meine Brüder zu sprechen begannen. Da Moshe unsere Sprache nicht beherrschte, flüsterte er Aharon auf Akkadisch zu, was er sagen wollte, und Aharon übersetzte alles, was Jahwe zu Moshe gesprochen hatte. Und dann tat Moshe vor unseren Augen einige Wunder. Ich war vollkommen verblüfft. Der Stab, den er in der Hand hielt, wurde zu einer Schlange, als er ihn zu Boden warf, doch er verwandelte sich wieder in seinen ursprünglichen Zustand, als er sich bückte, um ihn aufzuheben. Er hielt seinen gebräunten Arm hoch, dann steckte er ihn in sein Gewand. Als er ihn wieder herausholte, war er weiß von Tzaraat. Wir schnappten nach Luft. Doch dann legte er ihn wieder an seine Brust und der Arm wurde wieder gesund.

Einer der Ältesten protestierte, Mose würde mit Tricks arbeiten, die er zweifellos von dem midianitischen Zauberpriester gelernt habe, doch Aharon reichte dem Mann einen Krug und trug ihm auf, ihn mit Wasser aus dem Nil zu füllen. Während der Mann losging, um seinen Auftrag zu erfüllen, versuchte ich Moshes Reaktion auf die allgemeine

Skepsis einzuschätzen, aber die Fragen des Mannes schienen ihn weder einzuschüchtern noch zu beunruhigen. Der alte Mann kehrte schließlich zurück, einen dunklen Fleck auf dem Gewand, wo er sich mit Wasser bespritzt hatte.

Nachdem er Aharon, nicht Moshe, den Krug gereicht hatte, legte der Älteste seine Hände auf die Hüften und blickte Moshe skeptisch an. „Eine Schlange hättest du in dem Ärmel deines Gewandes verborgen haben können. Deinen Arm hättest du mit einem Puder weiß gemacht haben können, das du in deinem Gewand versteckt hattest. Aber das ist Wasser vom Nil und du hast es nicht angerührt."

Aharon reichte Moshe den Krug. Ohne Weiteres goss Moshe das Wasser auf die schwarze Erde zu unseren Füßen – nur war die Flüssigkeit kein Wasser, sondern helles, dickes Blut!

Die Frauen schrien in entzücktem Entsetzen auf; die Männer zuckten in alarmierter Ehrfurcht zusammen. Und dann fielen die Ältesten nacheinander auf die Knie und verneigten sich vor meinen Brüdern.

„Geht morgen." Der Zweifler hob beide Hände. „Geht zum Pharao und tut diese Zeichen vor ihm. Bestimmt wird er uns freilassen, wenn er sieht, zu welchen Dingen Jahwe dich befähigt hat."

„Wir werden gehen", bestätigte Aharon, „aber nicht morgen. Den morgigen Tag werden wir im Gebet verbringen und uns reinigen. Geht zurück in eure Dörfer, und sagt euren Leuten, dass Jahwe, der Gott unserer Väter, sich Moshe gezeigt hat. Der Gott Avrahams, Yitzhaks und Yaakovs hat zur Kenntnis genommen, was euch in Mizraim angetan wird. Und er verkündet, dass er euch aus der Not in Mizraim zum Land der Kanaaniter und der Hetiter, der Amoriter, Perisiter, Hiwiter und Jebusiter bringen wird, in ein Land, in dem Milch und Honig fließen. Und er wird euch Gunst geben in den Augen Mizraims, sodass ihr, wenn ihr geht, nicht mit leeren Händen gehen müsst. Jede Frau soll ihre Nachbarin um Gegenstände aus Silber, Gold und um Kleidung bitten und so sollt ihr Mizraim seine Schätze nehmen!"

Einige der Frauen um mich herum murmelten verwirrt vor sich hin, darum trat ich vor, um die Worte meines Bruders zu erläutern. „Auf diese Weise werden wir für die Jahre harter Arbeit entschädigt!“, rief ich und hob die Hand zum Himmel. „Auf diese Weise werden wir entschädigt für das Essen, das wir nicht bekommen haben, die Kleidung, die wir nicht getragen haben, und die Männer und Kinder, die wir verloren haben!“

Freudenrufe mischten sich mit Klagegeschrei, denn jeder Mann und jede Frau von uns hatte durch die Grausamkeiten des Pharaos einen Mann, einen Bruder oder ein Kind verloren. Doch die Freude herrschte vor und schon bald wurden Trommeln und Tamburine geschlagen. Wir klatschten in die Hände und tanzten unter dem mit Sternen übersäten Himmel.

Als ich auf meiner Strohmatte in Schlaf fiel, war ich überzeugt davon, dass Moshe unser Befreier und Jahwe unser Gott war.

Ich erwachte, als mir die Sonnenstrahlen in die Augen stachen. Ich fuhr hoch und sah mich um. Moshe schlief auf der anderen Seite des Raumes auf einem dicken Lammfell, das er aus Midian mitgebracht hatte. Aharon war offensichtlich in seine eigene Hütte gegangen.

Ich kniete mich hin und spähte zum Fenster hinaus. Nur ein dürrer Hund lief durch das Dorf; zum ersten Mal war die Feuerstelle kalt und verlassen. Die unheimliche Stille weckte eine seltsame Furcht in mir. Zum ersten Mal, seit ich denken konnte, hockten keine Kinder spielend im Schmutz, standen keine Frauen am Feuer und tauschten den neuesten Klatsch aus.

Ich erhob mich, strich mir das Haar glatt und legte meinen Schleier über den Kopf. Nachdem ich meine Wasserkrüge aufgenommen hatte, hängte ich sie zwischen die beiden

Seile an meinem Joch, legte mir die Stäbe auf die Schultern und eilte zum Wasser. In der Jahreszeit der Überflutung war es keine große Entfernung. Nachdem ich die Krüge gefüllt hatte, kehrte ich mit meiner Last zum Haus zurück.

Als die Tür über den Boden kratzte, fuhr Moshe hoch und blickte mich mit übernächtigten, blutunterlaufenen Augen an.

„Guten Morgen, Bruder." Ich goss Wasser in einen Holzbecher. „Hast du gut geschlafen?"

„Ich habe gut geschlafen, aber nicht besonders lange." Er fuhr sich mit der Hand über den Bart, dann erhob er sich. „Gibt es –"

Wortlos deutete ich zur Tür. „Draußen und dann nach links. Du siehst die Latrine auf dem Weg."

Während er fort war, nahm ich einen Laib hartes Brot, schnitt Scheiben vom Ziegenkäse ab und nahm eine Weinrebe aus dem Korb, den meine Nachbarin mir gestern Abend gegeben hatte. Früchte, Käse und Brot breitete ich auf einer Wolldecke zwischen Moshes Lammfell und meiner Strohmatte aus. Schließlich trat ich zurück und bewunderte die künstlerische Anordnung. Moshe würde bestimmt merken, dass ich ihm ein Mahl bereitete hatte, das eines Prinzen würdig war.

Als er zurückkehrte, ließ er sich wortlos auf sein Lammfell sinken und zog die Decke zu sich heran. Ich setzte mich auf meine Matte und beobachtete mit unverhohlenem Staunen, wie er seine Portion verzehrte und dann auch noch meine, aber meine Reaktion schien er nicht zu bemerken. Vielmehr lehnte er sich zurück, stützte sich auf einen Ellbogen ab und warf sich eine Traube in den Mund.

„Miryam." Dieses Mal sprach er meinen Namen richtig aus. „Es tut mir leid, dass wir uns nicht besser kennen."

Noch immer erstaunt darüber, dass er gar nicht zu bemerken schien, dass ich nichts zu essen hatte, starrte ich ihn an. „Wir kennen einander doch gut genug. Ich kenne dich seit dem Tag deiner Geburt und Jahwe hat uns unter einem Dach wieder zusammengeführt. Wie viele Geschwister können das von sich sagen?"

Ich beugte mich vor und nahm mir den Rest Brot und Käse von dem Tuch. Ein verwirrter Ausdruck trat auf sein Gesicht, dann grinste er. „Es tut mir leid. In Midian bedienen die Frauen die Männer zuerst und essen später."

„Das ist auch hier üblich", gestand ich, „aber wir sind nicht Mann und Frau. Wir sind Bruder und Schwester und ich bin acht Jahre älter als du. Mir fällt es schwer, dich als Herrn zu betrachten."

Moshe lächelte, dann brach er sich ein Stück Ziegenkäse ab. Sein Gesichtsausdruck wurde ernst. „Hast du keinen Mann?"

„Ich hatte einen." Ich bemühte mich, möglichst gleichmütig über das alte, aber immer noch schmerzliche Thema zu sprechen. „Ich wurde mit 15 verheiratet und bekam im folgenden Jahr ein Kind. Aber es war eine Totgeburt und mein Mann ist kurz darauf gestorben."

In Moshes Blick las ich eine unausgesprochene Frage.

„Er wurde von einem ägyptischen Aufseher getötet, weil er seine Quote von 2.000 Ziegeln pro Tag nicht erfüllte. Nach dem Tod des Kindes hat er sich Sorgen um mich gemacht und eines Nachmittags hat er sich früher aus der Ziegelbrennerei fortgeschlichen. Am folgenden Tag schlug der Aufseher ihn tot." Ich stieß ein unterdrücktes Lachen aus. „Du kennst ja die Ägypter und ihre Stöcke. Sie zögern nicht, sie zu gebrauchen."

Etwas wie Zorn flackerte in Moshes Augen auf, aber es war ein Gefühl aus zweiter Hand und nicht zu vergleichen mit dem lodernden Feuer, das immer noch meine Seele verbrannte. Ich senkte den Blick, weil ich den alten Schmerz nicht mit dem Bruder teilen wollte, der in jenen Jahren nichts als ein Schatten gewesen war.

Moshe richtete sich plötzlich auf. „Warte – ich habe doch damals in Pharaos Haus gelebt. Du hättest zu meiner Mutter gehen können; du hättest das Verbrechen melden sollen.

Meine Mutter hatte ein weiches Herz; sie hat ihre Diener und Sklaven mit großer Sanftheit und der Gerechtigkeit Ma'ats behandelt."

Ich schüttelte den Kopf. „Du warst damals ein kleiner Junge und Merytamon lebte im Harem. Wir wären nicht zu ihr vorgelassen worden, selbst wenn wir es versucht hätten."

Moshe runzelte die Stirn, und ich fragte mich, an wie viel aus seiner Kindheit er sich erinnerte. Er hatte die prägenden Jahre in einer vollkommen anderen Welt verbracht.

„Du hast uns verlassen", erwiderte ich einfach. „Zuerst bist du ins Haus des Pharaos gegangen. Als du als reifer Mann zurückgekehrt bist, hatten wir große Hoffnungen in dich gesetzt, aber dann hast du den Ägypter ermordet –"

„Ich habe alles zerstört." Er verzog das Gesicht und die Adern an seinem Hals traten hervor wie Seile. „Ich habe einem Wutanfall nachgegeben und dadurch die Gelegenheit vertan, diesem Volk zu helfen."

Ich bemerkte, dass er die Worte *unser Volk* nicht über die Lippen brachte. „Wer weiß, was geschehen wäre, wenn du geblieben wärst? Aber als du zum zweiten Mal gingst, war ich sicher, dich zum letzten Mal gesehen zu haben. Ich dachte, du wärst tot. Hätte ich gewusst, dass du unter den heidnischen Midianitern lebst, hätte ich dich als genauso verloren eingeordnet –"

Er zog die Augenbrauen in die Höhe, genau wie Aharon es oft tat. „Gott ist nicht auf die Sümpfe von Gosen begrenzt. Sein Geist wohnt sogar unter den Midianitern."

„Wer bin ich, dass ich sagen könnte, wo Gott ist? In den vergangenen Jahren habe ich wenig von ihm zu sehen bekommen."

Er zeigte mit dem Finger auf mich. „Die Midianiter sind ebenfalls Kinder Avrahams. Als ich aus Mizraim floh, wurde ich in ihren Zelten sehr liebevoll aufgenommen. Sie haben mir Nahrung und Unterkunft angeboten. Ohne ihre Gastfreundschaft hätte ich in der Wüste nicht überlebt."

Ich ließ mein Brot sinken und starrte ihn an. „Du schuldest ihnen Dankbarkeit. Wertschätzung, gewiss. Aber musstest du eine von ihren Frauen heiraten?"

Moshes Gesichtsausdruck veränderte sich. „Du missbilligst Zippora? Warum?"

„Sie ist eine Heidin."

„Sie ist eine wunderbare Frau. Sie arbeitet hart, ist klug und hat mir zwei Söhne geboren."

„Aber glaubt sie auch an Jahwe, wie wir es tun? Wird sie ihm gehorchen?"

Moshe schob das Kinn vor. „Sie gehorcht mir. Das ist genug."

„Tatsächlich?" Die scharfe Frage kam mir über die Lippen, bevor ich sie unterdrücken konnte. Und in den Augen meines Bruders las ich die Antwort – Moshe war sich seiner Frau nicht sicher. Vielleicht war das der Grund dafür, dass er nicht widersprochen hatte, als ich vorschlug, sie zurück nach Midian zu schicken.

Die Frage blieb zwischen uns hängen. Ich nahm mir ein Stück Käse von Moshes Portion, dann erhob ich mich und ließ ihn mit seinen Gedanken allein.

Am Ende des Tages, als die Männer von ihrer Arbeit in den Ziegelbrennereien heimkehrten, machte ich mich auf die Suche nach Aharon und fand ihn und seine vier Söhne an dem Grenzstein außerhalb unseres Dorfes.

Ich grüßte einige Männer aus unserem Dorf, deren Gruß nun ein neues Maß an Ehrerbietung erkennen ließ, dann zog ich Aharon zur Seite, damit wir ungestört miteinander reden konnten.

„Was ist los, Miryam? Ist etwas mit Moshe?"

„Nein, alles ist in Ordnung. Aber ich mache mir Sorgen um ihn. Wir wollen ihn morgen zum Pharao schicken, aber wissen wir denn genau, was er denkt? Immerhin hat er eine

Midianiterin geheiratet, und du hast gesehen, was das für Heiden sind."

Aharon widersprach mir nicht, denn auf den Märkten hatten wir die heidnischen Rituale der Midianiter beobachtet. Die Kinder Israels waren nicht die einzigen Sklaven in Mizraim; Pharaos Krieger holten häufig Männer aus herumziehenden Stämmen oder besiegten Königreichen und zwangen sie in den Sklavendienst in der ägyptischen Marine, den Minen des Königs in der Sinaiwüste oder den Ziegelbrennereien Gosens. Wir kannten also viele heidnische Stämme ... und wir hatten Demonstrationen ihrer Götterverehrung gesehen. Einige von ihnen gossen bei Fruchtbarkeitsritualen das jungfräuliche Blut ihrer Töchter auf die Erde; andere opferten ihre erstgeborenen Kinder irgendwelchen Göttern, die sie weder hörten noch ihnen halfen. Am Ende starben sie in dem Glauben, dass die Seelen der Gesegneten mit Baal-Hadad in der Unterwelt speisen würden, während die Seelen der Nichtgesegneten in Mots Stadt wanderten, eine mit Schmutz gefüllte Grube.

Aber Aharon schien sich keine Gedanken zu machen. „Gestern Nacht hast du Moshe noch vertraut."

„Gestern Nacht habe ich auch nicht gehört, wie er seine Frau verteidigt hat. Heute Morgen schon."

Aharon rieb sich den Nacken. „Jahwe hat uns mit Moshe vereint. Wir haben Gott vertraut, dass er uns Macht gibt, Zeichen für das Volk zu tun, und er hat uns nicht enttäuscht. Warum sollte er uns morgen enttäuschen? Die Sache mit seiner Frau ist unwichtig."

„Wenn ein Ziegel fehlt, stürzt die Mauer ein", zischte ich. „Kleine Dinge werden mit der Zeit zu großen Dingen. Und vor allem wird ein Mann seine Frau niemals als unwichtige Sache betrachten. Moshes Frau und ihre Kinder sollen mit uns gehen, und was werden wir dann tun? Sie wird die heidnischen Praktiken ihres Volkes mitbringen und ihre Söhne werden ihre heidnischen Rituale und Fruchtbarkeitsriten unseren Söhnen und Enkeln beibringen –"

„Du machst dir zu viele Gedanken, Miryam." Aharon verschränkte die Arme vor der Brust und ein Lächeln umspielte seine Lippen. „Jahwe wirkt unter uns und Moshe ist sein Botschafter. Mach dir keine Sorgen, denn es ist sicher, dass wir noch genug davon haben werden, bevor wir von hier aufbrechen werden."

„Du meinst, *Pharao* wird Probleme haben. Bestimmt wird Gott uns keine Probleme mehr schaffen nach allem, was wir erduldet haben."

Aharon blinzelte in die untergehende Sonne. „Jahwe sagte Moshe, dass er viele Zeichen und Wunder wirken müsse, um den Pharao davon zu überzeugen, dass er allmächtig ist und dass man ihm gehorchen muss. Ich fürchte, er wird auch unser Volk davon überzeugen müssen. In jedem Fall werden die vor uns liegenden Tage nicht leicht sein ... von morgen an."

Beim ersten blassen Schein der Dämmerung im Osten am folgenden Morgen erwachte ich. Moshe frühstückte nicht, sondern legte ein sauberes Gewand an, das Aharon ihm gegeben hatte, dann bat er mich, ihn allein zu lassen, damit er Jahwe suchen könne.

Ich ging nach draußen und stellte fest, dass ich nicht die einzige Dorfbewohnerin war, die ruhelos war vor Erwartung. Mehrere andere Leute lungerten auf dem Dorfplatz herum. Sie beobachteten mein Haus, warteten auf Moshe.

Ich entdeckte Aharon und seine Frau Elischeba an der Feuerstelle und ging zu ihnen hinüber. Aharon hatte seinen Bart gekämmt und sein bestes Gewand angelegt; im Augenblick sah er ganz und gar nicht wie ein Sklave aus, abgesehen von seinem ausgezehrten Gesicht. Ich nickte Elischeba zu und gemeinsam warteten wir auf Moshe.

Die Strahlen der aufgehenden Sonne wärmten unsere Dächer, als Moshe aus meinem Haus kam. Er sah sich um, winkte Aharon zu sich und zog seinen Hirtenstab aus dem Sand, in den er ihn am Abend zuvor gesteckt hatte. Er nahm ihn fest in die Hand und sah die versammelten Menschen an. „Danke für eure Gebete." Seine Worte waren einfach, sein Gesichtsausdruck fast heiter. „Heute werden wir Jahwes Worte dem Pharao überbringen."

Moshe hatte nichts außer seinem Stab bei sich. Mit entschlossenen Schritten machten er und Aharon sich auf den Weg nach Pi-Ramses. Kinder sprangen lachend um sie herum, während ihre Eltern ihnen in respektvoller Entfernung folgten.

Getrieben von Neugier und der Überzeugung, dass Jahwe mir in dem bevorstehenden Drama eine Rolle zugedacht hatte, folgte auch ich ihnen. War ich nicht diejenige gewesen, die Moshe im Schilf bewacht hatte? Hatte ich nicht mutig die Tochter des Pharaos angesprochen und meine Mutter als Amme angeboten? Ich hatte keine Angst gehabt, an diesem Tag zu reden, und wenn es die Situation erforderte, würde ich mich erneut zu Wort melden.

In unserer Gruppe herrschte fröhliche Stimmung, als wir an dem üppigen Sumpfgras und dem sich im Wind wiegenden Schilf vorbeikamen. Ein junges ägyptisches Paar in einer leichten Papyrusjolle beobachtete mit staunender Neugier unseren Marsch.

Aber Pi-Ramses lag gut zwei Stunden Fußmarsch nordöstlich unseres Dorfes und an den unterschiedlichsten Stationen unseres Weges fielen Leute zurück. Die jungen Männer verließen uns zuerst, da sie riskierten, ausgepeitscht zu werden, wenn sie ihre Ziegelquote für den Tag nicht erfüllten, und die Mütter mit kleinen Kindern blieben bald darauf zurück. Einige der Älteren schafften nur den halben Weg nach Pi-Ramses, andere verließen uns, um die Älteren ins Dorf zurückzubringen.

Aber eine kleine Zahl Unerschütterlicher blieb bei uns, bis wir die grauen Granitstatuen von Ramses an den Stadttoren erreichten. Ich muss zugeben, der Anblick dieser riesigen Statuen, die Besucher einschüchtern sollten, tat seine Wirkung. Wir traten durch die Stadttore und folgten den schmalen Straßen zu den Tempeln und Häusern, die größer waren als alles, was ich mir vorstellen konnte. Blumen blühten in üppiger Pracht neben den Wegen und in Körben, und jeder Mann und jede Frau auf den Straßen trug fleckenloses weißes Leinen und Goldschmuck. Der weiche Klang von Harfen und der leise Schlag von Trommeln rollten über die Mauern der Privathäuser, während der süße Duft von Weihrauch aus den Tempeln wehte wie das Parfüm des Paradieses.

Mir wurde schwindelig bei dem ungewohnten Anblick, den lieblichen Geräuschen und Düften. Schließlich erreichten wir eine gelbe Mauer mit roten Streifen. Eine mit Schwertern, Speeren und Schildern bewaffnete Truppe Soldaten stand vor dem Tor Wache.

„Der Palast“, erklärte Moshe einfach.

Aharon und ich standen in staunendem Schweigen dabei, wie unser jüngerer Bruder zum Hauptmann der Wache ging und in perfektem Ägyptisch um eine Audienz beim Pharao bat.

Der Hauptmann betrachtete uns, dann wandte er sich an seinen Gefährten. „Müssen die heute keine Quoten in den Ziegelbrennereien erfüllen?“, fragte er. „Hat der König einen Feiertag ausgerufen und es versäumt, uns darüber zu informieren?“

„Beim Leben des Pharaos“, gab Moshe zurück. Er sprach mit einer Sicherheit, um die ihn Ramses selbst beneidet hätte, „ich befehle dir, Platz zu machen, damit ich mit dem König reden kann. Ich bringe Nachricht von einem Gott, der mächtiger ist als Amun-Re, Thoth, Thah oder Isis, darum müsst ihr mich und meine Begleiter durchlassen.“

Ich presste die Lippen aufeinander, als die Wachen sich vielsagend ansahen. Zweifellos waren sie auch früher schon von gewöhnlichen Bürgern angesprochen worden, von mutigen Dummköpfen, die sich über das eine oder andere beschweren wollten, aber nur wenige hätten die Dreistigkeit – und die Fähigkeit – besessen, alle Lieblingsgötter des Königs in einem Atemzug zu nennen.

Der Hauptmann betrachtete Moshe von oben bis unten. „Du wirst nicht eintreten."

„Ich muss."

Ein alter Priester trat vor, um zu schlichten. Ein seltsamer, kahlköpfiger Mann, von Kopf bis Fuß in weißes Leinen gekleidet. Er betrachtete uns mit amüsiertem Gesichtsausdruck. „Einer, der die Namen der Götter Ägyptens so leicht aufzählen kann, muss einige Zeit in seinen Tempeln verbracht haben", sagte er. „Und doch trägst du die Kopfbedeckung eines Wüstenbewohners. Wenn du dich vorstellen und den Grund für deinen Wunsch, den göttlichen Horus zu sprechen, nennen willst, werde ich dich im Audienzsaal des Königs vorstellen."

Moshe stieß mit seinem Stab auf die ausgedörrte Erde. „Im Namen von Merytamon, meiner Mutter, fordere ich eine Audienz mit Seti, dem Sohn von Merneptah ... der einst mein Bruder war."

Wie ein Hund, der eine Spur aufgenommen hat, hob der Priester den Kopf und zog seine Augen zusammen. „Merneptah hatte viele Brüder, denn Ramses hatte viele Söhne. Welcher bist du?"

„Ich werde Mose genannt."

Eine leichte Röte überzog das Gesicht des Priesters und sagte mir, dass er sich an den Namen meines Bruders erinnerte. Er deutete zu einem Hof hinter den Wachen am Tor. „Wartet dort, Mose, du und deine Reisegruppe. Ich werde Diener schicken, die euch Wasser bringen, während ich dem Pharao deine Bitte vortrage."

Ich wartete, bis der kahlköpfige Priester sich entfernt hatte, dann zupfte ich Moshe am Ärmel. „Warum hast du ihm deinen Namen genannt? Hast du vergessen, dass dein Leben in Ägypten in Gefahr ist?"

„Sollte ich verbergen, wer ich bin?" Belustigung flackerte

in seinem Blick auf. „Keine Sorge, Miryam. Hier wird mir nichts geschehen."

Ich ließ seinen Ärmel los und versuchte zu lächeln. Moshe handelte vielleicht auf Befehl Jahwes, aber er ging unverantwortlich forsch zu Werke. Er trug nicht mehr das Gewand eines ägyptischen Prinzen, und als Israelit musste man sich ein wenig tiefer verneigen und ein wenig leiser reden, wenn man überleben wollte.

Unter dem wachsamen Blick der Wachen gingen wir weiter – Moshe, Aharon und ein halbes Dutzend anderer, von denen ich die einzige Frau war. Wir blieben in einer Vorhalle stehen, auf kunstvoll bemalten Fliesen, und mein Herz pochte laut, als ich zum zweiten Mal in meinem Leben einen königlichen Palast betrat. Das erste Mal hatte ich meine Eltern begleitet, um Moshe der Königstochter zu übergeben; jetzt brachte ich ihn wieder zum Pharao.

Der Haremspalast in Mi-Wer hatte mich als ein Ort der Pracht und Weite beeindruckt; der Palast in Pi-Ramses beeindruckte mich mit seiner Ausstrahlung von Kunst und Macht. Die Gemälde auf den Sandsteinmauern stellten Tiere und Landschaften dar und Pharao und seine Gefährten bei der Vogeljagd im Schilf. Behauene Säulen türmten sich wie Bäume vor mir auf. Die Decke wölbte sich wie ein Himmel über uns.

Moshe hatte all dies verlassen – für die Wüste? Als ich den Blick senkte, erinnerte mich eine innere Stimme daran, dass er den Palast für uns verlassen hatte, noch bevor er die Tat begangen hatte, die zu seiner Verbannung führte.

Ich wurde abrupt aus meinen Gedanken gerissen, als zwei hohe Bronzetüren aufschwangen. Zwei Wächter in Faltenröcken und gestreiften Kopfbedeckungen nahmen Haltung an, verschränkten die Arme und schlugen sich mit den Fäusten gegen die Brust oberhalb des Herzens. Der alte Priester tauchte hinter ihnen auf und nickte Moshe leicht zu. „Du und deine Begleiter mögen eintreten."

Moshe wandte sich zu mir um. Ich glaube, er hätte am

liebsten vorgeschlagen, dass ich im Vorraum bleibe, aber Aharon, mein Held, hob die Hand. „Lass sie dabei sein. Lass sie deine Stimme für die Frauen sein, damit sie verstehen."

Moshe nickte. Und so reihte ich mich hinter meinen Brüdern ein, während die anderen Männer aus dem Dorf uns folgten. Wir betraten die Halle mit den Säulen zu beiden Seiten und liefen über einen Flur aus golddurchzogenem Marmor, der im Licht der hohen Fenster funkelte. Die aufwendigen Malereien an den Wänden blendeten meine Augen. Sie zeigten, wie Pharao den Gott Amun-Re anbetete, wie er seine Nachbarländer eroberte und zusammen mit seiner Frau und seinem erstgeborenen Sohn Seti-Merneptah ein Opfer zelebrierte.

Und dann fiel mein Blick auf den Pharao. Der zweite König mit dem Namen Seti saß auf einem beinahe zierlichen, mit Gold überzogenen Stuhl auf einem Steinpodest. Der König trug einen weißen Rock mit viel mehr Falten als die Röcke seiner Wächter und einen Gürtel aus Leopardenfell. Eine mit Edelsteinen verzierte Brustplatte hing auf seiner nackten Brust, und ein goldener Halsschmuck hob sich schimmernd von seinem gebräunten Hals ab. Auf dem Kopf trug er eine in Falten gelegte Kopfbedeckung aus Tuch, ähnlich der seiner Wachen, aber über seiner Stirn konnte ich die goldenen Köpfe einer Kobra und eines Geiers erkennen, die Symbole von Ober- und Unterägypten, den Zwei Ländern.

Seine Augen, grün und dick mit Khol ummalt, starrten uns in tödlicher Konzentration an. Obwohl mir draußen in der Vorhalle der Gedanke gar nicht gekommen war, verstand ich auf einmal auf Anhieb, warum der Pharao sich bereit erklärt hatte, uns so schnell zu empfangen – Moshe hatte gesagt, er sei Merneptahs Bruder, darum fürchtete Seti einen königlichen Rivalen.

Noch bevor wir nahe genug waren, um uns zu verneigen, rief Seti uns herausfordernd zu: „Wer seid ihr?" Beim Klang seiner Stimme verstummten die versammelten Priester, Wächter, Frauen und Höflinge. Da ich mir zwischen so vielen makellos gekleideten Frauen schmutzig und schäbig vorkam, schob ich trotzig mein Kinn vor.

Meine Haltung blieb nicht unbemerkt. Pharao runzelte die Stirn, als sein Blick meinen kreuzte; dann konzentrierte er sich auf Moshe.

Moshe trat vor und neigte den Kopf. „Ich werde Mose genannt."

„Mein Vater, der Göttliche Merneptah, hat nie von einem *Mose* gesprochen." Der Mund des Königs verzog sich, als wolle er ausspucken. „Was für ein Halbname ist das überhaupt? Es gibt keine Aufzeichnungen von diesem Namen in unseren Tempeln, keine Zeichnungen, die von Moses Anwesenheit in unserem großen Hause zeugen."

Ein Lächeln huschte über Moshes Gesicht. „Ihr Ägypter habt den Hang, alle Inschriften auszulöschen, die an jemanden erinnern, der das Missfallen des Königs erregt hat." Er sprach fehlerfreies Ägyptisch. „Aber ich bin nicht gekommen, um in eigener Sache zu sprechen. Ich bin gekommen, um für die Kinder Israels einzutreten und um dir eine Botschaft ihres Gottes zu überbringen."

Lachfältchen zeigten sich an Pharaos Augenwinkeln. „Hat Ägypten nicht genug Götter für die Staubigen? Müssen sie jetzt noch ihren eigenen Gott erfinden?"

Moshe stieß mit seinem Stab auf den gefliesten Boden. Der Schlag hallte dröhnend im Thronsaal wider. Selbst ich zuckte bei dem Geräusch zusammen.

„So spricht Jahwe, der Gott Israels." Moshes Stimme dröhnte durch den Saal. „‚Lass mein Volk ziehen, damit es mir in der Wüste Opfer bringen kann!'"

Der König blinzelte, starrte Moshe einen Augenblick lang an, dann legte er den Kopf in den Nacken und brach in Gelächter aus. Sein Lachen rollte durch den Raum, breitete sich unter seinen Höflingen und Frauen aus, bis es uns umgab wie eine steigende Flut.

„Wer ist Jahwe", fragte Pharao, als er endlich wieder zu Atem kam, „dass ich auf seine Stimme hören und Israel ziehen lassen sollte? Ich kenne Jahwe nicht und auf keinen Fall werde ich das Lehmvolk freilassen!“

„Der Gott der Hebräer ist zu uns gekommen“, erwiderte Moshe, „darum lass uns drei Tagereisen in die Wüste ziehen und Tiere schlachten als Opfer für Jahwe, unseren Gott, damit er uns nicht mit Krankheit oder dem Schwert schlägt!“

In amüsierter Verachtung zog Pharao die Augenbrauen in die Höhe. „Wenn ihr mit einem Schwert Bekanntschaft macht, dann mit meinem. Aber sagt mir – aus welchem Grund sollte ich das Volk von seinen Pflichten befreien? Geht alle wieder zurück an eure Arbeit!“

Bei diesen Worten kam Bewegung in die Dorfbewohner hinter mir, aber Moshe und Aharon rührten sich nicht. So fest wie die Granitstatuen vor den Stadtmauern und in großer Zuversicht warteten sie darauf, dass Pharao nachgab.

Der König erhob sich, der Zorn stand ihm ins Gesicht geschrieben. „Wofür haltet ihr euch, dass ihr diese Leute von ihren Aufgaben abhaltet? Verschwindet aus meiner Gegenwart und kehrt nicht zurück!“

Lange Zeit standen Moshe und Aharon reglos da. Dann drehte Moshe dem Pharao langsam und demonstrativ den Rücken zu. Wir anderen taten es ihm nach und marschierten zu den Bronzetüren. Aber wir gingen nicht so schnell, dass wir seine letzten Worte nicht noch gehört hätten: „Sagt den Offizieren und Aufsehern in den Ziegelbrennereien, dass sie dem Volk kein Stroh mehr für die Ziegel geben. Sie sollen aber trotzdem so viele Ziegel brennen wie immer. Das Lehmvolk soll losziehen und sich selbst Stroh sammeln! Denn sie sind faul, darum wollen sie ihrem Gott Opfer darbringen! Die Knechtschaft laste schwer auf den Männern. Sie sollen härter arbeiten, damit sie nicht mehr auf falsche Worte hören!“

Als die Stimme des Königs durch die Halle klang, sank mein Mut. Ich eilte zu der Tür, damit ich nicht in der Macht des Pharaos ertrinken und auf einer Welle der Entmutigung hinweggetragen würde. Ich hatte mein ganzes Leben in einem Land gelebt, in dem der Pharao Gott und sein Wort

Gesetz war. Obwohl Moshe und Aharon bei mir waren, konnte ich nicht leugnen, dass ich Angst vor dem Pharao hatte ... und vor den Konsequenzen unseres überstürzten Handelns.

Neun Tage vergingen; dann suchten uns die Ältesten, die in unserem Dorf getanzt hatten, erneut auf. Dieses Mal jedoch war ihnen überhaupt nicht nach Tanzen zumute. Sie beklagten sich bei Aharon und den anderen Ältesten, sie kritisierten meinen jüngsten Bruder vor jedem, der ihnen zuhörte, und ich hörte viele von ihnen fordern, Moshe solle wieder in die Wüste zurückkehren, aus der er gekommen sei, denn seine Ankunft hätte uns nichts als Kummer gebracht.

Pharaos Befehl war an dem Tag hinausgegangen, an dem wir Pi-Ramses besucht hatten, und am folgenden Tag zwangen die Aufseher unsere Männer, nicht nur ihre Ziegel zu brennen, sondern auch das dazu nötige Stroh von den überfluteten Feldern zu sammeln, das sich als Bindemittel mit dem schweren Lehm verband. Die Aufseher schlugen die Kinder Israels und die meisten unserer Männer mussten bereits vor Sonnenaufgang bis ins Innere des Landes laufen, um trockene Felder zu finden, die nicht vom Fluss überflutet waren. Man konnte auch ohne Stroh Ziegel machen, erfuhr ich, aber der schwere Lehm brauchte länger, um in der Sonne zu trocknen, und darum würden die Arbeiter ihre Quote zum Sonnenuntergang nicht erfüllen. Reine Lehmziegel brachen auch leichter auseinander und die Aufseher zogen die zerbrochenen Ziegel von der Quote eines Mannes ab. Wenn jemand die Quote nicht erreichte, gebrauchten die Aufseher erbarmungslos ihre Peitschen.

Nicht nur wurden einzelne Arbeiter geschlagen, sondern auch die israelitischen Vormänner der Arbeitsmannschaften wurden ausgepeitscht, wenn ihre Gruppen die geforderte Anzahl an Ziegeln nicht erreichten.

Nach nur wenigen Tagen machte sich eine Gruppe israelitischer Aufseher auf den Weg nach Pi-Ramses, um sich beim Pharao zu beklagen. Sie waren vor diesem Besuch gewarnt worden; Moshe und Aharon ritten zur Stadt des Königs und warteten vor den Toren auf ihre Verwandten.

Ich blieb dieses Mal zu Hause, doch Moshe erzählte mir später, was passiert war. Der Anführer der israelitischen Aufseher hatte vor ihm ausgespuckt und gesagt: „Möge dieser Jahwe dich sehen und hart bestrafen, weil du uns veranlasst hast, den Pharao herauszufordern. Du hast ein Schwert in seine Hand gelegt, mit dem er uns tötet!“

Niedergeschlagen und entmutigt saß Moshe an diesem Abend beim Essen in meinem bescheidenen Haus. Er sprach kein Wort und aß auch nicht, aber nach dem Abendessen ging er hinaus und lief durch die Sümpfe hinter dem Dorf. Ich schlich ihm nach, getrieben mehr von Neugier als von Sorge, und verbarg mich im Schilf, wo ich sein Flehen zu dem Gott hörte, den ich nicht sehen konnte.

„Mein Herr“ – seine Stimme zitterte vor ungeweinten Tränen –, „aus welchem Grund verfährst du so grausam mit diesem Volk? Aus welchem Grund hast du mich geschickt? Seit ich zum Pharao ging, um in deinem Namen zu sprechen, hat er diesem Volk übel mitgespielt, und du hast noch keinen Finger gerührt, um sie zu retten!“

Ich hörte nichts ... aber ich beobachtete Moshes Gesicht und wusste, dass er sehr wohl etwas hörte. Er blinzelte in den Wind und Falten traten auf seine Stirn und um seine Augen. „Aber, Herr! Mein eigenes Volk hört nicht einmal auf mich, wie kann ich erwarten, dass Pharao auf meine Worte hört? Ich bin kein Redner!“

Ich hörte nichts außer dem Wind und dem Zirpen der Insekten, aber nach einer Weile kam Moshe wieder ins Haus zurück. Im trüben Licht meiner einzigen Lampe sagte er mir, was wir tun würden. Wir würden auch weiterhin zum Pharao gehen, wann immer Jahwe es uns auftrug, bis er beschloss, unser Volk ziehen zu lassen. Zuerst würden wir um die Erlaubnis bitten, Opfer bringen zu dürfen –

„Aber, Moshe", unterbrach ich ihn, „du bittest um weniger, als was Gott versprochen hat? Hat er dir nicht gesagt, wir würden die Freiheit bekommen, um in unser eigenes Land zu ziehen? Zuerst dachte ich, du wolltest den Pharao überlisten, aber jetzt sagst du, Gott hätte dir aufgetragen, nur um eine Dreitagereise zu bitten."

Moshe legte den Kopf zur Seite. „Ich bitte um das, was Jahwe mir zu bitten aufträgt. Jahwe weiß, wie der Pharao reagieren wird, und er weiß, dass wir bald frei sein werden. Aber er möchte auch den Pharao vorbereiten auf das, was er schließlich tun wird. Wenn der König unsere Bitte um eine Dreitagereise gewähren würde, wären wir daran gebunden, die Dreitagesfrist einzuhalten; aber durch seine Weigerung bereitet er die Bühne für größere Dinge."

Ich war nicht sicher, ob ich das richtig verstand, aber vieles an Moshe und seiner Beziehung zu dem Allmächtigen konnte ich einfach nicht nachvollziehen. So blies ich die Lampe aus und legte mich schlafen. Ich konnte es kaum erwarten zu sehen, was Gott als Nächstes tun würde.

Am 11. Tag, eine ganze ägyptische Woche nach unserem ersten Besuch in Pi-Ramses, kehrten wir in den Palast des Pharaos zurück und warteten ganze zwei Stunden, bis der König uns endlich vorließ. An derselben Stelle wie in der Woche zuvor wiederholte Moshe seine Bitte von Jahwe.

Pharao reagierte sehr viel zorniger als vorher. Seine Oberlippe kräuselte sich verächtlich. „Zeige mir ein Zeichen, um zu beweisen, dass euer Gott Macht hat!"

Moshe deutete auf den Stab in Aharons Hand. „Sieh her", sagte er, „damit du siehst, dass Jahwe Macht hat!"

Aharon warf den Stab auf den Boden. Er fiel hin und ... schlängelte sich. Twosre, die Große Königliche Gemahlin des

Königs, schrie auf, als der dicke Stab eine ebenso dicke Kobra wurde, die sich aufrichtete und zu zischen begann.

Zum ersten Mal leuchtete Respekt in den Augen des Königs auf. Er ignorierte seine schreiende Ehefrau, versteifte sich auf seinem Stuhl und hielt den Blick fest auf die Schlange gerichtet, bis Aharon sich ruhig bückte und das Tier am Schwanz packte. Sofort versteifte sich die Kobra und wurde wieder zu einem Stab.

Pharao legte nachdenklich den Kopf zur Seite, dann deutete er mit dem Finger auf seine Priester. „Priester der Wadjet, der Schlangengöttin!" Er sah Moshe an. „Zeigt diesen Hebräern, dass die Götter Ägyptens die gleiche Macht haben."

Drei Priester berieten sich einen Augenblick und kamen dann mit polierten Ebenholzstäben näher. Unter leisen Gesängen, Beschwörungen und mit großem Zeremoniell warfen sie ihre Stäbe auf den Boden und alle drei wurden zu schwarzen Schlangen. Während die Schlangen sich über die Fliesen schlängelten, schrien die Höflinge des Königs in vorgetäuschtem Entsetzen auf und drückten sich gegen die Wände.

Lächelnd sah der Pharao uns an. „Die Welt ist voller Götter." Sein Lächeln verschwand. „Entfernt euch."

Wortlos warf Aharon erneut Moshes Stab. Er wurde wieder zu einer Kobra. Während die Schlangen der Priester harmlos über die glatten Fliesen glitten, griff die Kobra an und verschlang die kleineren Schlangen. Mit weit aufgerissenen Augen wandten sich die Priester dem Pharao zu. Ihre Gesichter waren rot vor Scham.

Pharao gönnte ihnen keinen Blick. „Geht", wiederholte er mit zorniger Stimme. „Ich will euch Hebräer nie wieder in dieser Halle sehen."

Moshe und Aharon wandten sich um und gingen uns voran, doch bevor wir den Saal verließen, bemerkte ich eine kuschitische Frau, die uns vom Rand der Menge im Audienzsaal des Königs aus anstarrte. Sie trug das einfache

Gewand einer Sklavin, aber ihr Blick hing an Moshe und auf ihrem Gesicht bemerkte ich Staunen, vermischt mit Bewunderung.

Unser Besuch hatte erneut in einer Niederlage geendet, doch ich fand Trost im Gesichtsausdruck dieser Frau. Moshe und Aharon hatten mit ihren Zeichen und Wundern die Meinung des Pharaos vielleicht nicht ändern können, aber sie hatten es geschafft, wenigstens eine seiner Sklavinnen im Palast zu beeindrucken.

An diesem Abend schlief ich wie eine Tote, doch Moshe verbrachte die Nacht im Gebet. Als ich einschlief, saß er auf seinem Lammfell, die Hände auf seine gekreuzten Knie gelegt, die Augen geschlossen. Er sagte kein Wort, aber sein konzentrierter Gesichtsausdruck zeigte mir, dass er nicht schlief. Er sprach mit Jahwe, und obwohl ich auf meiner Strohmatte lag und angestrengt lauschte, hörte ich kein einziges Wort.

Beim ersten Morgenlicht saß er noch immer in dieser Haltung da, und als die ersten Sonnenstrahlen durch mein offenes Fenster fielen, war Moshe bereit zu handeln. Ich hörte, wie er aufstand, und war sofort hellwach. Moshe legte seinen Umhang über sein Gewand.

„Jahwe hat mir aufgetragen, heute Morgen zum Pharao zu gehen." Er sah mich an. „Ich soll ihn am Nil treffen. Aharon soll mich begleiten."

Ich erhob mich und griff nach meinem Schleier. „Ich werde ihn sofort holen."

„Gut." Moshe faltete die Hände und starrte hinaus zum Horizont im Osten, wo die Sonne gerade über den strohgedeckten Dächern unseres Dorfes aufging. „Wir müssen bald aufbrechen."

Aharon war bereits wach, als ich sein Haus erreichte, und Elischeba verabschiedete sich mit einem stummen Nicken von ihm. Gewohnheitsgemäß lief ich schweigend hinter meinen Brüdern her, als wir mit schnellen Schritten zu dem Flussarm marschierten, der uns zu den Toren von Pi-Ramses bringen würde.

Ich kann nicht sagen, woher Moshe wusste, dass der König an diesem Morgen zum Fluss hinuntergehen würde, aber wir hatten erst kurz am Flussufer gewartet, als die Fanfare ertönte. Eine Prozession von Soldaten kam den Weg entlang, dahinter Pharao und seine Wachen, umgeben von Sklaven, die Fächer in den Händen hielten.

Als der Pharao uns entdeckte, blieb er stehen, und sein Zorn zeigte sich in seinem Gesicht. „Ich dachte, ich hätte euch gesagt, dass ich euch nie wieder sehen will." Er sah zu seinen Wachen hinüber. Einen Augenblick lang fürchtete ich, er würde den Soldaten auftragen, meine Brüder zu töten oder gefangen zu nehmen, aber Moshe trat vor und nahm die Sache in die Hand.

„Jahwe, der Gott der Kinder Israels, hat mich geschickt, um dir diese Botschaft zu überbringen: ‚Lass mein Volk ziehen, damit es mir in der Wüste opfern kann!' Aber du hast nicht auf meine Stimme gehört. Darum sagt Jahwe: ‚Daran sollst du erkennen, dass ich Gott bin: Siehe, ich will mit dem Stab, den ich in meiner Hand habe, auf das Wasser schlagen, das im Nil ist, und es soll in Blut verwandelt werden, dass die Fische im Strom sterben und der Strom stinkt. Und die Ägypter wird es ekeln, das Wasser aus dem Nil zu trinken.'"

Pharao starrte ihn an und seine Mundwinkel verzogen sich verächtlich. „Du willst dem großen Hap-Ur befehlen, dem Fluss, der Ägypten fruchtbar macht? Du und dein Gott, ihr habt nicht genügend Macht, Mose von den Hebräern."

Moshe antwortete nicht auf diese Herausforderung, sondern nickte Aharon zu, der Moshes Stab über dem Wasser zu ihren Füßen ausstreckte. Er schlug auf das Wasser des Nils und vor den Augen des Pharao und aller, die zusahen, begann sich das Wasser zu kräuseln und zu verändern und wurde schließlich zu Blut. Ich tat nur drei Atemzüge, bis ich sah, wie Fische an die Oberfläche kamen, schlaff und leblos auf einem roten Teppich.

Ich habe schon gesehen, wie das graue ägyptische Flutwasser strahlend grün wurde, wenn es zurückgeht und Pflanzen von weit entfernten Orten mit sich führt. Ich habe erlebt, wie es gelb wurde, wenn es den Boden aus dem Land hinter Gosen mitbrachte. Der Nil ist ein Fluss, der seine Farbe oft verändert. Aber noch nie habe ich erlebt, dass er zu Blut wurde, auch habe ich nie einen solchen Gestank gerochen, der von dem Wasser aufstieg.

Doch Pharao zeigte sich überhaupt nicht beeindruckt. Er legte den Kopf in den Nacken und winkte einen seiner Priester zu sich. „Hast du einen Krug mit heiligem Wasser bei dir?"

„Ja, mein Herr."

„Dann zeig diesem Mose, dass du Macht hast, dich mit ihm zu messen!"

Der Priester – später erfuhr ich, dass sein Name Jannes war – winkte einem Sklaven, der mit einem Alabasterkrug hinter ihm stand. Der Priester tauchte seine Hand in das Wasser und hielt sie in die Höhe, um zu zeigen, dass seine Finger nass, aber sauber waren, dann murmelte er eine Beschwörungsformel über dem Krug. Er rief den Großen Hap, den Gott des Flusses, an, legte seine Hände über den Krug, dann goss er seinen blutigen Inhalt über die ausgestreckte Hand seines verblüfften Sklaven.

Pharao funkelte Moshe und Aharon an und presste seine Lippen aufeinander. „Weicht von mir und wisst Folgendes – ich werde euer Volk niemals freilassen."

Das Wasser des Nils verwandelte sich zu einem höchst ungünstigen Zeitpunkt im ägyptischen Kalender in Blut. Wir waren zu Beginn der Überflutung nach Ägypten zurückgekehrt; als Jahwe den Nil schlug, hatte die Flut ihren Höhepunkt noch nicht erreicht. Im Laufe der Tage verwandelte sich das gesamte Tal zwischen den Wüsten in einen See, in dem Städte zu Inseln wurden, Dörfer wurden Inselchen und Dämme bildeten die Straßen. Die verängstigten Menschen von Mizraim, für die die Flut immer Leben und Fruchtbarkeit bedeutet hatte, waren auf einmal umgeben von einem Meer von Blut.

Eine ganze Woche lang versuchten die Ägypter, neue Brunnen zu graben, aber der größte Teil des Landes war überflutet. In dieser Zeit meldeten sich unsere Männer nicht in den Ziegelbrennereien – keiner, nicht einmal die grausamen Aufseher, wollte den Bauleuten des Pharaos eine Ladung blutiger Ziegel präsentieren.

Darum warteten Moshe, Aharon und der Rest der Kinder Israels in Gosen, wo das Wasser der Sümpfe so klar funkelte wie eh und je. Obwohl unser Dorf in erreichbarer Nähe von Pi-Ramses lag, kam keiner der Ägypter vorbei, um Wasser zu holen. Beim Abendessen eines Abends bemerkte ich, dass sie unser Dorf wohl aus Stolz mieden, aber Moshe erinnerte mich sanft daran, dass die meisten Ägypter kaum von unserer Existenz wussten.

„Pi-Ramses ist eine andere Welt." Ein wehmütiger Ausdruck zeigte sich auf seinem Gesicht. „Als ich im Haus des Pharaos lebte, habe ich keinen einzigen Gedanken an die Sklaven vergeudet, die woanders lebten." Mit gerunzelter Stirn sah er mich an. „Das klingt vielleicht herzlos, Miryam, aber du solltest die Wahrheit wissen. Ich habe die Kinder Israels nicht verachtet oder nicht nicht gemocht; ich habe einfach nie an sie gedacht. Und so denkt der gewöhnliche Ägypter nur an sein Heim und seine Familie."

„Unwissenheit entschuldigt nicht ihre Bösartigkeit."

„Nein, das tut es nicht. Die Menschen, die in Memphis und Theben leben, haben keine Ahnung, was der Pharao den Kindern Israels in Gosen angetan hat ... aber sie werden es erfahren."

Nach Ablauf der Woche weckte mich Moshe bei Anbruch der Dämmerung auf. Entschlossen ging er zum Fenster und deutete zu Aharons Haus hinüber. „Heute gehen wir erneut zum Pharao."

Ich nahm meinen Schleier und lief los, um Elischeba Bescheid zu sagen. Nachdem sie Aharon aufgeweckt hatte, zog ich meine Sandalen an und folgte meinen Brüdern nach Pi-Ramses.

Wieder fanden wir den Pharao am Flussufer, wo das blutige Wasser schließlich wieder klar geworden war. Sein arrogantes Lächeln verschwand, als Moshe sich auf seinen Stab stützte und zu sprechen begann: „So spricht Jahwe: ‚Lass mein Volk ziehen, damit es mir in der Wüste opfern kann! Wenn du dich weigerst, werde ich über dein Land eine Froschplage hereinbrechen lassen. Im Nil wird es von Fröschen wimmeln, und sie werden das Wasser verlassen und in deinen Palast kommen, sogar in dein Schlafzimmer und in dein Bett. Auch in die Häuser deiner Minister und deines ganzen Volkes werden sie eindringen und werden sich in die Backtröge und Backöfen setzen!'"

Der Pharao betrachtete meine Brüder mit tiefster Verachtung, dann verschränkte er die Arme und starrte wortlos auf das funkelnde Wasser des Flusses.

Aharon streckte seine Hand über den Fluss Ägyptens aus und eine Horde Frösche stieg aus dem Wasser und fiel über das Land her. Nicht nur ein paar Frösche, nicht ein Frosch hier und da, sondern eine ganze lückenlose Flut von quakenden Wesen stieg aus dem Wasser, als hätten sie nur auf das Zeichen meines Bruders gewartet.

Nicht einmal der Pharao konnte seinen ungläubigen Blick verbergen. Die Frösche waren nicht alle gleich – einige waren grün und glatt, andere schwarz mit Beulen. Einige waren gelb gesprenkelt wie das Sonnenlicht, das durch ein Blätterdach fällt, andere sahen uns aus roten, hervorquellenden Augen an. In dem Strom der Kreaturen entdeckte ich gestreifte Frösche, goldene Frösche, Frösche mit flachen Köpfen und dicken Bäuchen von der Größe der ausgestreckten Hand eines Mannes.

Sie kamen angeschwärmt, hüpften und stiegen über die verwesenden Fische am Flussufer hinweg. Wie hatten sie in dem blutigen Wasser überlebt, das die Fische vergiftet hatte?

Pharao deutete auf einen seiner Priester. „Jambres, zeige diesem Mose, dass unsere Götter dasselbe Wunder vollbringen können. Rufe Heket, die Göttin der Erneuerung und Wiedergeburt, an."

Der Priester trat vor. Er murmelte eine Beschwörung, stellte eine kleine Statue der Froschgöttin in eine Pfütze zu Füßen des Pharaos, dann fuhr er mit der Hand über die Statue. Kurz darauf strömten ebenfalls Frösche aus dieser Pfütze, obwohl sie kleiner waren als die Frösche aus dem Nil.

Pharao nickte seinem Priester zu. „Sehr gut. Und jetzt lass sie verschwinden!" Doch so sehr Jambres und die anderen Priester auch sangen, klatschten und ihre Arme schwenkten, die Frösche strömten unbeirrt aus dem Fluss, den Kanälen, den Seitenarmen des Flusses und jeder anderen Wasserquelle in Sichtweite. Ich sah einen der Diener des Pharaos an, der eine Wasserflasche aus Ziegenfell in der Hand hielt – ein Frosch kletterte aus der schmalen Öffnung des Beutels, seine schwarzen Augen wölbten sich über den schlüpfrigen Gliedern.

„Ruf Heket an!", brüllte der Pharao und hob abwechselnd seine Füße, als die Tiere über seine Sandalen hüpften. Ich sah nach unten. Moshe, Aharon und ich blieben von den Fröschen verschont – als hätte Jahwe einen unsichtbaren Schild um unsere Körper aufgerichtet. Aber die Tiere bedrängten die Ägypter, kletterten über die Schilde der Soldaten, hüpften auf die bloßen Beine der Wachen, wurden zertreten, als Pharaos Gefolge erfolglos versuchte, die beharrlichen Tiere von ihren Füßen abzuschütteln.

Die Priester riefen Heket an, doch ihre Schreie konnten die endlose Flut der quakenden Tiere nicht aufhalten.

„Ich nehme an", rief Moshe über den Lärm hinweg, „dass Heket gerade schläft."

Damit drehte er sich um und führte Aharon und mich fort. Die Frösche auf dem Weg flohen vor uns, als würden wir auf Flammenfüßen einhergehen, doch die Männer des Pharaos hinter uns schrien auf, wenn sie in dem Meer von Fröschen ausrutschten und hinfielen.

Wenn die Situation nicht so ernst gewesen wäre, hätte ich vielleicht gelacht. Die Ägypter rechneten mit Fröschen während der Überflutung, und normalerweise hießen sie sie willkommen, denn Frösche waren ein natürliches Produkt der alles erhaltenden Flut und darum die Vorboten einer guten Ernte. Aber Jahwe hatte Hekets Macht gegen die Ägypter gewendet, und ich vermutete, dass sie diese Lektion nicht so schnell vergessen würden.

Drei Tage nach dem Auftauchen der Frösche kam Elischeba zu meinem Haus und sah zum Fenster hinein. „Wir haben eine Besucherin.“ Sie runzelte leicht die Stirn. „Sie fragt nach der Frau, die Mose begleitet.“

Die Verwendung von Moshes ägyptischem Namen hätte mir ein Hinweis sein können, aber ich war trotzdem überrascht, als ich aus dem Haus trat und eine schwarze Frau mit Perücke in einem weißen Leinengewand erblickte. Sie stand allein unter einer Tamariske, die Arme fest über der Brust verschränkt, ein einfacher Lederbeutel über der Schulter. Grün leuchtete von ihren bemalten Augenlidern und ein goldener Gürtel um ihre Taille betonte ihre zierliche Figur. Ihr Gesicht war rund, aber noch ohne Falten, darum schätzte ich sie auf 30 Jahre. Als sie sich zu mir umwandte, bemerkte ich etwas Vertrautes in ihren Gesichtszügen. Doch erst als sie zu sprechen begann, erinnerte ich mich an sie.

„Ich habe dich gesehen“, sagte sie in höfischem Ägyptisch, „als du in Pharaos Thronsaal gekommen bist. Und jetzt bin ich gekommen, weil ich etwas für den Mann mit Namen Mose habe, etwas, das ich allein in seine Hände legen darf.“

Ich konnte mir nicht vorstellen, was die Frau meinte, und alle möglichen Mutmaßungen gingen mir durch den Kopf. Außerdem war mein Ägyptisch nicht besonders gut.

„Ich bin Miryam, Moshes – Moses – Schwester." Ich lächelte die Besucherin an. „Was immer du für meinen Bruder hast, ich werde es ihm gern übergeben."

„Nein." Die Frau wich einen Schritt zurück und ihre Hände fuhren reflexartig an ihren Lederbeutel. „Ich werde dies nur Mose persönlich übergeben."

Ich sah Elischeba an. In der Sprache unseres Volkes fragte ich: „Sind welche von den Männern da?"

Meine Schwägerin runzelte besorgt die Stirn. „Es könnten ein paar da sein. Wegen der Frösche sind sie heute nicht in die Ziegelbrennerei gegangen, aber die meisten sind in den Sümpfen auf der Jagd."

„Hast du auf dem Weg nachgesehen? Sind irgendwelche Soldaten zu sehen?"

„Nein, keine." Ihre Stimme verklang zu einem gehetzten Flüstern. „Befürchtest du eine Falle?"

„Ich bin nicht sicher." Ich blickte die kuschitische Frau an und lächelte steif, dann wandte ich mich wieder zu Elischeba um. „Sieh nach, ob du einen unserer Männer finden kannst! Sag ihm, er soll die anderen suchen ... und sie sollen sich bewaffnen."

Elischeba nickte schnell. Sie legte sich ihren Schleier um und rannte hinter die Häuser. Ich wandte mich zu der Besucherin um und deutete auf mein Haus. „Komm!", sagte ich auf Ägyptisch. „Ich werde dir Wasser holen. Ich weiß, wie weit der Weg von Pi-Ramses hierher ist."

Die Frau lächelte mich dankbar an, sagte aber nichts, als sie mir ins Haus folgte. Ich deutete auf den kleinen dreibeinigen Hocker, mein einziges richtiges Möbelstück. Sie setzte sich darauf, während ich Wasser holte und ihr einen Steinbecher reichte.

Sie nahm einen Schluck und hielt den Becher in der Hand. „Ich muss zugeben", sagte sie und senkte den Blick, „ich hatte noch einen anderen Grund, hierherzukommen. Ich bin nicht nur hier, um Mose etwas zu geben, sondern auch, um dich um Schutz zu bitten. Ich möchte nicht den Zorn eures Gottes erregen, denn ich denke, er ist mächtiger als die Götter Ägyptens, und ich glaube, er wird den Pharao überwältigen."

Ich setzte mich auf meine Strohmatte und lächelte die Frau an. „Wer bist du?"

Die Frau neigte den Kopf. „Ich werde Femi genannt. Ich bin eine Dienerin von Twosre, der Großen Königlichen Gemahlin."

Instinktiv hob ich die Hände. „Eine Sklavin der Frau des Königs? Du kannst nicht hierbleiben. Deine Herrin wird Soldaten schicken, die dich suchen sollen. Wenn sie dich hier finden, werden sie uns alle wegen deiner Aufsässigkeit auspeitschen."

Die Frau rutschte von dem Hocker auf die Knie. „Bitte, Herrin! Ich kann nicht im Palast bleiben! In Pharaos Haus wimmelt es von Fröschen! Du kannst keinen Schritt tun, ohne einen von ihnen zu zertreten, und überall auf dem Boden liegen die zertretenen Frösche herum. Gestern ist meine Herrin ausgerutscht und in die glitschige Masse gefallen, dann lag sie auf ihrem Bett und hat stundenlang geheult. Gestern Nacht hat sie gefordert, dass wir ein Zelt aus Leinen für sie errichten, damit die Frösche nicht an sie herankönnen!"

„Es tut mir leid." Mit etwas festerer Stimme fügte ich hinzu: „Aber du kannst nicht hierbleiben. Wenn du weglaufen möchtest, so rate ich dir, dass du nach Süden gehst, in das Land, aus dem deine Leute kommen."

Ihr Gesicht verdüsterte sich. „Mein Volk, Herrin, ist seit Generationen versklavt. Meine Mutter war eine Dienerin in Pharaos Haus, und meine Großmutter diente in seinem Tempel, weil die Mutter meiner Großmutter diente –"

„Wie ist der Name deiner Mutter, Mädchen?"

Die Stimme, die durch das Fenster kam, war Moshes, und

die ägyptische Sprache kam ihm über die Lippen, als hätte er das Schwarze Land nie verlassen.

Die junge Frau drehte sich zu der Stimme um. „Bitte, mein Herr Mose, schicke mich nicht fort! Ich muss dem Haus des Pharaos entfliehen. Bei meiner Mutter Mandisa, meiner Großmutter Intisar und der Mutter meiner Großmutter, Nema, ich bitte dich, gewähre mir Zuflucht!"

Moshe strich sich über den Bart. In sein langes Gesicht und in die funkelnden Augen, die die meisten Männer schon aus der Entfernung einschüchtern konnten, trat Traurigkeit. Als er erneut das Wort ergriff, war seine Stimme heiser. „Die Mutter deiner Großmutter hieß Nema?"

„Ja, mein Herr. Sie hat Merytamon gedient."

„Sie hat meiner Mutter gedient."

Die Frau sah auf und Tränen liefen ihr über die dunklen Wangen. „Das hat sie. Und bevor Nema starb, gab sie Intisar etwas, die es an Mandisa weitergab, die es schließlich mir gab, Femi."

Ich erhob mich, da ich nicht wollte, dass mein Bruder in eine Falle trat. „Sie sagt, sie hätte etwas für dich, Moshe, aber du solltest vorsichtig sein –"

„Dann werde ich hereinkommen." Moshe verschwand vom Fenster und kam zur Tür herein. Bevor die Frau sich flach vor ihm auf den Boden werfen konnte, nahm er ihre Hände. „Femi." Er half ihr beim Aufstehen. „Welche Ehre, dich kennenzulernen. Nema war für mich etwas ganz Besonderes."

Das Kinn der Frau zitterte. „Danke, mein Herr."

Moshe lächelte. „Ich bin nicht dein Herr und werde es auch nie sein. Aber hier bist du willkommen."

„Ich habe etwas für dich."

Ich hob die Hand und wollte protestieren, doch Moshe brachte mich mit einem schnellen Blick zum Schweigen. Femi zog den Beutel auf ihren Bauch, löste die Schnüre und holte eine versiegelte Papyrusrolle hervor. Sie reichte sie Moshe, der sie verwirrt anstarrte.

„Nema hat dies geschrieben?"

„Nema konnte nicht schreiben und ich kann es auch nicht. Dies stammt von Merytamons Hand, die jetzt in ihrem Grab liegt."

Ich starrte die Frau an und fing an, mich zu fragen, was sie von uns wollte. Zuerst dachte ich, sie hätte vielleicht eine Natter in ihrem Beutel, aber diese Ängste verflogen, als sie anfing, die Schnüre zu lösen. Eine Schriftrolle erschien mir harmlos ... es sei denn, es handelte sich um einen Fluch von einem von Pharaos Priestern. Aber selbst wenn es so war, ich war sicher, dass Moshe und Jahwe ihn würden überwinden können.

Moshe nahm die Rolle, wog sie in der Hand und sah mich an. „Sie wird in unserem Haus bleiben", sagte er. Offensichtlich hatte er überhaupt keine Angst. „Und wenn Jahwe uns aus diesem Land führt, wird sie mit uns gehen, sie und jeder, der es wünscht, um unserem Gott zu dienen. Denn er hat mich gesandt, um jeden zu befreien, der sich für ihn entscheidet."

Ich öffnete den Mund und wollte Moshe daran erinnern, dass er Gast in *meinem* Haus war, doch in diesem Augenblick sank Femi von Dankbarkeit erfüllt zu Boden. Ich wusste nicht, was ich als Nächstes tun sollte, doch in diesem Augenblick kam Elischeba herein, nahm die weinende Frau in ihre Arme und führte sie hinaus. Ich sah ihnen nach – Elischeba sprach beruhigend auf Hebräisch auf sie ein und Femi brachte ihre Dankbarkeit auf Ägyptisch zum Ausdruck – und fragte mich, worüber sie sich wohl unterhalten würden.

„Moshe." Ich wandte mich an meinen Bruder. „Bist du sicher, dass das klug ist? Falls bekannt wird, dass diese Frau hier Zuflucht gefunden hat, wird jeder Sklave aus dem Haus des Pharaos nach Gosen gerannt kommen. Und sie gehört nicht zu unserem Stamm und nicht einmal zu unserem Volk. Jahwe hat seinen Bund mit den Kindern Israels geschlossen, nicht mit den Stämmen von Kusch, doch du hast sie aufgefordert, sich uns anzuschließen, als würde –"

„Ist Jahwe nicht der Schöpfer der ganzen Welt und aller, die darauf wohnen?"

Die Frage verblüffte mich. Ich dachte einen Augenblick darüber nach, dann nickte ich. „Natürlich."

„Dann ist er auch der Gott von Kusch. Und von Nubien und von Midian und all den anderen Ländern um uns herum. Und er wird sich all denen gegenüber als treu erweisen, die ihn anbeten und ihm gehorchen."

Ich zog die Augenbrauen in die Höhe und wollte fragen, woher Moshe dieses Wissen hatte, aber er schnitt mir das Wort ab. „Kümmere dich bitte um sie. Nema hat mir in meiner Jugend viel Freundlichkeit erwiesen, und ich werde nicht zulassen, dass dieses Mädchen leidet."

Er setzte sich, die Papyrusrolle in der Hand, auf sein Lammfell, und seine unausgesprochene Botschaft war klar – er wollte allein sein, um sie zu lesen.

Ich verstand den Wink und verließ das Haus. Als ich zu Elischebas Hütte hinüberging, dachte ich darüber nach, dass mein Mann und mein Vater zwar schon lange tot waren, doch trotzdem beugte ich mich in Gehorsam einem Mann. Aber dies war das Schicksal der Frauen überall, auch in den Sklavenhütten von Mizraim.

Doch Moshe war nicht nur irgendein Mann – ich hatte die Hand Gottes in seinem Leben am Werk gesehen. Außerdem wusch eine Hand die andere. Moshe würde mich aus Mizraim herausbringen, aber ich würde ihm dabei helfen. Ich hatte ihm bereits zu essen gegeben, ich hatte ihm Kleidung gegeben und ihn in mein Haus aufgenommen. Moshe hatte Aharon als Sprecher, aber er brauchte mich als, nun ja, als Sprachrohr für die Frauen Israels.

Wenn Aharon Moshes rechte Hand war, dann würde ich seine linke sein. Und gemeinsam würden die Kinder von Amram und Yocheved die Kinder Israels in die Freiheit führen.

Ich sah Moshe erst beim Abendessen wieder. Er und Aharon setzten sich zu den Männern in den Kreis, während wir Frauen die Ziege zerteilten, die wir über der Feuergrube gebraten hatten. Elischeba behielt Femi an ihrer Seite, und angesichts der Ungeschicklichkeit der Frau beim Umgang mit der gebratenen Ziege merkte ich, dass sie ganz bestimmt niemals als Köchin gearbeitet hatte.

Wir konnten zufrieden sein mit dieser Mahlzeit - obwohl es während der Überflutung keine der wundervollen Früchte Ägyptens gab, hatten wir getrockneten Rettich, Zwiebeln und Knoblauch, um dem Fleisch Würze zu geben. Eine der Frauen hatte noch einen Vorrat an getrockneten Erbsen und Bohnen, und einige Männer steuerten Fische bei, die sie bei ihrer Jagd in den Sümpfen gefangen hatten.

Beim Abendessen herrschte eine fröhliche Stimmung. Einer der Männer scherzte, wir könnten uns glücklich schätzen, dass wir keine Frösche essen müssten, denn in den vergangenen Tagen kannten die Ägypter kaum etwas anderes. Femi wirkte verwirrt, als wir alle lachten, und Elischeba brachte uns alle erneut zum Lachen, als sie versuchte, den Scherz mit übertriebener Mimik zu übersetzen.

Alle schienen zufrieden zu sein, aber Moshe wirkte richtiggehend glücklich. Ich beobachtete ihn und fragte mich, was wohl der Grund für seine Freude war, doch mir fiel nichts ein, was seine Stimmung so hätte verändern können, seit ich ihn an diesem Nachmittag verlassen hatte. Er hatte sich gefreut, Femi zu sehen, und war froh, ihr eine Zuflucht bieten zu können, aber seither hatte irgendetwas ihn verändert.

Während ich auf einem Stück dunklem Ziegenfleisch herumkaute, wobei ich sorgfältig die lockeren Zähne auf der rechten Seite meines Kiefers mied, kam mir plötzlich die Erleuchtung. Natürlich! Femi hatte ihm einen Papyrus überreicht. Ich hatte ihn für unbedeutend gehalten, aber offensichtlich hatte er seine Laune gehoben.

Ich aß in aller Eile, half beim Aufräumen und besuchte

danach Rivka, die mir versprochen hatte, mir eine Strohmatte zu leihen, die sie nicht mehr brauchte. Ich brachte die Matte in mein Haus und warf sie auf den Boden, und als Elischeba Femi zu mir brachte, erklärte ich, diese Matte sei ihr Bett. Sie nickte, offensichtlich für alles dankbar, und legte sich nieder. Kurze Zeit darauf war sie eingeschlafen.

Ich legte mich ebenfalls hin, aber ich konnte nicht schlafen. Dunkelheit erfüllte den Raum und meine geöffneten Augen, aber ich würde nicht einschlafen, bis ich nicht mit Moshe gesprochen hatte.

Schließlich hörte ich ihn vor meinem Fenster mit Aharon reden. Sie verabschiedeten sich, und als Moshe die Tür öffnete, zündete ich die Lampe an.

Das Licht erhellte seine Gesichtszüge. „Du bist noch wach, Miryam?"

„Schsch." Ich deutete auf die schlafende Frau, die er in unser Heim eingeladen hatte.

Er senkte die Stimme. „Stimmt etwas nicht?"

„Sag du es mir." Ich setzte mich auf und lehnte mich gegen die Wand. „Beim Abendessen hast du so fröhlich ausgesehen." Ich legte den Kopf zur Seite. „Hat deine Stimmung irgendetwas mit dem Papyrus zu tun, den du heute bekommen hast?"

„Ach, Schwester, ich bin froh, dass du fragst." Moshe ließ sich auf sein Lammfell sinken und zog den Papyrus unter dem Fell hervor. „Dies ist ein Brief von Merytamon."

„An wen hat sie geschrieben?"

„An mich."

„An dich? Aber sie musste dich doch für tot halten."

Er lächelte und ganz eindeutig hatte er die kaum wahrnehmbare Veränderung in meiner Haltung nicht bemerkt. „Sie wusste, dass ich zurückkommen würde. Sie schreibt ... warte, ich werde es dir vorlesen." Moshe legte die Beine übereinander und beugte sich mit dem Papyrus näher zur Lampe hinüber. „*,Sei gegrüßt, Geliebter Sohn und Geehrter Mose! Ich, Merytamon, schreibe dies mit eigener Hand in der* *zuversichtlichen Hoffnung, dass du diesen Brief erhalten wirst, wenn der Gott der Hebräer dich ins Schöne Land zurückbringt. Denn du wirst wiederkommen, Mose, das weiß ich so sicher, wie ich weiß, dass dieser Gott lebt.*

Ich hätte die Wahrheit viel früher erkennen müssen. Als du noch klein warst, habe ich dich vor den Pharao gebracht, und die Priester haben dich einem Test unterzogen. Nach allen Gesetzen der Götter und der Natur hättest du ihn nicht bestehen dürfen, aber in dem Augenblick der Verzweiflung betete ich zu dem Gott, der dich im Fluss bewahrt hatte, zu dem Gott, zu dem deine hebräische Mutter und dein hebräischer Vater gebetet haben. Und er hat dich bewahrt! Darum weiß ich, dass du noch am Leben bist und nach Ägypten zurückkehren wirst, wo dein Schicksal liegt.

Viele Jahre sind seit unserem Abschied vergangen, lieber Sohn, und ich habe viel an dich gedacht. Ich bereue es nicht, dich in mein Herz aufgenommen und geliebt zu haben, denn jetzt begreife ich, dass mein Handeln zum Plan deines Gottes gehörte. Aber ich hätte dich oder den Pharao niemals belügen dürfen. Ich habe gelogen, anstatt dem Gott zu vertrauen, der dich bewahrt hat, und durch meine Lügen habe ich eine Falschheit geschaffen, die dich in späteren Jahren verletzt hat. Ich bete, dass du mir vergeben wirst. Ich bete, dass der hebräische Gott mir mein mangelndes Vertrauen vergeben wird.'"

Moshe hielt inne, denn seine Stimme versagte, dann atmete er tief durch und las etwas langsamer weiter. Sein Finger fuhr leicht über die Hieroglyphen. „,*Ich habe dich geliebt, Mose, wie je eine Mutter einen Sohn geliebt hat, und ich habe nicht aufgehört, für dich zu beten, seit du weggegangen bist. Der Pharao ist unglücklicherweise nicht geneigt, dir zu verzeihen. Er hat mich in all diesen Jahren nicht wieder zurückgerufen in seine Gegenwart. Aber ich bin nicht unglücklich. Ich werde den Rest meiner Tage in der sicheren Gewissheit zubringen, dass dein Gott dich zurückbringen wird und du diesen Brief erhalten wirst.*

Bis dahin weiß ich, dass ich dich von ganzem Herzen liebe. Ich werde immer deine dich liebende Mutter sein, Merytamon."

Heftige Worte wollten über meine Lippen kommen, ich wollte das Recht eines Ägypters infrage stellen, unseren Gott anzubeten, aber alle meine Einwände verstummten, als ich in das Gesicht meines Bruders sah. Mit gesenktem Blick rollte Moshe den Papyrus zusammen, doch irgendetwas hatte seinen Gesichtsausdruck verändert.

„Sie hat geglaubt." Er sprach die Worte flüsternd aus wie ein Gebet.

Ich legte mich auf meine Matte und stützte den Kopf auf einem Arm ab, während Moshe den Papyrus wieder in sein Versteck legte.

Trotz ihrer Schönheit und Großzügigkeit hatte ich Merytamon nie gemocht. Sie hatte mir meinen Bruder gestohlen und ihr Volk ermordete meine Lieben ... aber sie lag tot in ihrem Grab und war keine Bedrohung mehr. Wieso sollte ich Moshe diese kleine Freude verderben? Er war mein Bruder, und er brauchte mich, damit ich seine Last leichter machte.

Wie meine Mutter und die anderen Frauen unseres Stammes würde ich still meine Last tragen. Wie Sara, Rahel und Lea würde ich im Schatten bleiben, während unsere Männer vortraten, um mit Gott zu ringen.

Dies war das Schicksal der Frauen.

„Danke, Moshe", sagte ich schließlich und blies die Lampe aus. „Schlaf gut."

Wenn ich zurücksehe, erinnere ich mich an den Rest der Zeit der Überflutung als einen Willenstest. Noch immer wimmelte es in den ägyptischen Gebieten des Schwarzen Landes von Fröschen, aber der Pharao weigerte sich, Moshe rufen zu lassen, und Moshe weigerte sich, den Pharao ohne Aufforderung zu besuchen. Zweifellos ging der Pharao davon aus, die Frösche würden mit dem Wasser verschwinden, aber im dritten Monat von Akhet fing das Wasser an, sich zurückzuziehen, die Frösche jedoch blieben.

Als Proyet anbrach, die viermonatige Zeit des Säens und Pflanzens, waren die Frösche so zahlreich wie zuvor. Frauen, die zum Markt außerhalb von Pi-Ramses zogen, erzählten mir, die fruchtbaren Felder seien unbearbeitet, weil die Frösche so dick darauf lägen und saßen, dass die Ägypter nicht pflanzen könnten.

Drei Tage nach Beginn des neuen Monats wurde Moshe zum Pharao gerufen. Wir gingen erneut zum König, und dieses Mal brachte uns ein Beamter sofort in den Saal, in dem Pharao mit hängendem Kopf auf seinem Thron saß. Tote und lebendige Frösche lagen überall auf dem Boden und ihr Quaken erhob sich zu der gewölbten Decke und hallte im ganzen Saal wider. Es stank zum Himmel.

Nur eine Handvoll Priester und Wachen standen dieses Mal neben dem Pharao. Die Höflinge, Frauen und Sklavenmädchen waren alle verschwunden – in ihre Zimmer, nahm ich an, oder unter leinenen Zelten, wie Femi beschrieben hatte.

Pharao sah Moshe an. Seine schmalen Lippen pressten sich aufeinander. Er schluckte. „Bitte Jahwe, er möge die Frösche von mir und meinem Volk nehmen. Ich werde das Volk freilassen, damit es seinem Gott Opfer bringt."

Ein Lächeln umspielte Moshes Lippen. „Du bestimmst den Zeitpunkt. Wann soll ich für dich, deine Diener und dein Volk bitten, damit die Frösche von dir und deinen Häusern genommen werden?"

Der Pharao zog seine dunkel umrandeten Augen zusammen. Er verstand die unausgesprochene Andeutung. Irgendwann würden die Frösche von selbst verschwinden. Aber noch nie waren sie so zahlreich und mit solcher Plötzlichkeit über das Land gekommen und noch nie waren sie auf das Wort eines Mannes hin verschwunden.

Der König presste die Hände zusammen. „Lass sie morgen verschwunden sein."

Moshe neigte den Kopf. „Dann geschehe es nach deinem Wort. Damit du wissen mögest, dass kein Gott wie Jahwe ist, werden die Frösche morgen von dir, deinen Häusern, deinen Dienern und deinem Volk genommen werden. Nur im Nil werden sie bleiben."

Wir verließen den Pharao und auf dem Weg zurück in unser Dorf blieb Moshe am Flussufer stehen. Er hob die Hände zum Himmel und rief zu Jahwe, er möge die Frösche am folgenden Tag entfernen.

Am folgenden Morgen nahm ich meinen Schleier und holte meine Schwägerin ab; gemeinsam gingen wir zum Ufer. Die Ägypter waren fleißig dabei, überall sauber zu machen, von den Toren des Marktes bis zu den Booten auf dem Fluss. Herren und Sklaven schwangen gleichermaßen Rechen, Schaufeln und Hacken, um die toten Frösche zu beseitigen. Die Tiere waren nicht einfach verschwunden, sondern gestorben.

Ich hatte gedacht, tote Fische würde stinken, aber der Gestank der toten Frösche war noch viel schlimmer. Elischeba hielt sich die Nase zu und zupfte mich am Arm. „Komm, ich habe genug gesehen."

Sie brauchte mich nicht lange zu bitten. Auf dem Heimweg freuten wir uns, denn der Pharao hatte Moshes Bitte gewährt und Jahwes mächtige Hand hatte das einst so mächtige Mizraim gedemütigt.

Unsere Freude war jedoch nicht von langer Dauer. Die Leute unseres Stammes hatten kaum angefangen, unsere Esel für die Reise in die Wüste zu beladen, als eine Gruppe ägyptischer Aufseher bei uns auftauchte und verkündete, jeder, der sich am folgenden Morgen nicht in den Ziegelbrennereien melden würde, hätte mit einer harten Strafe zu rechnen.

„Warum?“ Aharon trat vor. „Wir ziehen in die Wüste, um Jahwe zu opfern.“

Ein bewaffneter Hauptmann trat vor und antwortete auf Aharons Protest. „Nein, das werdet ihr nicht. Der Pharao hat neue Befehle gegeben. Ihr Hebräer werdet nirgendwohin gehen.“

Die Verhandlungen begannen erneut. Moshe marschierte nach Pi-Ramses, der Pharao forderte den Allmächtigen heraus, sich zu beweisen, und Jahwe schickte schreckliche Plagen über das Land, das einst das „Schöne“ genannt worden war.

Was kann ich von den anderen Plagen berichten? Jede war unerträglich. Jede eine Beleidigung eines bestimmten ägyptischen Gottes. Auf die Frösche folgte eine Masse von kleinen stechenden Tieren, die wie ein Sandsturm über das Land kamen. Die Priester von Geb, dem Erdgott, konnten diese Plage nicht kontrollieren, und sie zögerten nicht, dem Pharao zu sagen, die Stechmücken seien „der Finger eines Gottes“.

Aber Pharaos Herz blieb eigensinnig und er gab nicht nach.

Als jeder Mann und jedes Tier in Mizraim rote Beulen hatte von den Stichen und jede Frau und jedes Kind sich an diesen surrenden Geschöpfen verschluckt hatte, trafen Moshe und Aharon den Pharao erneut am Ufer des Nils. Aber der Pharao gab nicht nach. Moshe kündigte die nächste Plage an: Ungeziefer.

Dieses Mal fügte Moshe hinzu: „Damit du siehst, dass Gott sogar im Herzen deines Landes ist, wird es in Gosen kein Ungeziefer geben. Gott wird einen deutlichen Unterschied machen zwischen deinem und seinem Volk. Morgen schon soll das Zeichen geschehen.“

Und so war es. Ganze Schwärme aller möglichen Kakerlaken, Schaben, Asseln und Ameisen fielen über das Haus des Pharaos und alle anderen Häuser Mizraims her, aber keine einzige Kakerlake kroch in den Häusern der Israeliten.

Unsere Häuser jedoch füllten sich mit einer anderen Sorte Ungeziefer – davongelaufenen Sklaven. Femi wohnte in meinem Haus, doch ich hörte von Dutzenden davongelaufener Sklaven, die sich nach Gosen retteten, um dem Zorn Jahwes zu entfliehen. Sie lebten in unseren Hütten; sie lagerten an unseren Feuergruben und den Seitenarmen des Nils. Obwohl der größte Teil unseres Volkes ihnen Gastfreundschaft gewährte, betrachtete ich sie als Plage. Sobald die Gefahr vorbei war, würden die Sklaven wieder ins Haus des Pharaos zurückkehren, da war ich sicher. Er war der Gott, den sie kannten, während Jahwe für sie noch immer eine unbekannte Größe darstellte.

Nach mehreren Tagen der Ungezieferplage schickte der Pharao seine Soldaten, um Aharon und Moshe zu rufen. Wir gingen zum Palast und erhielten erneut das Versprechen des Pharaos, unser Volk in die Wüste ziehen zu lassen, damit wir unserem Gott opferten ... solange wir innerhalb der Grenzen Ägyptens blieben.

Moshe schüttelte den Kopf. „Es wäre nicht klug zu tun, was du vorschlägst, denn dein Volk würde die Opfer verachten, die wir unserem Gott darbringen. Wenn wir vor ihren Augen Vieh schlachten, würde dein Volk uns dann nicht steinigen?"

Pharao kräuselte die Lippen, und ich wusste, er hatte Moshes Einwand verstanden. Obwohl ich nicht die gesamte verwirrende Theologie der Ägypter verstand, wusste ich doch von meinen Begegnungen mit Händlern auf dem Markt, dass sie bestimmte Bullen als fleischgewordene Götter betrachteten. Die heiligen Tiere wurden an Feiertagen als Orakel eingesetzt; auf die Fragen der Anbetenden liefen die Tiere entweder in den „Ja"- oder den „Nein"-Weg. Der heilige Apis-Bulle, ein Tier mit einem weißen Fleck an der Seite oder einem weißen Dreieck auf der Stirn, war, so glaubte man, von einer jungfräulichen Kuh geboren worden, die von dem Gott Ptah befruchtet und empfangen wurde zu einem Leben im Dienst des Tempels. Diese Tiere wurden

25 Jahre lang angebetet, dann ertränkt, einbalsamiert und in ein Grab gelegt.

Moshe stieß mit seinem Hirtenstab auf den Boden. „Lass uns drei Tagereisen in die Wüste ziehen! Dort werden wir Jahwe, unserem Gott, Opfer bringen, wie er uns aufgetragen hat."

Ich glaubte, einen Anflug von Verzweiflung in den Augen des Pharaos zu entdecken, als er nach einem Insekt schlug, das an seinem Ohr surrte. „Ich werde euch ziehen lassen und ihr könnt eurem Gott in der Wüste Opfer darbringen, nur dürft ihr nicht zu weit gehen. Und jetzt beeilt euch und bittet für mich bei eurem Gott!"

Moshe lächelte. „Wenn ich von dir weggehe, werde ich Gott anflehen. Die Insekten werden morgen vom Pharao, von seinen Dienern und von seinem Volk weichen. Aber treibe nicht wieder deinen Spott mit uns, indem du unser Volk nicht ziehen lässt!"

Wir verließen den Audienzsaal und Moshe flehte zu Gott. Das Ungeziefer war am folgenden Tag verschwunden, aber mit ihm schwand auch die Bereitschaft des Pharaos, unser Volk freizulassen.

Die Konfrontation ging weiter. Jahwe befahl Moshe, den Pharao vor der nächsten Plage zu warnen. Sie würde über das Vieh kommen, die Pferde, Esel, Kamele, Ochsen und Schafe. Die Tiere der Israeliten würden unversehrt bleiben, aber die Tiere Ägyptens würden eine sehr schwere Plage erleiden.

Und es kam, wie Jahwe gesagt hatte. Bei den Ägyptern gab es nicht ein einziges gesundes Tier mehr. Die Märkte leerten sich. Die Ochsen, die sonst die Wagen mit den Marmorplatten zogen, starben; die Kühe gaben keine Milch mehr und verendeten. Später erfuhr ich, dass die Priester von Ptah in Memphis, die die heiligen Apis-Bullen versorgten, morgens in ihren goldenen Gewändern die vergoldeten Ställe betraten und alle Tiere tot vorfanden.

Pharao schickte Läufer, die fragen sollten, ob unser Vieh

dasselbe Schicksal erlitten hätte, aber auch als er hörte, dass die hebräischen Tiere überlebt hatten, weigerte er sich, unser Volk ziehen zu lassen.

Daraufhin nahm Moshe eine Handvoll Ruß aus einem Ofen und warf ihn vor den Augen des Pharaos in den Himmel. Der Wind trug ihn davon, und er wurde zu einem feinen Staub, der sich auf das ganze Land Ägypten legte, auf jeden Mann und jede Frau und auf jedes noch verbleibende Tier. Sie alle bekamen Ausschlag und Geschwüre. Ich sah Hunde und Katzen, die sich durch das Schilf schleppten, getrieben von dem Schmerz, und im kühlenden Schlamm des Nils Linderung suchten.

Als der Pharao uns das nächste Mal in den Palast rief, saß er – nach seinem schmerzverzerrten Gesicht zu urteilen höchst unbequem – auf einem Seidenkissen, aber seine Priester konnten vor Schmerzen an den Füßen nicht an seiner Seite stehen. Doch nicht einmal der Anblick der nässenden Geschwüre auf den Gesichtern seiner Lieblingsfrau und seines Sohnes konnte das harte Herz des Pharaos erweichen.

Dann gab Jahwe Moshe eine neue Botschaft für den Pharao. Ägypter und Israeliten erschauerten gleichermaßen in Furcht vor dem, was Jahwe als Nächstes tun würde. Moshe richtete die Worte Gottes aus: „Lass mein Volk gehen, damit es mir Opfer darbringen kann! Wenn du auch diesmal nicht hörst, lasse ich eine so schwere Plage über dich, deine Minister und dein Volk hereinbrechen, dass du endlich erkennen musst: Keiner in der ganzen Welt kann es mit mir aufnehmen! Ich hätte schon lange meine Hand ausstrecken und dich und dein Volk mit Seuchen vernichten können. Aber ich habe dich noch am Leben gelassen, um dir meine Macht zu zeigen und meinen Namen in der ganzen Welt bekannt zu machen. Noch glaubst du, mit meinem Volk nach deiner Willkür verfahren zu können. Aber morgen um diese Zeit werde ich einen so schweren Hagel schicken, wie man ihn seit Bestehen Ägyptens noch nie erlebt hat. Darum lass dein

Vieh in Sicherheit bringen, und sorge dafür, dass keiner von deinen Leuten auf freiem Feld bleibt. Denn alle Menschen und Tiere, die nicht unter ein festes Dach flüchten, wird der Hagel erschlagen!"

Als wir in unser Dorf zurückkamen, erzählten uns die Männer unseres Stammes, Moshes Warnung hätte sich in ganz Pi-Ramses verbreitet. Die Aufseher hätten sie früh nach Hause gehen lassen, ohne auch nur die Ziegel zu zählen, damit jeder Aufseher nach Hause eilen konnte, um das wenige noch lebende Vieh – vorwiegend Ziegen, Schweine und noch nicht entwöhnte Jungtiere, die von der Viehpest verschont geblieben waren – in eine schützende Unterkunft zu bringen. Nicht alle Ägypter beachteten Moshes Worte, und nicht alle hörten davon.

An diesem Abend bei Sonnenuntergang ging Moshe zum Nilufer und hob seinen Stab zum Himmel. Jahwe ließ die Wolken erbeben und Feuer zuckte über den Himmel auf die Erde. Hagel fiel herab auf Mizraim, ein Land, in dem es nur selten regnete und das so etwas noch nie erlebt hatte.

Angezogen von dem schrecklichen Anblick stiegen wir auf einen Hügel auf dem Weg nach Pi-Ramses und sahen herab auf die bestellten Felder am Flussufer südlich von uns. Hagelkörner, groß wie Kinderköpfe, fielen aus dem Himmel und zerschlugen den grünen Flachs, die junge Gerste und die zarten jungen Kräuter, als hätte Jahwe eine große Sense genommen und würde damit durch die Felder fahren. Tiere, die auf den Weiden sich selbst überlassen waren, brüllten unter den Hagelschlägen oder wurden vom Feuer erfasst, das immer wieder vom Himmel fiel. Dicke Terebinthen, von denen einige seit meiner Kindheit standen, wurden durch Blitze gespalten und von dem stetig fallenden Hagel zu Spänen zerschlagen.

Die Priester von Shu, dem Gott der Luft, standen hilflos in ihren Tempeln, während der Himmel Feuer und Eis spuckte. Aber im Land Gosen, von wo aus wir in stummer Ehrfurcht zusahen, fielen weder Hagel noch Regen noch Feuer.

Der Pharao wartete nicht auf den Tagesanbruch, um Moshe rufen zu lassen. Nach vier Stunden des Feuer- und Hagelsturms schickte er eine Gruppe von Wachen in Wagen, die uns holen sollten. Im Licht des brennenden Himmels fuhren wir nach Pi-Ramses.

Wieder einmal standen wir im Audienzsaal, der nur von einer Reihe Schilffackeln erleuchtet war, vor dem Pharao. Im Gesicht des Königs war Erschöpfung zu lesen, und ich merkte, dass er eine schlaflose Nacht hinter sich hatte. Nur zwei Priester standen an seiner Seite; ihre Gesichter wirkten noch jammervoller als seines.

Die Stimme des Königs hallte schwer durch den verlassenen Saal. „Diesmal bekenne ich mich schuldig! Der Herr ist im Recht, ich und mein Volk sind im Unrecht. Betet für uns zum Herrn! Wir können seinen schrecklichen Donner und den Hagel nicht mehr ertragen. Ich will euch ja gehen lassen und nicht länger hier festhalten!"

Moshe nickte ernst. „Sobald ich die Stadt verlassen habe, werde ich meine Hände zu Jahwe ausbreiten. Dann wird der Donner aufhören und kein Hagel mehr fallen! Daran sollst du erkennen, dass unser Gott der Herr der ganzen Erde ist." Mit zusammengezogenen Augen betrachtete er den erschöpften König. „Aber ich weiß, dass du dich immer noch nicht vor ihm fürchtest und deine Minister genauso wenig."

Ich hatte gehofft, die darauf folgende nächtliche Stille würde das steinerne Herz des Pharaos zerbrechen, aber am folgenden Morgen, als der sanfte Atem der Dämmerung über uns hinwegging, sagte Moshe mir, Pharao hätte sein Herz erneut verhärtet. Als ich ihn fragte, warum Gott zuließ, dass die Plagen weitergingen, verursachte seine Antwort mir eine Gänsehaut. Furcht, vermischt mit freudiger Erwartung, durchströmte mich.

„Jahwe hat mir gesagt", erklärte er, als er sich auf dem Boden niederließ, um die magere Mahlzeit zu verzehren, die ich vor ihn hingestellt hatte, „dass er das Herz des Pharaos starrsinnig gemacht hat, damit er all diese Wunder vollbringen kann, sodass wir unseren Kindern und Kindeskindern erzählen können, was er in Mizraim getan hat ... damit wir zweifelsfrei erkennen, dass er Jahwe ist."

Ich konnte nicht glauben, dass irgendjemand, der in Gosen lebte, Jahwes Macht nicht erkennen könnte, aber nur wenige Leute waren tatsächlich in die ägyptischen Gebiete gegangen, um sich die Zerstörung anzusehen.

Moshe aß sein Brot und seinen Käse, dann gingen wir gemeinsam zu Aharons Haus. Und wieder liefen wir nach Pi-Ramses, auf einem Weg, den ich mittlerweile so oft gegangen war, dass ich ihn selbst im Dunkeln gefunden hätte.

Wir trafen Pharao in seinem Audienzraum an. Er hörte sich Berichte über das Ausmaß des durch den Hagel verursachten Schadens an. Ohne zu zögern, überbrachte Moshe die Botschaft, die Jahwe ihm gegeben hatte: „So spricht Jahwe, der Gott der Hebräer: ‚Wie lange sträubst du dich noch, meine Macht anzuerkennen? Lass mein Volk gehen, damit es mir Opfer darbringen kann! Sonst lasse ich morgen Heuschrecken in dein Land einfallen. Sie werden das ganze Land bedecken, sodass man den Boden nicht mehr sieht. Alles Grün, das der Hagel übrig gelassen hat, werden sie auffressen, auf den Feldern und an den Bäumen. Auch in deinen Palästen und in den Häusern deiner Minister und aller Ägypter wird es von Heuschrecken wimmeln. Solange deine Vorfahren auch schon in diesem Land wohnen – solch eine Katastrophe haben sie nicht erlebt!'"

Als Pharao nicht antwortete oder Moshes Worte auch nur irgendwie zur Kenntnis nahm, drehten wir uns um und wollten gehen. Doch eine Bewegung an der Tür ließ uns innehalten.

Zu meiner großen Verblüffung humpelte der Wesir von Unterägypten, ein großer, mürrischer Mann in einem weißen, mit Leopardenfell gesäumten Gewand, auf den Pharao zu. Anscheinend konnte er wegen der Geschwüre noch immer nicht richtig gehen. Mit lauter Stimme rief er: „Wie lange wollen wir uns noch solchen Gefahren aussetzen? Lass die Leute gehen, damit sie ihrem Gott dienen! Siehst du denn nicht, dass Ägypten zugrunde geht?"

Irgendetwas in seinen Worten hatte den König anscheinend angerührt. „Haltet die Hebräer auf!", rief der Pharao und streckte seinen Wedel aus. „Bringt sie zu mir zurück!"

Kurz darauf standen Moshe, Aharon und ich erneut vor dem König. Ich steckte meine Hände in die Ärmel meines Gewandes und wagte kaum zu hoffen, dass der König wirklich seine Meinung ändern würde.

Der Pharao sah Moshe an. „Geht und dient Jahwe, eurem Gott. Aber sagt mir zuerst – wer genau wird mitgehen?"

Moshe neigte den Kopf. „Alle, die Jungen und die Alten, unsere Söhne und Töchter, unsere Schafe, Ziegen und Rinder. So gehört es sich, wenn wir ein Fest für den Herrn feiern."

Setis Gesicht verzog sich vor Sarkasmus. „Der Herr gebe seinen Segen dazu! Ich denke nicht daran, eure Frauen, Kinder und Alten mitgehen zu lassen! Es ist doch klar, was ihr im Schild führt! Wenn ihr wirklich dem Herrn Opfer darbringen wollt und sonst nichts, dann genügt es, wenn die Männer gehen!"

Mit diesen Worten wurden wir aus dem Saal getrieben. Als wir vor die Stadtmauern traten, streckte Moshe seinen Stab über das Land Mizraim aus. Jahwe ließ einen Ostwind gegen das Land kommen, den ganzen Tag und die ganze Nacht, und als der Morgen anbrach, hatte der Ostwind eine unüberschaubare Heuschreckenhorde hereingeweht.

Wie eine Armee mit Flügeln ließen sich die Heuschrecken auf jedem Zentimeter Boden nieder und fraßen alle Pflanzen und alle Früchte, die nach dem Hagel noch an den Bäumen hingen. Der Hagel hatte das noch unreife Getreide flachgelegt, und nun machten sich die Heuschrecken über die zarten Pflanzen her, sodass kein einziger Schimmer von Grün mehr auf den schwarzen Feldern zu sehen war. Während die Heuschrecken die Ernte zerstörten, die Mizraim brauchte, um sein Volk im kommenden Jahr zu ernähren, rief der Pharao nach uns.

Unendlich müde erhob er sich von seinem Thron, trat von dem Podest und kam uns auf dem gefliesten Boden entgegen. „Ich bin vor dem Herrn, eurem Gott, schuldig geworden und auch vor euch. Vergebt mir nur noch dieses eine Mal meine Schuld! Bittet den Herrn, euren Gott, dass er diese tödliche Strafe aufhören lässt!"

Moshe führte uns aus der Gegenwart des Pharaos und ging hinaus, um zu Gott zu flehen. Der Ostwind kehrte sich um und nahm die Heuschrecken mit.

Als keine einzige Heuschrecke mehr im ganzen Gebiet Mizraims zu sehen war, schickte Moshe eine Botschaft zum Pharao: „Wir sind bereit und vertrauen darauf, dass wir in Frieden ziehen können."

Aber Jahwe verstockte erneut das Herz des Pharaos, und er weigerte sich, die Kinder Israels ziehen zu lassen. Daraufhin streckte Moshe seine Hand zum Reich von Amun-Re, dem Sonnengott, aus, und dichte Nacht zog über das Land, eine ölige Dunkelheit, die das Atmen schwer machte und die Herzen der Ägypter zum ängstlichen Klopfen brachte. Das Licht der Lampen konnte die Dunkelheit nicht durchdringen. Sogar Pharaos Astrologen konnten nicht erklären, warum Amun-Re so lange in seinen Räumen in der Unterwelt verweilte.

Die drückende Dunkelheit hatte Auswirkungen nicht nur auf die lebenden Bewohner Ägyptens. Nach ihrer religiösen Überzeugung kamen die Seelen der Toten nachts aus ihren Gräbern. Da Re irgendwie daran gehindert worden war, wie üblich über den Himmel zu fahren, verkündeten die Priester, die Seelen der Toten könnten ihre Gräber nicht aufsuchen. Gefangen in der Dunkelheit mussten sie am Westufer des Nils herumwandern, ruhelos und verärgert. In der sonnenlosen Stadt der Sterblichen konnten die Männer ihre Frauen nicht sehen, die neben ihnen saßen, und die Frauen trauten sich nicht, sich von ihren Plätzen zu erheben, damit sie nicht über ihre Kinder stolperten.

Doch in Gosen schien die Sonne auch weiterhin. Wir gingen unserer Arbeit nach, mahlten Korn, versorgten unsere

Tiere und hörten aus zweiter Hand die Berichte von der Angst der Ägypter.

Nach drei Tagen schickte Pharao nach uns. Bevor wir unser Dorf verließen, bat Moshe Gott, die Dunkelheit wegzunehmen. Wir fuhren nach Pi-Ramses. Die Wagenlenker waren in der undurchdringlichen Dunkelheit zu uns gekommen, doch am Himmel über Gosen war der helle Morgen heraufgezogen.

Als wir das Haus des Pharaos erreichten, ging die Sonne gerade über den Dächern seiner königlichen Stadt auf.

Der König hockte vor uns, mit blutunterlaufenen Augen und erschöpft. „Geht, dient Jahwe. Auch eure Familien könnt ihr mitnehmen; nur die Schafe, Ziegen und Rinder müsst ihr hierlassen."

Moshe war damit nicht einverstanden. „Wirst vielleicht du uns Tiere zur Verfügung stellen, die wir dem Herrn als Opfer darbringen können? Nein, auch unser Vieh muss mit uns gehen! Kein einziges Tier bleibt zurück. Erst wenn wir an Ort und Stelle sind, können wir wissen, welche Tiere wir zum Opfer für den Herrn, unseren Gott, brauchen."

Pharao, der vermutlich vorgehabt hatte, sein durch die Plagen verarmtes Volk mit unseren Herden zu versorgen, fuhr zu Moshe herum in einem Zorn, den ich wie einen heißen Wind an meinem Nacken spürte. „Verschwinde! Ich will dich nie wieder sehen, sonst bist du ein toter Mann!"

Moshe sah ihn kühl an. „Wie du sagst. Ich werde dich wirklich nicht wieder sehen ... nicht so."

Moshe wandte sich zum Gehen, aber ich blieb stehen, verwirrt und verärgert über seine plötzliche Nachgiebigkeit. Gab mein Bruder etwa auf? War der Kampf beendet? Wir waren so dicht vor dem Ziel; bestimmt konnten wir dem König doch irgendeinen Kompromiss anbieten. Vielleicht könnten wir die Hälfte unserer Herden zurücklassen oder nur die Erstgeborenen der Tiere mitnehmen ...

Ich lächelte, als Moshe wieder zum König herumwirbelte. Er war noch nicht fertig.

„Jahwe wird noch einen weiteren Schlag gegen den Pharao und Ägypten führen. Danach wird er uns von diesem Ort befreien ... dann ist es zu Ende."

Moshes Stimme sank zu einem eindringlichen Flüstern herab. „So spricht Jahwe: ‚Um Mitternacht werde ich durch Ägypten gehen. Dann werden alle Erstgeborenen sterben, angefangen von deinem erstgeborenen Sohn, der dein Nachfolger auf dem Thron werden soll, bis hin zum erstgeborenen Sohn der Sklavin, die an der Handmühle kniet. Auch beim Vieh werden alle Erstgeburten sterben. In ganz Ägypten wird es ein Wehklagen geben, wie man es noch nie gehört hat und auch nie wieder hören wird. Aber den Israeliten soll kein Haar gekrümmt werden, auch ihren Tieren wird nichts geschehen. Daran sollt ihr Ägypter erkennen, dass der Herr zwischen euch und den Israeliten unterscheidet.'"

Die Augen des Pharaos sprühten Funken vor Zorn. „Geh!"

„Ich gehe. Aber du sollst wissen, dass bald alle Minister Ägyptens zu mir gerannt kommen werden und mich auf Knien anflehen: ‚Geh endlich fort, du und dein ganzes Volk!' Und dann werde ich das Land verlassen."

Moshes Vorhersage von erbarmungslosem Tod und Zerstörung hatte mich erschreckt, aber ich würde bald erkennen, dass ich nichts zu befürchten hatte. Der Pharao – der Herr des großen Hauses, mit vielen Frauen und vielen Kindern – hatte weit mehr zu verlieren als ich.

Auf dem Heimweg wirkte Moshe beunruhigt, darum sprachen weder Aharon noch ich ein Wort. Aharon und ich hatten unser ganzes Leben lang eng beieinandergelebt; normalerweise wussten wir, was der andere dachte. Moshe war uns jedoch ein Rätsel und er brachte mich ständig in Verwirrung.

Kurz bevor wir das Dorf erreichten, streckte er die Hand aus und ließ uns stehen bleiben. „Ich muss euch erklären, was Jahwe als Nächstes tun wird." Er blickte zuerst Aharon an, dann mich. „Die Ältesten von jedem Stamm müssen sofort in unser Dorf kommen."

Aharon und ich nickten gleichzeitig. Was immer Jahwe vorhatte, wir waren bereit.

„Heute Nacht werden viele Fremde zu uns kommen." Moshe legte seine Hand auf Aharons Schulter. „Die Worte, die ich zu Pharao gesagt habe, werden sich wie die Heuschrecken ausbreiten und diejenigen, die unseren Gott fürchten, werden bei uns Schutz suchen. Wir müssen sie aufnehmen, und wir müssen uns bereit machen, denn Jahwe wird Ägypten auf schreckliche Weise heimsuchen."

Aharon hob die Hand. „Ich werde Läufer schicken. Meine Söhne werden sofort aufbrechen."

„Schick sie auf der Stelle los! Wir müssen das Wort Jahwes an unser Volk weitergeben. Darum beeilt euch, ruft die Ältesten zusammen, während ich den Rat des Herrn suchen werde!"

Neben Moshe stand Aharon auf einem großen umgestülpten Tontopf, damit er von den beunruhigten Ältesten gut zu sehen war. Aharon übersetzte die Worte Gottes an Moshe für das Volk: „Jeder Familienvater soll sich ein Schaf- oder Ziegenböckchen aussuchen und es für das Passamahl schlachten. Er soll das Blut in einer Schüssel auffangen, ein Büschel Ysop hineintauchen und die beiden Türpfosten und den oberen Türbalken mit dem Blut bestreichen. Danach darf keiner mehr das Haus verlassen bis zum Morgen, denn in der Nacht wird der Herr strafend durch ganz Ägypten gehen. Wenn er das Blut an den Türpfosten und Türbalken sieht, wird er vorübergehen und nicht zulassen, dass der Todesengel eure Häuser betritt."

Die versammelte Gruppe raunte alarmiert, aber Aharon sprach weiter. „Wir sollen diese Anweisungen auch künftig befolgen, sie gelten für unsere Nachkommen zu allen Zeiten. Zieht eure Reisekleider an, bevor ihr esst. Überprüft die Riemen an euren Sandalen, und achtet darauf, dass ihr leichte Kleider anlegt.

Von jetzt an wird dieser Monat für unser Volk der erste Monat des Jahres sein. Am zehnten Tag dieses Monats wird jede Familie ein Lamm nehmen, ein Lamm pro Haushalt. Das Tier muss ein einjähriges männliches Tier sein und ganz gesund, ohne Fehler. Am Abend des vierzehnten Tages dieses ersten Monats wird jede Familie in der Gemeinschaft ihr Lamm schlachten. Ihr sollt etwas von dem Blut des Lammes nehmen und an die obere Schwelle und an die beiden Pfosten des Hauses streichen, in dem das Lamm gegessen wird. An diesem Abend sollt ihr das Fleisch essen, im Feuer gebraten; mit ungesäuertem Brot und Kräutern. Esst nichts davon roh oder in Wasser gekocht, sondern im Feuer gebraten. Und ihr sollt nichts davon übrig lassen."

Die Stille um uns herum war so tief, dass wir nur das sanfte Flüstern des Windes hörten, der durch die Asche in unserer Feuergrube fuhr.

„Heute Abend und in den kommenden Jahren sollt ihr das Mahl fertig angekleidet essen, wie für eine lange Reise. Ihr werdet eure Sandalen tragen und euren Stab in der Hand. Ihr werdet das Essen schnell zu euch nehmen, denn dies ist das Passa des Herrn."

Femi beherrschte unsere Sprache nicht, aber offensichtlich verstand sie Moshes Akkadisch, denn sie begann, leise zu wimmern. Ich warf ihr einen scharfen Blick zu, dann verschränkte ich die Arme vor der Brust und ignorierte ihren Kummer. Warum hatte sie Angst? Moshe hatte versprochen, sie zu schützen.

„Wenn ihr in das Land kommt, das Jahwe euch geben wird", fuhr Aharon fort, als Übersetzung von dem, was Moshe sagte, „sollt ihr diese Tradition pflegen. Wenn eure Kinder euch fragen: ‚Was bedeutet das alles?', sollt ihr antworten: ‚Dies ist die Feier des Passa für Jahwe, der an den

Häusern der Kinder Israels vorüberging, als er Ägypten schlug, aber uns rettete.'" Aharon blickte sich lächelnd um. „Denkt an diese Nacht, meine Brüder. An diesem vierzehnten Tag des Monats wird Gott uns von der Knechtschaft befreien."

Tief bewegt von dieser Ankündigung neigten sich die Ältesten und erwiesen Jahwe Ehre, dann erhoben sie sich und eilten in ihre Dörfer zurück.

Moshes Warnung im Ohr begann ich mit der Vorbereitung der Abendmahlzeit. Ich wählte ein junges männliches Lamm aus der Dorfherde aus und schnitt dem Tier, das von Femi festgehalten wurde, über einer Tonschale die Kehle durch.

Nach den Anweisungen, die Moshe uns gegeben hatte, bereitete ich das Lamm vor, wickelte es in Blätter und legte es in die glühenden Kohlen der Feuergrube. Wir hatten mehr Mäuler zu stopfen als sonst, denn nicht nur Femi war zu uns gestoßen, sondern auch noch zwei andere Diener. Wie ich befürchtet hatte, waren entflohene Sklaven in unser Dorf geströmt, und die Ältesten hatten sie auf die einzelnen Haushalte verteilt. Diese ausländischen Sklaven verstanden nicht alles, was sich ereignet hatte, aber die Zeichen und Wunder hatten sie davon überzeugt, dass Jahwe größer war als alle Götter Mizraims.

Unsere Gäste, eine nubische Frau mit ihrem Kind, saßen neben Femi. Das Kind, ein kleines Mädchen, beobachtete mich mit weit aufgerissenen Augen beim Kräuterschneiden.

Als die Sonne im Westen unterging, sah ich, wie Moshe einen Ast in das Gefäß mit dem Blut tauchte. Zuerst bestrich er damit die obere Schwelle, dann spritzte er das Blut auch an die beiden Türpfosten. Die nubische Frau schrie auf, als das Blut anfing, am Türrahmen herunterzulaufen, und schnell begann sie, eine Beschwörungsfomel in einer fremden Sprache zu murmeln. Moshe beruhigte sie mit einem Lächeln, als er hereinkam und sich zum Essen setzte.

Wir aßen das Lamm bis auf die Knochen auf und tauchten die Fleischstücke in Schüsseln mit bitteren Kräutern. Das Brot nahmen wir aus Elischebas Korb, denn ich hatte an diesem Tag kein Brot gebacken.

Moshe lächelte mich an. „Morgen werden die Frauen ihre Schüsseln in ihre Kleider wickeln und auf ihren Schultern tragen.“ Er tauchte ein Stück Lamm in eine Schüssel mit Kräutern aus meinem Garten. „Es wird keine Zeit sein, dass das Brot aufgehen kann.“

Wir lauschten auf ungewöhnliche Geräusche in der Nacht, aber Stille lag über unseren Häusern. In jeder anderen Nacht hätten wir gehört, wie die Frauen die Türen öffneten und Abwasser hinausschütteten, wir hätten die quengelnden Stimmen von müden Kindern und die tiefen Stimmen der Männer gehört, die sich bei den Viehkoppeln trafen. Doch in dieser Nacht blieben wir alle im Haus und sprachen mit leiser Stimme, und unser Blick hing wie gebannt an den roten Spritzern an der Schwelle und an den Türpfosten.

Nach dem Essen, als unsere Gäste sich schlafen legten, lehnte sich Moshe mit geschlossenen Augen gegen die Wand, die Hände locker auf die übereinandergeschlagenen Beine gelegt. Ich konnte weder sitzen noch schlafen, denn ich war innerlich in Aufruhr. Ich wusste, Jahwe konnte große Wunder tun – hatte ich sie nicht mit eigenen Augen gesehen? Aber konnte er uns wirklich in nur einer Nacht befreien?

Ich kroch zum Fenster und sah hinaus in das vom Mond erhellte Dorf. Ich hatte Angst, mich zu weit hinauszulehnen, damit der umherwandernde Geist der Zerstörung mir nicht den Kopf abschlug. In der Dunkelheit draußen konnte ich nichts erkennen – keine Sterne, keinen Mond, keine Bewegung. Nichts als dichte Dunkelheit und das schwere Geräusch der Stille.

Seufzend legte ich mich auf meine Matte und starrte in die Dunkelheit. Das Kind der nubischen Frau jammerte; die Mutter legte ihm die Hand auf den Mund. Femi schwieg, aber ihre unruhigen Bewegungen brachten das Stroh in ihrer Matte zum Knirschen.

Irgendwie schlief ich ein.

Später erfuhr ich, dass um Mitternacht, in einem schicksalsschweren Augenblick, Jahwe jeden erstgeborenen Mann im Land Mizraim tötete, vom erstgeborenen Sohn des Pharaos bis zum Erstgeborenen der Gefangenen im Kerker des Königs. Auch starb das Erstgeborene jedes noch lebenden Tieres, von den neuen Kälbern in ihren geschützten Ställen bis hin zu den Katzen im Tempel der Bastet.

In jedem Haus herrschte Trauer, denn Ägypter heirateten und schieden sich wild durcheinander, wie es ihnen gerade gefiel. In einer Familie waren drei Jungen tot, denn jeder war der Erstgeborene einer anderen Mutter. Viele Kinder fanden beim Aufwachen ihre Väter und Großväter kalt und leblos vor, denn beide waren die Erstgeborenen ihrer Mütter gewesen.

Doch in keinem Haus herrschte größere Trauer als im Palast des Pharaos. Denn der zweite, der sich Seti nannte, hatte mehr als 30 Frauen und Konkubinen. Obwohl der König selbst nur einen erstgeborenen Sohn hatte, Seti-Merneptah, waren 12 seiner Söhne die Erstgeborenen seiner jeweiligen Frauen.

Was für ein Wehklagen kam aus dem Haus des Königs! Man sagt, die Mauern selbst hätten vor Herzeleid geweint. Twosre, die Große Königliche Gemahlin, zertrümmerte ihre Götzenbilder und riss sich die Haare vom Kopf, und eine hübsche Konkubine aus Syrien warf sich in ihrem Leid in den tintenschwarzen Nil und ertränkte sich.

Der Pharao erhob sich in der Dunkelheit und lauschte auf die schrecklichen Schreie, die die Stille der Nacht zerrissen. Denn nicht ein Haus im Schönen Land war der Hand des Zerstörers entkommen.

Der König schickte Wagen, die Moshe und Aharon holen sollten, aber ich wusste nichts davon, bis Moshe mich sanft aufweckte. „Wir wollen sehen, was Jahwe getan hat.“

Leise, damit ich die anderen nicht störte, legte ich meinen Schleier an und folgte ihm hinaus zu den Wagen.

Als die Mauern von Pi-Ramses in Sicht kamen, hörten wir schon die Klageschreie. Der Mond, ein blutroter Ball am Himmel, spendete uns Licht, und wir konnten die toten Tiere am Straßenrand erkennen. Aber nie werde ich die Geräusche dieser Fahrt vergessen – die Klageschreie zerrissen die Nacht und erhoben sich wie geisterhaftes Heulen aus den entfernt liegenden Dörfern in die Luft. Mein Herz begann beinahe schmerzhaft in meiner Brust zu schlagen.

Die drei Fahrer setzten uns am Stadttor ab und machten keinerlei Anstalten, uns zum Palast zu führen. Ohne dass es ausgesprochen worden wäre, kannte ich den Grund dafür – sie wollten mit denen, die das Sprachrohr des Gottes der Hebräer waren, nichts zu tun haben. Vor den beiden Granitstatuen von Ramses sammelten wir uns und gingen schließlich in die Stadt hinein. Die schrecklichen Schreie wurden lauter.

In der Straße der Tempel jedoch herrschte eine beinahe unheimliche Stille und die Stille um den Palast des Pharao war so dick wie Nebel. Die Wächter, die normalerweise am Tor standen, waren verschwunden, entweder Opfer des Zerstörers oder weggerafft von ihrer Trauer.

„Heute Nacht“, murmelte Moshe, als wir durch die offenen Tore traten, „sind die Menschen, deren ganzes Leben sich um die Vorbereitung auf den Tod drehte, dem Gott begegnet, der mächtiger ist als die Herren der Unterwelt.“

Im Licht der flackernden Fackeln traten wir in die leere Vorhalle. Leise schlichen wir über die Marmorfußböden und blieben an der Schwelle zum Audienzsaal des Königs stehen. Die Bronzetüren standen weit offen und eine einzige Fackel warf ihr trübes Licht auf die Wandmalereien.

Der König saß im Schneidersitz auf dem Boden und starrte auf das Gemälde von sich, seiner Frau und seinem Sohn, wie sie Amun-Re Opfer darbrachten. Keine Höflinge waren an seiner Seite; keine Priester warteten im Schatten. Der stolze König, der uns vor den Priestern, Adeligen und Sklaven verspottet hatte, saß mit hängenden Schultern und blutunterlaufenen Augen auf dem Boden und starrte auf ein Bild des Schatzes, den er verloren hatte.

Er hörte uns, denn beim Geräusch unserer Schritte erbebte er, aber sein Blick blieb starr. „Geht!“ Mit leiser Stimme fügte er hinzu: „Schnell, verlasst das Land! Geht fort von meinem Volk, ihr und die anderen Israeliten. Bringt dem Herrn eure Opfer dar, wie ihr es verlangt habt. Nehmt eure Schafe, Ziegen und Rinder mit, aber geht!“

Er sah uns an, mit vor Kummer eingesunkenen Augen; und dann sprach der König der mächtigsten Nation noch eine letzte Bitte aus: „Und bittet euren Gott, dass er auch mich segnet.“

Die Sonne stieg gerade am Himmel auf, als wir in unser Dorf zurückkehrten. Fragende Blicke waren durch die offenen Fenster auf uns gerichtet, und Moshe zögerte nicht, die Neuigkeiten weiterzugeben: „Freut euch! Denn heute hat Jahwe sein Volk befreit!“

„Nehmt eure Sachen und geht zum Fluss“, rief Aharon überschwänglich. „Und sprecht mit den Ägyptern, an denen ihr vorbeikommt. Fragt jeden Mann nach Silbergegenständen, jede Frau nach Schmuck aus Gold. Der Herr wird sie veranlassen, euch alles mit Freuden zu geben!“

Und so verließen wir alle mit unseren Herden Mizraim. Wie der Herr befohlen hatte, blieben wir an den Häusern der Ägypter stehen, denen wir über Generationen hinweg gedient hatten, und die Menschen gaben uns Gold, Silber und edle Kleidungsstücke, ohne dass wir danach zu fragen brauchten; sie drückten uns Schalen und Krüge in die Hände und flehten uns an, in Frieden von ihnen zu scheiden. Die Kinder Israels verließen Mizraim an einem einzigen Tag, mehr als 600.000 Männer, dazu ihre Frauen, ihre Kinder und ihr Vieh. Und genau wie Moshe vorausgesagt hatte, trugen wir Frauen unsere Knetschüsseln auf dem Rücken, denn der Teig, den wir an diesem Morgen geknetet hatten, hatte keine Zeit aufzugehen. Jahwes Befreiung war schnell und plötzlich geschehen.

Aber nicht unerwartet, vor allem bei den Alten. Yosef, bei den Ägyptern als Zaphenath-Paneah bekannt, hatte unser Volk während einer Hungersnot nach Mizraim gebracht. Auf seinem Totenbett hatte Yosef seine Nachfahren schwören lassen, sie sollten seinen Leichnam aus Mizraim mitnehmen: „Wenn Gott euch von hier fortführen wird, dann nehmt meine Gebeine mit!"

Und endlich war der Tag, den Yosef vorhergesagt hatte, angebrochen. Acht unverheiratete Männer aus den Stämmen Ephraim und Manasse zogen mit einem Ochsenwagen zum Steingrab, in dem Yosefs Mumie lag. Sie brachen das Siegel auf und hoben den Sarkophag auf den Wagen. Schweigend sahen die Ägypter zu, wie die Nachfahren Yosefs den Wagen zu einem Ehrenplatz in unserer Prozession brachten.

Als wir uns am Flussufer außerhalb von Pi-Ramses sammelten, zogen Wolken am vorher wolkenlosen Himmel auf. In ehrfürchtigem Staunen beobachteten wir, wie sich die Wolken zu einer einzigen senkrechten Säule zusammenfanden, die am Himmel hing wie eine Säule aus dem Tempel des Pharaos.

Moshe nannte die Wolke *Shekina*, der sichtbare Beweis für die Gegenwart Gottes, und wies uns an, ihr zu folgen. Die Wolke zog in gleichmäßigem Tempo vor uns her und wir folgten ihr. Ich machte mir Sorgen, wie wir den Nil bei Pi-Ramses überqueren sollten, aber die Wolkensäule führte uns zu einer flachen Stelle, wo das Wasser kaum über unsere Knöchel reichte. Die Kinder quietschten vor Freude, die Tiere blieben stehen, um zu trinken, und wir Frauen befeuchteten in dem Wasser unsere Schleier, denn es war die Jahreszeit der Dürre und Hitze.

Während wir den Fluss überquerten, zog die Shekina weiter. Sie führte unseren fröhlichen Zug ... nach Süden.

Da ich zusammen mit Aharon in die Wüste geritten war, wusste ich, dass dies nicht der direkte Weg in das Land war, das Jahwe Avraham verheißen hatte. Ich ließ Femi bei Elischeba, hob mein Gewand und eilte nach vorn zu Moshe, der hinter der Säule ging.

Ich zupfte ihn am Ärmel. „Warum führt uns die Wolke in die Wüste? Es heißt, die Straße des Königs sei der kürzeste Weg nach Kanaan."

Moshe nickte, als hätte er meine Frage erwartet. „Die Königsstraße führt durch das Land der Philister und ist schwer bewacht. Unser Volk ist nicht auf einen Kampf vorbereitet."

Dem konnte ich nicht widersprechen und darum schluckte ich den Protest, der mir auf den Lippen lag, hinunter. Und als wir das smaragdgrüne Tal verließen, das so viel Zerstörung erlebt hatte, wurde mein Herz leichter. Jahwe hatte versprochen, uns zu befreien, und er hatte sein Wort gehalten. Wie konnte einer von uns an einem so mächtigen Gott zweifeln, der uns half?

Schon bald sollte ich erfahren, dass das menschliche Herz ein sehr wankelmütiges Ding ist.

Unsere erste Nacht als freies Volk verbrachten wir an einem Ort mit Namen Sukkot. Als wir unser Lager aufschlagen wollten, herrschte heillose Verwirrung, doch Moshe teilte uns nach Stämmen in Gruppen von 50 ein. Ich war der Meinung, so nah an der Hauptstadt des Pharaos sollten wir uns nicht mit organisatorischen Dingen aufhalten, aber die Shekina blieb über uns und leuchtete mit feurigem Glanz die ganze Nacht über. Die Säule erhellte die Dunkelheit, ein unerwarteter Segen, denn wir waren in solcher Hast aufgebrochen, dass wir nur wenige Lampen und noch weniger Krüge mit Öl mitgenommen hatten. Wir hatten auch keine Zelte; unsere Frauen mussten notdürftige Unterkünfte für ihre Familien errichten.

Zum Glück war das Wetter warm und unsere Stimmung hätte besser nicht sein können. In dieser ersten Nacht schliefen wir unter den Sternen und zogen am folgenden Tag unter der glühenden Sonne weiter, die uns in unserer Freude weniger heiß erschien als in Mizraim.

Unsere zweite Nacht verbrachten wir an einem Ort mit Namen Etam. Dort rief Moshe uns zusammen. „Damit Jahwe durch Pharao und seine ganze Armee verherrlicht wird“, warnte er, „wird er noch einmal das Herz des Pharaos verhärten, und er wird uns hinterherjagen. Danach werden die Ägypter wissen, dass Jahwe der Herr ist.“

Moshe entließ uns; die Wolke zog weiter und wir folgten ihr. Im Laufe des Tages roch ich salzige Meeresluft ... und blieb abrupt stehen. Mein Herz begann zu pochen. Moshe hatte gesagt, Pharao würde uns heute verfolgen ... aber wir zogen auf das Meer zu.

So schnell es meine 88-jährigen Knochen zuließen, eilte ich zu Moshe. Keuchend erreichte ich ihn. „Bruder, ist es klug, am Meer entlangzuziehen, wo wir doch einen Angriff erwarten?“

Moshes dunkle Augen funkelten mich warnend an. „Stellst du Jahwe infrage, Miryam?“

„Ich stelle nicht infrage ... ich bin nur neugierig. Und ich denke, es wäre besser, nach Westen zu ziehen. Wenn wir die Richtung ändern, wird die Shekina doch bestimmt mit uns gehen –“

„Nein.“ Er deutete auf die Säule, die wie ein Finger Gottes über seinem Kopf hing. „Er bestimmt, wo es hingeht. Gehorche, Miryam, und glaube!“

Ich blieb stehen und ließ mich zurückfallen. Ganz tief atmete ich durch und ermahnte mich, geduldig zu sein. Trotz seiner starken Erscheinung war Moshe in vieler Hinsicht so bedürftig wie ein Kind. Ich war früher sein Kindermädchen gewesen, Pharaos Tochter hatte ihn in seiner Kindheit verwöhnt, die midianitische Frau hatte ihn offensichtlich in der Wüste verhätschelt, und jetzt führte Jahwe jeden seiner Schritte. Bestimmt würde es Gott zu schätzen wissen, wenn Moshe ein wenig Selbstbewusstsein zeigte!

Ich stützte die Hände in die Hüften und drehte mich auf der Suche nach Elischeba und Aharon um. Sie würden meine Verärgerung bestimmt verstehen. Sie waren in Gosen aufgewachsen, wo keiner eine verwöhnte Kindheit erlebt hatte. Mit dem Silber, das die Tochter des Pharaos meiner Familie zukommen ließ, hatten wir vieles auf dem Markt kaufen können, aber wir teilten unseren Überfluss mit dem ganzen Dorf. Die Nöte Mizraims hatten uns gelehrt, das wenige, das wir bekamen, durch harte Arbeit zu vervielfältigen.

„Jeder Krug muss auf seinem eigenen Unterteil stehen", sagte mein Vater immer. Und so hatte ich selbst Kraft und Klugheit entwickelt, und diese Eigenschaften waren mir im Laufe der Jahre zugutegekommen. Ich hatte beide Eltern verloren, einen Mann und ein Kind, doch ich stand noch immer fest auf meinen beiden Beinen.

Was würde Moshe stützen, falls Jahwe beschloss, genauso schnell zu verschwinden, wie er gekommen war?

Während ich noch über Moshes Abhängigkeit nachdachte, wurden die Worte meines Bruders in Mizraim erfüllt. Voller Rachegelüste rief der Pharao seine Wagenlenker zusammen und rüstete seine Krieger. Als wir unser Lager am Meer aufschlugen, machten 600 Streitwagen sich von Pi-Ramses auf; jeder Wagen war mit drei Mann besetzt: einem Fahrer, einem Bogenschützen und einem Speerwerfer.

Die Sonne ging gerade im Westen unter, als wir eine riesige Staubwolke bemerkten, die ihre Ankunft ankündigte.

Trotz Moshes Versicherung fegte die Furcht durch das Lager wie ein Wirbelwind. Dutzende Älteste kamen zu unserem Zelt gerannt und riefen um Hilfe. Viele von ihnen beschimpften Moshe: „Gibt es keine Gräber in Mizraim, dass du uns zum Sterben hier hinaus in die Wüste geführt hast? Haben wir dir nicht gesagt, du sollst uns in Ruhe lassen? Die Sklaverei war besser als der Tod in dieser Wüste!"

Aber Moshe blieb fest. Während die Streitwagen Ägyptens über die Dünen preschten, die wir Stunden zuvor überquert hatten, hob Moshe seine Hand. „Verliert nur nicht den Mut! Wartet ab und seht zu, wie der Herr euch heute retten wird. Ihr werdet Zeugen sein, wie die Ägypter ihre größte Niederlage erleben. Der Herr selbst wird für euch kämpfen, ihr könnt ganz ruhig sein."

In ängstlicher Faszination beobachtete ich, wie die Shekina auf die Ägypter zuzog und sich zwischen uns und ihnen niederließ. Während die Sonne im Westen unterging, füllte sich die Wolkensäule mit Feuer und breitete sich aus wie ein Vorhang. Sie wurde zu einer brennenden Schutzwand zwischen uns und der Armee des Pharaos.

Moshe streckte seinen Hirtenstab über dem Meer aus und ein starker Ostwind begann zu blasen. Der Wind wehte die ganze Nacht über und blies uns nadelscharfe Sandkörner auf die Haut. Wir kauerten in der vom Feuer erhellten Dunkelheit und versuchten zu schlafen, aber keiner von uns fand Ruhe, abgesehen von den kleinen Kindern. Immer wieder drehte ich mich auf meiner Decke um und sah nach Norden, wo ich die hochzügelnden Flammen erkennen konnte.

Als die Sonne aufzugehen begann, starrten wir alle wie benommen auf das Meer. Das Wasser war nicht verschwunden, aber der Wind hatte es nach Norden und Süden auseinandergetrieben und so einen Weg geschaffen, auf dem 20 Leute und Ochsen nebeneinandergehen konnten. Allen blieb bei diesem Anblick der Mund offen stehen. Die Männer, die gegen Moshe gemurrt hatten, blickten ihn nun mit verblüfftem Respekt an.

„Seht her!", rief Aharon und lief zum Rand des Wassers. „Jahwe hat euch einen Weg gebahnt, auf dem ihr trockenen Fußes durchs Meer ziehen könnt."

Wir zögerten nicht. Eifrig wie staunende Kinder packten wir unsere Sachen, trieben unsere Herden zusammen und nahmen unsere Kinder. Stamm für Stamm zogen wir durch das Meer.

Zusammen mit meinen Brüdern stand ich am Westufer und rief den Frauen ermutigende Worte zu. Gelegentlich schaute ich zurück zur Shekina, die uns noch immer vor der ägyptischen Armee abschirmte. Moshe bemerkte meinen rückwärtsgewandten Blick. „Jahwe lässt eine Verwirrung über sie kommen. Sie sollen bald erfahren, dass der Herr für uns kämpft."

„Wie lange werden sie noch warten?"

Moshe sah hinüber zum Ostufer. „Wenn der Letzte unseres Volkes in Sicherheit ist, wird sich die Wolkenwand heben."

Moshe, Aharon und ich gehörten zu den Letzten, die durch das trockene Meeresbett zogen. Wie es sich für einen Führer gehörte, schritt Moshe würdevoll, aber entschlossen voran. Ich hielt mit ihm Schritt, doch es fiel mir schwer, nicht ständig über die Schulter zurückzusehen, ob die Ägypter bereits durch die Wolke hindurchgeprescht waren.

Als wir endlich am anderen Ufer ankamen, drehte Moshe sich um. Die Wolkenwand am anderen Ufer löste sich langsam in der Luft auf.

Furcht machte sich in mir breit. Oben auf den Hügeln von Pi-Hahiroth konnten wir die mächtigen Streitwagen Ägyptens in der Sonne funkeln sehen. Einen Augenblick lang dachte ich, sie würden sich nicht in Bewegung setzen, denn ganz bestimmt erkannten sie doch jetzt die Macht unseres Gottes an. Aber sie ließen sich nicht durch die Tatsache abhalten, dass wir trockenen Fußes die andere Seite des Meeres erreicht hatten.

Die vordersten Wagen setzten sich in Bewegung. Mit Triumphgeschrei donnerten die Krieger Ägyptens über den Sand an der Stelle, wo wir gelagert hatten, und näherten sich dem Pfad durch das Meer, auf dem wir gerade hindurchgezogen waren. Dort hielten sie an, ihre Pferde wieherten unruhig, während die Hauptleute Befehle riefen und sie in Zehnerreihen formierten, damit sie durch die Lücke in der Wasserwand passten.

Meine Angst wuchs, als ich sah, dass Pharao die blaue Kriegskrone trug. In königlicher Haltung fuhr Seti in einem goldenen, von zwei reinweißen Pferden gezogenen Wagen. Er lenkte seinen Wagen in die erste Reihe, hob den Arm und führte die Wagen ins Meer. Sie kamen immer näher, Reihe um Reihe, 10 Wagen, 20, 30 ...

Ich hielt den Atem an und hörte auf zu zählen, als sich das gegenüberliegende Ufer leerte. Pharao kam näher, so nah, dass ich seine entschlossen hochgezogenen Augenbrauen und den Geier auf seinem Kriegshelm erkennen konnte. Er blickte direkt zu dem Felsen hinüber, auf dem Moshe, Aharon und ich standen, und sein Mund verzog sich verächtlich. Er griff nach seinem Bogen, nahm einen Pfeil, den sein Diener ihm in die Hand legte. Ein kalter Schauer überlief mich, als Pharao den Pfeil gegen das Seil spannte.

Aus den Augenwinkeln heraus sah ich, wie Moshe seinen Stab hob, und diese wortlose Geste gab den Wasserwänden die Erlaubnis, an ihren Platz zurückzukehren. Brüllend stürzten sie zusammen, krachten auf die Ägypter ... und Jahwe vernichtete die gesamte Armee der Ägypter in einem Augenblick. Der Stolz, die Macht und der Pharao Ägyptens ertranken im Meer.

Ich weiß nicht, wie lange wir dastanden und einfach nur schauten. Irgendwie befürchtete ich, der Pharao könnte aus dem Wasser wieder auftauchen, denn seine Zauberer und Priester waren ja nicht gänzlich machtlos gewesen. Doch als wir mehr und mehr tote Ägypter und Pferdeleichen auf dem Wasser treiben sahen, wussten wir, dass Jahwe Mizraim mit starker Hand geschlagen hatte. In diesem Augenblick vertrauten selbst die besonders Skeptischen unserer Leute auf Jahwe und seinen Diener Moshe.

An diesem Abend teilten wir uns zur Anbetung in Gruppen auf – Moshe und Aharon mit den Männern in einem Kreis, die Frauen und ich in einem anderen. Und in seinem noch immer zögernden Hebräisch sang Moshe ein Loblied für den Herrn:

„Mit meinem Lied will ich den Herrn besingen,
der seine große Macht erwiesen
und Ross und Mann ins Meer geworfen hat.
Mit meinem Lied will ich ihn preisen,
ihn, meinen Gott, der mir zu Hilfe kam!
Mein Gott ist er, ich rühme seine Macht.
Ich preise ihn, den schon mein Vater ehrte …"

Während die Männer tanzten, nahm ich ein Tamburin und stimmte ein Lied für die Frauen an. „Lasst uns dem Herrn singen", rief ich meinen Schwestern zu, „denn er hat eine herrliche Tat getan!"

Später, als ich über den Zwischenfall nachdachte, der uns unsere endgültige und unwiderrufliche Rettung aus Mizraim brachte, wurde mir klar, dass an diesem Tag ein Volk geboren worden war. Wie ein Kind aus dem Schoß seiner Mutter kommt, zog eine Ansammlung von Stämmen, Nachfahren von Avraham, durch das Rote Meer und kam als Israel, als ein Volk ohne Land, ohne Verbündete oder König am anderen Ufer an.

Aber wir hatten Jahwe, unseren Gott; wir hatten Moshe, seinen Gesandten; und wir hatten die Zusage, dass wir ein Land unser Eigen würden nennen können. Und das war zumindest für den Augenblick genug.

In der Nacht erholten wir uns von der glücklichen Erschöpfung nach unserer Feier und dann folgten wir der Shekina durch die Wüste Schur. Unterwegs leerten wir unsere Wasserbeutel, und drei Tage später waren wir so ausgedörrt, dass ich mich nur zu gern zusammen mit dem Pharao im Meer ertränkt hätte.

Unsere Stimmung hob sich, als wir in der Ferne eine Oase entdeckten – ein hübscher Ort, von Palmen, Akazien, Wacholder und grünen Büschen gesäumt. Unsere Umschreibung für Oase ist *Naot Midbar* oder „schöner Ort der Wüste" und der Name passte hervorragend auf dieses hübsche Fleckchen Erde. Außer uns vor Freude bei dem Gedanken an Wasser beschleunigten wir unseren Schritt. Als wir jedoch die Quelle erreichten, war das Wasser trüb und ungenießbar. Später würden wir diesen Ort *Mara* nennen, ein Wort, das „bitter" bedeutet, und zu dem Zeitpunkt beschrieb es auch unsere Herzen.

Von Zeit zu Zeit habe ich schon schrecklichen Hunger gehabt, aber in Gosen kannte ich keinen richtigen Durst. Die Sümpfe hatten uns immer frisches Wasser geliefert, so viel wir wollten, und in der Jahreszeit der Überflutung hatten wir eher zu viel Wasser gehabt.

In Mara lernten wir, dass Hunger mit Durst überhaupt nicht zu vergleichen ist. Wenn dem Körper Wasser fehlt, schwillt die Zunge an, das Herz beginnt zu pochen und die Haut wird schlaff.

Als die Leute das bittere Wasser schmeckten, begannen sie zu murren. Wieder jammerten sie, Moshe hätte sie in die Wüste geführt, um zu sterben, und erneut brach mir das Herz. Hatten sie nicht erlebt, was Jahwe tun konnte? Sahen sie nicht das Zeichen seiner Gegenwart in der Wolke über uns?

Aber ein verzweifelt durstiger Mensch wird nicht auf die Vernunft hören ... und auch ein zweifelndes Herz nicht. Da ich ebenfalls von Durst gequält wurde, fing auch ich an, mich zu fragen, warum Gott noch wartete. Bestimmt wusste er doch, dass wir Durst hatten – er hatte gezeigt, dass er alles wusste, dass er sogar das Herz von Königen kannte. Er hatte uns an diesen trockenen Ort geführt, und er musste ja wissen, dass das Wasser hier ungenießbar war. Warum also ließ er uns Durst leiden?

Hatte Moshe irgendetwas falsch gemacht? Hatte er sich von einem der Götter irreführen lassen, die sein heidnischer Schwiegervater anbetete? Hatte irgendein betrügerischer Gott der Ägypter uns in einem böswilligen Racheakt hierhergeführt, damit wir hier starben? Moshe hatte nicht auf mich oder die Ältesten gehört, sondern sich vollkommen auf die Stimme verlassen, die nur er hören konnte. Und wenn diese Stimme ihn nun fehlgeleitet hatte?

Enttäuscht über das Jammern des Volkes rief Moshe zu Jahwe, der ihn zu einem *Shittah*-Baum führte. Moshe warf einen Ast des Baumes ins Wasser, und sofort funkelte das Wasser mit solcher Klarheit, dass wir den blubbernden Mund der Quelle in den Felsen erkennen konnten.

„Trinkt." Verärgert wandte sich Moshe zu den Ältesten um. „Tränkt eure Herden. Und dann hört auf das Wort des Herrn!"

Nachdem wir unseren Durst gestillt hatten, ließ Moshe uns in Gruppen zusammensitzen, während er auf einen Felsen stieg. „Achtet genau auf das, was euer Gott euch sagt", dröhnte seine Stimme über die Oase hinweg, „und handelt danach! Befolgt alle seine Anordnungen und Gebote. Dann werde ich euch vor allem Übel bewahren."

Ich schloss die Augen und ließ die Worte Jahwes die bitteren Zweifel heilen, die sich in meiner Seele eingeschlichen hatten, bevor der Ast das Wasser trinkbar gemacht hatte.

Geführt von der sichtbaren Gegenwart Jahwes zogen wir weiter. Wir lagerten im schönen Elim, einer mit Palmen gesäumten Oase mit 12 Wasserquellen (es war beinahe, als hätte Jahwe uns nach unserem Klagen mit Überfluss gesegnet), dann zogen wir in die Wüste Sin zwischen Elim und dem Berg Gottes in Sinai.

Dort ging uns das Brot aus. Wir hatten Krüge mit Korn und Öl mitgenommen, als wir Mizraim verlassen hatten, und da wir wussten, dass diese Behälter irgendwann leer sein würden, hatten wir vermutlich auf einen direkten Weg in das Land gehofft, das Gott uns versprochen hatte. Fleisch hatten wir im Überfluss, aber wir hatten bereits eine Reihe von Tieren geschlachtet, zum Essen und weil wir Felle für unsere Zelte brauchten. Mehr wagten wir nicht zu schlachten, weil wir eine gewisse Anzahl an Vieh zum Melken, für die Zucht und zum Tauschen brauchten.

Die murrenden Stämme schickten Vertreter zu Moshe und Aharon, die vor unserem Zelt standen und sich ihre Klagen anhörten: „Wären wir doch lieber in Mizraim durch die Hand Jahwes gestorben“, murrte ein Mann aus dem Stamme Manasse. „Wenigstens saßen wir da bei den Fleischtöpfen und aßen Brot, bis wir satt waren! Aber du hast uns in diese Wüste geführt, um das ganze Volk an Hunger sterben zu lassen!“

Einer nach dem anderen beklagte sich, einige beschwerten sich über den Mangel an Fleisch, einige über den Mangel an Brot, andere über den Mangel an Kräutern und Gewürzen. Schließlich hob Moshe die Hand und zog sich zurück, um mit Jahwe zu sprechen. Die Versammlung wartete schweigend eine ganze Stunde lang; dann kehrte Moshe zurück. Da er unsere Sprache noch immer nicht beherrschte, bat er Aharon, die Worte Jahwes zu übersetzen.

„Gott wird uns Brot vom Himmel regnen lassen“, sagte Moshe uns durch Aharon. „Ihr sollt hinausgehen und täglich sammeln, was ihr für den Tag braucht, aber am sechsten Tag sollt ihr eine doppelte Portion aufsammeln. Er wird euch heute Abend Fleisch schicken und am Morgen Brot, damit ihr euch satt essen könnt. Dann werdet ihr die Herrlichkeit Jahwes sehen, der auf euer Murren hört.“ Er konnte sich einen persönlichen Vorwurf nicht verkneifen. „Und was sind wir, dass ihr gegen uns murrt? Ihr murrt gegen den Herrn."

Während Aharon sprach, konnten wir die Shekina-Wolke über der Wüste sehen und die Ehrfurcht gebietende Gegenwart des Herrn darin.

Bei Sonnenuntergang geschah das Wunder, das Moshe vorhergesagt hatte. Ohne Vorwarnung kam ein riesiger Schwarm Wachteln von Norden herangeflogen und verdunkelte den Himmel. Wie eine dicke Decke ließen sie sich auf dem Boden nieder, eine Freude für jeden, der nach Fleisch gehungert hatte. In einem Lehmmantel in Kohlen gelegt konnte man sie wundervoll braten.

Doch wir hatten noch nicht das Ende der Vorsehung Gottes erlebt. Am folgenden Morgen bei Tagesanbruch lag dicker Tau über dem Lager. Als die Feuchtigkeit verdunstet war, schimmerte etwas in der Wüste, das klein und rund war wie Reif auf dem Land. Neugierig gingen wir hinaus und alle fragten: „Was ist das?" Die Frage wird in unserer Sprache *Mahn hu* ausgesprochen und so wurde die weiße Substanz Manna genannt.

Durch Aharon sagte uns Moshe: „Dies ist das Brot, mit dem der Herr euch am Leben erhalten wird. Sammelt davon so viel, wie jeder braucht, pro Kopf einen Krug voll."

Und das taten wir. Wir sammelten es nach unserem Appetit vom Sand auf, und jeden Morgen gab Jahwe uns genau so viel, wie wir brauchten. Das Manna, das wir nicht auflasen, schmolz in der Wüstensonne, und Moshe ermahnte uns, das Brot nicht aufzubewahren. Einige von uns probierten es trotzdem aus und erkannten den Grund dafür – selbst geschützt in einem verschlossenen Topf begann das einen Tag alte Manna zu stinken und von Würmern zu wimmeln. Doch am sechsten Tag, wenn wir dem Gebot des Herrn folgten und eine doppelte Portion auflasen, blieb das Manna frisch.

„Der siebte Tag", erklärte Moshe uns, „ist ein Sabbat für Jahwe und ihr sollt an diesem Tag nicht arbeiten. Vergesst, wie ihr in Ägypten habt schuften müssen – jetzt werdet ihr am siebten Tag ausruhen, denn er ist dem Herrn heilig."

Femi und ich experimentierten ein wenig mit dem Manna herum und stellten fest, dass wir es backen, kochen oder roh essen konnten. Es war fast reinweiß, sah aus wie Koriandersamen und schmeckte wie ein lockeres Brot mit Honig.

Jahwe trug Moshe auf, Aharon solle einen Krug nehmen, einen Scheffel Manna hineintun und es aufbewahren, als Zeichen für zukünftige Generationen, wie Gott uns in der Wüste versorgt hatte. Dieser Auftrag tröstete mich, denn er gab mir die Gewissheit, dass unser Volk überleben würde.

Denn es gab Gelegenheiten, bei denen ich mich fragte, ob es überhaupt eine Zukunft für unser Volk gab.

Aus der Wüste Sin führte uns die Wolke Gottes zu einem Ort mit Namen Refidim, einer öden Stelle weit weg von jeder Oase. Die Berge waren hier höher und hatten spitze, zerklüftete Gipfel. Nach dem Wunder in Mara und dem Überfluss von Elim konnte ich kaum glauben, dass Jahwe uns durch eine weitere Wüste führen wollte. Hatten wir die Lektion mit dem Wasser nicht gelernt?

Offensichtlich nicht. Während ich in den Felsen nach verborgenen Wasserbächen und Flüssen suchte, schickten die Stämme Vertreter zu Moshe und Aharon. Als ich wieder ins Lager kam, hatten sich ihre Klagen zu einem handfesten Streit ausgeweitet.

Moshe floh vor der zornigen Menge in die Berge, und als ich ihm nachging, um ihm eine Frage zu stellen, hörte ich seine leidenschaftliche Debatte mit Jahwe. „Was soll ich mit diesem Volk tun?", rief er. Offensichtlich war es ihm egal, wer ihn hörte. „Es fehlt nicht viel und sie werden mich steinigen!"

Ich schwieg, wollte ihn nicht stören. Jahwe hatte anscheinend gesprochen, denn kurz darauf kam Moshe von den Felsen herunter. Er berührte im Vorbeigehen meine Schulter. „Komm, Miryam, wir wollen den Zweiflern zeigen, wie Jahwe erneut für sie sorgt."

Moshe stellte sich an eine Stelle, wo das aufgebrachte Volk ihn sehen konnte, hob seinen Hirtenstab und schlug damit an den roten Wüstenfelsen. Der Stein spaltete sich und Wasser lief heraus, floss über die Kante, spritzte auf die darunterliegenden Felsen und sammelte sich in einem kleinen Teich. Das Volk schrie verblüfft und erleichtert auf, dann rannten alle los, um ihre Wasserbeutel zu holen. Später würden sie ihre Herden herbringen und der Friede war wiederhergestellt.

Ich ging zu meinem Zelt. In dieser Nacht schlief ich den Schlaf eines Kindes, aber vielleicht hätte ich aufmerksamer sein sollen, denn am Horizont lauerten weitere Probleme, und meine Brüder hatten ihre Ankunft vor mir geheim gehalten.

Wir waren gewarnt worden, so gestand Moshe später ein, der König mit Namen Amalek wolle nicht, dass wir durch sein Gebiet zögen. Lange bevor wir uns Refidim näherten, hatte er uns Boten gesandt, die uns warnten, aber Moshe deutete nur auf die Shekina über uns. „Wir gehen, wie Jahwe uns führt", hatte Moshe Amaleks Männern erwidert. „Auch wenn er uns durch das Land Amaleks führt."

„Amalek kennt Jahwe nicht", gaben die Boten zurück.

Darauf sagte Moshe nur: „Er wird ihn kennenlernen."

An unserem zweiten Tag in Refidim stand die Sonne heiß und blutrot am Himmel. Ich war etwa eine Stunde wach, als die Wächter angelaufen kamen und Moshe und Aharon aufweckten. Einer von ihnen, ein junger Bursche, dessen Hände eher gewohnt waren, Ziegel zu formen, als ein Schwert zu führen, verneigte sich zitternd vor meinem Bruder. „Die Krieger von König Amalek haben sich in der Ebene versammelt."

Seine Stimme zitterte. „Sie sind mit Schwertern, Schildern und Speeren bewaffnet!“

Ich hörte hinter dem Zeltvorhang, wie Aharon seine Worte übersetzte. Entsetzt drückte ich die Hand an die Brust. Was sollten wir jetzt tun? Jahwe wusste, dass wir keine Krieger waren. Er kannte unsere Schwachheit und unsere Unerfahrenheit im Umgang mit Waffen. Und ich hatte von der Grausamkeit dieser Wüstenstämme gehört; sie schlugen ihren Feinden die Köpfe und Hände ab. Das war eine Art Wettkampf für sie. Zweifellos hatten sie Angst, unsere Leute und unser Vieh würden ihnen das Wasser und das Weideland streitig machen. Solche Ängste waren durchaus berechtigt. Eine so große Menschenmenge wie unsere konnte nicht durch ein Gebiet ziehen, ohne Spuren zu hinterlassen.

Ein anderer Wächter, ein junger Mann, den ich kannte, verneigte sich vor Moshe. Ich suchte nach seinem Namen, aber mir fiel nur der Name seines Vaters ein – Nun, vom Stamme Ephraim. Ich lächelte, als mir endlich der Name einfiel – Hoshe'a, was „Hilfe“ bedeutet. Im Gegensatz zu dem ersten Burschen zitterte der ganz passend benannte Hoshe'a nicht. „Sag mir, Moshe, was sollen wir tun? Ich werde die Männer dazu bringen, deinen Anweisungen zu folgen.“

Ich kam hinter dem Vorhang hervor und schimpfte mit ihm. „Hoshe'a, du bist noch so jung. Und was weißt du, ein Ziegelmacher, vom Krieg? Überlass diese Sache Moshe!“ Ich sah meinen Bruder an und war sicher, er würde Jahwe bitten, den Feind mit Feuer oder Wasser oder einem starken Sturm zu schlagen, aber seine Reaktion erstaunte mich.

Er wandte sich zu Hoshe'a um und nickte ihm zu. Durch Aharon sagte er: „Geh und such uns fähige Männer aus! Morgen werde ich mich da oben auf den Berg stellen, den Stab Gottes in meiner Hand. Dann wirst du mit deinen Männern gegen diesen Amalek kämpfen.“

Ohne zu zögern, wandte sich der neu ernannte Kommandeur um und verließ das Zelt, um die Anweisungen meines Bruders zu befolgen.

Ich starrte Moshe und Aharon an und war nicht sicher, ob ich richtig verstanden hatte. Warum sollte der Gott, der so viele Zeichen und Wunder getan hatte, jetzt von uns erwarten, dass wir körperliche Gewalt anwendeten? Warum sollten sich unsere jungen Männer einer Armee aus ausgebildeten Kriegern stellen, die die Absicht hatten, ihr Heimatland zu verteidigen? Und auch wenn Moshe in der Kunst der Kriegsführung ausgebildet war, er war kein junger ägyptischer Prinz mehr.

Femi kam in das Zelt und wollte die Mittagsmahlzeit aus Manna und Ziegenkäse servieren. Ich schimpfte mit Moshe. „Bruder, was tust du da? Du wirst unsere alten Männer und Frauen vor Trauer ins Grab bringen! Warum bittest du nicht Jahwe, Feuer oder Hagel zu senden und diesen Feind zu vernichten? Warum müssen wir unser Leben riskieren?"

Moshe dankte Femi mit einem leichten Nicken, dann nahm er einen Bissen von dem gekochten Manna. Einen Augenblick lang kaute er nachdenklich, dann schluckte er und sah mich an. „Jahwe wirkt nicht immer in Wundern. Und er weiß, wir werden das Land Kanaan niemals einnehmen, wenn wir uns nicht wehren können. Darum werden wir uns diesem Feind morgen mit Entschlossenheit und Jahwes Hilfe stellen. Und wir werden aus der Erfahrung lernen."

Wie üblich konnte ich diesen Worten nichts entgegensetzen, obwohl mir der Gedanke, junge Männer in die Schlacht zu schicken, überhaupt nicht behagte. Jahwe zu gestatten, uns aus Mizraim zu befreien, war eine Sache der Geduld gewesen; ihm zu vertrauen, dass er uns errettete, während Bronze blitzte und Blut floss, würde viel schwieriger werden.

Am folgenden Morgen beobachteten Femi und ich schweigend, wie Moshe, Aharon und Hur, ein Ältester vom Stamm Juda, auf ein Felsplateau kletterten, von dem aus man die

Ebene überblicken konnte, in der wir unser Lager aufgeschlagen und die Amalekiter sich gesammelt hatten. Hoshe'a machte sich mit seinen Männern auf den Weg, eine ungefährliche Armee von abgearbeiteten Ziegelmachern und heranwachsenden Jungen, die bewaffnet waren mit Speeren zum Fischen und Bronzeschwertern, die sie aus Ägypten mitgenommen hatten. Ein paar der jüngeren Burschen hatten nur Feuersteinmesser zu ihrer Verteidigung, die sie in der Nacht geschärft und mit einem Holzgriff versehen hatten.

Zwei Armeen standen sich in den Strahlen der aufgehenden Sonne gegenüber. Von meinem Aussichtsplatz in den Felsen aus sah ich, wie Moshe die Arme hob, und unsere Männer stürmten vor zum Angriff. Die Amalekiter reagierten, und die Männer trafen mit dem rücksichtslosen Zorn aufeinander, der dem Kampf vorbehalten ist.

Ich glaube nicht, dass eine Frau den Kampf zwischen verzweifelten Kriegern angemessen beschreiben kann. Noch nie hatte ich eine bewaffnete Auseinandersetzung wie diese erlebt und der Anblick verursachte mir Übelkeit. Den ganzen Morgen ging es so. Aber unsere Krieger rückten stetig vor ... bis Moshes erhobene Arme zu sinken begannen. In dem Augenblick, da Moshes Hände sanken, gewannen die Amalekiter an Boden, und unsere Männer waren unterlegen. Dann sammelte Moshe wieder alle Kraft und hob seine Arme erneut und die Armee Israels hatte die Oberhand.

Im Laufe des Tages wurde die Schlacht immer heftiger und Moshes Arme wurden müde. Ich hatte Angst, er könnte zusammenbrechen, aber Aharon und Hur schufen Abhilfe. Sie rollten einen Stein herbei, auf den sich der schwitzende Moshe setzen konnte. Nachdem er sich hingesetzt hatte, stützten sie seine Arme, ein Mann zu seiner Linken, der andere zu seiner Rechten. So blieben Moshes Arme bis zum Sonnenuntergang erhoben und die Amalekiter ergriffen schließlich die Flucht.

Am folgenden Morgen ging Moshe hinaus zum blutigen Schlachtfeld. Während unser Volk die Leichen der Gefallenen begrub, baute mein Bruder einen Altar und nannte ihn „Jahwe, mein Feldzeichen".

„Weil die Amalekiter es gewagt haben, ihre Hand gegen den Thron des Herrn zu erheben", sagte er zu uns, „wird der Herr Generation um Generation im Krieg mit Amalek sein."

Es blieb noch eine Sache zu tun. Er rief Hoshe'a an seine Seite und verkündete, der Sohn Nuns würde von nun an Yehoshua heißen, was „Jahwe ist Hilfe" bedeutete.

In dieser Nacht feierten und tanzten wir, die Männer in einem Kreis, die Frauen in einem anderen. Später, als wir uns schlafen legten, hörte ich, wie Moshe vor dem Zelt mit Femi sprach. Die nubische Frau, die in Gosen zu uns gestoßen war, hatte einen Mann gefunden und war anderswo hingezogen, aber die Kuschitin blieb bei uns. Sie schlief mit mir hinter einem Vorhang in unserer Unterkunft aus Ziegenfell. Obwohl sie nur selten sprach, da sie unsere Sprache noch immer nicht gut beherrschte, beobachtete sie alles sehr genau, und häufig ärgerte sie mich mit ihrer ständigen Anwesenheit. Halb rechnete ich damit – vielleicht hoffte ich es auch –, dass sie davonlaufen würde, um nach Kusch und zu ihrem Volk zurückzukehren.

„Femi." Mein Gruß ließ sie zusammenzucken. „Moshe ist müde. Lass ihn schlafen!"

Vielleicht hatte sie meine Worte nicht verstanden, aber mein Tonfall ließ keinen Zweifel an ihrer Bedeutung. Sie senkte den Kopf und schlich davon wie ein gescholtener Hund.

Moshe blickte mich vorwurfsvoll an. „Du bist zu hart, Miryam." Er trat beiseite, damit ich das Zelt betreten konnte. „Sie ist hier allein. Fällt es dir wirklich so schwer, ihr ein wenig Freundlichkeit entgegenzubringen, meiner ägyptischen Mutter zu Ehren?"

„Deine Mutter war Yokheved, die Frau von Amram." Ich funkelte ihn an. „Und Femi ist alles andere als allein. Da du die Wüstenbewohner ja so attraktiv findest, warum suchst du ihr nicht unter ihnen einen Mann?"

Er antwortete nicht, aber in seinen Augen entdeckte ich Verblüffung, Enttäuschung und eine tiefe Kränkung, von der ich gar nicht gedacht hatte, dass er sie empfinden könnte.

Fast zwei Monate nachdem wir Ägypten verlassen hatten, berichteten die Wächter von einer herannahenden Karawane – eine Gruppe aus dem Gebiet hinter dem Sinai, aus Midian.

Strahlend vor Freude, wie ich es bei ihm noch nie erlebt hatte, entließ Moshe die Ältesten, mit denen er zusammengesessen hatte, und ging zum Rand des Lagers, um die Reisegruppe persönlich willkommen zu heißen. Der alte Mann an der Spitze des Zuges stieg so flink ab, als wäre er auf dem Rücken eines Pferdes geboren worden. Er warf die Arme um Moshe.

„Reguel!" Moshe küsste den Mann auf beide Wangen. „Wie habe ich deinen klugen Rat vermisst!"

Ich stand schweigend in einer Gruppe Zuschauer, als Moshes Söhne Gerschom und Elieser näher traten. Beide waren groß, stark und gut aussehend und auch sie umarmten ihren Vater und Aharon.

Schließlich rutschte die Frau von ihrem Sattel und verneigte sich tief vor Moshe. Er ging auf sie zu, nahm ihre Hand und richtete sie auf. „Zippora." Seine Stimme war herzlich und liebevoll. „Wie schön, dich zu sehen."

Ihr Blick glitt über sein Gesicht und zweifellos suchte sie nach Veränderungen in ihm. „Leben und gute Gesundheit wünsche ich dir, Ehemann."

Was sah sie, wenn sie ihn jetzt anblickte? Mein Blick wanderte von ihrem Gesicht zu dem meines Bruders, und ich versuchte, sein jetziges Aussehen mit dem Gesicht zu vergleichen, das er bei unserer Begegnung am Sinai zehn Monate zuvor gehabt hatte. Er hatte sich verändert – sein Gesicht strahlte eine neue Zuversicht aus und mehr Falten waren um seinen Mund und seine Augen aufgetaucht. Sein langer Bart war von grauen Strähnen durchzogen und in entspanntem Zustand zeigte seine Haut weiße Linien in den Zwischenräumen der Falten, die nur selten die Sonne sahen.

„Zippora." Lächelnd wiederholte er ihren Namen wie ein verliebter Halbwüchsiger. Dann hob er die Hand, und mit Erschrecken bemerkte ich, dass er auf mich deutete. „Du erinnerst dich sicher an Miryam. Geh mit ihr und lass dich in unserem Zelt angemessen begrüßen. Ich komme bald nach."

Während Moshe sich entfernte, um seine Söhne und seinen Schwiegervater unterzubringen, stand ich der Frau gegenüber, die ich seit unserer ersten Begegnung instinktiv ablehnte. Sie sah mich mit klaren und kühlen Augen an, dann zog sie die Augenbrauen in die Höhe und wartete darauf, dass ich etwas tat.

„Komm." Meine Stimme klang selbst in meinen Ohren kühl. „Unser Zelt steht dort drüben."

Ich führte sie durch das Lager, vorbei an Dutzenden von Augenpaaren, die wissen wollten, warum Moshes Schwester die Rolle einer Dienerin für eine heidnische Midianiterin spielte. Endlich erreichten wir unser Zelt – *ihr* Zelt, wie mir auf einmal klar wurde. Ihres und Moshes. Solange sie blieb, würde sie das Sagen haben, denn Moshes Frau hatte mehr Autorität als Moshes Schwester.

Sie bückte sich, um in das Zelt einzutreten, ich blieb jedoch zurück. Ich wusste, eigentlich sollte ich ihr folgen, ihr einen Becher Wasser und Brot und Käse anbieten, aber ich brachte es einfach nicht über mich. Femi wartete im Innern des Zeltes; ich würde es ihr überlassen, Gastfreundschaft zu üben.

Getrieben von einem starken Gefühl, das ich nicht benennen konnte, wandte ich mich um und lief durch das Lager. Ich stieg in das felsige Vorgebirge und blieb schließlich in einer Nische von rotem Felsen stehen.

Dort, vollkommen allein, barg ich den Kopf in meinen Händen und ließ die Tränen fließen, die in meinen Augen brannten. Ich weinte um den Mann und das Kind, die ich verloren hatte, um die Gelegenheiten, die ich nie gehabt hatte, um den Mangel an Kindern und Enkelkindern, die mich in meinem Alter trösten könnten. Der einzige Schatz, den ich besaß – ein gewisses Maß an Respekt als Prophetin und Moshes Schwester –, würde verblassen, wenn jetzt die midianitische Frau meinen Platz an Moshes Seite einnahm.

Unser Zelt würde zu voll werden, aber ich konnte nicht in eine eigene Unterkunft ziehen. Eine anständige Frau lebte unter dem Schutz eines nahen männlichen Verwandten und Moshe und ich hatten uns aneinander gewöhnt. Obwohl ich sicher war, dass Aharon und Elischeba mich gern aufnehmen würden, wollte ich die Beziehung zu meiner Schwägerin nicht aufs Spiel setzen. Wir waren viel zu lange gleichberechtigt gewesen; ich wollte keine Untergebene in ihrem Haushalt werden.

Nein, ich konnte nicht aus Moshes Zelt ausziehen. Ich würde die Zähne zusammenbeißen und die Anwesenheit einer weiteren heidnischen Frau in meiner Unterkunft dulden müssen ... und beten, dass keine weiteren Geister aus Moshes Vergangenheit sich erheben und mich quälen würden.

Mit tränennassen Augen betrachtete ich die roten Felsen in der Ferne. „Warum, Jahwe, verachtest du mich so? Warum hast du in meinem Leben keine Wunder getan?"

Jahwe sprach nicht mit mir, wie er mit Moshe sprach – ich hörte keine Stimme, die mir antwortete, weder im Wind noch in meinem Herzen.

ZIPPORA

Mein Mann hatte sich in den Monaten unserer Trennung verändert, aber mir gefielen die Veränderungen, die ich bei ihm bemerkte. Mose wirkte stärker und schien sich seiner selbst vollkommen sicher zu sein. Die Melancholie, die ihn in Midian umgeben hatte, war einer Aura des Verantwortungsbewusstseins gewichen.

Im Lager meines Vaters hatte sich Mose immer sehr distanziert gegeben, aber in diesem Volk war er Vater, Priester und älterer Staatsmann. Als wir ankamen, schienen die Menschen ihn als eine Art König zu sehen, das war zumindest mein Eindruck, denn er bestimmte ihre Route, schlichtete ihre Streitereien und trat wie der Pharao für sie bei ihrem Gott ein. Aber kein Volk hat seinen König je mit der Geringschätzung behandelt, die sie Mose entgegenbrachten. Oh, wie diese Kinder Israels murrten!

Einmal saßen wir im Schatten von Moses Unterkunft. Ein Brüderpaar kam zu ihm und beklagte sich, weil der Jüngere die besseren Ziegenfelle für sein Zelt genommen hatte. Ein Mann beschwerte sich, weil seine Frau das Manna anscheinend nicht so gut einteilen konnte wie die Frau seines Nachbarn. Eine Frau jammerte, sie und ihr Mann hätten keine Ruhe im Lager, denn Ziegenfelle seien nicht so dick wie Lehmziegel und ihre Nachbarn würden jede eheliche Auseinandersetzung mitbekommen.

Als pflichtbewusste Ehefrau hielt ich mich im Hintergrund und erfreute mich daran, meinen Mann zu beobachten. Als pflichtbewusste Mutter machte ich mir Sorgen, als ich merkte, wie meine Söhne ihren Vater beobachteten. Gerschom und Elieser schienen stolz auf Mose und seine neue Rolle zu sein, aber auch sie fanden es ungewohnt, ihn in dieser Position zu erleben. Sie waren aufgewachsen mit einem unnahbaren, stillen Vater, der die Einsamkeit der Wüstenwildnis liebte; dieser jetzige Vater lebte inmitten eines lärmenden Haufens und schien zumindest an diesem ersten Tag diesem lärmenden Haufen mehr zugetan zu sein als seinem eigenen Fleisch und Blut.

Mein Vater verstand Moses Veränderung vermutlich am besten. Als Priester von Midian, der die Menschen aufrichtig liebte, hatte es ihm immer Freude gemacht, den Problemen der Leute zuzuhören und ihnen Ratschläge zu geben. Einige Stunden nach unserer Ankunft im Lager setzte er sich zu Mose und hörte sich die ärgerlichen Fragen an, mit denen die Kinder Israels Mose bestürmten.

Doch in den Stunden vor dem Sonnenuntergang, als die Männer sich in ihre Zelte zurückzogen und wir Frauen das Abendessen vorbereiteten, wanderten Moses Gedanken von den anstehenden Problemen seines Volkes zu den Wundern, die Jahwe in Ägypten getan hatte.

Mit leiser Stimme voll Staunen und Ehrfurcht sprach Mose von dem Fluss von Blut, den Fröschen, den Stechmücken, dem Ungeziefer, der Viehpest, den Geschwüren, dem Hagel- und Feuersturm, den Heuschrecken und der dichten, greifbaren Dunkelheit. Mit tränenerstickter Stimme erzählte er von der Nacht, als Jahwe an den Kindern Israels vorbeigegangen war, um die Erstgeborenen aller Ägypter zu schlagen ... und mein Herz zog sich zusammen, als ich mich daran erinnerte, wie meine eigensinnige Weigerung, meinen erstgeborenen Sohn zu beschneiden, meinen Mann beinahe das Leben gekostet hätte.

Ich riss meine Gedanken von der Unterhaltung der Männer los. Miriam saß in der Nähe des Vorhangs und knetete mit einer Hand Manna in einer Schüssel. Sie gab sich große Mühe, den Blickkontakt zu mir und der anderen Frau zu meiden. Ich erinnerte mich daran, wie sie mich behandelt hatte, als wir uns vor Monaten begegnet waren. Mich erstaunte es nicht, dass sie mich jetzt nicht willkommen hieß. Allerdings nahm ich mit Verblüffung zur Kenntnis, dass sie auch der anderen Frau, die in ihrem Zelt lebte, keinerlei Wärme entgegenbrachte.

Als Miriam kurz nach meiner Ankunft so plötzlich verschwunden war, hatte ich Moses Zelt betreten und die junge Frau an einem kleinen Webrahmen vorgefunden. Sie erhob sich und verneigte sich, während ich darauf wartete, dass sich meine Augen an das Dunkel gewöhnten. Sie lächelte, als ich beinahe gegen eine Stützstange lief.

„Nicht dass dieses Zelt so dunkel ist“, erklärte ich und blinzelte, „aber die Sonne draußen ist so hell.“

Die Frau lachte. Sie war schlank und dunkel und erinnerte mich an eine grazile Terebinthe. Ich denke, sie freute sich, dass ich Akkadisch sprach – Miriam beherrschte diese Sprache natürlich auch, aber offensichtlich redete sie nicht sehr oft mit Femi. Die kuschitische Frau stellte sich vor und bot mir einen Platz an.

Ich fand ihre Gesellschaft angenehm und interessant. Mit leiser, melodischer Stimme erzählte die junge Frau, ihre Vorfahrin hätte Moses königlicher Mutter im Palast gedient. Dieses Geständnis weckte Sympathie bei mir.

„Mose hat viel von seiner Mutter gesprochen.“ Ich tätschelte ihr die Hand. „Und er hat gern von seinem Leben im Palast erzählt. Für dich ist die Wüste sicher ein seltsamer Ort.“

Femis Augen glühten. „Seltsam, aber wundervoll. Sie ist so weit! Und so leer.“

Ich lachte leise. „Sie ist nur leer, wenn du oberflächlich hinsiehst. Irgendwann wirst du das verborgene Leben unter den Felsen, am Himmel und unter dem Sand entdecken. Die Wildnis ist wie eine Person – je mehr Zeit man mit ihr verbringt, desto besser lernt man sie kennen und schätzen.“

Bei diesen Worten lächelte Femi, und sie lächelte noch immer, als wir an diesem Nachmittag die Männer bedienten. Wir drei Frauen zogen uns danach zurück, um aus einer großen Schüssel gekochtes Manna zu essen, gewürzt mit Kräutern, die wir aus Midian mitgebracht hatten. Nie hatte ich etwas Einzigartigeres gegessen. Das weiche Brot vom Himmel schien den Geschmack aller Nahrungsmittel aufzunehmen, mit denen es in Berührung kam.

Ich öffnete den Mund und wollte etwas zu Femi sagen, aber sie schüttelte den Kopf und blickte bedeutungsvoll zu Miriam hinüber. Ich blickte meine Schwägerin an, dann verstand ich – ihr eisiges Schweigen machte ein angenehmes Gespräch unmöglich. Ich vertraute Femis Intuition, und wortlos kamen wir überein, während des Essens zu schweigen.

Auf der anderen Seite des gewebten Vorhangs erzählte Mose meinem Vater, wie die Kinder Israels den Wagen des Pharaos entkommen waren. Als er beschrieb, wie die Wellen über den Kriegern des Schwarzen Landes zusammengeschlagen waren, sprang mein Vater in unbändiger Freude auf.

„Gesegnet sei Jahwe", rief er und hob die Hände, „der dich aus dem Land Ägypten und aus der Hand des Pharaos errettet hat. Weil er dich vor den stolzen und grausamen Ägyptern gerettet hat, weiß ich, Jahwe ist größer als alle anderen Götter."

Ohne auf Mose zu warten, eilte mein Vater nach draußen. Er rief Gerschom und Elieser, die ihm helfen sollten, einen Altar zu bauen, dann opferte er eines unserer Lämmer zum Lob Jahwes. Als er das zerteilte Fleisch auf die unbehauenen Steine legte, kamen Mose, Aaron und die Ältesten Israels aus ihren Zelten. Die Wolkensäule, die den ganzen Tag über dem Lager geschwebt hatte, zog zu den versammelten Männern hinüber. Schließlich veränderte sie sich und wurde eine Feuersäule, als die Sonne hinter den roten Felsen versank.

Während sich der metallische Geruch des Blutes mit den Dankgebeten meines Vaters und der Ältesten Israels vermischte, nahmen Aaron und Mose Stücke des Opferlammes und brachten es zu mir. Ich bereitete es zu und briet es über dem Feuer; dann bedienten Femi und ich die Männer, als sie gemeinsam ein Opfermahl in Jahwes feuriger Gegenwart verzehrten.

Später am Abend, als mein Vater das Zelt betreten wollte, das er und meine Söhne neben Moses Zelt errichtet hatten, trat ich zu ihm und fragte: „Hast du nun alle anderen Götter außer Jahwe aufgegeben?"

Mein Vater lachte leise. „Ein Mann wäre ein Dummkopf, kleiner Vogel, wenn er einen anderen Gott anbeten würde als den höchsten. Ja, von nun an werde ich allein Jahwe anbeten, und ich werde im Land Midian von seiner Macht erzählen, damit andere nicht dasselbe Leid erleben wie das Schwarze Land."

Ich tätschelte seine Schulter, wünschte ihm eine gute Nacht und kroch in das Zelt meines Mannes. Dabei hatte ich das Gefühl, als hätte ich einen scharfen, kalten Gegenstand verschluckt, der nun gegen meine Brust drückte. In dieser Nacht würde ich neben einem Mann schlafen, den ich fast ein Jahr lang nicht mehr gesehen hatte. Wir beide hatten uns in den Monaten der Trennung verändert, aber ich hatte ihn den Tag über beobachtet, ihm zugehört und mehr über ihn erfahren.

Er dagegen hatte mir keinen einzigen Augenblick gewidmet.

Ich hatte seine Geschichten gehört, aber er hatte sich nicht für meine interessiert ... und ich fürchtete, er würde es nicht verstehen. Denn die Hebammen eines benachbarten Stammes hatten mir versichert, die Wölbung meines Leibes sei weder ein Baby noch ein Hinweis auf übermäßige Gefräßigkeit, sondern ein bösartiges Geschwür. Unzählige Opfer an die Götter meines Vaters hatten die Wölbung nicht zurückgehen lassen, auch Athirat hatte meine Gebete nicht erhört. Um Heilung konnte ich mich nur an Jahwe wenden ... aber würde er die Gebete einer Zweiflerin wie mir erhören?

Gebückt trat ich in das Zelt ein und ignorierte die Dunkelheit auf der Frauenseite. Ohne hinzusehen, wusste ich, dass Miriam und Femi in der mit Vorhängen abgetrennten Kammer lagen. Beide würden diskret ignorieren, dass ich zu meinem Mann ging.

Mose lag bereits auf seinem Lammfell. Ich ging zu ihm, legte mich neben ihn und spürte den tröstenden Druck seines Armes, den er über meine Taille legte. Aber wir sprachen nicht miteinander, auch küssten wir uns nicht und nach wenigen Augenblicken hörte ich das tiefe und gleichmäßige Geräusch seines Atems.

In den letzten Monaten waren wir weit gekommen; jeder von uns folgte seinem eigenen Weg, und wir wussten nicht, wie wir einen gemeinsamen Grund finden sollten.

Die Midianiter blieben mehrere Wochen in unserem Lager. Ich duldete ihre Anwesenheit, so gut es ging, mied die Frau und ging dem Priester aus dem Weg.

Mein Herz tat vor Erleichterung einen Sprung, als Moshes Schwiegervater schließlich verkündete, er wolle wieder aufbrechen. Er zog mit seinen Pferden, seinen Zelten und einem neuen Namen weiter – Jethro, was „Vortrefflichkeit" bedeutet. Er war nicht mehr ein *Freund der Götter*, sondern ein *vortrefflicher Priester*, das verkündete Moshe zumindest. Der Heide hatte das erste Opfer für Jahwe seit unserem Auszug aus Ägypten gebracht, sagte Moshe, darum würde sein Name für immer unter uns geehrt werden.

Bevor er seine Tiere bepackte und losritt, beging der midianitische Priester noch eine Untat. Moshe hatte die Sitte eingeführt, dass die Leute mit ihren Problemen und Nöten zu ihm kommen konnten. Die Schlange derer, die seinen weisen Rat suchten, erstreckte sich in der Regel um unser Lager herum, wenn die Sonne ihren Zenit erreichte. Am Ende des Tages war mein Bruder erschöpft, aber auch die Leute, die darauf warteten, von ihm gehört zu werden – und von mir, denn ich hatte es mir zur Aufgabe gemacht, die Schlange zu überwachen und die dringendsten Anliegen zuerst vor Moshe zu bringen. Das System war anstrengend, aber immerhin war Moshe der Mann, den Gott erwählt hatte, uns zu führen.

Am Abend vor Jethros Abreise gab er Moshe eine ganze Wagenladung ungewollter und unwillkommener Ratschläge mit. „Diese Sache mit dem Anhören der Anliegen des Volkes ist nicht gut", sagte er beim Abendessen zu Moshe. „Du wirst dich auslaugen und diese Menschen auch. Diese Aufgabe ist zu schwer für einen Mann; du kannst es nicht allein schaffen. Darum höre auf das, was ich dir sagen will."

Ich hielt vor dem Zelt inne, eine Schale mit getrockneten Kräutern im Arm. Was wusste dieser Heide schon von Organisation? Einige unserer Männer waren Aufseher in der Arbeitsmannschaft des Pharaos gewesen und Moshe hatte immerhin als Prinz des zivilisiertesten Königreichs der Erde gelebt.

Aber Moshe schnitt ihm nicht das Wort ab und Jethro fuhr fort: „Du, Mose, musst zwischen Gott und dem Volk stehen. Du regelst die Angelegenheiten, die Gott betreffen, und gibst Jahwes Gesetze und Anweisungen weiter. Zeig diesen Menschen den Weg, den sie gehen sollen, und die Dinge, die sie tun sollen. Was die anderen Angelegenheiten betrifft, so wähle einige gute Männer aus, die Gott fürchten, Männer, die keinen persönlichen Gewinn suchen. Setze diese Männer über das Volk als Oberste über tausend, über hundert, über fünfzig und über zehn. Lass sie das Volk richten. Unbedeutende Angelegenheiten können sie selbst regeln, doch große Dinge sollen sie vor dich bringen. Mache deine Last leichter, und gestatte dem Volk, sie mit dir zu teilen. Wenn du das tust, so wirst du auf Gott hören können, wenn er dir weitere Anweisungen gibt."

Sehr zu meinem Erstaunen hörte Moshe auf den Rat seines Schwiegervaters. Am folgenden Morgen wählte er integre Männer aus dem ganzen Lager aus und setzte sie über das Volk als Oberste von tausend, hundert, fünfzig und zehn. Diese Männer, verkündete er, würden alle Beschwerden und Probleme anhören und nur die schwierigen Angelegenheiten vor ihn bringen.

Mit unverdienter Freundlichkeit verabschiedete Moshe seinen Schwiegervater, dann zog Jethro zurück nach Hause in sein Land und zu seinem heidnischen Volk.

Als ich ihm nachsah, wünschte ich, er hätte seine ganze Familie mitgenommen. Die Leute, die er zurückließ, fühlten sich in den kommenden Monaten an wie ein Splitter in meinem Fleisch. Moshes Söhne waren ganz in Ordnung – obwohl sie recht angenehme junge Männer waren, wussten sie vermutlich weniger als nichts über unser Volk und unsere Geschichte. Moshe hatte sie natürlich nichts darüber lehren können, und wer konnte von einer heidnischen Frau erwarten, dass sie etwas über Avraham, Yitzhak oder Yaakov wusste?

Jethro ließ auch seinen Sohn zurück, einen sonnengebräunten Mann mit Namen Hobab, und die Frau, die wir Tzippora nannten. In meiner Gegenwart sagte Moshes Frau wenig, und das zeigte mir, dass die Abneigung zwischen uns gegenseitig war. Allein ihre Gegenwart in unserem Zelt raubte mir meinen inneren Frieden. Mir war egal, dass ihr Vater behauptete, an Jahwe zu glauben. Mir war egal, dass sie Moshes rechtmäßige Frau und die Mutter seiner Söhne war. Sie war trotzdem eine Heidin, und sie blickte mich immer mit zusammengekniffenen Augen an, sodass ich mich fragte, ob sie vorhatte, eine Art Duell mit mir auszufechten, bei dem der Sieger Moshes Aufmerksamkeit gewann. Zwar war ich sicher, dass sie die Männer im Lager ihres Vaters regiert hatte, doch ich würde nicht zulassen, dass sie hier das Steuer in die Hand nahm. Moshe und Aaron waren Jahwes Auserwählte, und wir alle, Männer und Frauen, unterwarfen uns ihrer Führung ... meistens.

Wie ich vermutet hatte, war Moshes Frau nicht einmal bereit, Jahwe zu folgen. Obwohl sie andere Götter nicht offen anbetete, hatte ich ihren Tongötzen gesehen – die kleine Figur einer nackten Frau mit einer ägyptischen Perücke. Tzippora war nicht so frech gewesen, den heidnischen Gegenstand offen zu zeigen, aber sie bewahrte ihn versteckt in einer Holzkiste in unserem Zelt auf.

Wir hatten einen wackligen und unausgesprochenen Waffenstillstand geschlossen, und seine Bedingungen erforderten, dass wir nur selten miteinander sprachen. Die jüngere Frau aus Midian überwachte die Zubereitung der Mahlzeiten, das Flicken der Kleider und die Pflege des Zeltes. Sie sorgte für Moshe und ihre Söhne, die den größten Teil ihrer Zeit damit verbrachten, die Herden zu hüten, und normalerweise unter den Sternen schliefen. Da Femi ihr zur Hand ging, brauchte sie meine Hilfe ganz gewiss nicht.

Da unsere wortlose Vereinbarung mich von den Haushaltspflichten entband, saß ich den größten Teil des Tages im Schatten unter unserem Vorzelt und unterhielt mich mit jedem, der vorbeikam, um Moshe aufzusuchen. Wenn die anderen Frauen durch die schmale Öffnung spähten und mich fragten, was ich von meiner Schwägerin hielt, zuckte ich die Achseln, als hätte ich noch nicht viel darüber nachgedacht. „Moshe hat sie geheiratet, bevor Jahwe ihn berufen hat", erklärte ich dann so laut, dass Tzippora mich auch ganz bestimmt hörte. „Und er ist zu ehrenhaft, um selbst eine heidnische Frau wegzuschicken."

Trotzdem ... nachts lag ich auf meiner Strohmatte und hörte, wie Moshe mit seiner tiefen Stimme auf ihre Fragen antwortete. Ich war nicht so unreif, eifersüchtig zu sein auf ihre Leidenschaft, aber ich merkte, dass ich ihnen die einfache Freundschaft neidete, die sie am Ende des Tages zusammenführte. Von meiner schmalen, freudlosen Matte aus konnte ich Moshes erschöpftes Seufzen hören, wenn er sich auf sein Bett sinken ließ, gefolgt von ihrem leisen Lachen. Häufig waren ihre Stimmen noch lange zu hören, wenn Femi bereits zu schnarchen begonnen hatte, und ich musste mir die Ohren zuhalten und summen, um das Geräusch ihrer innigen Unterhaltung auszuschließen.

Ich konnte nicht leugnen, dass sie seine Bedürfnisse erfüllte. Am Ende eines langen Tages konnte Moshe unendlich müde aussehen, aber nach einer Stunde mit Tzippora funkelten seine Augen wieder voller Leben. Er sprach mit ihr in einem akkadischen Dialekt, den ich nicht verstehen konnte, und ich fühlte mich mit jedem Tag mehr aus seinem Leben ausgeschlossen.

Was fand Moshe nur an ihr? Und warum blieb sie, wo sie nicht erwünscht war? Sie war wirklich keine Schönheit. Obwohl sie für eine Frau in ihrem Alter noch recht schlank war, wölbte sich ihr Leib unter ihrem Gewand hervor. Zuerst befürchtete ich, sie sei schwanger, aber Femi versicherte mir, dass dies nicht der Fall war. Tzippora hatte einfach einen höchst unattraktiven Bauch bekommen.

Unfähig, die unerschütterliche Loyalität meines Bruders zu ihr zu begreifen, versuchte ich so zu tun, als würde ich in einem Haushalt leben, zu dem mein Bruder, ich selbst und zwei ausländische Dienerinnen gehörten.

Genau zwei Mondmonate nachdem wir Mizraim verlassen hatten, führte uns die Wolkensäule zu dem schroffen, roten Berg mit Namen Sinai. Während wir unser Lager aufschlugen, ging Moshe in das Vorgebirge, dann stieg er auf den Berg und verschwand. Ein paar Stunden später jedoch kam er ins Lager zurück und rief die Ältesten zusammen. Als alle Führer des Volkes versammelt waren, erzählte uns Moshe, was er von Jahwe gehört hatte.

„Gott sagt Folgendes zum Hause Yaakov", rief Moshe mit dröhnender Stimme. „‚Ihr habt gesehen, wie ich, der Herr, an den Ägyptern meine Macht erwiesen habe. Und ihr habt erlebt, wie ich euch getragen habe wie ein Adler seine Jungen; ich habe euch wohlbehalten hierher zu mir gebracht. Wenn ihr mir nun treu bleibt und auf mich hört, sollt ihr das Volk sein, das mir von allen Völkern am nächsten steht. Die ganze Erde ist mein Eigentum. Aber euch habe ich unter allen Völkern ausgewählt und zu etwas Besonderem bestimmt. Ihr sollt das Volk sein, das mir ganz zur Verfügung steht und mir so ungeteilt dient, als wäre es ein Volk von Priestern.'"

Die Worte, die Moshe in unserer Sprache sagte, erfüllten mein Herz mit Freude. Endlich würden wir bekommen, was uns zustand! Gott wollte seinen Bund mit unserem Vater Avraham halten und die Führung meines Bruders Moshe bestätigen.

Zusammen mit den anderen erhob ich meine Stimme: „Alles, was Jahwe gesagt hat, wollen wir tun."

Dann trug uns Moshe auf, wir sollten uns heiligen und reinigen. An diesem und dem nächsten Tag sollten wir unsere Kleider und uns selbst waschen, damit wir am dritten Tag rein vor Jahwe erscheinen könnten, der dann vom Berg heruntersteigen wollte zu seinem Volk. Während wir uns reinigten, sollten die Stammesführer Markierungen um den Fuß des Berges aufstellen, damit niemand unbewusst seine Grenzen überschritt und den heiligen Ort berührte. Jeder, der nicht gehorchte, würde gesteinigt oder mit einem Pfeil erschossen werden, denn er konnte nicht mehr am Leben bleiben und wir durften ihn nicht berühren. Erst wenn wir den langen Ton eines Widderhornes am dritten Tag hörten, sollten wir zum Berg kommen.

Zwei Tage lang wuschen und schrubbten wir und schlugen den Sand aus unseren Kleidern. In dieser Zeit schliefen die Männer nicht mit ihren Frauen, und die Frauen legten keine Kosmetik auf ihre Haut, wie es die Ägypter taten. Ich nahm ein gewebtes Tuch und schrubbte meinen Nacken, dann machte ich mit einem Zweig meine Fingernägel sauber. Die kuschitische Frau machte es mir nach, auch Tzippora, obwohl ich nicht wusste, warum sie sich so viel Mühe gaben.

Am dritten Tag hörten wir bei Tagesanbruch einen dröhnenden Donner. Blitze erhellten den Himmel um den Gipfel des Berges und eine dichte Wolke senkte sich darauf herab, aber es regnete nicht. Wir warteten in unseren Zelten, bebend vor Erwartung; dann ertönte ein außergewöhnlich lautes Schofar mit einem schier unendlichen Ton.

Wir traten aus unseren Zelten und gingen zum Berg. Während wir uns den blutfarbenen Felsen näherten, warfen wir uns verwunderte Blicke zu. Kein Mensch konnte ein Schofar so lange blasen. Hatte Gott uns etwa selbst zu sich gerufen?

Moshe blieb nicht stehen, um es uns zu erklären, sondern schritt schnell und zuversichtlich voraus. Wir folgten ihm und sammelten uns am Fuß des Berges. Der rote Felsen rauchte, als Jahwe im Feuer herabstieg, und die Erde erbebte unter seiner Gegenwart. Der Klang des Schofars wurde noch stärker und inmitten dieses Lärms hob Moshe die Hand und sprach mit Jahwe.

Und dann hörte ich Jahwe – die Stimme war hörbar, aber nicht wie die Worte, die Menschen sprechen. Ihr Klang ging über uns hinweg wie ein schnell fließender Fluss und darin vernahm ich Wortfetzen in Ägyptisch, Kanaanitisch, Akkadisch, Kuschitisch, Nubisch und Hattisch. Ich erbebte unter der Flut, und mir wurde klar, dass Jahwe in allen Sprachen der Menschen sprach.

Ich schrie auf, als sich ein düsterer Nebel der Furcht in meiner Seele ausbreitete. Ich war nicht die Einzige, die die Stimme Gottes erschreckte, denn einer der Ältesten rief Moshe zu: „Sprich du mit uns und wir werden hören, aber lass nicht Gott mit uns reden, damit wir nicht sterben!"

Ohne Scham erhob ich meine Stimme und stimmte ihm zu. Oft hatte ich mir gewünscht, mit Gott zu reden, wie Moshe es tat, aber dies war nicht die Stimme, die zu hören ich mich gesehnt hatte. Ich hatte mir vorgestellt, Jahwe würde in einem leisen Flüstern reden, das ich nicht vernahm, weil ich zu beschäftigt oder zu stumpf war, doch wenn diese brüllende, herzzerreißende Flut der Macht seine Stimme war, dann wollte ich nichts damit zu tun haben.

Moshe wandte sich zu uns um und blickte uns erstaunt an. „Habt ihr Angst?"

„Ja!", riefen wir wie mit einer Stimme. „Bitte Jahwe, er möge sich zurückziehen!"

Moshes Gesichtszüge verhärteten sich. „Habt keine Angst! Denn Gott ist herabgestiegen, um euch zu prüfen, um euch zu helfen, Ehrfurcht vor ihm zu haben, damit ihr nicht sündigt."

Und während wir in fasziniertem Entsetzen zusahen, stieg Moshe auf den Berg in die Wolke hinein, in der Gott war.

Mehrere Stunden lang blieb Moshe fort. Aber als die Sonne über Ägypten unterging, stieg er vom Berg herab und stellte sich auf ein Felsplateau, um uns die Gebote des Herrn zu geben – Anweisungen, wie wir ihn anbeten sollten, wie wir im Frieden mit unseren Nächsten leben sollten, wie wir unsere Tiere und Sklaven behandeln sollten. Er gab uns Richtlinien für den Besitz, für den Umgang miteinander und Einzelheiten in Bezug auf jährliche Feste, die wir Jahwe zu Ehren feiern sollten.

Und so gab Moshe uns alle Worte Jahwes wieder und alle seine Gebote für sein heiliges Volk, und mit einer Stimme antworteten wir: „Alle Worte, die Jahwe gesprochen hat, wollen wir halten."

Früh am folgenden Morgen schrieb Moshe alle Worte Jahwes auf eine Papyrusrolle, dann baute er eine Opferstelle vor dem Berg. Er richtete zwölf Steine auf, einen für jeden Stamm Israels; danach schickte er junge Männer los, die Opfer darbringen sollten. Er fing die Hälfte des Tierblutes in Gefäßen auf, die andere Hälfte spritzte er gegen die Steine des Altars. Schließlich nahm er die Rolle mit den Geboten Jahwes und las sie erneut vor, damit alle sie hören konnten. Und wieder sagten wir: „Alle Worte, die Jahwe gesprochen hat, wollen wir halten."

Dann nahm Moshe das Blut der jungen Bullen und spritzte es auf uns. „Dieses Blut bestätigt den Bund, den der Herr mit euch geschlossen hat, indem er euch diese Gesetze gab."

Daraufhin stiegen Moshe und Aharon auf den Berg, zusammen mit Aharons zwei Söhnen Nadav und Avihu und 70 Ältesten. Dort sahen sie den Gott Israels und unter seinen Füßen etwas wie das Blau der Saphire, so rein und klar wie den Himmel. Sie knieten in der Gegenwart Gottes nieder und nahmen gemeinsam ein Bundesmahl ein.

Später, als ich Aharon nach weiteren Einzelheiten darüber ausfragte, wie Gott aussah, bekam ich nur ein schwaches Lächeln als Antwort. „Ich gestehe, ich erinnere mich an kaum etwas." Aharon strich seine losgelösten Haarsträhnen zurück. „Ich war so überwältigt, dass ich auf dem Boden kauerte und nur den Boden unter seinen Füßen sah."

„Aber du hast doch mit ihm gegessen! Du hast in seiner Gegenwart Brot gebrochen! Bestimmt hast du da nicht auf dem Boden gelegen!"

Ein abwesender Blick trat in Aharons Augen, als würde er an etwas denken, das er nicht beschreiben konnte. „Nein, ich habe aufrecht gesessen, aber ich war so fassungslos, in Gottes Gegenwart zu sitzen, dass ich nur auf meine zitternden Hände starren konnte."

Er sah auf und sein Gesicht war entspannt und rätselhaft. Ich kannte diesen Ausdruck. Ich hatte ihn hundert Mal in unserer Kindheit gesehen, immer dann, wenn Gehässigkeit oder Selbstsucht ihn dazu brachten, mir ein Geheimnis vorzuenthalten.

Ich fing seinen Blick auf und sprach mit harter Stimme: „Sag es mir, Aharon!"

Er atmete tief durch. „Ich habe tatsächlich einen Blick auf ihn erhascht ... aber nur einen ganz kurzen."

„So rede schon!"

Mein Bruder presste die Lippen aufeinander, wischte sich den Schweiß von den Augenlidern und sah blinzelnd zum Horizont. „Er trug viele Kronen auf dem Kopf. Ein Name war in einen Schal um seinen Hals gewebt, aber ich konnte ihn nicht lesen, und nur er weiß, was er bedeutet. Er trug ein weißes Gewand, aber Blut befleckte seine Säume. Und seine Augen ..."

Wie immer war ich ungeduldig und drängte ihn. „Ja?"

„Seine Augen waren hell wie die Sonne, und eigentlich hätte es schmerzen müssen, sie anzusehen. Doch in dem Augenblick, in dem ich ihn ansah, spürte ich keinen Schmerz ... nur Liebe und Verständnis. Und obwohl wir ein Feiermahl zu uns nahmen, entdeckte ich Traurigkeit in seinen Augen, als hätte er viel gelitten ... meinetwegen."

„Deinetwegen?" Ich verzog das Gesicht. „Warum? Was hast du getan, das ihm missfällt?"

„Ich weiß es nicht.“ Aharons Stimme klang beunruhigt. „Aber ich muss irgendetwas getan haben.“

Ich ließ scharf die Luft entweichen und winkte ab. „Wenn du Jahwe missfallen hättest, denkst du, dann hätte er dich aufgefordert, das Bundesmahl mit ihm einzunehmen? Nein. Hör auf, dich zu quälen. Du bist der Bruder von Moshe und niemand hat so viel für dieses Volk getan wie die Kinder von Amram und Yokheved.“

Als ich Aharons Zelt verließ, wünschte ich, ich wäre bei denen gewesen, die auf den Berg eingeladen worden waren. Wenn ich mitgegangen wäre, hätte ich vielleicht die Katastrophe abwenden können, die bald darauf über uns hereinbrach.

Denn am folgenden Tag teilte Moshe uns mit, er müsse auf den Berg steigen und so lange bleiben, bis er die Steintafeln mit den Geboten Gottes entgegennehmen könne. Die Verantwortung für das Lager übertrug er Aharon und Hur. Natürlich stand ich bereit, um zu helfen, wenn Hilfe gebraucht wurde.

Dann erhob sich Moshe und stieg zusammen mit Yehoshua, seinem Diener, auf den roten Berg Gottes. Als sie immer kleiner wurden, zog sich die Shekina-Wolke von uns zurück und blieb über dem Berg Sinai stehen. Sie leuchtete wie ein verzehrendes Feuer über dem Gipfel.

Moshe blieb 40 Tage und 40 Nächte auf dem Berg ... lange genug, dass wir unten in der Ebene Probleme bekamen.

Die Unzufriedenheit begann, etwa eine Woche nachdem Moshe und Yehoshua auf den Berg gestiegen waren. Die Leute bestürmten mich mit Fragen, wenn ich zur Quelle ging. „Wie lange können sie dort oben überleben? Wir haben nicht gesehen, dass sie Wasser und Nahrung mitgenommen hätten.“

Obwohl die Fragen zuerst mitfühlend besorgt klangen,

knirschte ich mit den Zähnen, wann immer ich antworten musste. „Hat Jahwe uns nicht mit Wasser und Nahrung versorgt? Bestimmt wird er auch Moshe versorgen."

Das Volk konnte die Fürsorge Gottes nicht leugnen. Auch wenn die Shekina-Wolke zum Sinai gezogen war, lag nach wie vor jeden Morgen Manna auf dem Boden unseres Lagers, und Wasser sprudelte reichlich aus der Quelle. Gott hatte uns alles gegeben, was wir brauchten, während wir auf Moshe warteten.

Doch eine weitere Woche verging und noch immer hatten wir nichts von meinem Bruder oder Yehoshua gehört. Die Leute wurden unruhig und tuschelten untereinander. Gelegentlich warfen sie Aharon und mir flüchtige Blicke zu. Ich warnte Aharon, dass sich ein Geist des Aufbegehrens im Lager breitmachte, aber er meinte nur, ich würde mir das einbilden.

Am Ende der dritten Woche war der kindliche Geist der Rebellion herangereift. Obwohl der Herr noch immer für uns sorgte, hörten viele aus dem Volk auf, seine Fürsorge als Wunder zu betrachten. Die Frauen sammelten das Manna so beiläufig auf, als würde es natürlich von den Bäumen fallen, und die Männer betrachteten den von der Shekina bedeckten Berg als einen gewöhnlichen, von einer Wolke verhüllten Gipfel.

Die Urheber des Murrens im Lager waren die Fremden aus anderen Völkern, die wir aus Ägypten mitgenommen hatten, oder die *Erev Rav*. Während sich mein eigenes Volk aus Respekt zurückhielt, begannen die Außenseiter mich offen an der Quelle zu verspotten. „Wo ist denn dein Bruder, Miryam? Wo ist der Mann, der uns versprochen hat, uns siegreich in das Land der Kanaaniter zu führen? Wir haben ihn seit Tagen nicht mehr gesehen oder gehört, auch haben wir nichts mehr von seinem Gott gehört."

Eines Tages konnte ich mich nicht mehr zurückhalten. „Narren seid ihr! Seht ihr nicht jeden Morgen neu die Hand Gottes? Was habt ihr gegessen, wenn nicht sein Manna? Was glüht dort drüben auf dem Berg, wenn nicht die Herrlichkeit der Gegenwart Gottes?“

„Die Götter Midians und Ägyptens waren nicht ohne Macht.“ Narmer, ein ägyptischer Diener, der mit uns aus dem Schwarzen Land geflohen war, schleuderte mir diese Worte entgegen. „Oder hast du gelogen, als du gesagt hast, auch die Zauberer des Pharaos konnten Stäbe in Schlangen verwandeln und Wasser in Blut?“

Ich blieb stehen und spürte, wie ich errötete. „Ich habe nicht gelogen. Aber ihre Macht war nichts im Vergleich zu Jahwes.“

Narmer grinste mich an. „Ist das Wasser des Meeres für uns zurückgefallen? Das hätte auch das Werk von Hap, dem Gott des Flusses, sein können. Manna liegt jeden Morgen auf dem Boden? Das könnte das Werk von Geb sein, dem Gott des Himmels und Vater von Osiris. Seine Tränen haben die Ozeane und Meere gebildet, warum also sollte er uns nicht seinen Leib in der Wüste zu essen geben?“

Ich richtete mich zu meiner vollen Höhe auf. „Narmer, du bist ein Idiot.“ Meine Zurechtweisung löste Unruhe unter den Menschen an der Quelle aus. Frauen lehnten sich nicht in der Öffentlichkeit gegen Männer auf, nicht einmal gegen so lächerliche Dummköpfe, die es verdient hatten.

Narmer ließ nicht ab. Noch breiter grinsend beugte er sich vor. „Entschuldige, Miryam, Schwester von Moshe. Ich hatte vergessen, dass du das Leben im Schönen Land ja so gut kennst. Vielleicht möchtest du erklären, woher du weißt, dass Osiris und Geb uns *nicht* in dieser Wüste beschützen?“

Der Ägypter stellte diese Frage mit solcher Gehässigkeit, dass klar war, dass er vermutete, ich würde nichts über die Ägypter und ihre heidnischen Götter wissen. Ich holte Luft, um zu antworten, aber wie sollte ich ein religiöses System erklären, das selbst die meisten Ägypter kaum begriffen?

Mein Schweigen kam ihm sehr gelegen. Er breitete die Hände aus und wandte sich der immer größer werdenden

Menge zu. „Wer wacht über uns an diesem Ort? Seht nach oben und sagt es mir! Re, der Sonnengott, steht jeden Morgen auf und wacht über unserer Arbeit während des Tages. Wer wacht im Himmel über uns, wer fliegt über uns hinweg und warnt unsere Feinde? Nekhebet, die Geiergöttin. In diesen vergangenen Tagen habe ich kein Anzeichen von Jahwe oder Moshe gesehen, aber die Götter Ägyptens haben uns nie verlassen! Wir müssen zur Wahrheit zurückkehren und die Götter Ägyptens anbeten und ihnen opfern!"

Hätte Narmer eine Woche früher mit dieser Ketzerei angefangen, wäre sein Unsinn im Protestgeschrei des Volkes untergegangen. Aber angesichts von Moshes langer Abwesenheit blieben die Kinder Israels stehen und hörten zu. Die Menge um den Ägypter wuchs, als er immer weiter die Vorteile und Macht der ägyptischen Götter beschrieb, und schon bald wurde er von einflussreichen Stimmen unterstützt.

Die Ältesten protestierten natürlich, aber als die Tage dahingingen und Moshe nicht vom Berg herabstieg, wurde ihr Protest merklich leiser.

Als Moshe 30 Tage fort war, kam Aharon zu mir, um mich um Rat zu fragen. Er setzte sich in den Eingang unseres Zeltes, sah zu Tzippora und Femi hinüber, die im Schatten arbeiteten, dann nickte er mir zu.

„Was soll ich tun?", fragte er, und er war wieder der jüngere Bruder, der ohne Anleitung nie eine Entscheidung treffen konnte. „Das Volk ist ruhelos. Narmers Einfluss wächst täglich und schon bald wird das Volk nicht mehr auf mich hören. Wenn wir dieses Volk retten wollen, dann müssen wir die Ordnung wiederherstellen – aber wie können wir die Ordnung wiederherstellen, wenn sie einen Gott wollen, den wir ihnen nicht bieten können?"

In irgendeinem tiefen Winkel meines Herzens, der nicht von der anstehenden Krise betroffen war, warnte eine innere Stimme, es sei das Beste, auf Moshe zu warten ... aber hatten wir nicht schon 80 *Jahre* auf Moshe gewartet?

Ich schob den Gedanken beiseite. Moshe hatte Aharon und Hur die Verantwortung übertragen, aber Hur hatte sich in sein Zelt zurückgezogen und Aharon war gekommen, um mich um Hilfe zu bitten. Und so würde die Frau, die nicht zum Festmahl Jahwes auf dem Berg eingeladen worden war, helfen, sein törichtes Volk vor sich selbst zu retten.

Ich atmete tief durch. „Du solltest ihnen geben, was sie wollen, aber gib ihnen nicht die Götter Ägyptens. Wenn sie Jahwe sehen wollen, sag ihnen, ein Bild von ihm könnte nur aus reinem Gold gegossen werden. Damit stellst du ihren Eifer und ihren Willen auf die Probe, denn wenn sie nicht bereit sind, ihre Schätze zu opfern, wird sich ihr Wunsch nach einem sichtbaren Gott verflüchtigen."

Aharon zog die Augenbraue in die Höhe. „Vielleicht ist ihr Wunsch nach einem Gott tatsächlich nicht so stark, dass sie ihr Gold dafür hergeben. Aber wenn doch?"

Ich zuckte die Achseln. „Wenn sie auf dieser Dummheit bestehen, dann gib ihnen, was sie wollen. Forme das Bild so, dass es ein wenig wie die Götter aussieht, von denen der Ägypter gesprochen hat, aber achte darauf, dass es sich so stark von ihnen unterscheidet, dass er nicht sagen kann, wir hätten uns von seinen Worten beeinflussen lassen."

Aharon zog verwirrt die Stirn kraus. „Die Gebote, die Jahwe Moshe gegeben hat, besagen eindeutig, dass wir uns keine Götzen irgendeiner Art machen sollen, weder in der Form von Vögeln, Tieren oder Fischen –"

„Jeder Krug muss auf seinem eigenen Boden stehen, Aharon! Wir werden es nicht anbeten, auch werden wir nicht verantwortlich sein für die Narren, die es tun. Aber es sind erwachsene Männer, keine Kinder. Sie sollen selbst entscheiden. Manchmal muss ein Führer Kompromisse schließen, um den Frieden zu erhalten."

„Nein."

Tzipporas leise Stimme erschreckte mich genauso sehr wie ihr Einwand. Aharon und ich hatten Hebräisch gesprochen, und mir war nicht klar gewesen, dass Moshes Frau unsere

Sprache inzwischen beherrschte. Aber sie stand im Eingang unseres Zeltes, eine Hand auf die Klappe gelegt, die grauen Augen weit aufgerissen.

Aharon hatte anscheinend gegen ihre Einmischung nichts einzuwenden. Er lächelte sie an. „Du bist dagegen? Warum sollten wir sie nicht anbeten lassen, wen sie wollen? Du solltest doch begreifen, dass die Leute verehren wollen, was sie für richtig halten –"

Tzipporas Augen wurden weich, dann antwortete sie auf Akkadisch: „Ich habe in meinem Leben viele Dinge gelernt und eines davon ist Folgendes: Euer Jahwe ist ein strenger Gott und duldet keinen Ungehorsam. Ihr ermutigt diese Rebellen, und das ist gefährlich."

Vielleicht war ich in Moshes Abwesenheit noch unduldsamer geworden, als ich hätte sein sollen. Aber Moshe war nicht bei uns, das Volk war in eine Krise geraten und seine Frau mit dem vorstehenden Bauch ging mir auf die Nerven. Nur mit großer Mühe konnte ich ein bitteres Lachen unterdrücken. Ich blickte sie von oben bis unten an. „Hüte deine Zunge. Ich weiß, dass du noch an den alten Göttern hängst; ich habe das Götzenbild in deiner Truhe gesehen. Du bist also sicher nicht in der Position, uns einen Rat zu geben."

Tzipporas Augenbrauen zogen sich zusammen; sie warf mir einen Blick wohlgesitteter Abneigung zu und zog sich ins Zelt zurück.

Ich blickte Aharon an. „Wenn du das tust, was ich sage, trägst du dazu bei, den Frieden zu erhalten. Wenn du es nicht tust, werden die Menschen im Lager Narmer folgen, und was wird dann passieren?"

Aharon zog die Stirn kraus und etwas bewegte sich in seinen Augen. Schließlich nickte er. „Dann ist das beschlossen. Morgen werde ich den Leuten die Erlaubnis geben, den Gott ihrer Wahl anzubeten. Und wir werden sehen, wie viel sie dafür zu zahlen bereit sind."

Ich blickte über die Schulter zurück und rechnete beinahe mit einem weiteren Einwand von Moshes Frau. Tzippora fing meinen Blick auf und hielt ihm stand. Ihre Augen waren dunkel und funkelten unangehm, aber sie blieb stumm.

In der Überzeugung, dass ich nichts zu befürchten hatte, stand ich auf und klopfte mir den Sand von meinem Gewand und folgte Aharon.

„Nehmt die goldenen Ringe aus den Ohren eurer Frauen, eurer Söhne und eurer Töchter", ertönte Aharons Stimme über die Versammlung hinweg, „und bringt sie zu mir. Denn ihr wollt einen Gott haben, der sichtbar ist, also werde ich euch etwas geben, das ihr mit euren Augen sehen könnt!"

Körbe wurden herumgereicht. Ich wanderte zwischen den Zelten hindurch und sah zu, wie die Kinder Israels die Körbe eifrig mit dem Gold Ägyptens füllten – die Ohrringe, Armbänder, Ketten und Brustschilde, die wir bekommen hatten, als wir Mizraim verließen. Nicht alle warfen Gold in die Körbe, aber als die Vertreter aller Stämme die Körbe vor Aharon ausschütteten, wusste ich, dass mehr als genug Gold zusammengekommen war, um ein Götzenbild zu formen.

Aharon nahm den Schatz, schmolz ihn und entwarf eine Form im Sand. Vier Tage lang arbeiteten er und seine Söhne in Abgeschiedenheit; dann ließ Aharon im Lager ausrichten, der Gott sei bereit, enthüllt zu werden. Er würde durch das Lager ziehen, um das Lob von jedem entgegenzunehmen, der ihn anbeten wolle.

Stirnrunzelnd stand ich im Eingang von Moshes Zelt, als die Prozession näher kam. Musik kündigte die Ankunft des Gottes an, die Töne von Schilfflöten vermischten sich mit dem rhythmischen Klappern der Sistra und den Klängen einer Harfe. Eine Gruppe von Frauen tanzte vor dem Götzenbild her; dann kam es selbst in Sicht. Es stand auf einem Holzwagen und war mit Girlanden aus Wüstenblumen geschmückt. Aharon und seine Söhne hatten ein goldenes Kalb geschaffen, das vage an den Apis-Bullen erinnerte, der in

Ägypten angebetet wurde. Das vierbeinige Tier starrte uns aus aufgemalten Augen etwas verwirrt an, aber die Ähnlichkeit war doch so groß, dass diejenigen, die sich nach Mizraim zurücksehnten, zufriedengestellt wurden.

„Heil dir, Apis", sang Narmer, als die Prozession an unserem Zelt vorbeizog. „Heil dir, der du die Inkarnation von Ptah bist und uns in der Wüste führen willst. Dies, o Israel, ist euer Gott, der euch aus dem Land Ägypten herausgeführt hat."

Ich spürte einen Lufthauch neben mir und sah, wie Tzippora und Femi aus dem Zelt traten. Ich bereitete mich innerlich darauf vor, dass sich die beiden Frauen bestimmt der Prozession anschließen und das goldene Götzenbild anbeten würden, aber keine von ihnen rührte sich. Sie blieben schweigend neben mir stehen.

Als die Prozession an uns vorbeizog, flüsterte Tzippora Femi etwas zu, und gemeinsam wichen sie zurück in den Schutz des Zeltes. Ich legte den Kopf zur Seite, um sie zu belauschen, doch dann kam ich zu dem Schluss, dass es mir egal war, was sie vorhatten. Ich verschränkte die Arme vor der Brust, schob mein Kinn vor und hielt mich am Rande der Zuschauer, die schweigend die jubelnden Anbetenden beobachteten.

Die Prozession zog weiter zur Mitte des Lagers, wo der Lärm noch lauter wurde, weil noch mehr Feiernde dazukamen. Ich presste meine Lippen aufeinander und starrte zum wolkenverhangenen Berg hinauf. Was war dort oben passiert? Hatte Moshe irgendwie Jahwes Missfallen erregt? Hatte der Gott, der so viele Ägypter vernichtet hatte, beschlossen, auch Moshe zu töten? Wenn das so war, könnten wir genauso gut Apis anbeten. Mehr noch, da ich nicht mehr an Apis glaubte als an Tzipporas Götter, könnten wir geradeso gut nach Ägypten zurückkehren. Ohne göttliche Hilfe würden wir niemals die Wüste durchqueren, die kanaanitischen Könige besiegen und uns eine Heimat schaffen können.

Niedergeschlagen kehrte ich zu unserem Zelt zurück und ließ mich auf mein Lager sinken, wobei ich bewusst Tzipporas bohrenden Blick ignorierte.

Da das Volk das goldene Kalb begeistert angenommen hatte, trug Aharon am folgenden Morgen den Männern auf, einen Altar davorzubauen. „Ich weiß, Narmer und seine Anhänger versuchen das Volk davon zu überzeugen, dass das Götzenbild Apis darstellt", sagte er zu mir, „aber ich werde ihre Gedanken der Wahrheit wieder zuwenden. Darum habe ich für heute einen Festtag für Jahwe ausgerufen!"

Ich barg den Kopf in den Händen. „Dies ist keiner der Festtage, den Jahwe uns einzuhalten aufgetragen hat. Er hat Moshe genaue Anweisungen zu den Festen des Passa, der ungesäuerten Brote, der Ernte, des Sukkot und der letzten Ernte gegeben, aber er hat nichts gesagt von dieser –"

„Jetzt lass mich nicht im Stich, Miryam. Du hast mir gesagt, ich solle ihnen geben, was sie wollten – das habe ich getan und jetzt müssen wir weitermachen. Wir werden ein Fest veranstalten, und du und ich müssen dabei sein, damit Narmer das Volk nicht wieder den Göttern Mizraims zuwendet. Du wirst mir helfen, den Blick des Volkes auf den Gott gerichtet zu halten, der uns tatsächlich aus dem Schwarzen Land herausgeführt hat."

Widerstrebend gab ich nach. Ich wusste, die Anbetenden würden früh mit der Feier beginnen und ihre Opfer aus Fleisch und Wein bringen. Aharon und ich gingen zum Fest. Wir saßen unter einem Baldachin in der Nähe des neuen Altars und beobachteten die Leute, die ihre Opfer vor dem goldenen Kalb niederlegten. Nachdem sie ihre Gaben dargebracht hatten, aßen und tranken sie miteinander. In der dritten Stunde, als die Sonne beinahe in ihrem Zenit stand, waren die meisten der Feiernden betrunken.

Ich hätte mich gegen Mittag fortgeschlichen, aber Aharon hielt mich fest. Jetzt tranken die Anbetenden nicht nur, sondern tanzten wie entfesselt. Die Frauen hatten durchsichtige Gewänder angelegt, die ihre Brüste und andere intime Stellen entblößten. Mein Gesicht brannte vor Scham, als ich sah, wie betrunkene Männer nach nur spärlich verhüllten Frauen griffen, wie Paare sich zum Rhythmus der Trommeln bewegten und Szenen zuerst imitierten und dann tatsächlich ausführten, die Kinder nicht mit ansehen sollten.

Außer mir vor Zorn und Schock wirbelte ich zu meinem Bruder herum. „Aharon, was hast du da getan?"

Er funkelte mich mit brennendem, vorwurfsvollem Blick an. „Du hast mir gesagt, ich solle ihnen geben, was sie wollten."

„Ich habe dir gesagt, du sollst sie vor die Entscheidung stellen."

„Und sie haben sich entschieden. Sieh nur, was sie gewählt haben!"

Ich wandte mich um, aber meine Augen konnten das obszöne Verhalten der Menschen nicht ertragen. Ich barg das Gesicht in meinen Händen und erstarrte, als der Lärm der Feiernden verstummte. Über die ersterbende Musik hinweg brüllte eine Stimme – Moshe!

Ich sprang auf, dann lehnte ich mich gegen Aharons Schulter, weil mir schwindelig wurde. Moshe war zurückgekehrt ... aber er hätte in keinem schlimmeren Augenblick kommen können.

So schnell ich es wagte, bahnte ich mir den Weg durch die Betrunkenen, Entblößten und Unverschleierten, bis ich vor dem Altar mit dem goldenen Kalb stand. Neben dem Altar stand Moshe inmitten von Splittern roten Granits.

Sein Blick begegnete meinem, aber er schien geradewegs durch mich hindurchzusehen. „Jahwe hat mir gesagt, was ihr hier treibt." Mit hochrotem Kopf starrte er auf das abgeirrte Volk. „Heute Morgen hat er euch mit seinem Zorn vernichten wollen, aber ich habe ihn davon überzeugt, es nicht zu tun. Doch jetzt sehe ich ... das hier!"

Moshe atmete tief ein und versuchte Herr zu werden über die Wut, die ihn erzittern ließ. Schließlich wandte er sich Aharon zu, der geschmückt mit einem Kranz duftender Blätter neben dem Altar stand. „Was hat dieses Volk getan, dass du eine so große Sünde über es bringst?"

Mit zitternden Händen riss Aharon sich den Kranz vom Hals. „Sei nur nicht zornig! Du weißt doch, wie sehr dieses Volk zum Bösen neigt. Sie drängten mich: ‚Mach uns einen Gott, der uns schützt und führt! Niemand weiß, was aus diesem Moshe geworden ist, der uns aus Ägypten hierhergebracht hat.' Da sagte ich zu ihnen: ‚Wer goldenen Schmuck hat, soll ihn herbringen!' Sie gaben mir das Gold, ich warf es ins Feuer, und herausgekommen ist dieser Stier!"

Kopfschüttelnd trat Moshe von dem Felsen herunter und ging zum Eingang des Lagers. Einen Augenblick lang dachte ich, er würde einfach weggehen, aber dann drehte er sich um und hob seinen Hirtenstab. Er betrachtete die entfesselte Meute und hob den Kopf. „Wer für Jahwe ist, der soll zu mir kommen!"

Stille senkte sich über das Lager. Wir sollten zu ihm kommen? Verwirrung machte sich im Volk breit, dann begannen sich die Leute zu teilen. Die Feiernden blieben bei dem Götzenbild, eigensinnig und trotzig. Diejenigen, die kein Gold gegeben oder an der Orgie teilgenommen hatten, strömten zu Moshe. Die Leute aus meinem Stamm, die Nachfahren von Levi, setzten sich als Erste in Bewegung.

Nachdem sich die Menschen in zwei Gruppen aufgeteilt hatten, sah Moshe die Männer an, die ganz in seiner Nähe standen. Sein Gesicht war blass, mit roten Flecken auf den Wangen, als hätte jemand ihn geschlagen. „So spricht Jahwe, der Gott Israels", ertönte seine Stimme. „‚Nehmt euer Schwert und geht durch das ganze Lager, von einem Tor zum anderen! Tötet alle, die schuldig geworden sind, selbst eure Brüder, Verwandten und Freunde!'"

Die Absicht war klar. Egal, wie eng verwandt wir mit denen waren, die vor dem Götzenbild standen, wir sollten sie aus unserer Mitte entfernen. Und zwar durch das Schwert. Zum ersten Mal im Leben war ich froh, als Frau geboren worden zu sein.

Die Hinrichtungen begannen wenige Minuten später. Ich sah mir das Schauspiel nicht an, aber ich hörte die Schreie derer, die um Gnade flehten und entsetzt aufschrien. Mein Magen zog sich zusammen, als die Männer von Levi durch das Lager schritten. Narmer und seine Söhne starben, ebenso wie die Frauen, die die Männer vor dem Altar verführt hatten. Bevor die Sonne unterging, lagen mehr als 3.000 Menschen tot auf dem Boden, auf dem sie noch Stunden zuvor getrunken und gefeiert hatten.

Erschöpfung zeigte sich auf Moshes Gesicht, als er nach Einbruch der Dunkelheit unser Zelt betrat. Kurz darauf kam Aharon herein. Er sprach kein Wort, sondern setzte sich mit gesenktem Kopf auf den Boden.

Moshe brach schließlich das Schweigen. „Ja, Aharon?" Seine Stimme zitterte vor Erschöpfung.

„Du hättest mich töten sollen", murmelte Aharon, ohne den Kopf zu heben. „Denn ich gab ihnen die Erlaubnis."

Moshe blinzelte langsam und schüttelte den Kopf. „Du hast eine schreckliche Sünde begangen." Er ließ die Hand sinken. „Morgen werde ich auf den Berg zurückkehren. Vielleicht werde ich Vergebung für dich erwirken können ... und für dieses unsägliche Volk."

Ich hielt mich außerhalb des Lichtscheins der Lampe und hatte schreckliche Angst, Aharon könnte aufblicken und mir eine Teilschuld zuweisen. Vermutlich war es falsch gewesen, ihm vorzuschlagen, ein Götzenbild zu machen, aber ich hatte nie gewollt, dass die Dinge so außer Kontrolle geraten. Bestimmt würde Moshe – und Jahwe – das verstehen.

Ich drückte die Hände an meine pochenden Schläfen und zog mich zurück. Femi und Tzippora konnten das Abendessen servieren. Während ich auf meiner Matte lag und so tat, als würde ich schlafen, hörte ich Tzippora fragen, ob Jahwe Moshe auf dem Berggipfel Nahrung und Wasser gegeben habe.

„Ich habe weder gegessen noch getrunken“, erwiderte Moshe. „Aber ich hatte keinen Hunger. Wenn man die Worte Gottes in sich aufnimmt, vermisst man kein Essen.“

Ich kauerte in der Dunkelheit, während andere Geräusche meine Ohren quälten. Vor meinem Zelt trauerten Mütter um ihre Töchter; junge Männer weinten um die Cousins, die sie mit dem Schwert erschlagen hatten. Nachdem die Frauen schließlich die Überreste des Abendessens weggeräumt hatten, ging Moshe nach draußen und sprach zu unseren trauernden Verwandten.

„Heute“, sagte er ihnen in den Lärm ihrer Wehklagen hinein, „seid ihr zum Dienst für den Herrn bestimmt worden, denn ihr habt ihm gehorcht, auch wenn es bedeutete, eure eigenen Söhne und Brüder zu töten. Deswegen wird er euch jetzt überreich segnen. Ihr, die Nachfahren Levis, werdet in den Dienst des Herrn berufen.“

Am folgenden Tag nahm Moshe ein Zelt, das er Zelt der Begegnung nannte, und schlug es außerhalb des Lagers am Fuß des Berges Sinai auf. Als er fertig war, ging er in das Zelt hinein. Die Wolkensäule kam herunter und blieb vor dem Eingang stehen, sodass Moshe nicht mehr zu sehen war. Den ganzen Tag blieb er darin, und als er herauskam, befahl er, das goldene Kalb sollte geschmolzen und zerrieben werden. Als der Gegenstand unseres Ungehorsams einem Staubhaufen ähnelte, mischte er den Staub mit Wasser und ließ uns davon trinken. Den restlichen Staub warf er in den Bach, der vom Berg herabfloss.

Nach der Zerstörung des goldenen Kalbes fing Moshe Aharons Blick auf. „Jahwe war so zornig, dass er dich vernichten wollte“, sagte er. „Aber ich habe für dich gebetet und der Herr hat dein Leben verschont.“

Aharon sah mich an, die Muskeln in seinem Kiefer zuckten. Ich wusste, dass er dachte, auch ich hätte einen Teil der

Schuld auf mich nehmen sollen, aber Jahwe hatte offenbar nicht davon gesprochen, mich zu vernichten. Ich schob mein Kinn vor und schickte Aharon eine stumme Botschaft. *Deine Sünde war größer als meine.* Wir beide hatten unrecht gehabt, die Schaffung eines Götzenbildes auch nur in Betracht zu ziehen, aber ich hatte bei dem Fest protestiert, und ich hatte das Tanzen, das unmoralische Verhalten angeprangert.

Gott war noch nicht fertig mit uns. Eine Plage kam über unser Lager, und viele Weitere starben, die einen anderen Gott haben wollten, den sie anbeten konnten.

Am folgenden Morgen erhob sich Moshe und schnitt zwei neue Steintafeln als Ersatz für die, die er am Fuß des Götzenbildes zerschmettert hatte. Als er damit fertig war, stieg er erneut auf den Sinai. Wir warteten auf seine Rückkehr. Auch nach fünf Wochen schlug noch niemand vor, einen Ersatzgott zu schaffen.

Nach 40 Tagen kehrte Moshe mit den zwei Gebotstafeln in der Hand zurück. Als wir ihn sahen, schirmten wir unsere Augen ab und wandten uns ab, denn seine Gestalt leuchtete wie Silber.

Wir sammelten uns nach Stämmen, und Moshe berichtete, was Jahwe gesagt hatte. Er wiederholte die Gebote, dann folgte er meinem Vorschlag und legte einen Schleier über sein Gesicht.

Von dieser Zeit an nahm Moshe den Schleier ab, wann immer er in das Zelt der Begegnung eintrat, um mit Jahwe zu reden. Dann kam er heraus und sprach mit uns und ließ uns sein Gesicht sehen, das die Herrlichkeit Gottes widerspiegelte. Danach legte er den Schleier wieder über den Kopf und kam nach Hause ... wo wir, die wir ihn am besten kannten, unter der ständigen Erinnerung daran litten, dass wir es nicht verdient hatten, vor Herrlichkeit zu strahlen.

ZIPPORA

Wie teilt man seine innersten Empfindungen einem Mann mit, der im Dunkeln leuchtet?

Als Mose das erste Mal nach seiner Begegnung mit der Herrlichkeit Gottes auf dem Berg in mein Zelt kam, hockte ich mindestens eine Stunde lang zitternd in der Ecke des Zeltes. Auch wenn er einen leichten Wollschal über Kopf und Schultern gelegt hatte, umgab ihn ein Leuchten wie der Hof um den Mond.

„Zippora." Er streckte mir die Hand entgegen. „Ich habe mich nicht verändert."

Ich biss die Zähne aufeinander, damit sie nicht klappern. „Doch, Mose, das hast du."

„Aber ich brauche dich. Ich brauche jemanden, mit dem ich reden kann."

„Warum sollte ein Mann, der mit Gott spricht, eine Frau brauchen? Bestimmt brauchst du keinen Rat, den ich geben könnte."

„Du unterschätzt dich. Das war schon immer so." Die Melancholie in seiner Stimme zog mich trotz meiner Ängste in seine Nähe. Ich legte mich neben ihn und wandte mein Gesicht dem inneren Vorhang zu, damit ich dieses überirdische Leuchten nicht zu sehen brauchte, aber mein Herz tat vor Freude einen Sprung, als er seinen starken Arm um mich legte und näher an mich heranrückte.

Als wir wie junge Liebende aneinandergekuschelt auf dem Lammfell lagen, nahm er den Schleier vom Kopf. Sofort wurde unsere kleine Kammer erhellt und ich konnte unsere Schatten an der gewebten Trennwand erkennen.

„Jahwe wusste vor mir von dem goldenen Kalb", vertraute er mir an. „Sein Zorn war groß. Er sagte, er würde das Volk vernichten und mich zu einem großen Volk machen."

„Dich?"

„Unsere Kinder, Zippora. Und ich zweifle nicht daran, dass er es tun kann. Wenn er dieses Volk aus Abraham und

Sara durch Isaak hat entstehen lassen, dann könnte er bestimmt auch aus Gerschom und Elieser ein großes Volk machen."

Darüber dachte ich nach – ein heiliges Volk von einem ägyptischen Prinzen und der Tochter eines heidnischen Priesters? Diese Vorstellung erschien mir irrsinnig.

„Aber ich habe Jahwes Zorn besänftigt", murmelte Mose schläfrig. „‚Aus welchem Grund', fragte ich ihn, ‚solltest du wollen, dass die Ägypter uns verspotten? Denn sie würden sagen, Jahwe hat uns in die Wüste gebracht, um uns zu töten, und der Name Jahwes würde entehrt.' Und so ließ sich der Herr von dem Übel abbringen, das er seinem Volk tun wollte."

Ich schwieg und hörte auf das leise Flüstern des Windes gegen die Zeltwände, dann murmelte ich: „Das freut mich."

„Mich auch."

Lange Zeit schwieg mein Mann, dann drückte er mich fester an sich. „Zippora – erinnerst du dich noch daran, wie wir versucht haben, den Namen des israelitischen Gottes zu erfahren?"

„Natürlich."

„In seinem Namen liegt Macht, *wirkliche* Macht. Jahwe ging vor mir her, als ich ihn anrief, und sein Name wurde von den Steinen des Berges zurückgeworfen und hallte im Himmel wider. Sein Name bedeutet Erbarmen, Güte, Langmut im Zorn, überfließende Loyalität und Treue, Treue bis in die tausendste Generation. Er erträgt Unrecht, Rebellion und Sünde, aber er lässt die Schuldigen nicht ungestraft, sondern er sühnt das Unrecht der Väter an Kindern und Kindeskindern bis in die dritte und vierte Generation ... und als ich seinen Namen rief, Zippora, da sah ich ihn."

Die Dringlichkeit in seiner Stimme verwirrte mich. „Aber du hast ihn doch schon gesehen. Du und die Ältesten, ihr habt mit ihm auf dem Berg gegessen."

„Das war etwas anderes. An dem Tag haben wir Gott körperlich gesehen. Was ich auf dem Berg gesehen habe, war sein *Geist*, Gott in seiner ganzen Herrlichkeit. Ich bat ihn, dass ich Gnade finden möge in seinen Augen und sein Gesicht sehen dürfe, aber er hat mir gesagt, kein Sterblicher könne sein Gesicht sehen und am Leben bleiben. Doch er stellte mich in eine Felsspalte und schützte mich, als seine Herrlichkeit vorbeiging. Was ich gesehen habe, war nur ein Schimmer, aber es reichte in jedem Fall aus, um alles zu verändern, Zippora."

Unwillkürlich rann mir ein Schauer über den Rücken. Mose brauchte nicht zu erklären, dass das Leuchten seines Gesichtes nur ein Abglanz der blendenden Herrlichkeit war, die er gesehen hatte. Allein der Gedanke an eine solche Macht ließ mir den Mund trocken werden. Ich hatte etwas von Jahwes Macht erlebt, denn sie war mir in jener Nacht begegnet, als wir auf dem Weg nach Ägypten vor diesem Berg lagerten. Ich brauchte eine Berührung dieser Macht in meinem Leben, aber ich hatte Jahwes Hilfe nicht verdient ... und ich fürchtete sie.

„Mose." Ich schloss die Augen. „Ich bin krank. Und ich möchte dich um einen Gefallen bitten."

Ich spürte, wie er seinen Kopf hob und mich fester an sich drückte. „Krank?"

„Irgendetwas wächst in meinem Bauch und jeden Tag saugt es mehr Kraft aus mir heraus. Die Priester Midians konnten mir nicht helfen, auch die Hebammen nicht. Ich fürchte, ich werde nicht mehr lange genug leben, um in das Land zu kommen, das dir und deinem Volk versprochen ist."

Er drückte meine Schulter und sein sanfter Atem streifte meinen Nacken. „Was soll ich tun? Um deine Heilung bitten?"

Ich lächelte über die Freundlichkeit in seiner Stimme. Seit wir uns am Brunnen begegnet waren, hatte ich ihn selten anders erlebt.

„Dein Gott hat keinen Grund, mich zu heilen. Aber Femi – sie sollte einen Mann haben, um ihrer Sicherheit willen. Sie hat niemanden in diesem Lager und Miriam mag sie nicht.

Wenn dir Femi etwas bedeutet, solltest du sie zu deiner Frau machen."

Sein Griff an meiner Schulter wurde fester. „Ich werde sie beschützen und für sie sorgen, aber ich hatte nie daran gedacht, eine zweite Frau zu nehmen. Du bist die einzige Frau, die ich je gewollt habe."

Ich lachte. „Du wolltest mich nicht. Mein Vater hat dich zu dieser Heirat gebracht."

„Dein Vater ist nicht so schlau, wie du denkst."

„Er hat dich eifersüchtig gemacht! Du hättest mich nicht heiraten wollen, wenn er nicht alle diese anderen Männer erwähnt hätte –"

„Du hast keine hohe Meinung von mir. Soweit ich mich erinnere, war es nicht leicht für mich, den Verheiratungsversuchen deines Vaters mit seinen anderen fünf Töchtern zu widerstehen."

Ich biss mir auf die Lippen und errötete vor Freude. „Du ... du hast wirklich auf mich gewartet?"

„Wer sonst von Reguels Töchtern hatte den Mut, jedem die Meinung zu sagen? Ja, Zippora. Ich habe auf dich gewartet."

Ich rührte mich nicht und gab mich meinem Glücksgefühl hin. Dann drückte ich seine Hand. „Ich werde mich nicht bedroht fühlen, wenn du eine andere Frau nimmst, Mose. Außerdem bin ich nicht mehr stark, und Femi wird dir helfen können, falls ich gebrechlich werde. Miriam ist ... mit anderen Dingen beschäftigt."

Mein Mann antwortete zuerst nicht. Schließlich drehte sein starker Arm mich zu ihm herum. Er sah mich lange an und nahm mich dann in seine Arme. „Ich werde darüber nachdenken." In seiner Stimme lagen Wärme und Dankbarkeit. „Danke, dass du an sie gedacht hast, Zippora. Und an mich."

MIRYAM

Mit der Einführung der Gesetze und der Zehn Gebote kam Ordnung in unser Lager. Zum ersten Mal seit dem Verlassen Mizraims machten sich die Kinder Israels an die Arbeit eines Projektes, das nicht nur unseren einzelnen Haushalten und Stämmen diente, sondern einem höheren Zweck. Und wir hatten Freude an der Arbeit.

Jahwe schien keine Eile zu haben, uns vom Sinai fortzuführen. Die Shekina hing auch weiterhin über dem Zelt der Begegnung, darum blieben wir, wo wir waren, und machten uns eifrig an unsere Arbeit und beschäftigten uns mit den Gesetzen für uns - ein Volk, das direkt von Gott regiert wurde.

Zu Beginn jedes Tages lehrte Moshe die Ältesten, die sich dann zerstreuten und die Obersten lehrten, die dann wieder das Gelernte an die Männer unter ihnen weitergaben. Durch die Anweisungen von Jahwes Gesetz lernten wir, wie wir Gott anbeten und miteinander umgehen sollten; das Gesetz zeigte uns, wie wir die sieben Feste und fünf Opferungen halten sollten; durch das Gesetz lernten wir Einzelheiten zu unserer Ernährung, zum Umgang mit Krankheiten und wie die Sauberkeit im Lager erhalten werden sollte. Jahwe gab uns Regeln für die Bodenbestellung, die Besteuerung, den militärischen Dienst, Ehe, Geburt, Scheidung und Familienstrukturen. Schon bald erkannten wir, dass unser Gott klare Vorstellungen von fast jedem Aspekt des Lebens hatte. Wir erfuhren, dass er von seinem Volk einen heiligen Lebenswandel forderte. Sünden wie bewusster Ungehorsam oder Perversion würden nicht geduldet werden. Wir sollten heilig sein, so sagte Moshe, weil Jahwe heilig war.

Besondere Erregung im Lager löste die Anweisung für den Bau der Stiftshütte aus. Moshe erklärte, Jahwe wolle nicht mehr fern von uns wohnen, sondern in einem Tabernakel unter uns leben. Jeder mit willigem Herzen konnte seinen Beitrag zum Bau des Zeltes Gottes leisten.

Gott hatte strikte und detaillierte Anweisungen zur Errichtung und Ausstattung seiner Stiftshütte gegeben. Getrieben von der Bereitschaft, Jahwe eine angemessene Wohnung zu errichten, reagierte unser Volk mit unerwarteter Großzügigkeit. Ein Vorratszelt wurde mit Broschen, Ringen und Halsketten gefüllt. Für die Stiftshütte waren auch Stoffe notwendig und so stapelten sich neben den Ziegenfellen, den gefärbten Widderfellen und dem Gerbleder auch Stoffe in Blau, Purpur und Scharlachrot. Die Familien brachten Olivenöl für die Lampen, duftenden Weihrauch und Gewürze für das Salböl, Onyx und andere Steine für das Efod des Hohepriesters sowie Silber, Bronze und wertvolles Akazienholz.

Dann sagte Moshe uns: „Jahwe hat Bezalel, den Sohn von Uri, den Sohn von Hur, vom Stamm Yehuda, ausgewählt, die Gold-, Silber- und Bronzearbeiten zu übernehmen. Gott hat Bezalel und Oholiab, dem Sohn Ahisamachs, vom Stamme Dan, Weisheit gegeben, alle Arbeiten des Goldschmieds, des Kunstwirkers und des Stickers zu übernehmen."

So nahmen Bezalel und Oholiab und alle anderen Handwerker das Material und begannen mit dem Bau der Stiftshütte und all den Dingen, die dafür gebraucht wurden, auch der Bundeslade, einem Behälter, in dem die Steintafeln aufbewahrt werden sollten, die Moshe vom Berg Sinai mit heruntergebracht hatte. Die Leute brachten auch weiterhin Opfergaben, bis Moshe ihnen sagte, sie sollten damit aufhören.

Monatelang waren die Handwerker bei der Arbeit und am ersten Tag des ersten neuen Mondes im zweiten Jahr wurde das Tabernakel in der Mitte unseres Lagers errichtet. Unter den staunenden Blicken Aharons und seiner Söhne setzte Moshe die Stiftshütte zusammen, indem er den Rahmen auf den Boden legte und die Querstangen und die Pfosten befestigte. Dann breitete er die Decken über den Rahmen und baute das Dach darauf, genau wie Jahwe ihm geboten hatte.

Er legte die Steintafeln mit dem Gesetz, das er auf dem Berg Sinai bekommen hatte, in die Lade; dann befestigte er die Tragestangen daran. Auch legte er den Deckel der Lade – den Ort der Versöhnung – auf die vergoldete Kiste. Dann brachte er die Bundeslade in die Stiftshütte und hängte den inneren Vorhang auf, um sie vor Blicken abzuschirmen, genau wie Jahwe ihm gesagt hatte.

Einmal im Jahr, so hatte Moshe erklärt, würde Aharon, unser Hohepriester, das Allerheiligste betreten und Blut auf den Gnadenthron auf der Lade sprengen. Dieses Blutopfer würde zwischen uns und dem heiligen Zorn Gottes stehen.

Als Nächstes brachte Moshe den Tisch ins Tabernakel und stellte ihn an der Nordseite des Heiligtums auf, unmittelbar vor dem inneren Vorhang. Er legte die zwölf Schaubrote, je eines für jeden der zwölf Stämme Israels, auf den Tisch, der vor dem Herrn steht, genau wie Jahwe befohlen hatte.

Dann stellte Moshe den goldenen Leuchter hinein, dem Tisch gegenüber auf die Südseite des Heiligtums. Er stellte die Lampen in der Gegenwart des Herrn auf und errichtete den Räucheraltar im Heiligtum vor dem inneren Vorhang. Darauf verbrannte er den duftenden Weihrauch, genau wie Jahwe befohlen hatte.

Auf dem Leuchter, der fast mannshoch war, standen sieben Lampen, die niemals gleichzeitig ausgehen durften. Die Priester würden jeden Abend süße Gewürze auf dem Räucheraltar verbrennen als Symbol für die Gebete, die wir jeden Abend zu Gott sprachen.

Er hängte den Vorhang vor den Eingang und stellte den Bronzealtar für das Brandopfer in die Nähe des Eingangs zur Stiftshütte. Darauf legte er ein Brandopfer und ein Speiseopfer, genau wie Jahwe befohlen hatte.

Als Nächstes stellte er das große Becken zwischen die Stiftshütte und den Altar. Er füllte es mit Wasser, damit die Priester sich damit reinigen konnten. Wann immer Moshe, Aharon oder Aharons Söhne an dem Altar vorbeikamen, um das Tabernakel zu betreten, sollten sie stehen bleiben und ihre Hände und Füße waschen.

Dann hängte Moshe die Vorhänge auf, die den Vorhof für die Stiftshütte und den Altar bilden sollten. Und schließlich hängte er noch die Decke vor den Eingang des Vorhofes und damit hatte Moshe seine Arbeit endlich beendet.

Die Shekina stand über der Stiftshütte und die herrliche Gegenwart Jahwes erfüllte das Allerheiligste. Von Ehrfurcht ergriffen trat Moshe zurück und erklärte, wann immer sich die Wolke erheben würde, sollten die Kinder Israels ihr folgen. Bewegte sich die Wolke nicht, würden auch wir rasten.

Wie die Ägypter, deren Gott in der Person des Pharaos unter ihnen lebte, wohnte unser Gott nun in unserer Mitte. Aber wir feierten seine Gegenwart nicht mit Tanzen, Trinken oder unmoralischen Exzessen. Die meisten von uns saßen ehrfürchtig in den Eingängen ihrer Zelte, mit weit aufgerissenen Augen und demütig in dem Wissen, dass Jahwe, der einen Bund mit Israel geschlossen und Ägypten unseretwegen gedemütigt hatte, vom Himmel herabgestiegen war, um unter uns zu leben.

Am 20. Tag des zweiten Monats des zweiten Jahres, seit wir Ägypten verlassen hatten, bewegte sich die Wolke von ihrem Platz ... und wir folgten ihr. Als sich die Shekina von der Stiftshütte hob, berief sich Moshe auf Jahwes Versprechen mit einem Gebet: „Herr, steh auf und lass deine Feinde zerstreut werden. Lass sie vor dir fliehen!"

In den 11 Monaten, die wir am Fuß des Berges Sinai gelagert hatten, hatte Moshe uns organisiert. In Vorbereitung auf die kommende Eroberung Kanaans hatte er alle Männer aufgelistet, die 20 Jahre und älter waren. Zu meinem Erstaunen konnten wir ehemaligen Sklaven nun mit einer Armee von 603.550 Männern aufwarten. Moshes Vision von unserem triumphalen Einzug in das Land, das Jahwe uns versprochen hatte, schien gar nicht mehr so unwahrscheinlich.

Nach der Errichtung der Stiftshütte reisten und lagerten wir nach Stämmen, die um die Wohnung Gottes herum angeordnet waren. Die Stämme Yehuda, Yssakhar und Zevulum führten unseren Zug an, denn sie lagerten östlich des Tabernakels. Die Gerschoniter und Herariter, Gruppen des Stammes Levi, folgten ihnen mit der zerlegten Stiftshütte. Danach kamen die Stämme Re'uven, Shim'on und Gad, die im Süden lagerten. Die Kehatiter folgten ihnen, Leviten, die die Einrichtungsgegenstände der Stiftshütte mit sich führten; danach kamen die Stämme Efrayim, Menashe und Binyamin, die westlich des Tabernakels lagerten. Die Stämme Dan, Ascher und Naftali bildeten den Schluss, und am Ende des Tages schlugen sie ihr Lager im Norden der Stiftshütte auf.

Nachdem uns die Wolke einen ganzen Tag lang durch Sand und Wind geführt hatte, ruhte sie, und Moshe beendete unseren Marsch mit einem anderen Gebet: „Komm wieder, Herr, zu deinem Volk Israel!“

Sosehr ich mich auch freute zu wissen, dass wir jetzt nach Norden, zum Land der Verheißung, zogen, war meine Freude getrübt, solange die *Erev Rav* in unserem Lager lebten. Der Zwischenfall mit dem goldenen Kalb hatte 3.000 der Untreuen das Leben gekostet und die darauf folgende Seuche hatte viele weitere dahingerafft. Gott hatte auch in Tabera murrende Israeliten aus unserer Mitte ausgelöscht, als Feuer vom Herrn diejenigen verbrannte, die sich über unsere Nöte beklagten, und bei Kibrot-Hatta starben viele Menschen an einer Seuche, die Gott schickte, um ihr Murren zu stoppen.

Ich schrieb die Schuld an den Schwierigkeiten bei Kibrot-Hatta dem ausländischen Gesindel unter uns zu, denn dieses Lumpenpack stiftete unser Volk an, sich zurück nach Mizraim zu seinem Reichtum an Fisch, Gurken, Wassermelonen, Lauch, Zwiebeln und Knoblauch zu wünschen.

Obwohl Gott das Gesindel ausgedünnt hatte, waren noch immer Ausländer unter uns, sie lebten bei uns, aßen mit uns und beteten mit uns an ... oder taten zumindest so. Obwohl ich nie sah, dass Tzippora Essen vor ein Götzenbild stellte, wusste ich, dass sie es in ihrer Kiste aufbewahrte; und nur der Himmel wusste, was für dunkle Gottheiten Femi in ihrem Herzen bei sich trug. Obwohl sie und Tzippora äußerlich den Geboten Jahwes folgten, fragte ich mich doch, welche Gemeinschaft sie mit uns haben konnten. Wir waren die Kinder Israels, die Erben des Bundes, den Gott mit Avraham, Yitzhak und Yaakov aufgerichtet hatte. Tzippora wies zwar gern darauf hin, dass auch die Kinder Midians von Avraham abstammten, doch ihre Worte hatten keine Wirkung auf diejenigen, die die ganze Geschichte unseres Volkes kannten. In Wahrheit hatte unser Vater Avraham die Kinder Keturas fortgeschickt, damit sie nicht mit den Kindern Yitzhaks aneinandergerieten, aber hier waren sie und breiteten sich unter uns aus in der Hoffnung, ein paar Krumen vom Tisch zu ergattern.

Ich hätte vielleicht gelernt, eine kleine Gruppe von Heiden im Lager zu dulden, aber ich konnte denen, die in meiner Nähe lebten, nicht entkommen. Ich musste mich nicht nur mit Tzippora und Femi abfinden, die unter meinem Dach lebten. Auch Tzipporas Söhne Gerschom und Elieser und ihr Bruder Hobab stellten ihre Zelte in unserer unmittelbaren Nähe auf. Ich hatte gehofft, Hobab würde gehen, als wir die Wüste in der Nähe Midians verließen, aber Moshe hatte ihn eingeladen, auch weiterhin bei uns zu bleiben.

In Hazerot erreichte mein Zorn seinen Höhepunkt. Als ich eines Abends nach dem Abendessen ins Zelt zurückkehrte, fand ich Tzippora auf einem Lammfell liegend in der Ecke vor, in der Femi normalerweise schlief. Fassungslos starrte ich sie an.

Als sie meinen schockierten Gesichtsausdruck bemerkte, schlich sich etwas Hinterlistiges in ihren Blick. „Keine Sorge, das ist nur vorübergehend." Sie zog sich eine Decke über die

Schulter und rollte sich auf die Seite. „Ich dachte, Mose und seine neue Frau sollten die Gelegenheit haben, einmal allein zu sein.“

Ich schnappte nach Luft. „Seine *was*?“

Sie lächelte und ein zufriedener Ausdruck legte sich auf ihr Gesicht. „Mose hat sich eine zweite Frau genommen.“

Ich öffnete den Mund, brachte die Frage aber nicht über die Lippen. Ich konnte mir nicht vorstellen, wen oder wieso Moshe heiraten wollte, aber mir fiel nur eine Frau ein, die Tzippora neben sich bei ihrem Mann dulden würde.

„Ja.“ Ein Lächeln umspielte ihre Mundwinkel. „Mose hat Femi geheiratet. Jetzt wird sie in diesem Lager respektiert werden.“

Ich umklammerte den Pfosten, der unser Zelt stützte, als alles Blut aus meinem Kopf wich. Dann drehte ich mich um, damit die Midianiterin mein Gesicht nicht sehen konnte.

Das hatte sie mit Absicht getan. Sie hatte sich nicht damit zufriedengegeben, Moshes Reinheit mit ihrer Eheschließung zu besudeln; sie war entschlossen gewesen, ihn noch weiter zu erniedrigen, indem er sich mit einer heidnischen Frau verheiratete, mit einer Haut so schwarz wie der Nachthimmel.

Wortlos taumelte ich zu dem Zelt, in dem Aharon und Elischeba lebten. Nach dem langen Tag waren sie zweifellos müde, aber eine starke Dosis Empörung würde sie wieder wach machen, damit sie mit mir zusammen Moshe zur Rede stellten.

„Aharon!“, rief ich mit heiserer Stimme. „Aharon, komm heraus!“

Ich hörte ein Rascheln; dann steckte mein Bruder den Kopf durch die Öffnung. „Miryam? Was ist los?“

Ich deutete mit dem Daumen zu meinem Zelt, wo sich das Unaussprechliche ereignet hatte. „Es geht um Moshe. Er hat sich noch eine Frau genommen.“

Der Schreck in Aharons Gesicht wich der Müdigkeit. „Das weiß ich, Miryam. Ich habe die Vereinigung selbst gesegnet.“

„Du hast *was* getan?“

„Komm herein. Du weckst noch das ganze Lager auf.“

Ich trat in Aharons Zelt ein, aber nicht einmal Elischebas freundliches Lächeln konnte meinen Zorn abkühlen. Der Hass ließ meine Stimme scharf werden und ich fuchtelte mit dem Finger vor Aharons Gesicht herum. „Hat Jahwe uns nicht gesagt, wir sollen keine Frauen aus anderen Königreichen nehmen? Doch Moshe hat eine Frau aus Kusch genommen, und jetzt wird sie hinter ihm gehen, als sei sie eine von uns!“

Aharon blickte zu Elischeba hinüber, die zusammenzuckte. Ganz eindeutig wollte sie sich an diesem Gespräch nicht beteiligen. „Jahwe hat uns gesagt, wir sollen keine Frauen aus dem Land Kanaan nehmen“, korrigierte Aharon mich mit nachdenklicher Stimme. „Er hat nichts gegen Kusch gesagt.“

„Muss er denn jedes Königreich einzeln auflisten, um klarzumachen, was er meint? Jahwe möchte, dass wir rein und ihm ergeben bleiben! Außerdem, wenn Moshe diese Frau beschützen wollte, hätte er sie zu seiner Konkubine oder seiner Sklavin machen können. Sie war doch bereits Dienerin in unserem Haushalt – warum musste er sie *heiraten*?“

Aharon hob die Hand und blickte seine Frau an. „Ich habe sie gesegnet, weil Moshe mich darum gebeten hat. Aber eine Frau reicht eigentlich für jeden Mann.“

Kopfschüttelnd stieß ich ein verbittertes Lachen aus. „Wie viele Frauen braucht ein 82-jähriger Mann? Bestimmt möchte er in seinem Alter doch keine Kinder mehr zeugen! Außerdem ist die Kuschiterin nicht mehr so jung. Er hat sie bestimmt nicht zu seinem Vergnügen geheiratet.“

Ein kalter Wind fuhr durch die Zeltöffnung und Elischeba wickelte ihren Schal enger um ihre Schultern. „Vielleicht möchte dein Bruder dieser Frau ein Heim geben.“

Ich schnaubte. „Habe ich ihr denn nicht ein Heim gegeben? Sie hat in unseren Zelten geschlafen, hat unsere Mahlzeiten eingenommen und ist mit unserem Stamm marschiert, seit wir Mizraim verlassen haben. Sie ist weder ein Kind noch ein Krüppel, dass wir Mitleid mit ihr haben müssten!"

„Moshe hat die Gabe der Überzeugung." Aharon presste die Lippen aufeinander und starrte auf die flatternde Zeltklappe. „Und er tut, was er will. Er lässt sich von niemandem etwas vorschreiben."

„Aber er ist unser *jüngerer* Bruder." Ich ließ die Worte einen Augenblick lang in der Luft hängen und gab Aharon damit die Gelegenheit, sich daran zu erinnern, dass er sein Leben lang bei mir Rat gesucht hatte. Schließlich wandte ich mich an meine verwirrte Schwägerin. „Sag mir, Elischeba, hast du je von so etwas gehört? Seit wann herrscht der jüngere Sohn über den älteren?"

Ein Lächeln trat auf ihre Lippen. „Yaakov bekam den Segen, der für Esau bestimmt war. Und Yaakov hat Efrayim vor Menashe gesegnet."

Ich funkelte sie an – die Frau war bei einem Streit noch nie besonders hilfreich gewesen.

Aharon hob die Hand. „Hat Jahwe nicht durch uns gesprochen? Hat er in Mizraim nicht durch mich zu den Kindern Israels gesprochen? Ohne mich hätte Moshe nicht zu ihnen reden können."

„Und hat Jahwe mich nicht unter den Frauen gebraucht? Wer sonst hätte Moshes Worte zu den Müttern und Töchtern Israels bringen können?"

Aharon trommelte nervös mit den Fingern gegen den Pfosten. „Es ist nicht richtig, dass Moshe eine zweite Frau nimmt. Diese Sache war schlecht beraten."

„Vor allem keine Frau aus Kusch statt aus unserem Volk. Wir sollten diese Angelegenheit morgen vor die Ältesten bringen. Wir sollten sie diese Sache nach dem Gesetz entscheiden lassen. Moshe soll wie jeder von uns unter dem Gesetz stehen."

„Morgen", stimmte Aharon zu. „Wir werden uns morgen darum kümmern." Er erhob sich und schlurfte zu seiner Schlafmatte in der Ecke des Zeltes, und auf einmal wurde mir klar, dass ich keinen Platz zum Schlafen hatte. Nachdem ich im Zorn davongestürmt war, konnte ich nicht in mein Zelt zurückkehren, aber Aharon hatte mir seine Gastfreundschaft nicht angeboten.

„Bitte, Miryam, bleibe doch heute Nacht hier." Elischebas leise Stimme durchdrang meine Gedanken. „Schieb diese Sache von dir. Morgen früh wird alles weniger schlimm aussehen."

Ich dankte ihr für ihre Gastfreundschaft und zog ein Schaffell von einem Stapel neben dem Eingang, aber ich bezweifelte, dass sich meine Gefühle vor dem Sonnenaufgang verändern würden.

Meine Intuition erwies sich als richtig. Mein Zorn kochte während der Nacht weiter, und als Aharon aus seiner Kammer kam, hatte ich mein Herz bereits mit gerechter Entschlossenheit gegürtet. Die Ältesten würden von Moshes Heirat erfahren und wir würden die Entscheidung in dieser Angelegenheit ihnen überlassen. Wenn sie diese Vereinigung nicht verbieten würden, konnte Aharon diese Sache vielleicht im Zelt der Begegnung vor Jahwe bringen.

Kaum hatte ich Aharon einen guten Morgen gewünscht, als ich ein Geräusch hörte, wie ich es noch nie wahrgenommen hatte – und ich wusste sofort, dass dies die Stimme Jahwes war. Diese Stimme vibrierte nicht vor Macht wie die überwältigenden Stimmen, die ich am Sinai gehört hatte, sondern durchschnitt die Luft wie ein Speer, scharf und spitz.

„Kommt heraus! Moshe, Aharon und Miryam, kommt sofort zum Zelt der Zusammenkunft!"

Ich schaute Aharon an und erkannte an seinem starren Gesichtsausdruck, dass er die Stimme ebenfalls gehört hatte. Auch Elischeba war so blass wie der Tod geworden und stand zitternd in der Mitte des Zeltes. „Was ist das?" Ihre Hand fuhr an ihre Lippen. „Aharon? Hast du das gehört?"

Ich drückte ihr beruhigend die Schulter. „Gott ruft Aharon und mich beim Namen, Elischeba. Warte hier, während wir zu Jahwe gehen!"

Überzeugt davon, dass Gott unsere Bedenken gehört und für richtig befunden hatte, gingen Aharon und ich zum Tabernakel. Als wir vor dem Eingang standen, sahen wir Moshe mit fragendem Blick aus seinem Zelt kommen. Ich kaute an meiner Lippe und hoffte, die Kuschitin und die Midianiterin würden ebenfalls herauskommen. Sie sollten das miterleben.

Bevor wir ihn begrüßen konnten, stieg Jahwe in einer Wolkensäule herab und füllte den Eingang zur Stiftshütte aus, sodass wir nicht eintreten konnten. Obwohl ich reglos stehen blieb, begann ich innerlich zu zittern, und wieder fragte ich mich, wie Moshe in der Gegenwart Gottes stehen konnte, ohne den Drang zu verspüren, wegzulaufen, zu lachen oder hysterisch zu schreien.

Ich hatte mich danach gesehnt, mit Gott zu sprechen, so wie er es tat, und heute endlich hatte Jahwe mich zu sich gerufen. Wenn ich die Begegnung nur heil überstand ...

„Aharon und Miryam, tretet vor!" Die Stimme trieb mich an wie ein Eisenstab und forderte eine sofortige Reaktion. Ich hätte es für das Beste gehalten, wenn Jahwe diese Aussprache mit uns im Innern des Tabernakels geführt hätte, denn vielleicht wäre es doch besser, die Angelegenheit von Moshes unpassender Eheschließung in der Abgeschiedenheit der Stiftshütte zu behandeln.

Die Bedenken, die mein Unterbewusstsein gequält hatten, erreichten ihren Höhepunkt und fielen in sich zusammen, als Jahwes Worte wie eine Wand reiner Energie über uns hinwegrollten. „Hört her! Wenn ich Propheten zu euch sende, offenbare ich mich ihnen in Visionen und spreche zu ihnen in Träumen. Mit meinem Diener Mose aber halte ich es anders. Ihm habe ich mein ganzes Haus anvertraut. Deshalb rede ich zu ihm wie ein Mensch zu einem anderen, in klaren, eindeutigen Worten. Er darf sogar mich selbst sehen. Wie könnt ihr es wagen, ihm etwas vorzuwerfen?“

Die Fähigkeit, zu sprechen und zu denken, floh von mir. Die Selbstsicherheit, die ich noch Augenblicke zuvor empfunden hatte, verschwand wie der Tau unter der sengenden Sonne und ich blieb zurück in einem Meer von Entsetzen, Scham und Reue. Die Wolkensäule wirbelte und meine Augen brannten, als ich den lodernden Zorn Jahwes darin spürte. Ich fühlte mich in diesem Augenblick vollkommen nackt und ausgeliefert. Alle Farbe verschwand aus der Welt und das Rauschen der Wolke wurde unerträglich, doch gerade als ich dachte, ich würde in Ohnmacht fallen, erhob sich die Shekina und kehrte ins Heiligtum zurück.

Nach dem Lärm schien die anschließende Stille so schwer wie die Wogen zu sein, die Pharao und seine Armee ertränkt hatten. Ich drehte mich um und sah Aharon, der sein Gesicht in seinen Händen verborgen hatte. Eine neugierige Menge starrte uns mit offenem Mund an.

Ich senkte den Kopf und bemerkte das Muster des aufgewirbelten Sandes vor mir; dann wurde die Stille durch den Schrei einer Frau zerrissen. Ich sah auf; die Frau deutete auf mich. Hinter ihr tuschelten die Leute miteinander; ihre Stimmen waren wie das Rascheln der Blätter im Wind.

„Tzaraat!“, hörte ich jemanden sagen. „Sie hat Tzaraat!“

Sie? Ich sah mich um, konnte jedoch keine Frau mit der gefürchteten Krankheit entdecken. Dann sah ich auf meine Hände und spürte, wie das Entsetzen an meinem Rückgrat hochkroch – meine Hände, meine Arme und sogar meine Zehen waren weiß von der leprösen Hautkrankheit, die sofortige Verbannung für jeden bedeutete, der so unglücklich war, sie zu bekommen.

Aharon redete eifrig auf Moshe ein, mich zu verschonen. „Bitte, mein Herr, bestrafe uns nicht wegen einer Dummheit! Lass sie nicht sein wie eine Totgeburt, die bereits halb verwest aus dem Leib ihrer Mutter kommt!“

Ich konnte Moshe nicht ansehen. Mit ihm hatte ich nicht

über seine Heirat gesprochen, darum hatte er gar keine Ahnung, warum ich zu Aharon gegangen war oder warum sich der Herr gegen uns gestellt hatte.

Ohne zu fragen, was wir getan hatten, das eine solche Strafe verdient hätte, hob Moshe die Hände zur Wolke über der Stiftshütte: „Lass sie doch wieder gesund werden, Herr!"

Mit nachdrücklicher Stimme antwortete Jahwe: „Sie muss sieben Tage lang aus dem Lager ausgesperrt werden, dann könnt ihr sie wieder in eure Gemeinschaft aufnehmen."

Niemand musste mir sagen, was als Nächstes geschehen musste, denn wie jeder andere im Lager Israels hatte ich die Reinigungsvorschriften gehört. Da meine Hände, meine Füße und mein Gesicht die Zeichen des Gerichts Jahwes trugen, durfte ich niemanden berühren oder Vorräte in mein Exil mitnehmen. Ich war unrein und musste sofort das Lager verlassen.

Aharon fiel auf die Knie und bat Jahwe um Gnade, doch Moshe sah mich fest an. „Sieben Tage." Seine Stimme brach. „Dann werden wir dich wieder aufnehmen."

Wortlos und ohne Mitleid zu erheischen, schritt ich durch die Menge, die sich bei meinem Näherkommen teilte wie das Rote Meer. Ich blieb am Ende des Lagers stehen und fragte mich, ob ich wohl um ein Ziegenfell oder einen Wasserkrug bitten konnte, doch dann fiel mir ein, dass ein unreiner Mensch nichts anfassen durfte.

„Warte!" Ich erkannte Tzipporas Stimme und ihre eiligen Schritte. Ich hob die Hände und wich zurück, doch sie blieb erst kurz vor mir stehen. Sie zog etwas aus dem Gürtel und streckte es mir entgegen. Es war ein Stück roter Granit, so breit wie meine Hand und so lang wie mein Finger. Zwei Seiten waren vollkommen glatt, die anderen rau und mit Rillen. Eine unheimliche Stille hing über der Menge, als sie es mir anbot.

„Ich weiß nicht, ob dir das helfen wird, aber es könnte durchaus sein."

Ich starrte sie an. „Was ist das?"

„Es ist ein Stück von den zehn Worten – von den Tafeln, die Mose zerbrochen hat, als er vom Berg gekommen ist. Es ist heilig, nicht?"

Die Heidin glaubte, ich hätte Verwendung für einen Schutztalisman. Ich wollte sie ignorieren und einfach davongehen, aber wie konnte ich ein Stück Stein ablehnen, das Jahwe eigenhändig beschrieben hatte, wo das ganze Volk auf mich sah.

Ich streckte die Hand aus und sie ließ das Steinstück hineinfallen. Ich steckte es in meinen Gürtel. Offensichtlich zufriedengestellt trat Tzippora zurück und überließ mich meinem Schicksal.

Vor dem Lager ertönte der traurige Ruf eines Schakals. Ich schob mein Kinn vor, wandte den Blick ab und ging durch das Tor, ganz allein.

Wenn öffentliche Demütigung nicht der bitterste Becher der Welt ist, so gehört er sicherlich zu denen, die ganz besonders faul schmecken. Ich verließ unser Lager geschlagen ... und zornig.

An dem ersten Tag empfand ich nichts als höchste Kränkung. Die Tränen verschleierten mir den Blick auf die orangefarbenen Felsen vor unserem Lager, und mir wurde klar, dass ich gar keine Gelegenheit gehabt hatte, meinen Fall Jahwe oder auch nur Moshe vorzutragen. Was für ein Gott richtete die Bittenden, bevor er ihnen Erlaubnis gab zu sprechen? Was für eine Gottheit übersah die Sünden seines bevorzugten Sprechers, während er die guten Absichten der älteren Schwester bestrafte? Nicht einmal die Götter von Mizraim waren so unberechenbar.

Ich widerstand der Aufwallung des Zornes, der mir in den Ohren rauschte, und taumelte auf der Suche nach Schutz in den Felsen am Rande unseres Lagers herum. Jahwes Urteil war ungerecht gewesen und er hatte mich vor dem ganzen Lager und zwei ausländischen Frauen, die ich verachtete, gestraft. Diese Strafe – dass meine Haut weiß wurde, weil ich mich darüber beklagt hatte, dass Moshe eine Frau geheiratet hatte, deren Haut schwarz war – kam mir vor wie ein grausamer Scherz und nicht wie ein angemessenes Urteil. Femi und Tzippora würden bestimmt lachen.

Moshe würde ihr Verhalten natürlich nicht bemerken. Er war denen, die er liebte, blind ergeben. Er lebte in einer anderen Welt als wir anderen; das Leid des Lebens hatte seiner Seele noch keine Narben zugefügt. Während wir anderen Sklaverei, Schläge, Hunger und Mord erduldeten, war er von einer königlichen Mutter verwöhnt und geliebt worden und hatte bei einem fremden Volk Schutz gefunden. Was wusste er von uns, seinen eigentlichen Verwandten? Buchstäblich nichts! Noch immer beherrschte er unsere Sprache nicht richtig! In vieler Hinsicht war er wie ein verwöhntes Kind – er war nicht fordernd, doch er erwartete bestimmte Dinge und bekam sie auch immer. Er bat Jahwe und dieser gab ihm, so wie Moshe früher seine ihn liebende ägyptische Mutter um Dinge gebeten und sie bekommen hatte.

Es war nicht gerecht! Moshe hatte nie einen Partner oder ein Kind verloren, und er war nicht da gewesen, als Aharon und ich unsere Mutter und unseren Vater begraben mussten. Er hatte die Peitschenstriemen auf dem Rücken unseres Vaters nie mit Öl eingerieben, und er brauchte auch unsere am Boden zerstörte Mutter nicht zu trösten, nachdem sie ihr Lieblingskind einer anderen Frau übergeben hatte.

Meine erste Nacht außerhalb des Lagers war mit bitterem Weinen ausgefüllt. Mein Magen krampfte sich vor Hunger zusammen, meine Kehle war ausgedörrt vor Durst. Ich hatte mich nicht auf dieses plötzliche Exil vorbereiten können. Und wenn ich hier draußen starb? Würde es jemanden kümmern? Vielleicht wäre es das Beste, wenn es so käme, denn mein Tod würde Moshe und Aharon zur Vernunft bringen ...

und vielleicht wäre die Erinnerung an mich dann erfüllt von Mitleid anstatt von Scham.

Wenn ich diese Woche überlebte, wie konnte ich nach einer solchen Demütigung ins Lager zurückkehren? Ich war *Miryam*, die Schwester von Moshe und Aharon, und ich hatte alles miterlebt, was sich in Mizraim ereignet hatte. Die Leute neigten respektvoll den Kopf, wenn ich vorbeiging, denn ich war mit Moshe und Aharon im Audienzsaal des Pharaos gewesen; meine Augen hatten den Niedergang des mächtigsten Königs der Welt mit angesehen. Ich hatte über Moshe im Schilf gewacht. Mir verdankte er sein Leben; mir verdankte er sein Wissen, seine Fähigkeiten und seinen Einfluss.

Der Mond war über der Wüste aufgegangen, als ich endlich einen Lagerplatz in den Felsen fand. Ich richtete mich in einer schmalen Felsspalte ein, wickelte mich in meinen Schal und zitterte. Ich weinte, bis die Erschöpfung mich übermannte, dann fiel ich in einen leichten Schlaf, in dem sich die Emotionen des Tages mit undefinierbaren Traumfetzen mischten.

Ich rührte mich nicht, bis das Morgenlicht mein Gesicht berührte. Zuerst wusste ich nicht, wo ich war, doch als ich den Schleier von meinen Augen ziehen wollte, fiel ein daumennagelgroßes Stück Haut von meiner Hand auf mein dunkles Gewand. Da fiel es mir wieder ein.

Der zweite Tag war schlimm. Mein Körper litt, aber auch mein Herz. Mein wundes Fleisch juckte entsetzlich, aber wenn ich mich kratzte, dann fiel die Haut in Fetzen ab. Alles, was über ein vorsichtiges Reiben hinausging, entblößte das rohe Fleisch, das schmerzte und blutete. Ohne die schützenden weißen Schuppen nässte meine Haut, und die sengende Sonne trocknete die Nässe zu einer Kruste, die an meinem Gewand festklebte und immer wieder aufbrach, wenn ich mich bewegte.

Der Sand drang in jede Falte meines Gewandes und jede Pore meiner geschundenen Haut ein. Und während ich mich kratzte, jammerte, stöhnte und weinte, lösten sich die Bilder von meinem Leben im Lager vor meinem inneren Auge ab. Unmittelbar hinter dem Bergrücken bereiteten Femi und Tzippora jetzt wohl eine Manna-Mahlzeit für Moshe, der sie zweifellos genießen würde. Die Frauen, die ihre Wasserkrüge an der Quelle füllten, sprachen bestimmt über mich, und ein paar von ihnen würden bei Elischebas Zelt anhalten und so tun, als wollten sie Trost spenden, während sie eigentlich auf Klatsch aus waren.

Eifersucht vergiftete mein Herz und brannte wie Nesseln. Warum bekamen Aharon und Elischeba Trost, während ich allein leiden musste? Warum war ich verbannt worden, wo Aharon doch an meiner Sünde teilgehabt hatte? Er hatte auch an Moshe gezweifelt, und er war bereit gewesen, mit mir zusammen gegen seine kuschitische Frau vorzugehen. Zwar hatte ich die Diskussion ausgelöst, aber Aharon hatte viel schlimmere Dinge getan – er hatte immerhin das goldene Kalb geschaffen.

Ich hatte das nicht verdient. Ich war immer eine Führerin unter den Frauen gewesen und meine beiden Brüder hatten meinen Rat gesucht. Aharon konnte kein neues Gewand auswählen ohne meinen oder Elischebas Rat, und vor ein paar Monaten konnte Moshe nicht einmal einem israelitischen Landsmann guten Morgen wünschen, ohne dass ich ihm das richtige Wort ins Ohr flüsterte.

Ich hatte es nicht verdient!

Nachdem ich lange durch die Hitze des Tages gelaufen war, entdeckte ich einen Wacholderbaum und daneben eine kleine Quelle an einem Felsen. Ich fiel vor der Quelle auf die Knie und sah im Wasserspiegel zum ersten Mal mein von der Krankheit gezeichnetes Gesicht. Ich sah schlimm aus. Meine hohen Wangenknochen waren mit nässender Haut bedeckt, meine hohe Stirn war eine einzige Fläche gefleckten Gewebes. Blutunterlaufene Augen starrten mich über einer aufgerissenen und blutenden Nase an. Meine Lippen, die einst einen Mann geküsst und ein Neugeborenes liebkost hatten, waren aufgedunsen und gesprungen.

Ich legte mich an den Rand der Quelle und flehte Jahwe an, mein Leben hinzunehmen. Ein gnädiger Gott würde nicht zulassen, dass ich so litt. Während ich auf dem festgetretenen Sand kauerte, stach mich etwas in die Seite, und ich zog den Steinsplitter aus dem Gürtel, den Tzippora mir gegeben hatte. Wie passend – ein Teil von Jahwes zerbrochenem Gesetz verursachte mir Schmerzen. Ich umklammerte den Stein mit meiner Hand, überprüfte seine Schärfe an meiner kranken Haut und überlegte, ob ich die scharfe Kante dazu nutzen sollte, meine Blutbahnen zu öffnen.

In dieser Nacht jedoch siegte die Erschöpfung über die Verzweiflung. Ich schlief neben der Quelle ein und am dritten Tag meiner Verbannung nahm ich meine ganze Kraft zusammen und setzte mich auf. Seit Tagen hatte ich nichts mehr gegessen, aber mein Appetit war mir zusammen mit meinem Lebenswillen abhandengekommen.

Schmerzhafte Stiche zuckten durch meinen Arm und meine Hand. Mit großer Mühe öffnete ich meine verkrümmte Hand, einen Finger nach dem anderen, und entdeckte die Steinscherbe in meiner Hand. Irgendwann in der Nacht hatten sich meine Finger um den Stein gekrampft und jetzt blutete die Hand und das Blut passte genau zu der Farbe des Steins. Während ich dasaß und auf das zerbrochene Gesetz Gottes starrte, spürte ich, wie mein Stolz zerbrach. Das Geräusch war plötzlich und laut, wie das Zersplittern eines Tonkruges.

Warum hatte Gott mich aus Mizraim gerettet? Ich war eine alte Frau, eigensinnig und engstirnig. Ich hätte zusammen mit meinen Eltern, meinem Mann und meinem Kind in Ägypten sterben und in dem weichen Lehm des Sumpflandes begraben werden sollen. Ich war nicht auf Abenteuer aus und hatte keine Geduld für neue Ideen, denn ich hatte zu viel Schmerzliches miterlebt. Mein Herz war zu hart, um sich noch zu ändern. Seit meiner Kindheit war mir beigebracht worden, auf die Kultur meines Stammes zu achten und unsere Einzigartigkeit zu wahren, und ich war zu alt, um diese Lektionen jetzt aufzugeben. Wenn Gott Fremde in unseren Bund aufnehmen wollte, dann würde ich nicht widersprechen, aber er konnte nicht von mir erwarten, dass ich es guthieß.

Warum hatte er mich nicht in Ägypten sterben lassen? Ich war 90 Jahre alt, hatte ein erfülltes Leben hinter mir und hätte in dem Wissen sterben können, dass Moshe und Aharon mein Volk aus Mizraim herausführten. Zu wissen, dass wir keine Sklaven mehr waren ... das wäre mir genug gewesen. Ich wollte keine neuen Regeln lernen, keine neuen Schlachten austragen, wollte mein Herz nicht neuen Möglichkeiten öffnen. Mein Vater hatte zu einem stummen Gott gebetet und ich zog Jahwes Schweigen seiner Stimme vor.

„Gott Avrahams, Yitzhaks und Yaakovs", flüsterte ich und meine Stimme war flach und trocken wie die Wüste. „Wenn du gnädig bist, wirst du mich an dieser Quelle sterben lassen."

Ich starb nicht. Der Hunger quälte mich in meinen Träumen und weckte mich am vierten Tag auf. Ich öffnete die Augen und sah den Horizont flimmern vor Hitze unter einem wolkenlosen Himmel.

Ich trank aus der Quelle, dann suchte ich nach Nahrung. Ich wünschte, ich hätte Tzipporas Talente, denn als Wüstenbewohner kannte man alle essbaren Wurzeln und versteckten Tiere. Sie hätte Monate in dieser felsigen Einöde überleben können, während ich mich glücklich schätzen könnte, wenn ich diese eine Woche in der Verbannung überstand.

Ich war immer stolz auf meine Eigenständigkeit gewesen ... aber der Krug, der nie umfiel, war nun auf Treibsand gelandet. Ich fiel neben einem dichten Büschel Artemisia nieder, einer weißen Wermutpflanze mit kleinen gelben Blüten. „Bring mich hier heraus, Gott! Dann werde ich diese Wüstenfrau niemals wieder verspotten."

Am fünften Tag unterbrach ich meine Fastenzeit mit einem Gelege Wachteleier, die ich im Gras fand, und ich spülte sie mit dem Wasser meiner kleinen Quelle hinunter.

Müde und von Schmerzen geplagt kauerte ich auf dem Felsvorsprung, starrte auf mein gespenstisches Spiegelbild und fragte mich, ob das Bild, das ich im Wasser entdeckte, dem entsprach, was Jahwe sah, wenn er in mein Herz schaute.

Die kalte, klare Realität ging wie eine schreckliche Welle über mich hinweg, so machtvoll, dass sie mir den Atem raubte. Jahwe kannte die Gedanken der Menschen; wir hatten das erlebt, als Gott Pharaos Reaktion auf jede Plage vorhersagte. Jahwe wusste also, was im Herzen eines jeden Menschen war, und er kannte auch meines. Im Laufe der vergangenen zwei Jahre hatte er meine Verärgerung, meinen Zorn und meine Eifersucht gesehen ... und wie diese Gefühle mein Glück und meinen Frieden aufgefressen hatten, genau wie der Tzaraat meine Haut. Jahwe war ein Befreier und gleichzeitig ein Zerstörer – der Gott, der mich aus Ägypten gerettet hatte, war auch entschlossen, die unheiligen Dinge in mir zu zerstören.

Ich atmete tief durch und ein Dutzend unterschiedlicher Emotionen prallten aufeinander. Warum war ich so hartherzig gegen Moshes Frauen gewesen? Ich hatte mich nie nach ihm gesehnt, wie eine Frau sich nach ihrem Mann sehnt; ich wollte nur, dass mein Bruder mich als Schwester liebte und mir dankte, dass ich ihm als Kind das Leben gerettet hatte. Aber wie konnte ich von ihm erwarten, dass er dankbar war für eine Tat, an die er sich gar nicht erinnerte?

Ich schluckte den Kloß, der sich in meiner Kehle gebildet hatte, hinunter, fuhr mit meinen wunden Fingerspitzen durch das Wasser und zerstörte damit mein erbärmliches Spiegelbild. Vielleicht war ich eifersüchtig, dass Moshe von so vielen Menschen geliebt wurde. Nach dem Tod meines Mannes hatten die wenigen Männer, die an meinen Vater herangetreten waren, nur ihre Kinder versorgt haben wollen. Nur zwei Jahre lang war ich in meiner Ehe geliebt worden, davor hatten meine Eltern mir immer mehr Verantwortung aufgebürdet als Liebe gegeben. Nur wenige Menschen wussten, dass mein Vater seine Tante geheiratet hatte, eine ältere

Frau, und Mutter hatte mich eher wie eine Dienstmagd behandelt. Yokheved liebte ihre Söhne, sie war zuerst vernarrt in Aharon, dann in Moshe.

Ich beobachtete, wie die Schatten in der Ebene länger wurden. Unser Volk würde den viel geliebten Moshe immer wegen seiner Größe in Erinnerung behalten, aber nur wenige würden sich an sein innerstes Wesen erinnern, das er nur seiner Familie offenbarte. In den Monaten, in denen er in meinem kleinen Haus in Gosen lebte, hatte ich angefangen, ihn kennenzulernen, doch dann hatten wir Ägypten verlassen, und Tzippora war gekommen, um ihren Platz an seiner Seite wieder einzunehmen. An diesem Punkt hörten seine Gespräche mit mir auf.

Meine Gedanken kamen abrupt zum Stillstand. Ich hatte Tzippora beneidet, weil sie mich aus einem Leben ausschloss, das es wert war, es zu kennen. Ich hatte Jahwe aus demselben Grund gegrollt. Und so sehr ich Moshe liebte, ich beneidete auch ihn, denn er war mit zwei Söhnen gesegnet, während mein Kind im Schwarzen Land gestorben war.

Die Wahrheit dämmerte mir, nicht wie ein blendender Sonnenaufgang am Horizont, sondern als ein winziges Licht. Langsam wurde es größer und endlich begriff ich: Aharon hatte sich zwar ebenfalls gegen Moshe gestellt, aber er hatte keinen solchen Stolz im Herzen wie ich. Aharon war formbar; er hatte sich immer dem Willen eines stärkeren Einflusses gebeugt. Aber ich war stark, eigensinnig und eifersüchtig, und Jahwe, der mein Herz kannte, musste mir zeigen, dass ich nicht das Lager leiten konnte, dass ich Moshe nicht beherrschen konnte und dass ich nicht einmal mein eigenes Herz regieren konnte.

„Jahwe?“ Ich hob den Blick in Richtung auf das Lager, das hinter dem schützenden Bergkamm lag. „Ich weiß, dass du mich hören kannst. Ich weiß nicht, ob du mich jetzt annehmen wirst, aber dir bekenne ich meine Bereitschaft. Ich habe deine Worte verdreht, damit sie meiner Absicht dienten; ich habe Moshes Freundlichkeit als Waffe gegen ihn gerichtet. Was er gut gemeint hat, sah ich als böse an ... aber meine Augen, nicht seine, brauchen Korrektur."

Ich ließ mich neben der Quelle nieder, wickelte meinen Umhang um mich und legte meinen Kopf auf einen flachen Stein. Die Sonne war hinter einer Wolkenbank verschwunden, und über meinem Kopf leuchteten bereits die Sterne am Himmel.

Am sechsten Tag näherte sich eine einsame Gestalt vom Lager meiner Quelle. Wenn ich kräftiger gewesen wäre, wäre ich vielleicht davongelaufen, denn niemand sollte in die Nähe einer Frau mit Tzaraat kommen, doch als die Gestalt aus dem Schatten ins Sonnenlicht trat, erkannte ich die ebenholzfarbene Haut. Femi, die Frau, die ich verachtete, war gekommen, um mich zu trösten.

Mühsam stieg sie über die Felsen auf den Pfad, und sie wandte sich nicht angewidert ab, als sie näher kam und meinen Körper sah. Stattdessen lächelte sie mich an, strahlend wie die Wüstensonne.

„Shalom, Miryam." Sie stellte einen Korb neben mich auf den Felsen. „Wir warten auf dich."

Ich wusste nicht, was ich ihr antworten sollte. Aber als ich aufsah, beschämt von Schuldgefühlen und Reue, lächelte sie mich erneut an, dann wandte sie sich um und ging zurück.

Gestärkt durch die Manna-Kuchen und den Käse, die Femi gebracht hatte, kniete ich am siebten Tag an der Quelle nieder und zog langsam den Schleier von meinem Kopf. Große Stücke getrockneter Haut wurden vom Wind gelöst, und als ich meine Hände an mein Gesicht drückte, waren meine Handflächen blutig. Neue Tränen brannten mir in den Augen, denn dies hätte der Tag meiner Heilung sein sollen.

Während ich weinte, fielen andere Schatten auf das Wasser. Ich drehte mich um und sah Tzippora und Femi hinter mir stehen. Gemeinsam halfen sie mir auf die Füße, zogen mir mein schmutziges Gewand aus und schoben mich ins

Wasser. Tzippora tauchte ein weiches Tuch ins Wasser und wusch mir vorsichtig den Rücken, die Arme, den Bauch. Femi schrubbte meine Kleidung auf einem Felsen; und als ich aus dem Wasser herauskam, zog sie mir ein frisches Gewand an und forderte mich auf, mich hinzusetzen. Sie drückte mir Brot in die Hand, und Tzippora fuhr mir mit einem Kamm durch meine zerzausten Haare, dann legte sie mir einen sauberen weißen Schleier über den Kopf.

Als sie fertig waren, streckte Tzippora mir die Hand entgegen. Sie deutete auf das Lager. „Komm."

„Warte." Ich ging zur Quelle zurück, schlug meinen Schleier zurück und sah ins Wasser. Und erneut füllten sich meine Augen mit Tränen, als ich mein Spiegelbild sah - ich war wieder gesund. Meine Haut war faltig, aber heil, meine Augen hell, meine Hände stark und gebräunt.

Ich wandte mich um, legte diese Hände auf Tzipporas schlanke Schultern und küsste sie auf beide Wangen. „Danke."

Meine Worte fielen auf den steinigen Grund ihres Schweigens. Doch sie versuchte ein schwaches Lächeln.

„Ich habe dir Unrecht getan", fuhr ich mit rauer Stimme fort. „Und ich möchte dich um Vergebung bitten."

Unsicherheit machte sich in ihren Gesichtszügen breit, schließlich streckte sie mir die Hand hin. Mit Tränen der Dankbarkeit legte ich meine Hände in die meiner Schwägerinnen und ließ mich von den beiden Frauen zurückführen in den Schoß meines Volkes.

ZIPPORA

Obwohl es in meinem Leben mit Mose viele übernatürliche Begegnungen gegeben hatte, war Miriam diejenige, die Jahwe gebrauchte, mich zu ihm zu führen. Getrieben von seiner Stimme lief ich über die roten Steine, die meine Füße aufrissen und meine Seele verbrannten. In der Wüste der Einsamkeit sah ich, wie eine kranke Frau durch eine reinigende Berührung geheilt wurde. Und dort wurde ich durch die Liebe geheilt.

Da in meinem Bauch noch immer das bösartige Geschwür wuchs, rechnete ich damit, kurz nach Moses Hochzeit mit Femi zu sterben. Dann strafte Jahwe Miriam mit Tzaraat, und ein paar Nächte später erwachte ich in der Dunkelheit und wusste, was ich zu tun hatte.

Moses Gott donnerte nicht in meinem Herzen und sprach auch nicht in dem glockenhellen Klang der Trompeten, der uns zur Stiftshütte gerufen hatte. Seine Stimme gehörte zu einem Traum, war jedoch unverkennbar. Mit einer Stimme, wie ich sie noch nie gehört hatte, trug er mir auf, Miriam zu dienen, sie zu waschen, zu trösten und ihr Essen und frische Kleidung zu bringen. Dadurch würde ich sie heilen ... und durch den Gehorsam würde ich Heilung für mich selbst finden.

Natürlich sträubte ich mich. Miriam und ich empfanden eine gegenseitige Abneigung füreinander, die im Laufe der Zeit stärker geworden war. Ihr Name bedeutete „Bitterkeit“, und ich konnte nicht glauben, dass sie ihre Haltung mir gegenüber jemals ändern würde.

Aber Jahwe hatte in der Woche ihrer Verbannung vieles in ihr verändert. Und als wir drei Frauen zum Lager zurückkehrten, war mein Herz voller Frieden – und mein Bauch so flach wie der eines jungen Mädchens. Meine Kraft war zurückgekehrt, genau wie meine Freude.

Ich hätte im Zweifel verharren können, meine Heilung Athirat oder irgendeinem anderen Gott zuschreiben können, aber was hatte ein anderer Gott jemals für mich getan? Ein von Menschen gemachter Gott hatte keine Macht zu schaden ... aber er hatte auch keine Macht zu heilen. So ging ich an diesem Tag in unser Zelt, holte die Statue von Athirat aus meiner Kiste und zerschmetterte sie an einem Stein.

Als ich in der Abgeschiedenheit unserer Kammer Mose von alledem erzählte, zog er mich an sich und hauchte Worte der Dankbarkeit in meine Haare. „Im ehrlichen Zweifel liegt mehr Glaube als in all den Tempeln Ägyptens, Zippora. Du brauchst wegen deiner Zweifel keine Schuldgefühle zu haben. Freu dich, dass du dich für den Glauben entschieden hast."

„Trotzdem fühle ich mich unwürdig." Ich legte meinen Arm um seine Taille. „So viele aus deinem Volk tun so, als wäre der Zweifel die größte Sünde überhaupt."

„Jahwe hat keine Angst vor deinen Fragen. Er möchte, dass du ihn auf die Probe stellst ... damit er sich als treu erweisen kann. Derjenige, der den Zweifel fürchtet, zweifelt in seiner Furcht an Gott."

Ich legte den Kopf auf die Brust meines Mannes, getröstet und innerlich ruhig. Denn auch wenn ich beschlossen hatte, einen Gott anzunehmen, dessen Macht mir Ehrfurcht und Furcht einflößte, konnte ich doch seiner Liebe nicht widerstehen.

MIRYAM

Mit dem Rest meiner Geschichte könnte ich zehn Schriftrollen füllen – oder Tzippora könnte es, denn sie schreibt diesen Bericht für mich –, aber diese Woche in der Wüste war der Höhepunkt meines Lebens. In der Einsamkeit und dem Leiden lernte ich, dass Jahwe gnädig ist, aber manchmal muss er uns verletzen, um uns heilen zu können. Ich lernte auch, dass Einsamkeit, sogar Verbannung, nicht Verlassenheit ist. Sie ist eine innige Einladung des Einen, der uns am besten kennt und am meisten liebt.

In der Wüste von Hazerot wurde mir klar, dass der Gott, nach dem ich mich sehnte, keinerlei Ähnlichkeit mit dem Gott hatte, der sich nach mir sehnte. Ich musste zerbrochen werden, erst dann entdeckte ich einen Schatz inmitten der Felsen der Wüste. Ich lernte, dass die einzige wahre Sicherheit das Vertrauen auf Gott ist. Nur wenn wir unseren Wert in ihm finden, sind wir frei.

Ich war nicht die Einzige, die diese Lektion lernen musste.

Nachdem ich wieder in die Gemeinschaft aufgenommen worden war, führte die Shekina uns nach Kadesch-Barnea. Von dort schickten wir einen Mann von jedem Stamm aus, um das Land Kanaan auszukundschaften. 40 Tage später kehrten sie mit unglaublichen Geschichten zurück, außerdem mit süßen Feigen und Granatäpfeln und einer Weinrebe, so groß, dass zwei Männer unter ihrem Gewicht ins Taumeln gerieten.

Alle 12 Kundschafter waren sich darin einig, dass das Land fruchtbar sei, dass Milch und Honig darin flossen, aber es wohnten Krieger dort, die genauso eindrucksvoll waren wie die Früchte. Obwohl Yehoshua und Calev die Ältesten drängten, zur Tat zu schreiten und das Land einzunehmen, beharrten die anderen Kundschafter darauf, dass ein solches Unterfangen hoffnungslos fehlschlagen musste.

Von widersprüchlichen Meinungen zerrissen, klagte das Volk Israel die ganze Nacht hindurch. Bei Sonnenaufgang war das Wehklagen wieder einmal einem unzufriedenen Murren gegen Moshe und Aharon gewichen. Als ich nach draußen ging, stand eine Gruppe großmäuliger und feiger Männer vor dem Zelt der Zusammenkunft und verkündete, es sei besser für uns gewesen, in Ägypten zu sterben als im Land der Verheißung.

„Warum bringt Jahwe uns zu einem Ort, an dem wir ganz gewiss durch das Schwert fallen werden?“, fragte einer der Ältesten. „Unsere Frauen und unsere Kinder werden dem Feind zum Opfer fallen! Wäre es nicht besser für uns, nach Ägypten zurückzukehren?“

Als Yehoshua und Calev protestierten, Jahwe hätte Macht genug, das Land in unsere Hände zu geben, fingen die aufgebrachten Menschen an, Steine zu sammeln. Sie gingen drohend auf die beiden treuen Kundschafter zu und Furcht machte sich in mir breit. Ich blickte unbehaglich über die Schulter zurück und suchte nach Moshe. Erleichtert sah ich ihn mit Aharon herankommen.

Auch Jahwe sah zu. Über der Wohnung begann die Wolkensäule zu wirbeln und Funken zu sprühen. Verwirrt ließen die Männer ihre Steine fallen. Moshe und Aharon gingen ins Tabernakel, um das Wort des Herrn zu hören.

Als meine Brüder zurückkamen, lief mir bei ihrer Botschaft ein kalter Schauer über den Rücken. „So gewiss die Herrlichkeit Jahwes die ganze Erde erfüllt", sagte Moshe in einem Tonfall, der beinahe einer Drohung glich, „so spricht Jahwe jetzt zu euch: ‚Diese Männer werden nicht in das Land kommen, das ich ihren Vorfahren versprochen habe. Sie haben meine Herrlichkeit gesehen und die Wunder, die ich in Ägypten und in der Wüste getan habe, und trotzdem haben sie mich nun zehnmal auf die Probe gestellt und sich gegen mich aufgelehnt.

Was ihr verlangt habt, lasse ich in Erfüllung gehen – so gewiss ich lebe! In dieser Wüste sollt ihr sterben, alle Männer von 20 Jahren an aufwärts. Das ist die Strafe dafür, dass ihr euch gegen mich aufgelehnt habt. Keiner von euch soll in das Land kommen, das ich euch versprochen habe, mit Ausnahme von Calev und Yehoshua. Eure Kinder dagegen, von denen ihr gesagt habt: Sie werden den Feinden in die Hände fallen – die werde ich in das Land hineinbringen. Ihr aber werdet in dieser Wüste sterben, und auch eure Söhne werden wegen eurer Untreue zu leiden haben: Noch vierzig Jahre lang müssen sie mit ihrem Vieh in der Wüste umherziehen, bis von eurer Generation keiner mehr am Leben ist. 40 Tage lang habt ihr das Land erkundet; so sollt ihr nun 40 Jahre lang, für jeden Tag ein Jahr, eure Schuld abbüßen. Dann merkt ihr, was für Folgen es hat, wenn ich mich von jemand abwende!'"

Als Moshe diese Worte an unser Volk weitergab, erkannten die Leute ihre Sünde und trauerten. Die zehn treulosen Kundschafter starben in der Nacht an einer Krankheit von der Hand Jahwes.

Ich dachte, diese Ereignisse hätten die Angelegenheit geregelt, aber am folgenden Morgen erhoben sich unsere Krieger, legten ihre Schwerter um und zogen los, um die Kanaaniter anzugreifen. Moshe versuchte, sie aufzuhalten, aber sie hörten nicht auf ihn. Sie ließen die Bundeslade und Moshe zurück und marschierten zu den Höhen des Hügellandes. Wie ich befürchtet hatte, kamen die Amalekiter und die Kanaaniter aus ihren Städten herunter und vernichteten unsere Armee in der Nähe von Horma.

In den folgenden Jahren erlebten wir viele eindeutige Beweise für die Macht Jahwes. Ich sah, wie die Erde sich auftat und drei törichte Männer verschlang, die Moshes Führung infrage stellten; ich beobachtete, wie Feuer 250 Menschen vernichtete, die sich an dieser Rebellion beteiligt hatten. Eine Seuche befiel diejenigen, die sich bei Moshe über Jahwes Feuergericht beschwerten; bevor Aharon etwas tun konnte, starben weitere 14.000 aus unserem Volk.

Doch ich erlebte auch schöne Ereignisse mit: Ich sah, wie Blüten aus Aharons Stab sprossen, um zu zeigen, dass er Gottes Auserwählter als Hohepriester war. Ich aß jeden Morgen Manna von der Hand Gottes und trank kühles Wasser, das er uns in der Hitze jedes Wüstentages gab. Ich feierte auch den Beginn neuen Lebens, denn Kinder wurden in unseren Zelten geboren und sie wuchsen in der Zeit unseres Wartens heran.

Da ich wusste, dass ich das verheißene Land nicht betreten würde, war ich erstaunt, immer noch am Leben zu sein, als das 40. Jahr unseres Wüstenaufenthalts anbrach. Erst jetzt wurde mir klar, dass meine Generation nicht bereit gewesen war für das verheißene Land. Als in der Sklaverei geborenes Volk waren wir verdorben von den Einflüssen Ägyptens und unwissentlich abhängig von dem System der Sklaverei. Die Befehlskette war uns vertrauter als die Freiheit, und wir waren es nicht gewohnt, die Verantwortung für unser Handeln zu übernehmen. Jahwe sehnte sich danach, direkt zu uns zu sprechen, aber wir bestanden auf Moshe als unserem Fürsprecher.

Wir waren es gewohnt, den Pharao aus der Ferne zu fürchten, und wir hatten Jahwes schreckliche Seite anerkannt und uns selbst seiner liebevollen Freundlichkeit und seinem Mitgefühl gegenüber blind gemacht. Wir wollten ihn sehen, aber nicht von Angesicht zu Angesicht. Wir wollten von ihm hören, aber nur in fernem Flüstern. Wir wollten sein Volk sein, aber wir wollten nicht, dass er uns zu sehr festhielt.

Doch in den 40 Jahren der Wüstenwanderung lehrte Gott uns, und wir lehrten unsere Kinder. Da der größte Teil unseres Volkes ungebildet war, richteten Tzippora und Femi Schulen für die Kinder ein. Die Kinder lernten lesen und konnten die Zehn Gebote auswendig aufsagen, die Moshe niedergeschrieben hatte, und mein Herz füllte sich mit Hoffnung für ihre Zukunft.

Ich werde nicht in das verheißene Land kommen – als Frau von 128 Jahren bin ich mit einem langen Leben, zwei Brüdern und drei Schwägerinnen gesegnet. Meine Augen haben die Macht, die Herrlichkeit und das Heil des Herrn gesehen und Jahwe hat mich persönlich gelehrt.

Ich kann mir nicht vorstellen, um noch mehr zu bitten.

Manchmal spricht Gott von Angesicht zu Angesicht zu uns und manchmal spricht er aus dem Schatten heraus. Aber immer spricht er ... wenn wir bereit sind zu hören.

ZIPPORA

Wir begruben Miriam bei Kadesch und betrauerten Moses Schwester und Israels erste Prophetin 30 Tage lang. Mose, Femi und ich vermissten sie sehr, denn ohne sie wirkte unser

Zelt leer. Ich hatte gelernt, sie als Schwester und Mentorin zu betrachten, denn in ihren späteren Jahren lehrte sie mich in stiller, unauffälliger Demut, mit Gott zu gehen.

Kaum war die Zeit des Trauerns zu Ende gegangen, beklagte das Volk sich erneut über Wassermangel. Die Kinder der Wüste nahmen den bekannten Refrain ihrer Eltern auf und wollten wissen, warum Mose sie aus Ägypten herausgeführt hatte zu diesem öden Ort ohne Feigen, Wein und Granatäpfel ... wie im verklärten Ägypten.

Ich schloss die Augen, als ich ihre Klagen hörte. Warum wünschte sich dieses Volk immer wieder in das Schwarze Land zurück? Hatten sie den Schmerz und das Leid der Sklaverei vergessen?

Mose und Aaron gingen zu Jahwe ins Zelt der Zusammenkunft. Als sie herauskamen, wollten sie Gottes Anweisungen befolgen, um Wasser für das durstige Volk zu beschaffen. Mose rief das Volk bei einem großen Felsen vor dem Lager zusammen und stellte sich auf einen kleineren Felsen. Mit zornigem Gesichtsausdruck hob er seinen Stab. „Jetzt hört, ihr Aufrührer! Müssen wir euch Wasser geben von diesem Felsen?"

Unter den Blicken des Volkes schlug Mose mit seinem Stab auf den Felsen – und nichts geschah. Ich hielt die Luft an, denn noch nie hatte Jahwe meinen Mann im Stich gelassen. Mose schlug ein zweites Mal auf den Felsen. Dieses Mal floss das Wasser, ein breiter Strom, der dem Volk und seinen Tieren mehr als genug Flüssigkeit bieten würde.

Aber ein Blick auf Moses Gesicht zeigte mir, dass irgendetwas überhaupt nicht in Ordnung war. „Jahwe hatte mir gesagt, ich solle zu dem Felsen *reden*", flüsterte er, als er herunterkam und meinen Arm nahm. „Und in meinem Zorn habe ich ihn *geschlagen*."

Ich unterdrückte die Worte des Trostes, die mir über die Lippen kommen wollten. Jahwe hatte sich als ein anspruchsvoller Gott erwiesen, voll Erbarmen, aber unmissverständlich in seinen Geboten. Selbst bei Mose, für den Jahwe offensichtlich eine tiefe und innige Freundschaft empfand, würde er keinen Ungehorsam dulden.

Obwohl Kanaan vor uns lag und die 40 Jahre der Wüstenwanderung sich dem Ende zuneigten, legte sich in jenen letzten Monaten etwas von der alten Melancholie auf meinen Mann.

Es war eine Zeit des Abschiednehmens. Kurz nachdem Gott Miriam zu ihren Ahnen berufen hatte, sagte Jahwe, auch Aarons Zeit sei gekommen. Am folgenden Tag stiegen Mose, Aaron und Aarons Sohn Eleasar auf den Berg Hor. Auf dem Gipfel nahm Mose Aaron die priesterlichen Gewänder ab und legte sie Eleasar um und übertrug somit symbolisch das Amt des Hohepriesters vom Vater auf den Sohn. Begleitet von seinem Bruder, seinem Sohn und seinem Gott hauchte Aaron sein Leben aus. Mose und Eleasar bedeckten seinen Leichnam mit Steinen und kehrten zum Lager zurück. Dort verkündeten sie Aarons Tod. Wir trauerten 30 Tage um ihn.

Die Kinder Israels mussten während dieser Zeit noch andere Prüfungen über sich ergehen lassen – Kriege mit aufgebrachten Völkern, Versuchungen durch die heidnischen Frauen Moabs (die mit meinem eigenen Volk in Midian verwandt sind, so ungern ich das auch sage) und Uneinigkeit im Lager. Mose meisterte diese Krisen, wie er schon frühere Versuchungen gemeistert hatte – indem er sich mit Jahwe beriet und seinen Geboten gehorchte.

Am Ende dieses letzten Jahres sagte Jahwe Mose, Josua sollte der nächste Führer Israels nach ihm sein. Josua würde jedoch nicht so mit Jahwe sprechen, wie Mose es getan hatte, von Freund zu Freund, sondern er würde vielmehr Jahwes Willen vor Eleasar, dem Priester, durch das Urim und Tummim suchen – zwei Steine, die der Priester über seinem Herzen tragen würde, um den Willen Gottes zu erfahren.

In seinen letzten Tagen wurde Mose ruhelos, und weder Femi noch ich konnten ihn von den schweren Gedanken ablenken, die ihn belasteten. An stillen Nachmittagen traf ich ihn häufig vor dem Zelt sitzend an. Er starrte zum wolkenverhangenen Kanaan hinüber, zu dem Land, nach dem er sich so verzweifelt gesehnt hatte. Da ich ihn mein ganzes Leben lang liebte, erkannte ich, dass Mose sich in Ägypten, Midian oder der Wüste nie zu Hause gefühlt hatte ... aber bald würde seine Sehnsucht ihr Ende finden. Er würde seine Ruhe nicht in Kanaan finden, sondern in der Gegenwart Gottes.

Eines Nachmittags nahm ich seine Hand und drückte sie an meine Wange. „Mose“, flüsterte ich, denn sein Augenlicht und sein Gehör waren im Alter nicht schlechter geworden, „du bist ein treuer Diener gewesen. Niemand hätte Jahwe mehr geben können als du.“

„Jahwe wird von einem anderen mehr verlangen.“ In seinem Tonfall lag ein Hauch von Bedauern, als hätte er eine seltene Gelegenheit verpasst. „Denn Jahwe hat mir gesagt, er wird uns einen anderen Propheten aus diesem Volk erwecken. Jahwe wird seine Worte in seinen Mund legen, und er wird verkünden, was Jahwe befiehlt. Und von jedem Mann, der nicht auf die Worte dieses Propheten hört, wird Jahwe selbst Rechenschaft fordern.“

„Ist Josua dieser Prophet?“

Mose schüttelte den Kopf und starrte in die Ferne. „Seine Zeit ist noch nicht gekommen. Aber wenn er kommt, wird er seine Herde führen wie ein Hirte. Er wird kein Unrecht tun und niemanden täuschen. Dann wird er wie ein Lamm zur Schlachtbank geführt werden, und wie ein Schaf stumm ist vor seinen Scherern, wird er seinen Mund nicht auftun. Aus dem Gefängnis und von seiner Gerichtsverhandlung werden sie ihn wegführen zu seinem Tod, und wer von dem Volk wird erkennen, dass er für ihre Sünden stirbt? Und Jahwe wird ihn ehren, weil er den Tod nicht gescheut hat und für die Sünder eingetreten ist.“

Die Stille des heißen Nachmittags legte sich auf uns. Unser Gespräch verstummte, als hätte Mose nie gesprochen. Aber er hatte geredet, und ich wusste, Jahwe hatte ihn einen Blick in die Zukunft unseres Volkes und aller Menschen tun lassen. Wir würden nicht mehr in die Stiftshütte gehen müssen, um das Blut von Tieren als Sühne für unsere Sünden zu opfern. Der Prophet, der kommen würde, würde stattdessen sein vollkommenes Leben opfern.

Ich drehte mich um und fuhr mit den Fingern an dem Saum des Stoffes entlang, der Moses Gesicht noch immer bedeckte. „Darf die Tochter eines heidnischen Priesters einen Mann ansehen, der die Zukunft gesehen hat?"

Unter dem Schleier entdeckte ich den Anflug eines Lächelns. „Die Frau von Mose darf ganz bestimmt ihren Mann ansehen ... ein letztes Mal."

Als ich den Schleier anhob, erblickten meine tränenverhangenen Augen nicht das leuchtende Gesicht meines Mannes, sondern das Antlitz eines Propheten, der mit Gott geht und weiß, dass seine Seele geborgen ist.

Ich küsste meinen Mann, dann begleitete ich ihn zum Fuß des Berges Nebo, des Berges, der dem Land gegenüberliegt, das Gott den Erben Abrahams, Isaaks und Jakobs versprochen hatte. Irgendetwas an Moses starrem Gesichtsausdruck zog das Volk an – die Frauen kamen von der Quelle, Männer unterbrachen ihre Kampfübungen, die Hirten verließen ihre Herden. Kinder hörten auf zu spielen und suchten ihre Eltern in der Menge, die sich vor Mose versammelte.

Nachdem sich das Volk auf dem Boden niedergelassen hatte, erinnerte Mose die Menschen an all die Pflichten und Gebote, die Jahwe gegeben hatte. Wie die Priester Ägyptens ihn durch Lieder gelehrt hatten, lehrte er die Gemeinde Israels, die Lektionen des Herrn zu singen. Dann stellte er sie vor die Wahl – Gehorsam und Leben oder Ungehorsam und Vernichtung. Die Kinder Israels entschieden sich mit einem begeisterten Schrei für das Leben und Jahwe.

„Gesegnet bist du, Israel!“, rief er dem Volk zu. „Du bist ein Volk, das von Jahwe befreit wurde! Er ist dein helfender Schild, dein Schwert! Deine Feinde werden vor dir niederkauern und du wirst auf ihren Rücken treten!“ Mose konnte seine Leidenschaft kaum unter Kontrolle behalten. „So wird Israel in Sicherheit und Wohlstand leben, in einem Land mit Korn und Wein, auf das der Himmel Tau fallen lässt.“

Ein Jubelschrei erhob sich und wurde von dem Berg zurückgeworfen. Die jungen Krieger schwenkten ihre Schwerter und ihre Väter, Frauen und Kinder sahen sie mit leuchtenden Gesichtern an. In diesem Augenblick hätten selbst die ganz besonders skeptischen Außenseiter geglaubt, dass diese Schar ehemaliger Sklaven ein großes Volk zu werden versprach.

„Wirklich“, fügte Mose mit leiser Stimme hinzu und nur Josua und ich konnten ihn hören. „Wie gesegnet seid ihr!“

Wünschte er in diesem Augenblick, wieder jung zu sein? Bedauerte er sein frustriertes, zorniges Handeln, das dazu geführt hatte, dass er nicht in das Land der Verheißung ziehen durfte? Ich weiß es nicht. Ich weiß nur, dass Mose Jahwe vertraute, wie ein Mann seinem besten Freund vertraut, und er war bereit, dem Willen Gottes zu folgen.

Still beobachtete ich, wie Mose und Josua auf den Berg stiegen. Das Herz tat mir weh bei diesem Anblick. Femi und Elischeba standen bei mir und stützten mich, wie Aaron und Hur einst Mose gestützt hatten.

Später erzählte Josua mir, Mose und er hätten sich auf der Hälfte der Strecke verabschiedet. Mose sei allein auf den Gipfel gestiegen. Ich denke, der Mann, der sich so danach gesehnt hatte, Gottes Herrlichkeit zu sehen, bekam endlich die Gelegenheit, den Einen zu sehen, der ihn zuerst in einem brennenden Dornbusch gesucht hatte. In diesem Augenblick wurden Moses Sehnsüchte erfüllt.

Wir trauerten 30 Tage um Mose und zogen dann weiter, um Kanaan einzunehmen. Nach einer Reihe von Schlachten kamen Femi und ich zusammen mit den Kindern Israels in das verheißene Land, und ich ließ mich mit meinen Söhnen und ihren Familien in dem Gebiet nieder, das dem Stamm Juda zugewiesen worden war. Mein Bruder Hobab hatte eine Frau von diesem Stamm genommen, und ich freute mich darauf, meine noch verbleibende Zeit mit meinen Enkeln, Nichten und Neffen zu verbringen.

Von Zeit zu Zeit, wann immer ein heißer Wind vom Süden Sand herüberwehte, saß ich in meinem blühenden Garten und lächelte bei der Erinnerung an die Zeit, als ich dachte, Mose hätte einen Sonnenstich bekommen, als er mir sagte, er sei Jahwe auf dem Sinai begegnet.

Würde der Prophet, der kommen sollte, auf denselben Widerstand stoßen? Ich, die ich eigentlich die stärkste Verbündete meines Mannes hätte sein sollen, hatte als eine der Letzten seine heilige Berufung anerkannt. Und vermutlich würde der kommende Prophet auch Widerstand von seiner Familie und seinen Freunden erfahren.

Ich hatte den Israeliten widerstanden ... aber jetzt konnte ich mir nicht vorstellen, bei einem anderen Volk zu wohnen oder einem anderen Gott zu dienen als Jahwe. Viele Jahre lebte ich mit meiner Skepsis, doch als ich den Gott Abrahams auf die Probe stellte, erlebte ich, dass er alles war, was sein Name bedeutete: gnädig, langmütig, treu, heilig und gerecht.

Jahwe ist nicht nur gütig, aber ein gütiger Gott treibt uns nie auf die Knie oder macht uns frei, um unsere Feinde zu erobern. Ein gütiger Gott führt uns niemals auf heiligen Boden ... und jetzt kann ich mir nicht mehr vorstellen, irgendwo anders zu leben.

Fragen und Antworten

Aus meiner früheren Erfahrung mit historischen Romanen weiß ich, dass die Leser gern wissen wollen, wie viel von der Geschichte auf Fakten basiert. Wenn es Sie interessiert, ich habe versucht, einige dieser Themen anzusprechen und einige meiner Entscheidungen zu erklären.

Warum gibt es so viele Unterschiede in der Schreibweise zwischen diesem Buch und anderen?

In der ägyptischen Sprache gibt es keine Vokale und auch im alten Hebräisch nicht, aus diesem Grund werden Sie viele Schreibunterschiede in den Büchern über diese Zeit finden. Sie werden Variationen innerhalb dieses Romans finden, weil ich die hebräische Schreibweise vieler israelitischer Namen verwendet habe, um Miryams Standpunkt zu unterstreichen.

Ist Merytamon eine historische Gestalt?

Ja. Sie hat ihre Mutter Nefertari und ihren Vater Ramses II. nach Abu Simbel begleitet. Sie ist auf einem Monument dort dargestellt, wie sie ihren königlichen Eltern Opfer bringt. 1981 wurde eine Statue von Ramses' Tochter-Königin bei Akhmin gefunden und die Inschrift beschreibt Merytamon als „hell von Angesicht, schön im Palast, die Geliebte des Herrn der Zwei Länder".

In der Geschichte wird der Name von Moses ägyptischer Mutter nicht ausdrücklich genannt; Josephus nennt sie Thermuthis, Eusebius gibt ihr den Namen Merris und bei den alten Rabbis heißt sie Bithia (siehe 1. Chronik 4,18) oder Merris.

Wie wahrscheinlich ist es, dass die in der Bibel erwähnte Tochter des Pharaos auch seine Frau wurde?

Sehr wahrscheinlich. Wie im Buch beschrieben wurden aller Besitz und alle Titel in der weiblichen Linie weitergegeben, vor allem in der königlichen Familie. Obwohl die Ehegesetze Ägyptens niemals formuliert wurden und obwohl es bei flüchtigem Hinsehen so aussieht, als hätten oft die ältesten Söhne den Thron geerbt, wurden diese Titel tatsächlich gewährt, wenn der Erbe die Große Königliche Gemahlin heiratete. Der König sicherte sich also gegen den Verzicht ab, indem er jede mögliche Erbin heiratete, egal ob sie Mutter, Tochter oder Schwester war. Wenn eine Dame mit Titel Erbin oder wahrscheinlich Erbin war, wurde sie mit dem König verheiratet. Nach seinem Tod heiratete sein Nachfolger ebenfalls alle Erbinnen.

Haben die Ägypter tatsächlich Gehirnoperationen durchgeführt?

Ja, die in diesem Roman beschriebene Prozedur wird Trepanation genannt und wurde vor Tausenden von Jahren, etwa zur Zeit der 19. Dynastie Ägyptens, durchgeführt. Dieser Eingriff verlief häufig erfolgreich – zumindest überlebten die Patienten. Von 400 trepanierten alten Schädeln, die von einem Forscher untersucht wurden, lassen 250 auf die Genesung des Patienten schließen. Interessant ist, dass die ägyptischen Priesterärzte die Rolle des Gehirns in der menschlichen Physiologie nicht in vollem Umfang einordnen konnten. Bei der Mumifizierung wurde durch die Nase Gehirnmaterial ausgeschabt und weggeworfen. Folglich betrachteten die Ägypter das *Herz* als den Sitz von Gefühl, Intellekt und Willen. Darum spricht die Bibel nicht davon, dass der Pharao „seine Meinung änderte“, sondern dass er „sein Herz verhärtete“.

Ist die Geschichte von Pharaos Traum von dem saugenden Lamm wahr oder nicht?

Die Geschichte ist nicht in der Bibel zu finden, dafür aber in der rabbinischen Literatur. Ich habe sie leicht abgewandelt.

Heißt es nicht in der Bibel, dass Mose stotterte?

Nicht wörtlich. In der Begegnung mit Jahwe am brennenden Busch sagt Mose, er sei nicht „beredt" und habe eine „schwere Sprache und eine schwere Zunge" (2. Mose 4,10). Doch bis zu diesem Punkt hatte er keine Schwierigkeiten gehabt, mit Gott zu reden, und in Apostelgeschichte 7,22 wird uns versichert: „Und Mose wurde in aller Weisheit der Ägypter gelehrt und war mächtig in Worten und Werken." Für einen Mann, der stotterte, hielt er äußerst lange und komplizierte Reden während seiner Zeit als Führer!

Ich beschloss, den Aspekt von der praktischen Seite der Sprache zu sehen. Mose, der in Ägypten aufgewachsen war, hatte vermutlich nicht Hebräisch gesprochen, aber er beherrschte Ägyptisch und Akkadisch, die Hofsprache der damaligen Zeit. Er hatte vermutlich keine Angst, vor dem Pharao zu reden, aber bestimmt war er hilflos, wenn er mit den Hebräern, seinem eigenen Volk, reden sollte. Und so versprach Gott ihm, dass Aaron ihm alle Hilfe geben würde, die er brauchte.

Ursprünglich kommt die Geschichte von dem kleinen Mose und den Schalen mit Gold und Kohlen aus dem jüdischen Midrasch, und sie ist ein Versuch zu erklären, warum Mose vielleicht gestottert haben könnte. Nach dem Midrasch berührte der kleine Mose die brennenden Kohlen und steckte dann seine Hand in den Mund, wobei er sich seine Lippen und seine Zunge verbrannte.

Wenn die Midianiter Nachfahren Abrahams waren, warum stieß Zippora der Gedanke an die Beschneidung des Kindes so ab? Hatte Gott nicht die Beschneidung als Zeichen seines Bundes mit Abraham eingesetzt?

Ja. Abraham wurde mit 90 Jahren und sein Sohn Ismael mit 13 Jahren als Symbol ihres Bundes mit Gott beschnitten. (Isaak war noch nicht geboren und auch die Söhne von Ketura nicht.) Gott trug Abraham auf, die männlichen Kinder am 8. Tag nach der Geburt zu beschneiden, und es gibt keinen Grund anzunehmen, Abraham hätte dieses Gebot bei den Söhnen von Ketura (die er nach Saras Tod heiratete und nicht als Konkubine nahm) nicht getan. Aber die sechs Söhne von Ketura wurden fortgeschickt und erbten nicht Abrahams Besitz oder die Bundesverheißung. Darum nimmt man nicht an, dass dieses Volk das Ritual übernommen hat. Die Beschneidung von Heranwachsenden als Vorbereitung auf die Ehe wurde jedoch in Ägypten und in den angrenzenden Ländern praktiziert (siehe 1. Mose 17,9-14.26-27; 25,1-6).

In der Bibel wird uns gesagt, dass die Hebräer ihre Kinder auch in Ägypten beschnitten (was erklären könnte, warum die Tochter des Pharaos wusste, dass sie ein hebräisches Baby gefunden hatte), obwohl sie diese Praxis während der Wüstenwanderung nicht ausübten. Doch bevor sie das verheißene Land betreten konnten, mussten alle männlichen Israeliten, die nach dem Auszug aus Ägypten geboren worden waren, beschnitten werden (siehe Josua 5,2-8).

Ich habe nie davon gehört, dass Gott versucht hat, Mose zu töten! Stimmt das denn?

In einer nur selten erwähnten Geschichte in der Bibel greift der Herr Mose an und „wollte ihn töten“, bis Zippora ihren Sohn beschneidet (siehe 2. Mose 4,24-26). Einige sagen,

Mose sei erkrankt und dem Tode nahe gewesen; andere sind der Meinung, dass ein Engel Mose tatsächlich angegriffen hat. Da in dem hebräischen Text Moses Name nicht genannt wird – nur ein maskulines Pronomen –, sind wir nicht sicher, ob es Mose oder sein Sohn war, der in Gefahr war, sein Leben zu verlieren. Aber Zippora verstand anscheinend den Zweck und die Absicht des nächtlichen Besuchs und tat, was getan werden musste. Eine Anmerkung jedoch: Falls Gott Mose wirklich hätte töten wollen, hätte er es getan. Viel wahrscheinlicher ist, dass er Zippora klarmachen wollte, dass seine Gebote beachtet werden müssen.

In dem biblischen Bericht von dem nächtlichen Besucher (2. Mose 4,24-26) heißt es, dass Zippora die Vorhaut ihres Sohnes Mose zu Füßen warf. Warum ließen Sie sie seinen Schenkel damit berühren? Können Sie das erklären?

Wir wissen nicht genau, was in jener Nacht geschehen ist. Übersetzer aus dem Hebräischen haben diese Stelle übersetzt: „berührte damit seine Beine", und allgemein wird angenommen, dass „Beine" ein biblischer Euphemismus für Genitalien ist.

Ich habe in einer Zeittafel gelesen, dass der Pharao nach Merneptah Amenemes ist, aber Sie haben Seti II. an diese Stelle gesetzt.

Seti II., Amenemes und Siptah haben nur kurz regiert, nur wenige Monumente hinterlassen und in einer Zeit geherrscht, in der es viel Aufruhr gab (was logisch wäre, wenn dies die Zeit des Auszugs war). In den meisten Zeittafeln war Seti II. Merneptahs Nachfolger und seine Stellung wurde von Amenemes, einem anderen Sohn von Ramses II., eingenommen. Übrigens sind Historiker der Meinung, dass Twosre, die

Frau von Seti II. (die den nächsten Pharao geheiratet hätte), den Thron während der Herrschaft seines Nachfolgers an sich riss, vermutlich während Amenemes' Herrschaftszeit.

Hatten Pharaos Zauberer wirkliche Macht oder waren das nur irgendwelche Tricks?

Ich denke, dass die Priester und Zauberer des Pharaos tatsächlich Stäbe in Schlangen und Wasser in Blut verwandelt haben, und zwar durch dämonische Kräfte. Beachten Sie jedoch, dass die Zauberer nicht mit der Macht Jahwes mithalten konnten, und sie erkannten den allmächtigen Gott an, als sie ihm begegneten.

Wo genau haben die Israeliten das Rote Meer durchquert?

Dazu gibt es die unterschiedlichsten Meinungen, doch niemand weiß es genau. Der hebräische Ausdruck *yam suf* heißt genau übersetzt „Meer des Schilfs". Die Ägypter kennen jedoch kein Gewässer mit diesem Namen, obwohl man eigentlich erwarten könnte, dass alle Süßwassergewässer von Schilf umgeben sind. Doch in 4. Mose 21 wird mit *yam suf* der Golf von Aqaba bezeichnet, ein salziges Gewässer.

Ich habe die Durchquerung dem Roten Meer zugeordnet, aber es hätten natürlich auch die Bitterseen gewesen sein können. Eines weiß ich: Die Kinder Israels sind sicher durch das Gewässer gezogen, und das herunterstürzende Wasser war so tief, dass selbst die kräftigsten Schwimmer der ägyptischen Armee ertranken.

Haben die Führer Israels tatsächlich mit Gott gegessen? Wie ist das möglich?

Ja, die Begebenheit wird in 2. Mose 24,9-11 erzählt. Sie haben Gott gesehen und haben in seiner Gegenwart gegessen (leider wird nicht berichtet, wer gekocht hat).

In der Bibel wird ganz klar gesagt, dass Gott ein Geist ist (Johannes 4,24) und darum unsichtbar. Wenn sie also Gott sehen konnten, dann musste er in einer physischen Gestalt anwesend gewesen sein. Die physische Erscheinungsform Gottes wird Theophanie genannt. Im Alten Testament wird von mehreren solchen Begebenheiten berichtet. Christen glauben, dass dies alttestamentliche Erscheinungen von Jesus Christus sind, der Offenbarung Gottes im Fleisch.

Als Mose mit Gott „von Angesicht zu Angesicht" sprach, „wie ein Mann mit seinem Freund redet" (2. Mose 33,11), hat er meiner Meinung nach vielleicht mit Jesus gesprochen, Gott im Fleisch, der ihm erschienen ist - entweder das, oder dieser Satz ist eine Metapher, um die extrem enge Beziehung zwischen Gott und Mose zu beschreiben.

Als Mose darum bat, Gott sehen zu dürfen – die ganze Herrlichkeit Gottes, des Geistes –, wurde ihm diese Bitte abgeschlagen, denn kein lebender Mensch kann Dinge einer geistlichen Dimension sehen. Doch Gott gestattete Mose, einen Blick im Vorbeigehen zu erhaschen (siehe 2. Mose 33,18-23).

Ich behaupte nicht, diese Geheimnisse zu verstehen. Selbst Paulus, der in den dritten Himmel entrückt wurde und Visionen des Paradieses gesehen hat, gibt zu, dass solche Dinge sein Verständnis übersteigen (siehe 2. Korinther 12,2-4). Aber, wie Paulus schreibt, selbst wenn wir es nicht erklären können, Gott weiß es.

Hat Mose tatsächlich eine schwarze Frau geheiratet?

Vermutlich. Lesen Sie die Geschichte in 2. Mose 2,15-21. Kusch ist ein anderer Name für Äthiopien und Zippora stammte definitiv aus Midian, obwohl einige Gelehrte der Meinung sind, „Kusch" und „Midian" seien austauschbar. Aber da Kusch und Midian auf meinen Landkarten zwei unterschiedliche Länder sind, halte ich es für sehr viel wahrscheinlicher, dass Mose entweder eine zweite Frau nahm oder die Frau aus Kusch nach Zipporas Tod heiratete. In der Bibel wird nicht berichtet, dass Zippora in der Wüste starb. Nach ihrer Wiedervereinigung mit Mose am Sinai (siehe 2. Mose 18,1-6) wird sie in der Bibel nicht mehr erwähnt.

Ich dachte, der Pharao hätte durch die letzte Plage nur einen Sohn verloren.

Bestimmt haben Sie den Film „Die Zehn Gebote" einmal zu oft gesehen! In der Bibel steht, dass der „Erstgeborene" bei der zehnten Plage starb, und es wird nicht spezifiziert nach „Erstgeborener des Vaters" oder „Erstgeborener der Mutter". In der Bibel steht vielmehr: „Dann werden alle Erstgeburten in Ägypten sterben, von deinem eigenen Sohn, der dein Nachfolger auf dem Thron werden soll, bis zum Sohn der Sklavin, die an der Handmühle kniet. Auch beim Vieh werden alle Erstgeburten sterben" (2. Mose 11,5). In 2. Mose 4,22-23, wo Gott sagt, Israel sei sein erstgeborener Sohn, darum würde er Ägyptens erstgeborene Söhne vernichten, wird angedeutet, dass nur die männlichen Ägypter in jener Nacht geschlagen würden, aber im Hebräischen heißt es ganz klar, dass die Erstgeborenen der *Frauen* genauso umkamen wie die der *Männer*. Darum hat der Pharao vermutlich seinen erstgeborenen Sohn genauso verloren wie die erstgeborenen Söhne seiner Frauen und Konkubinen.

Wie sicher sind Sie sich in Bezug auf den zeitlichen Ablauf?

Nur ein Schriftsteller, der weit mutiger ist als ich, würde es wagen, Moses Erfahrungen in Ägypten noch ausdrücklicher darzustellen. Einige Theologen und Gelehrte behaupten, Mose hätte Ägypten vor der 19. Dynastie verlassen; andere sind der Meinung, der Auszug hätte unter der Herrschaft von Ramses dem Großen stattgefunden. Aber Ramses' Mumie wurde gefunden, und sie zeigt, dass er im Alter von 69 Jahren eines natürlichen Todes gestorben ist. Auch war er in späteren Jahren gebeugt und verkrüppelt. Darum ist es höchst unwahrscheinlich, dass er den Kindern Israels nachgejagt und im Roten Meer ertrunken ist (siehe Psalm 136,15).

Da ein Roman zu einer bestimmten Zeit und an einem bestimmten Ort angesiedelt sein muss, habe ich viele Bücher gelesen und eine meiner Meinung nach plausible Zeittafel ausgearbeitet. Ich habe mich dabei an folgenden Tatsachen orientiert:

Die Geschichte berichtet, dass Seti II. in einer „unruhigen Zeit" herrschte. Dies könnte natürlich von vielen Pharaonen des Neuen Reiches gesagt werden, aber Seti II. hatte einen kleinen Sohn, Seti-Merneptah, der auf mysteriöse Weise ums Leben kam.

Merneptah hat eine Revolte in Palästina unterdrückt, das ist bekannt, und auf der Stele, die an dieses Ereignis erinnert, finden wir die einzige Erwähnung Israels in den alten ägyptischen Inschriften. Zitat: „Israel liegt öde und hat keinen Samen." Allem Anschein nach prahlt Merneptah damit, Israel in Palästina geschlagen zu haben. Aber angesichts der Tatsache, dass die Inschriften auf den Schlachtfeldstelen häufig übertrieben waren und den siegreichen König mit unverdientem Ruhm überhäuften, könnte dies ein Bezug auf die getöteten Kinder während der Herrschaft seines Vaters sein. Angesichts der vagen Ausdrucksweise auf der Stele, auf der er behauptet, Nationen auf der ganzen Weltkarte besiegt zu haben, ist dies gewiss möglich.

Biblische Berichte weisen darauf hin, dass Moses Begegnungen mit dem Pharao in der Nähe von Gosen stattfanden. Erst in der 19. Dynastie, als die Ramsiden an die Macht kamen, errichteten die ägyptischen Könige eine Hauptstadt im Norden in der Nähe von Gosen. (Die alte Stadt Avaris war die Heimatstadt ihrer Sippe gewesen.) Frühere Könige regierten von Theben oder Memphis aus (abgesehen natürlich von Akhenatons kurzer Herrschaft in El-Marna). Als weiteren Hinweis lesen wir in 2. Mose 1,11, dass die Hebräer für den Pharao die Städte „Pitom und Ramses als Vorratsstädte" bauten. Letztere Stadt war die alte Hyksos-Hauptstadt von Avaris, die von Seti I. und Ramses II., Setis Sohn, wieder aufgebaut und erneut zur Hauptstadt gemacht worden war. Dieser Wiederaufbau fand nicht vor der 19. Dynastie statt.

Abschließend möchte ich sagen, dass dieser Roman sehr schwer zu schreiben war, weil ich mir immer große Mühe gebe, nicht bewusst den historischen Aufzeichnungen zu widersprechen. Das Problem beim alten Ägypten jedoch ist, dass die Interpretationen der alten Aufzeichnungen nicht immer übereinstimmen.

Beim Schreiben dieses Buches hatte ich jedoch eine Orientierungshilfe – die Bibel. Während sich die Experten in den Haaren liegen über die Bedeutungen und logischen Schlussfolgerungen der alten Texte, beschloss ich, den Worten des ersten Mannes in Israels Geschichte zu folgen, der die Kunst des Lesens, Schreibens, der Dichtung und des Liedes beherrschte.

Mose selbst war mein bester und verlässlichster Führer.

Glossar

Barke: Heiliges zeremonielles Boot, das bei altägyptischen religiösen Zeremonien zur Anwendung kam. Einige waren Miniaturen, andere besaßen die volle Größe und waren in der Lage, Götzenbild und Pharao über den Fluss zu fahren.

Katafalk: Eine geschmückte Plattform, auf dem der Sarg einer angesehenen Persönlichkeit vor der Bestattung oder während des Transportes zum Grab stand.

Feluke: Ein kleines Boot mit einem dreieckigen Segel, wie sie noch heute auf dem Nil fahren.

Horus: Der griechische Name für Hor, einen der ältesten Götter und einer Sonnengottheit, die als Erscheinungsform des lebenden Pharao betrachtet wurde. Wenn die Priester singen: „Macht Horus grün", dann bitten sie eigentlich die Götter, den Pharao reich zu machen. Wenn Pharao reich wurde, so ihr Glaube, dann würde auch das Land reich, fruchtbar und grün werden.

Ma'at: Das geistliche Ideal der alten Ägypter. Ma'at war ursprünglich eine alte ägyptische Göttin, aber im Laufe der Zeit stand der Begriff für die Ideale, gegen die die Göttin die Herzen und Seelen der Verstorbenen in der Gerichtshalle abwog. Ma'at kennzeichnete kosmische Harmonie, Gerechtigkeit, Ordnung und Frieden (Bunson, Encyclopedia of Ancient Egypt by Margaret Bunson, S. 152).

Natron: Eine Mischung aus Natriumkarbonat und Natriumbikarbonat – ein Natriumsalz. Seine hervorstechendste Eigenschaft ist die Fähigkeit, Feuchtigkeit aufzunehmen, und es ist leicht antiseptisch. Die alten Ägypter verwendeten

Natron zu vielen Zwecken und es war ein wichtiger Bestandteil des Balsamierungsprozesses (Bunson, Encyclopedia of Ancient Egypt by Margaret Bunson, S. 182).

Osiris: Einer der ältesten Götter des alten Ägypten. Die toten Pharaonen Ägyptens wurden als die Verkörperung von Osiris betrachtet und während ihrer Regierungszeit mit Horus, dem Sohn des Osiris, gleichgesetzt (Bunson, Encyclopedia of Ancient Egypt by Margaret Bunson, S. 197).

Re: Der Sonnengott, der auch als Khepri (bei Dämmerung), Re (am Mittag) und Atum (nachts) bekannt war. Er wurde ebenfalls mit Horus identifiziert und häufig Re-Horus oder der Horizontbewohner genannt. Während des Neuen Reiches und der Zeit von Ramses II. waren Re und Amun vereint und wurden Amun-Re, die mächtigste Gottheit in Ägypten.

Shaduf: Eine Vorrichtung, die aus einem aufgehängten, sich drehenden Stab mit einem Eimer an einem Ende und einem Gewicht an dem anderen bestand. Damit holten die Arbeiter Wasser aus dem Nil, schwangen es herum und gossen das Wasser in die Gräben, durch die die Felder bewässert wurden.

Uraeus: Die Kobra auf Kronen und königlichen Kopfbedeckungen. Die Kobra repräsentiert die Göttin Wadjet, die Beschützerin von Unterägypten.